Sparkys Edition

Zum Buch

Reges Treiben herrscht an diesem sonnigen Tag auf dem Marktplatz. Die Kastanienbäume tragen noch ihre Blätterpracht. Ich blinzle gegen die Sonne, entschlüssele das bunte Bild vor mir. Teenies lungern auf Steinblöcken herum, die wie Würfel lose aufgereiht sind. Mütter mit ihren Kindern, Knirpse auf ihren Rollern und Bankangestellte in ihren grauen Anzügen auf dem Weg zurück an ihre Arbeitsplätze kreuzen meinen verträumten Blick. Liebespärchen hier und dort. Aus den Augenwinkeln beobachtend, heimliche Liebe. Die letzten Marktstände werden abgebaut. Ordnungshüter patrouillieren durch das Gemenge.

Und mittendrin sie. Die alte, greise Dame. Gebeugt und auf ihren Stock gestützt. Auf mich wirkt sie wie ein Standbild. Kaum Bewegung. Meine Augen wollen weitergleiten. Ich bemerke, wie sich Angst und Unsicherheit in ihr ausbreiten. Der Anhänger des Obsthändlers bewegt sich rückwärts auf sie zu. Sie versucht, zu reagieren. Nur leicht, unmerklich. Mal nach links, mal nach rechts. Man spürt, wie sie abschätzt, was sie mit ihrer Geschwindigkeit schaffen kann. Sie sucht den Fluchtweg. Der Anhänger bewegt sich langsam, aber unaufhaltsam auf die alte Frau zu. Sie öffnet den Mund zum stummen Aufschrei, hebt mit zittrigem Arm den Stock in die Höhe. Doch der Fahrer beachtet sie nicht. Nur noch wenige Zentimeter, und schon würde das klobige Gefährt die alte Frau erfassen. Mein Blick hastet über den Marktplatz hinweg. Ist denn kein Mensch da, der ihr helfen will? Wo ist das Ordnungsamt, die Polizei oder wo sind einfach nur helfende Passanten? Der Wagen fährt weiter rückwärts. Ich möchte meinen Kaffee nicht loslassen und meine gemütliche Sitzhaltung nicht aufgeben. Verdammt! Warum hilft niemand? Ich reagiere, stehe auf. Endlich! Ich schnappe die Kaffeetasse und schleudere sie gegen das Fahrzeug des Händlers. Renne los und trommle mit den Händen gegen den

Anhänger. Gerade noch rechtzeitig. Es hätte nicht mehr viel gefehlt.

Und plötzlich beginnt, mit der Begegnung, eine Reise durch ein unglaubliches Leben eines besonderen Menschen, wie ich es noch nie zuvor gekannt habe. Gemeinsam mit den Jugendlichen Mike und Laura durchwandern wir Welten, voller Liebe, Erfüllung und Dramaturgie. Die Wege der Generationen durchkreuzen sich, werden zum Schmelztiegel voller Energie, Inspiration und Konflikte.

Doch der Abschied naht unweigerlich.

Eine einfühlsame Geschichte, die sich über Generationen hinweg entfaltet und die Vielfalt des Lebens hervorzaubert.

Alle Handlungen und Personen sind frei erfunden.
Ähnlichkeiten mit lebenden Personen oder Institutionen sind reiner Zufall.

Vielen Dank an Susanne Sachs für die professionelle Prüfung der medizinischen Details.

E-Mail: service@sparkys-edition.de

Lektorat: Ute Graus
Korrektorat: Ursula Schötzig
Umschlaggestaltung: Designwerk-Kussmaul, Weilheim/Teck, www.designwerk-kussmaul.de

Herstellung und Verlag: Sparkys Edition,
Zu den Schafhofäckern 134, 73230 Kirchheim/Teck
Druck: Stückle Druck Ettenheim
ISBN: Softcover: 978-3-949768-20-0

Books for Future®
umweltfreundliche Buch- und Bindeprodukte
49/015/001/24
www.books-for-future.de

Paul Steinbeck

Ein letztes Bild

Abschied von Anni

Roman

1.

Es ist wie ein Standbild. Eher ein Wimmelbild aus einem dieser Kinderbücher, das sich mir zeigt, während ich mich an diesem Mittwochnachmittag im Spätsommer auf den Marktplatz setze. Endlich ein freier Nachmittag nach langen Tagen im Operationssaal. Ich lehne mich zurück und sauge die sommerlich-würzige Luft tief ein. Reges Treiben herrscht an diesem sonnigen Tag. Die Kastanienbäume tragen noch ihre Blätterpracht. Noch, bald wird der Herbst kommen.

Ich erwidere das freundliche Lächeln der Bedienung und nehme die Porzellantasse in beide Hände, genieße intensiv den Duft des frisch gebrühten Kaffees, bevor ich die Tasse zum Mund führe. Anerkennend nicke ich ihr zu und beginne, das bunte Bild vor mir zu entschlüsseln. Teenies lungern auf Steinblöcken herum, die wie Würfel lose aufgereiht sind. Mütter flanieren mit ihren Kindern. Knirpse schießen auf ihren Rollern vorbei. Meine eigenen Kinder könnten jetzt mitten unter ihnen sein. Mit ihrer Mama. Doch das fehlt in diesem Bild. Leider. Bankangestellte in ihren grauen Anzügen auf dem Weg zurück an ihre Arbeitsplätze kreuzen meinen verträumten Blick. Rentner in Wanderkleidung begrüßen Gleichgesinnte in der immer größer werdenden Gruppe. Gleich geht es raus ins Grüne. Liebespärchen hier und dort. Verstohlene Blicke, heimliche Liebe. Die letzten Marktstände werden abgebaut. Ordnungshüter patrouillieren durch das Gemenge.

Und mittendrin sie. Die alte, greise Dame. Gebeugt und auf ihren Stock gestützt.

Auf mich wirkt sie wie ein Standbild. Kaum Bewegung. Meine Augen wollen weitergleiten. Dann bemerke ich ihren Blick, sehe etwas in ihren Augen. Angst, Unsicherheit. Der Anhänger des Obsthändlers bewegt sich rückwärts auf sie zu. Am Straßenrand stehen auf beiden Seiten Mülltonnen. Sie regt sich. Nur leicht, unmerklich. Mal nach links, mal nach rechts. Man spürt, wie sie abschätzt, was sie mit ihrer Geschwindigkeit schaffen kann. Sie sucht den Fluchtweg. Die Jugendlichen haben die Szene ebenfalls bemerkt. Abwechslung in der Langeweile. Sie lachen, spotten, feuern die hilflose Dame an. Der Anhänger bewegt sich unaufhaltsam auf die alte Frau zu. Sie öffnet den Mund zum stummen Aufschrei, hebt mit zittrigem Arm den Stock in die Höhe. Doch der Fahrer beachtet sie nicht. Seine Konzentration wird von den Mülltonnen und Steinen in Anspruch genommen. Nur noch wenige Zentimeter, und schon würde der Anhänger die alte Frau erfassen. Mein Blick hastet über den Marktplatz hinweg. Ist denn kein Mensch da, der ihr helfen will? Wo ist das Ordnungsamt, die Polizei oder wo sind einfach nur helfende Passanten? Niemand scheint davon Kenntnis zu nehmen. Der Wagen rollt weiter rückwärts. Ich möchte meinen Kaffee nicht loslassen und meine gemütliche Sitzhaltung nicht aufgeben. Verdammt! Warum hilft niemand?

Ich reagiere, stehe auf. Endlich! Ich schnappe die Kaffeetasse und schleudere sie gegen das Fahrzeug des Händlers. Renne los und trommle mit den Händen gegen den Anhänger. Gerade noch rechtzeitig. Es hätte nicht mehr viel gefehlt. Ich nehme die Frau beim Arm und helfe ihr etwas auf die Seite. Ich spüre ihr Zittern. Wie Espenlaub. Beschimpfe die jungen Menschen. Ihnen ist das egal. Sie haben schon etwas Neues entdeckt, was ihre Aufmerksamkeit verdient. Ein Fluch entlockt sich meiner Kehle. Breitbeinig stelle ich mich dem Anhänger entgegen und beobachte die Bewegungen des Fahrers. Wehe, er setzt seine Fahrt fort!

Erst jetzt betrachte ich die alte Frau. Ich möchte ihr kurz gut zureden, wie einem hilflosen kleinen Kind. Sie wirkt auf mich orientierungslos. Ist sie eventuell dement und aus ihrem Heim entflohen? Vorsichtig führe ich sie ein wenig vom Gefahrenpunkt weg. Mein Blick haftet einen Tick zu lange auf ihr. Will sie durchdringen. Sie wird unruhig, bedankt sich schüchtern. Schaut mich zögernd an. Ist sie offenbar erstaunt, dass jemand sie, die Unsichtbare, sieht?

Ich nicke freundlich, frage, ob alles okay ist, warte ihr kurzes „Ja“ ab und gehe rasch zu meinem Tisch zurück. Das Brüllen des Marktbeschickers, der die Beule im Auto bezahlt haben will, ignoriere ich zunächst. Doch irgendwann ist der Bogen überspannt. Ich kann nicht anders, schreite auf den Mann zu und schnauze ihn an: „Seien Sie mir einfach nur dankbar, Sie Idiot. Das hätte tödlich enden können. Sperren Sie nächstes Mal Ihre Augen auf.“ Ich zeige ihm voller Wut den Stinkefinger und drehe mich weg. Die Bedienung bringt mir einen neuen Kaffee und kommentiert: „Geht aufs Haus. Mutige Menschen haben wir immer gern.“ Ich lächle, bedanke mich und suche nach der alten Dame. Doch sie ist aus meinem Blickfeld verschwunden. Hat das Wimmelbild verlassen. Ich finde sie nicht mehr wieder. Haben alte Menschen eine Tarnkappe, die sie unsichtbar werden lässt? Plötzlich entdecke ich zahlreiche andere Menschen, die wie Statisten in diesem Bild stehen, sitzen: der Straßenmusiker, die Verkäuferin des Obdachlosen-Magazins, der Bettler mit seinem treuen Hund. Dann das traurige, einsame Mädchen, das abseits auf der Bank sitzt. Liebeskummer? Sie tut mir ein wenig leid, als ich sehe, wie ihr die Tränen die Wangen herunterkullern. Sie trösten? Auf einen Kaffee einladen? Das geziemt sich nicht, so gern ich ihr geholfen hätte. Eine Freundin taucht auf, setzt sich zu ihr. Schön zu sehen, wie sie tröstend ihren Arm um die Traurige legt. Erleichtert lehne ich mich zurück. Es ist ein schöner Nachmittag an diesem Spätsommertag in dieser wunderbaren Kleinstadt südlich von Stuttgart. Ich will ihn genießen. Es ist einer meiner wenigen freien Momente in diesem Monat. Ich sauge die Luft ein, genieße das spätsommerlich milde Aroma in dieser, spüre Wehmut, die sich in mir breitmacht, wenn ich an den Herbst denke, der regnerisch-trüb in den bitterkalten Winter überleiten wird.

Das Handy vor mir auf dem Tisch gibt ein Vibrieren von sich, reißt mich aus meinen Träumereien. Ich blicke auf das Display, um nicht lange die Nummer entziffern zu müssen: meine Frau. Besser gesagt, in Scheidung lebende Frau.

Ich seufze tief und voller Schwermut auf. Das muss jetzt nicht auch noch sein. Die Bedienung blickt mich irritiert an, als sie vorbeikommt. „Alles gut?“, will sie von mir wissen. Ich nicke. „Jaja, passt. Sind nur die schlechten Nachrichten.“ Ich halte das Handy in die Höhe. Die Erklärung reicht. Ein mitleidiges Lächeln schwebt mir entgegen. Ich lehne den Anruf ab und das Display wird dunkel. Nein, ich will jetzt nichts von der Mutter meiner Kinder wissen, will keine Nachrichten von dieser Frau. Sie ist vor wenigen Monaten von einem Tag auf den anderen verschwunden. Mitsamt den Kindern. Drei Kinder. Zwei ältere und ein Nachzügler. Ich atme tief durch, nehme einen Schluck Kaffee und blicke verträumt in die Sonne. Warum können sie und die Kinder nicht Teil dieser Szene hier in Kirchheim sein? Warum muss sie weit entfernt wohnen? Noch immer verstehe ich nicht, warum sie mich so urplötzlich verlassen hat. Ich war offenbar zu blöd, um die Zeichen zu verstehen. Das weiß ich jetzt. Sie, meine Frau, meinte, ich hätte es schon längst kapieren müssen. Aber das wäre ja gerade mein Problem und der Grund für unser Beziehungsende – dass ich es einfach nie geschnallt hatte, wenn was nicht okay war. Meine Freunde sagen, meine ehemalige Frau stellt das Problem dar. Sie wäre einfach ein schwieriger Typus, der nicht zu Kompromissen fähig ist. Egal, wie. Sie waren nicht mehr hier. Sondern weit weg an der Küste, im Norden. Möglichst weit weg von dieser schönen Stadt. Eine schwierige Situation für mich, wollte ich den Kontakt zu meinen Kindern nicht verlieren. Denn die Besuchszeiten zu planen, bedeutet jedes Mal einen enormen logistischen Aufwand. Gut acht bis zehn Stunden Fahrt für eine Strecke. Mieten eines Appartements, komplizierte Übergabepossen, die nie bei ihr zu Hause stattfinden durften, und vor allem sehr hohe Kosten. Ganz zu schweigen von meinen Schichten, die es nicht immer zulassen, alles so zu organisieren, wie meine Frau es wünscht. Am Ende aber stellt sie die Hauptschwierigkeit dar: Meine Ehemalige beabsichtigt, es generell nicht zuzulassen, dass ich meine Kinder weiterhin sehe. Sie wünscht sich, dass die Kinder sich von mir entwöhnen.

Das ist meine eigene Geschichte. Kompliziert. Genervt zücke ich meinen Geldbeutel und winke der Bedienung. Innere Unruhe macht sich breit.

2.

Khesrau Behroz – komplizierter Name. Aber ein begnadeter Podcaster! Ich habe gerade meinen aktuellen Podcast Cui Bono, *Wer hat Angst vor dem Drachenlord?* abgeschlossen. Nur wenige Storys haben mich so gepackt wie diese. Podcasts sind mein Leben, daher höre ich mir viele an. Sie passen perfekt in meine Operationspausen und sorgen normalerweise für hervorragende Entspannung. Dieser allerdings nicht! Der Podcast wühlt mich auf und beinahe hätte ich eine Operation verschoben, um noch schnell die aktuelle Episode zu Ende zu hören. Ein armer Kerl namens Rainer Winkler ist der Drachenlord. Ursprünglich aus einem kleinen Dorf in Franken. Sein Vergehen? Er hat Videos auf seinen YouTube-Channel hochgeladen, die nicht zwingend den Geschmack der breiten Bevölkerung treffen. Sein Unglück: dass eine spezielle Seite auf ihn aufmerksam wurde und eine inzwischen mehr als zehnjährige Hetzjagd auf ihn eröffnet wurde. Sein Problem dabei, er hat eine „kurze Lunte“, wie Khesrau Behroz das beschreibt.

Schlimmer aber ist die Massendynamik, die sich bei den sogenannten Hatern entwickelt hat. Sie haben Winkler entmenschlicht, ihn zur Sache, zum Feindbild gemacht. An sich geht es nicht um ihn. Er ist nur der Spiegel ihrer Wünsche, Aggression zu zeigen, jemand Schwächeres zu mobben. Ich würde es mit eigenen Worten als weit unter dem Niveau der Neandertaler bezeichnen. Sie begeben sich in ihr Drachen-Game, das sie mit Winkler in einer eigenen Blase spielen, verlieren jeglichen Bezug zu Werten, moralischen Grenzen oder einem Gefühl, was das mit diesem Menschen macht. Jetzt endlich verstehe ich, wie ein Großteil einer Nation kollektiv dem Nationalsozialismus und seinen krankhaften Geschichten verfallen konnte. Mit derselben Spirale innerhalb der abgeschotteten Blase, in der sich diese Gruppe befand. Ich bin komplett schockiert nach dem Podcast.

Meine nächste OP wartet. Ich muss mich beeilen! Doch die Gedanken daran kann ich nicht loslassen. Auch, als ich schon das sterile Skalpell in der Hand halte und meine Hand beobachte, wie sie in Richtung der markierten Stelle wandert, um den Körper meines Patienten zu öffnen. Wie können Menschen komplett ihren moralischen Kompass verlieren? Wie können sie vorsätzlich und bewusst ein Leben zerstören? Klar, indem sie alle Schuld zu ihm schieben. Ihn zum Bösen machen, ihn verteufeln. Wie armselig ist das alles nur? Ich schäme mich für diese Menschen. Der Warnruf meiner Arztkollegin holt mich aus meinen Gedanken zurück. Erschrocken halte ich inne und fokussiere mich auf den Eingriff. Es gilt, ein Menschenleben zu retten.

* * *

Müde komme ich aus dem OP heraus, schlendere den Gang hinunter. Ich habe beinahe vierundzwanzwig Stunden in diesem Haus verbracht. Mit Patiententerminen, Operationen, Pausen auf einer harten Liege und bei starkem Kaffee im Schwesternzimmer. Ich will nur noch nach Hause und schlafen. Morgen, Freitag, soll es fürs Wochenende nach Norden gehen. Zu meinen Kindern. Endlich. Meine Frau hat es gnädigerweise erlaubt. Ich darf mein Besuchsrecht ausüben. Schnell lese ich nochmals die Nachricht, die sie mir über den Messenger geschickt hat: „Vermassel es ja nicht! Du bist selbst verantwortlich, wie es weitergeht." Artig nicke ich mit dem Kopf. So, als ob sie es durch das Handy hindurch mitbekommen würde. Ich habe den starken Willen, es ihr gerade recht zu machen. Aus Sicht meiner Frau ein Ding der Unmöglichkeit. Wut macht sich breit über diese unmögliche Frau. Wie kann sie nur so niederträchtig sein? Ich bin ihr schutzlos ausgeliefert. Und das weiß sie auch. Ich balle die Fäuste. Lasse die Luft zischend durch meine Zähne sausen, während ich knurre: „Warte nur, wenn meine Anwältin ihren Schriftsatz angefertigt hat, dann bekommst du die volle Breitseite." Ich bin nicht mehr bereit, mir das noch lange gefallen zu lassen. Ich gehe den Gang entlang, bemühe mich, andere Gedanken in meinen Kopf zu bekommen. Mich an schöne Momente mit meinen Kindern zu erinnern, wenn wir endlich wieder mal gemeinsam freche Dinge tun, wie Eis essen ohne Limit. Pommes bei Mäces verschlingen, natürlich mit Mayo und Ketchup, und abends schauen wir eine Serie nach der anderen von den *Pfefferkörnern*, bis wir todmüde auf dem Sofa einschlummern.

Dafür habe ich bei einem netten Menschen ein Appartement einbuchen können. Dank einer Vereinigung von geschiedenen oder von ihren Kindern getrenntlebenden Vätern. Ich freue mich wie Bolle.

Ein Schatten huscht an mir vorbei, kaum sichtbar. Kaum merkbar. Ich bleibe stehen, drehe mich um. Beobachte die alte Dame, die den Gang hinunterschleicht und rechts in ein Zimmer eintritt. Ist das nicht die alte Dame vom Marktplatz? Ich bin mir nicht sicher. Es könnte aber auch eine andere Seniorin sein. Warum erinnere ich mich an sie?

Ich schüttle den Kopf. Schüttle die Gedanken ab und gehe in mein Zimmer, um schnell meine Sachen zusammenzupacken. Der wohlverdiente Schlaf ruft.

Mein Blick fällt auf zwei Patientenakten. Spezialfälle, die auf meinem Tisch landen. „Für den Bezwinger der hoffnungslosen Fälle, hoffe, du kannst ihnen helfen", steht auf einem Begleitzettel. Geschrieben von einem Kollegen. Ich bin so gesehen die letzte Anlaufstelle im Haus. Je komplizierter, desto besser.

„Na, Dr. House, geht die Arbeit mit nach Hause?" Meine Kollegin lächelt mich an. Berührt mich sanft am Arm, während sie das sagt.

„Na, na, zu viel der Ehre, Petra." Ich erwidere ihr Lächeln. „Bis zu diesem großen Vorbild dauert es noch einige Zeit. Ganz zu schweigen von den geringeren Möglichkeiten in diesem kleinen Kreiskrankenhaus." Wir schlendern ein wenig nebeneinander her. Berühren uns leicht. Petra blickt mich mit ihren tiefblauen Augen an: „Also, mein Bester, da sagen die Patienten aber etwas anderes. Ich übrigens auch."

Blut schießt mir ins Gesicht, als sie mich mit ihren tiefgründigen Augen anschaut. Ich stottere etwas, stolpere vor Verlegenheit und wünsche ihr einen schönen Tag. Dabei berühre ich sie ebenfalls sanft an der Schulter. „Petra, du tust mir gut“, sage ich in Gedanken. Dies laut auszusprechen, traue ich mich nicht. Sie lächelt. „Erhol dich gut“, flüstert sie und geht in ihr Zimmer. Ich blicke ihr über die Schulter hinterher. Ein toller Mensch. Ja, ich mag sie. Sehr.

Doch im Moment ist das zu kompliziert. Für mein eigenes Leben zu kompliziert, meine ich.

Ich muss mich jetzt auf meine Kinder konzentrieren und dass ich sie nicht verliere. Was, wenn sie eines Tages nicht mehr wissen, wie ich aussehe? Wenn ein neuer Mann ins Leben meiner Frau eintritt und ihn die Kinder als ihren Vater betrachten?

Der Gedanke raubt mir beinahe den Atem. Ich schnappe nach Luft, während ich mein Rad aus der Tiefgarage des Krankenhauses schiebe. Mein Herz flattert. Ich kann das nicht ertragen, solche Gedanken. Vor allem jetzt nicht, wenn man eine lange Schicht hinter sich hat, mit einer Reihe an komplizierten Operationen. Am liebsten würde ich bei solchen angstvollen Gedanken einen ordentlichen Whisky trinken oder einen Stapel Holz hacken, vielleicht auch in den Wald radeln und mir meine Lunge herausbrüllen. Oder gleich nach Norden in dieses beschissene Emden fahren, um meinem Rivalen die Eier abzureißen. Dumme Idee. Die Kollegen müssten das wieder nähen. Also doch gleich bei Ebbe in der Nordsee an einen Pfahl binden. Manches Mal kann meine Fantasie ganz schön mit mir durchgehen. Ich schüttle mein braun gelocktes Haar aus dem Gesicht und nehme Fahrt auf in Richtung Würstlesberg. Nur noch einen kurzen, aber steilen Anstieg hoch, und schon darf ich mich auf mein Bett schmeißen.

Ich bin zwar müde, doch die Gedanken lassen mich nicht einschlafen. Ich quäle mich noch eine Ewigkeit. Es dreht sich alles im Kreis herum. Die Gedanken rund um mein Leben, mein soziales Umfeld. Meine Arbeit. Meine Einsamkeit.

Um den Drachenlord, genauso wie um die Teenies auf dem Marktplatz, die alte Frau. Ein Brei in meinem Kopf. „Du bist wie der Drachenlord, Basti. Einsam. Sie verfolgen dich. Deine Frau, deren Anwälte." Die Stimme, die im Dämmerzustand zu mir dringt, quält mich. „Nein, nein, ich bin doch nicht einsam", versuche ich mich zu wehren. „Da gibt es doch den Rudi Selke und ..." Selbst im Halbschlaf schaffe ich es nicht, weitere Namen zu erfinden. „Rudi Selke?" Die Stimme lacht höhnisch auf: „Das war doch dein Lehrer für Gemeinschaftskunde und Philosophie, der ist leider schon tot." Ich will widersprechen. Doch dazu fehlt mir die Kraft.

Diese dumme Stimme hat tatsächlich recht: Mein Beruf lässt mir wenig Zeit zu sozialen Kontakten. Es gibt ein paar Freunde, ja. Aber wie eng sind diese Kontakte? Wie viel Tiefgründigkeit besitzen diese? Petra vielleicht. Ja, Petra! Wenn ich es zulassen könnte. Meine Familie, genauer gesagt, meine Kinder, war für mich mein ganzes Leben. Bis meine Frau mir das alles genommen hat. Damit hat sie mir einen großen Teil meines Daseins gestohlen. Die Leere spüre ich unentwegt.

Ich schlafe endlich ein, obwohl es draußen noch hell ist. Unruhige Träume begleiten mich.

3.

Der Montagmorgen empfängt mich mit großer Erschöpfung.

Leichter Nieselregen begleitet meinen Weg zur Arbeit. Unkonzentriert schieße ich den Berg hinunter. Beinahe wäre ich an der Kreuzung bei Rot über die Ampel gerauscht, hätten mich die quietschenden Reifen nicht aus meinen Gedanken geholt. Dankend winke ich dem hupenden Autofahrer zu und warte geduldig auf Grün. Die restliche Fahrt durch das kleinstädtische Wohnviertel hinter dem Krankenhaus präsentiert mir hübsche, frisch restaurierte Häuschen. Schwäbisch ordentlich wieder in Schuss gebracht. Junge Familien folgen älteren Menschen, die dort oftmals über viele Jahrzehnte gewohnt haben. Übernehmen deren Heimat, machen alles neu und blicken auf ihre Zukunft. So hat es bei uns auch mal ausgesehen. Wir besaßen ein großes Haus, oben auf dem Berg. Mit weitläufigem Garten, Swimmingpool, Außensauna und noch anderem Luxus. Ach ja, der Weber-Grill hatte auch seinen edel eingefassten Platz in diesem kleinen Paradies. Eingerichtet für unsere eigene Ewigkeit. Es schien, dass wir unseren Olymp erklommen hatten und es jetzt so bleiben dürfte. Und nun? Ich bin von meinem Olymp heruntergepurzelt. Wohne aktuell ohne Frau, Kinder, Grill, Pool und Sauna in einem spartanisch eingerichteten Mini-Appartement, angedockt an eine große Villa. Es wird für meine Vermieter eines Tages als Wohnung für die Pflegekraft dienen, die sie aus welchem Land auch immer engagieren werden. Ich seufze schwerfällig, während ich mein Rad abstelle und im Gehen den Helm abnehme, Handschuhe und Radlerbrille hineinlege, bevor ich an der Pforte der netten Dame ein „Schönen guten Morgen“ zurufe. Ich lächle und werde sofort von meiner beruflichen Welt absorbiert. Ich sehe die vielen Kranken einchecken. Einzelne von ihnen werden wohl in Kürze auf meinem OP-Tisch liegen.

Ein Krankenhaus ist eine magische, gleichsam eigene Welt. Es ächzt, krächzt, stampft, krampft, verschlingt Schmerz und Leiden. Es sendet Zuversicht. Nimmt Leben. Schenkt Gemeinschaft. Es ist meine Heimat.

„Wie war die Fahrt?“ Unser Assistenzarzt steht neben Petra und genießt seinen frischen Kaffee. Sie warten geduldig, bis ich alles abgelegt und meinen weißen Kittel angezogen habe.

„Unendlich“, stöhne ich.

„Und mit den Kindern? Alles gut?“

„Alles gut. Hervorragend sogar.“

Ich lächle in mich hinein. Szenen von Sonne, Strand, Kinderlachen und einem wild tobenden Papa tauchen vor meinen Augen auf. Wir haben heimlich Pommes mit massenhaft Mayo am Strandkiosk gegessen. Gerade noch rechtzeitig, bevor die Kindsmutter „zufällig“ an den Strand kam. Nach kurzem Check, ob mit den Kindern alles gut ist, hat sie sich wieder zurückgezogen.

„Es tut meiner Seele einfach nur gut, meine Kinder zu sehen. Sie zu erleben, mit ihnen Zeit zu verbringen, zu lachen, zu toben.“ Ich öffne mich gerade mehr, als mir sonst lieb ist. Doch egal. „Das ist ja schön.“ Petras Lächeln verzaubert mich sofort. Doch mein Kollege studiert mit zusammengekniffenen Augen meinen Gesichtsausdruck. „Und warum schaust du dann so zerknittert aus?“ Ertappt! „Es ist der Abschied“, sage ich nur.

Mir schien, als ob mir das Herz beim Wegfahren herausgerissen und in Emden zurückgehalten wurde. Je weiter ich mich von meinen Kindern entfernte, desto leerer und lebloser fühlte ich mich. Erst spät in der Nacht, als ich die Ausfahrt Kirchheim West genommen hatte und in meine vertraute Heimat gelangte, spürte ich Wärme und Dankbarkeit über das gerade Erlebte. Seither ist es immer wieder ein Wechselbad der Gefühle in mir.

Der Duft von Desinfektionsmitteln dringt in meine Nase und holt mich just wieder ins Hier und Jetzt zurück, als unsere Chefärztin das Zimmer betritt. „Visite in zehn Minuten.

Bereit?" Würden wir sein. Ich möchte ihr einen Kaffee einschenken, doch sie lehnt ab. „Ich muss vorher noch mit der Leitung telefonieren. Heute sind die Finanzpläne fällig." So schnell, wie sie gekommen ist, verschwindet sie wieder durch die Tür und wir bleiben entspannt zurück. „Zum Glück habe ich das nicht am Hals." Micha schmunzelt. „Pflichten gehören eben dazu, wenn man was im Leben erreichen will", denke ich und verstecke mein Gesicht hinter der Tasse. Diesen Verwaltungskram brauche ich auch nicht. Lieber will ich knifflige Patientenleiden knacken und deren Rätsel lösen. „Braunauge, träumst du schon wieder?" Petra stupst mich an. „Ein Königreich für deine Gedanken. Wo bist du denn schon wieder in deinem Kopfkino?" Ich werde rot. Ja, das Träumen ist manches Mal ein Thema. Gerade bei den Operationen. Man muss zu 100 % und mehr bei der Sache sein. Gerne entgleite ich in meine inneren Welten, was für die Patientinnen und Patienten gefährlich werden kann.

Der spätsommerlicher Regen ist hartnäckig, trübt diesen Morgen ein wenig. Macht ihn grau. Doch dank des Kaffeeduftes und den Menschen im Schwesternzimmer, die ich schon viele Jahre kenne, wirkt das alles etwas kuschelig-gemütlich. Ich genieße noch einen Moment die Gemeinsamkeit, winke Petra zu, die mir gegenüber an der Wand lehnt und gerade an ihrer Tasse nippt, mich aufmerksam beobachtend. Dann muss ich los. Die Visite wird in wenigen Minuten beginnen.

Ich trete auf den Gang. Micha im Schlepptau. Ich sehe erneut diesen Schatten. Ich bleibe stehen und schaue genau hin. Da ist sie wieder, diese Dame. Ja, ich erinnere mich nun sehr genau an ihren Blick und ihr Gesicht. Geduldig sitzt sie auf ihrem Stuhl vor einem Anmeldezimmer und schaut mich mit einem vorsichtigen Lächeln an. „Basti, komm. Da vorne warten sie schon." Micha zeigt in Richtung der Aufzüge, wo sich bereits eine kleine Ansammlung von Weißkitteln eingefunden hat. Ich bleibe stehen. Warum begegnet sie mir so oft in letzter Zeit? Diese eigenartige Dame. Die Gruppe ist bereits in den Aufzügen verschwunden, als ich mich endlich losreißen kann und Micha hinterhereile. Schnell nehme ich die Treppen, um drei Stockwerke höher vollkommen außer Puste zeitgleich mit den Kolleginnen und Kollegen anzukommen.

Die nächste gute Stunde marschieren wir durch die Gänge, von Zimmer zu Zimmer.

In anderen Krankenhäusern liegt in der Regel die Zeit für eine Visite bei drei bis vier Minuten pro Patient. Dabei ist die Redezeit des Arztes doppelt so lang wie die des Patienten, sagen die Statistiker. Aber lassen Sie mal einen Dorfbewohner von der Alb-Hochfläche zu Wort kommen! Das kann schon länger gehen. Und unsere Chefärztin liebt das irgendwie auch. Als Hamburgerin muss sie sich ohnehin einiges von uns übersetzen lassen. Wir verharmlosen gerne auch den ein oder anderen Kraftausdruck beim Übersetzen. Unter anderem unser Herr Samuel Schäufele. Schäfer in Rente seines Zeichens. An sich ein kerngesunder Mensch, wenn es nicht so kompliziert mit seiner Verdauung wäre. Seine Liebste zu Hause kocht einfach zu herzhaft für ihn. So meint er. Wir sehen auf unseren Ultraschallbildern leider etwas anderes. Doch Samu, wie er genannt werden will, lässt sich seinen Optimismus nicht nehmen. Er gehört zu meinen Spezialfällen, die ich intensiver betreuen kann. Samu zu heilen, wäre entgegen allen Prognosen eines meiner schönsten Ziele. Ich habe diesen ehrlichen und geradlinigen Kerl gern.

Wir verabschieden uns von dem Älbler und ziehen mit unserer Karawane weiter. Es ist schon jetzt klar, dass ich zu meiner ersten Patientensprechstunde zu spät komme. Sie würden das verstehen.

* * *

Eine halbe Stunde später ist mein Erstaunen groß, als ich das mir zugewiesene Sprechzimmer betrete, denn da sitzt sie wieder. Die Dame. Sie wird zu meinem Schatten.

„Wir kennen uns, nicht?“ Ich versuche zu lächeln, was mir nicht so richtig gelingt. Verfolgt sie mich jetzt? Habe ich nun eine Stalkerin aufgrund der Hilfe, die ich ihr habe zukommen lassen? Kann doch gut sein, dass sie wegen ihrer Einsamkeit anhänglich wird, weil ihr ein Mensch seine Aufmerksamkeit schenkt. Mir wird ein wenig unbehaglich. Ich lehne mich in meinem Stuhl zurück und beobachte sie mit hochgezogenen Augenbrauen.

Sie nickt auf meine Frage hin und antwortet: „Kennen, das weiß ich nicht. Aber wir haben uns schon gesehen.“

„Hier?“

Sie nickt. „Ja, ich bin in den vergangenen Jahren schon ein paarmal hier gewesen. Auch bei Ihnen. Mein Mann war ihr Patient.“ Beschämt wende ich meinen Blick ab. Sie war mir nie aufgefallen oder ich habe sie tatsächlich wieder vergessen. Aber kürzlich, an jenem Nachmittag auf dem Marktplatz. Da habe ich sie getroffen. Ich habe ihr geholfen.

„Sie sind doch die Dame vom Marktplatz, oder?“

Jetzt blickt sie etwas beschämt, verunsichert. Leise flüstert sie „Ja“. Es ist ihr peinlich. Ich merke das.

Mit Erstaunen stelle ich fest, dass sie sich schick kleidet. Markenkleidung, Lagerfeld, Joop, Handtasche von Louis Vuitton. Ich bin beeindruckt. Lippen mit einem dezenten Rot geschminkt. Leichte Akzente um die Augen, Lidschatten? Ich kenne mich da nicht aus. Aber man sieht, sie achtet auf sich. Das macht man doch, wenn man gesehen werden will. Ich bin verunsichert. Sie wirkte vorhin aus der Ferne unscheinbar und grau. Sind nicht alle alten Menschen – unsichtbar? Für wen macht sie das?

Wir kommen ins Gespräch.

„Rheuma?“ Ich berühre sie vorsichtig an den Gelenken. Mache meine Tests und taste ihren Rücken ab, genauso wie die Gelenke.

„So sagen es die Ärzte, Ihre Kollegen. Manche meinen auch Arthrose, da könne man nichts mehr machen.“

Stumm nehme ich das zur Kenntnis. Arthrose ist immer das Totschlagargument, wenn dem Arzt nichts anderes einfällt.

Ich würde noch einige Termine mit dieser Dame machen wollen. So leicht geben wir nicht auf. Mein Entdeckergeist ist von einer Sekunde auf die andere geweckt.

„Schmerzen?“ Ich drücke vorsichtig etwas fester.

Sie zuckt kurz zusammen: „Geht so.“ Tapfere Frau.

Ich nehme ihren rechten Arm, fasse mit einer Hand unter ihren Ellenbogen und hebe ihn vorsichtig an. Die schmerzerfüllten Reaktionen bemerkte ich sofort. Doch sie sagt nichts.

„Es gibt noch einige andere mögliche Ursachen, die wir prüfen wollen, bevor wir die finale Diagnose stellen. Einverstanden?“

Ich gebe ihr mit einem Nicken zu verstehen, dass sie sich gerne wieder ankleiden kann. Dabei beobachte ich aufmerksam ihre Bewegungen. Registriere ihre Hand, die sie auf ihre Hüfte legt, schützend, helfend. Ich stelle mich nochmals prüfend vor sie.

„Was hat es mit dem Gehen auf sich? Wie kam es zu den Einschränkungen?“

„Es soll die Hüfte sein, sagen sie.“ Resigniert hebt sie die Hand. „Muss ich wohl mit leben.“

„Wann wurde das diagnostiziert?“ Ich hatte vorhin beim Abtasten im Bereich ihrer Lendenwirbel einen anderen Gedanken gewonnen.

„Vor wenigen Monaten. Bis dahin konnte ich recht ordentlich gehen. Selbst schöne Wanderungen oben beim Waldfriedhof waren kein Problem.“ Sie seufzt.

Ich erwidere: „Keine Sorge, das regeln wir. Ich verspreche Ihnen, in Kürze werden Sie wieder Seilhüpfen können.“

Sie lacht herzhaft heraus. Begeistert blicke ich auf und erfreue mich an ihrer kurz aufflammenden Lebendigkeit. Nicht mehr dieses gehemmte Benehmen, wie ich erfreut feststelle. Vom drahtigen Körperbau und der guten Muskelstruktur her könnte sie das durchaus gut schaffen, denke ich für mich. „Den nächsten Untersuchungstermin wird meine Sprechstunden-Hilfe vereinbaren. Wir bekommen das schon hin.“ Ich lächle sie an.

„Darf ich Sie zum Kaffee einladen? Als Dankeschön für Mittwoch?"

Überrascht halte ich mit meinem Bericht inne, den ich gerade in den Computer tippen will. Immerhin mit Vier-Finger-System. Also doch eine Stalkerin? Ich runzle die Stirn.

„Sind Sie beim ersten Mal immer so forsch?", witzele ich.

Schnell kommt der Konter: „Natürlich, morgen könnte ich schon tot sein. Da muss man die Zeit nutzen. Nicht?" Sie ist bereits an der Tür. Dort hält sie kurz inne. Dreht sich um und schaut mich an: „Und?"

„Ja, sehr gerne. Danke."

„Also gut, wunderbar." Sie freut sich. „Wir wäre es am Mittwoch, gleiche Zeit, im Café am Markt?" Ich zögere etwas, sage aber höflicherweise zu. Ohne daran zu denken, dass ich es annehmen werde.

Mein Handy piept. Gibt Signal. „Was hast du mit den Kindern angestellt? Sie sind aufsässig. Hast du sie gegen mich aufgewiegelt?" Meine Frau scheint erbost zu sein. Ich spüre Genugtuung. Als ich wieder aufblicke, ist die Frau verschwunden.

Der nächste Patient erscheint in der Tür, mit ihm die Sprechstundenhilfe, die mir kurze Notizen gibt und die Patientenakte im Computer hochlädt. Aha, einer meiner Spezialfälle. Eifrig springe ich auf und hole ihn ab. „Kommen Sie herein, Herr Bäuerle. Ich habe am Wochenende etwas entdeckt. Ich glaube, das kann Ihnen helfen." Freudig wende ich mich ihm zu. Der Tag vergeht im Fluge. Genauso wie der Dienstag.

Ein Operationstag, der sich zum schwarzen Dienstag entwickelt. Der Eingriff war an sich simpel und einfach. Routine, wenn man das von einer Blinddarm-Entfernung behaupten darf. Doch die junge Patientin stirbt unserem Kollegen unter der Hand weg. Ich werde noch hinzugerufen und versuche, was in meiner Macht steht. Doch vergebens. Die junge Frau liegt regungslos vor uns. Der Bauch ist noch geöffnet und ich blicke auf einen geplatzten Blinddarm, alles hochgradig entzündet, schon längere Zeit. Wir sind zu spät.

Erschreckte Gesichter verfolgen, wie ich das chirurgische Besteck resigniert zur Seite lege und die Handschuhe abziehe. Mein Kopfschütteln sagt alles. Schluchzen ist zu vernehmen. Es fühlt sich wie Faustschläge eines Profiboxers ins Gesicht und in den Bauch an. Schnell und mit voller Wucht. Alles zieht sich zusammen und es raubt dir beinahe die Besinnung. Wir stehen unter Schock. Nicht nur der unglückliche Kollege. Einen Menschen zu verlieren, der sich vertrauensvoll in deine Hand legt, ist unsagbar brutal. Man kann das Gefühl nicht beschreiben. Es ist ein tiefes Loch, das dich verschlingt und nicht mehr freigeben will.

Die Untersuchungen laufen an. Externe kommen samt Polizei ins Haus. Ein großer Aufruhr, der das Geschäft lahmlegt.

Rückblickend ist es für mich der Tag, an dem die Schwierigkeiten im Krankenhaus begonnen haben.

„Liegt es daran, dass die Patientin eine junge Frau war? Würden sie denselben Aufwand betreiben, wenn ein älterer Mensch gestorben wäre?“ Das kommt aus Michas Mund. Wir blicken zu dem Platz, an dem der Kollege sonst sitzt, dem das Unglück passiert ist. Ich muss Micha für seinen Kommentar nicht zurechtweisen. Ich weiß, wie sehr ihm das ans Herz geht, mit der toten Frau. Doch er denkt dabei an alle. Menschen sterben bei uns häufiger, als man denkt.

Der Mittwoch kommt – und geht. Das Date mit der Dame vergesse ich im dramatischen Durcheinander, das im Krankenhaus herrscht.

Ich muss an diesem Nachmittag zudem aufs Amt, nachdem ich auch am Morgen wegen des Todesfalles in der Klinik für die Befragungen zur Verfügung stehen muss. Der Fall zieht größere Kreise als gedacht. Von Fahrlässigkeit ist die Rede. Schon möglich. Doch Fließbandarbeit ist immer mit der Gefahr verbunden, dass einem die Konzentration zwischendurch entflieht. Kein Mensch kann so lange Schichten bedienen und immer auf höchstem Niveau agieren. Nein, es soll keine Entschuldigung sein. Aber die Ursache ist in unserem brutalen System zu suchen. Ein System, bei dem der Mensch immer mehr zur Ware wird. Betriebswirtschaftlich bewertet, damit auch unsere Krankenhausleitungen bestmögliche Rendite erbringen können.

Ich klopfe auf meinen Fahrradhelm, während ich vor dem Amtsgebäude mein Rad abstelle. Ein hoffentlich guter Garant, dass ich selbst nie unters Messer muss.

Die steinernen, schon tief ausgetretenen Stufen des mittelalterlichen Hauses hochzusteigen, verlangt meine Aufmerksamkeit. Ich muss mich jetzt konzentrieren. Der Amtsgang ist auch nach so langer Zeit noch immer keine Routine, denn es geht nach wie vor ums Sorgerecht, und vor allem um meine Besuchszeiten. Ich bin bereit, zu kämpfen.

* * *

Das Schicksal treibt sein Spielchen mit mir. Rückblickend scheint es tatsächlich so gewesen zu sein, dass es sie und mich immer wieder zusammengebracht hat. Ich bin mir sicher: Dahinter steckt ein Plan.

Dieses Schicksal. Es hat das alles eingefädelt. Nicht nur zwischen uns beiden. Auch die anderen Ereignisse. Denn Zufall kann das wahrhaftig nicht sein.

Doch der Reihe nach: Am Samstag dieser Woche streune ich etwas ziellos über den Wochenmarkt. Ich peile vage mein Stamm-Café an, will mir einen guten Kaffee bestellen und das heutige „Wimmelbild“ auf dem Marktplatz aufsaugen. Es ist voller Leben. Bunt und quirlig. Die Menschen freuen sich über das Wochenende. Man spürt die Leichtigkeit. Beim Gemüsehändler am Markt will ich vorher noch etwas Salat für meine Hasen einkaufen. Sparky und Giordi. Zwei Überbleibsel aus der Zeit, als meine Kinder noch im Haus waren und die beiden Hasenherren von ihnen großgezogen wurden. Jetzt bilden die süßen Kerle mit mir eine Männer-WG. Ganz ohne Käfig oder Gitter. Sie bewegen sich so frei wie ich. Wie kleine Hunde folgen sie mir und benehmen sich in bester Weise als stubenreine Wollknäuel, die ihr Hasenklo haben.

„Na, der Herr, am Mittwoch Angst vor dem Rendezvous gehabt?“ Erschrocken blicke ich neben mir und entdecke sie. Meine alte Dame. Hochrot laufe ich an. „Ach herrje, Frau …“, verdammt, warum merke ich mir nicht schon beim ersten Mal die Namen meiner Patienten? „Nennen Sie mich einfach Anni.“ Sie tippt mir auf den Arm. „Das war keine feine Sache am Mittwoch. Ich musste zahllose Verehrer abwimmeln, während ich ganz allein am Tisch gewartet habe.“ Ich schäme mich und finde keine Worte der Entschuldigung. Ich zahle rasch und nehme meine Einkäufe entgegen. Dann wende ich mich der Dame zu und hebe beide Arme, den Rechten bepackt mit der Stofftasche voller Salat, bevor ich entgegne: „Das tut mir sehr leid, also, es ist so, dass … Aber aller guten Dinge sind drei. Jetzt muss ich wohl. Oder?“ Prüfend schaut sie mich an und erwidert: „Sie müssen nicht aus Mitleid mit mir Kaffee trinken.“ Ihre Stimme klingt fast schon beleidigt. „Ich wollte Danke sagen, aber das muss nicht sein.“ Sie hat eine volle Einkaufstasche in der Hand, wechselt sie von einer Hand in die andere. Sie schickt sich an, wegzugehen. Schnell analysiere ich die Lage: Es ist Samstag. Ich darf meine Kinder nicht sehen. Wir wollten uns eigentlich zum Video-Chat treffen. Irgendein doofer Einfall meiner Frau hat das aber verhindert. Außerdem plagt mich das schlechte Gewissen. „Stopp, warten Sie!“, rufe ich laut. Einige Passanten drehen sich irritiert zu mir um. Ob ich sie etwa meine? Energisch laufe ich der Dame hinterher. Beinahe schon empört, dass sie mir davonlaufen will. Ich stottere, obwohl ich bestimmt und klar wirken möchte: „Ja, aber ja doch. Ich freue mich, mit Ihnen Kaffee trinken zu dürfen … Anni. Wirklich wahr.“ Ich nuschle noch was von Amt, Sorgerecht, Kinder und wild gewordener Ehefrau. Doch das hat sie sicherlich nicht verstanden. Egal. Ich bugsiere die Dame quer über den Marktplatz hinüber zu meinem Café. „Das lieben Sie, nicht?“ Frau Anni, so nenne ich sie insgeheim, zeigt auf die Café-Tische vor uns. „Da kann man in Ruhe beobachten, ohne dabei aufzufallen, gell?“ Ich bin ein wenig verdutzt. Aber sie hat recht. Ich will der unbeteiligte Beobachter sein. Nie mitten in der

Szene. Wir setzen uns, bestellen unseren Kaffee, Kuchen und viel Sahne. Es wird ein langer Samstagnachmittag im Café in der Stadt. Wir reden über dieses und jenes, die Stadt, die Lokalpolitik, die Bundespolitik und alle anderen möglichen Themen, die unsere Gesellschaft beschäftigen. „Frau Anni, Sie sind gut informiert. Respekt. Vor allem auch über die Regionen der Welt und was dort geschieht." Ich blicke sie irritiert an. Alzheimer und Demenz kann ich sofort ausschließen, im Gegensatz zu meiner Vermutung bei unserer ersten Begegnung. Das ist mir schnell klar. Ich beuge mich vor und schaue sie interessiert an: „Warum kennen Sie sich so gut in der Welt aus, Anni?" Ich bemerke gar nicht, dass ich zum ersten Mal mit einem Menschen aus meinen Wimmelbildern rede, die ich mir sonst immer aus sicherer Distanz anschaue. Sie winkt ab und erwidert: „Das ist eine sehr lange Geschichte … Aber erzählen Sie, Herr Doktor, haben Sie Familie und Kinder?" Mein Gesicht verdüstert sich von einer Sekunde auf die andere. Die Stimmung schlägt in einer Geschwindigkeit um, wie es sonst nur das Wetter in den Bergen tun kann. Die alte Dame erkennt das sofort und hebt entschuldigend die Hand. „Oh, ich wollte Ihnen nicht zu nahe treten. Entschuldigen Sie bitte." Sie ist erschrocken. Ich lege besänftigend meine Hand auf ihren Arm und beruhige sie: „Alles gut. Es ist nur so. Also, es ist alles kompliziert." Ich schlucke kräftig. Und dann lege ich los. Erzähle einem wildfremden Menschen alles. Es sprudelt nur so aus mir heraus: meine Kinder, die Ehe, Familie, das Denken, es ginge ewig so weiter. Der Schock der Trennung, die Einsamkeit. Jawohl, die Einsamkeit. Nach zwei Kaffee und viel Mineralwasser beende ich meine Erzählungen. Ich bin erschöpft und vollkommen erstaunt über mich. Erst jetzt erkenne ich, dass ich meine eigenen Grenzen überschritten habe. Jene, die ich mit Schutzzaun, großen Mauern und viel Abwehrsystemen versehen habe. „Entschuldigen Sie", murmle ich. Doch sie winkt ab und flüstert ein „Alles gut". Erst nach einiger Zeit ergänzt sie: „Die Einsamkeit. Diese große Einsamkeit. Ich dachte, sie ist nur für die Alten und Kranken reserviert.

Ich wusste nicht …" Sie pocht mit ihrer kleinen Faust auf den Tisch und spricht entschieden: „Nein und nochmals nein! Sie sind zu jung für die Einsamkeit. Tun Sie etwas. Sie haben jetzt noch die Möglichkeiten und alle Chancen. Es könnte sonst eines Tages zu spät sein." Eine Träne kullert ihr die Wange herunter. Lange schweigen wir. Wir trauen uns nicht, uns anzuschauen. Diese Gefühlsausbrüche und diese Offenheit sind eigentlich ziemlich unangemessen, mitten in einem kleinen schwäbisch-protestantischen Städtchen, am helllichten Tag, bei zwei Menschen, die sich beinahe nicht kennen und von denen die eine Person mit Sicherheit mehr als doppelt so alt ist wie ich. Geziemt sich so etwas?

Egal: Ich fühle Erleichterung. Seit sehr langer Zeit zum ersten Mal. Es tut gut, darüber zu reden. „Vielen Dank", sage ich nur und ziehe etwas beschämt über mich den Geldbeutel aus der Jackentasche.

* * *

Gegen späten Nachmittag trage ich der Dame die Tasche nach Hause. Vor ihrer Haustür entschuldige ich mich nochmals für den Mittwoch und sage mit nuschelnder Stimme, wie unangenehm es mir noch immer ist. Doch Frau Anni winkt ab. „Schon okay. Mir ist auch ein dringender Geschäftstermin dazwischengekommen." Überrascht schaue ich sie an. Zwinkernd spricht sie weiter: „… nämlich Hollywood, wissen Sie?"

Wieder dieses verschmitzte Lächeln. Das gefällt mir.

Schäkert sie mit mir? Charmant, charmant.

„Kommen Sie noch mit herein?" Neugierig mustert sie mich. Ich nicke und betrachte das Gebäude. Modern, offenbar neu gebaut. Schöner Anblick. So also geht betreutes Wohnen heute.

„Sie fragen sich, was am Mittwoch wirklich war?" Will sie von mir wissen. Ich nicke. „Es war nicht Hollywood, sondern der Todestag von meinem geliebten Nikolas. Es ist erst zwei Jahre her." Jetzt schnürt es mir den Hals zu.

Mein schlechtes Gewissen wird gleich doppelt so groß. Ich sehe, sie beschäftigt das noch immer. Ist ja logisch, vermute ich. „Ich war ziemlich traurig und mitgenommen an diesem Tag. Kam gerade vom Friedhof, wo ich ihn besucht habe. Zum Café bin ich nur gegangen, weil ich nicht unzuverlässig sein wollte. Aber dass Sie nicht gekommen sind, kam mir entgegen." Ich verstehe und schweige.

Sie bringt zwei Campari Orange. Gerne nehme ich das kühle Glas entgegen und proste ihr zu. „Auf Nikolas", sage ich und freue mich, dass ein Lächeln über ihr Gesicht huscht. „Auf Nikolas", bestätigt sie. Ich betrachte die Bilder, die an der Wand hängen oder auf dem Sims stehen. Schaue die Person an, die mich mit demselben Lächeln anschaut wie Anni. Erkenne die wunderschöne junge Frau in ihr wieder. Ich sehe das ebenmäßige Gesicht, die glatte Haut. Lange Haare, mit dem Pagenschnitt jener Zeit. Jugend sprüht aus allen Pixeln des Bildes. Eine Frau zum Verlieben. In dieser Zeit.

Neugierde weckt sich in mir.

Anni folgt meinem Blick, stellt sich neben mich und prostet ihrem eigenen Bild zu. „Das war damals in Uruguay." Sie scheint mit diesen Worten in jene Zeit zurückzureisen. Ihre Augen erhalten einen eigenartigen Glanz. „Sie waren einmal in Südamerika?", will ich wissen. Erstaunt, dass ein alter Mensch … Wie dumm man nur denken kann, beschimpfe ich mich selbst. Anni war auch einmal jung. „Natürlich war sie das", tadelt mich eine innere Stimme. Jung, hübsch und dynamisch. Die Frau neben mir nickt. „Nicht nur dort und nicht nur einmal. Ich habe die ganze Welt bereist. Über viele Jahrzehnte. Gemeinsam mit meinem geliebten Nikolas. Wir folgten allen Routen dieser Ratten und stöberten sie in ihren Nestern auf. In den USA, in Mexiko, Argentinien, Uruguay, Brasilien – und nicht nur dort." Sie hält kurz inne. Anni ringt mit sich, ob sie weitersprechen soll. Doch dann gibt sie sich einen Ruck: „Wir schworen uns, so lange deren Spuren hinterherzureisen, bis wir IHN zur Strecke gebracht haben." Ihre Augen verengen sich. Ich sehe, wie sie die Rechte zur

Faust ballt. „Ihr habt einen Menschen gejagt? Warst du bei der Polizei? Bei Interpool?“ Eigentlich habe ich mich bereits aufgerafft, um zu gehen. Doch ich bin zu neugierig, lehne mich gegen die Kommode und schlürfe an meinem restlichen Campari. Ich versuche in dem Gesicht zu lesen, das immer mehr seine grauen Schatten verliert, Konturen bekommt und vom Charakter dieser Frau ein wenig durchschimmern lässt. „Waren Sie etwa Agentin?“ Ich versuche zu scherzen. Doch Anni bleibt ernst, schüttelt den Kopf. „Nein, das war ich nicht. Aber ich habe mit einzelnen speziellen Organisationen zusammengearbeitet.“ Mehr sagt sie nicht. Ich zögere zunächst, bevor ich meine Frage loswerden will: „Haben Sie denn diese Menschen umgebracht? Was heißt, zur Strecke gebracht?“ Doch Anni antwortet nicht. Schweigt nur.

An der Tür, als sie mich verabschiedet, sagt sie nur: „Unser Wunsch war, für Gerechtigkeit zu sorgen. Schlimme Taten zu rächen. Vielen Dank für den Besuch, Herr Doktor. Hat mich sehr gefreut.“ Ich gebe ihr zum Abschied die Hand und verlasse das Haus.

4.

Ich knülle den vorläufigen Untersuchungsbericht zusammen. Drücke ihn, presse ihn. Forme eine Kugel. Mit der Linken hebe ich ihn in die Luft, konzentriere mich und schmeiße ihn in Richtung Miniatur-Basketballkorb, den ich über dem Papierkorb angebracht habe. „Yes“, schießt es aus meiner Kehle. Ich recke siegesbewusst die Hand in die Luft. „Toooor.“ Das ist die beste Verwertung dieses blöden Berichtes!

Man möchte den Kollegen disziplinarisch belangen. Ich glaube, zu Unrecht. Er ist ein Guter. Das System müsste man belangen. Genauso wie meine Frau. Ex-Frau, hoffentlich. Ich überlege mir, ob ich sie wegen Mobbings anzeigen soll. Diese ständigen Messenger-Nachrichten sind wie Faustschläge in die Magengrube. Sie beabsichtigt, mir die Zeiten mit meinen Kindern verbieten zu lassen. Ich täte ihnen nicht gut, behauptet sie. Eine Therapeutin hätte das bestätigt. Vermutlich eine Freundin. Ich schnaufe laut auf. Ja, das macht mich wütend. Ist sie eifersüchtig, weil ich mich mit den Kids so gut verstehe? Tausende Zeugen könnte ich dafür aufrufen: die vom Strand, von der Pommes-Bude, der Kartbahn und allen anderen Orten, an denen wir waren. Wir haben immer eine gute Zeit und viel Spaß miteinander. Die Kinder erzählen viel und wir sprechen über so viele Dinge, die sie beschäftigen. So ist das eben.

Auf dem Baum direkt vor meinem Fenster sitzt eine Amsel. Sie schaut mich auffordernd an, beschimpft mich durch das offene Fenster hindurch. „Was?“, rufe ich ihr zu. Und ja, ich rede mit Tieren. Liebe diese Kreaturen. Die Amsel schimpft weiter. Auch, als sich die Tür öffnet und meine Sprechstundenhilfe den nächsten Patienten ankündigt.

„Danke“, sage ich etwas abwesend und winke der Amsel zum Abschied zu. Sie hält kurz inne, meckert weiter und fliegt los. Ich werde mir später Gedanken machen, was sie mir sagen wollte.

„Wer ist es?", will ich wissen.

„Niemand von Ihrem bestehenden Patientenstamm. Eine junge Frau wartet. Sie ist neu. Die Kollegen von der Inneren schicken sie. Hat offenbar starke Unterleibsschmerzen." Sofort bin ich hellwach. Eine junge Frau mit starken Unterleibsschmerzen? Sie wurde von den Kollegen geschickt, die das nicht veranlassen würden, wäre es nichts Ernstes. Das klingt nicht gut.

„Ich komme", sage ich rasch und schnelle aus dem Bürostuhl hoch.

„Behandlungszimmer 4", ruft mir meine Kollegin nach, während ich in den Gang hinaustrete.

Bekannte Gesichter grüßen, die an mir vorbeieilen und im Gewusel verschwinden. Wieder einmal sehr viel los nach einem sonnigen Wochenende.

„Guten Morgen, mein Name ist Dr. Wohlfart." Ich schaue sie gar nicht richtig an. Setze mich an meinen Tisch und studiere die Krankenakte. „Und Sie sind?" Ich schaue auf das Namensfeld in der Akte: „… Frau Laura Jordan, richtig?" Erst jetzt blicke ich auf und sehe ihr Nicken. Ihre funkelnden, grünen Augen blicken mich an. Eine Mischung aus Schmerz, Angst und Flehen spricht aus ihrem ovalen Gesicht, dessen Stirn Falten wirft. Sie muss Krämpfe haben, so wie sie nach vorne gebeugt, etwas zusammengekrümmt auf dem Stuhl sitzt. Laut meinen Unterlagen ist sie siebzehn Jahre alt. Bald achtzehn. Die roten Haare fallen bis zu ihren Schulterblättern herunter. Lange, lockige Haare. Tiefe, dunkle Augenränder nehmen ihr die jugendliche Frische.

„Wie geht es Ihnen?", will ich wissen.

„Gut", ihre lapidare Antwort. Höre ich da Misstrauen und Trotz aus ihrer Stimme?

Ich setze mich auf meinem Drehhocker ihr gegenüber und betrachte sie aufmerksam: „Und wie geht es Ihnen wirklich?"

Sie kneift die Augen zusammen und meckert: „Na, wie soll es mir gehen, wenn ich hier bin? Scheiße geht es mir."

Sie bedeckt mit beiden Händen ihren Bauch unterhalb des Nabels. „Krämpfe?", will ich wissen, ohne auf ihre schnippische Art einzugehen. Sie nickt stumm. „Hat man Ihnen ein Schmerzmittel verabreicht?" Wieder nickt sie. „Die Tabletten wirken aber nicht."

Ich beginne mit meinen Untersuchungen. Die junge Frau will mich erst nicht an sich heranlassen. Misstrauen schlägt mir entgegen.

Ich versuche sie zu beruhigen und sage in sanftem Ton: „Ich möchte gerne verstehen, was die Ursache für Ihre Schmerzen ist. Dafür muss ich Sie untersuchen, wenn das okay für Sie ist." Ich zeige auf die Liege: „Wäre es möglich, dass Sie Ihr T-Shirt ausziehen und sich hierauf legen?"

„Warum? Es gibt doch schon eine schlimme Diagnose", bellt sie mich an. „Die Überlebenschancen sind nicht hoch." Erschrocken halte ich inne. „Wer sagt das?" Ich hatte den Bericht bislang nicht gelesen. Mache ich eigentlich nie, um mir mein eigenes erstes Bild zu machen.

„Na, Ihre Kollegen, die Götter in Weiß aus der anderen Abteilung." Sie stöhnt, als sie das sagt. „Sie sagen, ich hätte einen Tumor oder irgend so was. Steht alles da." Sie zeigt auf den Computer und meint damit wohl die Krankenakte.

„Na ja, noch leben Sie und das ist ein gutes Zeichen. Wir haben also noch Optionen." Ich versuche, mit meinem vermeintlichen Scherz die Situation zu entspannen. Doch der Schuss geht nach hinten los. Tränen schießen aus den Augenwinkeln der jungen Frau. Sie schluchzt: „Ich will nicht sterben." Ich könnte mir selbst in den Hintern treten wegen meiner flapsigen Art.

„Darf ich Sie nun untersuchen?", frage ich in sanftem Ton und zeige erneut auf die Liege. Sie nickt und zieht das T-Shirt aus.

Vorsichtig taste ich ihren Bauch ab. Registriere jedes Zucken, erfühle feste Stellen und nehme die enorme Hitze wahr, die ihre untere Bauchregion ausstrahlt. Beinahe wie ein Ofen.

„Sie sind doch der Mann vom Marktplatz, oder?"

Ich schaue sie erstaunt an. „Marktplatz? Was meinen Sie?" Erst jetzt beginne ich, die Bilder meiner Kollegen anzuschauen, die sie mit ihren kostspieligen Geräten gemacht haben. „Na, neulich, als die alte Frau beinahe überfahren worden wäre." Ich kann mich erst nicht erinnern. Doch dann merke ich, dass sie Frau Anni meint. „Ja, der bin ich. Und Sie? Waren Sie auch vor Ort?"

Sie nickt und schaut etwas beschämt weg.

„Ich saß mit meinen Freunden und Freundinnen dort."

„Die Clique, die gelästert hat?" Ich runzle die Stirn und betrachte sie mir genauer. Sie nickt zögerlich. „Ja, das waren wir. Wir haben sie doch nicht wirklich ausgelacht!" Die Entschuldigung kommt nicht authentisch herüber.

Ich scanne ihr Gesicht und erinnere mich vage. Es sind die roten Haare, die mir helfen. Sie waren an dem Tag unter einem Base-Cap halbwegs versteckt. „Ihr habt ihr nicht geholfen. Sie wäre beinahe unter die Räder gekommen", tadle ich, während ich behutsam ihre Lymphknoten in der Beuge abtaste. Fühlen sich wie ein Knoten an. Kein gutes Zeichen. „Was für ein Zufall", sage ich, um sie von meinem ernsten Blick abzulenken, den sie registriert. „Ja", sagt sie nur. Ich gebe ihr ein Zeichen, dass sie sich wieder anziehen kann, was sie auch schnell macht. „Irgendwann liegt die ganze Stadt bei mir auf dem Tisch", versuche ich dabei zu scherzen. Ich sehe ihren Blick. Angst und Sorge.

Bauchschmerzen. Lymphknoten. Schmerz. Keine gute Kombination.

Ich reiße mich zusammen. Verzichte darauf, sie wegen der Frau weiter zur Rede zu stellen.

„Frau Jordan, ich verspreche Ihnen, dass wir das hinbekommen. Ich muss mit den Kollegen sprechen und wir müssen noch ein paar Untersuchungen durchführen. Okay für Sie?" Sie nickt.

„Ich sehe, dass Sie in der Stadt wohnen? Wie kann man Sie erreichen?" Meine Patientin zögert etwas: „Am besten übers Handy." – „Und Ihre Eltern? Sind die informiert? Kann man die auch erreichen?"

Schnell kommt ein „Nein" aus ihr heraus. „Meine Eltern haben hiermit nichts zu tun. Die Adresse ist die einer betreuten Wohngruppe. Doch da bin ich nur selten. Also notieren Sie bitte meine Handynummer." Ich meine zu verstehen, nicke und tippe die Nummer ein.

Ich werde intensiver mit ihr in Kontakt kommen. Über längere Zeit. Das wird mir schnell klar. Es wird ein Kampf um ihre Gesundheit werden. Hoffentlich nicht um ihr Überleben! „Wir schaffen das." Ich schüttle ihr die Hand zum Abschied. Dabei entdecke ich braune Flecken an ihren Lippen. Wie Leberflecke. Nur an einer Stelle, wo sie nicht hingehören. Und Brandflecken sehen anders aus. Es rattert in meinem Kopf, wie bei einem Rechner, der seine Archive durchstöbert. Bits und Bytes rasen in wilder Geschwindigkeit hin und her. „Bis bald." – „Ja, Tschüss." Ich sehe ihr noch nach, wie sie aus dem Zimmer geht. Traurig lässt sie mich zurück. Das sind die Momente, in denen ich meinen Beruf nicht wirklich gernhabe. Momente, in denen ich Angst habe, zu versagen und ein Menschenleben zu verlieren.

Werde ich Laura helfen können? Ich nage in Gedanken verloren an meinem Bleistift.

Die Tür öffnet sich und Petra tritt ein. Meine Stimmung hellt sich auf und dankbar gehe ich auf sie zu. Zum ersten Mal umarme ich die überraschte Kollegin und sage einfach nur „Danke". Weiß sie eigentlich, dass sie in meiner Jugend die Liebe meines Lebens war? Wir hatten uns über viele Jahre aus den Augen verloren. Sie war nach Köln gezogen, um dort zu arbeiten und zu leben. Erst im vergangenen Jahr kam sie in ihre Heimatstadt zurück und seit dieser Zeit haben wir uns wieder gesehen. „Wofür?", will sie wissen. „Einfach so, dass es dich gibt", antworte ich. Sie blickt mich intensiv an. „Du bist traurig? Was ist passiert?" Ich fange an, es ihr zu erzählen.

* * *

Am nächsten Morgen verlasse ich Petras Wohnung deutlich früher als sie, damit niemand Verdacht schöpft. Doch wie es der Zufall will, kommt ausgerechnet jetzt der Internisten-Kollege um die Ecke und freut sich über meinen Anblick. „Hi, Basti, auch schon so früh unterwegs?“ Er blickt mich verschwörerisch an. „Auch aus einer anderen Haustür herausgekommen? Willkommen im Club.“ Er klopft mir auf die Schulter und freut sich wie ein kleiner Junge. Ich stottere etwas von „Wollte beim weltbesten Bäcker ’ne Seele holen“ und so weiter. Doch Kollege Internist geht nicht darauf ein. „Wir Singles dürfen das ja. Das stört niemanden. Aber wenn zu Hause jemand auf dich wartet und die Kollegen erzählen, sie sind auf Fortbildung, in Wirklichkeit aber zwei Viertel weiter im siebten Himmel, ist das nicht ganz stressfrei.“ Er lacht. Ich wusste das alles gar nicht. „Wer denn mit wem?“, will ich wissen. Doch mein Mitverschwörer schüttelt mit dem Kopf und legt den Finger an den Mund: „Betriebsgeheimnis. So etwas geht nicht heraus.“ Na klar. Aber er weiß alles. Klatschweib!

„Wie bist du denn mit der Kleinen zurechtgekommen, die wir dir gestern geschickt haben? Siehste ’ne Chance?“

Ich brauche ein paar Sekunden, um umzuschalten. „Meinst du Laura, die junge Frau?“ Er nickt und antwortet: „Die eigenartigen Verwachsungen und Wucherungen habe ich bisher nicht gesehen. Vor allem bei so einem jungen Menschen. Hast du eine Ahnung, was das sein könnte?“ Ich zucke mit den Schultern. „Keine Ahnung. Sie war erst zu einer Sitzung bei mir. Es braucht noch mehr Untersuchungen und wir müssen Gewebeproben nehmen, um sie ins Labor zu schicken.“ Dieser Spruch gilt als Aufforderung für ihn und sein Team, das zu übernehmen. Doch Arno bleibt stehen und schaut mich an: „So viel Zeit haben wir leider nicht mehr. Diese eigenartige Wucherung hat die Nieren erreicht und bereits regelrecht umschlungen.“ Er geht den Weg entlang. Ich versuche, mit ihm Schritt zu halten, während ich das

Fahrrad auf dem engen Gehweg herumjongliere. „Wie viele Tage?“, will ich von ihm wissen. Er schaut weiterhin nach vorne, während er antwortet: „Keine Ahnung. Ein paar wenige Wochen?“ Mir stockt der Atem. Diese junge Frau soll bald sterben? „Das wäre bei den aktuellen Untersuchungen zu der Toten in der OP keine gute Meldung, schätze ich.“ Ich werde kurz wütend. So viel Zynismus ist nicht angebracht. Gerade bei dieser jungen Patientin. „Dann lass uns sofort etwas tun. Verlieren wir keine Zeit!“, rufe ich ihm hinterher. Doch er winkt ab: „Wir sind doch schon dabei, Basti. Gegen alle ihre Widerstände haben wir sie gestern bereits auf die Station gebracht. Ich sag’s dir. Beinahe hätten wir sie fesseln müssen. Das ist ein wildes Ding.“ Ich sehe die kupferroten Lockenhaare vor meinen Augen, die energisch durch die Luft wirbeln, wenn ihre Trägerin wütend wird. Ich muss lächeln. Schnell hake ich fachlich nach: „Behandlungsform aktuell?“ „Das Standardprogramm. Wir haben sie an den Tropf gehängt und mit einem ersten Medikamentencocktail versehen.“ Er beginnt, alle Medikamente aufzuzählen, die enthalten sind. Klingt vernünftig, denke ich. Doch als wir im Krankenhaus ankommen, empfängt uns schon die Stationsschwester. Aufgeregt fuchtelt sie mit den Armen: „Soso, die Herren! Wozu hat man einen Piepser? Sicherlich nicht, um ihn zu Hause liegenzulassen.“ Erschrocken fasse ich mir an den Gürtel. Da ist nichts. Ich muss ihn bei Petra vergessen haben. Noch bevor wir nach ihrer Aufregung fragen können, zieht sie uns mit sich. „Es ist der Neuzugang von gestern. Sie ist in der Nacht kollabiert. Sie scheint eines der Mittel nicht zu vertragen.“ Sofort sind wir alarmiert und hellwach. „Wo ist sie jetzt?“, will ich wissen. „Auf der Intensiv.“ Wir eilen den Gang hinunter und zwei Treppen nach oben.

„Sie hat offenbar Allergien, von denen wir nichts wissen“, begrüßt uns der diensthabende Kollege, während wir an ihr Bett treten. Ich erkenne nichts mehr von der Lebendigkeit der jungen Frau wieder, die gestern in meiner Sprechstunde war. Zu dem Kollegen gewandt fordere ich in einem barscheren Ton als notwendig: „Könnt ihr mir die genaue Liste der Medikamente geben, die ihr verabreicht wurden?“ Irritiert blickt mich der Angesprochene an. Nickt aber. „Schlecht geschlafen?“, will er von mir wissen.

„Nein, in großer Sorge. Aus der Patientin scheint das ganze Leben gewichen zu sein. Wie lautet eure Diagnose?“

Der Kollege zieht die Schultern hoch und erwidert: „Offen gesagt, weiß ich es noch nicht. Sie hat einen lebensgefährlichen Schock erlitten. Wir stabilisieren sie gerade und haben alle anderen Medikation sofort abgesetzt.“ – Ich nicke und wiederhole: „Die Liste bitte.“

Kurz öffnet die junge Frau die Augen und lächelt, als sie mich erkennt. Ich drücke sanft ihre Hand und flüstere: „Schlafen Sie jetzt. Alles wird gut.“ Mit einem Lächeln schläft sie wieder ein.

Ich blicke mich auf der Station um. Fünf Betten sind belegt. Man erkennt die Menschen hinter den Geräten und Schläuchen beinahe nicht mehr. Junge wie alte Menschen sind hier versammelt. Eine gemeinsame Sache vereint sie: der Wunsch, wieder gesund zu werden. „Komm, wir gehen in dein Zimmer und suchen nach einem Weg für die junge Dame.“ Arno zieht mich mit sich.

Auf dem Weg zu meinem Büro treffe ich Frau Anni. Erstaunt bleibe ich stehen und frage: „Haben wir einen Termin heute?“ Sie aber schüttelt den Kopf und zwinkert mit dem Auge, als sie mir antwortet: „Nein, nein. Keine Angst. Ich stalke Sie nicht. Ich besuche eine Freundin. Sie liegt mit einem gebrochenen Bein im dritten Stock.“ Ich berühre freundschaftlich ihre Schulter und wünsche ihr einen schönen Tag.

Ich schaue meinen Kollegen an. Seit heute Morgen, als er mich vor Petras Tür ertappt hat, fühlt sich die Beziehung an wie mit einem Verbündeten. Wir haben ein gemeinsames Geheimnis: „Aus welcher Tür bist du eigentlich heute Morgen gekommen, Arno? Wer ist die Angebetete?“

Ich zwinkere ihm zu. Doch er wehrt mit erhobenem Zeigefinger ab: „Na, na, na. Nur nicht zu naseweis. Du weißt doch, alles bleibt geheim." Ich lasse nicht locker. „Sag schon!" Er lächelt verschmitzt und gibt sich einen Ruck: „Es ist keine Sie. Es ist ein Er." Ich wirke etwas überrascht. Das sieht er. Aber nur kurz. Ich klopfe ihm auf den Rücken. „Na, wunderbar. Glückwunsch. Jemand aus dem Haus?" Er nickt. Dann schweigen wir aber darüber. Ich selbst gehe in Gedanken alle Namen und Gesichter durch. Wer könnte es sein?

„Hat eigentlich jemand von dem Neuzugang Blut abgenommen?" Arno reißt mich aus meinen Gedanken. Überrascht blicke ich in den Computer und scrolle durch die Dateien. „Also ich nicht. Hmmm. Lass sehen. Irgendwie gar niemand. Ihr auch nicht?" Etwas verlegen schüttelt er den Kopf. „Nein. Zu dem Zeitpunkt haben wir nur Ultraschall und MRT gemacht. Wir hatten nicht über eine stationäre Behandlung nachgedacht. Wir haben sie ja sofort zu dir geschickt, als wir die Verwachsungen und Knoten gesehen haben." Ich ziehe die Augenbrauen hoch und lege die Stirn in Falten. „Das ist uns wohl allen durchgerutscht. Verdammt." Wenn das die Hausleitung erfahren würde, das wäre Wasser auf die Mühlen der Ermittler. „Was ist denn eigentlich mit der Untersuchung? Wie geht es dem Kollegen?" Ich konnte gestern nicht mehr nachfragen. „Er ist nach wie vor beurlaubt. Es scheint, dass sie an ihm ein Exempel statuieren wollen. Die Angehörigen haben wohl auch Strafanzeige gestellt. Es wird noch recht lange dauern, schätze ich." Ich schweige. Schwierig, sich selbst ein Bild zu machen. Ich reiße mich zusammen und konzentriere mich auf den Fall. „Wir müssen umgehend die Blutwerte der Frau analysieren. Kannst du das bitte sofort veranlassen?" Arno holt sein Telefon heraus und ruft eine Nummer an, mit der er alles Weitere dazu bespricht.

Wir vertiefen uns in die Unterlagen. Besonders das MRT und die Ultraschallbilder bekommen unsere volle Aufmerksamkeit. „Hast du schon einmal so etwas gesehen?", will Arno wissen. „In dieser Form, meinst du? Nein.

Offen gesagt nicht. Das Geflecht scheint sich wie ein Schimmelpilz über den gesamten Bauchraum ausgebreitet zu haben. Es dockt von außen an die Organe an. Siehst du?“ Ich zeige auf die betreffenden Stellen. Arno wirkt sehr nachdenklich. „Ja, sehe es. Dazu kommt noch, dass das Zeug in die Organe eindringt. Vor allem der Darm hat es dem Organismus angetan.“ Erstaunt blicke ich ihn an. „Du meinst, es ist eventuell ein lebendes System?“ Ziemlich gruselig, selbst für Menschen wie uns. Arno fasst es in Worte: „ich habe sowas noch nicht gesehen. Ganz ehrlich. Das ist schon seltsam.“ Wir betrachten über lange Minuten hinweg die Bilder und Notizen der Radiologie. „Meinst du, sie wird überleben?“, will Arno wissen. Ich zögere mit meiner Antwort, ich kann nur zurückhaltend antworten: „Was den aktuellen Allergie-Schock betrifft, da glaube ich, haben wir eine Chance. Wichtig sind die nächsten Stunden. Was dieses Alien angeht, da bin ich mir nicht sicher. Ich weiß nicht, was das ist.“ Am Abend würde ich alle möglichen Fachportale durchforsten müssen. Auf der Welt würde es sicherlich etwas Vergleichbares gegeben haben. Hoffe ich.

Meine Gedanken gleiten zu Laura, die ich insgeheim mit Vornamen anspreche. Wie mag es ihr wohl gehen? Was bekam sie von alledem mit? Vor ein, zwei Tagen war sie noch auf den Beinen. Sicher, sie hatte Bauchkrämpfe. Vielleicht dachte sie, das wären Menstruationsbeschwerden oder zumindest etwas, was wieder verschwindet. Und jetzt liegt sie auf der Intensivstation und ist beinahe am Tod vorbeigeschrammt. Wie nahe doch alles beieinander liegt!

Nach gut zwei Stunden Analyse, Diskussionen und Recherchen packen wir unsere Sachen zusammen und begeben uns ins kleine Besprechungszimmer. Einige Kolleginnen und Kollegen warten schon auf uns, um über Laura Jordan zu sprechen. Jetzt soll erst einmal geklärt werden, was ihre Schockreaktion hervorgerufen hat. Die ersten Schnellanalysen der Blutwerte liegen vor. Ich frage mich, ob sie vorher irgendein Zeugs eingeworfen hatte. In ihrer Clique wird so etwas mit Sicherheit eingenommen, vermute ich. Wäre nicht der erste Fall.

Unser Weg zum Besprechungszimmer führt an der Kinderstation vorbei. Der kleine Mike entdeckt mich und reißt seine Mütze vom Kopf. „Hallo, Doc“, ruft er. Was hältst du von meiner neuen Frisur?“ Er zeigt mir seine Glatze. Ich lächle etwas verkrampft. Und schlage in seine hochgehaltene Hand ein. Er hat die Chemo bisher gut verkraftet. Ein langer Leidensweg wird noch vor ihm liegen. Hoffentlich macht es sich für ihn bezahlt.

* * *

In der Nacht träume ich unruhig. Die Arbeit hat mich in den Schlaf verfolgt. Das unbekannte Gewächs in Lauras Körper mutiert darin vollends zum brutalen Alien, der über einen Kometen auf die Erde gelangt war.

Ich brülle es an, wehre mich mit Händen und Füßen, als es auf mich zukommt. Es hat längst Lauras Körper als Wirt verlassen und sucht neue Opfer. Will sich verbreiten. Ich strample, kämpfe und schreie. Doch das Monster kommt mir immer näher. Ich sehe, wie es Petra, meine Familie und Freunde befällt, sie überwuchert. Mein Neeeeeeiiiin hallt durch die Nacht. Endlich wache ich schweißgebadet auf und blicke unruhig um mich. Prüfe mein Bett, den Raum. Ich schaue unter der Matratze nach. Nichts da. Mein Herz rast, doch ich balle die Faust. Das Ding hat mir den Kampf angesagt. Ich will zurückschlagen. Ich will es besiegen! „Fuck you“, zische ich und quäle mich auf die Beine. Der Weg zur Dusche lässt mich gegen Türen und Kanten knallen. Doch ich will den Stress des Albtraums abwaschen und stelle mich zitternd unters kalte Nass. So langsam komme ich wieder zu mir, trockne mich ab und gieße im Wohnzimmer einen guten Gin ein. Setze mich in den Sessel und blättere mein digitales Fotoalbum durch. Ich sehe meine Familie, meine Kinder. Erfreue mich an ihrem Lachen und werde nachdenklich: Was, wenn sie einmal krank werden. Kann ich ihnen dann helfen? Werde ich die Chance haben, ihnen die Hilfe zukommen zu lassen, die ich anderen Patienten zuteilwerden lasse? Ich denke gerade an das Kind vom Nachmittag. Für Mike bin ich im Krankenhaus wie ein Vater. Laura ist wie eine Tochter – und ich kann mich um sie kümmern, weil sie hier sind und weil ich für sie da bin.

Der Gin wirkt. Meine Kontrollsysteme weichen auf. Ich schnappe mir mein Handy und tippe eine böse Nachricht – an meine Frau: „Ich warne dich! Falls die Kinder mal meine Hilfe brauchen und du solltest es nicht zulassen, dann Gnade dir Gott. Ich bin ihr Vater!“ Schnell drücke ich auf Senden, bevor ich es mir anders überlege. Hätte ich aber im Nachhinein doch nicht machen sollen, das mit dieser Nachricht. Die Keulenschläge meiner Frau sind immer direkt und zielgerichtet.

Es reicht noch für eine kurze Nachricht an Petra, dann schlafe ich auf der Couch ein.

5.

„Warum kommt eigentlich Frau Frick nicht mehr?“ Ich drehe mich vom Fenster weg, hin zu meiner Kollegin aus dem Sekretariat. Einige Minuten habe ich gedankenverloren in den Baum vor meinem Fenster geschaut. Der hinter mir liegende Operationsmarathon hat mich mehr als geschlaucht. Diese Bereitschaftsdienste, verbunden mit den regulären Schichten und der Vertretung des zwangsbeurlaubten Kollegen, gehen an die Substanz. Ich spüre das. Bin ganz schön dünnhäutig in den letzten Tagen. „Wir haben sie einem Assistenzarzt zugeteilt.“ Ich lege den Kopf schräg und frage verwundert: „Was habt ihr gemacht? An jemand anderen übergeben? Aber warum denn?“ Sie versteht meine Irritation nicht ganz. „Das ist doch ein normaler Vorgang. Wir dachten, dass du viel Kraft und Zeit für Frau Jordan benötigst. Jetzt, wo die Untersuchungskommission davon gehört hat und die Krankenhausleitung uns alle unter Druck setzt.“ Ich wende mich wieder dem Baum zu. Suche das Eichhörnchen, das dort lebt. Mein großer Wunsch ist, dass es einmal zu mir herüberspringt und mir die Nüsse aus der Hand frisst. Leider bisher noch ohne Erfolg. „Dann wird entschieden, dass der alte Mensch zu einem unerfahrenen Kollegen verschoben wird und der junge Mensch soll eine Intensivbehandlung erhalten, nur weil er jung ist und weil es irgendwelche Entscheidungsträger aus strategischen Gründen so wollen?“ Ich verliere mich im Blätterwerk des Baumes. Noch ist alles grün. Bald aber würden die Autumn Leaves kommen, wie es so schön im Englischen heißt. Gelblich-braun und dann fallen sie ab. „Soll ich sie wieder zurückbuchen?“ Die Stimme meiner Kollegin klingt etwas beleidigt. Bisher habe ich noch nie ihre Sekretariatsentscheidungen moniert. Ich winke ab und versuche zur Güte eine halbherzige Entschuldigung, während ich meinen Kopf ihr zuwende: „Schon gut. Ihr habt nach den geltenden Regelungen gehandelt. Lass sie mal beim Kollegen. Ich möchte aber jeden Bericht erhalten, den er bei ihrer Behandlung erstellt.“ Ich komme nicht davon los, dass ihre Beschwerden lediglich Symptome einer inneren Erkrankung sind, die in den ganzen Körper ausstrahlt. Sie nickt und verlässt das Zimmer. Frau Anni, wie ich sie nenne, geistert mir immer wieder durch den Kopf. Wie ein Schatten, der lebendig geworden ist. Trotz der anstrengenden Stunden und Tage im Krankenhaus, die mich absorbieren.

Petra taucht neben mir auf und stellt sich zu mir. Ich habe sie gar nicht kommen hören. Still und leise wie ein Spion. Gemeinsam schauen wir zum Fenster hinaus. „Und, hast du es schon gesehen heute?“ Fragend schaue ich sie an. „Na, das Eichhörnchen. Ist es schon aufgetaucht?“ Ich lächle. „Ach, du auch? Willst du es auch unbedingt füttern?“ „Was heißt hier wollen? Ich tue es seit geraumer Zeit.“ Ihr Zimmer liegt über meinem. Ich spiele den Gekränkten. „Es liegt einfach nur daran, dass das gute Viech nur mit den höheren Etagen verkehrt.“ Sie kneift mich zärtlich in die Wange und gibt mir einen Kuss. Ich erwidere ihn und genieße es, wie sie ihren Arm um meine Taille legt. „Vielen Dank für den schönen Gruß heute Nacht. Ich habe mich gefreut, auch wenn ich gehofft habe, du kommst vorbei.“ Ich neige meinen Kopf und lege ihn auf ihre Schulter. „Ich wäre auch gerne gekommen. Aber ich wollte dich nicht mit meiner traurigen Stimmung belästigen. Und außerdem …“ „Und außerdem?“ Sie schiebt meinen Kopf von sich und schaut mir in die Augen: „Hast du Angst, nicht zu wissen, was das mit uns ist?“ Sie dringt mit ihrem Blick in mich hinein, während sie das sagt. Ich nicke: „So in etwa. Ich habe schon seit meiner Kindheit solch intensive Gefühle für dich. Ich will nicht, dass es durch eine kurze Romanze zerstört wird.“ Sie gibt mir einen Klaps auf den Hinterkopf. „Kerl, mach es nicht zu kompliziert. Wir haben momentan eine schöne Beziehung. Fertig. Die genießen wir jetzt und denken nicht darüber nach. Die einzige Forderung, die ich habe, ist die, dass niemand eine Erwartung an den anderen hat oder Besitzansprüche entwickelt.“ Ich kneife die Augen zusammen und frage: „Ist da eventuell noch jemand?“ Doch bevor ich weiterreden kann, gibt sie mir einen intensiven Kuss auf den Mund und murmelt: „Und schon geht es los. Siehst du?!" In dieser innigen Position schnellt Arno ins Zimmer, wohlgelaunt, uns in flagranti zu erwischen. „Aha, so erholt man sich also vom OP-Marathon. Auch nicht schlecht." Er grinst und klatscht die Hände zusammen. „Wenn wir dann mal so weit wären? Unsere Chefetage wartet." Wir lösen uns voneinander und gehen auf ihn zu. Petra spricht in verführerischem Ton: „Ja, werter Herr Kollege, so entspannt Mann und Frau am besten. Ich habe gehört, der Herr ist auch aktiv bemüht, sich in den Pausen gut zu erholen." Sie kann ein Glucksen nicht unterdrücken. Arno läuft knallrot an. „Du weißt also davon?", will ich wissen. Jetzt schaut sie mich an: „Du bist auch im Bilde?" – Ich: „Ja, in etwa, aber der Kollege will nicht verraten, wer es ist." Sie: „Ja, dann lassen wir es doch dabei." Ich grummle. Arno meldet sich zu Wort: „Hallo, darf ich erinnern, dass ihr über mich redet? Mein Privatleben geht euch nichts an." Er will protestieren, schafft es aber nicht glaubhaft. „Wir könnten doch mal mit deinem ‚Privatleben' und dir essen gehen, oder?" Ich halte meine Idee für gut. Die zwei, glaube ich, auch.

* * *

Der kleine Raum füllt sich. Neben Petra, Arno und mir sind noch eine Gynäkologin und zwei weitere Ärzte für Innere Medizin im Raum. Weiterhin zwei Vertreter der Krankenhaus-Betreibergesellschaft und unsere Chefärztin. Ohne große Umschweife ergreift einer der Vertreter unserer Verwaltung das Wort: „Wie sieht es aus? Haben wir bald Heilungserfolge?" Ungläubig schauen wir ihn an. Petra schimpft geradezu heraus: „Wie soll das gehen, wenn wir es mit einem Alien zu tun haben?" Entsetzte Gesichter im Raum. Arno prustet vor Freude über den gelungenen Einwurf von Petra. „Was", stottert einer der Verwaltungsmenschen. „Was soll der Quatsch?" Ich springe schnell ein, bevor noch größeres Unheil entsteht: „Sie will damit sagen, dass wir es mit einem komplexen Fall zu tun haben. Es gibt Ansätze, aber noch keine konkrete Diagnose." Mein Versuch, die Stimmung etwas abzukühlen, wirkt. Unsere Chefin nimmt den Faden auf: „Lassen Sie einmal hören, was Sie haben und welche Theorien es gibt." Bevor wir antworten können, unterbricht uns einer der Verwaltungskerle. Jener mit Krawatte und mit Pomade glatt gestrichenem Scheitel. Ich frage mich, ob er absichtlich dem Stereotyp gerecht werden will. „Vorher möchte ich aber wissen, ob die Patientin stabilisiert ist. Haben wir aktuell mit einer Lebensgefahr zu rechnen?" Wut steigt in mir hoch. „Das interessiert Sie wirklich? Ich glaube, das Einzige, was für Sie wichtig ist, ist doch, ob es einen weiteren Skandal für das Haus gibt!" Ich schimpfe. Obwohl ich mir geschworen hatte, ruhig zu bleiben. „Meine Herren, bitte!" Die Chefärztin hebt beschwichtigend die Hand.

Arno übernimmt: „Wir haben die Situation, dass die Patientin eine Verwachsung im gesamten Bauchraum hat. Wir haben dafür keine eindeutige Erklärung." Er macht eine kurze Pause. „Verwachsungen dringen in die Organe ein, zerstören sie aber nicht. Man hat den Eindruck, als ob es ein Organismus ist, der die Patientin als Wirt benutzt." Besser hätte ich es nicht sagen können. Der gestriegelte Kerl übernimmt das Reden, während sein Kollege eifrig mitschreibt. Vielleicht sollte ich ihm buchstabieren, wie man Alien schreibt? Während ich in Gedanken abgleite, versäume ich beinahe, ihm zuzuhören. „... glauben, dass es sich um einen lebendigen Organismus handelt? Das ist doch Quatsch." Er klatscht mit den Händen auf den Tisch. Vermutlich denkt er, wir wollen ihn verarschen. Ich schnappe mir die Tasse mit Tee und verstecke mein Gesicht dahinter. Ich muss mich zurückhalten. Die Stimmung ist irgendwie gereizt. Petra schnaubt ihn an: „Wenn Sie meinen, Sie können unser Geschäft besser, dann gerne. Bitteschön. Übernehmen Sie!" Er zieht die Augen zusammen, will antworten. Doch sein Kollege legt ihm die Hand auf den Arm und spricht schnell los: „Alles gut. Wir alle haben unseren Druck, auf den wir reagieren. Glauben Sie, unsere Arbeit ist auch nicht immer einfach.

Lassen Sie uns bitte sachlich bleiben und über den Fall sprechen. Wir beabsichtigen nicht, in Ihre Arbeit einzugreifen." Beschwichtigend hebt er beide Hände in die Luft. „Ein guter Vorschlag", stimmt ihm unsere Chefärztin zu: „Wir kühlen jetzt mal alle ab und widmen uns der Sachlage. Also, liebe Kollegin, liebe Kollegen, bitte berichten Sie."

Ich nicke Petra und Arno zu.

Petra verbindet ihr Notebook mit dem Screen an der Wand und zeigt auf einzelne Bilder: „Meine Vermutung ist, es handelt sich um eine Endometriose: eine gar nicht mal so selten vorkommende, aber häufig nicht diagnostizierte Erkrankung." Sie macht eine kurze Pause, um die Bilder in Ruhe zeigen zu können. Der pomadige Verwaltungsvertreter unterdrückt seine Wut und zischt mit einem Lächeln im Gesicht: „Sie sind sicher so freundlich, uns Unwissenden das zu erklären, oder?" Petra nickt gütig. Sie ist in ihrem Element. „Es geht darum, dass sich die Schleimhaut der Gebärmutter außerhalb des Organs befindet. Also dort, wo sie nicht hingehört. Die Folgen können schwerwiegend sein. Vor allem können sie die starken Schmerzen verursachen, die unsere Patientin hat. Die Schleimhaut kann übrigens während der Menstruation durch den Eileiter in die Bauchhöhle gelangen. An sich geschieht so etwas immer wieder. Zum Problem wird es, wenn der Körper diese Zellen nicht abbaut. Daraus bilden sich dann die Endometrioseherde. Sie verursachen chronische Entzündungen. Denn …" Petra gestikuliert voller Eifer mit den Händen, während sie die Diagnose beschreibt. Wir können dadurch beinahe bildhaft miterleben, wie sich diese Zellen im Körper ausbreiten. „… es liegt in der Natur der Gebärmutterschleimhaut, dass diese Stoffe produziert, die Blutgefäße und Nerven entstehen lassen: Diese versorgen das neue Gewebe mit Nährstoffen. So kann es passieren, dass die Schleimhaut außerhalb der Gebärmutter weiterwächst." Ich beobachte die zwei Männer, die das Schreiben eingestellt haben. Bei beiden stehen Fragezeichen auf der Stirn. Doch Petra fährt unbeirrt in ihren Ausführungen fort: „Die chronischen Entzündungen entstehen dadurch, dass die Endometrioseherde Stoffe absondern. Das weibliche Geschlechtshormon Östrogen regt ihr Wachstum an, das Hormon Gestagen hemmt dieses. Am häufigsten findet man die Endometrioseherde auf dem Bauchfell und auf den Organen des Beckens – das sind Eierstöcke, Eileiter, Gebärmutter, Darm und Harnblase. Die Symptome sind: Schmerzen, Blähbauch, Kinderlosigkeit. Also, ich kann mir gut vorstellen, dass dies eine mögliche Ursache für die Erkrankung der Patientin ist."

Unsere Chefärztin nickt anerkennend. Sie schaut sich nebenbei die Bilder an, die mit Ultraschall und MRT gemacht wurden.

„Was wäre hier das weitere Vorgehen?", will sie wissen.

„Das scheint teuer zu werden", gibt einer der Verwaltungsmenschen von sich. Er wischt sich mit dem Handrücken über die Stirn. Hitze breitet sich in dem Zimmer aus, verschmilzt mit der hohen Luftfeuchte zu einem tropischen Klima, das nicht nur mir beinahe den Atem nimmt. Doch tapfer müssen wir uns dagegenstemmen, um durchzuhalten.

Ich gebe Petra gerne auch bei dieser Frage den Vortritt, nicke ihr aufmunternd zu. Die Beachtung der Menschen in diesem Raum schenkt ihr genussvolle Momente. Sie kostet diese in vollen Zügen aus, wie ein fruchtiges Zitronensorbet. „Bei Verdacht auf Endometriose führt man zunächst eine Untersuchung mit hochauflösendem Ultraschall durch. Dabei führen wir ein entsprechendes Gerät in die Vagina ein. Wir decken zwar mit dieser Methode nur einen kleinen Bereich des ganzen Bauchraums ab. Wenn sich aber dadurch der Verdacht auf Endometriose bestätigt, kann eine Magnetresonanztomografie bei der Suche nach weiteren befallenen Stellen helfen – vom Zwerchfell bis zum Unterbauch. Damit finden wir auch Gebärmutterschleimhaut, die tief im Bauchraum liegt – zum Beispiel auf der Leberoberfläche – oder die von Organen verdeckt wird." Unsere zwei Verwaltungsbeamten langweilen sich. Einer beginnt Kringel auf seinem Papier zu zeichnen. Wir kümmern uns nicht mehr um sie.

Unsere Chefin will wissen: „Nochmals: Wie läuft die Behandlungsform ab?“

Arno übernimmt die Antwort: „Eine Behandlung mit Hormonen kann eine Möglichkeit sein. In der Literatur wird geschrieben, dass bei einigen Patientinnen eine solche Therapie bereits Besserung bringt. Andere benötigen unterstützend schmerz- oder komplementärmedizinische Behandlungen. Das aber könnte bei unserer Patientin schwierig sein. Wir wissen noch immer nicht, was die Allergie-Reaktionen ausgelöst hat.“ Petra nickt und ergänzt: „In einigen Fällen ist jedoch eine Operation nötig. Wir benötigen dafür aber ein ganzes Team an zusätzlichen Spezialisten. Denn wenn die Endometrioseherde beispielsweise auf Darm oder Blase liegen, muss während der Operation ein Darmchirurg oder ein Urologe dabei sein.“ Ich sehe die Verwaltungsmenschen schon die Zahlen hin und her bewegen, was das alles kosten würde. Sicherlich fragen sie sich, wem man das berechnen darf.

„Haben wir schon alle Untersuchungen abgeschlossen?“, will unsere Chefärztin, Christa Maier beim Namen, wissen.

„Bislang nicht. Wir haben mit den ersten Untersuchungen begonnen. Sie war bisher nicht stabil genug.“ Petra klappt ihr Notebook zu und gibt Arno das HDMI-Kabel. „Jetzt zu deiner Theorie, werter Kollege.“ Er nickt und beginnt mit seiner Präsentation: „Es gibt eine zweite Diagnose, und zwar Peritonealkarzinose. Darunter versteht man einen Tumorbefall des Bauchfells. Für die Kollegen: Es geht um das Peritoneum, einem feinen, glatten Häutchen. Es besteht aus zwei Blättern und kleidet von innen den Bauchraum aus. Dieses wunderbare Häutchen überzieht alle darin liegenden Eingeweide. Achtung, meine Herren, jetzt wird es komplex: Das Peritoneum gibt eine Flüssigkeit ab, die frei im Bauchraum zirkuliert, und nimmt sie auch wieder auf. Durch diesen Vorgang können sich Krankheitserreger oder Tumorzellen im Bauchraum verbreiten. Und das, so vermute ich, ist bei der Patientin geschehen. Häufig geht eine Peritonealkarzinose von Tumoren des Magen-Darm-Trakts, der Eierstöcke oder der Bauchspeicheldrüse aus. Es verbreitet sich also und macht dadurch alles schlimmer. Ein Befall des Bauchfells mit bösartigen Krebszellen ist gleichbedeutend mit einem weit fortgeschrittenen Tumorstadium und …“, Arno stockt kurz, schluckt und fährt fort: „… geht meist mit einer reduzierten Lebenserwartung einher. Leider.“ Es wird ruhig im Raum. Ich bin berührt von diesen Ausführungen. Lauras Leben wäre bald zu Ende, wenn diese Prognose wahr ist.

„Und die Behandlung? Bitte knapp und sachlich“, betont die Chefärztin. Arno nickt und fährt fort: „Die Standardtherapie ist normalerweise eine systemische Chemotherapie. Dabei verabreichen wir eine Behandlung in Form von Infusionen oder Tabletten. Für einige Tumore konnten in den letzten Jahren erhebliche Fortschritte in der medikamentösen Therapie erzielt werden. Ich zitiere nun: ‚Da es im Behandlungsverlauf jedoch meist zu einem zunehmenden Wirkungsverlust der Medikamente kommt, kann durch die systemische Chemotherapie bisher nur eine begrenzte Lebensverlängerung und eine Symptomlinderung erreicht werden. Es werden dabei auch einzelne Organe zu entfernen sein.‘ Nicht ganz einfach, das alles.“

Der schreibende Verwaltungskollege blickt auf und will wissen: „Wie gesichert ist es, dass diese Diagnose auf die Patientin zutrifft?“ „Gar nicht gesichert“, antworte ich schnell. Vielleicht, weil ich es nicht wahrhaben will?

„Ist mit Komplikationen zu rechnen?“ Die Frage kommt vom anderen Verwaltungsbeamten. Arno nickt: „Ja. Schon. Zudem handelt es sich bei der Peritonealkarzinose um eine gefährliche Erkrankung, die ohne Behandlung weiter fortschreitet. Die Patientin wird das langfristig nicht überleben können. Der geplante Eingriff dauert mehrere Stunden. Trotz aller Sorgfalt kann es zu lebensbedrohlichen Komplikationen kommen, aber ich sehe keine Alternative.“

Petra blickt skeptisch auf die Bilder, die wir am Screen zu sehen bekommen. „Ich glaube fast, das ist eine Nummer zu groß für unser kleines Stadtkrankenhaus. Wollen wir die Patientin nicht nach Tübingen oder Stuttgart übergeben?“

Vermutlich hat sie recht, denke ich. Doch ich zögere, ihr zuzustimmen. Es wäre auch eine Niederlage für uns. Ich erkenne den Egoismus, der meinem Ehrgeiz entsprungen ist.

„Was ist denn Ihre Diagnose, Bastian? Sie haben bisher noch nichts dazu gesagt." Meine Chefin blickt mich durchdringend an. „Sie hirnen doch schon wieder, oder?"

Ich fühle mich ertappt, stimme ihr mit einem verhaltenen Nicken zu.

„Ich kann mit Petras und Arnos Ansätzen im Wesentlichen mitgehen. Es sind sehr schlüssige Diagnosen. Aber wir decken nicht alle Symptome der Patientin damit ab, so meine Wahrnehmung. Um es kurz zu machen: Ich gehe von einer gefährlichen Genmutation aus." Ich strecke meinen Rücken durch und hole kurz Luft, dann fahre ich fort: „Die Patientin klagt, dass sie seit mehreren Wochen Beschwerden im Bauchraum hat. Mit diesen heftigen Bauchschmerzen kam sie in die Notaufnahme. Der erste Gedanke der Kolleginnen und Kollegen war, dass es sich um Menstruationsbeschwerden oder eine Zyste am Eierstock handelt. Die Patientin wurde auch auf eine akute Blinddarmentzündung oder Nieren- oder Gallensteine hin untersucht. Das kann bei Jugendlichen gelegentlich für Schmerzen sorgen. Ausschließen konnten wir eine schwere Magen-Darm-Infektion oder eine heftige Verstopfung, da die Patientin regelmäßig normal Stuhlgang hat. Als Frau Jordan zu mir kam, palpierte ich den Bauch. Ich ertastete eine Verhärtung im rechten Unterbauch, es war eine Art Wulst, die ich durch die schlanke Bauchdecke erkennen konnte.

In den Aufnahmen der Ultraschalluntersuchung sah ich, dass Teile des Dünndarms ineinandergeschoben waren. Eine Invagination also. Die erste Darmspiegelung ergab weiterhin, dass die Patientin zahlreiche Polypen im Darm hat. Sie sind teilweise außerordentlich lang.

Zudem entdeckte ich weiterhin kleine bräunliche Flecken an den Lippen. Ich brauchte noch etwas, um der Sache auf die Spur zu kommen. Dann aber kam mir das

Peutz-Jeghers-Syndrom in den Sinn. Dessen charakteristische Anzeichen sind Polypen im Darm und Pigmentflecken an Lippen und Wangenschleimhaut.

Die weitere Analyse der Bilder der Kernspinuntersuchung zeigte, dass sich der Darm dazu noch so verdreht hat, dass Blutgefäße abgeschnürt sind: Wenn dem so ist, wäre höchste Eile geboten, damit der Darm nicht abstirbt. Die junge Frau muss schnellstens operiert werden. Dann können wir den Darm entwirren und so weiter. Ein Pathologe muss das polypöse Gewebe untersuchen." Ich mache eine kurze Pause, um zu trinken und um die Webseiten aufzurufen, auf denen weitere Erklärungen stehen. „Um sicher zu sein, dass das vermutete Syndrom vorliegt, müssen wir laut den Fachberichten eigentlich eine molekulargenetische Untersuchung durchführen. Es geht dabei um das STK11-Gen der Serin-Threonin-Kinase 11 auf dem Chromosom 19 und die Frage, ob dieses mutiert ist. Eigentlich ist dieses Eiweiß dafür da, zu verhindern, dass Tumore jeglicher Art entstehen. Wenn dem nicht der Fall ist, also, wenn es nicht richtig funktioniert, besteht ein erhöhtes Risiko für bösartige Geschwulste. Bei Frauen entarten neben dem Darm auch Brust und Eierstöcke gehäuft, bei Männern treten vermehrt Hodentumore auf."

Ich beende meinen Vortrag und schließe die Präsentation.

Schweigen entsteht. Die Verwaltungskollegen wirken auf mich orientierungslos und verwirrt. Dennoch traut sich einer von ihnen vor und will wissen: „Das ist alles babylonisches Gerede für mich. Ehrlich gesagt, verwirrend. Deshalb zwei Fragen: Welche Krankheit ist es nun? Und zweitens: Warum haben Sie mit der Behandlung nicht längst begonnen?" Jetzt wird sein Kollege ebenfalls wach. Mit Schärfe im Ton wirft er uns vor, worauf ich schon länger gewartet habe: „Und warum haben Sie ohne finale Diagnose bereits mit irgendeiner Behandlung begonnen?" Diese Frage habe ich befürchtet. Petra sieht mein Zögern und geht auf Angriff: „Wie kommen Sie darauf, zu behaupten, wir hätten mit der Behandlung begonnen? Das war reine Routine. Die Patientin hat einen Standard-Medikamenten-Mix erhalten, wie es immer in solchen Fällen angeordnet wird." Oh weh, schießt es mir durch den Kopf. Da werden wir einige Dokumente ändern müssen … „Sehr geehrte Frau …", der Verwaltungsmensch stockt. „Finke, Dr. Petra Finke", hilft unsere Chefin aus. „Ja, also, Frau Finke. Sie sagen ‚in solchen Fällen'. Aber wenn ich es richtig verstehe, dann gab es einen solchen Fall bei uns bisher nicht." Da ist etwas Wahres dran. Man kann ihm nichts Gegenteiliges erwidern. Ich überlege krampfhaft, etwas zu sagen, damit Petra uns nicht noch mehr in Schwierigkeiten bringt, doch schon ist der gute Arno wieder zur Stelle: „Wollen wir uns nicht darauf konzentrieren, die Patientin zu retten, bevor wir in die Vergangenheitsbewältigung einsteigen? Wir müssen jetzt etwas für sie tun, sonst ist es zu spät."

„Die Frage ist, wer was tun sollte und wo. Ihr Überleben scheint für mich eher davon abzuhängen, wer was tut. Sie scheinen alle überfordert." Ich sehe, wie Petra ihm am liebsten an die Gurgel springen will. Unsere Chefin hebt die Stimme an und schmettert in den Raum: „Meine Damen und Herren, die Sitzung ist beendet. Vielen Dank!" Christa Maiers Ton lässt keine Zweifel, dass jetzt ein Endpunkt gesetzt ist. „Ich vertraue meinen Ärztinnen und Ärzten. Das sind gute Leute. Wir werden uns eng mit Kolleginnen und Kollegen in Tübingen auseinandersetzen, wie immer in solchen komplexen Fällen." Dankbar nicke ich ihr zu. Ob sie geahnt hat, dass ich es noch verkomplizieren wollte? Ich bin noch immer nicht zufrieden mit unseren Vermutungen und ersten Diagnosen. Alles, was wir sagten, erklärt nur einen Teil dessen, was sich in Lauras Bauch ausgebreitet hat.

„Mein Büro?", sage ich zu den beiden. Sie nicken.

Der kleine Mike winkt mir aus der Ferne zu. Ich habe das Gefühl, der junge Kerl wohnt auf dem Gang. „Na, wieder am Überwachen der Geschehnisse?", rufe ich ihm zu. „Ich bin sicher, Mike, du wirst mal ein hervorragender Reporter!" Er nickt und hebt den Daumen in die Luft. „Ihr macht das schon mit dem Neuzugang. Sie wird gesund, wie ihr es bei mir auch gerade macht." Was für ein Optimist, denke ich.

Dabei wundere ich mich nicht mehr, woher er das Wissen über die Vorgänge im Haus hat. Eine Krankenschwester kommt um die Ecke und schnappt sich den Jungen: „Mein Herr, das Abendessen wartet auf dich. Ab ins Zimmer." Wir müssen unwillkürlich lachen.

Ich wende mich an die beiden neben mir: „Dann lasst uns mal einen Strategieplan entwerfen. Ich versuche auch, für morgen ein Meeting mit Tübingen zu arrangieren." Wir treten in mein Büro ein, wo ein sehr müder Assistenzarzt auf uns wartet. „Danke, Micha, dass du die Vertretung übernommen hast." Ich nicke ihm dankbar zu. „Schon gut", sagt er und winkt uns zum Abschied. „Macht nicht mehr zu lange. Morgen warten einige Termine auf euch. Auch im OP."

* * *

Als wir spät am Abend zu Laura kommen, liegt sie allein im Zimmer. Aus Sicherheitsgründen, bis klar ist, worum es sich bei ihrer Krankheit handelt.

Anfangs waren noch zwei, drei aus ihrer Clique zu Besuch gekommen. Dann nur noch ein Mädchen. Wohl eine Freundin, mit der sie etwas enger ist. Ich wende mich ihr zu: „Kommt Ihre Freundin auch nicht mehr?" Traurig schüttelt Laura den Kopf. „Nein, sie ist wohl beschäftigt." Dabei wissen wir beide, dass dies nicht der Fall ist. Niemand aus der Clique – am liebsten würde ich Bande sagen – hat eine sinnvolle Aufgabe. Außer in der Innenstadt herumzulungern …

„Hey, deine Kollegen sind echt Schweine." Laura wirkt empört. „Die haben mir schon wieder so ein langes Ding hinten hineingesteckt! Und das nicht nur einmal. Solche Perverslinge! Bei anderen Leuten kostet das was!" Ich muss schmunzeln. Wer so schimpfen kann, dem geht es einigermaßen okay. „Aha", sagt Arno nur. „Bist du in diesem Gewerk tätig?" Ein gefährliches Blitzen taucht in ihren Augen auf. Das sagt mehr als tausend Worte. Ich bin mir sicher, Arno wird mit Laura vermutlich kein Freund mehr werden können.

„Darmspiegelungen sind nichts Schönes. Kenne ich selbst.“ Ich trete näher an sie heran, um ihr Gesicht besser erkennen zu können. Sie wirkt noch blass und müde. „Wie geht’s denn heute? Immer noch Übelkeit?“ Sie nickt. „Ja. Die will nicht weg. Vor allem wird mir ständig schwindelig.“ „Das wird noch dauern“, erklärt Arno. Doch sie beachtet ihn nicht. „Laura – darf ich Sie so nennen?“ Sie nickt und zieht dabei die Schultern hoch: „Geht klar. Ich nenne dich ja auch Basti, nicht Dr. House, wie die anderen.“ Arno lacht auf. Ich bin überrumpelt, schmunzle aber dennoch und meine nur: „Dann haben wir das ja geklärt.“ Ich schaue mir die Werte an den zahlreichen Messgeräten an, die um sie herum aufgebaut sind. „Habe ich was Schlimmes?“, will sie wissen. Arno schleicht sich aus dem Zimmer. Er hat erkannt, dass er hier nicht mehr gebraucht wird. Ich zögere, bevor ich antworte: „Laura, ich will ehrlich sein. Genau wissen wir es nicht. Es gibt einige Theorien, die mit Sicherheit sehr nahe an der Sache dran sind. Aber dafür sind noch einige Untersuchungen erforderlich.“ – „Wie schlimm ist es, sag’s mir bitte.“ Sie schaut mich mit einem traurigen Gesicht an. „Es ist ernst. Aber nicht aussichtslos. Die Kollegen waren vor einigen Tagen etwas vorschnell, als sie dir die Diagnose gesagt haben. Es ist etwas komplizierter und wir wollen sicher sein. Morgen wird eine Kollegin kommen. Sie ist Gynäkologin. Wenn du einverstanden bist, dann macht sie nochmals einen Ultraschall.“ „Du meinst, mit dem glitschigen Gel auf dem Bauch und dem kalten Tastgerät?“ „Dieses Mal nicht. Sie wird etwas in dich einführen.“ Sie zieht ihre Augenlider zusammen. Abwehrhaltung taucht auf: „Du meinst, sie steckt mir schon wieder hinten oder vorne etwas rein?“ „Vorne“, erwidere ich. „No way!“, protestiert Laura. Ich sage nichts. Es muss sein. Die Kollegin wird es schon mit ihr klären können. Stattdessen wechsle ich das Thema: „Wichtig ist, dass wir dich noch weiter stabilisieren. Das war ein heftiger allergischer Schock, den du erlebt hast. Und uns hast du erschreckt. Was war denn da los? Hast du eine Ahnung?“ Sie zu fragen, ob sie heimlich irgendwelche Substanzen in ihrer

Clique genommen hat, traue ich mich nicht. Die Blutwerte gaben ohnehin einen entsprechenden Hinweis. „Ich hatte schon als Kind immer wieder solche Situationen. Aber nicht so schlimm." Laura versucht, sich zu erinnern." „Und?", will ich wissen. „Es ging wieder vorüber. Dann war's gut." „Ich meine, hat jemand Untersuchungen gemacht? Haben sich deine Eltern gekümmert?" Sie schüttelt den Kopf. „Waren immer zu beschäftigt. Keine Zeit für mich." Ich schlucke. Es hätte nicht so weit kommen müssen! „Tut mir leid", erwidere ich stattdessen. „Dafür wirst du mit deinem Fall vielleicht im Science-Magazine erscheinen." Ich versuche, zu lächeln. Erschrocken schaut sie mich an: „Dann hat der kleine Mike doch recht. Ich bin ein absoluter Sonderfall?" Ich bin schockiert. „Er war hier?" Sie lächelt und nickt. „Ja, nicht nur einmal. Er ist ein echter Schlawiner und weiß, wie man sich unsichtbar macht. Vor allem, er hört wohl alles. Unglaublich, was er bei seinem täglichen Report zu erzählen hat." Sie zwinkert mir zu. „Diese Dauerbewohner", stöhne ich gekünstelt. Ich muss über ihn schmunzeln. Er wird mir fehlen, wenn er wieder heim darf. „Ja, du bist ein Sonderfall, um die Frage zu beantworten. Aber deine Heilung wird auch ein besonderer Fall sein – und über den werden wir gemeinsam berichten."

6.

„Karma is a Bitch." Noch immer muss ich am nächsten Morgen über Lauras Kommentar schmunzeln. Mit diesen Worten hat sie die komplette Situation erfasst. In ihren Worten. Doch sie hat willig alle Untersuchungen über sich ergehen lassen. Erleichtert schlendere ich den Gang entlang. Mein geliebtes Krankenhaus hat mich wieder mit seinem Desinfektionsduft aufgesaugt. Das Deckenlicht in den Gängen hypnotisiert mich. Meine Schritte werden durch das Linoleum verschluckt. Ich stelle mir vor, auf einem Raumschiff zu wandeln. Menschen warten geduldig auf ihren Plastikstühlen in den Gängen. Sie versprühen ihre Sehnsucht nach Heilung. Ich werde davon umnebelt, wandle vor mich hin. Die Wucht der letzten Operationen lastet auf mir. Erdrückt mich. Was, wenn wir die Komplikationen nicht hätten beheben können, die aufgetreten waren? Ich war unkonzentriert und mit dem Kopf woanders gewesen. Verdammt. Ich hasse mich dafür. Aber es gibt auch einen Grund. Meine Frau! Sie hat meine Handy-Nachricht von neulich an ihren Anwalt weitergeleitet. Daraus hat er ein schönes Schriftstück verfasst. Schon während ich es aus dem Briefkasten hole, scheint es vor Niederträchtigkeit zum Himmel zu stinken. Dabei habe ich doch selbst die Vorlage gegeben. „Karma is a Bitch", sage ich erneut und lächle verhalten. Mein Weg durchs Raumschiff führt mich in die Cafeteria. Ich will nicht ins Büro. Ich möchte Petra nicht sehen. Diese eigenwillige Nacht mit ihr verstört mich noch immer. Die Härte unseres Miteinanders im Bett hat mich – geschockt. So kenne ich sie gar nicht. Sie war verärgert. Sicher. Über mich und mein Gejammere wegen der Familie. Das hat sie mit voller Wucht ausgelebt. Diesen Gewaltausbruch habe ich ihr nicht zugetraut. „Natürlich, du siehst auch noch immer das Mädchen aus deiner Jugend", lästert die Stimme in mir, die sich nur zu Wort meldet, wenn sie mal wieder fies sein kann.

Der Duft von Kaffee und Kuchen lenkt mich ab. Von den Tischen lachen mich kleine Blumengebinde an. Bastelaktionen an den Wänden verheißen mir eine schöne, heile Welt.

Die Tasse Kaffee und das große Stück Sahnetorte springen wie von selbst auf mein kleines Tablett. Sie sind nicht eifersüchtig, dass ich noch eine Tafel Schokolade einlade, sich dazuzugesellen. Alle sind wir in feiner Gesellschaft.

So auch Anni, die mich gekonnt ignoriert, obwohl ich sehe, dass sie mich aus den Augenwinkeln heraus beobachtet. Ich spiele das Spiel mit und setze mich ohne Gruß zwei Tische weiter ans Fenster. Meine süßen Versuchungen bilden eine magische Aura um mich herum und ich fühle mich umnebelt und gut. Der Kaffeeduft setzt allem die Krone auf. Die Simulation der heilen Welt wirkt.

Anni lacht. Ich höre sie. Mit ihr am Tisch sitzen zwei weitere Damen. Sie könnten Drillinge sein. Ich freue mich, die Frau zu sehen, ärgere mich aber, dass sie mich ignoriert. Ich versuche, mich abzulenken, suche das Eichhörnchen draußen im kleinen Park. Meine Lauscher sind aber scharf Richtung Zielpersonen ausgerichtet. So höre ich dann auch das „Ich entschuldige mich, mein Date wartet". Kichern begleitet Annis Weg zu meinem Tisch. „Bekomme ich auch einen Kaffee?" Sie setzt sich. Blut schießt mir ins Gesicht. „Aber natürlich", stottere ich. „Kaffee oder Cappuccino?" „Na, wenn Sie so fragen, dann Cappuccino. Danke." Artig springe ich auf und wackle zur Theke. Ungefragt bringe ich einen Kuchen mit.

„Ein wenig beleidigt bin ich schon." Mehr sagt sie nicht. „Ich starre sie an. „Warum denn?" Sie schaut nicht von ihrem Kuchen auf, während sie antwortet: „Weil ich das Gefühl habe, dass Sie mich abgeschoben haben!"

„Nie und nimmer", protestiere ich. „Wie kommen Sie darauf, Anni?"

Sie schweigt, meint dann nur: „Der andere Kollege ist auch ganz nett – und kompetent isser." Ich verschränke die Arme. „Soso. Na, dann ist alles gut." Die Damen am anderen Tisch kichern. „Die ganzen Behandlungsberichte landen aber alle auf meinem Tisch." Ich versuche, mich zu rechtfertigen. Doch Anni winkt beschwichtigend ab. „Wir wissen doch, dass Sie gerade viel um die Ohren haben." Ich verenge meine Augen. „Na, was habe ich denn so um die Ohren?" Konzentriert zerteilt sie mit der Gabel den letzten Rest ihres Kuchens und antwortet schnippisch: „Alles andere als die alten Patienten." Mir nimmt es den Atem. Das Verschwörer-Netzwerk um mich herum offenbart sich auch in Anni. Sicherlich steckt sie mit dem kleinen Mike unter einer Decke! Die Wände des Raumes scheinen mich in ihrer gespielten Fröhlichkeit auszulachen. Mir ist, als ob sie mir zuflüstern: „Wir wissen alles. Wände haben Ohren, denk daran." Im Raumschiff Krankenhaus bleibt nichts geheim.

Ich ignoriere die spöttische Färbung in ihrem Ton und stopfe meinen letzten Rest Kuchen in mich hinein. „Aber dann wissen Sie sicherlich auch schon Bescheid, was ich von Ihnen möchte", kontere ich. Die Wände schweigen, sind gespannt, was sie nun zu hören bekommen. Auch Anni wird neugierig. „Ja, was denn? Was kann ich denn schon für Sie tun? Ich bin nur eine hilflose, alte Dame." Sie kokettiert. Doch ich nehme den Ball auf und nutze meine Chance: „Ich benötige ein wenig Ihrer Zeit. Geht doch, oder?" Sie setzt sich aufrecht hin, man hört beinahe die Wirbel knacken. „Aha, Sie denken, die alte Frau hat unfassbar viel Zeit und langweilt sich!" Sie zeigt auf ihre Freundinnen, die sich gespannt umgesetzt haben, um besser hören zu können. „Weit gefehlt, mein Herr. Mein Terminkalender ist voll. Verpflichtungen über Verpflichtungen." Ich drehe mich um, wer alles der kleinen Auseinandersetzung zuhört. Anni kann durchaus laut sprechen. Hätte ich der kleinen Frau nicht zugetraut.

Wie aus dem Nichts taucht der kleine Mike vor uns auf und unterbricht das Gespräch. „Hallo, Doc, schau mal." Er zeigt mir stolz die blauen Flecken, die die Infusionsnadeln verursacht haben. „Cool, oder? Hat nicht weh getan." Offenbar ist er in die neue Behandlungsrunde gestartet. Ich strecke den Daumen in die Luft und lobe ihn: „Du bist echt tapfer, mein Held." Ich klopfe ihm behutsam auf die Schulter.

„Ist das deine Freundin?“, will er von mir wissen. Ich stutze: „Wie kommst du denn darauf?“ Ich kratze mich nachdenklich an der Nase. Kennen die beiden sich doch nicht? Er schaut verschwörerisch von ihr zu mir: „Na, weil man sich hier sagt, dass du eine Liebschaft hast. Und jetzt sehe ich dich hier mit einer weiblichen Person, die auch alt ist.“ Mir stockt der Atem. Dieser kleine Klugscheißer! „Mein Herr, Sie sollten Detektiv werden.“ Anni lacht ihm aufmunternd zu, während sie das sagt. „Ich würde dich in jedem Fall buchen.“ Mike schaut sie prüfend an. „Privatdetektiv? Meinen Sie, ich könnte das?“ Anni und ich nicken gleichzeitig. Sie steckt ihm zwei Euro zu und zeigt auf die Vitrine in der Cafeteria. „Mein erstes Honorar für dich. Gönn dir was.“ Mike strahlt. „Geil. Danke. Die Info hätten Ihnen aber auch alle Pflegerinnen und Pfleger im Krankenhaus geben können.“ Und weg ist er. Ich bin sprachlos.

„Nun sagen Sie schon, worum es geht.“ Sie wirkt versöhnlicher. Mike schleicht sich an uns heran. Ein Waffeleis thront in seiner Hand. „Darfst du das denn essen?“, will ich von ihm wissen. Doch der kleine Kerl setzt sich statt einer Antwort ungefragt neben mich und beginnt, seine Zähne hineinzurammen. „Lecker“, bringt er mit vollem Mund hervor.

„Da ist eine junge Frau auf unserer Station“ – „Laura“, ruft Mike dazwischen. „Ja, Laura. Mike, jetzt rede ich, okay?“ Er nickt. „Sie könnte ein wenig, wie soll ich sagen, Aufmunterung vertragen. Auch etwas Gesellschaft.“ Ich erzähle ihr von dem Mädchen und ihrer Situation. „Sie liegt Ihnen am Herzen.“ Anni blickt mich erstaunt an. „Wie kommt’s? Was bedeutet sie Ihnen?“ Ich stocke. „Sie himmelt ihn an, das ist es.“ – „Mike!“ Ich blicke ihn streng an. „Schon gut.“ Kollegen kommen vorbei, blicken neugierig zu uns herüber. Ich winke geschäftig und wende mich Anni zu. „Alles, was ich will, ist, dass sie jemanden zum Reden hat in dieser schwierigen Zeit.“ – Mike wischt sich die Finger an seinem Frotteebademantel ab und meint, kommentieren zu müssen: „Und wenn Laura das gar nicht will? Sie braucht keine alten Leute! Sie braucht junge Männer, wie mich!“ Beinahe hätte ich ihn in den Arm gezwickt. Was das Tratsch-Monster in diesem Haus wohl wieder aus diesen Szenen machen wird? „Recht hat er“, sagt Anni nur und trinkt ihren Cappuccino aus. „Meine Herren, Sie entschuldigen mich.“ Steht auf und geht zu ihren Freundinnen. „Aber“, rufe ich ihr noch hinterher. Doch sie winkt ab. „Na, da siehst du mal, was du mit deinen Worten angestellt hast.“ Anklagend schaue ich Mike an. Doch der fährt nur unschuldig mit der Hand über seinen Kopf, auf dem alles sehnsüchtig auf die Rückkehr der Haare wartet. „Keine Sorge, sie macht das schon!“

Und tatsächlich, zehn Minuten später taucht sie wieder genervt vor uns auf und wir drei marschieren durch die Gänge, auf dem Weg zu Station 2.1.

Ich klopfe und trete nach dem „Herein“ ins Zimmer. Mike flutscht an mir vorbei und platziert sich auf der Fensterbank. Interessiert verfolgt er, wie ich Anni hinter mir hervorhole und vor Laura stelle. Die Vorstellung fällt kurz und knapp aus. Wie soll man das auch geschickt einfädeln? Ich habe da keine Erfahrung und stottere entsprechend herum. Laura hingegen schaut uns entgeistert an: „Was soll das denn? Wirst du jetzt Seelsorger?“ Sie schüttelt energisch den Kopf. „Meinst du wirklich, ich hab’s so dringend nötig? Alter, das ist cringe!“ Sie ballt die Hände zur Faust. Einige Anzeigen auf den Geräten schlagen an. Werden etwas hektisch. Laura ist bockig und will „die Alte“ nicht haben.

„Ich denke, diese Dame hat etwas Respekt verdient. Und eine Entschuldigung.“

„Wofür denn?“ Laura wird laut. „Wegen der Sache auf dem Marktplatz? No way. Das war doch gar nichts.“

„Gar nichts?“ Jetzt werde ich laut. „Sie wäre beinahe überfahren worden.“

„Pah“, gibt Laura von sich.

Anni schaut uns beide fragend an.

Eine Schwester taucht auf. „Alles okay?“ Ich nicke und winke sie hinaus.

Herrgott, kann es so schwer sein, Menschen zu helfen?

„Worum geht es?“, will Anni wissen. Sie hat Laura damals auf dem Marktplatz nicht wahrgenommen.

„Nichts“, versuche ich die Situation zu klären.

Doch Laura ist kampfbereit. Sie sucht ein Ventil, um Druck abzulassen.

„Na siehste, die hat das gar nicht mitbekommen. Alte Leute checken nichts mehr im realen Leben.“ Mir stellen sich die Nackenhaare.

„Kapier's doch einfach, Doc, ein alter Mensch ist doch zu so etwas nicht mehr fähig.“ Laura schiebt sich einen der Riegel in den Mund, die Mike mitgebracht hat – und schmatzt aufsässig. Dann nickt sie Anni zu. „Nicht wahr, gute Frau?“ Doch die bleibt stumm. Ich muss mir eingestehen, dass mich die Naivität der Kleinen nervt.

Ungehalten schimpfe ich los, impulsiver, als ich will: „Die Welt da draußen ist für euch Kids doch nur Kulisse. Richtig? So auch diese alte Frau, Anni.“ Ich zeige auf die Dame neben mir und fahre fort: „Diese Menschen sind für euch nur einfach da. Eben Teil der Kulisse. Gib's zu: Für dich sind alte Menschen immer alt. Schon immer gewesen. Das Leben gehört quasi euch, so glaubt ihr. Los, sag schon.“ Ich stopfe gleich ein ganzes Paket Kaugummis in den Mund, um endlich wieder ruhiger zu werden. Laura nimmt den Fehdehandschuh auf, sicher will sie uns ärgern: „Ja, stimmt, weiser Herr: Der Alltag gehört uns. Wir haben das Recht, unser Leben zu leben. Alle anderen sind wie gesagt nur Staffage. Korrekt. Nichts hinzuzufügen, der Herr.“ Ihre grünen Augen funkeln mich streitsüchtig an. „Paradoxe Intervention“, züngelt es mir durch den Kopf. Der Spruch meines Psychotherapeuten. „Mach das Gegenteil von dem, was du gerade tun willst.“ Ich denke nach: An sich möchte ich der Göre den Hals umdrehen. Das Gegenteil bedeutet – verschwinden. Guter Plan.

Ich schnappe mir Mike, murmle ein „Na, dann haben sich die Damen sicherlich viel zu erzählen“ und verschwinde mit ihm.

Zwei verzweifelte „Bastian“-Rufe hallen uns hinterher.

Ich atme tief durch und bin mir nicht sicher, ob das gut war.

„Gewagte Sache“, kommentiert Mike.

Wir schlendern den Gang hinunter. Verstohlen blicke ich über die Schulter zur Tür, hinter der jetzt – ja, was wohl? – entweder das große Schweigen vonstattengeht oder ein Tanz der Taranteln seinen Lauf nimmt … Ich zögere kurz und will zurückgehen, nicht, dass sie sich gegenseitig was antun. Doch dann gebe ich mir einen Ruck und nicke vor mich hin. „Wird schon“, sagt eine Stimme in mir und ich beschleunige meinen Schritt. Mike eilt mir mit wehendem Bademantel hinterher. Ich winke ihm aufmunternd zu, mir zu folgen. „Bevor ich zu meiner Sprechstunde gehe, muss ich dich noch um Hilfe bitten.“ Ich stelle mich ans Fenster am Ende des Ganges und blicke zum Park. Alles blüht, steht in voller Sommerpracht. „Und das wäre?“, unterbricht mich Mike in meinen Beobachtungen. Ich zögere, überwinde aber meinen Stolz: „Mike, von Mann zu Mann. Also, na ja, wie soll ich sagen: Wie füttert man Eichhörnchen?“ Ich ziehe meinen Kopf ein, um das Gelächter und den Schmäh von ihm oder den hellhörigen Wänden des Hauses zu erwarten. Doch nichts geschieht. Er ist nicht einmal irritiert.

„Kein Thema. Ich zeig's dir.“

Erstaunt blicke ich ihn an. „Wir treffen uns morgen vor der Visite. Dann lernst du es. Sie sind nämlich schon satt, wenn ihr fertig seid.“ Die Röte schießt mir unvermittelt in den Kopf. Ich muss gerade aussehen wie einer der Feuermelder, die an der Wand hängen. Wusste Mike von meinen verzweifelten Misserfolgen? Hatte dieser Kerl mich beobachtet?

Tapfer nicke ich und schlage ein, muss aber die Verabredung auf den Montag verschieben. Am Wochenende habe ich tatsächlich frei.

7.

Wie Petra es geschafft hat, Arno das Geheimnis um seinen Flirt zu entlocken, weiß ich nicht. Ich glaube, alle in unserer Medicus-Klinik, sowohl Angestellte als auch Patienten haben einen Pakt mit den großen Ohren der Wände des Krankenhauses geschlossen. Nur ich nicht. Sie sind immer informiert. Über jeden und alles. Dass aber ausgerechnet unser Assistenz-Arzt, Micha, seine neue Flamme ist, haut mich doch um. Das hätte ich niemals vermutet. Auch nicht das Monster der Neugierde in unserem Krankenhaus.

Wir fahren tatsächlich zu viert über die Albhochfläche. Der Heidengraben, der jene ehemalige keltische Groß-Siedlung umschloss, liegt links von unserem Parkplatz. Ehrfürchtig schaue ich mir das große Einfahrtstor einer der größten Siedlungen Europas der Keltenzeit an. Höre die schwer beladenen Wagen mit den knarzenden Reifen, die hier ein- und ausfahren. Kinderhorden rennen den Händlern hinterher. Hunde bellen. Irgendwo suhlen sich Schweine im Dreck – vor Tausenden Jahren. Jetzt aber atmet dieser Ort nur noch Ruhe und Geschichte. „Wo planen wir, in den Felsen einzusteigen?“ Petra schaltet einen Gang hoch und gibt Gas nach diesem kleinen Zwischenstopp bei den Kelten. Micha fragt: „Fels oder Kletterwald in Laichingen?“ Ich bin für Kletterwald. Doch Petra und Arno plädieren für den nackten Fels. Micha ist es doch egal. Ich bin überstimmt. Stört mich nicht. „Zum Reußenstein?“ „Das ist doch verboten“, sage ich. „Weiß ich nichts davon“, kontert Petra. Doch das ist ihr alles egal. Sie hat das Auto schon gewendet und den Weg in die Richtung eingeschlagen. „Na gut, dann eben Reußenstein.“ Ich stöhne. Das ist eine echte Herausforderung, nicht legal und an einen Sportunfall bin ich auch nicht gerade interessiert. Auch keine Anzeige. Doch schon parkt das Auto am Parkplatz nahe der uralten Burgruine. Die Menge der geparkten Autos ängstigt mich. All die Menschen, die damit hierhergekommen sind, werden uns beobachten und Zeugen unseres Verstoßes gegen eine behördliche Anordnung werden. Doch ich entdecke keinen tatkräftigen Widerstand in mir, um an einen anderen Ort zu gelangen. Stattdessen zicke ich herum. Michas Augen blinken vor Panik. Dieser Fels ist eine Nummer zu groß für ihn. Die Stimmung unter uns ist geladen. Geradezu toxisch. Voller ungutem Adrenalin, das sich nicht erst jetzt, sondern seit Wochen in uns aufgestaut hat. Der Stress aus dem Operationssaal ist huckepack mit uns an diesen Ort gereist, ohne dass wir es realisiert haben. Petra und Micha bekommen sich in die Haare. Sie findet, mein Kollege wäre zu schlapp und würde heute nicht dazu taugen, in dieser anspruchsvollen Wand zu überleben. Arno schaltet sich ein und stellt sich schützend vor Micha. Ich schnappe genervt die Rucksäcke aus dem Kofferraum und drücke sie Petra und den Jungs nacheinander in die Hand. „Los jetzt!“, schimpfe ich in knappem Stakkato, keinen Widerstand duldend, auch wenn ich am liebsten im Kletterwald wäre. „Benehmt euch wenigstens wie Erwachsene, wenn ihr schon das Schicksal herausfordern wollt.“ Das lange Seil lastet schwer auf meinen Schultern, während wir die gut vierhundert Meter zum Felsplateau marschieren. „Das sagst gerade du“, zischt Petra. „Du liegst uns permanent wegen deiner längst verlorenen Ehe in den Ohren. Sei doch einfach ein Mann und sorge für Klarheit. Dann haben wir auch wieder etwas mehr Ruhe.“ Na prima, denke ich. Gute Voraussetzungen fürs Klettern. Gute Stimmung. „Sorg du für Sicherheit und Vertrauen“, kontere ich knapp. Ich kann aber meine Verwunderung nicht verbergen. Petra ist doch so liebevoll, hat immer Verständnis, ist eine gute Zuhörerin. So denke ich. Habe ich sie die ganzen Wochen nur gelangweilt mit meinen Sorgen? Die Ruine taucht vor uns auf. Sie zeigt mit ihrem Turm mahnend in den Himmel. Das tiefe Neidlinger Tal liegt weit unter uns. Ein majestätischer, erhabener Moment. Ruhe kehrt in der Gruppe ein. Wir beabsichtigen, von oben nach unten abzusteigen. Die Sicherung für den ersten Bergsteiger wird nicht ganz einfach werden. Ich kenne diesen Felsen gut. Die sportliche Lust überkommt uns wie eine kalte Dusche, erzeugt ein Prickeln auf unserer Haut. Packt nicht nur mich in meinem Ehrgeiz und lässt uns hurtig das Kletterzeug auspacken, anlegen und das Seil in die vorbereiteten Haken einrasten. „Seillänge?“ – „Reicht. Beide Enden liegen unten auf.“ – „Endknoten angebracht?“ – „Angebracht.“ Petra gibt die Kommandos wie ein Kommandant heraus. Ich antworte gehorsamst in der Manier eines Soldaten. „Die Reihenfolge: Zuerst ich, dann Basti, gefolgt von Arno und zuletzt Micha.“ Petra übernimmt klar die Führung am heutigen Tag. Wir nicken. Micha schaut zögerlich in die Tiefe. Arno legt den Arm um seine Schultern und versucht, seinen Freund zu beruhigen: „Du schaffst das schon, wir sichern dich zuverlässig von unten. Vertrau uns.“ Micha blickt ihn nicht an, sagt nur: „Der Fels. Er wirkt so kalt, abweisend. Als ob er nicht will, dass wir uns das zutrauen.“ Verächtlich zeigt Petra auf einen kleinen Pfad, der sich an der Ruine vorbeischlängelt: „Wenn du Schiss hast, dann ist es jetzt Zeit, auszusteigen. Dort führt der Pfad nach unten. Ich denke, in einer halben Stunde bist du da.“ – „Petra!“, bellt Arno heraus. Beinahe hätte er sie vor Wut den Felsen hinuntergestoßen. „Schon gut“, gibt sie ihm zur Antwort, während ihre Hände abwehrend in die Luft gehen. Sie macht sich auf den Weg, in den Felsen einzusteigen. Ich sichere sie zusätzlich mit einem Seil, das ich durch einen weiteren Sicherungskarabiner lege und somit eine Art Seilzug erhalte. Als sie unten ist, folge ich ihr. Der Fels fordert meine komplette Aufmerksamkeit ein. Ansonsten katapultiert er dich aus dem Felsen heraus. Trotz Sicherung eine schmerzhafte Sache. Ich genieße solche Momente in der Wand in vollen Zügen. Es gibt nur das Klettern und mich. Jeder Tritt muss sitzen, jeder Griff. Ich muss im Hier und Jetzt sein, sonst kann es blutig werden. Doch meine Klettererfahrung lässt mich nicht im Stich. Vollkommen konzentriert erreiche ich den Fuß des Felsens. Ich lächle ihr zu. Doch ihr Gesicht bleibt versteinert. „Pass nächstes Mal auf, wenn du wieder so herumhampelst! Die Steine haben mich nur knapp verfehlt.“ Irritiert blicke ich sie an und löse das Seil.

Nach mir folgt Arno. Trotz seines Wohlstandsspecks, den er sich zugelegt hat, ist er gelenkig und kommt zügig voran. Am Ende stolpert er die letzten eineinhalb Meter in die Tiefe, fängt sich aber auf unserem Felsensims gut ab. Was dabei auffällig ist, ist das Verhalten von Petra beim Sichern des Seils. Sie lässt es erstaunlich locker. Micha ist ängstlich. Wir rufen ihm ermutigende Worte zu und bewegen unseren Kletterkollegen, endlich in die Wand einzusteigen. Doch er zittert, hadert, verkrampft sich in einem kleinen Kamin und kommt nicht voran. Petra als Sichernde müsste ihm Hilfestellung geben. Das aber geschieht nicht. Als Arno behilflich sein möchte, faucht sie ihn nur an: „Scccchhht! Klappe!" Die Schärfe hätte Granit schneiden können. Aufmerksam beobachtet sie den Hilflosen, wie er mit der Wand kämpft, an ihren glatten Flächen verzweifelt. Sein Schrei erfüllt die Hochebene, während die Gesteinsbrocken unter seinem Tritt aus der Wand herausbrechen. Petra betrachtet ihn so interessiert, wie man ein Versuchstier studiert. Ich erkenne keinerlei Empathie für seine Situation. „Mach keinen Scheiß", brülle ich. „Hilf dem armen Kerl jetzt." Erst nach meinem zweiten massiven Brüllen gibt sie klein bei und dirigiert Micha zurück in die richtige Kletterspur. Mit schlotternden Knien kommt er unten an. Ich würde mich nicht wundern, wenn er sich die Hosen vollgepisst hätte. Ungläubig starre ich Petra an. Sie zuckt nur mit den Schultern, als sie meinen Blick sieht. „Was?", will sie wissen, als wir zur nächsten Wand marschieren. „Soll ich jetzt Kindermädchen für den Pisser werden? Wenn er nicht klettern kann, dann soll er es sagen!" Ich spare mir die Antwort und stampfe wütend voran. Ohne Micha. Er geht direkt zum Auto. Lustlos absolvieren wir zwei weitere Abstiege und drei Aufstiege.

Die Stimmung ist etwas gedämpft, als wir im Lamm in Hepsisau ankommen. Alle gut müde und erschöpft, aber auch ein wenig von den Spannungen während des Kletterns beeinflusst. Sie haben sich wie mehliger Tau auf unser Gemüt gelegt. Was war das nur heute mit uns? Ich seufze. Das hatte ich mir anders vorgestellt nach all den anstrengenden

Tagen. „Buona sera, amici." Das Strahlen des Wirtes reißt uns sofort mit. Er entführt uns in seine Welt der dolce vita, was wir gerne annehmen. Mit dem guten italienischen Essen und kräftigen Rotwein, dessen tiefes Rot von einem hohen Prozentsatz zeugt, kommt endlich wieder die bessere Laune zurück. Wir stoßen sogar miteinander an. Das „Wieder Freunde?" von Petra mit ihrem charmantesten Lächeln fängt sogar Micha ein, der sich an Arno schmiegt.

Natürlich reden wir auch über Laura und die Therapie. Ist ja logisch. Wir beschließen, was wir ab Montag veranlassen. Ich werde erneut überstimmt. „Basti, wir sind in der Mehrheit, nimm diese Entscheidung an." Petra grinst bei diesen Worten. Es scheint mir, als ob sie Freude daran hat. Während wir später die kleine Landstraße über Weilheim nach Kirchheim fahren, sitze ich nachdenklich hinten im Auto und grüble. Das ist nicht richtig, was wir hier tun. Wir müssen doch noch mehr nach Beweisen für unsere Diagnose-Theorien suchen. Alles andere könnte die Patientin in ernste Gefahr bringen. Doch der öffentliche Druck ist enorm. Selbst ich kann mich nicht davon freimachen. Starr blicke ich in die Nacht, die sich vor dem Fenster auftut. Wenn ich selbst keine Beweise für meine These habe und den davon abgeleiteten Behandlungsplan damit begründe, wie kann ich mich dann gegen die anderen stellen? Vergeblich halte ich Ausschau nach einer Sternschnuppe, die mir meinen Wunsch erfüllt. Doch es ist, als ob der Himmel einen weiteren dunklen Vorhang über die Nacht gelegt hat. Nichts als Dunkelheit! Ich öffne das Fenster und lasse mir die würzige Luft der milden Sommernacht ins Gesicht wehen. Mit geschlossenen Augen atme ich tief ein, lasse mich hinwegtragen.

„Tschüss, ihr beiden, wir sehen uns." Micha und Arno verziehen sich schnell, sobald das Auto geparkt ist. Auch ich möchte mich auf dem Parkplatz vor dem Krankenhaus zügig verabschieden und heimlich in die Dunkelheit entfliehen. Doch Petra zieht mich eng an sich und flüstert: „Sollen nur die beiden Turteltäubchen einen Sommernachtstraum erleben? Ich begehre dich." Mir wird siedend heiß. Nähe könnte ich schon gebrauchen. Doch mein schlechtes Gewissen meinen Kindern gegenüber ist auch da. Ich habe den Zoom-Chat mit ihnen verpasst. Petra legt beide Arme auf meine Schultern und schaut mich treuherzig an. Ich traue mich nicht, das mit meinen Kindern zu erzählen, sondern nicke. Mein Rad lasse ich stehen und gehe Arm in Arm mit ihr durch die Straßen der Stadt. Heimlich schiele ich zu meiner Gefährtin. War sie nicht noch vor wenigen Stunden wie eine giftige Tarantel? Aggressiv und männermordend? Und jetzt? Wird sie mich stechen und töten? Ich mache mich bereit, mein Leben zu verteidigen.

In der Nacht aber ist meine Gespielin leidenschaftlich und so zärtlich wie noch nie. Ich bin irritiert. Ein Chamäleon, versteckt im zauberhaften Körper dieser Frau. Betörend, schön, dominant, gefährlich.

8.

Ich bin überglücklich. Glücklicher kann ein Mensch kaum sein. Wie ein kleiner Junge hüpfe ich durch die Gänge des Krankenhauses. Mike kommt mir beinahe nicht hinterher. Ich kann nicht verhindern, dass eine Freudenträne an meinen Wangen herunterkullert. Ich habe heute zum ersten Mal in meinem Leben ein Eichhörnchen gefüttert. Ja, ich. Mit eigenen Händen. Es kam zu mir, beäugte mich zunächst argwöhnisch. Aber als es sah, dass Mike neben mir stand und ich sein Vertrauen besaß, erhielt ich auch das seinige. Welch ein erhabenes Gefühl, zu erleben, wie das zarte Geschöpf die Nüsse aus meiner Hand nahm und wieder auf den Baum rannte, um sie dort zu knacken. Die nächsten Nüsse wurden direkt auf meiner Hand verkostet. Jahrelang, nein, seit meiner Kindheit sehne ich mich nach diesem Moment. Jetzt ist er gekommen! „Danke, Mike", juble ich.

„So, jetzt bin ich dran mit einem Gefallen." Ich stocke und schaue ihn an. „Aber, das war doch eine Aktion aufgrund meines Gefallens …" Ich zögere ein wenig. „Was willst du denn?" Wir sind bereits in den zweiten Stock gelangt. Ich flüstere, damit die Wände dieses pulsierenden Gebäudes nicht zu viel zu hören bekommen. Er holt endlich auf und prustet vollkommen außer Atem: „Erstens, dass du endlich langsamer läufst. Oder glaubst du, vollgepumpt mit literweise Chemo im Körper kann man Weltrekorde laufen?" Er hält inne, um durchzuatmen. „Mann, hast du einen Schritt drauf." – „Entschuldige", erwidere ich etwas verlegen. „Und zweitens?" – „Und zweitens möchte ich, dass du mir ein Foto gemeinsam mit Laura besorgst." Ich zwicke ihn leicht in die Schulter. „Bist du verknallt in sie? Wirklich?" Ich lächle verschwörerisch. Mein Verbündeter wird nicht mal verlegen. „Wenn ich groß bin, werde ich sie heiraten. Sie ist die Frau meines Lebens." Na, das ist ja mal eine Ansage. Meine Sekretärin taucht auf, gibt mir zu verstehen, dass ich die Visite verpasst habe und die Gruppe schon unterwegs ist.

„Ich habe gesagt, du musst dringend zu Frau Jordan, die anstehende Behandlung besprechen." Ich nicke und zeige mit dem Daumen nach oben. „Du bist die Beste. Vielen Dank. Na, dann gehen wir doch direkt zu der Patientin." Ich schnappe Mike am Bademantel und schleife ihn mit mir. „Aber doch nicht so schnell", protestiert er. Ich aber erwidere nur knapp: „Der frühe Vogel fängt den Wurm." Dies waren an diesem Morgen aber eindeutig nicht wir! „Frau Anni, was machen Sie denn hier? Sind Sie seit vergangener Woche hier klebengeblieben?" Ich blicke verstört, versuche aber dennoch, zu scherzen. Doch die Frauen fühlen sich gestört. „Was gibt es denn?", will Laura wissen. Ihr Blick wandert von Mike zu mir. „Ach nichts", erwidert Mike und will schon wieder aus der Tür verschwinden. Ich packe ihn am Frottee-Gürtel und halte den Flüchtigen auf. „Hiergeblieben", zische ich. Zu Laura gewandt, spreche ich in nettestem Ton: „Mike und ich haben ein Anliegen. Wir, also, wir wollen sehr gerne für die Krankenhauszeitung ein Foto." Erstaunt weitet sie die Augen. „Krankenhauszeitung?", will sie dann auch wissen. „Das gibt es?" „Aber natürlich", kontere ich. „Sie wurde von diesem Kollegen hier wiederbelebt. In Kürze soll die Neuauflage erscheinen. Ich bin seine Redaktionsassistenz." Der Gedankenblitz begeistert mich mehr als Mike, der die Nase rümpft. „Was für ein Bullshit wird das denn jetzt?", meckert er. Doch ich lasse ihn nicht vom Haken. „Für das Titelbild würden wir gerne dich und Mike zusammen abbilden. Sozusagen als unsere besonderen Gäste in diesem Haus." Mike wird es unangenehm. Er möchte verschwinden. Doch Laura grinst und gibt ein „Meinetwegen" von sich. Es gibt kein Zurück mehr. „Also, Mike, dann platziere dich mal neben der Dame." Ich zücke mein Handy und aktiviere die Kamera. „Näher", ermuntere ich ihn, als ich sehe, wie er einen Meter von ihr entfernt stehen bleibt. Sonst ist er doch auch nicht so schüchtern. Er macht einen Schritt auf sie zu. „Noch näher", fordere ich ihn auf. Er ballt die Fäuste und signalisiert mir, dass dies ein Nachspiel hat. „Bitte beuge dich zu ihr herunter." Ich lasse nicht locker. Laura erkennt die Situation.

In dem Moment, in dem er sich herunterbeugt, kommt sie ihm entgegen und küsst ihn auf die Wange. Ich schaffe es gerade noch, den Auslöser zu drücken. „Was war das denn?", will der Geküsste wissen und fasst sich an die Wange. Sie scheint unter seiner Hand zu glühen. „Na, ein Kuss", erwidert Laura trocken. „Für einen besonderen Journalisten." Er ist sprachlos. Sichtlich berührt. Schnell wendet er sich zur Tür und ruft: „Ich muss zur Nachuntersuchung." Ich sehe das Strahlen, das ihn erfüllt. „Danke, Laura", sage ich nur und lehne mich an den Fenstersims.

„Er erinnert mich an einen Jugendfreund – Samuel", sinniert Anni, während wir alle auf die geschlossene Tür schauen. „Ein sympathischer und tapferer Kerl", ergänze ich.

„Wer ist Samuel?", will ich wissen. Ich registriere erst jetzt, dass Anni in einem Stuhl vor Lauras Bett sitzt. Ein Buch in der Hand. Die ersten Seiten aufgeschlagen. „Was ist denn das, Frau Anni?" Ich bin neugierig. Dann erst wird mir die Besonderheit der Situation klar: „Aber ihr streitet euch ja gar nicht." Zu Laura gewandt: „Du meckerst ja nicht. Was ist los hier?" Ich lege den Kopf schräg und beobachte misstrauisch die Szene. Laura kommt Anni mit der Antwort zuvor: „Na, wir machen das, was erwachsene Menschen gelegentlich tun. Sie tauschen sich aus." „Mit Büchern?", will ich wissen. Laura setzt sich aufrecht hin und nickt gewichtig: „Nicht irgendein Buch. Es ist Annis Buch!" Ich löse mich von der Fensterbank und gehe auf die ältere Dame zu. Ungern kommt sie meinem Wunsch nach, das Hardcover-Buch aus der Hand zu geben. Doch schließlich gibt sie es mir und ich lese „Die Rattenjägerin – Anni Palow – Kämpferin, Rächerin, Frauenrechtlerin". Ich ziehe eine Augenbraue hoch. „Das ist ein Buch über Sie? – Aber warum Rattenjägerin?" Aufgeregt gestikuliert Laura in ihrem Krankenbett: „Aber genau das möchte ich herausbekommen." Ich gebe das Buch zurück und setze mich etwas abseits auf einen Holzschemel. Frau Anni versucht zu erklären: „Dieses Buch hat vor einem Jahr ein junger Journalist herausgebracht. Es war seine

Masterarbeit. Und die wurde so gut, dass ein Verlag gleich die Rechte daran erwarb." Ich pfeife anerkennend durch die Zähne. Frau Anni, eine Romanfigur. „Und mir fällt es unglaublich schwer, über mich selbst zu sprechen. Deshalb lese ich gerne vor." Ich will das genauer wissen: „Aber wie ist er denn an all die Informationen und an das Wissen gelangt?" Anni zögert mit der Antwort, lässt sich Zeit.

„Können wir jetzt weitermachen?" Laura wirft sich unruhig im Bett hin und her. Ich kann noch keine Ruhe geben und will alles wissen: „Warum steht dort Palow? Haben Sie einen Decknamen?" Laura stöhnt: „Langsam nervt er."

„Na, na", tadelt Anni mit einem Augenzwinkern. „Du redest von deinem behandelnden Arzt." Doch Laura lässt das nicht auf sich sitzen: „Behandelnd? Muss man denn nicht endlich mal was tun, um als behandelnd bezeichnet zu werden? Ich warte mich hier nämlich langsam zu Tode."

Ich mache mich unsichtbar und will lauschen.

Anni räuspert sich ein wenig, nimmt einen Schluck aus der Teetasse und wendet sich Laura zu. Diese lehnt sich wieder in ihrem Bett zurück und versucht, sich zu entspannen. Ich sehe mit Sorge das Zucken in ihrem Gesicht. Schmerzvolles Verzerren, als ob ein Stromschlag in unregelmäßigen Abständen durch ihren Körper jagt. Ich möchte mich erheben, um nachzuschauen, was ich tun kann. Doch sie winkt ab.

„Wie ich dir bereits erzählt habe, lebten meine Eltern …", beginnt Anni. Ich setze mich wieder.

Meine Visite, die Patientenstunden und alles geraten gerade in den Hintergrund. Aufmerksam spitze ich die Ohren.

* * *

Anni liebte es, die Dünen hochzustürmen und auf ihnen entlangzumarschieren. Dann fühlte sie sich, als ob sie auf dem Rücken eines riesigen Dinosauriers stolz dahinschritt, immer darauf bedacht, nicht auf den Kopf des schlafenden Riesen zu treten. Denn dann würde er vor Wut fauchen und das gesamte Meer zum Sieden bringen. So hatte es zumindest die Großmutter gesagt. Eigentlich hatte sie auch verlangt, dass Anni niemals alleine auf den Rücken des Dinos klettern darf, denn der würde auch kleine Mädchen auffressen, wenn sie den Erwachsenen nicht gehorchten. Doch Anni scherte sich nicht darum. Sie sah keinen Sinn darin. Denn irgendwie war der Dino ihr Freund. Einer der wenigen Freunde, die sie hatte. Und mit ihm schaute sie immer in die Ferne der Ostsee. Verlor sich in deren Weite und begann zu träumen.

Endlich war das drahtige Mädchen mit den mandelfarbenen, braunen Haaren vorne an der Spitze des Dünenmonsters angekommen. Den Kopf des Drachen sah sie nicht. Wahrscheinlich hatte er ihn wieder im Sand verborgen. Wie so oft. Anni weitete die Arme und hielt ihre Nase in den frischen Wind, der von West-Nord-West über die Ostsee eilte. Sie fühlte sich so frei. So leicht. Am liebsten wäre sie mit dem Wind davongeflogen. Über ihr geliebtes Badestädtchen namens Kolberg hinweg. Sie hätte so gerne große Kreise gezogen und ihren Eltern aus der Luft ein „Hallo, hier bin ich" zugerufen. Doch so oft sie es auch probierte, der Wind nahm sie nicht mit, sondern ließ sie alleine die Düne hinunterpurzeln. Anni hüpfte durch den Sand und rannte auf den Stelzen hinunter zum Wasser in Richtung der Badehäuser. Sie roch den Seetang. Sog den Duft tief in ihre Nase und pustete mit einem „Hmmmmmm" genussvoll wieder aus. „Na, Frau Palow, träumen wir heute mal wieder?" Der Mann in brauner Uniform baute sich vor ihr auf. Beide Hände in den Gürtel verhakt. Das Hakenkreuz bellte sie von seiner Armbinde herunter an, wie ein kläffender Deutscher Schäferhund. „Warum bist du nicht bei deiner Mädchenschar, wie die anderen?" Erschrocken blickte sie zu ihm hoch. Sie kannte den Mann noch aus Tagen, da saß er den ganzen Tag in der Wirtschaft. Gar nicht weit von der Pension ihrer Eltern weg. Jetzt war er ein wichtiger Mann, wie Anni intuitiv verstanden hatte. „Ich bin gerade auf dem Weg!", rief sie rasch und rannte so schnell wie möglich an ihm vorbei. Er aber packte sie am Arm und hielt sie fest. „Nächstes Mal grüßt du anständig, wie sich das gehört. Verstanden?" Sie nickte schnell und konterte nicht ohne Ironie in der Stimme: „Aber sicher doch. Immer wieder gerne, Herr...", verdammt, jetzt hatte sie auch noch seinen Namen vergessen. Schnell sprach sie weiter: „Verzeihen Sie, mein Herr, aber meine Sehschwäche, wissen Sie?" Natürlich wusste er es nicht, aber es stimmte tatsächlich. Anni hatte nicht die besten Augen. Schnell riss sie sich los und rannte in Richtung Stadtzentrum. Aber nicht zu dem Bund Deutscher Mädels, sondern direkt nach Hause zu ihren Eltern. Diese sahen das nämlich nicht so eng mit dieser komischen Sache da, was diese Reichseinheitsorganisationen betraf, in die alle einzutreten hatten. Wie eben ein deutsches Mädchen in den Bund deutscher Mädchen gehörte.

Und zudem musste Anni sich nicht von jedem irgendwas sagen lassen! Denn sie war schon neun Jahre alt. Da war man fast schon erwachsen. „Unglaublich", sagten dann ihre Eltern. „Wir schreiben schon das Jahr 1939 und unsere Kleine wird rasend schnell 'ne Große." – „Und die Zeiten werden dafür immer schlimmer", konterte der Vater die Ausführungen ihrer Mutter. „Glaubt mir, es wird noch brutaler werden als die Kriegsjahre 1914 bis 1918. Das hier mit den Braunen ist nicht gut. Das nimmt kein gutes Ende." Er schaute zum Fenster hinaus, während er diese Dinge sagte. Schnell kam ein „Pssst" aus Mutters Mund und sie legte dabei den Finger an den Mund. „Nicht, dass die Gäste das hören und wir Schwierigkeiten bekommen." Schweigen folgte. Die Eltern verfielen samt Großmutter in sehnsüchtige Gedanken an ihre alte Heimat. An das schreckliche Jahr 1919, als sie fluchtartig diese weit im Osten des Deutschen Reiches verlassen mussten. Weil die Mächtigen der Welt dem geschundenen Staat Polen große Teile ihrer Heimat zugesprochen hatten.

Anni macht eine kurze Pause, um Luft zu holen. Sie wirkt ein wenig aufgewühlt und ich habe das Gefühl, die Bilder jener Zeit steigen gerade wieder in ihr auf.

Laura rutscht unruhig im Bett umher. So viel Unbekanntes in den Erzählungen. „Wer sind die Braunen? Was war 1918?“ Sie runzelt die Stirn. „Sind das irgendwelche Fantasiegeschichten?“ Ich schüttle den Kopf und versuche, meine Verwunderung zu unterdrücken. „Nein, das ist deutsche Geschichte“, antworte ich und versuche, in wenigen Worten ein wenig zum Ersten Weltkrieg, den Nationalsozialisten und dem schlimmen Zweiten Weltkrieg zu erklären. Ein kleines Frage-Antwort-Spiel entsteht. Laura saugt alles auf wie ein Schwamm, registriere ich.

„Kann ich jetzt weitermachen? Wenn ich mich schon so abmühe?“ Anni schaut uns beide etwas ungeduldig an. „Einige Fragen werden im Buch noch angesprochen.“ Wir nicken stumm und warten darauf, dass sie weiterliest.

An diesem Abend hatte der Wind aus Nordwest Regen und kühle Luft mitgebracht. Die Tropfen prasselten gegen die Fenster der kleinen Wohnung, die Annis Familie im Hinterhaus ihrer Pension bewohnte. Der kleine Bollerofen glühte vor Hitze und stampfte und dampfte, unentwegt Holz und Kohle verlangend. Anni wusste aus den Erzählungen ihrer Eltern und der Großmutter, dass sie Vertriebene waren. Vertriebene, das waren Menschen, die man dort nicht mehr haben wollte, wo sie eigentlich zu Hause waren. „Doch wir haben jetzt hier ein Zuhause gefunden“, pflegte die Mutter dann schnell zu sagen, wenn die Sprache auf die Heimat kam. „Kolberg ist eine schöne neue Heimat und das Schicksal hat es gut mit uns gemeint.“ Sie machte mit ihren Armen eine weitläufige Bewegung und sang die Worte beinahe, die dann folgten: „Das ist alles unser Werk. Wir haben es geschaffen. Diese Pension, das ordentliche Leben und gute Freunde. Was will man mehr?“ Der Vater erhob dann immer den Bierkrug und prostete allen zu: „Auf die Pension und die Gäste, deren Zulauf niemals versiegen möge.“

Auf diese Aussage hin schwieg die Großmutter. Es stimmte, ihnen ging es tatsächlich gut. Doch dass ihr Sohn, ein ehemaliger Richter, nicht mehr in diesem hoch angesehenen

Beruf arbeitete, sondern für die Pensionsgäste den Diener machte, lastete auf ihrem Gemüt. Sie hatte nie verstanden, warum man ihm in dieser kleinen Stadt nicht wieder eine Stelle beim Staat angeboten hatte. Mochte da in der Vergangenheit ihres Sohnes etwas schlummern, von dem sie keine Kenntnis hatte? Jeder Versuch, etwas aus ihm herauszubekommen, scheiterte. Lag's vielleicht an der Schwiegertochter? Doch den Gedanken wischte sie schnell zur Seite. Des Sohnes Ehefrau war eine Gute. Das wusste sie. Man sah es auch tagtäglich in diesem schönen Haus.

Anni räkelte sich zufrieden, gähnte genussvoll und streckte sich. Sie fühlte sich glücklich inmitten dieser Menschen, die so viel für sie bedeuteten. Und wenn sie einen Wunsch gehabt hätte, dann der, dass es auf immer und ewig so blieb. Besonders diese Abende, an denen es draußen stürmte, regnete oder schneite, an denen der Wind an den Fensterläden rüttelte und zu brüllen schien, „Lasst mich rein, lasst mich rein", schmiegte sie sich in dieser behaglichen Stimmung in eine Decke gehüllt an den Vater und lauschte den Erzählungen der Erwachsenen. Dann erschienen vor ihrem geistigen Auge tatsächlich die satt-grünen Landschaften weit im Osten, die über den Horizont hinausreichten. Ein Land, in dem Milch und Honig zu fließen schien. Die Großmutter bekam glänzende Augen und erzählte von längst vergangenen Zeiten. „Warum haben uns die Polen alles weggenommen? Hätten wir nicht alle gemeinsam dort leben können?" Anni wollte nicht verstehen, warum das so passiert war. Noch bevor die Großmutter zu antworten vermochte, erwiderte der Vater schnell: „Weil die kleinen Menschen immer der Spielball der Mächtigen sind. Und weil wir Deutschen den Polen vor langer Zeit das Gebiet auch schon weggenommen haben." Er dachte kurz nach und fuhr fort: „Irgendwie haben sie es sich nur wieder zurückgeholt." Die Großmutter unternahm nochmals einen Versuch, etwas zu erwidern. Doch jetzt war es Annis Mutter, die schnell dazwischenging: „Das ist alles längst Vergangenheit. Jetzt haben wir hier in der Gegenwart eine schöne Welt. Vor allem aber auch

Gäste, die morgen wieder ein gutes Frühstück wollen. Wir sollten ins Bett gehen." Da war etwas Wahres dran. „Ist nicht auch morgen Anreise der amerikanischen Gruppe?" Vater versuchte, einen Blick auf den großen Wandkalender zu erhaschen, auf dem zahlreiche Einträge in den jeweiligen Tagesspalten zu entdecken waren. „Oh, stimmt." Mutter sprang auf und begann den Tisch abzuräumen. „Die sind mir beinahe durchgerutscht. Wer holt sie vom Bahnhof ab? Anni?" Doch der Vater hob beruhigend die Hand. „Müssen wir nicht. Sie wollten dieses Mal mit einem Auto anreisen, da sie viel Gepäck dabeihaben." Annis Gesicht begann zu strahlen. „Sind das wieder diejenigen, die mit dem Olympiasieger befreundet sind? Dem Schwarzen, der so schnell rennen kann?" Sie mochte diese Menschen. Sie waren so fröhlich und machten Späße mit ihr, auch wenn Anni so gut wie nichts verstand, wenn sie Englisch sprachen. Oma hielt mahnend den Finger in die Luft: „Bei allen Ausländern dürfen wir unsere deutschen Gäste nicht vergessen. Morgen kommen nämlich auch die Fricks aus Stuttgart." „Die Fricks?" Mutter stand am Kalender und blickte angestrengt darauf. So mochten die Ägyptenforscher ausgesehen haben, als sie die Hieroglyphen entziffern wollten. „Oh, das haben wir vergessen einzutragen." Vater versuchte, ihr zuzuzwinkern, als wollte er der Mutter ein Zeichen geben. Doch die sah es nicht und fuhr fort. „Haben wir denn genügend Betten frei?" – „Irgendwie schaffen wir das. Sie haben sich kurzfristig angemeldet. Verstehst du!?" Vaters Stimme wurde eindringlicher. Und jetzt schien die Mutter zu verstehen. Denn sie nickte. „Verstehe. Dann müssen wir zur Not ein Zimmer hier räumen und für sie Platz machen." Sie blickte Anni an, die erschrocken zurückzuckte. „Mein Zimmer? Nein! Nicht schon wieder." Aber sie wusste, dass sie gegenüber den Erwachsenen den Kürzeren ziehen würde. „Passiert ja nicht oft." Ihr Vater strich ihr sanft über die Haare. „Freu dich doch auf die Amerikaner. Sie haben bestimmt wieder was Feines mitgebracht." Mit dem Gedanken konnte Anni leben. Und für ein paar Tage bei Großmutter einzuziehen, war auch nicht das Schlechteste. Die beiden hatten sich immer etwas zu erzählen.

Die famosen Olympischen Spiele im nicht weit entfernten Berlin bescherten Deutschland im Jahr 1936 wieder internationale Anerkennung und vor allem zahlungskräftige Gäste. Auch nach Kolberg hatte es sie verschlagen. Einige kamen immer wieder. So auch die erwähnten Amerikaner. Wenn sie da waren, dann wurde es lebendig im Haus, mit viel Gelächter, Tanzen und cooler Musik. So anders zu der deutschen Volksmusik. Alles war lustig und ausgelassen. Man schwamm auf einer kleinen Insel der Glückseligkeit und erst Jahre später verstand Anni, dass dies einer Blase gleichkam, in der sie ein eigenes Leben lebten, inmitten der zunehmend brauner werdenden Gesellschaft. Man hätte in solchen Momenten nicht glauben können, dass sich unterschwellig schlimme Dinge anbahnten. Gleich einem Krebsgeschwür unter schöner Haut breitete sich seit der Machtergreifung der Nationalsozialisten etwas Bedrohliches aus. Viele Menschen steckten die Köpfe in den Sand und ignorierten das. Schließlich brachten die Nationalsozialisten Arbeit und Essen auf den Tisch. Aber die Nürnberger Gesetze hatten es doch der ganzen Welt angekündigt! Die jüdischen Mitmenschen erlebten schon seit einigen Jahren diese schlimmen Drangsalierungen. Die Reichspogromnacht bildete einen schrecklichen ersten Höhepunkt. Warum sollte es nicht auch andere Menschen treffen? Still! Diese Frage wollte niemand hören. Das klang so fremd und war doch so nah. Anni spürte intuitiv diese kranke Macht, die von diesem System ausging. Österreich und die Tschechoslowakei wurden von den Machthabenden in Deutschland bereits kurzerhand einverleibt. Man redete bereits von Krieg. Überall wurde die Präsenz der Soldaten an den Küstenlinien und im Osten verstärkt. Kasernen schossen wie Pilze aus dem Boden.

Internationale Gäste wurden weniger und weniger. Ihre Anwesenheit reduzierte sich in rasantem Tempo, Regenwasser auf vertrocknetem Boden gleich, in dessen Ritzen es verschwand. Nur bei Familie Palow versammelten sie sich noch, wie in einer kleinen Oase inmitten einer trockenen, graubraunen Wüste. Das Leben verarmte, aber Anni verspürte das nicht. Es gab noch die Amerikaner und andere Gäste. Sie kamen in diesem Sommer 1939 ein letztes Mal und dann stürzte Deutschland die Welt in den Abgrund. Annis Familie wurde mit hineingerissen. Alle wurden sie vom braunen Strudel verschlungen und am Ende war es nur noch Anni, die vom Schicksal ausgespuckt und als Waisenkind zurückgelassen wurde. Hätten Annis Eltern sie doch in dieser Zeit in ihr Geheimnis eingeweiht und sie zur wissenden Verbündeten gemacht! Anni wäre dadurch geschützt worden und hätte nicht durch eine unbedarfte Äußerung in der Schule den Stein ins Rollen gebracht. Etwas, was ihr Leben lang auf ihrer Seele lasten würde.

***

Gästeanreisetag war immer etwas Besonderes. Schnell war die Wehmut über den Verlust der gerade verabschiedeten Pensionsgäste vergessen und durch die Freude auf die neuen Besucher ersetzt. Jeder Gast brachte eine neue Geschichte mit sich. So wie bei den neuen Büchern, die Mutter regelmäßig mitbrachte. Anni musste nur genau zuhören. Und das tat sie für ihr Leben gern.

Doch dieser Morgen im Juli 1939 war dann doch einzigartig für das junge Mädchen. An diesem Tag begegnete ihr die Liebe ihres Lebens. Und schon mit ihren gerade mal neun Lenzen war ihr bewusst, dass sie diesen Gast heiraten würde: Samuel! Ein Junge aus dem fernen Schwabenland, dessen Dialekt so eigenartig auf sie wirkte und den sie kaum verstand. Doch das war auch reizvoll. Und zudem verstanden sie sich so gut, auch ohne gleiche Sprachkenntnisse. Das hatte Anni sofort gemerkt, als sie ihm ihr Zimmer zeigte und auch seinen Eltern erklärte, dass dies die aktuelle Unterkunft wäre, da die Pension selbst belegt wäre. „Entschuldigung“, kam es in jenem eigenartigen Dialekt aus seinem Mund und es klang, als würde er diese Unannehmlichkeit bedauern. „Kein Problem", entgegnete sie schnell. Sie lächelte ihn ungezwungen an, was er in gleicher Weise erwiderte. „Es ist etwas eng hier. Aber sobald drüben frei wird, ziehen Sie natürlich um." Anni zeigte auf das Haupthaus. Fricks hätten normalerweise in der Pension eine kleine Zwei-Zimmer-Suite haben können. Normalerweise. Doch jetzt nahmen sie das Zimmer mit einem aufrichtigen Dank und akzeptierten alles. Sie schienen zufrieden zu sein. Auch auf Anni wirkte der Raum plötzlich unendlich groß. Wie das Universum, in dem es nur noch sie und diesen Jungen gab. Sie musterte ihn verstohlen. Seine großen Augen, umrankt von seinen Wimpern, saugten die ganze Welt neugierig auf. Anni fühlte sich in diesen Strudel hineingezogen. Und als er ihr etwas Geschmeidiges aus edlem Metall in die Hand drückte, mit den Worten „Ein kleines Gastgeschenk und Dankeschön", da war es um sie geschehen. Seine Stimme versetzte ihren ganzen Körper in Schwingung, erzeugte Reaktionen, die Anni ihr Lebtag zuvor noch nie erlebt hatte. Ihr Kopf glühte. Das Herz raste. Unschlüssig blieb sie zwischen den aufgestellten Klappbetten stehen und betastete ihren Bauch. Dort schienen Tausende kleiner Schmetterlinge umherzufliegen. So leicht, so kribbelig fühlte sich das an. Sie war ganz benommen. Ihre Blicke verhakten sich, konnten sich nicht mehr voneinander lösen und beide drohten zu verglühen, gar zu verschmelzen. Es war die Mutter, die Bewegung in die Szene brachte und ihren Koffer etwas zu laut auf einen Stuhl stellte. Dabei sprach sie zum ersten Mal seinen Namen aus: „Samuel, warum lässt du dir von der jungen Dame nicht das Meer zeigen?" Sie lächelte freundlich und nickte beiden zu. Zögerlich antwortete der Angesprochene: „Du meinst, ich soll hinausgehen?" Schnell unterbrach ihn seine Mutter: „Ja, sicher. Ihr könnt dorthin gehen, wo es nicht zu viele Menschen gibt." Und zu Anni gewandt: „Samuel liebt die Ruhe und Abgeschiedenheit. Menschenmassen machen ihn unruhig. Vor allem, wenn sie im Gleichschritt marschieren." Anni nickte. „Ja, das geht mir auch so. Ich heiße übrigens Anni. Wollen wir in einer Viertelstunde losgehen?" Sie hielt sich am Bettgestell fest, denn sie hatte Angst, von den Schmetterlingen weggetragen zu werden. Was für ein Gewusel das nur in ihrem Bauch war. Anni hatte den starken Drang, den Raum zu verlassen und schnell aufs stille Örtchen zu gehen. Obwohl sie nicht wirklich musste. Minutenlang traute sie sich nicht aus der Toilette heraus. Stierte immer wieder zur Tür und überlegte sich, was da gerade bei ihr passierte. Niemand hatte sie auf die Liebe vorbereitet. Niemand hatte ihr erzählt, was da mit einem Menschen passiert. War auch noch ein wenig zu früh. Doch – Anni war verliebt. Beinahe in Trance zog sie an der langen, zierlichen Kette, um die Wasserspülung des modernen Klos zu betätigen. Mit dem ruhigen, plätschernden Strahl aus dem Wasserhahn kam auch etwas Ruhe zurück. Lange wusch sie ihre Hände, in der Hoffnung, die innere Wallung würde sich gänzlich legen. Doch kaum dass sie wenig später aus dem Haus heraustrat, schlug alle wiedergewonnene Ruhe in diesen inneren Aufruhr um. Anni mochte es gar nicht, wenn sie die Kontrolle verlor. Bei aller Schönheit des Gefühls durfte das nicht sein und sie fuhr den Verursacher dieser Gefühle beinahe schon barsch an, als er sich ihr zuwandte: „Mit solchen Sandalen willst du den Rücken des Drachen erklimmen? Das darf doch nicht wahr sein." Samuel schaute zu seinen Schuhen hinunter und konnte nichts Falsches daran entdecken. „Was meinst du damit? Es ist doch nur ein kleines Hügele." Anni zischte. „Hügele" hatte er gesagt. Was auch immer das bedeuten mochte. Es war der Rücken eines großen Drachen! „Warst du schon mal am Meer?" Er schüttelte den Kopf. „Jetzt ganz ehrlich?!" Anni konnte es beinahe nicht fassen und marschierte schon los. Die vertraute Bewegung durch die einsamen Wiesen, hin zur Düne, der frische Wind und das ferne Rauschen des Meeres gaben ihr wieder die innere Sicherheit zurück, die sie jetzt brauchte. Samuel folgte ihr in einigem Abstand. Er schnaufte schon nach kurzer Zeit: „Asthma", stotterte er, als sie ihn aufschließen ließ.

„Sollen wir langsamer laufen?" Anni blickte ihn sorgenvoll an. Sie kannte das Wort nicht. „Was ist denn Asthma?" Und er erklärte es. Annis Gesichtszüge wurden wieder milder, ja, beinahe verklärter. Intensiv hing sie an seinen Lippen. Dieser Junge hatte so eine wunderbare Stimme. So weich, so wohlklingend. Jedes Wort von ihm ging ihr durch Mark und Bein. Sie stotterte beinahe, als sie ihre Frage wiederholte: „Langsamer laufen?" „Nein, alles gut. Ich bekomme das schon hin." Anni ließ ihn den schmalen Pfad, hinauf auf den Drachenrücken, vorausgehen, um sich an sein Tempo zu halten. Gleichzeitig konnte sie ihn dabei heimlich beobachten. Seine schlaksigen Bewegungen, die einem heranwachsenden Teenie immanent sind, faszinierten sie. Sie wirkten unkoordiniert und ungelenk. Aber er kam voran. Anni begann zu dozieren: „Die Ostsee wird auch das baltische Meer genannt." Samuel wusste das alles längst. Er hatte sich auf seiner Reise intensiv mit diesem Meer am Nord-Oststrand des Deutschen Reiches beschäftigt. Doch das wollte er dem Mädchen nicht sagen. Ihm gefiel es, dass das deutlich jüngere Mädchen ihn belehren wollte. Und so horchte er genau hin, als sie ihm erzählte: „Das Meer ist noch gar nicht so alt. Es entstand erst nach der letzten Eiszeit. Vor circa zehntausend Jahren. Davor waren dort Hügel, Wälder, Wiesen und Täler, die durch das schmelzende Eiswasser geflutet wurden." Beinahe hätte Samuel sie korrigiert und gesagt, dass dieses Meer circa zweitausend Jahre jünger war und vorher Eismassen diese Welt bedeckten. Doch er war klug genug, das nicht zu sagen. Zumal ihm urplötzlich mit voller Wucht die unendlich anmutende Weite traf, kurz nachdem sie die Düne erklommen hatten. Das Glitzern des blauen Wassers blendete ihn. Milliarden kleiner Spiegel brachen das Licht der Sonne, die freudig über diesem jungen Glück strahlte. „Mach den Mund zu, sonst zieht es", versuchte Anni einen Scherz. Doch auch sie blieb stumm stehen und streckte ihr Gesicht dem frischen Wind entgegen, der sie beide von Westen begrüßte. Mild und sanft. Anni atmete tief ein und blies die Luft mit einem freudigen Seufzer wieder aus.

Die Verbindung aller dieser Gefühle verursachte eine kleine Explosion in ihrem Kopf. Wunderbare Feuerwerke der Gefühle, die sie umnebelten, beinahe sinnlich-trunken machten.

Sie liefen bis ans Ende der Düne, dort, wo der Drache immer seinen Kopf in den Sand steckte, nahe am Wasser. Anni traute sich nicht, Samuel zu verraten, dass sie nun auf dem Kopf des Drachen sitzen würden, wo er gerade die Decke ausbreitete, die er mitgebracht hatte. Noch immer konnte der junge Schwabe seinen Kopf nicht von dem Naturschauspiel abwenden, das sich vor ihm ausbreitete. „Unfassbar", wisperte er immerzu. Anni lächelte und erfreute sich am Erstrahlen seiner Augen, in denen sich das Glitzern des Meeres spiegelte. Sie setzte sich zu ihm und zog zwei frische Äpfel aus der Tasche. Jenen mit einer besonders schönen roten Musterung bot sie ihm an. „Eva gab Adam einen Apfel – im Paradies", schoss es ihr grundlos durch den Kopf. Ein Spruch, der sich auf unglückliche Weise bewahrheiten sollte. Gerne nahm Samuel das Geschenk an und holte aus seinem leinenen Rucksack etwas Viereckiges. „Hier, probiere. Leckere Sachen aus meiner Heimat. Aus Waldenbuch." Er hielt es ihr hin und Anni konnte Trauben-Nuss, Ritter Sport lesen. Neugierig brach sie die Packung auf und wollte die dunkle Schokolade in den Mund stecken. Doch Samuel hielt sie auf: „Warte", sprach er und zog ein Messer aus der Tasche. Schnell war der Apfel in Schnitze zerteilt und in jeden Schnitz eine breite Kerbe geschnitten. Darin drückte er ein einzelnes Stück der Schokolade und reichte ihr den ersten Schnitz: „Jetzt probiere mal." Vorsichtig nahm Anni ihm die Köstlichkeit aus der Hand und steckte sie sich gleichzeitig mit ihm in den Mund. Die Süße des Apfels füllte ihren Mund aus. Vorsichtig ertastete ihre Zunge die zart schmelzende Masse der Schokolade, die sich mit dem Saft des Apfels verband und zu einer exquisiten Köstlichkeit erwuchs, die mit jedem vorsichtigen Kauen ihren Gaumen kitzelte und die Geschmacksnerven freudig tanzen ließ. Beide hatten sie ihre Augen geschlossen und streckten ihr Gesicht der Sonne entgegen. „Wie schön doch die Welt zu zweit ist“, schwärmte Anni in Gedanken. Ein Grund mehr, diesen wunderbaren Menschen zu heiraten. Sollte sie es jetzt schon tun? Doch Anni beschloss, noch ein wenig zu warten.

Stattdessen wollte sie mehr über Samuel und seine Familie erfahren: „Wie lange werdet ihr hier sein?“ Vermutlich zwei Wochen, dachte sie sich bei der Frage. Doch er zuckte mit den Schultern. „Keine Ahnung. Das liegt an meinen Eltern.“ Anni nahm diese Antwort nur kurz wahr, ging aber nicht weiter darauf ein. „Ich meine ja nur. Ihr seid mit so vielen Koffern angereist. Da bleibt man doch länger. Deshalb meine Frage.“ Einige der Koffer mussten in ihrer umgebauten Scheune abgestellt werden. „Ja, das war ganz schön anstrengend, sie im Zug mitzuschleppen. Aber meine Eltern meinten, wir brauchen diese dringend.“ Danach schwieg er. Anni konnte ihm nicht mehr viel an Informationen entlocken. Nur, dass es im Süden Deutschlands sehr schön wäre. „Mit hohen Bergen, vielen Schafen und armen Bauern auf der Alb.“ Anni versuchte, sich in ihrer Vorstellung ein Bild zu malen, was ihr Begleiter da gerade erzählte. Wie hoch mochte ein hoher Berg sein? Sie wusste es einfach nicht.

Glückselig saßen beide noch lange nebeneinander und genossen den Moment, das Meer und die Freiheit. Sie sahen nicht die Kriegsschiffe, die in der Ferne mit dunklen Rauchschwaden hässliche Muster in den Himmel pressten, auf ihrem Weg in den Osten. Anni blendete das immer aus. Auch die vielen Soldaten, die inzwischen überall anzutreffen waren. Jetzt aber zuckte sie zusammen und wurde stocksteif, während ihr Blick am Ufer hängenblieb. Sie duckten sich und schauten misstrauisch zu den Männern in braunen Hemden, die gerade am Strand entlang marschierten. Schweres Gepäck auf dem Rücken. „Sie trainieren mal wieder.“ Anni zog eine Grimasse, während sie flüsterte. Doch Samuel schüttelte den Kopf: „Nein! Sie exerzieren. Bereiten sich auf den Krieg vor.“ „Meinst du wirklich? Niemand will ihn doch haben – diesen Krieg.“ Da war sich Anni sicher. Oder war es ihre Hoffnung? „Glaub mir. Er kommt. Lass uns bitte von hier verschwinden." Schnell war er aufgesprungen und in geduckter Haltung den Hang hinuntergelaufen. Anni packte die Decke, Rucksack und Essensreste zusammen. Auch die leckere Schokolade. Dann folgte sie ihm. Die Romantik wie auch die schönen Bilder den kleinen Dünenhang purzelten hinter ihr hinunter und verschwanden auf Nimmerwiedersehen im Sand der Ostseeküste.

„Magst du die auch nicht?", wollte Anni von Samuel wissen, als sie ihn wieder eingeholt hatte. „Kann man so sagen." Mehr kam ihm nicht über die Lippen. Schweigend marschierten sie den kleinen Pfad zum Haus zurück. Der Zauber des Momentes, die Magie der Zweisamkeit, war im Bruchteil einer Sekunde verschwunden. Und bevor Anni nochmals einen Versuch unternehmen konnte, den Jungen in die Welt der Schmetterlinge im Bauch zurückzuführen, wurde er schon von seinen Eltern abgefangen und ins Haus geführt. „Wir müssen kurz unsere Weiterreise besprechen", erklärten sie Anni mit einem offensichtlich aufgesetzten Lächeln im Gesicht. Sie hatte noch ein „Aber" auf den Lippen, doch schon waren mit dem Jungen auch die vielen Schmetterlinge verschwunden. Enttäuscht wandte sich das junge Mädchen ab und schleppte sich, plötzlich ihrer Leichtigkeit beraubt, ins Haus zurück. Aus dem Fenster von Großmutters Zimmer beobachtete sie noch, wie zwei der amerikanischen Gäste ebenfalls in der Tür verschwanden, durch die zuvor Samuel und seine Eltern ins Haus eingetreten waren. Alles wirkte so eigenartig, ja, sogar geheimnisvoll. Anni spürte den Drang, ebenfalls da hereinzugehen, doch dazu fehlte der Mut. Sie seufzte aus tiefstem Herzen auf. Ihr neu gewonnener Freund fühlte sich plötzlich so weit von ihr entfernt an. Er hätte auf einem anderen Planeten sein können, was sich nicht weiter weg anfühlen würde. Traurig legte sie sich aufs Bett und starrte die Decke an. Die Bilder der wenigen Stunden auf der Düne liefen vor ihren Augen ab. Er war es! Ihn wollte sie heiraten, wenn sie groß war. Unbedingt!

Den ganzen Nachmittag über sah Anni die Familie Nussbaum nicht mehr. Sooft sie auch herüberschaute. Niemand kam aus ihrem Zimmer heraus. „Anni!" Der Ruf der Mutter riss sie aus ihren Träumereien. „Komm, Schatz, die Gäste brauchen uns." Anni schüttelte sich, versuchte das leicht schwindelige Gefühl endgültig loszubekommen. Am Spiegel streckte sie sich selbst die Zunge raus, um sich damit zu sagen, wie töricht sie wohl wäre, und rannte herüber zur Pension. „Komme!" Und mit diesem Wort tauchte sie in den gewohnten Alltag ein, der etwas Ruhe und Halt gab.

Erst in der Nacht klopfte es an ihrer Tür. Beinahe unhörbar und zaghaft. Die Großmutter schnarchte leise vor sich hin. Doch Anni wusste sofort, wer es war: Samuel.

Schnell schlich sie aus dem Bett, warf sich eine Häkeldecke über die Schultern und schlich in den Gang hinaus. „Bereit für ein Abenteuer?" Samuel blickte sie verschwörerisch an und zog sie mit sich. „Wo gehen wir hin?", wollte sie von ihm wissen. Sie war doch diejenige, die sich hier auskannte. „Psst", flüsterte er und legte den Finger an den Mund. Sie traten ins Freie. Der Mond schien hell, die Sterne glitzerten millionenfach, funkelten ihnen entgegen. Anni schien es, dass sie gerade jetzt für sie noch deutlich mehr funkelten und leuchteten. Die beiden brauchten keine Laterne, um den schmalen Pfad zur Düne zu entdecken. Oben angekommen, bog Samuel nach rechts ab, in Richtung des Stadtstrandes und der schmucken Badehäuser. Schnell aber zog das Mädchen ihren Begleiter an der Hand und brachte ihn zum Halten. „Stopp. Nicht dahin. Dort wimmelt es heute Nacht voller Brauner." Samuel stutzte und blickte sie irritiert an. „Welche Braunen?", wollte er von ihr wissen. „Die sind doch in den Kasernen." Doch Anni zerrte ihn zur Antwort nach links, wo sich der Pfad in leichten Windungen auf der Düne entlangschlängelte, einer Schlange gleich, die es sich auf dem Rücken des Drachen gemütlich gemacht hatte. „Heute Nacht nicht. Sie sind alle am Strand und feiern irgendein Fest, was weiß ich denn, sie saufen dort. Und dann sollte man sich von ihnen fernhalten!" Stumm folgte der Junge dem Mädchen, das gut einen Kopf kleiner war als er. Seine ursprüngliche Idee, mit ihr heimlich in eines der Badehäuser hineinzuklettern und dort den Turm des Bademeisters zu erobern, gab er auf. Anni hielt an einer kleinen Mulde in der Düne an und gab ihm zu verstehen, die Decke hier auszubreiten. „Lange dürfen wir nicht hierbleiben, sonst merken sie es." Anni blickte instinktiv in die Richtung, wo in der Dunkelheit ihr Haus sein musste. Doch die Luft war rein. Unsicher zeigte Samuel nach unten und flüsterte: „Wollen wir uns …?" Anni spürte, wie die Schmetterlinge wieder zurückkamen. Sanft füllten sie ihren Bauch aus, das Mädchen fühlte sich plötzlich so leicht an, dass sie Angst haben musste, in die Luft getragen zu werden, weit über die Düne hinweg. Schnell hielt sie ihn bei der Hand und nickte. „Ja, gerne." Doch er zögerte und sah sie etwas besorgt an. „Du zitterst ja, ist dir kalt?" Statt einer Antwort sank Anni auf den Teppich nieder, gleichsam einen schwebenden Ballon, der wegzufliegen drohte. Fest hielt sie seine Hand, er war ihr Halt. Das sanfte Rauschen der Ostsee drang zu ihnen hoch in die Mulde, füllte diese aus und gab Anni das Gefühl, auf hoher See zu sein, als blinder Passagier, versteckt unter einer Plane, auf dem Weg in die Neue Welt, getürmt mit ihrem Geliebten. Keiner sprach ein Wort. Ob dieselben Gedanken im Kopf ihres Gefährten neben ihr umherhuschten? Ließ die Wärme ihrer beider Körper auch bei ihm diese Schmetterlinge wach werden und heiter in seinem Bauch herumfliegen? Anni traute sich nicht zu fragen. Nichts, aber auch nichts durfte jetzt dieses Gefühl der Unendlichkeit zerstören, nicht der kleinste Riss durfte die Kulisse auseinanderklaffen lassen. In stiller Einigkeit ging ihr Blick in den Nachthimmel. „Siehst du den großen Wagen?" Samuel stützte sich auf seine Ellbogen und nickte gen Himmel. Natürlich wusste Anni, wo dieser war. Genauso wie viele andere Sternbilder. Doch sie schwieg. Sie wollte nicht zu klug erscheinen, was den Jungen eventuell verunsichern konnte, genauso wie die Buben in der Schule. Stolz zeigte Samuel die vier Sterne, die in einem Viereck angeordnet und mit einer Deichsel versehen waren. „Da ist er. Und dort ist der Nordstern. Er weist den Seefahrern den Weg." Anni nickte, lächelte glücklich und folgte jeder seiner Bewegungen, die er vollführte, gleichsam einem Dirigenten, der vor seinem unsichtbaren Orchester stand. Samuel war klug. Das musste man ihm zugestehen. Sie sog jede Sekunde tief in sich auf. Roch das vom Tau der Nacht angefeuchtete Gras der Dünen. Der Mond schien golden auf sie herunter. Gelegentlich schoben sich nur kleine Wolkenschleier vor das neugierige Gesicht im hellen Erdtrabanten. Die Millionen von Sternen spannten ein zauberhaftes Zelt über ihren Köpfen auf und schenkten Geborgenheit. Was für eine Nacht, gemacht für die Ewigkeit.

„Anni, glaubst du an die Bestimmung?"

Erstaunt blickte sie zu ihm rüber. Wollte er ihr jetzt den Heiratsantrag machen, den sie schon geplant hatte? „Du meinst, wenn zwei Menschen sich treffen, dass das nicht zufällig ist?" Er nickte. „Genau so." Kurz machte Samuel eine Pause. Dann gab er sich einen Ruck und sprach schnell los, wohl aus Sorge, dass er es sich anders überlegen könnte. „Also, du bist wirklich so viel jünger. Viel zu jung für mich." – Anni stockte der Atem, die Schmetterlinge hielten in ihrem Flug inne und plumpsten schwerfällig auf den Boden ihres Bauches. Gekränkt schloss sie ihre Augen und hörte weiter zu: „… Wir kennen uns nur wenige Stunden. Aber ich habe das Gefühl …" – „… dass wir uns schon lange kennen. Ja, das geht mir auch so." Erleichtert öffnete Anni die Augen. Die Schmetterlinge starteten wieder durch. Sie fasste seine Hand und drückte sie zaghaft. Samuel zuckte nur kurz vor Überraschung zurück und erwiderte sanft den Druck. Dann wurde er ernst, als er weitersprach: „Anni, ich bin nicht zufällig hier." Sie schaute ihn an. „Na klar doch. Ihr hattet schon vor einiger Zeit gebucht." Er lächelte kurz und fuhr aber mit tonloser Stimme fort. Anni erkannte im Strahl des Mondlichtes die kantigen Wangenknochen in seinem Gesicht: „Man hat für uns gebucht. Richtig. Aber wir sind… Also, wir – …" Er sprach nicht mehr weiter. Weil er sich an das Versprechen erinnerte, welches er seinen Eltern und all den Menschen gegeben hatte: den Mund zu halten. Dann wandte er schnell seinen Kopf zu ihr hin und küsste sie auf die Wange. „Glaub mir, du bist so ein toller Mensch. Ich habe dich von der ersten Sekunde an gemocht.“ Die Wange brannte wie loderndes Feuer. Dort, wo gerade noch seine Lippen vorsichtig und beinahe zärtlich diese berührt hatten. Das Feuer schoss durch ihren Körper, ließ im Kopf Lichtblitze entzünden. Eine Welle der Wärme schien von ihrem Körper zu ihm hinüberzufließen und wieder zurück. Fest hielt sie seine Hand. Für immer und ewig. Anni hatte sich noch keinem Menschen so geöffnet, ohne Angst zu haben, verletzt zu werden. Unentwegt blickte sie ihn an. „Bitte, Anni, merk dir das. Was immer auch geschieht.“ Dann legte er sich zurück auf die Decke und starrte in den Himmel. Er hatte gesagt, dass er sie mag! Ihre Ohren klingelten. Es klang in ihrem Kopf nach, wie die Schwingungen einer Harfe, himmlisch, ihr Herz öffnend. Sie legte ihre Hand auf seine Brust und spürte, wie sein Herz pochte. Wild und energisch. „Ja, das werde ich“, flüsterte sie. Und so schwiegen sie noch eine lange Zeit, nahe beieinander liegend und dem Flug ihrer Schmetterlinge lauschend. Die Verliebten ließen sich nicht vom lauten Gejohle saufender und besoffener Menschen verunsichern, die unweit von ihnen entfernt den Führer und ihren nahen Endsieg feierten.

Erst spät in der Nacht schlichen sie zurück in die Pension. Samuel verlor sich beinahe in Annis Augen, als es darum ging, sich zu verabschieden. Tiefer, immer tiefer sank er hinein, wie in einen unergründlichen samtigen See, der ihn nie mehr herausgeben wollte. Er fühlte die Verzweiflung in sich aufsteigen, das Herz verkrampfte sich ihm. Samuel schluchzte vor Schmerz und gab ihr einen flüchtigen, beinahe gehauchten Kuss auf den Mund. Anni mochte damals noch viel zu jung und unreif gewesen sein. Doch dieser Moment brannte sich in ihr Gedächtnis, senkte sich gleichsam einen goldenen Schatz hinab in ihre Seele und wartete darauf, eines Tages wieder gehoben zu werden. Er hingegen wandte sich mit größter Mühe ab und torkelte unsicher den dunklen Gang hinunter.

„Gute Nacht“, flüsterte sie ihm hinterher und schlich in das Zimmer ihrer Großmutter.

* * *

Als Anni am nächsten Morgen aufwachte, war es bereits hell. Ihr war, als hätte sie Fieber, so warm war es ihr. In Wellen sogar siedend heiß. Doch die prüfende Hand an ihrer Stirn ergab keinen Befund. Nein. Anni war verliebt. Jetzt wusste sie, was das war und was Liebe bedeutete.

Schnell sprang sie aus dem Bett, wusch sich und zog die schönsten Kleider an, die sie auf die Schnelle finden konnte.

Niemand war im Haus zu sehen. Nichts zu hören. Eine Vermutung zog in dem Mädchen auf und sie hielt in ihren Bewegungen inne. Die Stille wummerte beinahe unerträglich in ihrem brummenden Ton in ihren Ohren. Die Schwingungen lähmten alles in ihrem Bauch, was auch nur versuchte, zu fliegen und ihr die Leichtigkeit der vergangenen Nacht zurückzugeben.

Anni trat auf den Hof. Suchte ihre Mutter und den Vater. Doch niemand war zu sehen. Dann stapfte sie in die Küche, in den Frühstücksraum für die Gäste. Alles leer. Hatte Anni so lange geschlafen? Das konnte nicht sein. Endlich hörte sie ein leichtes Schlurfen und erleichtert entdeckte Anni ihre Großmutter, die gerade um die Ecke kam. „Wo sind sie alle?“, wollte sie wissen. Panik kroch ihr die Beine hoch. Doch die Großmutter reagierte nicht. Wirkte abwesend. „Großmutter, wo sind die Gäste?“ Sie stellte sich der Seniorin in den Weg. „Na, abgereist. Mussten alle weg.“ Anni traute ihren Ohren nicht. „Weg?“ Sie schrie es beinahe hysterisch heraus. Die Panik hatte nun ihren Körper erreicht, ließ sie erstarren. „Aber ja doch. Irgendwann muss jeder mal gehen. Warum schreist du so?“ Sie blickte zum ersten Mal mit einer gewissen Neugier in das

Gesicht ihrer Enkelin. „Ist es wegen des Jungen?“ Sie verstand es sofort, als Annis Gesicht schlagartig tiefrot wurde. „Tut mir leid, mein Engel. Sie sind heute Morgen sehr früh ausgeflogen. Mussten wohl schnell weg. Vermutlich kam ein Telegramm herein.“ Für Anni stürzte in diesem Moment eine Welt zusammen. Trümmer schlugen in ihrem Magen ein, zerschmetterten alle noch vorhandenen Schmetterlinge und ließen die Hitze der Liebe durch einen frostigen Kälteschock zischend gefrieren. Immer wieder öffnete sich ihr Mund. Mechanisch, tonlos. Das „Aber“ kam ihr nicht über die Lippen. Wie kann man nur solch eine unergründliche Leere beschreiben, in die man von einem Moment tiefer und tiefer hineinstürzte? Dort unten konnten nur die untersten Tore der Hölle sein. Ein Impuls wollte Anni durchs Haus rennen lassen. Doch sie gab ihm nicht nach. Ihre Großmutter würde niemals lügen. Das hatte sie noch nie gemacht. Niedergeschlagen schleppte sich Anni zu ihrem eigenen Zimmer. Nur kurz zögerte sie und drückte dann entschieden die Klinke nach unten. Die Ordnung, die dort herrschte, traf sie wie ein Schlag ins Gesicht. Die zusätzlichen Betten waren bereits abgebaut. Ihre Mutter bezog gerade ihre Bettdecke neu. Nichts zeugte mehr davon, dass hier eine ganze Familie gewohnt hatte. Anni brach in krampfartiges Schluchzen und Weinen aus. Der Schmerz, von einem für sie wichtig gewordenen Menschen verlassen zu werden, traf sie zum ersten Mal mit einer Wucht, die sie gegen die Wand drücken wollte. Und immer ist das erste Mal das brutalste Erleben. Alles, was danach kommt, ist normalerweise gefühlt weniger zerstörend. Doch das Schicksal hatte für Anni fortan einen neuen, allerdings grausigen Begleiter bestimmt. Einen, dessen bester Kumpane sie zu werden schien.

* * *

„Glaubst du wirklich, die Arbeit erledigt sich von selbst? Bastian, wir rackern uns da draußen ab, während du hier Privataudienzen gibst!“ Verärgert baut sich Arno in der Tür auf. „Hörst du denn deinen Piepser nicht? Wir haben einen Busunfall auf der Autobahn. Zahlreiche Verletzte. Komm jetzt! Die Chefin ist stinksauer.“ Ich springe schnell auf und eile ihm hinterher. Den Frauen winke ich in der Tür zu: „Und nicht ohne mich weitermachen. Versprochen?“ Ich schwanke leicht. Die Erzählung von Anni hat mich benommen gemacht. Der Schmerz der Trennung, den sie erlebt hat, hat in mir die eigenen Saiten zum Schwingen gebracht.

Arno nimmt sich nicht die Zeit, auf mich zu warten, und stampft in Richtung Notaufnahme. Ich höre ihn noch schimpfen, verstehe aber nicht, was er genau sagt. Mike winkt mir zu, als ich an seinem Zimmer vorbeikomme. Er bleibt stumm, denn er weiß, dass ein Unfall auf der Autobahn sehr unangenehm sein kann.

Petra gesellt sich im Treppenhaus zu uns. Pflegerinnen und Pfleger eilen ohne Hast in dieselbe Richtung. Das Krankenhaus wirkt wie ein gut funktionierender Organismus, in dem jeder Teil genau weiß, was zu tun ist: Leben retten!

Im lang gezogenen Gang der Notaufnahme sehen meine Augen zahlreiche Krankentragen, auf denen so gut wie nur Männer liegen. Ich sehe Fleischwunden, geschwollene Gesichter, blau angelaufen. Einige Patienten sitzen auf Stühlen, die Arme in Schlingen oder mit Notverbänden versorgt.

„Ein rumänischer Reisebus“, erklärt uns ein Kollege der Notaufnahme. „Alles Fremdarbeiter und Erntehelfer aus Rumänien, auf dem Rückweg nach Hause.“ Ich nicke und blicke in die erschöpften Gesichter. Die Enttäuschung und der Schock schreien aus ihnen heraus. Sie wollten nur noch nach Hause. Jetzt stecken sie in einer Kleinstadt an der Autobahn fest. Verletzt im Krankenhaus. „Der Busfahrer muss wohl übermüdet gewesen sein. Er kam von der Spur ab und hat in einer Überreaktion zahlreiche Fahrzeuge auf der Mittelspur gestreift, bevor er umkippte.“ „Wie viele Verletzte?“, wollen wir wissen. „Vermutlich an die Siebenunddreißig. Genau können wir es bislang nicht sagen. Sie werden nachher noch umverteilt.“ Ich schlucke. „Tote?“ Glücklicherweise schüttelt der diensthabende Arzt den Kopf. „Nein. Wie durch ein Wunder, nicht. Es gibt eine Handvoll Schwerverletzte. Die anderen scheinen hauptsächlich Brüche, Prellungen und offene Fleischwunden zu haben.“ Wir machen uns an die Arbeit. Krankenwagen kommen und gehen. Der Helikopter ist im Einsatz. Niemand spricht groß. Ohne viel Reden fügen wir uns in den Mechanismus des Helfens ein. Eine Hand greift die andere. Ein tiefes Gefühl der Befriedigung stellt sich bei mir ein, je mehr Menschen ich verarztet habe. Dankbare Gesichter blicken mich an. Ich lächle zurück und drücke behutsam die eine oder andere Hand.

Wir dürfen spät in der Nacht endlich erschöpft eine Pause einlegen und uns im Garten vor der Kantine etwas erholen. Mein Blick sucht das Eichhörnchen. Doch von dem ist in der Dunkelheit nichts zu sehen. Vermutlich hat es das Weite gesucht, als der Lärm losging. Oder es sitzt in Mikes Zimmer. Ich schmunzle. Der Kerl würde das fertigbringen.

Die Stimme des Assistenten der Oberärztin erreicht mich in meinen Träumereien. „Bitte zur Chefin kommen“, spricht er kurz und knapp. „Meint er mich?“ Irritiert blicke ich ihm nach. „Ich vermute, ja“, bedauert Petra. „Du hast heute für Ärger gesorgt. Nicht nur während der Visite.“

Ich seufze und begebe mich ins Folterzimmer. In der Nacht sollte man ins Bett gehen dürfen!

„Kollege Wohlfahrt, schön, dass ich Sie heute noch zu Gesicht bekomme.“ Ich bleibe in der Tür stehen und blicke sie fragend an. Wenn sie meinen Vornamen weglässt, ist nicht gut Kirschen mit ihr essen. „Setzen!“, befiehlt sie mir. Sie deutet auf den Stuhl. Die wenige Schärfe in ihrem Ton beruhigt mich ein wenig. Doch nicht ganz so schlimm. Aber man kann sich täuschen.

Ich blicke sie an, sehe die Sorgenfalten auf der Stirn ihres übermüdeten Gesichts. Mein Blick gleitet ab zum Kunststoffskelett, welches schräg hinter ihr steht. Es grinst mich doof an, weil es weiß, was gleich kommen wird.

„Bastian, ich weiß nicht, was ich mit Ihnen machen soll!" Oh, sie verlegt sich auf die zweite, etwas persönlichere Ebene der Ansprache. Das Du lässt sie noch aus. Ich schöpfe etwas Hoffnung.

„Sie wissen, dass hier zurzeit eine kleine Hölle herrscht. Die Schnüffler folgen uns auf Schritt und Tritt. Sie registrieren alles und beabsichtigen, uns einen Strick aus der Untersuchung zum Todesfall zu drehen." Sie beginnt zu husten, macht eine kurze Pause, um einen Schluck Wasser zu trinken. „Glauben Sie denn, es ist hilfreich, wenn einer meiner leitenden Ärzte mit kleinen Jungen Eichhörnchen füttert? Einem Jungen, dessen Immun-System nicht voll aufgebaut ist?" Mir wird ganz heiß. Die Sorge um Mike klatscht mir wie eine schallende Ohrfeige ins Gesicht. „Doch damit nicht genug! Sie plauschen mit unseren Patientinnen gemütlich in der Kantine, sitzen stundenlang in Krankenzimmern herum und vernachlässigen jegliche Pflicht!" Sie schüttelt den Kopf und zeigt mit dem Zeigefinger drohend auf die Papiere vor ihr. „Alles dokumentiert! Und zwar nicht von mir." Ich kann mir vorstellen, dass das von den Schnüfflern kommt. „Es ist jetzt eine Woche vorüber und ihr habt noch immer nicht mit der Behandlung der Patientin begonnen. Stattdessen wird sie mit Schmerzmittel vollgepumpt. Was soll das?" Betroffen sitze ich wie ein kleiner Junge vor ihr. Ich habe alles den Kolleginnen und Kollegen überlassen. „Welche Medikamente?", will ich gerade fragen. Doch das grinsende Skelett kommt mir zuvor, indem es mich anblafft: „Hättest du wissen müssen." Das Klopfen mit dem Zeigefinger auf den Tisch holt mich wieder zurück. „Bastian, ich weiß, es ist nicht leicht, so eine Trennung mitzumachen. Und die Sorge um die Kinder ist mit Sicherheit eine schlimme Sache. Doch – Herrgott nochmal – wir sind auch noch da. Dieses Krankenhaus funktioniert nur, wenn alle an einem Strang ziehen. Es ist doch klar, dass wir das alle spüren, wenn einer nachlässt." Ich nicke entschuldigend und will gerade ansetzen zu sprechen: „Ich bin noch nicht fertig! Sagen Sie mir, was war da neulich im OP? Nur durch die Assistenz konnten Sie davon abgehalten werden, mit dem Skalpell durch den Patienten hindurchzuschneiden." Jetzt ist mein Widerstand geweckt. „Jetzt hören Sie mal. Das stimmt doch nicht. Es war nur ein klitzekleiner Schnitt zu lang – und vielleicht auch zu tief." Schon beim Reden wird mir bewusst, wie dumm das gerade von mir ist. Jeder Mikromillimeter zählt. Wir müssen hochpräzise arbeiten. „Sie haben recht", setze ich deshalb bedrückt nach. Doch die Entschuldigung wird noch nicht angenommen: „Liegt es vielleicht auch daran, weil Sie übernächtigt sind? Weil Sie Trost bei einer Kollegin suchen?" Verunsichert schaue ich die Wände des Krankenhauses an. Werden seine Ohren das alles aufnehmen und weitertragen, einem Megafon gleich, das durch alle Fluren schallt? „Der Wohlfahrt hat eine Affäre mit der …" Mir graut es davor, dieses Zimmer zu verlassen.

„Nochmals, lieber Kollege. Das, was Sie gerade so anstellen, geht zulasten von uns allen. Genau diese Dinge werden unsere Bewertung und die Reputation des gesamten Krankenhauses belasten. Wollen Sie das?" Nein, das will ich nicht. Und ich zeige es ihr mit allen möglichen Gesten, derer ich mächtig bin. Das Skelett grinst mich an. Am liebsten möchte ich aufstehen und dieses vom Sockel prügeln. Ich gelobe Besserung.

„Dann fangen Sie jetzt mit der Behandlung an! Jetzt! Verstehen Sie?" Ja, ich verstehe und nicke. „Und noch eins: Es gibt noch deutlich mehr andere Patientinnen und Patienten. Ich habe gehört, dass Sie Ihre Sprechstunden massiv reduziert haben. Vorschlag von mir: Schieben Sie eine zusätzliche Wochenendschicht herein. Das wird die Kolleginnen und Kollegen besänftigen." Ich bin sprachlos. Das ist genau das Wochenende, an dem ich wieder meine Kinder sehen darf. Meine Frau will sogar, dass ich verlängere – um ganze zwei Tage. Denn sie plant, mit ihrem Neuen ein paar Tage Auszeit zu erleben. Jetzt geht das plötzlich. Sieh an, sieh an. Wegen dieser zwei zusätzlichen Tage wollte ich meine Chefin in Kürze befragen … jetzt traue ich mich nicht wirklich, das zu tun.

Mit gesenktem Haupt verlasse ich das Zimmer. Leider würde es einen Eintrag in meine Unterlagen geben, höre ich sie noch reden. Man würde auch sie beobachten, ob sie als Chefin eine gewisse Strenge an den Tag legt.

„Karma is a Bitch“, flüstere ich leise vor mich hin und verschwinde in der Tiefe der Gänge und Fluren des Krankenhauses. Am liebsten möchte ich mich unsichtbar machen. Doch das geht in diesem Moloch nicht.

* * *

Es fällt mir nicht leicht, nach diesem anstrengenden Tag wieder die Konzentration zu finden, die vonnöten wäre.

Doch die Chefin verlangt, dass wir endlich mit Lauras Behandlung beginnen. Ich setze mich zu den Kolleginnen und Kollegen an den Tisch. Müde reibe ich mir die Schläfen und Augen. Petra schließt ihren Laptop an den Bildschirm an und öffnet die digitale Patientenakte. „Alle Untersuchungsergebnisse liegen nun vor.“ Sie fährt mit der Maus über ein Ultraschall-Bild. „Die Verwachsungen in ihrem Bauchraum sind enorm.“ Arno pfeift durch die Zähne. „Unglaublich, das wuchert wie Unkraut.“ Ich öffne meine Augen und versuche mich ebenfalls auf die einzelnen Bilder zu konzentrieren. Die dunklen, ovalen Flecken sind jeweils größer als eine Faust! „Sind Tumore zu finden?“, will ich wissen. „Magen-Darm-Trakt? Eierstöcke?“ Etwas Beängstigendes liegt in meiner Stimme. Doch Petra schüttelt den Kopf. „Nein, bisher kein Befund. Die Ergebnisse der histologischen Untersuchungen kommen aber erst noch.“

Micha meldet sich zu Wort: „Wir haben eine Darmverdrehung entdeckt. Sie und die Flecken auf den Lippen könnten die These von Bastian stärken, dass es sich um das Peutz-Jeghers-Syndrom handelt.“ Kurzes Schweigen im Raum. Arno schüttelt den Kopf und zieht dabei die Schultern hoch: „Irgendwie ist es von allem etwas. Keine unserer drei Diagnosen hält einer endgültigen Bewertung stand.“ Er hält kurz inne und zeigt auf die Bilder auf dem großen

Bildschirm: „Es ist, als ob sie mit ihrer Krankheit gleich in die Vollen gegriffen hat." – „Dann suchen Sie die Schnittmenge und legen endlich los!" Unsere Chefärztin steht in der Tür und beobachtet uns. „Wenn Sie noch länger zögern, wird es nicht besser." Bei allem Ärger auf meine Vorgesetzte kann ich dem gerade nicht widersprechen. Sie tritt ins Zimmer, während sie weiterspricht: „Wenn ich es richtig gelesen habe, dann muss man in jedem Fall operieren. Richtig?" Zögerlich nicken wir. „Na also. Dann ran an den OP-Termin. Fixieren und Bauch öffnen. Entfernen Sie , was geht. Den Rest machen wir mit Chemo und Hormonen." So einfach geht das also, denke ich. „Was ist, wenn die Patientin …" Arno versucht, ein „Aber" einzulegen. Doch unsere Chefärztin fällt ihm ins Wort: „Nichts ist mit der Patientin. Denn wenn Sie noch länger warten, wird sie ohnehin sterben. Wenn nicht an der Erkrankung, dann doch an den heftigen Schmerzmitteln, die Sie in die arme Frau hineinpumpen." Mir steckt ein Kloß im Hals. Kriege kein Wort heraus. Hunger, Erschöpfung und Niedergeschlagenheit machen sich in mir breit. „Ist am Donnerstag ein Termin frei?" Alle schütteln wir beinahe gleichzeitig den Kopf. „Geht nicht, die Patienten vom Busunglück haben alle OP-Termine blockiert." Frau Burmester nickt widerwillig, denkt kurz nach und bestimmt: „Dann Freitag! Sie bekommt Prio 1. Ich erkläre sie zur Notfallpatientin. Zu Recht." Fertig. Ich finde meine Stimme wieder. „Aber Freitag ist doch mein freier Tag, meine Kinder …" Der mahnende Blick meiner Chefin lässt mich verstummen. „Bastian …", mehr sagt sie nicht und lässt mich selbst den Satz beenden. Letzte Warnung – verstehe.

Wortlos verlasse ich den Raum. Ignoriere den fragenden Blick Petras, der mich verfolgt. Nein, heute Abend möchte ich alleine sein.

* * *

„Kümmerst du dich jetzt gar nicht mehr um deine Kinder? Sind sie dir so schnell egal?“ Verkehrte Welt. Ich blicke am Abend auf meinen Bildschirm. Obwohl sie die Kamera eingeschaltet hat, blickt sie scharf nach rechts. Vermutlich zum Fenster hinaus. Oder es gibt dort eine Person, die sie gebeten hat, dem Zoom-Meeting beizuwohnen. Als Zeuge.

Ich verzichte, auf diesen Nonsens zu antworten. Sie weiß, wie wichtig mir die Kleinen sind.

„Sag, was willst du wirklich?“ Ich bin genervt und müde. Noch immer habe ich seit dem frühen Morgen keinen Bissen zwischen die Zähne bekommen.

„Dass du dein Versprechen hältst und am Wochenende die Kinder nimmst.“ Ich spüre die Wut in mir hochkochen. Wie ein dunkler heißer Sud steigt sie aus meinem Bauch nach oben, bringt mich zum Schwitzen. Mein Blutdruck steigt gewaltvoll an. „Aber ich habe dir doch vorhin schon mehrmals erzählt, dass hier die Hölle los ist: der Busunfall, die lebensgefährlich erkrankte Patientin ...“ Mitleidig schüttelt sie den Kopf. „Es wird nie besser mit dir! Tzzzz. Immer ist der Beruf die Nummer eins. Selbst heute sind wir nur dein fünftes Rad am Wagen. Wie traurig ist das denn.“ Sie nickt in Richtung rechts. Jetzt bin ich vollkommen überzeugt davon, dass da jemand sitzt und zuhört. Ihr Neuer? Schnell reiße ich mich zusammen und presse die dunkle Wut wieder zurück in meine Eingeweide. „Können wir einen Kompromiss finden?“, will ich von ihr wissen. Wieder gleitet ihr Blick zu der unbekannten Person im Raum. Dann nickt sie: „Ja, das können wir: Ich buche unsere Reise um, sodass du am Samstag anreisen kannst und Sonntag die Kinder zu dir ins Appartement holst. Dann bleibst du bis Mittwoch.“ Mir bleibt die Spucke weg. „Bis Mittwoch?“, stottere ich. „Aber ...“ – „Nichts aber! Mittwoch. Sonst platzen der Deal und die Vereinbarung mit dem Sorgerecht, die wir gerade vorbereiten.“ Zum ersten Mal in meinem Leben spüre ich so etwas wie Hass. Hass auf diese Frau und ihre unfassbaren Manipulationsfähigkeiten, mit denen sie schon immer ihr Umfeld nach Lust und Laune hat tanzen lassen. Wie Marionetten im

Puppentheater. Ich atme mehrfach tief ein – und aus. Tief ein – und aus. Es wirkt. Ich beruhige mich. Ich denke nach. Von den Urlaubstagen und Überstunden her würde es gehen. Doch was ist, wenn es mit Laura Komplikationen gibt? „Was ist denn nun? Träumst du schon wieder?“ Sie wirkt ungehalten. Es raschelt neben ihr. Doch niemand zeigt sich vor dem Bildschirm. „In Ordnung“, sage ich. Ich versuche, meiner Stimme eine Bestimmtheit und innere Würde zu geben. Doch das funktioniert nicht. Sie hat mich über die große Distanz hinweg noch immer im Griff. Ich weiß, ich werde nun zum Steigbügelhalter ihrer neuen Beziehung. Doch das sind mir die Kinder wert. „Ich hoffe, du und dein Neuer, ihr werdet eine gute Zeit haben.“ Jetzt ist sie es, die kurzfristig erstaunt dreinschaut. Dann lächelt sie süffisant und sagt einfach nur „Danke“. Das Zoom-Fenster verschwindet auf meinem Bildschirm. Weg ist sie. Die blöde Kuh!

Ich hole mir einen Whisky und wandere damit in die Nacht hinaus in den dunklen Wald, der oberhalb der Siedlung beginnt.

Meine Gedanken rasen: Jetzt will sie plötzlich, dass ich mich um die Kinder kümmere. Haben die Anwälte ihr ins Gewissen geredet oder will sie sich mit ihrem Neuen einen Honeymoon gönnen?

Panik in mir.

Die Therapie mit Laura soll endlich beginnen. Mit einer komplizierten Operation. Das wird nicht einfach.

Dann, ja, möchte ich Annis Geschichte weiterhören.

Und es gibt noch Petra ...

Ganz schön viel für so einen schlichten Arzt wie mich.

Petra kommt aus dem Schlafzimmer, tröstet mich ein wenig. Jetzt ist sie wieder die Sanfte mit „Geht’s dir gut?“. Ihr widersprüchlicher Charakter bringt mich durcheinander. Doch ich nehme den Trost an, der ohne Umschweife in Leidenschaft umschlägt.

9.

Ich betrete Annis kleine Wohnung und es fühlt sich vertraut an. Diese wenigen freien Stunden an diesem Mittwoch gehören mir. Ich möchte mir das nicht nehmen lassen!

Setze mich auf das Sofa und betrachte die Bilder an der Wand, wie auch auf der Kommode. Einige Schwarz-Weiß-Bilder in meinem Kopf haben inzwischen Farbe bekommen, insbesondere die von der jungen Anni und ihren Eltern.

Anni bereitet Kaffee vor und bringt mir eine volle Tasse. „Hast du heute Nachmittag frei?", will sie von mir wissen. Ich nicke. „Als Ausgleich für den Freitag und die Bereitschaft in der Nacht."

Anni habe ich am Ausgang des Krankenhauses getroffen, als ich meine Schicht beendet habe. Es regnet schon den ganzen Morgen und ich bin faulerweise mit meinem Auto zur Arbeit gefahren. Entspannt lehne ich mich zurück. Die Ruhe in dieser Wohnung tut mir gut nach den anstrengenden Tagen. „Der kleine Mike hat uns erzählt, dass du mächtig Stress gehabt hast. Liegt es an Laura?" Ich bin nicht verwundert über diesen kleinen, frechen Kerl. Er scheint einen Pakt mit den allmächtigen Ohren des Krankenhauses geschlossen zu haben. Dieser Gnom wusste alles. Er hatte es bereits erfahren, bevor die Personen, die in die Neuigkeiten involviert waren, den Raum verlassen haben. Aber wie lief das nur in der Realität ab? „Dieser unglaubliche Junge", flüstere ich nur und hoffe, er möge ein langes Leben haben.

„Freitag ist die erste OP für Laura", berichte ich anstelle einer Antwort auf ihre Frage.

Anni nickt. Sie ist einverstanden, dass ich nicht über mich reden will. „Sie hat es mir vorhin erzählt. Angst hat sie schon." „Ich auch", sage ich beinahe. Schaffe es aber gerade noch, den Mund zu halten.

Die Frau, die inzwischen wie eine Freundin für mich geworden ist, blickt mich nachdenklich an und fragt: „Wisst ihr denn inzwischen, was sie genau hat?“ Ich sollte jetzt eigentlich meine Verpflichtung zur Verschwiegenheit beachten, schaffe es aber nicht. Hier fühle ich mich beschützt und meine Aussagen gut aufgehoben. Deshalb gebe ich so ehrlich wie möglich die Antwort: „Laura ist ein Sonderfall. Wir haben drei Krankheitsbilder, die passen könnten. Aber eben keine, die zu hundert Prozent passt. Irgendwie hat sie von allem etwas und vor allem hat sie einige Wucherungen im Körper.“

„Sieht man ihr gar nicht an. Sie ist so schlank.“ Ja, das stimmt. Dünn ist sie, die junge Frau. Doch das bedeutet nichts. Ich stoße einen tiefen Seufzer aus: „Egal, was hinter den Wucherungen steckt. Wir müssen es herausschneiden. Da kommen wir nicht drumherum.“ Annis Gesichtszüge verhärten sich. Mir scheint, sie rüstet sich gegen etwas. Sind es Verlustängste bezüglich Laura? Wie viele Menschen mochte Anni in ihrem Leben schon verloren haben? „Wird es bei einer Operation bleiben?“ Ich zucke mit den Schultern. „Ich hoffe, ich bin aber nicht sehr zuversichtlich. Wir müssen danach auch mit der Chemo beginnen. Das wird nicht einfach.“ Ich reibe mir erschöpft die Augen. Die Bilder der vergangenen Nacht tauchen wieder auf. Ich war beinahe nicht mehr aus dem OP herausgekommen, nachdem es bei einzelnen der Unfallopfer zu Komplikationen gekommen war. Wir mussten einige weitere Operationen vornehmen. „Ich werde da sein. Das habe ich Laura versprochen“, sagt Anni und nickt mir zu. Ich erwidere dieses Nicken und ergänze: „Wir, Anni. Ich bin mit dabei.“

„Ob wir doch die Eltern informieren sollten?“ Anni blickt mich fragend an. Sie kennt aber schon die Antwort und ich muss nur noch den Kopf schütteln. Laura hat es uns vehement verboten.

Ich stehe auf und nehme ein Bild von Annis Familie in die Hand. Betrachte es eingehend. „Deine Eltern scheinen mutige Menschen gewesen zu sein. Ich weiß nicht, ob ich mich das getraut hätte.“

In Annis Blick entdecke ich Verbitterung. Sie nickt nur. Sagt nichts. „Alles gut?", will ich von ihr wissen. „Jaja." Mehr kommt nicht heraus. Ich behalte das Bild in der Hand und setze mich wieder. „Was ist denn, Anni? Hätte ich das nicht sagen dürfen?" Ich höre den Regen gegen die Scheiben prasseln, während ich ihr die Zeit lasse, zu antworten. Das hysterische Gebrüll der Feuerwehr und der Notarztsirenen zerreißt die Stille. Hoffentlich nicht schon wieder ein Unfall auf der Autobahn. Starker Regen bedeutet Aquaplaning, bedeutet auch Massenkarambolagen und Unfallopfer. Ich stelle mich darauf ein, dass mein Notfallmelder gleich anschlägt. Doch noch ist es ruhig. Annis Stimme reißt mich aus meinen Gedanken heraus: „Sie haben sich für das Leben anderer entschieden und mich im Stich gelassen!"

Erstaunt blicke ich zu der alten Dame hinüber und warte stumm, bis sie in ihre Vergangenheit eintaucht und mich mit beobachten lässt.

* * *

Es hat einige Jahre gebraucht, bis Anni verstand, was wirklich mit vielen ihrer Gäste geschehen war. Genau wie Samuel und seine Familie verschwanden in den Kriegsjahren zahlreiche der Gäste urplötzlich nach wenigen Tagen. Trotz der vielen Koffer und trotz der Tatsache, dass normalerweise die Gäste tagelang in der Pension blieben, machte sich Anni darüber keine Gedanken. Den Hintergrund erfuhr sie erst, als es bereits zu spät war. Annis Eltern waren Fluchthelfer! Schon im Olympiajahr 1936 freundeten sie sich mit einzelnen Gästen an. Unter ihnen eine Gruppe aus dem Ausland. Bei einem guten Glas Wein wurde in verschwiegener Runde vorsichtig vorgefühlt und die Reaktion der Palows angetestet, um das Wagnis einzugehen, nach Hilfe für die Flüchtenden zu fragen. Annis Eltern verstanden mit ihrem gebrochenen Englisch nicht sofort, was man von ihnen wollte. Die Frage folgte in gutem Deutsch: „Sind Sie bereit, Menschenleben zu retten?" Annis Mutter blickte erstaunt zu der Frau in der Gruppe auf. „Sie sind Deutsche?“, wollte sie von ihr wissen. Ein Nicken war die Antwort: „Ja, aber schon vor ein paar Jahren ins Ausland gezogen. Jetzt helfe ich meinen Mitmenschen hier. Sie auch?“ Unvermittelt nickten beide. Annis Großmutter, die gerade mit einem Tablett voller Gläser und einer Flasche Wein in der Tür stand, fiel vor Schreck alles aus der Hand. Klirrend zersplitterte alles auf dem Boden, während sie die Hände vor den Mund hielt und stammelte: „Das bedeutet Unglück. Ein großes Unglück.“ Doch die Entscheidung war gefallen. Die Glasreste wurden schnell weggeräumt. Viele Gäste kamen in den folgenden Jahren mit mehreren Koffern in der Pension an und verschwanden schon nach wenigen Tagen spurlos. Für das junge Mädchen zwar ein Rätsel, es bot sich jedoch keinen Anlass, das zu hinterfragen.

Anni hält inne in ihrer Erzählung und schluchzt: „Ich frage mich immer wieder, warum sie es mir nie gesagt haben.“ Doch sie kennt die Antwort selbst. Die Eltern wollten sie schützen. „Dabei habe ich sie gerade durch mein Unwissen verraten.“ Ich sitze still und folge gebannt der Bewegung ihrer Lippen.

* * *

Im Jahr 1945, als schon sehr klar war, wie alles ausgeht, verlor Anni ihre Eltern. Ihre Fluchthelfergruppe war aufgeflogen, und zwar wegen der Tochter selbst.

Der Monsterkrieg tobte bereits im fünften Jahr. Er fraß sich wie ein Höllenfeuer durch die Landstriche der Welt und verschlang Menschen, Tiere und die Natur. Lange hatten sie davon nichts mitbekommen in Kolberg. Die blutigen Kämpfe fanden weit im Osten statt.

Aber im weiteren Verlauf des Krieges mussten sich die deutschen Soldaten immer mehr durch Schlamm, Dreck und Kälte zurückziehen. Plötzlich standen die Truppen der Sowjetunion an der Ostgrenze des Deutschen Reiches, wie sie es damals nannten. Auch Annis Familie überlegte sich, ob sie nicht ihre Sachen packen sollte, um nach Westen auszuweichen. Doch Hitler hatte Monate zuvor schon die dumme Idee entwickelt, Kolberg zu einem Bollwerk zu erklären. Sie nannten das „fester Platz". Es bedeutete nichts anderes, als dass ihre Stadt bei einem Vorrücken der Sowjetsoldaten bis zum letzten Soldaten verteidigt werden musste.

Anni konnte sich morgens ein Bild davon machen, als sie sich zur Schule durchkämpfte. Überall standen Lastwagen, Panzer und Pferdegespanne, vollgepackt mit Waffen und verstopften die Straßen. Soldaten lagerten an allen Ecken und Enden. Viele anzügliche Sprüche musste sie sich anhören, während die Heranwachsende angstvoll ihren Weg suchte.

„Kinder, wir müssen nun genauso tapfer sein wie diese mutigen Männer da draußen." Ihre Lehrerin zeigte auf die Straßen um die Schule herum und auf den Schulhof. „Sie setzen ihr Leben dafür ein, damit ihr in Freiheit leben könnt. Und damit der Russe nicht kommt, um uns alle zu vergewaltigen und zu ermorden." Ihre Stimme klang energisch, durchdringend und triefte voller Hoffnung auf den Endsieg. Was für ein dummer Begriff. Dieses Monster an Selbsttäuschung kostete in den folgenden Monaten noch so viele unnütze Menschenleben! Endsieg. Was für ein beknacktes Hirngespinst. Dieser kranke Kerl namens Goebbels wusste genau, wie er Menschen mit seinen Worten manipulieren konnte. Aber es benötigte auch dumme Menschen, die sich manipulieren und blenden ließen. Das waren die Deutschen. Und zwar sehr viele von ihnen!

„Sagt mir, was wir unternehmen können, um unserem Führer zu helfen, diesen Endsieg zu erreichen? Wer hat Vorschläge?" Hände schossen in die Luft. Ein Kind nach dem anderen kam mit Vorschlägen. Die Knaben wollten sofort mit den Soldaten in den Krieg ziehen. Einige Mädchen wollten mitziehen, was zu einem Gelächter bei den Jungs führte. Andere schlugen vor, Verteidigungslinien auszuheben und Panzersperren aufzubauen. „Gut, gut",

ermunterte sie die Lehrerin. „Mit unserem normalen Leben weitermachen, damit alles in Gang bleibt und die Soldaten zu essen und Kleidung haben“, schlug ein Mädchen vor. „Sehr gut.“ Die Lehrerin nickte anerkennend. Da wollte Anni nicht zurückstehen und meldete sich: „Ja, und wir halten unsere Pension offen, damit alle Reisenden ein Bett haben.“ Die Lehrerin nickte daraufhin nicht, sondern runzelte die Stirn: „Aber Kolberg ist doch weitestgehend abgeriegelt. Wer soll denn da noch kommen?“ Doch Anni ließ nicht locker, um ihre Anerkennung ebenfalls zu erhalten. „Nein, nein. Sie kommen dennoch. Wir haben immer wieder Besuch.“ Nun nickte die Lehrerin und sprach ein „Nun gut“. Das reichte Anni schon einmal als Anerkennung und sie setzte sich wieder. Ihre Gedanken wanderten zu den Soldaten, die nicht alle eine Unterkunft in den Häusern und Kasernen gefunden hatten. Sie mussten in der bitteren Kälte des Januar-Frostes ausharren. Anni würde ihnen später noch eine Suppe vorbeibringen.

Als sie am Nachmittag heimkam, musste sie die Begegnung mit dem Gevatter Tod erleiden. Nicht ihre erste. In Kriegsjahren lag der Tod auf den Straßen, am Strand, in den Dünen. Doch jetzt besuchte er zum ersten Mal ihre Familie. Ihre Großmutter! Auf dem Weg zur Kirche. Die alte Frau wollte eine Straße überqueren, in dem Moment fuhr ein Truppentransporter rückwärts und kam auf sie zu. Annis Großmutter wollte ausweichen, rutschte auf dem Eis aus und … Es kam jede Hilfe zu spät. Anni stand unter Schock. Jemand hatte ein großes Stück aus einem Bild herausgerissen, das eine nicht fassbare Leere in ihr erzeugte. Anni suchte Trost, fand ihn aber nirgends. Die Menschen hatten keine Zeit für Trauer. Alle waren mit den Russen beschäftigt, die jeden Tag über die Stadt herfallen konnten und sie alle töten. Zumindest konnten sie ihre geliebte Großmutter und Verbündete noch einigermaßen ordentlich auf dem Friedhof beerdigen. Als eine der Letzten. In den folgenden Monaten jedoch waren es einfach zu viele Tote. Sie stapelten sich kreuz und quer.

Ich stelle meine Tasse mit dem kalten Kaffee ab und erinnere mich an die Situation auf dem Marktplatz. Als Anni beinahe von dem Anhänger des Markthändlers überfahren worden wäre. Hatte sie sich in diesem Moment an den schlimmen Unfall ihrer Großmutter erinnert?

Schwer vorzustellen, wie eine Vierzehnjährige all dieses Unglück mit ihren eigenen Augen erleben musste. Konnte man das ohne Trauma überstehen? Anni war deutlich jünger, als Laura es heute ist, und wenig älter als meine Mädels. Mein Atem wird flach und hektisch. Ich glaube, ich wäre damals gestorben, vor Sorge um meine Kinder in dieser schlimmen Zeit.

Anni erinnerte sich noch gut, zu gut, als sich der Mann mit diesen eiskalten Augen, kälter als der Tod, vor ihr aufbaute. Es war Mitte Februar des Jahres 1945. Sie wollte gerade von der Schule nach Hause eilen, als er sie an der Ecke kurz vor ihrem Haus abfing. „Gehörst du zu den Palows?" Er packte sie am Arm, sodass Anni vor Schmerz aufschrie. „Sag schon!", forderte er sie auf. Anni schien es, als dass er ihren Arm ausreißen wollte. Vor Angst steckte ihr ein Kloß im Hals. „Was ist? Ich habe dir eine Frage gestellt." Er beugte sich zu ihr herunter, sodass seine Augen auf Höhe der ihren waren. Die grau-grünen Pupillen ließen in ihr alles Blut gefrieren. Sein Blick drang wie ein gleißender Strahl in sie. Heiß und kalt zugleich. Verängstigt nickte Anni. Aus den Augenwinkeln nahm sie wahr, dass seine Uniform im Gegensatz zu der Uniform der anderen Soldaten in den Straßen blitzblank war. Runen, Totenkopf und Orden – alles mögliche Zeugs prangte daran. „Soso, dann bist du auch eine von dieser Brut, die unser Volk zersetzt." Er zischte die Worte nur so. Speichel schoss ihm dabei zwischen den Zähnen hindurch. Anni konnte nicht ausweichen. „Judenfreunde können wir hier nicht gebrauchen!" Er stieß sie von sich, sodass Anni rückwärts stolperte und sich den Kopf an einem hölzernen Strommast stieß. Tränen schossen ihr ins Gesicht. Was wollte der Kerl? Noch einige Zeit blickte sie ihm hinterher, wie er die Straße hinunterging und in ein Fahrzeug einstieg. Die zwei Uniformierten, die gegenüber auf der anderen Straßenseite Position bezogen hatten, beachtete sie nicht.

„Was war das? Wer war der Mann?“, wollte ihr Vater wissen, als Anni ins Haus gestolpert kam. Schnell nahm er sie mit in die Küche und legte einen kühlen Beutel auf ihren schmerzenden Kopf, aus dem eine Beule hervorwachsen wollte. Er ließ seiner Tochter Zeit, sich zu beruhigen. Sie zitterte noch immer. Bilder der Monsteraugen dieses Mannes tanzten vor ihr umher. Anni würde diesen Blick ihr Leben lang nicht mehr vergessen.

„Er hat uns als Brut beschimpft. Wir würden das Volk zersetzen und wären Judenfreunde. Was meint er damit?“ Sie sah, wie das Gesicht des Vaters leichenblass wurde. Schweiß trat ihm auf die Stirn und er musste sich setzen.

Die Mutter kam in die Küche. Intuitiv realisierte sie beim Anblick des Vaters die Situation. Der Wäschekorb fiel ihr aus den Händen und sie flüsterte nur ein: „Ist es nun so weit?“

Annis Vater nickte. Ihr selbst schien, als schnürte sich ihr die Brust zusammen, ohne, dass sie wusste, warum. Die Wände der Küche schoben sich ihrer Wahrnehmung nach zusammen. Kamen auf sie zu und schienen Vater, Mutter und Anni zerquetschen zu wollen. Annis Augen wurden feucht, erste Tränen kullerten ihr die Wangen herunter. „Was ist denn los? Sagt mir bitte, was vorgefallen ist.“ Sie blickt ihre Eltern an, deren Augen starr auf den Boden gerichtet waren. „Bitte“, Anni flehte ihre Eltern an. Doch ihr Vater sagte nur: „Die Gäste, sie müssen schleunigst weg. Wir sind aufgeflogen.“ Seine sonst so stattliche Figur wirkte ermattet und in sich zusammengefallen. Anni kämpfte panisch, um Luft zu bekommen. Sie spürte, dass eine Bedrohung auf sie zukam, konnte die Gefahr aber nicht orten. Das machte sie beinahe rasend. „WAS IST LOS?!“, brüllte Anni verzweifelt. Sie schlug mit ihren Fäusten auf den Küchentisch. Endlich kehrten ihre Eltern in ihr Bewußtsein zurück. Annis Mutter regte sich als Erste. Sie packte die Wäsche zurück in den Korb und stellte ihn auf den Tisch, ging zu Anni und nahm ihre Tochter in den Arm. „Es tut mir sehr leid, Anni. Das hätte schon seit Jahren passieren können. Jetzt ist es so weit." Sie strich dem Mädchen durch die Haare und versuchte, ihm mit einem Lächeln etwas Mut zu schenken, während sie flüsterte: „Jetzt müssen wir aber alle sehr tapfer sein. Ich verspreche dir, danach werden wir alles erzählen. Versprochen." Anni blickte durch den Tränenschleier hindurch ihre Mutter an und nickte mechanisch. Das stahlharte Band um ihre Brust wurde noch enger. Sie spürte, dass schon wieder ein schneidender Verlust anstehen würde. Doch wenn das die Bilder von diesem Blick des Todes, der in den Augen jenes Mannes lag, hinwegscheuchen konnte, dann war sie bereit, alles dafür zu tun.

Ihr Vater stand auf und ging zu den beiden Frauen. Er legte seine Arme um beide und sprach beschwichtigend: „Es ist alles gut vorbereitet. In Kürze werden wir frei sein und ein neues Leben anfangen können." Anni verstand in diesem Zusammenhang das Wort frei nicht. Waren sie gefangen? Doch die Worte der Eltern gaben ihr wieder Luft. Der Raum weitete sich langsam und mit den Aktivitäten der Eltern, die wieder zu sich gefunden hatten, fühlte sie etwas Zuversicht. „Hat es mit den Menschen zu tun, die immer wieder verschwunden sind?", wollte sie von den Eltern wissen. Diese blickten sie erstaunt an. „Du hast das mitbekommen?" Annis Mutter fasste ihr Mädchen an den Händen. Nein, sie war kein kleines Mädchen mehr. Das wurde ihr gerade klar. „Habt ihr was mit den Menschen angestellt?" Anni erschrak bei dem Gedanken. „Nicht so, wie du das gerade denkst, Anni. Nein! Aber wir haben ihnen geholfen. Aber das erzählen wir dir später."

Der Vater ging zum Fenster und spähte hinaus. Er nickte in eine Richtung, schräg hinüber auf die andere Straßenseite: „Zwei Soldaten bewachen das Haus!" Er ging zur Tür und schaute hinaus. Alles leer. „Ab jetzt verlässt niemand mehr die Pension! Kein Wort zu irgendwelchen Menschen. Verstanden?" Er ging wieder zum Fenster und zog die Gardinen vor. „Vor allem nicht mit den drei Gästen im vorderen Gästehaus sprechen. Sie sind vermutlich Spitzel." Das Wort Spitzel ließ wieder einen eiskalten Stich in Annis Brust fahren. Sie kannte den Begriff, verstand aber nicht die Bedeutung.

Den ganzen Tag über herrschte emsiges Treiben im Haus. Annis Vater trug olivfarbene Rucksäcke die Kellertreppe hinunter, verschwand im Keller und tauchte nach einigen Minuten wieder ohne diese auf.

Am späten Nachmittag erschienen wie aus dem Nichts drei Menschen aus dem Keller. Menschen, die Anni noch nie zuvor gesehen hatte. Sie wirkten sehr ernst und konzentriert in ihren Bewegungen. Sie schenkten Anni ein kurzes Lächeln und verschwanden wieder im Dunkel des Untergrundes ihres Hauses. „Was …?" Anni blickte mit offenem Mund ihre Mutter an. Doch diese legte schnell den Zeigefinger an die Lippen und artikulierte ein „Pscht". Sie zeigte stumm die Treppe hoch und auf die Wände: „Sie haben Ohren", flüsterte sie. Anni wurde schwindelig. Sie begann zu taumeln. Der feste Grund unter ihr verlor seine Stabilität, begann zu wanken und sich aufzulösen. Sie schien in ein dunkles Loch zu fallen. In Wellen kam immer wieder diese abgrundtiefe Angst in ihr hoch. Panikattacken befielen sie wie ein Rudel wild gewordener Hunde. Das Gesicht des Monsters in Uniform tauchte wieder in ihr auf. Seine Augen erdolchten sie mit seinem Blick. Bohrten sich tief in sie hinein und drohten ihr Herz zu zerstören. Es wurde kurzfristig Nacht um sie herum und ihre Mutter musste das arme Mädchen in sein Zimmer bringen. Doch Erholung und Schlaf fand sie dennoch nicht. Die Gedanken zermarterten ihr Gehirn, wollten es zum Platzen bringen. Dazu kamen die Sirenen. Sie zerrissen mit ihrem Geheule schon seit einer Ewigkeit die Luft. Explosionen waren vereinzelt zu hören. Der Krieg rückte näher. Zwar hatte die Lehrerin die Kinder auf diesen Moment vorbereitet. Sie wussten, wie man sich bei einem Luftangriff unter Küchentischen, im Türrahmen oder besser noch im Keller schützen konnte. Aber auf die schrecklichen Schläge, die die Detonationen hervorriefen, konnte man nicht vorbereitet werden. Ihre Schockwellen donnerten auch aus der Ferne voller Wucht ungebremst in den Bauch, quetschten die Eingeweide.

Vor wenigen Wochen hatte die Rote Armee in der Weichsel-Oder-Operation mit ihrem Großangriff in Richtung Berlin den Norden Pommerns vom Landesinneren abgetrennt. Das erfuhr die Familie nicht aus den Nachrichten oder von den Lehrern, sondern von einigen Pensionsgästen, die deshalb länger im Haus bleiben mussten. Befehlshaber in Kolberg wurde am 14. Februar 1945 Oberst Fritz Fullriede, ein erfahrener Haudegen. Er war schon zu Kriegsbeginn an der Invasion Polens beteiligt, kämpfte an der Ostfront, im Afrika-Korps und in Italien. Er war auch für die Niederschlagung eines Aufstandes in Holland verantwortlich, dem viele Menschen zum Opfer fielen. Ein harter Knochen, der rücksichtslose und brutale Menschen um sich sammelte. So auch Annis Monster in Uniform. Sie sollten die sowjetische Übermacht abwehren, egal, wie sinnlos dieses Unterfangen war. Die Nazis waren überzeugt davon, dass es an ihnen lag, dass der Feind die Stadt bislang nicht eingenommen hatte. Nicht an irgendwelchen Zufällen. Und, weil sie alle fest zusammenstanden, vor allem aber treu zu Hitler hielten. Verräter hingegen, die wollten die Wehrkraft zersetzen. Sie mussten ausgemerzt werden!

„Anni, pack deine Sachen. Schnell. Es wird dunkel und wir müssen los." Ihre Mutter stand in der Tür und reichte ihr einen Rucksack. „Aber …" Annis Augen wurden groß. „Der reicht nicht aus. Ich muss doch …" – „Bitte, Anni. Pack da rein, was dir wichtig ist, und komm. Wir müssen sofort los." Schon war sie verschwunden. „Und lass das Licht aus", rief sie ihr noch zu. Vollkommen unentschlossen stand Anni vor ihren Habseligkeiten. Welche Puppen sollte sie mitnehmen, auch wenn sie schon zu alt dafür war? Welches Buch? Unterwäsche. Ja, das auf jeden Fall. Sie begann

mit den Kleidungsstücken. Hosen, Blusen, eine Jacke. Ihr Lieblingskleid. Der Rucksack füllte sich bedrohlich schnell. Schulsachen? Schon bewegte sich ihre Hand zu den Heften. Aber nein. Machte keinen Sinn. Stattdessen doch eine der Puppen, ein besonderes Buch und ihre Mundharmonika. Anni hörte ein leises Rufen ihres Namens. Schnell grabschte sie noch ein paar Dinge, die herumlagen, und stopfte sie hinein. Danach stürmte sie die Treppen hinunter. Horchte noch einmal in die Dunkelheit, lauschte ein letztes Mal dem sanften Summen des Hauses, welches ihr immer so viel Geborgenheit und Vertrautheit geschenkt hatte. Dann ging es mit den Eltern die steilen Treppen in den tiefen Keller hinunter. Wollten sie über die Hölle verschwinden? Anni blickte sich irritiert um. Das hier war doch eine Sackgasse. Doch hinter einem Regal mit Einmachgläsern und zahlreichen Nahrungsmitteln, das jemand nach vorne gezogen hatte, entdeckte sie eine Tür und dahinter einen Raum, den sie noch nie gesehen hatte. Dämmriges Licht einer gedimmten Laterne erfüllte das schattige Verlies. Anni brauchte einige Zeit, bis sie sich an das schlechte Licht gewöhnt hatte. Angestrengt blinzelte sie in die Dunkelheit, stieß sich an hervorstehenden Brettern und entdeckte mit Schrecken, dass Menschen in dem versteckten Raum waren. Sie stieß einen Laut aus und wollte ihrem Instinkt folgen, zu flüchten. Doch die starke Hand des Vaters hielt sie auf. „Hierbleiben, Anni!“, zischte er, keinen Widerstand duldend. „Wer sind diese Leute?“, wollte Anni wissen und wich in eine Nische zurück. Jemand umfasste sie an der Schulter und sprach in beruhigendem Ton: „Freunde, Anni. Wirkliche Freunde.“ Ihre Mutter zeigte auf die Familie mit ihren drei Kindern. Diese erkannte Anni tatsächlich als Pensionsgäste. Es waren noch drei andere Personen im Raum. Zwei Männer und eine Frau. Alle drei in Tarnanzügen des Militärs gekleidet. Anni entdeckte schwere Waffen, die um deren Schultern hingen. Die Mündungen blickten nach unten, unheilvoll und lauernd. „Diese Menschen werden uns beschützen. Sie sind gekommen, um uns abzuholen. Vertrau ihnen, Anni.

Wir sind schon seit vielen Jahren Freunde." Aber keinen einzigen dieser Personen erkannte Anni. Wie konnten diese dann Freunde ihrer Eltern sein? Sie wollte dies gerade sagen, als ein eiskalter Befehlston die Ruhe durchdrang: „Schließen wir die Tür und gehen. Das Schiff wartet bereits." Anni erkannte einen starken englischen Akzent und drückte sich gegen die Wand. Ratlos stand sie da und konnte nicht verstehen, was hier vor sich ging. Die Eltern nickten. Letzte Rucksäcke wurden vom vorderen Kellerraum nach hinten geschleift. Das Licht gelöscht und alle Spuren beseitigt. Die Geheimtür ließ sich nur schleppend zuziehen. Aus dem Augenwinkel heraus konnte Anni erkennen, wie das Regal sich ebenfalls in Richtung Wand bewegte, bevor die Tür in ein schweres Schloss fiel und vermutlich von der anderen Seite aus nicht mehr zu erkennen war. Wo sollten sie denn jetzt hin? Anni hatte eine Vermutung, starrte aber dennoch mit offenem Mund in Richtung der hinteren Wandseite des modrig riechenden Raumes, wo sich eine kleine Öffnung auftat, nachdem zwei der Uniformierten eine Kommode zur Seite geschoben hatten. Ein Gang!

„Was ist das?", stotterte Anni. Ihr Blick suchte den der Eltern. War das alles in den vergangenen Jahren geschehen, ohne dass sie jemals davon etwas bemerkt hatte? Frische Luft drang in den Raum und verdrängte den Moder und muffigen Gestank. „Da draußen wartet die Freiheit, worauf warten wir?" Die Soldaten-Frau sprach es in einem akzentfreien Deutsch, setzte aber in hebräischen Worten nach, die Anni nicht verstand. Die Gastfamilie nickte und bedankte sich herzlich bei ihr. „Was hat sie gesagt?", wollte Anni wissen. „Dass wir in wenigen Tagen schon auf dem Weg ins gelobte Land sind – nach Palästina. In das Land unserer Vorfahren", erwiderte die Frau. „Ich danke euch so sehr, dass ihr uns geholfen habt." Sie drückte Annis Eltern fest die Hände und gab dem Mädchen einen Kuss. „Deine Eltern sind etwas Besonderes. Glaub mir das, mein Engel." Dann drängten sie die Fluchthelfer in den Gang hinein. Niemand ahnte, dass es ein Weg direkt in die Falle sein würde.

Und wieder war es Anni gewesen, die zum Werkzeug der Schergen wurde.

Die Kälte der frostigen Februarnacht drang schon nach wenigen Metern zu ihnen vor. Doch die feurige Hitze der Aufregung, die in allen wallte, ließ sie diese zunächst nicht spüren. Meter um Meter ging es in dem niedrigen Gang voran. Er verlief beinahe schnurgerade nach vorne. Anni sah in dem Licht, das die Lampen der Fluchthelfer spendeten, dass die Wände und Decken mit Holzbalken und Brettern stabilisiert worden waren. Waren sie jetzt direkt unter der Straße, auf der schwere Lastwagen parkten? Ihr war mulmig zumute. Die Enge und die vielen Menschen verursachten Platzangst.

Ob es 30, 40 oder gar 50 Meter waren, die der Gang lang war, ließ sich nur schwer abschätzen. Vielleicht sogar länger? Denn als sie nach gut zehn Minuten aus dem Gang heraustraten, befanden sie sich bereits außerhalb der Siedlung. Es war ein alter Holzschuppen, der den Eingang umschloss. Dichte Büsche schützten sie zudem vor den Blicken anderer. Vorsichtig spähten die drei Fluchthelfer in die Nacht. Der halbe, schnell wachsende Mond lugte zwischen einzelnen Wolkenfetzen hindurch. Ihm schien das alles nicht geheuer, sonst hätte er ihnen hell und strahlend den Weg gewiesen. „Die Luft ist rein. Folgt uns", befahl die Frau und ging voran. „Kein Wort, keine Geräusche! Bleibt so unsichtbar wie möglich", ermahnte einer der Männer besonders die Familie und Anni. Er wies alle an, ihre Mützen aufzuziehen und die Haare darunter zu verstecken. Dann marschierte die kleine Kolonne los, in Richtung der Dünen. Für Anni war es noch immer der Rücken ihres geliebten Drachen, der sie so viele Jahre darauf hat spielen lassen.

Niemand aus der Gruppe ahnte zu dieser Zeit, dass die Schergen sie bereits im Visier hatten. Ein perfekter Plan, um die Feinde des Nationalsozialismus zu Fall zu bringen, war bereits seit Wochen intensiv ausgearbeitet worden.

Sie schlugen erst zu, als die Flüchtlingsgruppe am Kopf des Drachen die Düne hinunterschlich, den langen Strand entlang marschierte und in eines der beiden Ruderboote steigen wollte.

Elf Menschen waren sie. Darunter fünf ihrer Gäste, die jüdische Familie. Leckere Beute für die Nazis.

Der Geruch von Blut lag in der Luft. Das machte gierig, blutrünstig. Das Monster in Uniform – so würde Anni ihn ihr Leben lang bezeichnen – konnte seine Erregung beinahe nicht mehr bändigen. Er tippelte wild auf der Stelle umher und spielte mit seiner Wehrmacht-Taschenlampe, während er mit der Rechten seine Walther P-38 nervös hin und her fahren ließ. Das Unglück musste kommen, wie es kam. Seine Taschenlampe leuchtete zu früh auf. Ein gut sichtbares Warnsignal für die Wartenden am Strand, die beide Ruderboote sicherten. Den herannahenden Flüchtenden wurde durch drei schnelle Schläge mit den Rudern gegen die Boote Gefahr signalisiert. „Lauft! Schnell!“, rief einer der Männer und trieb seine Truppe an. Alle rannten los wie die Wilden. Taschen flogen zu Boden und wurden nicht aufgehoben.

Oben auf den Dünen ertönte das hysterische Geschrei einer Trillerpfeife. Sie brachte den gesamten Hang zum Leben. Leuchtraketen wurden abgeschossen, tauchten den Strand in helles Licht. Erste Schüsse fielen. Immer wieder rief eine Stimme im Befehlston: „Stehen bleiben. Wir schießen.“ Doch niemand achtete darauf. Die drei Fluchthelfer warfen sich in den Sand und legten ihre Waffen an. In kurzen Salven schossen sie in Richtung der Stimme und dorthin, wo sie die Mündungsfeuer der Gewehre ihrer Feinde vermuteten. „Vorrücken“, brüllte der Befehlshaber. Erste Soldaten stürmten den Hang hinunter. Doch der Drache ließ sie stolpern und stürzen. Das nutzten die Flüchtenden aus. Die jüdische Familie war bereits in einem der Boote verstaut. In geduckter Haltung schoben Männer das Boot ins Wasser und schon zogen die Paddel dieses in die dunkle Nacht hinaus. Niemand scherte sich um die unfassbare

Kälte, die die nassen Schuhe hoch in die Beine kletterte. Die Einschläge der Kugeln kamen immer näher. Anni und ihre Eltern klammerten sich an das zweite Boot und wollten gerade einsteigen, als eine Handgranate detonierte. Mit Schrecken sah Anni, dass ihre drei Helfer in der Luft zerfetzt wurden. Danach ging alles sehr schnell. Drei der verbliebenen Männer an den Ruderbooten wurden niedergeschlagen. Einer erstochen. Er hatte noch versucht, sich zu wehren.

Dann war Stille. Anni kauerte sich auf den Boden des Bootes. Doch der eisige Blick des Mannes, den sie auf ewig hassen würde, bohrte sich in ihren Nacken. Sie musste ihn nicht anschauen, um zu wissen, dass er es war, der sie in die Falle gelockt hatte.

„Zerstört das Boot und tötet da draußen alle!" Er befand sich in einem Rausch, nachdem er Beute gemacht hatte. Jetzt wollte er die gesamte Gruppe erlegen.

Die Schüsse auf das fliehende Boot hallten durch die Nacht. Scheinwerfer aus einem wartenden Marineboot erhellten die See. Doch hörte Anni auch das Fluchen der Soldaten. Offenbar schossen sie blind in die Nacht und konnten nicht ausmachen, wo das Boot war. Die Hoffnung blieb, dass dieses entkommen konnte. Ein Fluchtschiff würde auf die Glücklichen warten. Auch Annis Vater hatte dieselben Gedanken. Einfach Pech für die Nazis, die Boote für den utopischen Endsieg im Osten zu brauchen, wenn sie nicht schon vorher versunken waren.

Die Wut des Kommandanten war entsprechend groß, nicht alle gefasst zu haben. Er tobte und riss einem Soldaten ein Maschinengewehr aus der Hand. Aus nächster Nähe durchsiebte er das zurückgebliebene Boot mit wilden Salven und schleuderte die Waffe, nachdem das Magazin leer war, an den Kopf des Vaters. Schwer getroffen, taumelte dieser und schlug gegen das Boot. Annis Mutter wollte ihm zur Hilfe eilen, wurde aber durch den Fuß des Monsters zum Stolpern gebracht. Seine glatt gewichsten Stiefel rammten sich in ihren Unterleib.

Anni hatte mit all dem nichts zu tun. Sie presste beide Hände fest gegen die Ohren und wimmerte leise. Ihr Blick ging zu ihrem geliebten Drachenfreund aus der Kindheit. Warum wachte er nicht auf und verschlang mit einem Mal all diese bösen Menschen? Der Lärm, die Schreie, die schrecklichen Bilder versanken hinter einem trüben Schleier, der sich auf ihren Blick legte. Ihr Herz aber war starr vor Kälte. Auf die brutale Welt der Erwachsenen hatte sie niemand vorbereitet. Flehend blickte sie zum Kopf des Drachen, der gerade vom Mond zwischen zwei Wolkenbergen hindurch angestrahlt wurde. Doch der blieb stumm.

„Bringt dieses Ungeziefer weg!“, hörte sie eine donnernde Stimme noch sagen. Dann wurde sie auch schon gepackt und den Strand entlanggeschleift. Anni würde viele Jahre brauchen, um über diese Selbstvorwürfe hinwegzukommen, die sich in ihr aufgetürmt hatten. Warum half sie ihren Eltern nicht in dieser Nacht? Warum hatte sie nur zugeschaut, wie beide am Strand geschlagen, getreten und misshandelt wurden? Warum hatte sie nicht eine der Waffen der getöteten Fluchthelfer genommen und die Peiniger ihrer Eltern erschossen?

* * *

Anni hörte die Schreie voller Schmerz und Verzweiflung. Die Stimmen der Eltern waren beinahe nicht mehr zu erkennen. Durch die Gänge des Gefängnisses drangen diese unter der schweren Tür hindurch zu dem Mädchen, das schon die ganze Nacht zusammengekauert in der Ecke des kalten Raumes hockte und ihren Kopf tief in dem Mantel vergrub, der schützend über ihr lag. Sosehr sie auch die Hände gegen die Ohren presste, sie konnte nicht verhindern, dass die qualvollen Schreie ihrer Eltern in sie hineindrangen. Aber es waren nicht allein die Schuldgefühle. Sie vermischten sich auch mit einer großen Menge an Wut. Unsagbare Wut. Ja, Anni war wütend auf ihre Eltern. Denn sie war bei allen

Selbstvorwürfen davon überzeugt, dass diese schlussendlich schuld an dieser Katastrophe waren.

Sie schluchzte tief auf, wollte nach Hause. In ihr warmes Bett zu ihrer Großmutter, Trost suchen. Doch das alles war in einen tiefen, dunklen Schlund gestürzt. Bilder aus einer anderen Welt, die von einem Moment auf den anderen nicht mehr existierte. Hatte Großmutter geahnt, was kommen würde, und hatte sie sich deshalb aus dem Leben gestohlen?

Im Morgengrauen vernahm Anni Schritte. Etwas wurde über den Boden des Ganges vor ihrer Zelle geschleift. Sie hörte das Stöhnen ihrer Mutter. Annis Atem stockte. Angestrengt lauschte sie in die bitterkalte Nacht. Eine Tür wurde geöffnet. Jemand rief Befehle. Schnell sprang Anni auf und kletterte auf die hohe Seite ihres eisernen Bettgestells, um aus dem Fenster schauen zu können, was ihr nur mühsam gelang.

Durch die dreckigen Scheiben konnte sie sehen, wie ihre Eltern durch den Schnee gezogen wurden, der in der Nacht gefallen war. Blutspuren hinterließen die beinahe leblosen Gestalten auf diesem. Anni presste voller Schrecken die Faust gegen ihren Mund, dass es schmerzte. Sie wollte nicht, dass man ihren Schrei vernahm.

Das Monster stand neben einem Lastwagen und zeigte herrisch mit der Hand auf die Ladefläche. Darauf wurden dann der Vater und schließlich auch die Mutter geworfen. Wie Müll. Zwei Männer schlugen die Ladeklappe zu. Kümmerten sich nicht darum, dass die langen Haare der Mutter eingeklemmt wurden, und schon setzte sich das Gefährt in Gang.

Es sollte das letzte Mal sein, dass Anni ihre Eltern sah. Ein heftiger Schlag durchschoss ihren Körper, gleichsam einem Stromstoß aus einer Starkstromleitung. Anni zitterte, schockartig verkrampfte sich alles an ihr. Sie verlor den Halt, rutschte auf dem glatten Gestell aus und knallte auf das harte Bett.

***

„Meine Eltern verschwanden für immer. An den Ort in der Hölle, wovor diese ihre Gäste durch die Fluchthilfe bewahrt hatten. Doch ihnen half niemand. Sie starben im Lager." Schweigen durchdringt den Raum, lässt die Schwingung der Worte Annis wie durch einen Verstärker umso deutlicher in meinen Ohren nachklingen.

Ich bin noch immer vollkommen geschockt von dieser Geschichte. Ich kann mich nicht rühren.

„Was ist dann mit dir passiert, Anni?" Ich flüstere das eher kraftlos, als dass ich spreche.

Sie hebt mühevoll die Hände. Die Erinnerung daran schwächt sie.

„Die einsame Anni kam in ein Heim. Wurde schrecklich behandelt." Sie stockt, seufzt, fährt sich mit der Hand schwerfällig über die Augen.

Ich spüre, dass es nun gut ist, und lege behutsam meine Hand auf ihren Arm.

„Danke, dass du das mit mir geteilt hast."

Doch Anni ist bislang nicht fertig: „Ich habe nie seinen echten Namen erfahren. Er war ein Monster für mich. Und die Namen, die er später trug, waren alle gefälscht. Aber das war mir egal. Die Rache traf ihn ohnehin direkt ins Gesicht. Egal, wie er sich gerade nannte."

Erstaunt blicke ich sie an und entdecke darin eine Entschlossenheit, die Berge versetzen kann. Die Erinnerungen bringen Anni zurück in jene Zeit, in der sie Rache geübt hatte. Doch welche?

Anni schweigt auf meine Frage und ich merke, es ist Zeit, die Vergangenheit ruhen zu lassen. Ich versuche, zu lächeln, und reibe mir die Augen. Doch die grauen Schleier wollen nicht aus dem Raum weichen. Sie scheinen durch das Zeitloch, das Annis Erinnerung verursacht hat, direkt aus der Vergangenheit in diesen Raum geraten zu sein. Schwer legen sie sich auf unser Gemüt. Lähmen mich. Erst das Vibrieren meiner Uhr reißt mich aus meiner Lethargie und mein Date für den Abend kommt mir in den Kopf.

Als ob ich Kleister auf meinem Hintern hätte, quäle ich mich hoch und strecke meine steifen Glieder.

„Anni, wirst du bitte ein Auge auf Laura haben und mich auf dem Laufenden halten?“ Mir ist es wichtig, von ihren Neuheiten zu erfahren. Sie nickt. „Ja, sicher. Ich bin zurzeit fast täglich da. Und solange du weg bist, kann ich ihr die Geschichte nochmals erzählen, dann seid ihr wieder auf demselben Stand.“ Ich bedanke mich und wende mich zur Tür. Mein Blick fällt wieder auf das Familienbild mit den glücklichen Gesichtern. Anni mit ihren Eltern und der Großmutter. Es musste Frühling gewesen sein. Anni trug ein festliches Kleid und strahlte.

Meine Augen werden glasig, während ich mich in diese schöne Szene einfühle, wohl wissend, wie schrecklich alles ausging. Schnell verlasse ich die Wohnung, bevor mich meine Gefühle komplett überwältigen.

* * *

„Liegt es mal wieder an der alten Frau?“ Ich versuche, sie auf die Wange zu küssen, doch sie dreht den Kopf weg. „Sorry“, stottere ich und setze mich mit gesenktem Blick, wie ein Junge, der nach einem Bubenstreich der Mutter gegenübersitzt. „Zieh doch bei ihr ein, dann könnt ihr noch mehr Zeit miteinander verbringen!“ Die Worte klatschen mir entgegen, ohrfeigen mich. Ich versuche, schnell eine andere Ausrede zu finden, schaffe es aber nicht. Deshalb nicke ich. „Tut mir leid. Nicht böse sein. Bitte.“

Ich versuche, ihr von Anni und ihrem Leben zu erzählen. Will berichten, was ich Schlimmes erfahren habe. Doch Petra winkt nur ab und schimpft: „Was die alten Leute immer für unnütze Dinge erzählen. Man muss sie nur alt werden lassen, dann meinen sie, die ganze Welt würde sich für ihre Vergangenheit interessieren! Pah. Halt mal.“ Sie reicht mir das Sieb, das ich übers Spülbecken halten soll.“ –

„Gibt es heute Pasta?“, will ich wissen, während sie eben diese aus dem Topf abgießt. „Na, wonach sieht es denn aus, mein kluger Freund?“ Sie zwickt mich in die Wange. Aus den Augenwinkeln heraus betrachte ich ihr Haustier, wie es schwarz und riesengroß mit seinen behaarten sechs Beinen lauernd am Rand des Terrariums sitzt. Ich sehe die Beißwerkzeuge der Riesenspinne. „Wenn du dich nicht benimmst, lasse ich sie raus!“ Petra stiert mich todernst an und bricht dann in Gelächter aus, als sie meinen erschreckten Blick sieht.

Ich bin irritiert, lasse es aber nicht zu, dass sie mich mit ihrem Verhalten verunsichert. Es soll ein romantischer Abend werden. Deshalb beschließe ich, Anni, ihre Geschichten und die Arbeit komplett auszuklammern und nur noch schöne Themen zu finden. Es klappt auch eine kleine Weile. Na, sagen wir mal, die ersten circa fünf Bisse und ein kleiner Schluck vom guten Rotwein, den ich in der Stadt gekauft habe. Dann unterbricht sie mich abrupt: „Sag mal, bevor du gleich noch von deinen Kindern anfängst zu berichten … erzähl mir doch, wie es mit der Operationsvorbereitung der jungen Patientin aussieht.“ Sie vermeidet es konsequent, Laura beim Namen zu nennen. Nicht einmal beim Nachnamen. Ich stocke kurz und lege die Gabel beiseite. „Aber das ist doch längst besprochen. Micha wollte mit dir heute noch die Details durchgehen.“ Ich blicke sie erstaunt an. Petra schüttelt den Kopf. „Mit mir hat niemand gesprochen. Sag bloß, es ist noch nichts organisiert und vorbereitet?“ Ich bin überrascht über die Frage. Das sind an sich nicht meine Aufgaben. Das macht das Team. Sie zählt ebenfalls dazu. „Aber hast du denn nicht heute in der Teamsitzung die OP nochmals rückversichert und besprochen?“ – Sie lächelt spöttisch und nachsichtig. „Nein, hat niemand. Du weißt doch. Der schlimme Autounfall auf der Autobahn. Das wird noch einige Tage dauern, bis wir den komplett abgearbeitet haben.“ Wie sie das sagt.

Ich habe beinahe das Gefühl, in einem Lagerhaus zu sein.

Petra stößt mich mit ihren Füßen an und fährt an meinem Bein hoch. „Ich weiß, du hast sehr viel mit der Betreuung der alten Dame und dieser jungen Patientin zu tun. Im persönlichen Einzelkontakt sozusagen. Da bleibt nicht mehr viel Zeit." Sie fährt mit ihrem Fuß ständig rauf und runter. Mich stört das. „Bastian, ich denke, du bist zu weich für diese wilde Welt. Du lebst noch immer in der Hoffnung auf eine harmonische Zukunft. Vergiss es!" Ihre Augen funkeln kurz. Mich durchzieht ein Kälteschauer. Dann fährt sie fort: „Aber wir bekommen das morgen sicher alle zügig hin. Sollten wir nur rechtzeitig durchführen, bevor die Chefin merkt, dass uns da etwas durchgerutscht ist." Verschwörerisch kneift sie ein Auge zusammen und wechselt das Thema. Stadtgeschichten folgen. Die Planung der nächsten Klettertour und so weiter.

Keinerlei Fragen zu meinen Kindern. Ich bin ein wenig eingeschnappt und merke nicht, wie sie mir einige Details entlockt, die später zu einer Falle werden sollen.

Während sie aufsteht und aus einem Behälter mit zwei Holzstäbchen ein Insekt herausfischt, weiche ich instinktiv einen halben Meter zurück. „Die Natur ist wild, Bastian. Sie ist brutal. Vor allem geht es um Fressen und gefressen werden." Mit diesen Worten platziert sie das arme Tier in direkter Nähe der Spinne und beobachtet, wie diese unverzüglich über ihr Opfer herfällt. Ich schlucke. Der Appetit ist mir vergangen. „Man muss sie nur etwas hungern lassen, dann wird sie echt wild." Petra lacht, während sie noch immer fasziniert zuschaut.

Ich schnappe mir das Weinglas und schütte das halbe Glas in einem Zug hinunter. Kurz schüttle ich mich. Dann finde ich meine Sprache wieder: „Petra, was ist in den ganzen Jahren so gewesen, als du weg warst? Wie lange war das im Ganzen? Müssen doch über zwanzig Jahre gewesen sein, oder?" Sie zuckt mit den Schultern, wirkt gelangweilt. „Keine Ahnung. Dürfte stimmen. Ich denke nicht viel an diese Zeit." Mehr bekomme ich nicht aus ihr heraus. Das Magische in diesem Moment für mich ist diese Vielzahl so unterschiedlicher Strömungen und Stimmungen in diesem Raum.

Spannung, Misstrauen, Irritationen, Kälte, Nähe, Anziehung, Erotik, Aussicht auf Sex. Den wollen wir beide haben und den gönnen wir uns dann auch. Und es wird eine durchaus wilde Nacht. Wir lieben uns intensiv, schenken uns Lust und Befriedigung.

Spät in der Nacht schläft Petra in meinen Armen ein und ich betrachte dieses seltsame Wesen, in das ich als junger Mensch so unendlich verliebt war. Was ist ihre Geschichte? Was sind die Verhärtungen und Verletzungen in ihrem Leben, die ich nicht kenne?

„Frau, wie viele Gesichter hast du?", frage ich mich in Gedanken und schlafe endlich ein.

10.

Eigentlich bin ich am nächsten Donnerstagmorgen mit Mike verabredet. Eichhörnchen-Training. Doch mein neuer Lehrmeister taucht nicht auf. Ich setze mich träge auf die Fensterbank der Cafeteria und warte. Müde bin ich. Irgendwie ausgelaugt, nein, eher ausgesaugt. Die Nacht bei Petra scheint mehr Kraft gekostet zu haben, als sie mir gab. Ich gähne und schaue auf die Uhr. Die Visite würde erst in einer halben Stunde beginnen. Ich widerstehe den verlockenden Blicken der Süßigkeiten in den Vitrinen und mache mich auf den Weg zu Mikes Zimmer. Doch da steckt der kleine Kerl nicht. „Bei Laura", höre ich ein Kind schwach hinter seinen Apparaten flüstern. Ich verstehe, wünsche den zwei Kleinen im Raum alles Gute und steige die Treppen hoch in den zweiten Stock.

Das Krankenhaus scheint mich mit seinen hellen und frisch gestrichenen Wänden anzulächeln. Es schenkt mir auch an diesem Tag ein Gefühl des Zuhauseseins. Alles ist mir vertraut. Viele Patienten kenne ich schon lange. Sie sind mir ans Herz gewachsen. Gerade wenn sie, wie Mike, Dauerpatienten sind. Eigentlich traurig für diese armen Seelen, die aus einem für sie schlimmen Grund in diesem Haus sein müssen. Ihre Ängste und Sorgen werden von dem Gemäuer abgesaugt, sodass wir nur wenig davon spüren. Für uns bilden sie eine Art Familie auf Zeit, Vertrautheit an einem Ort, der mein zweites Heim ist. Offen gestanden, derzeit mein einziges.

Laura schenkt mir ein kurzes, aber strahlendes Lächeln, während ich den Raum betrete. Sie streichelt Mikes Kopf, der auf ihrem Bett abgelegt ist. „Was ist los? Mike, alles okay?" Ich bin besorgt und will zu ihm eilen. Doch Laura gibt mir mit der freien Hand, in der die Infusionskanüle steckt, ein Stoppzeichen. Ich bleibe stehen.

„Mike darf noch nicht nach Hause." Sie streichelt weiter seinen Kopf. Ich erheische einen kurzen Blick auf sein

Gesicht. Wirklich traurig sieht er mir nicht aus, so genussvoll, wie er die Streicheleinheiten entgegennimmt. Nutzt da einer eine schlechte Nachricht, um an anderer Stelle einen Vorteil zu erzielen? „Aber – eigentlich will er auch nicht heim“, kontere ich und zwinkere ihm zu. „Sonst würde er ja seine neuen Freunde verlieren. Korrekt?“ Mike wird schlagartig rot, was in seinem blassen Gesicht eigenartige Flecken erzeugt. Laura lächelt. Sie hat es wohl kapiert. Schnell springt sie ihrem jungen Freund zur Seite: „Auf der einen Seite schon möglich. Auf der anderen möchte er nach Hause ... nicht wahr?“ Sie hört kurz mit dem Streicheln auf und blickt ihn an. Mike bleibt liegen und nickt nur leicht. „Traurig bin ich schon“, versucht er noch, die Situation zu retten.

Doch Laura hat aufgehört, ihn zu streicheln.

Mit einem tiefen Seufzer, der allen Weltschmerz in sich aufgesogen haben muss, richtet er sich auf und setzt sich auf einen Hocker. „Armer Kater“, ärgere ich ihn. Er streckt mir die Zunge entgegen.

„Wollte der Herr Doktor zu mir?“ Laura blickt mich interessiert an. „Nein, ja, also doch, ja sicher ... aber auch zu ihm.“ Ich zeige auf Mike. „Er hat unser Eichhörnchen-Training vergessen.“ Der Angesprochene zuckt mit den Schultern und säuselt: „Manchmal gibt es Wichtigeres. Unter anderem die Aufgabe, dieses Mädchen von ihrer Angst zu befreien.“ Ich komme nicht umhin, zu lachen. Dieser clevere Kerl versucht es auf jede erdenkliche Art, seine Annäherungstaktik von vorhin als Heldentat seinerseits zu kennzeichnen. Ich wende mich Laura zu. „Angst?“, frage ich schlicht. Sie zögert, weiß nicht, ob sie die Harte spielen oder ehrlich sein soll. Dann aber nickt sie. „Schon – ein wenig.“

„Siehste“, kommentiert Mike. „Ich werde ihr helfen, ihre Angst vor der Operation zu verlieren. Sie benötigt dringend Unterstützung für die Zeit nach der OP. Deshalb bin ich hiergeblieben.“ Er läuft wieder zu alter Form auf. Ich heuchle Anerkennung, freue mich aber insgeheim darüber, wie die zwei miteinander umgehen. Ich frage mich, warum niemand von Lauras Clique vorbeikommt und ihr beisteht.

Doch bevor ich danach fragen kann, kommt mir Mike mit seiner Frage zuvor: „Sag mal, wird dir eigentlich der ganze Bauch aufgeschlitzt?“ Jetzt kommt der investigative Mike durch. Er macht mit der Hand eine Bewegung über den gesamten Bauch hinweg. Einmal von links nach rechts, als ob sein Zeigefinger ein scharfes Skalpell ist.

Laura zuckt zusammen, bei den Geräuschen, die er dabei macht. „Rrrrrschhhhht“, zischt es durch den Raum.

„Mike“, schimpfe ich und gehe auf ihn zu, um ihn zu stoppen.

Doch der kleine Kerl versteckt sich schneller hinter Lauras rollendem Nachttisch, als ich schauen kann. „Was?“, will er unschuldig wissen. Doch Laura ist schon angefixt. „Sag, Bastian, stimmt das, was er da sagt?“

„Nein, nicht ganz. Es sind wirklich nur kleine Schnitte an verschiedenen Stellen, in die wir die Endoskope und so weiter einführen. Glaub mir, das ist alles kein Hexenwerk.“ Sie wirkt nicht beruhigt. „Ich verspreche es dir, Laura. Wirklich. Man wird später nur kleine Narben sehen. Das wird gut verwachsen.“ Endlich kann ich sie ein wenig von meinen Argumenten überzeugen. Sie entspannt sich etwas. „Na wenigstens steckt dann niemand mehr irgendwelche Schläuche, Sonden oder sonst etwas in mich rein. Das nervt nämlich gewaltig.“ Ich nicke. „Kann ich gut verstehen.“ Ich selbst hasse diese ganzen Spiegelungen von oben und unten. Mich wundert ohnehin, wie diese junge Frau diesen Krankenhausaufenthalt so lange durchhält. Es ist Zeit, zu operieren. Zu Mike gewandt drohe ich mehr, als dass ich ihn bitte: „Mein Freund, wir müssen noch ein wenig am Faktor Trösten und Beruhigen arbeiten, verstanden?“ Streng blicke ich ihn an.

Die Tür öffnet sich und Anni tritt ein. „Na, die Familie wird vollzählig“, kommt es der Schwester über die Lippen, die mit ihr das Zimmer begeht. Amüsiert blickt sie sich in der Runde um und entdeckt Mike, der sich vergebens zu verstecken versucht. „Junger Mann, die Visite beginnt gleich. Ich kann dir nur raten, wenigstens heute mal im Zimmer zu sein, wenn die Ärzte kommen.“ Sie tippt mit dem

Zeigefinger auf ihre Armbanduhr und blickt dabei auch mich an. Ich verstehe den Wink mit dem Zaunpfahl und schicke mich an, schnell ins Ärztezimmer zu eilen. „Bis später, Laura. Das wird schneller vorbei sein, als du dir vorstellst." Ich eile zur Tür. Anni gebe ich die Hand zum Gruß. „Wir sehen uns gleich bei der Sprechstunde." Sie wundert sich. „Es ist doch ein anderer Arzt gerade der betreuende." Ich nicke und antworte: „Heute nicht. Heute ist der Chef wieder dein Arzt."

Die Visite verläuft gut. Die Stimmung ist positiv, da die zahlreichen Verletzten des Busunglücks gute Fortschritte machen. Einige Patienten dürfen vorzeitig nach Hause. Und überhaupt scheint die Anspannung aufgrund der internen Untersuchungen langsam nachzulassen. Frühlingsstimmung in den Gängen im Spätsommer könnte man beinahe meinen.

Doch ich halte auf dem Rückweg ins Besprechungszimmer inne. Strecke meine Nase nach oben. Ich wittere Gefahr wie ein scheues Reh. In den Gängen wabert etwas, was mich unruhig werden lässt, ohne dass ich es verorten kann. Etwas Bedrohliches baut sich auf.

Doch das Krankenhaus beabsichtigt nicht, sich schützend davorzustellen. Wozu auch. Es lebt doch von Drama, Schmerz und Leid. Dieses Wesen gibt Leben – und nimmt Leben. Dazwischen erhält es Gesundheit und Wohlbefinden nach eigenem Gusto. Wie es ihm gefällt.

Sicher schaut es schon gespannt in die Gänge hinein, um zu verfolgen, wie sich gerade alle Figuren für das nächste Drama in Szene setzen. Mir aber bleibt der Blick verwehrt. Ich kann nichts entdecken und gehe unsicheren Schrittes weiter. Vielleicht täusche ich mich aber auch.

Wir holen uns einen Kaffee und setzen uns an den Besprechungstisch. Petra sitzt einige Plätze von mir entfernt. Ich versuche, sie anzulächeln, doch sie reagiert nicht. Noch mache ich mir keine Gedanken dazu und schlürfe den Kaffee, in der Hoffnung, dass er mich wach hält. Ich will später noch versuchen, auf der Pritsche ein paar Minuten Schlaf zu bekommen.

Aber jetzt müssen wir schnell alles für die Operation vorbereiten. OP bestätigen, Team zusammenstellen, Narkosearzt und so weiter. „So was macht man mindestens eine Woche vorher, das wisst ihr, oder?“ Die Kollegin blickt uns streng an. Nach dieser harten Woche mit den vielen Unfallopfern ist das verständlich. Ich entschuldige mich im Namen aller und danke ihr. Schnell will ich die restlichen Formalitäten regeln und sehe mich gedanklich schon in der Sprechstunde. „Nein, Bastian, so einfach kommen Sie heute nicht davon.“ Unsere Chefin steht wie eine Kriegerin direkt neben Petra und blickt mich streng an. Unbewusst berührt ihre Hand deren Schulter, bleibt dort kurz liegen. Donnernd fährt sie fort: „Ich habe schon einmal einen Warnschuss von mir gegeben! Jetzt aber ist es genug. Diese Schlampereien lasse ich nicht mehr durchgehen. Am Ende trifft es auch mich und alle anderen Kollegen. Nicht wahr?“ Verdutzt setze ich meine Tasse ab und richte mich senkrecht in meinem Stuhl auf. Ich war nicht auf einen Kampf eingestellt. Schnell sondiere ich die Lage und muss feststellen, dass ich auf mich allein gestellt bin. Die Kolleginnen und Kollegen blicken mich mit ausdruckslosen Augen an. Mit Ausnahme von Petra. Dort blitzt etwas auf, was ich nur zu gut kenne: Gier! Ich bemühe mich, die Frau wiederzuerkennen, mit der ich gerade die Nacht verbracht habe. „Schauen Sie die Kollegin nicht so vorwurfsvoll an! Sie hat nur große Sorge um die Gesundheit der Patienten. Dafür bin ich ihr sehr dankbar und werde mich erkenntlich zeigen.“ Wieder berührt ihre Hand Petras Schulter und tätschelt sie. Stille im Raum. Ich fühle mich auf einer Anklagebank. Verräterin! Man meint, das angespannte Atmen des Wesens in den Wänden zu hören. Es wartet auf den Showdown. Doch den will ich niemandem geben. „Und nun?“, frage ich schwach. Die Enttäuschung kann ich nicht verbergen. „Wird das Haus nun von Denunzianten und schwachen Führungspersönlichkeiten bestimmt?“ Ich schöpfe Kraft aus meiner frechen Antwort. Spüre, wie sie meine müden Akkus wieder auflädt, jetzt, nachdem die Dämme gebrochen sind. „Was erlauben Sie sich?“ Meiner Chefin klappt die Kinnlade herunter. Auf diese Reaktion war sie offenbar nicht eingestellt! Gut so. „Machthunger, Gier und nur die Sorge um das eigene Ansehen bestimmen diese Räume. Wer kümmert sich denn überhaupt noch wirklich um die Patienten?“ Ich halte inne und blicke in die Runde. Noch immer bestimmt die Gier den abwartenden Blick Petras. Doch ich durchbohre die schwache Front. „Ein Patient ist keine Ware, die man als Einnahmequelle missbraucht! Er ist kein Opfer, auf dessen Schicksal man seine Karriere aufbaut!“ Ich stehe auf. Schnappe mir die Tasse Kaffee und gehe in Richtung Tür. Unsere Chefin stottert aufgeregt: „Jetzt haben Sie sich Ihr eigenes Grab gebuddelt. Da kommen Sie nicht mehr heraus …“ Ich drehe mich um und blicke sie wutentbrannt an. Sie zuckt kurz zurück, als ich einen Schritt in ihre Richtung mache: „Nein! Nicht ich. Sie! Denn ich werde diese Zustände melden.“ Danach öffne ich die Tür und betrete den Gang. Irgendwie fühle ich mich eigenartig gut. Trotz der Enttäuschung, was Petra betrifft. Ich höre noch den beinahe hysterischen Schrei meiner Chefin: „Damit kommen Sie nicht durch. Sie können nicht von Ihrer Schlamperei im Tagesgeschäft ablenken. Nein. Ich werde ein Disziplinarverfahren eröffnen. Gleich am Montag!“

Na prima. Dann gibt sie mir zumindest noch die Chance, am Freitag die Operation für Laura durchzuführen. „Nicht schlecht“, flüstert das Krankenhaus in mein Ohr. Grimmig nicke ich zur zitronengelben Wand und will mich in Bewegung setzen.

Jemand huscht aus dem Zimmer zu mir in den Gang hinaus. Micha! Dann folgt Arno. Er zieht die Tür zu und flüstert nur: „Mann, Alter, so viel Mut hätte ich dir gar nicht zugetraut.“ Gemeinsam gehen wir in den nahegelegenen Park und rauchen eine Zigarette. Aufmerksam beobachtet uns eines der drei Eichhörnchen aus sicherer Höhe. Mein Zittern der Hand, mit der ich ungelenk die Zigarette halte, erkennt es mit Sicherheit.

„Sie ist ein Monster", durchbricht Arno die Stille. „Die Chefin?", will Micha wissen.

Arno schüttelt den Kopf. „Nein, Petra. Sie ist ein Eisschrank. Und dabei knallhart." Ich hebe meinen Kopf und blicke zu ihm herüber. Er sagt, was Tatsache ist. Sie hat mich benutzt, um auf ihre Chance zu warten. Doch wann war das geschehen? Wann hat sie sich von der wahren Freundin zu dieser gierigen Person gewandelt?

* * *

„Alles zu seiner Zeit. Das habe ich in meinem Leben gelernt. Ich habe mich allmählich auf dieses Dasein und die Möglichkeiten, die ich körperlich noch habe, eingerichtet." Ich sitze Anni gegenüber und höre aufmerksam zu, was sie erzählt. Es fällt mir schwer, mich auf sie zu konzentrieren. Die Gedanken sind noch in der Sitzung. Doch Anni lässt sich nicht beirren. „Nur damals, im Übergangszeitpunkt. Da wollte ich das nicht wahrhaben. Ich habe nur die Menschen um mich herum wahrgenommen, wie sie alt wurden. Zuerst wurden die Haare grau. Dann kamen die Falten, schließlich der zunehmend beschwerliche Gang. Gelegentlich das schmerzverzerrte Gesicht, wenn sie Rückenprobleme hatten. Allerdings habe ich mich selbst nicht so gesehen. Ich fühlte mich noch immer jung und sportlich. Frisch! Ich wollte ausscheren aus dieser Kolonne, die in Richtung Alter wanderte. Glaubte an meine ewige Kraft und Fitness." Ich komme langsam bei Anni an. Spüre, dass das nicht uninteressant ist, was sie mir gerade erzählen will. Ich schiebe meine Gedanken und Rachegelüste bezüglich meiner Chefin und Petra auf die Seite und lausche nun aufmerksam. „Jetzt merke ich, es ist nicht alles. Wenn der Kopf fit ist, dann passt das schon. Wie gesagt, man kann sich sein Leben einrichten und es sich nach wie vor sehr gut gehen lassen." Sie stockt und fährt fort: „Mit Ausnahme der Momente, in denen man in die Stadt muss. Das ist zu hektisch, zu viel Input. Fühlt sich für mich immer so an, als ob ich in ein sich wahnsinnig schnell drehendes Karussell aufspringen muss." Ich lache bei dem Vergleich. Kann es aber gut nachvollziehen, nicke deshalb und bestätige ihr: „Das geht mir manches Mal auch so. Ganz ehrlich." Sie lächelt spitzbübisch. „Ja, du bist auch schon auf dem Weg. Du bist dabei, dich in die Kolonne einzureihen …" Mir bleibt ein Kloß im Hals stecken. So alt bin ich doch noch nicht.

Zur Ablenkung nehme ich die Röntgenbilder heraus und halte sie hoch. „Dein Rücken ist ganz gut. Schlägt die Physio an?" Anni stottert ein wenig, während sie zugibt, keine zu machen. „Zu wenig Zeit. Ich habe da eine Patientin, einen kleinen Jungen und einen Oberarzt. Die kosten mir gerade jede freie Minute." – „Anni!", ermahne ich sie.

„Was?", will sie wissen und schaut mich verschmitzt an. Ich sehe die kleine Anni, wie sie mit diesem Blick die Großmutter und die Eltern herumbekommen hat.

Wie kann man nur mit einer schweren Kindheit solch ein schönes Gemüt bewahren? Ich will das auch einmal, schießt es mir durch den Kopf.

„Ist der Herr Doktor mal wieder am Träumen oder bei mir?" Anni schaut mich aufmerksam an. Verlegen wende ich den Blick ab. „Natürlich bei der Patientin", behaupte ich.

„Lügner", kommt es zurück, gerade in dem Moment, als die Sprechstundenhilfe durch die Tür lugt. „Herr Doktor, der nächste Patient wartet bereits in Zimmer 7." – Ich nicke. „Ich komme in fünf Minuten. Ich muss nochmals über die Behandlung der Dame hier verhandeln." Nachdem die Kollegin das Zimmer verlassen hat, wende ich mich an Anni: „Bitte, Anni, kümmere dich um deine Anwendungen. Das kann dir sehr helfen. Ich will in jedem Fall vermeiden, dass irgendein Quacksalber eine Operation vorschlägt, die nur alles schlimmer macht." Sie zieht eine Augenbraue hoch. „Das sagt jetzt ein Arzt?" – „Nein, ein Freund!" Sie lächelt und ist gerührt. „Danke. Aber der Kollege hat tatsächlich gesagt, dass eine Operation die einzige Möglichkeit ist, längerfristig schmerzfrei zu sein", offenbart sie. Ich lege die Bilder beiseite und blicke sie eindringlich an. „Anni, was ich jetzt sage, habe ich nie gesagt. Verstanden?“ Sie scheint irritiert zu sein. Aber nickt. „Also gut“, beginne ich meine kurze Ansprache: „Ich bin überzeugt, die Kollegen liegen falsch! Du brauchst keine OP. Du brauchst einen richtigen ‚Verbieger‘.“ – „Einen was?“ Ich schmunzle. „Jemand, der es versteht, dich mit manueller Therapie wieder so zurechtzubiegen, dass sich die verhärteten Muskelbereiche lösen und du die Verrenkungen verlierst, die zu den Schmerzen führen.“ – „Aha.“ Anni ist nicht sehr überzeugt. „Wie sicher ist das und wer macht bitte schön so etwas?“ Grimmig entgegne ich: „Sicher ist nur der Tod. Alles andere sind Chancen, Anni.“ Ich erhebe mich, um zum anderen Sprechzimmer zu gelangen. „Operieren kannst du später immer noch.“ Endlich nickt sie und erhebt sich ebenfalls. „Mache ich.“ Sie hebt eine Sporttasche hoch, darin ist vermutlich gebrauchte Wäsche von Laura, die sie waschen will. Sie bleibt an der Tür stehen und sucht meinen Blick. „Wird es morgen kompliziert werden?“ Ihr Ton verrät ihre Besorgnis. Ich schaue lange in Richtung des Fensters. Mir ist, als spüre ich die Verlustängste, die in Anni hochkommen. Verlust, das muss ihr ungeliebter Begleiter sein, der sie ihr Leben lang schon drangsaliert. Er scheint unsterblich. „Nein!“, sage ich mit der größtmöglichen Bestimmtheit, die ich aufbringen kann. „Diese Operationen sind schon lange Routine. Bauch punktieren, den Gruscht herausschnippeln, Löcher wieder zukleben und fertig.“ Ich versuche zu lächeln, was mir auch gelingt. Denn ich glaube wirklich daran, dass es zügig gehen kann. Die Frage ist, was danach passiert. Kommt das Zeug wieder zurück?

„Treffen wir uns in der Mittagspause zum Kaffee in der Cafeteria?“ Anni blättert in einem kleinen Büchlein hin und her. Mit angestrengtem Blick murmelt sie vor sich hin und nickt schließlich: „Ja, das könnte gehen. Ich trage es ein.“ Sie tut so, als ob sie schreibt. „Du trägst es in ein Rabattheft vom Lebensmittelgeschäft ein?“ Ich erkenne den Trick. Doch Anni wendet sich beschäftigt in Richtung Krankenhausgang, hält inne, dreht sich zu mir um und gibt mir die Hand. „Es war mir wie immer eine Ehre, der Herr. Und danke für die

Spritze. Die tut wirklich gut." Ich verrate ihr nicht, dass es eine reine Vitaminspritze war, die ich gleich zu Beginn unserer Sitzung verabreicht habe.

***

Die Stimmung ist frostig am nächsten Morgen.

Nicht nur Laura zittert etwas, wie sie vor mir auf dem Rollbett liegt. Ich selbst reibe mir die Hände. Dabei ist die Temperatur laut Thermometer recht angenehm.

Zwei Lager haben sich im Team gebildet.

Keine gute Ausgangslage für eine erfolgreiche OP.

„Ist was?", will Laura wissen.

Doch ich schüttle den Kopf und tätschle ihren Arm. „Alles gut. Alles vorbereitet. Gleich wirst du in einen tollen Schlaf fallen." Ich lächle.

Dabei kann ich mir gut vorstellen, dass es zumindest einige böse Gedanken hier im Raum gibt, die sich Komplikationen wünschen. Zum Nachteil für mich.

„Denken wir an die Patientin, nicht an uns!", sage ich unbestimmt in den Raum, um alle an ihre Pflichten zu erinnern. Laura ist schon unterwegs in Richtung Narkose.

Ich will die OP leiten. Ich finde den Mut dazu. Alle Vorgaben meiner Chefin schlage ich napoleonisch in den Wind. Ich bin es Laura schuldig. Im Operationssaal stehen drei kleine Gruppen. Die eine wird gebildet von meinen mir verbundenen zwei Kollegen. Die andere Gruppe schart sich um Petra und die dritte – das sind die nichts ahnenden OP-Hilfen. Wir stehen vor einem Wettkampf, nicht aber vor einer wichtigen Operation, wie ich feststellen muss. Mit einem heftigen Fußtritt hat jemand offenbar die Teamarbeit aus dem Raum gekickt. Die OP-Helfer spüren das. Schauen von einem Lager zum anderen. Sie ahnen, dass sich zwei Parteien auf eine Auseinandersetzung vorbereiten. Big Mama, wie ich inzwischen unser Krankenhaus-Wesen bezeichne, spitzt alle Ohren. Diese Dramaturgie hat sie schon lange nicht mehr erlebt. Petras Augen blitzen, eingepfercht zwischen Mundschutz und OP-Haube. „Sie ist die Eisprinzessin“, schießt es mir durch den Kopf. Ihre Augen verfolgen die Fahrt von Lauras OP-Liege zu uns. Verfolgen, wie sie umgebettet wird. Friedlich schlafend liegt sie vor uns. Schutzlos. Wehrlos. „Bitte“, will ich rufen, „bitte, lasst es nicht an ihr aus. Sie kann nichts dafür.“ Doch ich weiß, das würde nach hinten losgehen. Stattdessen bohre ich mich mit meinem Blick in den ihren. Ringe ein stummes Gefecht mit ihr. Und tatsächlich. Sie weicht leicht zurück. Wendet kurz den Blick ab, um dann Ablenkung beim Chirurgenbesteck zu finden. Ein tiefer Groll erfüllt den Raum, er lässt alle innehalten und aufblicken. Ich merke erst jetzt, dass er aus meinem tiefsten Inneren die Kehle emporsteigt und bedrohlich den Raum füllt. „Reiß dich zusammen“, zischt sie mich an. „Basti, das wird schon.“ Arno legt seine Hand auf meinen Arm und drückt ihn leicht. Ich nicke und wir beginnen mit dem Werk. Ich lasse mir die Vitalwerte durchgeben. Der Narkosearzt gibt grünes Licht. Der Blasenkatheter ist gesetzt.

Wir markieren die Stellen, an denen wir unsere Endoskope und Punktionsgeräte ansetzen wollen.

Großflächig wird Lauras Bauch mit brauner Jodlösung desinfiziert.

Ich verzichte auf große Bauchschnitte und fahre die Geräte über kleine Schnitte in die Bauchhöhle ein. Zunächst wird über einen Schnitt am Nabel eine Nadel durch die Bauchdecke eingeführt. Über diese Nadel leiten wir Kohlendioxid-Gas in die Bauchhöhle ein. Lauras Bauchdecke hebt sich etwas von den inneren Organen und ermöglicht damit ein sicheres Einbringen des ersten Punktionsinstrumentes, auch Trokar genannt, mit einer mit der Kamera verbundenen Optik. Über weitere kleine Schnitte setzen wir vorsichtig zusätzliche Trokare und Arbeitsinstrumente an. Sowie eine Schere, Fasszange und Instrumente zur Verödung.

Wir tasten uns schrittweise von einer Bauchregion zur anderen voran.

Wir erkennen, wie umfangreich die Wucherungen, Verdickungen, Verklebungen und knotenförmigen Veränderungen über den gesamten Bauchraum hinweg sind. Die Bilder aus den Voruntersuchungen haben uns nicht alles gezeigt.

Die Wucherungen entfernen und veröden wir Stück für Stück. Eine Herkulesarbeit beim Anblick von Lauras Bauchbereich. Schwierig ist die Suche nach verborgenen Stellen. Es fällt auch schwer, die feingliedrigen weißen Geflechte von den Organen zu entfernen. „Verdammt, auch Blutgefäße sind davon betroffen“, flucht Micha.

Wir arbeiten angestrengt und konzentriert. Es scheint, dass sich alle zusammenreißen und wirklich am Erfolg der Operation arbeiten.

Doch dann passiert das Unglück. Jemand stößt mich versehentlich an. Gerade, als ich einen gewagten Trennschnitt direkt neben einer Arterie führen will. Ich fluche. Blut spritzt in den Bauchraum. Hektik setzt ein. Einzelne werden panisch. Entgegen aller Erfahrung und Trainingseinheiten. Ich schnappe mir ein Skalpell vom bereitstehenden silbernen Tablett und setzte, ohne zu zögern, zu einem kräftigen Schnitt an, um die Bauchdecke zu öffnen. Ich benötige Aktionsfreiheit. Laura würde mir das niemals verzeihen. „Eine Klemme“, schreie ich. „Schnell!“ Keine Reaktion. „Verdammt, gebt mir eine Gefäßprothese.“ Ich blicke nicht von der klaffenden Wunde auf. „Wir haben keine zur Verfügung“, kommt es kleinlaut von hinten. Ich fluche. „Absaugen“, befehle ich mit Blick auf den Bauchraum, der sich mit Blut füllt. Mir kommt eine Idee: „Den Eiweiß-Kleber und einen Patch“, brülle ich. „Aber, der ist doch nur …“ Ich lasse die Kollegin nicht aussprechen und brülle: „Her damit!“ Schweigend reicht sie mir das Mittel und einen Patch. Ich entnehme aus der Bauchdecke etwas Gewebe, drücke den Kleber darauf und umwickle die angeritzte Arterie. Mir ist, als ob ich zu Hause einen leckgeschlagenen Gartenschlauch mit Panzertape umwickle. Vollkommen unkonventionell und ungewöhnlich. Doch es wirkt. Die Blutung scheint sich zu verringern. Ich wiederhole den Vorgang und wickle weiter.

Es funktioniert. Die Blutung ist gestillt. Tränen fließen mir die Wange herunter. Ich muss schluchzen.

Wir haben wertvolle Zeit verloren. Jemand tupft mir den Schweiß von der Stirn. Missmutige Töne gelangen zu meinen Ohren. Big Mama ist offenbar nicht zufrieden damit, dass es nicht noch etwas dramatischer zugegangen ist.

„Haben wir das aufgezeichnet?“, will Petra wissen.

„Ja“, kommt es hinter einer der Masken hervor.

„Dann können wir auch sehen, wer den Chef angerempelt hat!“ Stille folgt. Die Aufzeichnung wird später nie mehr aufzufinden sein.

„Jetzt, wo wir den Bauch geöffnet haben, schauen wir uns alles gründlich an.“ Ich atme tief ein und aus, beruhige mich etwas und gehe wieder ans Werk. „Das werde ich dir heimzahlen“, knurre ich vor mich hin. Aber für Petra vernehmbar. Nein, ihr werde ich nicht meinen Chefsessel überlassen. Nicht ihr. Zum Wohle der Patienten. Ich blicke kurz zu den weiß gekachelten Wänden des OP-Saales. In Gedanken bitte ich Big Mama darum, bei dieser OP kein Leben zu nehmen.

Wir suchen weiter. Schneiden. Schaben. Reinigen.

Spülen den Bauch mit einer speziellen Lösung.

Es ist beinahe schon eine Erlösung, als wir die Bauchdecke wieder verschließen können. „Bitte so sauber wie möglich nähen, damit die Narbe schön wird“, fordere ich die Kollegen mit müder Stimme auf. Kleine Drainageschläuche müssen dennoch gelegt werden, um die Wundsekrete ableiten zu können.

Oh weh, wie soll ich das Laura erklären?

Sie scheint nichts von allem mitbekommen zu haben. Ihre Vitalwerte sind stabil. Aber wer weiß, was das Unterbewusstsein nicht alles mitbekommt? Oder was wird ihr durch Big Mama und Mike alles geflüstert? An der Schleuse wird die Schlummernde von den wartenden Pflegerinnen übernommen und auf die Intensivstation gebracht. Zurück bleibt ein stummes und erschöpftes Team, inmitten einer Szenerie, die einem Schlachthof gleicht. Das Blut glotzt uns von allen Seiten böse an. Beinahe hätten wir wieder ein Leben verloren. Wütend blicke ich die Rädelsführerin an: „War es das wirklich wert?“, schimpfe ich und werfe meine Sachen auf den Boden. Noch bevor sie reagieren kann, verschwinde ich aus dem Saal und eile in den Waschraum. Eine Ewigkeit stehe ich unter der Dusche und halte die Hände vors Gesicht. Dieses Gefühl von Verrat, gepaart mit der Erkenntnis, dass diese Frau, der ich mich gerade vollkommen öffnen wollte, über Leichen gehen kann, schockiert mich. Ich bemerke gar nicht, dass die anderen ebenfalls den Nassraum betreten haben. Niemand spricht.

* * *

Die Fahrt nach Emden ist wie eine Reise ans Ende der Welt. Die Kilometer auf den zahlreichen Autobahnen schleichen nur so dahin. Ich gähne. Die vergangene Woche hat mir sehr viel Kraft geraubt. Ich bin zu einer Hauptfigur im Drama-Theater des Krankenhauses geworden. Ohne genau zu verstehen, wie das alles kommen konnte. Mich plagt ein schlechtes Gewissen wegen Laura. Jetzt zu gehen, ist kritisch. Was, wenn es Komplikationen gibt und sie in den Händen von Petra ist?

Ich habe das Haus erst verlassen, nachdem ich von der Intensiv erfahren habe, dass es ihr, den Umständen entsprechend, so weit gut geht.

Mich beschäftigt der Streit mit meiner Chefin. Nach so vielen Jahren, in denen alles partnerschaftlich und harmonisch verlaufen ist, gibt es nun grundlegenden Streit. Er könnte mich meine Position kosten oder zumindest die nächste Beförderung.

Steckt wirklich Petra dahinter? Oder ist sie nur die Erfüllungsgehilfin von jemand anderem? Von wem?

Meine Gedanken wabern unkoordiniert in meinem Schädel hin und her. Ich komme dabei auf keinen Nenner. Nichts zeigt sich mir logisch auf. Alles mutet sich mir so irreal an: Petra, meine Chefin, die emotionale Verstrickung mit Laura und Anni. Jetzt, wo ich eine immer größere räumliche Distanz zwischen uns bringe, erkenne ich, was die Chefin gemeint hat: Ich habe die emotionale Distanz zu meinen Patienten verloren. Gleich zu dreien von ihnen: zu Anni, Laura und zu Mike. Dieses ungewöhnliche Quartett, das wir gemeinsam darstellen. Es ist, als ob wir uns gefunden hätten. Nein, es ist, als ob uns das Krankenhaus, diese Big Mama, bewusst ineinander verhakt hat. Eine Schicksalsgemeinschaft daraus entstehen lassend.

Dröhnendes Hupen neben mir reißt mich aus meinen Gedanken. Es brüllt mich mit großem Getöse an. Ich reiße mein Lenkrad herum, weiche dem großen Lastwagen aus, den ich beinahe touchiert hätte, und steuere mit dramatisch hoher Geschwindigkeit auf die Leitplanken zu. Erneut reißen meine Hände das Lenkrad nach rechts, ohne dass ich etwas dazu beitragen kann. Sie tun es und ich beobachte. Ich sehe den Truck erneut auf mich zukommen und drücke das Gas durch. Meine Reifen quietschen. Der Motor heult auf und ich werde in den Sitz gedrückt. Es kann sich nur um Zentimeter handeln, die am Ende zwischen mir und dem Lkw um Leben und Tod entscheiden. Bei ihm setzt die automatische Notbremsautomatik ein und bei mir ein hysterisches Lachen, das mir hilft, mich gerade so an ihm vorbeizuquetschen und vor ihm in der Spur zu landen. Wieder dieses grollende, bedrohliche Hupen des Monsters hinter mir. Als wolle es mich ohne Zögern mit Haut und Haaren verschlingen. Ich hebe die Hand zur Entschuldigung, doch als Antwort kommt nur ein Stinkefinger, gefolgt von einer Faust aus dem Fahrerfenster.

Mein Herz rast und ich spüre, dass ich eine Pause brauche. Beim nächsten Rastplatz.

Ich zittere noch immer, wenn ich an die Operation denke. Wir haben Laura in große Gefahr gebracht. Sie hätte innerlich verbluten können. Wegen unserer Dummheit! Ich frage mich, wie konnte das passieren. Das ist mir in meiner bisherigen Karriere noch nie vorgekommen. Werde ich zu alt für diese Arbeit? Ich hoffe nicht.

Laura aber konnte ich gestern nicht mehr in die Augen schauen. Gleich nach der Operation habe ich noch ein paar Formalitäten erledigt und schlich mich dann nach der beruhigenden Information aus der Intensivstation über alle möglichen Geheimgänge ins Freie. Verfolgt von Big Mamas aufmerksamen Blick. Aus Augen, die nie ein Mensch gesehen hat. Doch sie sehen alles! Wirklich alles.

Das weite, flache Land, durch das die A 31 nördlich des Ruhrgebietes führt, nimmt mir Kilometer für Kilometer den Druck von meiner Brust. Die Sonne hat den Zenit bisher nicht erreicht und taucht die Landschaft in eine sattgrün-goldene Farbe. Ich atme tief durch und beginne zu genießen. Die Müdigkeit weicht ein wenig der Freude auf meine Kinder und die gemeinsamen Tage am Strand. Noch heute will ich mit ihnen über Norden zur Insel Norderney übersetzen. Ein kleines Abenteuer! Ich liebe das.

Die Gedanken an meine Frau und ihre Drohungen, falls ich zu spät komme, veranlassen mich, doch keine Pause einzulegen.

Laute Musik muss helfen, durchzuhalten. Inbrünstig singe ich jedes einzelne Lied mit. Allen voran „Love of my life“ von Queen.

Aber auch ein neuer Podcast zum Drachenlord darf nicht fehlen. Sein Schicksal bewegt mich. Genauso, wie ich nicht nachvollziehen kann, wie krankhaft kluge und erwachsene Menschen sein können. Wie armselig. Mit welch bescheuerten Begründungen sie das tun. Der Mensch hat zwei Gesichter. Wie Petra auch!

* * *

Ich schaffe es doch nicht, pünktlich zu sein. Am Haus angekommen, rufe ich schon beim Aussteigen der wütenden Fratze in der Haustür zu: „Komm schon. Die halbe Stunde tut niemandem weh.“

Sie wird wütend. Brüllt mich an: „So doof-frech wie früher! Mir tut es weh! Verstehst du?“ Sie baut sich vor mir auf, während ich kleiner werde. Sie überragt mich gerade. „Ich muss auf den Flieger!“ – „Ihr müsst auf den Flieger! Gib es doch zu.“ Ich bin nicht bereit, klein beizugeben. „Das ist irrelevant!“, poltert sie. „Doch es ist relevant.“ Ich winke meinem Kleinen zu. Er zwängt sich an der Mutter vorbei und springt mir in die Arme. Die Zwillinge stolpern die Treppe herunter, große Taschen in ihren Händen ziehen sie beinahe in die Tiefe. „Hi, Dad“, rufen sie. Super, meine Ex hat sie nicht mit bösen Aussagen geimpft. Ich schlucke, als ich die beiden Schönheiten vor mir stehen sehe. Nicht mehr lange, und sie können mir auf Augenhöhe begegnen. Was, wenn sie auf Norderney mit den Jungs flirten? Mir wird bang. „Haben wir noch Platz für diese Sachen?“ Sie schleifen eine Reisetasche nach der anderen zum Auto. „Wir gehen nicht auf Weltreise, Mädels.“ Ich versuche, ein wenig witzig zu wirken. „Pass bloß auf sie auf“, kommt es zischend aus dem Mund meiner Ex-Frau. „Nimm es nicht zu leicht mit der Verantwortung.“ Sie hebt den Zeigefinger.

Ich spüre, dass der Trennungsgrund nicht nur einseitig gewesen ist. Sie ist mir lediglich zuvorgekommen. Wie konnte ich so lange dieses ekelhafte Getue ertragen? Ich erwidere nichts und winke nur stumm ab. Mit dem Kleinen in der Hand gehe ich in Richtung Garage. „Du rennst schon wieder weg?“, ruft sie mir hinterher. „Typisch!“ Wütend bleibe ich stehen und blitze sie scharf an. „Nein, ich hole den Kindersitz, damit unser Kleiner sicher fahren kann.“ Ich gehe weiter in Richtung Garage. „Nicht da hinein!“, brüllt sie und rennt mir hinterher. Noel, mein Kleiner, beginnt zu weinen. „Nicht schon wieder streiten“, jammert er. Ich drehe am Knauf des Garagentors und ziehe es hoch. Ein nagelneuer Sportwagen begrüßt mich. Der glitzernde Lack blendet mich beinahe. „Was ist das denn?“ Ich blicke erstaunt meine Frau an, die schnell den Kindersitz schnappt und mich wieder hinausdrängt. „Das geht dich nichts an“, mault sie. Aber ich bin hellwach. „Doch, das tut es. Und zwar gewaltig.“ Woher hatte sie das Geld? Von meinen hohen Unterhaltszahlungen mit Sicherheit nicht. Ich ziehe meine Augenbrauen hoch, während ich erkenne, der Punkt geht jetzt an mich: „Wir werden uns wohl über die zukünftigen Unterhaltszahlungen nochmals unterhalten müssen, meine Dame. Ich fürchte, Sie haben falsche Angaben vor dem Amt gemacht." Die Röte schießt in ihr Gesicht. „Das ist ein Geschenk", versucht sie sich herauszureden. Ich nicke mit gespieltem Verständnis und erwidere: „Aber natürlich. Ein Geschenk. Sicher, ich verstehe." Der Kleine weint jetzt immer lauter. Ihm zuliebe nehme ich ihr schnell den Sitz ab und marschiere zum Auto. Dort warten zwei niedergeschlagene Teenies, die unsere Szene aus der Distanz beobachtet haben.

Ohne ein weiteres Wort lade ich das Auto voll, packe meine Kinder ein und verschwinde mit ihnen in Richtung der Stadt Norddeich, wo die Fähre wartet. „Papi, warum streitet ihr euch denn immer? Habt ihr euch nicht mehr lieb?" Eine der Zwillinge blickt mich verunsichert an. Es ist Lea. Ihr Blick verrät mir, dass sie mich scannt. Sie will wissen, wer der oder die Schuldige ist. „Liegt es an uns?", will ihre Schwester Sarah wissen. „Was haben wir falsch gemacht?" Ich spüre, wie sich mein Hals zuschnürt, wie er sich fest auf meine Stimmbänder drückt. Der Kleine wischt sich mit dem Handrücken die Tränen aus den Augen. Fürsorglich putzt ihm eine seiner Schwestern die triefende Nase. Ich versuche, zu reden, krächze, räuspere mich und finde endlich meine Stimme wieder: „Es gibt nichts Wichtigeres auf der Welt als euch, meine Lieben. Ich würde alles tun, damit es euch gut geht." Der kritische Blick meines Mädchens verliert sich ein wenig. Meine Worte wirken. „Aber warum wohnst du nicht mehr bei uns?", will mein Sohn wissen. Und noch bevor ich antworten kann, schießt es aus Lea heraus: „Weil jetzt der komische Typ hier ist." – „Psst", warnt Noel: „Wir dürfen das doch nicht sagen." – „Doch, das dürft ihr." Ich versuche, den Kindern den Druck zu nehmen. „Wisst ihr was?" – ich mache eine Pause, wie früher, als wir im Auto ein Spiel spielten. „WAS?", brüllen meine drei Kinder. Mir wird es warm ums Herz. Sie lachen erwartungsvoll. „Wir spielen jetzt die nächsten Tage ein Spiel. Einverstanden?" „Au ja", flüstert Noel und bekommt glänzende Augen. „Einverstanden", rufen die Zwillinge im Gleichklang. „Also, passt auf: ..." Ich muss zügig etwas erfinden. „Also, stellt euch vor, wir sitzen nicht in einem normalen Auto, sondern in einem besonderen Auto." – „Hä?" Lea und Sarah runzeln die Stirn. „Wartet ab. Also, das Auto kann nämlich ganz verrückte Reisen machen." Ich hebe den Zeigefinger. „Hört genau zu. Denn wenn ich gleich diesen Knopf drücke", ich zeige auf den kaputten Lichtschalter schräg über mir, „dann fährt dieses Auto plötzlich in ein Paralleluniversum." – „Oh", stößt Noel heraus. Seine Augen weiten sich. „Wahnsinn, oder?" Ich komme in Fahrt. „Dann verschwinden wir vollkommen aus dieser Welt. Niemand kann uns erreichen, niemand kann uns ärgern oder befehlen, was wir zu tun haben. Wir machen einfach alles, was wir möchten. Und jetzt kommt es: Niemand bekommt irgendetwas davon mit. Denn das bleibt in dieser Parallelwelt." Kurze Ruhe, dann ein: „Paps, du hast einen an der Waffel, aber geil!" Lea hebt den Daumen in die Luft. Ich merke, dass sie und Sarah meine Aussagen ganz nach ihren Wünschen umdeuten: einfach mal richtig austoben, ohne die strengen Blicke der Mutter.

Ich drücke den Knopf und hoffe dabei inbrünstig, dass auch die allmächtigen Blicke meines Krankenhauswesens genauso draußen bleiben wie das Gespenst meiner Frau, das immerzu über mir zu schweben scheint. Genauso wie Petras Boshaftigkeit ... Kunstvoll lasse ich das Auto ruckeln, indem ich Gaspedal und Bremse wie eine Lichtorgel bediene. Der Scheibenwischer unterstützt den Wechsel von einer Dimension in die andere. Mutig drücke ich die Hupe und rufe: „Habt ihr es bemerkt? Wir sind gut hinübergerutscht – willkommen in der neuen Dimension." Noah blickt aufgeregt mit seinen runden, blauen Augen umher. „Boah", ruft er. Die Mädchen kichern. Der Anweiser auf der Zufahrt zum Fährhafen zeigt mir den Vogel. Ich lächle und winke dem ersten außerdimensionalen Menschen zu, der uns hier begegnet.

Die Tickets, die ich glücklicherweise bereits von Stuttgart bestellt hatte, öffnen uns das Tor zum Meer und wir fahren direkt auf das Schiff.

„Was stellen wir alles an?“, will ich wissen.

„Surfkurs“, rufen die Zwillinge. „Und Disco.“

Aha.

„Tierexpeditionen“, verlangt Noah. „Und Piratenkämpfe – und – und Burgen bauen. Große Sandburgen. Dann will ich Eis. Viel Eis. Wie letztes Mal. Direkt nach den Pommes, mit Ketchup und Majo …“ Sarah legt ihm die Hand auf den Mund und zieht ihren Bruder liebevoll an sich. „Und dann füttern wir dich den Walen.“ Er wehrt sich, will „Nein“ rufen, doch das kommt unter der Hand der Schwester nicht hervor.

„Lasst uns hochgehen. Ich spendiere uns was.“ Und schon bin ich raus aus dem Wagen und warte, bis sie mir folgen.

„Ich liebe diese neue Dimension“, sagt Lea lächelnd und lehnt ihren Kopf an meine Schulter, während wir mit unseren Limos an der Reling stehen und in die Ferne des Meeres blicken.

Im diesigen Wetter des Nordmeeres verschwindet der kleine Ort Norddeich aus unseren Augen. Versinkt, genauso wie die belastende Welt des Alltages. Das Meer will uns mit seinem sanften Rauschen umfangen. Was wäre, wenn ich das Schiff kapern würde und den Kapitän zwinge, mit uns direkt nach Amerika zu fahren? In eine neue Welt. Neu anfangen. Mit meinen Lieben.

Ich stoße einen tiefen Seufzer aus und schüttle den Wunschtraum ab. Ein paar schöne Tage auf Norderney sind doch auch was.

* * *

Die Preise schockieren mich. Alles doppelt und dreifach so teuer wie auf dem Festland. Doch meine Kinder können das erklären: „Paps, wir sind doch in einer anderen Dimension! Und in dieser Parallelwelt kostet einfach alles mehr.

Ganz einfach." Ich nicke und akzeptiere. Die Kiste mit den Spaghetti und anderen Lebensmitteln lasse ich an diesem Tag im Auto liegen. Wie versprochen gibt es jetzt Pommes satt und was auch immer die Kiddies sich wünschen. Herzliche Grüße nach Emden, zu meiner Frau. Ich grinse.

Als wir am frühen Abend durch die Siedlung Norderneys schlendern, kommt mir nichts anderes in den Sinn als: Das ist mehr oder weniger Stuttgart-Ost auf einer Insel. Ganz schön voll bepackt.

Doch irgendwie schön. Ich lasse diesen schnöden Gedanken nur kurz zu, freue mich über die Möwe, die unser Eis klauen will, und tauche mit meinen Kindern in unbeschwerte Tage ein.

11.

Ich tue etwas Unerlaubtes. Doch Anni hat mir es indirekt erlaubt, indem sie mir das Buch mit auf die Reise gegeben hat. Ihr Buch.

Ich schaue mir das Cover an. Wunderschön gestaltet. Es zeigt eine junge Frau. Fröhlich und voller Lebensenergie blickt sie in die Kamera. Ein seidenes Halstuch, keck umgebunden. Weiße Bluse, große Sonnenbrille in der Hand. Ich tippe auf die 50er-Jahre des letzten Jahrhunderts.

Die frisch-würzige Seeluft umschmeichelt mein Gesicht. Ich blinzele in die Sonne, die sich anschickt, ihren Zenit zu erreichen. Das Meer hat sich davongemacht, um in wenigen Stunden voller Lebensfreude wieder am Strand anzuklopfen. Ich atme die Luft tief ein und genieße den Moment. Dieses Paralleluniversum macht wirklich Spaß. Mein Strandkorb ist optimal ausgerichtet, damit ich den bestmöglichen Überblick habe. Die Decke wärmt. In der Thermoskanne neben mir lagert warmer Tee. Herrlich!

Noch ein letzter Blick auf meine Kinder, die gerade auf einem Surfbrett herumturnen, das am Strand auf einer drehbaren Unterlage fixiert ist. Sie üben die Segelstellung. Noel ist den ganzen Tag über in einer Kindergruppe, die die Tiere des Watts erforscht. Ich lächle, winke meinen Zwillingen zu und fühle mich wie ein kleiner Junge, der nun zur unerlaubten Tat schreitet: Mutig schlage ich das Buch auf und entdecke die Stelle, an der wir geendet hatten:

„Behandelt sie gut. Sie ist eine unserer besten Helferinnen.“ Anni kannte die Stimme inzwischen perfekt. Doch sie ließ in ihr jedes Mal das Blut in den Adern gefrieren, wenn sie das Monster sprechen hörte. Seinen Namen hatte sie schon mehrmals gehört. Vor allem, wenn die Untergebenen ihr unterwürfiges „Jawohl Herr …“ herausschmetterten. Doch keine einzige Gehirnzelle in

ihrem Kopf wollte sich als Speicherort für seinen Namen zur Verfügung stellen. Überhaupt schien ein tiefschwarzer Radiergummi in Annis Gedächtnis alles einschwärzen zu wollen, je mehr Zeit seit jener schlimmen Nacht vergangen war. Nur noch verschwommen und vage konnte sie sich erinnern. Da war dieser enge, dunkle Gang, die Kälte, das angedeutete Lächeln des halb vollen Mondes, der schlafende Drache und dann dieses Krachen und Knallen am Strand. Schreie, Blut im Sand – doch wem gehörte dies? Das arme Mädchen konnte sich nicht mehr erinnern. Die Monotonie in ihrem Verlies verstärkte diesen Eindruck zunehmend. Sie saß auf dem Boden, die Decke unter sich, den Rücken an das karge Bett gelehnt. Die Enge des Raumes gab ihr plötzlich Geborgenheit. Sie fühlte sich geschützt durch die eng beieinanderstehenden Wände. Denn in dieser einsamen, kargen Bleibe konnte nichts Überraschendes passieren und auch kein Monster aus dem Nichts auftauchen. Die Tage verliefen monoton. Das Anstarren der Wände wurde lediglich unterbrochen durch die Essensrationen, die sie wie in Trance einnahm, etwas Schlaf und dem Benutzen der Toilette, die lediglich ein schlichter Eimer war, der in der Ecke stand. Einmal täglich wurde er geleert. Niemand redete mit ihr. Niemand lächelte ihr zu.

„Wir werden sie in den nächsten Tagen mit in einen der Evakuierungskonvois packen und ins Reich bringen. Es gibt ein Umerziehungsheim für Kinder solcher Verräter. Dort wird sie schon die richtige Gesinnung beigebracht bekommen. Volk und Vaterland brauchen jetzt jede Hand.“ Anni horchte zum ersten Mal auf und versuchte, mehr von dem mitzubekommen, was gesprochen wurde. Es ging um sie und es sollte bald etwas passieren. Nein, sie wollte diesen Ort nicht mehr verlassen. Er gab ihr Schutz, seit alles so dumpf und dunkel geworden war.

Im März 1945 stießen die russischen Truppen immer weiter nach Westen vor. Am 3.3. erreichten sie das Stettiner Haff, am 4.3. war dann der Kessel um Kolberg vollständig geschlossen. Die Stadt war unter Beschuss und konnte nur noch auf dem Wasserwege verlassen werden.

Ausgerechnet Oberst Fritz Fullriede war es, der bis zum Kriegsende mehreren Zehntausenden von Menschen die Flucht aus Kolberg ermöglichte, so auch dann Anni. Dabei war nur noch der gefährliche Weg über die Ostsee möglich.

Anni wurde vom hellen Tageslicht des frühen Märztages so stark geblendet, dass sie die Hände vor die Augen halten musste. Sie war beinahe blind und stolperte, als man sie zum Transporter zerrte, der vor dem Eingang wartete. Gemeinsam mit einer Handvoll anderer gefangener Menschen holperten sie in Richtung des Hafens. Anni versteckte sich vor dieser Welt und zog ihren Mantel über den Kopf.

Als sie aber den Hafen erreichten, empfing sie ein ohrenbetäubender Lärm. Tausende Menschenstimmen schrien durcheinander, durchdrungen vom Hupen unzähliger Fahrzeuge, die immer mehr Menschen an den Hafen brachten. Vorsichtig lugte Anni unter ihrem Mantel hervor. Ein kleines Mädchen klammerte sich krampfhaft an sie. Erst jetzt sah Anni, dass alle auf dem Transporter Kinder waren. Etwas abseits von ihnen standen noch mehr in kleinen Gruppen herum. Einer der Soldaten diskutierte mit zwei Frauen, dabei zeigte er immer wieder auf den Wagen. Doch die zwei schüttelten energisch den Kopf. Anni meinte, ein klares Nein auf ihren Lippen lesen zu können. Der Soldat aber ließ sich nicht davon beeindrucken und marschierte energisch zu ihrem Transporter: „Abladen!“, befahl er und wies zwei Soldaten an, die Ladeklappe zu öffnen. Niemand der Kinder traute sich herunter. Dieses Geschreie und Gedränge machte ihnen Angst. „Runter mit euch!“, brüllte der Soldat ungeduldig und zerrte das nächstliegende Kind herunter. Es schrie und zappelte wild. Doch der Soldat kannte kein Erbarmen. Anni erhob sich freiwillig und schleifte das kleine Mädchen mit, das sich fest an sie geklammert hatte. Auch wenn der März etwas mildere Luft über das Wasser zu ihnen brachte, fror Anni. Eine der Frauen, zu denen man sie brachte, sagte was zu ihr. Anni reagierte nicht. Die Stimme wurde lauter und energischer: „Wer du bist, will ich wissen!“ Sie rüttelte an Anni, bis ein Soldat einschritt: „Sie können sich das sparen. Die spricht nicht. Sie ist stumm.“ Er zeigte auf Anni. Resigniert wandte sich die Frau ab. „Wir sollten die wenigen Plätze für bessere Menschen aufheben und nicht für Verräterkinder. Die Schlangenbrut wird nichts taugen.“ Die Worte drangen nicht zu Anni durch. Das hier hatte alles nichts mit ihr zu tun. Dennoch legte sie ihre Hand schützend auf den Kopf des kleinen Mädchens, das sich tief in ihren Mantel vergrub. Anni musste für die Menschen um sie herum wie ein ausgehungertes, blasses Gespenst ausgesehen haben, das in wenigen Tagen um viele Jahre gealtert war. Jemand rempelte sie an, wollte ihr die Puppe nehmen, die sie fest in der Hand hielt. Doch Anni wehrte sich und stieß den Jungen von sich. Er stolperte und fiel auf den Boden. Eine schallende Ohrfeige einer der beiden Frauen traf Anni zur Bestrafung hart und brutal ins Gesicht. „Wer hier Probleme macht, bekommt es mit mir zu tun! Mädchen, ich rate dir, verhalte dich so, wie es sich für ein deutsches Mädchen geziemt!“ Eine zweite Ohrfeige traf sie. Der Schmerz wollte ihr Tränen in die Augen pressen. Doch Anni unterdrückte ihn und blickte die dicke Frau nur hasserfüllt an. Sie wandte sich ab und gab dem kleinen Mädchen neben sich ihre Puppe. Zum ersten Mal seit jener schrecklichen Nacht gab die einsame junge Frau ein Wort von sich: „Hier, nimm. Kannst du für mich auf diese aufpassen? Sie heißt Margret.“ Das Mädchen hob leicht den Kopf und blickte mit einem starren Gesicht auf die Puppe. Sie nickte und nahm die Puppe an sich. Anni lächelte beinahe unmerklich und streichelte ihrer neuen Begleiterin über den Rücken.

Nun erst begann sie, die Umgebung näher in Augenschein zu nehmen. So viele Menschen hatte Anni noch nie in ihrem Leben auf einem Platz gesehen. Dicht gedrängt standen sie herum. Ganze Familien, vorrangig Frauen, Kinder und alte Menschen. Schwere Koffer lagerten auf kleinen Handwagen oder auf dem Boden. Anni vernahm die Streitereien vorn am Bootseinstieg. Soldaten wollten den Flüchtenden verbieten, mehr als einen Koffer mit aufs Boot zu nehmen. Einer hob gar das Gewehr und zielte auf einen älteren Mann, der sich energisch mit seinem gesamten Gepäck vorbeizwängen wollte. Es stank nach Menschen, Schweiß, Exkrementen und Angst. Am liebsten wäre Anni wieder in ihre innere Welt versunken, aber das kleine Mädchen hielt sie im Hier und Jetzt fest.

Gegen Nachmittag bestiegen sie ein Schiff, das auf Anni riesig wirkte. Es war eine Art Prahm von dem man sagte, dass es auch als Minenleger gedient hatte. Damit wollte man über die Ostsee fliehen? Doch es gab keine Alternativen und wer zögerte, erhielt von den beiden Frauen einen Schlag auf den Hinterkopf.

Stundenlang harrten die Kinder und viele weitere Passagiere auf dem Boot aus. Eine Hilfsorganisation verteilte kleine Suppenschalen und etwas Brot. Wer aufs Klo wollte, musste ins Wasser pinkeln oder einen der Eimer nutzen, die übers Boot verteilt waren. Wer der Hölle des Krieges im Osten entkommen wollte, musste seine Privatsphäre und jegliche Hemmung auf diesem hoffnungslos überfüllten Boot aufgeben.

Die Kinder kauerten sich auf dem Oberdeck eng aneinander und gaben sich so gegenseitig etwas Wärme. Anni erkannte in jedem einzelnen Gesicht denselben grauen Schrecken, der auch sie gezeichnet hatte. Vermutlich würde niemand in dieser Schicksalsgemeinschaft die eigenen Eltern je wiedersehen. Schuld war eine vollkommen fehlgeleitete Weltanschauung, die ihnen die Familie und die Kindheit geraubt hatte.

Ein Vibrieren im Bootsrumpf gab Signal, dass es endlich losging. Er bäumte sich auf und das tiefe Brummen des Dieselmotors weckte die Kinder auf. Müde rieben sie sich die Augen und spähten durch die Dämmerung. Kalt war es geworden. Feuchte Luft drang durch ihre Mäntel und Kleider. „Geht's los?", wollte eine Frau von den zwei älteren Begleitern wissen. Diese nickten. „Ja, endlich. Unsere

Kriegsschiffe haben einen Ablenkungsangriff gestartet, damit wir raus können." Anni fragte sich, woher er das wusste. Hatte das Meer es ihm zugeflüstert? War ihr Drache endlich aufgewacht? Sie blickte um sich herum und sah, dass sich Dutzende von großen und kleinen Booten in Bewegung gesetzt hatten. Langsam formierten sie sich in Richtung Hafenausfahrt zu einer langen Linie, deren Anfang Anni schon nicht mehr erkennen konnte. Wie sie durch aufmerksames Zuhören erfahren konnte, sollte die Fahrt nach Swinemünde gehen und ungefähr sechs Stunden dauern. Ihr Schiff nahm Fahrt auf und passierte gerade die Hafeneinfahrt. Mit großen Augen verfolgten die Passagiere das Spektakel. Viele von ihnen waren noch nie auf einem Boot gewesen. Die Weite der Ostsee tat sich vor ihnen auf und der Konvoi zerstreute sich über eine unendlich wirkende, spiegelglatte Fläche.

Anni spürte, wie sich in ihr alles weitete, als ob die bis ans Ende der Welt zu reichen scheinende Ostsee sanft in sie eindrang und wieder öffnete. Tief atmete sie die frische Luft ein und genoss jeden einzelnen Moment. Alle Last blieb zurück an Land in ihrem ehemals so geliebten Kolberg. An das, was vor ihr lag, wollte sie jetzt nicht denken.

Doch die Realität holte sie schon nach gut einer Stunde auf See ein. Mit einer gewaltigen Explosion kam sie zurück und zerriss die trügerische Ruhe wie einen dünnen, verrotteten Vorhang. Schreie drangen durch die Nacht herüber zu ihnen ins Boot. Anni versuchte, im Dunkeln zu erkennen, was mit einem der benachbarten Boote passiert war. Konzentriert presste sie die Augen zusammen. Etwas flackerte in der Nacht. Feuer züngelte über dem Wasser, tanzte einen schaurig-schönen Tanz. Wenn da die schmerzvollen Schreie nicht wären.

Die Maschine stoppte urplötzlich. „Verdammt", hörten sie den Kapitän am Steuer fluchen. Er wies einen der Soldaten, die die Fahrt begleiteten, an, vom Bug aus das Wasser zu überwachen. „Minen!", flüsterte jener Mann neben ihnen, der immer gut informiert zu sein schien. Und tatsächlich, sie waren in ein Minenfeld geraten. Nicht weit von ihnen gab es eine weitere Explosion. Hilferufe ertönten und verstummten. „Sollen wir ihnen zur Hilfe kommen?", wollte ein Matrose wissen. Doch der Kapitän schüttelte den Kopf: „Zu gefährlich. Wir werden genauso in die Luft gehen." Und damit setzte er die Schleichfahrt fort. Ein Scheinwerfer am Bug pflügte seinen Strahl durch die Nacht, von einer Seite zur anderen. In gedämpftem Ton gab der Soldat über ein Funkgerät von vorne Befehle, ob nach Backbord oder Steuerbord zu fahren war.

Aus den geplanten sechs Stunden wurden am Ende mehr als vierzehn Stunden qualvoller Seereise. Wegen der Kälte trieben die Aufseherinnen Anni und die Kinder gegen ihren Willen nach unten, wo es so schon vollkommen überfüllt war. Doch Widerstand war zwecklos. Die Dickere brüllte sie an: „Auch wenn ich es gerne hätte: Wenn jemand von euch auf der Fahrt verreckt, bekommen wir noch mehr Scherereien. Runter jetzt!" So steigerten sich die Qualen in den letzten Stunden der Schiffsreise: Die Menschen saßen dicht an dicht gedrängt unter Bord. Immer wieder drang Wasser ein, viele wurden seekrank und die Luft roch nach Erbrochenem, Urin und auch Exkrementen. Viel schlimmer aber war die Angst vor einer Detonation durch eine Mine. Niemand hier unten würde rechtzeitig nach oben gelangen können. Das Boot würde alle mit in die Tiefe reißen, ehe sie sich darauf einstellen könnten. Anni traute sich nicht, einzuschlafen. Schützend nahm sie das kleine Mädchen auf ihren Schoß und summte ein Lied.

Einige der Passagiere wurden panisch. Einzelne schrien nach einem Sanitäter, den es an Bord nicht gab. Menschen starben. Vermutlich an Erschöpfung oder einem Herzinfarkt. Anni konnte nicht erahnen, was alle durchgemacht haben mussten, bevor sie überhaupt den Hafen von Kolberg erreicht hatten.

Als die flüchtenden Kreaturen am kommenden Morgen endlich vollkommen übernächtigt und hungrig Swinemünde erreichten, zeigte sich den Passagieren der Prahm ein unfassbares Bild. Noch deutlich mehr Menschen als in Kolberg bevölkerten die Kai- und Hafenanlagen. Es herrschte ein vollkommenes Durcheinander. Tausende und Abertausende von Flüchtlingen bevölkerten die gesamte Stadt. Das einzig Gute war die frühlingshafte Sonne, die einigen Menschen ein Lächeln ins Gesicht zauberte und sie an den Kaianlagen ein Sonnenbad nehmen ließ. Sie stahlen sich diesen Moment und wollten ihn nicht hergeben. Egal, was hinter ihnen lag. Egal, was noch kommen würde.

Die Kinder wurden von ihren Betreuerinnen zu einem Holzhaus an der Seite des Hafens mehr geprügelt als geführt. Dort erhielten sie endlich etwas Wasser und etwas zu essen. Sie konnten auch ihre Notdurft verrichten und sich mit einem kleinen Becher Wasser waschen.

Anni bekam wieder und wieder Prügel von den Frauen. Sie wäre zu langsam. Mal würde sie im Weg stehen. Mal würde sie ein freches, ja sogar verräterisches Gesicht machen. Das freundliche Kitzeln der Sonne in den Gesichtern der Menschen konnte die hartherzigen Frauen nicht besänftigen. Schon jetzt würde man erkennen, dass das Mädchen große Probleme bereiten würde. Ihre Eltern wären die Schlimmsten gewesen, wie man ihnen gesagt hätte. Wegen Parasiten, wie sie es gewesen wären, hätte das Deutsche Reich nun so schlimme Zeiten durchzustehen. Aus ihrer Sicht hätte eine Brut wie Anni und die anderen kein Recht, weiterzuleben. Sie würden den echten Volksdeutschen die Luft nehmen. In diesem Moment fasste Anni einen Entschluss: Sie würde so schnell wie möglich fliehen. Sobald sich die Gelegenheit ergeben würde. Sehnsüchtig blickte sie zum Himmel, blinzelte in die Sonne, die zur Mittagszeit ihren Höhepunkt erreicht zu haben schien. Vermutlich war sie auch die Erste, die die Katastrophe direkt aus der Sonne heraus auf sich zukommen sah. Es war, als ob das Jüngste Gericht auf sie hereinbrechen würde. Der Himmel wurde schwarz von vielen hundert dröhnenden Fliegern, die in großer Höhe auf Swinemünde zuflogen. Sirenen ertönten.

Schiffe bliesen ihre brummenden Hörner. Hektisches Treiben setzte ein. Die Kinder verstanden nicht ganz, was gerade passierte. Sahen nur zu, wie die Menschen wirr durcheinanderrannten, stürzten, aufstanden und versuchten, irgendwo Schutz zu suchen. Nur wovor? Einige Schiffe mühten sich, in Zeitlupentempo den Hafen zu verlassen. Die Aufseherinnen der Kinder rannten zurück zur Prahm. Achteten nicht auf diese und waren verschwunden. Schon hörte Anni das Pfeifen und Zischen, das vom Himmel auf sie herunterschoss. Apokalyptisch, nach Tod lechzend. Erste Explosionen ließen Häuser in einiger Entfernung wie Streichhölzer zerbersten. Die Erde begann zu beben und wollte nicht mehr damit aufhören. Wollte ein Gott dort oben im Himmel sie für ihre Untaten und ihre Unvernunft bestrafen? Die Kinder schrien, wimmerten. Einige begannen zu beten. Die Einschläge um sie herum wurden immer dichter und zerstörerischer. Die Kinder mussten mit ansehen, wie Tausende Menschen zerfetzt und grausam getötet, wie auch verletzt wurden. Dann setzte Nebel ein. Hervorgerufen durch Blendgranaten der deutschen Wehrmacht.

Er breitete sich in einer unheimlichen Geschwindigkeit aus und nahm den Menschen die Sicht.

Anni sah ihre Chance kommen. Sie schnappte ihre wenigen Habseligkeiten und einen der Koffer, den die Betreuerinnen zurückgelassen hatten. „Wo willst du hin?" Die Kinder um sie herum blickten sie mit tränenverschmierten, ängstlichen Gesichtern an. Das kleine Mädchen schnappte sich sofort eines ihrer Beine und klammerte sich fest an diese. „Nein, nein, nein …" Sie wimmerte und drückte ihren Kopf fest an Anni. „Wir müssen weg", schrie Anni gegen den ohrenbetäubenden Lärm. Doch wohin? Sie könnten direkt in den sicheren Tod laufen. Wer wusste das schon? Die Einschläge schienen überall um sie herum zu sein. Dann entdeckte sie in nächster Nähe direkt an der Kaimauer eine Öffnung. Sie rannte auf diese zu und prüfte den Einstieg. Er war tief und mit Beton überbaut. Sie winkte und rief den anderen zu, zu kommen. Doch niemand bewegte sich. Schnell schob Anni das kleine Mädchen, das noch immer an ihr klebte, in die Röhre hinein und befahl ihr, sitzenzubleiben. Dann rannte sie zurück und schnappte sich zwei andere Kinder. „Warum kommt ihr nicht?“ Sie verzweifelte beinahe. Schleppte aber sich und die Kinder mit letzter Kraft zur Röhre. Sie hoffte, dass endlich alle Kinder folgen würden. Doch nichts geschah. Gerade als Anni einen weiteren Versuch unternehmen und wieder hinüberlaufen wollte, schlug eine schwere Splitterbombe an den vorderen Kaianlagen ein. Instinktiv duckte sich das Mädchen und zog die bereits geretteten Kinder weiter in die Röhre hinein. Das Inferno, das über ihnen tobte, war fürchterlich. Sie konnten noch so sehr die Hände gegen die Ohren pressen. Es half nichts. Die Explosionen und der Druck der Detonationen wollten ihre Trommelfelle zum Platzen bringen. Das würde ihr letzter Tag werden. Da war sich Anni sicher. Sie drückte sich mit den drei Kindern noch enger an die Röhrenwand und schrie mit ihnen gegen den Lärm an, was das Zeug hergab. Alle Angst steckte in diesen Schreien – und es half auf eine gewisse Weise.

Wie lange das alles ging, konnte kein Mensch in solchen Momenten sagen. Auch wenige zehn, zwanzig Minuten konnten eine Ewigkeit sein.

Viele Jahre später sollte Anni erfahren, dass die Engländer Swinemünde gut eine Stunde lang mit mehr als 1.000 Flugzeugen bombardierten. Dabei warfen diese mehr als 1.600 Tonnen an Bomben ab. Ihnen war es egal, dass dabei vermutlich bis zu 4.500 Menschen, vor allem Zivilisten, ermordet wurden. Nur ein toter Nazi war ein guter Nazi. Der Hass gegen die Deutschen rechtfertigte alles.

Das Stahlgewitter verschwand so schnell, wie es gekommen war. Doch die Kinder verharrten noch eine lange Zeit in ihrem Versteck, vollkommen unfähig, sich zu bewegen. Sie beteten weiter stumm vor sich hin, pressten die Augen fest zusammen und waren sich sicher, dass sie selbst Schuld an diesem Unglück hatten. Gott wollte sie bestrafen!

Anni war die Erste, die vorsichtig den Kopf aus der Röhre streckte, voller Angst, gleich wieder von den Aufseherinnen erwischt zu werden. Doch da war niemand. Nichts! Auch von den anderen Kindern keine Spur. Sie waren vom Erdboden verschwunden. Die Zerstörungen, die um sie herum im lichter werdenden Nebel zu erkennen waren, waren unermesslich. Nichts war mehr da. Dort, wo vor wenigen Momenten noch Häuser aus Holz und Stein standen, existierten leere Flächen. Plötzlich konnte man über weite Strecken hinwegsehen. Kein Haus, kein Gebäude blockierte den Blick. Swinemünde war so gut wie dem Erdboden gleichgemacht. Zu Lande und zu Wasser! Ihr Schiff hatte die Flucht aus dem Hafen nicht mehr geschafft. Der Druck einer der Bomben musste es gegen eine schräge Slipanlage gedrückt haben. Dort lag die Prahm auf der Seite wie ein waidwundes Tier, den Leib weit aufgerissen. Anni entdeckte die dicke Peinigerin, tot am Kai in nächster Nähe zum Wrack. All dieses Blut, dieser Geruch nach verbranntem Fleisch und Tod. Alle diese Schreie – Anni nahm das zwar wahr, aber es machte nichts mit ihr. Vordergründig! In ihrem Unterbewusstsein aber ätzten sich alle Bilder, Schreie und Gerüche auf immer ein, wie auf Fotoplatten. Ihr Leben lang würden diese Bilder zu den unglücklichsten Momenten in ihr auftauchen. Es würde nur einen kleinen Trigger benötigen und schon würden sie da sein.

Jetzt aber wusste Anni klarer denn je, was zu tun war. Sie wusste, dass sie verschwinden musste. Und zwar schnell.

* * *

Wie lange benötigt man, um von Swinemünde in den „Westen“ zu gelangen? Vermutlich knapp zwei Wochen – im Normalfall. Doch was war in diesen Tagen normal? Die Fliegerangriffe, die auf den Straßen alles niedermähten, was sich nur bewegte? Die marodierenden Horden deutscher Soldaten? Der Hunger, das Leid und der Tod, der ihnen hinter jeder Ecke auflauern konnte? Dann diese schreckliche Orientierungslosigkeit. Anni und die Kinder wussten nicht, wo sie hin sollten. Man sagte ihnen zwar, nach

Westdeutschland, zu den Amerikanern. Doch wo war das? Sie verirrten sich, liefen in unübersichtlichen Wäldern hin und her, einmal sogar wieder eine lange Strecke nach Osten in Richtung der Front. Übernachtet wurde zumeist unter freiem Himmel, zitternd ineinander verschlungen. Gelegentlich konnten sie ein paar Tage bei älteren Bewohnern einzelner Geisterdörfer unterschlüpfen, die die Flucht nicht mehr antreten wollten oder konnten. Sie bildeten einsame Relikte einer zu Ende gehenden Epoche, die unausweichlich in den zerstörerischen Schlund des Krieges und der Rachsucht gerissen wurde. Die schnell heranrückende Front zerfetzte dabei einem Häcksler gleich alles, was in ihren Weg geriet, um es in diesen Schlund zu schleudern, der Leben, Geschichte und Traditionen zu einem Brei des Vergessens machte. Anni wusste instinktiv: Sie mussten vor dieser Front flüchten, die sie zu umschließen drohte. Weder ihre jungen Begleiter noch sie selbst würden es überleben, wenn die Feuerwalze über sie hinwegziehen würde.

„Anni, was sollen wir tun?" Die Kinder schauten sie an. Hoffnungsvoll und doch bis ins tiefste Mark verängstigt. Anni betrachtete die Kleinen, die gar nicht so viel jünger waren als sie. Und doch sahen sie aus wie kindliche Greise. Aschfahl die Haut, ausgemergelte Gesichter, tief eingefallene Augen. Ja, selbst die Haare schienen in einem gräulichen Schimmer. Anni wollte sich nicht ausmalen, dass dies mit ihr sicherlich auch der Fall war. Eine jugendliche Greisin. Hitler sei Dank! „Gehen. Was wir tun, ist gehen. Und zwar Richtung Westen." Das Mädchen riss sich von ihrer Hand los und protestierte: „Aber das tun wir doch schon seit einer Ewigkeit. Ich will heim! Ich will zu meinen Eltern und meinen Geschwistern." Es begann zu weinen. Trotz der Erschöpfung brach es mit einer Vehemenz heraus, die Anni erschauern ließ. Aber sie kam nicht mehr dazu, ihre kleine Begleiterin zu trösten. „Soldaten", rief der Junge. Sie hatte ihn Joe getauft, da sein richtiger Name unaussprechlich für sie war.

Wie aus dem Nichts waren sie aufgetaucht.

„Habt ihr was zu essen? Wir sind arme Soldaten", sagte der eine linkisch.

Anni verlor ein wenig die Scheu, als sie erkannte, dass es keine russischen Soldaten waren. Doch Monster in deutschen Uniformen hatten ihr die Eltern geraubt. Vorsichtige Distanz war angesagt. „Bist du taub? Wir haben Hunger. Habt ihr was?" Die Stimme des Soldaten war nicht mehr so freundlich wie vorhin. Er ging einen Schritt auf die Gruppe zu. Schnell versteckten sich die Kinder hinter Anni und blickten ängstlich hinter ihr hervor.

„Nun habt euch nicht so. Wir sind Freunde." Einer der Soldaten hielt seinen Kameraden am Ärmel zurück und hob beide Arme. Vermutlich wollte er damit Vertrauen schaffen.

Doch Anni konnte aus der Distanz den ekelhaften Schweiß riechen, der schon über sehr lange Zeit in den zerrissenen Kleidern stecken musste. Ein Gestank, dem die Angst abhandengekommen war, um Verzweiflung und rücksichtslosem Überlebenskampf zu weichen.

Sie hob die Schultern. „Wir haben auch so gut wie nichts." Dabei hob die Anführerin der kleinen Gruppe einen Beutel in die Luft. „Das ist der Rest. Er ist für die Kind..." Sie kam nicht mehr dazu, das Wort zu Ende auszusprechen. Der Dritte in der Runde riss ihr den Beutel aus der Hand, schneller, als sie sich umschauen konnte.

„He!", versuchte sie zu protestieren und wollte den Beutel zurückholen. Eine Hand packte sie an ihren Haaren, riss den Kopf nach hinten. „Na, Kleine, sei nett! Wir haben sehr großen Hunger, glaub uns." Er zog sie brutal an sich. Die Kinder an ihren Beinen fielen zu Boden, gaben aber keinen Laut von sich.

„Verstehst du, was ich meine?" Sein übler Mundgeruch betäubte sie beinahe. „Wir kämpfen für dich und deine Freiheit. Da kannst du doch ein wenig gefällig sein, was meinst du?" Er versuchte, seine Zunge in ihren Mund zu stecken, während sich seine Hand grob und schmerzvoll ihres Körpers bemächtigte. „Nein", presste sie hervor.

Doch der Schlag mit seiner flachen Hand knallte unversehens in ihr Gesicht, sodass sie beinahe ihr Bewusstsein verlor. „He, lass mir auch noch was übrig“, schimpfte und schmatzte der Kamerad, der gerade die letzten Reste Brot aus dem Beutel in den Mund schaufelte.

„Lasst sie“, schaltete sich der vierte Soldat ein, der bisher stumm abseitsgestanden hatte. „Halt’s Maul“, brüllten ihn die anderen an. „Alle haben ihren Beitrag zu leisten, auch die Kleine hier.“ Doch der Soldat wollte nicht klein beigeben und stapfte auf die Rädelsführer zu. „Ist es euer Ernst, Kindern etwas anzutun? Was ist los mit euch?“ Ein Faustschlag streckte ihn nieder. Anni konnte aus den Augenwinkeln sehen, wie er das Bewusstsein verlor, während sie rücklings auf dem harten Waldboden lag und die beiden Soldaten ihren Rock hochschoben, um die Unterwäsche wütend zu zerreißen. Sie schrie auf vor Schmerz, als der Stoff ins Fleisch schnitt. Ein weiterer Schlag ins Gesicht ließ sie aber schnell verstummen. „Halt still, Kleine, dann passiert nichts.“ Sie spürte etwas Hartes zwischen ihren Beinen. Schockstarre erfasste sie. Aus der Ferne hörte sie das Wimmern der Kinder, oder war es das ihre? „Verdammt“, brüllte der Soldat über ihr, während Anni etwas Feuchtes spürte. „Was ist?“ Sie hörte ein hämisches Lachen. „Hast du Schlappschwanz noch nie eine Jungfrau gevögelt? Bist du zu früh gekommen?“ Er lachte erneut und stieß den Soldaten zur Seite. „Was habt ihr Weicheier denn in Russland gemacht? Euch die Dinger gegenseitig hereingesteckt?“ Anni spürte, wie sie immer weiter abdriftete. Ihr war, als ob das alles nichts mit ihr zu tun hatte. Die Soldaten, dieser Körper ... wer war es gewesen?

Doch die Realität holte sie brutal und schmerzvoll zurück. In Form eines heftigen Stoßes, der alles in ihr zerbersten lassen wollte. Ein triumphierender Aufschrei hallte durch den Wald. Dann ein dumpfer Schlag. Ruhe. Ein Körper sackte über ihr zusammen, erdrückte sie beinahe. Sie vernahm noch ein „He, du Hurensohn, was soll das?“. Dann ein Schuss, ein Schrei, ein Trampeln.

Jemand flüchtete. Ächzend schob Anni den leblosen Körper von sich. Sie sah das Blut nicht, das aus ihr herausfloss, genauso wenig wie jenes, das sich aus dem zerschmetterten Körper über sie ergoss. Anni spürte nur die Schmach und Demütigung und ahnte, was gerade vorgefallen war.

Urgewalten gleich schossen ihr Hass und ihre Wut aus ihr heraus. Sie packte den Kurzspaten, der noch bluttriefend neben ihr auf dem Boden lag, und schlug auf den leblosen Körper ein. Wie von Sinnen sauste ein Hieb nach dem anderen auf den Täter nieder. Zerschmetterte ihn, nahm ihm jede Identität und ließ einen matschigen Klumpen zurück.

Nachdem sie ihren Arm beinahe nicht mehr heben konnte und mitsamt dem Spaten kraftlos auf den Boden gesunken war, hielt eine Hand sie mit sanftem Druck fest und flüsterte ein „Pssscht, es ist alles vorbei. Sie können dir nichts mehr antun.“ Die Sanftheit der Stimme tat ihr gut, die vorsichtige Umarmung gab der Geschundenen Geborgenheit und sie versank in eine Welt, die ihr half, Wut, Ärger und Verletzung abzuschütteln.

Die Rufe der Kinder holten sie endgültig in die Realität zurück. Erst jetzt bemerkte Anni, dass ein Soldat sie umarmt hielt und langsam darin wiegte. Erschrocken drückte sie ihn von sich und sprang auf. „Alles gut“, sagte er nur und hob die Hände. Sie beäugte ihn misstrauisch und die Umgebung. Der entstellte Körper ihres Peinigers lag etwas abseits. Ein weiterer Soldat befand sich mit einer Schussverletzung in der Brust einige Meter entfernt in einem Graben. „Wo ist der Dritte?“, wollte sie mit zittriger Stimme wissen. „Geflüchtet“, kam es aus dem Mund des Soldaten. Seine Stimme war weich und ehrlich. Erstaunt blickte sie ihn an. „Warum habt ihr das gemacht?“ Kurz kam die Wut wieder in ihr hoch, wollte sich wie Galle in ihr verteilen. „Der Krieg“, stammelte er. „Er hat alle um den Verstand gebracht. Und Irren wie diesen hier jegliche Hemmung genommen.“ Niedergeschlagen setzte er sich auf den Boden und vergrub seinen Kopf zwischen den Knien. Anni ging zu den Kindern und nahm sie in die Arme. „Alles gut?“, fragte sie und drückte die Kleinen an sich. Niemand verlor eine Träne. Spätestens seit dem Luftangriff in Swinemünde hatten sie ihre Trauer und das Weinen verloren.

Anni schnappte sich die Drei und ging zu dem Soldaten, der noch immer am Boden kauerte. „Kommst du mit? Wir müssen von hier verschwinden."

„Ich habe sie umgebracht", stammelte er anstelle einer Antwort. Sie nickte. „Ja, das hast du. Aber du hast uns dadurch gerettet. Komm jetzt."

Sie reichte ihm die noch immer zitternde Hand. Zögernd nahm er sie.

„Wir können sie nicht so hier liegen lassen", stotterte er, als er das Resultat seiner Arbeit sah. „Doch, wir müssen." Anni zerrte an ihm. Er weigerte sich aber und griff nach dem blutverkrusteten Spaten. „Geht ihr. Ich mache das." Anni seufzte, gab den Kindern den Befehl, sich in einer Hütte, die sich in Sichtweite befand, zu verstecken und erst wieder herauszukommen, wenn sie sie rufen würde. Dann machte sie sich mit dem Mann ans Werk, die Toten zu begraben.

* * *

Es waren bereits einige Stunden vergangen seit den schrecklichen Erlebnissen des Tages.

Sie saßen am Abend in ihrem Versteck zusammen und redeten. Die Kleinen schliefen tief und fest. Immer wieder hörte man ein Wimmern, das Rufen der Namen der Eltern.

Die Nacht umfing sie. Es war seelenruhig. Windstill. Nur in der Ferne drohte das tiefe Donnern der Kanonen. Es reihte sich ein in das sanfte Nachtkonzert der Grillen und Zirpen, wie die sanfte tiefe Trommel in einem Orchester.

Anni saß mit Thomas auf dem oberen Ast einer uralten, weit ausladenden Eiche. Sie schauten in den Nachthimmel und redeten in einem fort. Der Redeschwall schoss nur so aus ihnen heraus, als an diesem Tag ein Damm gebrochen war und ihnen jeweils einen Menschen angespült hatte, dem sie ihr Leid anvertrauen konnten.

Die schlimmen Ereignisse des Tages steckten Anni noch in den Knochen. Doch mit jeder Minute, die sie neben ihrem Helden verbrachte, verschwanden die grausamen Bilder zumindest für den Moment. Anni war vergewaltigt worden. Zwei Menschen waren tot. Verbuddelt oben im Wald. Und die drei Kinder mussten alles mit ansehen. Anni und Thomas brauchten lange, um an einem kleinen Bach das Blut von ihren Händen und Körpern zu schrubben.

„Wie fühlt sich ein junges Mädchen, das den Krieg miterlebt? Die Unsicherheit, wo die Fronten verlaufen. Wie die Soldaten mit ihnen umgehen."

Thomas fasste ihre Hand und sie ließ es geschehen.

„Ist sie orientierungslos, antriebslos?" Sie nickte nicht.

„Was treibt dich an, Anni?"

Sie horchte in sich hinein. Was stellte er nur für komische Fragen?

Mit Sicherheit wollte sie ihre Eltern finden.

Dennoch, sie hätte hilflos niedersinken und sich ihrem Schicksal ergeben können.

Doch so war Anni nicht.

„Ich will meine Eltern finden", antwortete sie ihm und blickte ihn von der Seite an. Seit einer Unendlichkeit hatte sie niemanden mehr gehabt, dem sie vertrauen durfte. Er nickte und kommentierte ihre Aussage nach einiger Zeit: „Ein starker Antrieb."

„Ja!" Sie nickte. Zu diesem Zeitpunkt wusste sie nicht, dass Rache schon damals ein starkes Motiv war, das sie antrieb. Jenes Motiv, das ihr in späteren Jahren so viel Kraft und Energie gab.

Sie wollte sich an der Welt rächen, die ihr so viel Unglück bereitet hatte. An den Nazis. Doch sie hatte auch eine extreme Wut auf die Menschen, denen ihre Eltern geholfen hatten und die sich in Sicherheit befanden. Im Gegensatz zu Anni und ihren Eltern. Auch nicht zu diesen Kindern, die bei ihr waren.

Darüber aber schwieg sie. Stattdessen streckte sich die junge Frau und ergänzte: „Und die Kleinen in Sicherheit bringen. Ich habe eine Verantwortung ihnen gegenüber." Dabei war sie selbst noch fast ein jugendliches Kind.

„Wie alt bist du, Thomas?"

„Siebzehn", sagte er lakonisch.

Sie war erstaunt. So jung?

„Wir gehörten zum Volkssturm, den Hitler ausgerufen hat. Kinder und Greise." Er lachte zynisch auf. „Ausgestattet mit Gewehren aus dem Museum. Doch egal. Wir wollten nicht kämpfen."

Sie drückte seine Hand.

„Aber du kannst kämpfen und töten", stottert Anni. Vorsichtig lehnte sie ihren Kopf an seine Schulter, was er geschehen ließ. Der Schmerz zwischen ihren Beinen ließ sie erinnern, was geschehen war. Anni spürte, dass ein Band mehr und mehr zerschnitten wurde, das sie einst mit ihrer Kindheit und Vergangenheit verbunden hatte. „Werde ich jetzt ein Kind bekommen?" Sie blickte ihn ängstlich an. Erkannte, wie er die Stirn in Falten legte und nachdachte. „So genau kenne ich mich nicht aus. Ich habe es selbst noch nie getan. Also, mit einer Frau zusammensein, meine ich." Er schien zu überlegen. „Ich glaube aber nicht. Dazu waren die beiden zu blöd und ich konnte noch rechtzeitig eingreifen. Nein, Anni. Ich denke, es ist alles gut." Er drückte fest ihre Hand und streichelte sie sanft. Die junge Frau spürte, wie seine Wärme über ihre Hand, ihren Arm hochstieg und ihren gesamten Körper zu erfüllen schien. Sie ließ es geschehen und verband dieses Gefühl mit ihrer Erleichterung, die aus seinen Worten entsprang.

Noch viele Stunden saßen sie einfach so und gaben sich Geborgenheit und Nähe. Anni und Thomas, zwei Menschen, die sich weniger als einen Tag kannten, schenkten sich so viel Kraft, von der Anni noch lange würde zehren dürfen.

„Kommst du mit uns?", wollte Anni zu später Stunde wissen. Sein Schutz würde ihre Überlebenschancen enorm erhöhen. Anni spürte, dass er nicken wollte. Aber es kam ein „Nein, leider nicht" aus ihm heraus.

Sie richtete sich auf und blickte ihn an. „Warum?"

„Weil ein Deserteur auch für euch eine Gefahr darstellt. Glaub mir.“

Doch Anni ließ nicht locker und überredete ihn, sie wenigstens bis zur nächsten Bahnstation zu begleiten. Am liebsten wollte sie nie mehr von seiner Seite weichen. Bei ihm fühlte sie sich sicher. Die schlimmen Ereignisse hatten ein festes Band zwischen ihnen geflochten.

Jedoch: Das Schicksal liebte die Grausamkeit und schrieb seine Dramaturgie bereits in jener paradiesischen Nacht weiter, um gleich am folgenden Tag brutal zuschlagen zu können.

***

Erschreckt fahre ich auf. Blicke irritiert um mich. Wo bin ich?

Dann die Erkenntnis: Meine Kinder sind weg. Die Zwillinge waren doch gerade noch auf dem Surfbrett bei ihren Trockenübungen.

Ich schaue auf die Uhr. Bereits halb fünf: Mein Kleiner müsste bereits von seinen Piratenkämpfen und Tierexpeditionen zurück sein.

Doch weit und breit keine Kinder. Panisch springe ich aus dem Strandkorb hoch, schlage mit dem Hinterkopf an und schimpfe. Wo sind nur die Kinder? Ich drehe mich im Kreis und komme endlich auf die Idee, mein Handy zu checken. Und tatsächlich. Eine Nachricht: „Wir sind in der Eisdiele. Kommen später zurück.“ Erleichtert rufe ich an und verabrede mich mit meinen Kids am Strandkorb: „Und esst nicht zu viel Süßes. Ich will später noch kochen.“

„Ja, Papa“, kommt es etwas genervt zurück. Doch scheinen sie die väterliche Fürsorge auch zu genießen.

Entspannt lehne ich mich in meinem Strandkorb zurück. Ich empfinde, dass ich nun einen Schluck Gin verdient hätte, und gieße ein kleines Gläschen davon ein. Ein tiefer Schnaufer entlockt sich meinem Körper. Geht's mir doch gut! Ich räkle mich in meinem Strandkorb und greife nach Annis Buch.

* * *

Im Nachhinein verfluchte Anni sich und die Idee mit dem Zug. Wie konnte man nur so naiv sein, zu glauben, dass alles noch so funktionierte wie in früheren Zeiten? Man konnte nicht einfach in einen Bahnhof marschieren, den es ohnehin nur noch als Ruine gab, ein Ticket lösen und glauben, es fährt ein Zug nach Fahrplan ab. Das wurde ihnen sehr schnell klar, als sie um die Ecke bogen und in Panzerrohre, genauso wie in grimmige Gesichter, schauten, deren Besitzer entsicherte Waffen in den Händen hielten. Dahinter wuselte es nur so von Soldaten, die hektisch ein schweres Kriegsgerät verluden. Zunächst schien niemand die kleine Gruppe mit dem zerlumpten Soldaten zu beachten und Anni wollte die Situation nutzen, um unbemerkt im Gebüsch zu verschwinden. Zwei der Kinder konnte sie gerade wegschieben, als der markerschütternde Befehl durch den Menschenlärm zu ihnen drang: „Halt, stehen bleiben!" Es war zu spät, das wurde ihr schnell klar. Doch Anni versuchte noch, die Situation zu retten. Den älteren Jungen stieß sie zu den anderen ins Gebüsch. Dann schnappte sie Thomas bei der Hand und wollte ihn mit sich ziehen. Doch er wehrte sie ab und raunte ihr zu: „Verschwinde mit den Kindern. Schnell." Aber Anni dachte nicht daran. Zog und bettelte, bis der erste Schuss fiel. Zunächst ging er in die Luft, dann zischte eine Kugel nahe an ihnen vorbei. Anni duckte sich, doch Thomas blieb stehen wie ein Fels. In seinem Blick erkannte sie, dass ihr neuer Begleiter seine Entscheidung getroffen hatte. Er machte einen Schritt auf die Soldaten zu und hob die Hand. Von irgendwo her hörten sie ein triumphales Brüllen: „Das ist der Mörder. Er ist es." Der Mann zeigte auf Thomas und Anni erkannte den vierten Soldaten. Jener, der geflüchtet war. Was für eine Ironie. Getrampel von Stiefeln folgte einem „Schnappt sie euch". Dann ging es im Zeitraffer. Vier Soldaten zerrten Thomas fort. Zwei weitere rissen Anni an den Haaren hoch und stießen ihr mit den Gewehrkolben in die Rippen. „Er ist es. Ich erkenne diesen Deserteur und

Mörder. Ich bezeuge alles mit meinem Leben." Der ehemalige Kamerad von Thomas blies sich auf, konnte vor Erregung beinahe nicht mehr stehen und musste erst von einem befehlshabenden Soldaten zur Ruhe gerufen werden. Verächtlich spuckte Thomas ihn an. Sprach aber kein Wort. „Stimmt es, was dieser Soldat sagt?", wollte der Offizier wissen. Thomas antwortete nicht, sondern blickte ihm nur fest in die Augen. „Antworte!" Der hochgeschossene Befehlshaber wurde ungeduldig. Doch Thomas verfiel nur noch in ein linkisches Lächeln. Zum Verräter gewandt fragte der Offizier: „Kannst du beschwören, was du da sagst? Sprich. Ich habe keine Zeit für so einen Scheiß!" Unruhig blickte er gen Osten in den Himmel. „Aber natürlich. Ich habe es mit eigenen Augen gesehen. Die Hure hier hat meine treuen Freunde in einen Hinterhalt gelockt und er hat sie dann ermordet! Nur, um ihre letzte Habe zu rauben." Er stockte kurz und theatralisch, dann fuhr er fort: „Dem Führer treu ergebene Soldaten, die hier wieder Anschluss suchen wollten, genauso wie ich." Angewidert drehte der Offizier sich von ihm weg. Er hatte eine eigene Vorstellung von der Wahrheit. Doch es war ihm egal: „Verräter werden standesrechtlich erschossen. Im Namen des Führers befehle ich, dieses Urteil umgehend auszuführen." Er zeigte auf eine Gruppe von fünf Soldaten, die nickten. Schnell war Thomas an die halb eingestürzte Wand eines Lagerschuppens gestellt. Ungläubig verfolgte Anni, die von zwei Soldaten mit stahlhartem Griff festgehalten wurde, wie wehrlos er alles über sich ergehen ließ. Sein Blick traf den ihren. Er lächelte sie an, bewegte stumm seine Lippen. Doch sie verstand: „Die Begegnung mit dir war mein schönstes Geschenk." Tränen schossen ihr in die Augen, während der Befehl zum Anlegen der Gewehre kam. Sie zerrte und rüttelte, um sich zu befreien. Doch die Soldaten waren eisern. „Feuer!" Dieser Befehl schoss in ihr Herz wie ein stählerner Nagel, der mit der Gewehrsalve tief hineingetrieben wurde. Nur ein kurzes Erstaunen entdeckte sie in seinem Blick, dann sackte er zusammen und war nur noch ein lebloses Häuflein eines verlorenen Lebens. Eines Menschen, der ihr gezeigt hatte, nie den Glauben an das Gute im Menschen zu verlieren. Etwas zerrte an ihr. Die Befehle konnte sie nicht verstehen, da ihre Ohren taub waren. Doch auch sie ließ es geschehen. Folgte in Trance zur Wand, wo man gerade den Leichnam zur Seite zerrte, und sie hinstellte. Die Hure sollte auch büßen. Anni blickte in den Himmel. Wollte in ihren letzten Momenten hinwegfliegen in ihre Heimat, zum schlafenden Drachen. Wollte noch einmal den frischen, würzigen Wind in ihren Haaren spüren, ihn tief einatmen. Sie sah die Möwen, wie sie am Himmel auftauchten. Anni rief sie – und sie kamen tatsächlich auf die Todgeweihte zu. Es wurden mehr und mehr. Anni lächelte, die Tiere waren ihrem Ruf gefolgt. Die Männer um sie herum schienen verunsichert. Niemand hob die Waffen. Alle blickten dorthin, wo sie hinschaute. In Richtung Osten. „Feuer", brüllte jemand. Doch Anni spürte keinen Schmerz in ihrem Körper. Blieb stehen. Hatte niemand geschossen? Erstaunt blickte sie von den Möwen, die immer größer wurden und zu dunklen, tief brummenden Monstern der Lüfte mutierten, hin zu den Soldaten, die plötzlich in alle Richtungen davonstoben. Maschinengewehre ratterten, Flakgeschosse durchsiebten den Himmel in Richtung der dunklen Monster. Doch diese waren schneller, sandten ihre Verderben bringende Ladung gen Erde und verrichteten ihr todbringendes Werk in einer beinahe perfekten Choreografie. Der Teufel musste der Regisseur in diesem blutigen Drama sein. Im Handumdrehen konnte er sich eine Seele nach der anderen in die Hölle holen. Denn dieses Inferno musste das Tor zur Hölle sein.

Anni fiel rücklings gegen die Mauer, die durch die Druckwelle eines Bombeneinschlages in der Nähe über ihr einstürzte. Sie wurde vollkommen darunter begraben und nur drei ineinander verkeilte Stützbalken verhinderten, dass sie durch die Massen erdrückt wurde. Die Verschüttete spürte den noch warmen Körper ihres wertvollen Freundes neben sich. Anni lachte, dem Irrsinn nahe, auf und verlor jegliche

Kraft und schließlich das Bewusstsein. Der Nagel, den die Soldaten in ihr Herz getrieben hatten, schmerzte nicht mehr.

***

Regen hatte eingesetzt. Er tropfte auf sie nieder. Brachte sie zu Bewusstsein. Doch Anni konnte sich nur schwerlich bewegen.

Sie leckte mit der Zunge nach dem erfrischenden Nass, das ihr die Stirn herunterrann.

„Da ist ja der Träumer." Irritiert blicke ich auf. In der Dämmerung stehen zwei Gestalten vor mir. „Wer ist ein Träumer?", will ich wissen. „Na, du. Das sagt Mama immer." Mein Kleiner hebt den Zeigefinger und spricht weiter: „Wir sollen nicht zu viel von dir lernen. Sonst wird das nichts mit dem Leben." Mir bleibt die Kinnlade weit unten hängen. Aber bevor ich was erwidern kann, entgegnet ihm eine der Zwillinge: „Dummkopf. Paps ist Arzt geworden. Da ist man schon ziemlich weit gekommen im Leben." Na, ob das ein Zeichen von Erfolg ist? Da bin ich mir nicht sicher. Doch ich lächle dankbar und versuche, endlich ganz aus der Tiefe meiner Geschichte aufzusteigen und wieder festen Boden unter mir zu spüren.

„Wie war das Eis?", will ich wissen.

„Ganz lecker", kommt lakonisch zurück. „Was hast du da?", so lautet die Gegenfrage. Sarah zeigt auf Annis Buch. „Das da? Ein Buch einer guten Freundin. Besser gesagt, ein Buch über eine gute Freundin." Ich nehme das noch offene Buch achtsam hoch und zeige ihnen das Cover. „Papa, du hast eine Freundin?" Noel blickt mich mit weit aufgerissenen Augen an. „Quatschkopf. Jeder hat Freundinnen und Freunde." Lea wischt ihrem Bruder durch die Haare. „Liest du uns heute Abend daraus vor?", will sie von mir wissen. „Au ja, wie früher. Bitte auf dem Balkon." Sarah strahlt vor Vorfreude. „Aber seid ihr nicht müde?" Sie schütteln den Kopf. „Wir können doch gleich loslegen", schlägt Lea vor.

„Und das Abendessen?“ Ich blicke in stumme Gesichter. Verlegen leckt sich Noel die letzten Spuren vom Eis aus den Mundwinkeln. „Aha, verstehe.“ Ich schüttele tadelnd den Kopf. Ich kann das Lächeln nicht unterdrücken.

Mit der Strandtasche über die Schulter geworfen, schnappe ich mir meine drei Kinder und marschiere mit ihnen los in Richtung Appartement. Aufgeregt schildert Noel seinen Abenteuer-Piratentag. Viele wilde Tiere, Monster, Piraten und Schätze tauchen vor unseren Augen auf. Aufmerksam beobachte ich ihn, wie er fröhlich und unbeschwert neben uns her tänzelt.

Noel hat genau das Alter von Joe in Annis Buch.

Beim Appartement angekommen, springen die Kinder in ihr Zimmer, um sich warme Sachen anzuziehen. Schnell gehe ich auf den Balkon und bereite die Liegewiese vor. Ich suche die passenden Stellen zum Vorlesen. Was nicht leicht werden dürfte. Ich platziere das Smartphone auf dem Sims hinter mir, sodass die eingeschaltete Taschenlampenfunktion gut auf das Buch strahlen kann. Im Haus höre ich die Kinder noch in der Küche. Sie bereiten sich ein kleines Picknick vor, wie gewünscht. Ich lasse sie gewähren und freue mich, wie unbeschwert alle drei sind, seit wir hier auf Norderney weilen. In einer parallelen Welt, wie gesagt.

Ich schlage die Seite auf, wo das Lesezeichen steckt, und tauche wieder ein.

Anni kam mehr und mehr ins Leben zurück. Sie stöhnte vor Schmerzen. Versuchte, ihren rechten Arm freizubekommen, was ihr auch mit viel Mühe gelang. Sie begann im Freiraum schräg über ihr zu drücken. Ganz allmählich spürte sie eine Bewegung im Ziegelgeröll. Anni gewann Zuversicht und begann immer wieder von Neuem. Der Schmerz ließ Sterne vor ihren Augen tanzen. Aber Anni gab nicht auf. Der Körper von Thomas neben ihr fühlte sich starr und kalt an. Doch hatte sie das Gefühl, dass gerade seine schwindende Lebensenergie auf sie übergesprungen war und ihr die Kraft gab, sich zu retten. Ziegel purzelten lärmend herunter.

Sie hörte ein „Hier, da ist was“ aus dem Mund eines Kindes. Und dann ein Graben. Anni wollte rufen, doch das Krächzen, das aus ihrem Mund kam, war erbärmlich. Dafür bekam sie nun auch den linken Arm frei und schob ihrerseits die Ziegel nach Kräften von sich. Der Schutthaufen gab nach und zahlreiche Klinker rutschten nach unten. Frische Luft und die Nacht empfingen sie. „Anni.“ Sie vernahm das Flüstern wie ein Geschenk des Himmels. „Du lebst!“ Die Stimme kam von Markus, dem älteren ihrer drei Kinder. „Warte, wir holen dich hier raus.“ Er grub aufgeregt weiter. Die anderen beiden halfen, so gut es ging. Irgendwann, nach einer gefühlten Ewigkeit, zogen und zerrten sie an ihr, bis Anni endlich frei war. Sie wollte stehen, knickte aber immer wieder weg. Anni wollte Thomas bergen, doch das war ein Ding der Unmöglichkeit. „Die Soldaten sind noch hier. Wir müssen schnell weg.“ Anni nickte und versuchte, mithilfe ihrer Freunde in die nahegelegenen Büsche zu entkommen. Dort versteckten sie sich noch eine lange Zeit, bis Anni wieder etwas Gefühl in die Beine bekam. Zum Glück war nichts gebrochen. Doch fühlte es sich für sie an, als ob ihr eigener Körper von Kugeln durchsiebt war wie der von Thomas. In Gedanken schickte sie ihm ein Dank für alles. Die bleierne Last des Schuldgefühls konnte sie aber nicht ablegen.

„Kannst du gehen?“, wollte Markus wissen. Sie nickte, mehr hoffend als wissend. Es ging einigermaßen und die vier konnten sich mit großer Mühe zurück zu ihrem Versteck des letzten Tages schleppen. Es schien ihnen sicher. Zu später Stunde kamen sie dort an und verfielen gemeinsam, fest einander umschlingend, in einen tiefen Schlaf, durchdrungen von Alpträumen, die sie jeweils einzeln zu durchleben hatten.

Hoffentlich gab das Schicksal ein wenig Ruhe.

Und hoffentlich hatte der Teufel genug arme Seelen geholt.

„Mach mal Platz, Paps." Sarah und Lea schleppen ein Tablett an. Noel folgt mit einer großen Decke, die er über den Boden schleift, Zipfel im Mund. „Na, das wird ja doch noch ein kleines Gelage", freue ich mich. Im Paralleluniversum darf man alles. Dankbar greife ich nach der mir angebotenen Capri Sonne und nehme meine Kinder in die Arme. „Lies, Papa", sagt Lea und zieht an ihrem Strohhalm, den Blick in die Weite des Universums gerichtet.

Ich räuspere mich und erzähle in kurzen Sätzen ein wenig von der jungen Anni. Lasse dabei aber einige schlimme Passagen aus. „Uih, ein schlafender Drache." Noel sinniert den Worten nach. In Gedanken aber ist er wahrscheinlich schon unten am Strand, um dort seinen schlafenden Drachen zu suchen … Kaum dass ich den Mund geöffnet habe, schließen sich seine Augen und er schlummert tief und fest in meinem Schoß. Der Blick zu meinen Zwillingen zeigt mir, dass sie bereit für die Geschichte sind:

Es schien tatsächlich so zu sein: Der Teufel hatte seinen Hunger nach armen Seelen für den Moment gesättigt. Gespenstische Ruhe kehrte in den folgenden Tagen ein, was die dunklen, bösen Donner der Kanonen und Bomben betraf. Die Welt stemmte sich gegen die Gräuel der Menschheit. Sie spornte die Natur an, mit allen Kräften hervorzuquellen, sich über Bombenkrater hinwegzusetzen, sie in kleine Tümpel zu verzaubern, aus denen Leben hervorquoll. Das Grün der Wiesen und Wälder ließ die zerstörten Häuser, Fahrzeuge und verstümmelten Leichen verschwinden. Und zögerlich zeigten sich wieder die Tiere in ihrer ganzen Farbenpracht. Es war, als ob es keinen Krieg geben würde, als ob Anni und ihre drei Freunde Urlaub in freier Natur machen würden. Wären da nicht immer wieder diese in kleinen Gruppen umherstreunenden Soldaten. Sie selbst wirkten wie scheue Rehe, die den Schatten der Bäume nicht verließen. Anni hatte einen Blick für jede noch so kleine Bewegung. Aus ihrer in den Hang hinein gebauten Schutzhütte konnte sie das Gelände vor sich hervorragend einsehen. Der Hang hinter ihr war so gut wie undurchdringlich, mit einem steilen Anstieg und Dornen wie auch Gestrüpp. Zur Linken hatte ein schmaler Quellbach, der aus dem Hang herausdrängte, den gesamten Bereich in eine Sumpflandschaft verwandelt. Hier wollte niemand entlanglaufen. Schon gar nicht vollkommen ausgemergelte und erschöpfte Soldaten.

Sie blickte nach rechts, wo Markus den Kindern einen Bereich eingerichtet hatte. Dort konnten sie sich ein wenig die Füße vertreten und spielen. Stumm knieten die beiden auf dem Boden und bastelten kleine Figuren mit Ästen. Man konnte die Spielenden nicht sehen. Von vorne nicht und auch nicht von oben, da ein Überhang einen natürlichen Schutz bildete.

Alle vier hatten die letzten Tage, seit sie hier in diesem Versteck waren, noch mehr ihre Sprache verloren. Stumm gingen sie ihren Beschäftigungen nach und lebten den Tag über vor sich hin. Sie mussten das Erlebte mit sich selbst verarbeiten. Anni konnte für die anderen gerade nicht zur Verfügung stehen. Denn die Bilder in ihrem Kopf wollten nicht aufhören zu rattern. Der eiserne Nagel in ihr strahlte Kälte aus, ließ ihr Herz gefrieren. Anni umfasste das Gewehr in ihren Händen noch fester. Krallte sich in den Kolben hinein. Es war eines jener Gewehre, mit denen Thomas getötet worden war. Sie hatte es einem der toten Soldaten entwendet. Nein, künftig würden sie sich nicht mehr wehrlos irgendwelchen Menschen ausliefern. Jeder, der sich ihnen näherte, würde sein blaues Wunder erleben. Anni war bereit, zu töten, wenn es sein musste. Markus tauchte vor ihr auf und blickte sie eindringlich an. Er musste sich anstrengen, die Worte zu formulieren. Gepresst kam die Frage aus seinem trockenen Hals hervor: „Kannst du die weite Strecke überhaupt schon gehen oder soll ich nochmals los?“ Anni war verwundert, wie sehr sich dieser Junge in den vergangenen Tagen zu einem jungen Mann mit großem Verantwortungsbewusstsein gewandelt hatte. Ohne ihn wären sie alle nicht mehr hier. Markus hatte dafür gesorgt, dass sie aus den Trümmern gerettet wurde.

Er hatte sie aus dem Durcheinander an Soldaten, scheuen Pferden und zahlreichen Toten und Verletzten geführt. Er kümmerte sich auch in den letzten Tagen um Essen. Sie nickte. „Geht schon“, stieß sie mühevoll hervor und erhob sich. Noch immer schmerzte alles an ihrem Körper, der blau war durch die zahlreichen Prellungen und Quetschungen. Sie stöhnte, musste sich auf ihn stützen. „Wollen wir zusammen dorthin gehen?“ Doch Markus konnte sich die Antwort gleich selbst geben. Niemals dürften sie die zwei Kleinen alleine lassen. Annis Kopfschütteln war ihm Antwort genug. „Zeig mir einfach den Weg zu dem Forsthaus, dann geht das schon.“ Anni gab ihm das Gewehr und schnappte sich einen kräftigen Stock. Ein Bajonett-Messer hing inzwischen auch schon an ihrem Gürtel. Anni rieb sich angestrengt die Stirn, während Markus versuchte, ihr den Schleichweg zum Haus zu beschreiben, das ungefähr zwanzig Minuten durch den Wald entfernt war. „Es gibt drei gefährliche Stellen, wo sie entlangziehen. Bleib einfach auf dem kleinen Pfad, den die Rehe nutzen, dann ist alles gut. Und gib Signal, wenn du Hilfe brauchst.“ Anni schnappte sich den Rucksack, den sie ebenfalls am Bahnhof entwendet hatten, und klopfte ihm auf die Schulter. Dann ging sie. Eine kleine Holzpfeife in der Hand, die sie selbst gebastelt hatte. Weit weg waren die Gedanken an ihre Eltern und Westdeutschland. Was jetzt zählte, war das pure Überleben von einem Tag zum anderen.

Das alte Forsthaus war von außen noch in einem guten Zustand. Innen jedoch hatten zahlreiche umherziehende Soldatengruppen und Banden geplündert, was nur ging. Gierig hatten die Kerle alles geschnappt, was zu essen war oder was man später zu Geld machen konnte. Niemand hatte sich Zeit genommen, die beiden Toten im Haus zu begraben. Das hatten Anni und Markus vorgestern erledigt. Nicht alle Seelen wollten sie dem Teufel überlassen. Aber gab es neben ihm überhaupt noch etwas anderes? Konnte in dieser Welt überhaupt ein Gott existieren? Anni hatte da so ihre Zweifel.

Aus ihrem sicheren Versteck heraus beobachtete die Lauernde gut eine halbe Stunde das Haus und die angrenzenden Nebengebäude. Erst als sie sich sicher war, dass sich niemand anderes in der Gegend befand, schlich sie sich zu dem gut versteckten Eingang in den Erdkeller, den die ehemaligen Besitzer etwas abseits in den Boden gegraben hatten. Nach alter Tradition war er mit einer Rundbogendecke versehen, gebaut aus Sandsteinquadern. Die Kartoffeln befanden sich in speziellen Tongefäßen, gefüllt mit Sand. In den Regalen hatte die Hausherrin über viele Jahre zahlreiche Einweckgläser mit den unterschiedlichsten Lebensmitteln gefüllt, die der Garten und die Natur hergaben. Anni hatte es auf die Kartoffeln und einige Leckereien abgesehen. Heute wollten sie ein besonderes Essen zubereiten. Denn Joe hatte Geburtstag, wie sie herausbekommen hatten. Eine kleine Karteikarte, die man ihm in die Innentasche seines Mantels gesteckt hatte, verriet dies.

Der Rucksack füllte sich. Anni musste aufpassen, dass sie das alles tragen konnte. Über die Schultern konnte sie den Rucksack nicht werfen und so musste sie versuchen, mit der einen Hand den Stock zum Stabilisieren zu gebrauchen, während die andere Hand mit der Prellung den schweren Rucksack herumbalancierte. So stolperte sie mehr nach oben, als sie ging. Der Stock schlug unglücklich gegen den Holzverschlag. Anni stockte der Atem und verharrte minutenlang, bis sie sich traute, den Kopf vorsichtig aus der Luke zu schieben. Ihre Augen brannten vor Schmerz und so entdeckte sie die Soldaten nur schemenhaft, die gerade in Richtung Haus unterwegs waren. Bis auf einen! Er war ihr zugewandt und beobachtete sie wie eine Fata Morgana. Starr vor Schreck blieb er vor ihr stehen. Zog nicht einmal sein Gewehr. Er mochte nicht älter als Thomas gewesen sein. Kurz blickten sie sich stumm gegenseitig in die Augen. Danach nickte Anni unmerklich und zog sich in den Keller zurück, ohne dass sie wusste, warum sie ihm vertrauen konnte. Doch das Leben in dieser Hölle auf Erden weckte die Instinkte, ließ sie messerscharf ihren Dienst tun.

Anni beobachtete, wie er an ihr vorbeischlenderte und sich selbst an den Regalen zu schaffen machte. Ohne ein Wort gingen sie auseinander. Anni jederzeit bereit, ihr Messer zu zücken und zu töten, falls notwendig.

Des Abends konnten sie tatsächlich ein kurzes Lächeln in Joes Augen zaubern, als sie ihm goldbraun gebratene Bratkartoffeln, eingelegte Gurken und zum Nachtisch Kirschmarmelade auf gesüßten Kartoffeln präsentierten. Das Geburtstagslied wurde mehr geflüstert als gesungen. Doch Joe gefiel das. Er war gerührt und pustete mit geschlossenen Augen die kleine Kerze aus, die sie in der Schutzhütte gefunden hatten. „Was hast du dir gewünscht?", wollte Tanja wissen, die ihm eine selbst gebastelte Holzfigur schenkte. Anni wollte gerade wetten, dass er sagte: „Meine Eltern wiederzusehen." Doch stattdessen flüsterte er kaum hörbar: „Dass wir auf immer zusammenbleiben." Dann umarmte er Tanja, Markus und Anni. Der Nagel in Annis Herzen wollte zerfließen wie ein Zinn-Nagel. Tränen traten ihr in die Augen. Für diesen Moment, für diesen Abend befanden sie sich alle auf einer kleinen Insel, inmitten eines stürmischen, brutalen Ozeans, auf dem die Stürme tobten. Diesen Abend wollten sie nie mehr loslassen. Und an diesem Abend fanden sie ihre Stimmen wieder. Vorsichtig, zögerlich, doch wieder hörbar. Beschützt in einer uralten Schutzhütte, die über viele Generationen Menschen genutzt hatten, um bei Unwetter Unterschlupf zu finden. Vielleicht waren sie Waldarbeiter oder arbeiteten am Hang, um Steine herauszubrechen. Vielleicht waren sie Viehhüter? In jedem Fall aber wussten sie, wie man einen Unterschlupf stabil und fest bauen konnte. Nur die vordere Wand war sichtbar. Die Tür war massiv und fest. Diese konnte niemand eintreten, wozu es nicht kommen konnte. Denn alles war eingewachsen und nicht sichtbar. Dass sie hier gelandet waren, war purer Zufall und nur Thomas zu verdanken.

Anni wandte sich an Joe: „Na, mein Großer, du bist jetzt schon sechs Jahre alt. Deine Eltern sind bestimmt stolz, wenn sie dich wiedersehen." Doch Joe reagierte nicht darauf, sondern schob sich eine Gabel nach der anderen in den Mund. „Joe, weißt du, wo deine Eltern gerade sind?" Anni versuchte es noch einmal. Doch er zuckte mit den Schultern: „Tot." – „Was?" Anni war kurz sprachlos. „Aber warum?", wollte sie wissen. „Ich weiß nicht, was vorgefallen ist. Meine Eltern wurden von den Männern in braunen Uniformen fürchterlich geschlagen. Ich saß tagelang mitten zwischen ihnen und streichelte sie, damit sie wieder zu sich kamen. Doch das taten sie nicht. Dann kamen Leute und haben mich weggebracht." Er brachte das alles tonlos heraus, während sein Blick wie hypnotisiert in die Ferne schaute. Dann schmatzte er weiter und lächelte die anderen an. Anni streichelte sanft seinen Rücken. An Essen konnte sie nicht denken. Sie betrachtete Tanja. Jenes Mädchen, das mit ihr aus Kolberg kam. Noch immer hatte sie Annis Puppe bei sich. Margret durfte nie und niemals fehlen. Sie war vermutlich acht Jahre alt. Eine Karteikarte wie bei Joe fand sich bei Tanja nicht. Ohne dass jemand Tanja darum bat, begann sie zu erzählen: „Meine Eltern hatten andere politische Ansichten. Sie waren vom Kommunismus verseucht, wie ein Mann in brauner Uniform zu mir sagte. Er meinte, man müsse sie an einen Ort bringen, wo man sie wieder gesund machen kann, sodass sie der Volksgesundheit nicht schaden könnten. Eines Tages werde ich sie bestimmt wiedersehen." Tanja schien sich ihrer Sache sicher. Doch selbst bei einem Kind gab es wohl so etwas wie ein Unterbewusstsein, das ihr sagte, dass das nur ein Wunschtraum war.

Der Abend zog sich hin und die Kinder genossen noch lange ihr Geburtstagsmahl.

Als Joe und Tanja tief und fest schliefen, fragte Anni Markus: „Und du? Was ist mit deiner Familie?" Der Angesprochene zuckte zusammen. Diese Frage hatte er befürchtet. Doch nachdem die Kleinen und vorher auch Anni ihre Geschichte berichtet hatten, so gut es ging, wollte er nicht zurückstehen.

„Ich habe keine Familie. Es gab nur meine Mutter und mich. Sie war wohl viel mit den Soldaten zusammen. Eine Prostituierte, wenn du es genau wissen möchtest. Ich war oft allein in den Nächten. Nachbarn kümmerten sich um mich. Als die Mutter vor ein paar Wochen einen SS-Freier schwer verletzte, weil dieser im Suff gewalttätig wurde, hat man sie kurzerhand festgenommen und ins Lager verfrachtet.“ Anni versuchte, zu verstehen, was man als Prostituierte alles so machte. Das war ihr unbekannt. Doch sie sah, dass Markus stolz auf seine Mutter war. „Für mich war sie eine mutige Frau. Denn sie informierte den Widerstand. Sie gab ihr Wissen preis, das sie im Bett den betrunkenen Soldaten entlockte. Mit meiner Hilfe. Ich war der Bote. Und die Nazis haben das nie erfahren.“ Anni blickte ihn mit großen Augen an. Markus, ein Spion. Was für ein Held.

* * *

An diesem Montagmorgen muss ich doch das Paralleluniversum zumindest für eine kurze Zeit verlassen und in die Kälte der realen Welt wechseln.

Vorsichtig bewege ich mich von meinen noch schlafenden Kindern fort und rufe im Krankenhaus an. Micha nimmt den Anruf an. Wir reden nicht lang um den heißen Brei herum und kommen sofort zur Sache: „Die Patientin ist nicht das Problem, Basti. Sie macht sich gut. Die Wunden sehen gut aus und wir konnten die Schmerzmittel schon etwas herunterfahren. Auch deine irrsinnige Wickelmethode um die Arterie hat bisher gehalten. Heilige Maria ...“ – „Hör auf, Micha, Du bist doch gar nicht gläubig.“ Er lässt sich nicht aus dem Konzept bringen: „Im Moment schon, Basti. Im Moment schon. Ich bete für die Patientin, für dich und uns alle, dass das gut hält und verklebt bleibt.“ Ich beruhige ihn, ohne zu ahnen, wie es wirklich weitergeht. Aber ich hörte mich selbst sagen: „Das wird halten. Glaub mir.“ Die Sonne blendet mich, scheint mir voll ins Gesicht. Schon am frühen Morgen ist es unerträglich heiß auf dem Balkon. Wo ist nur der Wind geblieben? Ich wische mir den Schweiß von der Stirn. „Wo sind die anderen?“, will ich wissen. Micha seufzt: „Bei der Chefin. Sie verlangt einen Bericht. Irgendjemand hat ihr alles gesteckt.“ Ich halte inne in meinen Bewegungen und versuche, mir Luft zuzufächeln. Noel jammert im Schlaf. „Petra und Arno sind bei der Chefin? Warum du nicht?“ Ich laufe unruhig auf dem kleinen Balkon umher. Etwas will mir die Brust zuschnüren. Komplott. Petra bastelt an ihrem Komplott! Gegen mich. Micha ist mir noch die Antwort schuldig, die er mir jetzt nach einiger Verzögerung gibt: „Bin gerade heruntergelaufen in den Park … so, jetzt: Basti, ich habe mich entschuldigt, weil ich zu einem Notfall musste. Es war natürlich eine Ausrede. Ich beabsichtige, an diesen dummen Spielchen nicht teilzunehmen.“ „Und Arno?“ – „Der will Petra kontrollieren.“ Sie hatten es also auch schon mitbekommen. Ich setze meinen Gang fort, wie ein Tiger in einem zu engen Käfig. „Danke euch, Micha. Auch, dass ihr euch um Laura kümmert. Das hilft mir sehr.“ Ich winke durch die Balkontür meinen Kindern zu, die gerade aufgewacht sind. „Sehr gerne, mein Freund. Allerdings ist bei Laura nicht viel zu tun. Die alte Uroma ist ständig bei ihr.“ Kurz steigt bei mir die Wut hoch. Doch ich kann mich gerade noch bändigen und entgegne ihm so ruhig wie möglich: „Nenn sie bitte nicht so. Sie ist Anni für uns. Oder nenn ihren Nachnamen. Aber nicht Uroma!“ Zum Glück hatte er nicht Mumie gesagt, wie schon öfter geschehen.

Erleichtert lege ich auf und gehe zurück ins andere Universum. In die Blase, in der meine Kinder und ich durch einen Ozean voller Lebensfreude und Genuss treiben. Frei von Regeln und Vorschriften.

In meinem Krankenhaus aber braut sich das Gewitter zusammen. Die ersten Gewitterzellen, die Tod und Vernichtung bringen können, konzentrieren sich bereits. Und zwar in jenem Raum meiner Chefin, als Petra ihr gerade offeriert, dass „durch irgendeinen unglücklichen technischen Defekt die Video-Aufnahmen der betreffenden Operationen nicht durchgängig sind". Die Chefin weitet ihre Augen und wird krebsrot im Gesicht. „Bluthochdruck", schießt es Arno durch den Kopf, während er krampfhaft überlegt, was zu tun ist. Er steht lieber im OP und schnippelt vor sich hin, als diese Scheiß-Intrigen-Politik zu betreiben. Ungläubig vernimmt er, wie Petra einen draufsetzt: „Aber das ist nicht nötig, um für unsere Untersuchungen Beweise zu finden. Man erkennt nämlich eindeutig, wie der leitende Arzt vollkommen fahrig und unkoordiniert ist. Vor allem aber, wie unvorbereitet er in diese immens wichtige Behandlung geht." „Aber …", möchte Arno einwenden. Endlich findet er die Sprache wieder. „Aber …", – „Nichts aber, Herr Kollege!" Streng blickt die Chefin ihn an. „Verstehen Sie denn den Ernst der Lage nicht, Herr Kollege?" Arno hält inne und schaut die Chefin irritiert an: „Doch, ja sicher. Ich weiß um die brisante Situation." Er will fortfahren. Doch Petra entgegnet: „Wir müssen dem Kollegen hier zugestehen, dass er durch seine Freundschaft mit unserem Oberarzt befangen ist." Arno verschlägt es die Sprache. Das Krankenhaus gluckst vor Freude. So viel Spektakel hatte es schon lange nicht gegeben. Er ringt mit sich und presst es doch hervor: „Befangen? Na, da würde ich aber eher bei dir, Petra, nachschauen wollen. Du hast doch eine Beziehung mit Bastian." Erstaunt zieht die Angesprochene eine Augenbraue hoch und fragt: „Ich? Nicht, dass ich wüsste. Einmal nett zu einem Kollegen sein, und ihm Halt geben, weil er schwach ist, bedeutet noch gar nichts." Arno will ihr am liebsten die Gurgel zudrehen. Doch die Chefin unterbricht ihn: „Arno, stimmt es, dass Sie eine Beziehung mit dem Kollegen Micha pflegen?" Die Wände scheinen zu glucksen vor Freude. Diese Dramatik auf höchster Ebene gibt es so gut wie nie. Heute feiern diese Skandale und Tratsche ein fröhliches Ringelreihen im Büro der Chefin. Herrlich. Eine Chefin, die gar nicht erfreut ist, aber auch nicht kapiert, dass sie ein fester Bestandteil dieses wunderbar eingefädelten Intrigenspiels ist. Dabei hätte ihr der Blick in Petras Gesicht alles erzählt: Macht um jeden Preis und über mögliche Leichen hinweg. Petra will diese Macht!

Sie hat keine Lust mehr, anderen weichen zu müssen. Jetzt ist sie dran. Die Gelegenheit ist günstig.

Arno drückt seinen Rücken durch, dass es knackt. Und vermeldet mit hocherhobenem Kopf: „Chefin, ich möchte Sie daran erinnern, dass wir im 21. Jahrhundert leben und Freiheit jedweder Art in unserer Verfassung niedergeschrieben ist.“ – „Aber, das tut doch nichts zur Sache. Wichtig ist mir, wer hier mit wem …“ – Doch Arno lässt sich nicht aus dem Konzept bringen: „Für wen ist das wichtig? Haben Sie Sorge, dass wir die Patienten schlechter behandeln? Dass wir sie mit irgendetwas anstecken?“ Die Chefin versucht, ihn zu beruhigen. Doch Arno hat Fahrt aufgenommen und greift seine Vorgesetzte direkt an: „Denken Sie, wenn Heteros wie Sie die Nacht durchvögeln, sind sie am nächsten Tag konzentrierter und fitter als gleichgeschlechtliche Paare?“ Empört richtet sich die Chefärztin auf und versucht einen Protest: „Jetzt hören Sie mal, das geht aber zu weit.“ – „Nein! Nichts geht zu weit! Zu weit geht diese Frau hier. Und Sie gehen ihr auf den Leim. Es ist Ihr Job, Frau Chefin, diesen Konflikt zu lösen. Ich hoffe, Sie haben die Stärke und Kompetenz, hinter die Kulissen zu schauen und die richtige Entscheidung zu treffen.“ Er steht auf. Noch immer kochend vor Wut. Aber auch etwas stolz auf sich. Micha würde ihn dafür bewundern. Mit Sicherheit. „Ich werde mich auf jeden Fall nicht beteiligen. Vor allem, wenn jemand für seine Karriere über Leichen gehen will.“ Er blickt vorwurfsvoll zu Petra. Doch sie betrachtet gelangweilt ihre Fingernägel und hofft, dass er endlich das Zimmer verlässt, damit sie ihre nächsten Kaliber abfeuern kann. Und tatsächlich: Arno tut ihr den Gefallen und verschwindet aus dem Raum. Die Tür knallt laut hinter ihm zu, dass das Krankenhaus aufstöhnt. Mike steht wie zufällig im Gang und schaut Arno hinterher. Er hat ausreichend gehört. Irgendwie muss er die Nummer von Basti herausbekommen, um seinem Verbündeten eine Nachricht zukommen zu lassen.

* * *

Ich habe mir eigentlich vorgenommen, an diesem Montag das Buch nicht mehr anzufassen. Alles wühlt mich zu sehr auf. Die Infos, die aus dem Süden kommen, durchdringen unsere Blase und gelangen in die von mir proklamierte Parallelwelt im hohen Norden. Das dürfte eigentlich nicht sein. Ich bin wütend. Denn ich will die Zeit mit meinen Kindern und ein wenig auch für mich verbringen.

Der Strandspaziergang verschafft nur wenig Entspannung. Wie Spinnweben haften die bruchstückhaften Informationen von Micha, Arno und Mike an mir. Ich versuche, sie abzustreifen, doch das gelingt mir nicht. Im Gegenteil, ich habe das Gefühl, eine schwarze Spinne ist mit den Spinnweben auf meine Haut gelangt und spritzt ihr Gift in mich. Ich strecke mein Gesicht den dunklen Wolken entgegen und hoffe, dass der einsetzende Regen endlich alles von mir abwäscht. Die Schreie meiner Kinder und der anderen aus dem Surfkurs in nächster Nähe lenken mich ab und beamen mich endlich wieder ins Hier und Jetzt. Sie befinden sich mit ihren Boards weiter draußen, als die Surflehrer offenbar erlauben. Heftiges Winken in Richtung der surfenden Kinder zeigt mir, es scheint gefährlich zu werden. Mit den Regenwolken kommt eine steife Brise auf, die in Böen immer wieder die kleinen Segel mit den Kinderhänden an diesen ins Meer hinausbläst. Weg von der Insel, immer mehr in Richtung Osten. Ich beobachte das Schauspiel, kapiere aber nicht, dass sich hier ein Drama abspielen wird, wenn nicht irgendjemand handelt. Ich bin es nicht. Denn ich stehe nur da und verstehe nichts. Der Wind verwandelt sich zu einem Sturm. Ich höre sein bösartiges Zischen und Murren. Er reißt mir meine Mütze vom Kopf. Sonnenschirme fliegen durch die Luft. Unvermittelt und urplötzlich. Meine Sorge um die Kinder zischt aus mir heraus und entfaltet sich wie ein Geist aus der Flasche: „Sarah, Lea“, brülle ich und renne zum Strand. Die Surflehrerinnen und Lehrer bergen die ersten Kinder und ihre Bretter. Doch eine Gruppe von vier wird abgedrängt. Entschwindet mehr und mehr. Die See tanzt wild und spritzig. Panik macht sich in mir breit. „Verdammt, tut doch was“, brülle ich die

Verantwortlichen an und weiß dabei genau, das bringt keiner Menschenseele etwas. Endlich: Die Seenotrettung taucht vom Hafen her auf. Ihr schweres Gummiboot schneidet sich durch die Gischt und rast auf die Kinder zu, von denen zu allem Unglück zwei noch immer die Segel oben halten und mit den Gewalten kämpfen. „Sarah", flüstere ich nur. Sie scheint über die Wellen zu fliegen. Hält das Segel fest in der Hand. Der Regen peitscht mir ins Gesicht, doch ich sehe, wie sie standhaft und voller Willenskraft den Elementen trotzt. „Kämpfe", murmele ich, „kämpfe! Zeigs ihnen!" Und ich erkenne, dass ich das gerade auch zu mir sage: „Kämpfe!" Die Seenotrettung hat bereits zwei Kinder in Sicherheit gebracht. Gerade kümmern sie sich um das dritte Kind, während ein anderes Team mit hoher Geschwindigkeit Sarah hinterhereilt. Die aber kämpft nicht mehr. Nein – sie spielt mit den Elementen und zeigt mir, wie es gehen kann, wenn man nur will. „Kämpfe", hallt es in mir fort. Ich weiß nicht, ob es der Regen ist oder meine Tränen, die mein Gesicht pitschnass machen.

Glücklich schließe ich wenig später meine zwei Mädchen in die Arme. Die eine etwas zitterig und erschöpft, die andere glücklich strahlend. „Dad, hast du mich gesehen? War ich nicht super?" Ich nicke. „Du warst mehr als das, mein Schatz." Ich will nicht zeigen, wie sehr es mich besorgte. Noel kommt zu uns gerannt, das Handy in der Hand: „Ich habe alles gefilmt. Geile Kiste, Sarah!" Überrascht drehe ich mich zu ihm: „Wo, wie, was?", will ich wissen. Er zeigt mir das Gerät. „Von Lea. Das ist ihres. Ich habe darauf aufgepasst." „Und wo bist du gewesen?", will ich wissen. Er zeigt zum Strand: „Ich war mit der Ranger-Gruppe unterwegs, als der Sturm losging." Ich versuche, durch den Regen hindurch irgendetwas zu erkennen, doch es fällt schwer. Also war auch mein Sohn in der Gefahrenzone gewesen, als es losging. Sorge um meine Aufsichtspflicht regt sich in mir. Doch ich will jetzt nichts davon wissen. Wir sind in der Parallelwelt. Meine Frau ist weit weg. „Gehen wir?", will ich von den Kids wissen, die gerade ihre Surfbretter weggeräumt haben.

Das Wasser läuft mir nur so in Bächen am Körper herunter. Ich beginne zu frieren.

Wenig später sitzen wir in behaglicher Runde im Appartement. Alle satt, faul und von der warmen Dusche wieder bestens gewärmt. Draußen stürmt und regnet es, als ob die Welt untergehen möchte. Ich überlege mir, was wir nun gemeinsam spielen wollen, als Lea fragt: „Papi, machst du mit der Geschichte weiter?" Ich will ablehnen. Doch Sarah und Noel stimmen in die Bitten ihrer Schwester ein und nach einigem Zögern akzeptiere ich es doch. Nicht ganz ohne Eigennutz. Nur kurz mache ich mir Gedanken, ob die Geschichte für Kinder geeignet ist. Aber was soll der Quatsch? Die Kinder damals hatten es real erlebt!

Wir bauen wieder unser Bettenlager auf dem Boden auf und tauchen erneut in Annis Welt ein. „Bereit für die Reise durch Raum und Zeit?" Ernst blicke ich meine Kinder an. „Bereit!" Alle drei nicken. Ich bin superglücklich, dass meine Kinder Annis Geschichte erleben wollen, ziehe die Pilotenmütze tiefer ins Gesicht und lege los:

Überall herrschte Chaos, Angst und Schrecken. Die Zeiten des Krieges, die Flucht von Millionen von Menschen und der Verlust der bisherigen Weltordnung erzeugten einen Schockzustand. Hunger, Notleiden, Kälte. Zahlreiche Zwangsarbeiter irrten umher. Ihre deutschen Sklavenhalter waren verschwunden, geflüchtet oder getötet. Sie übten nun Rache und Selbstjustiz aus.

Für ein Mädchen, das mit fünfzehn Jahren aus Pommern in den Westen flüchten musste, war es schon sehr gefährlich. Noch gefährlicher wurde es mit Kleinkindern im Schlepptau. Die Ausnahme bildete Markus. Er war charakterlich in wenigen Wochen zu einem reifen, verantwortungsvollen jungen Mann erwachsen, weit seiner körperlichen Reife vorauseilend. Ohne ihn hätte Anni manche Strapazen nicht ertragen können. Er gab ihr von Tag zu Tag mehr Stütze und Halt, als sie sich damals in

Swinemünde jemals hätte vorstellen können. Sie lernten, es den scheuen Rehen gleichzutun. Nutzten ihre Pfade durch die Wälder, wichen allen Menschen aus, die in ihre Nähe kamen. Vergewaltigung, Misshandlung, Raub waren die ständigen Gefahren. Anni musste in einer Nacht einen Menschen mit einer Mistgabel schwer verletzen, um sich und die Kinder zu schützen. Ihr Überlebenskampf war ständig auf höchste Stufe eingestellt.

Der Donner, das Grollen und die Wucht der Einschläge schwerer Granaten, die den Boden unter ihnen bedrohlich erzittern ließen, wurden zu ihren getreuen Begleitern. Selbst Explosionen in näherer Umgebung ließen sie nur noch unmerklich zusammenzucken. Brutalerweise lockte sie Mutter Natur in diesen frühlingshaften Tagen zusätzlich mit ihren Reizen, wollte die Kinder gleichsam ins Verderben locken, so schien es Anni. Was für ein Anreiz es doch war, runter an einen silbrig schimmernden See zu rennen, der Abkühlung und Spaß versprach, oder über eine Wiese hinweg, voller Blüten und bunter Farben zu hüpfen. Gerade die Kleinen erlagen dieser Verlockung nur zu leicht und Markus wie auch Anni mussten oft genug einen Sprint einlegen, um die beiden wieder einzufangen.

In solchen Zeiten an Essen und Trinken zu kommen, war nicht einfach. Sie mussten betteln, was am wenigsten einbrachte.

Heimlich in Höfe und Häuser einzubrechen, brachte schon mehr. Dabei nahmen die Kinder nur das mit, was sie brauchten. Es sei denn, die Häuser waren bereits verlassen.

Dann, eines sehr frühen Morgens, sie hatten sich gerade in einer kleinen Hütte in der Nähe eines zerstörten Hauses zum Schlafen gelegt, geschah das Verrückte: Die Front überrollte sie. Lange Kolonnen von Soldaten, Panzern und anderem Kriegsgerät rollten an ihnen vorbei. Die Kinder beobachteten das Geschehen durch die kleine Ritze in den Bretterwänden. Soldaten schwärmten aus, um die Häuser und Wälder zu durchkämmen. Schnappten sie einen deutschen Soldaten, wurde er sofort erschossen. Immer wieder gab es auch kleinere Gefechte. Die Kinder hatten nicht wahrgenommen, dass um sie herum versprengte Widerstandsnester deutscher Soldaten in die Erde gegraben worden waren. Arme Kreaturen, die vor Schwäche beinahe nicht mehr die Waffen halten konnten, aber dennoch bis zu ihrem Ende für den sogenannten Führer und das Vaterland kämpften.

Danach war Ruhe. Gespenstische Ruhe. Sie glich einem Vakuum, das die Kinder magisch mit sich zog. Immer in sicherer Entfernung zu den russischen Truppen.

Doch der Sensenmann reiste unentwegt mit. Er hatte den Seelenhunger der Hölle zu stillen. Wen er erwischen konnte, den nahm er mit. Da machte der Tod keine Ausnahme. Auch bei Kindern nicht.

Anni hatte schon in der Nacht ein schlimmes Gefühl, das sich in ihr Gemüt einschmeichelte und sie durch einen Schlaf voller Albträume begleitete. Hätte sie das Unglück verhindern können? Hätte sie den Tod entdecken und aus ihrer nächtlichen Zuflucht vertreiben können? Die Schuldgefühle würden ein Leben lang bleiben, sich wie ein Bleigewicht zu all den anderen belastenden Gefühlen und Selbstvorwürfen hinzugesellen.

Anni wollte an diesem Morgen nicht mehr ins Bewusstsein zurückkehren. Sie fürchtete sich davor, der Realität ins Gesicht zu sehen, denn die Ahnung in ihr hatte es bereits wie breiartiges dunkles Öl in ihr ausgeschüttet und auf ihre Seele gelegt. Jemand würde diesen Tag nicht mehr überleben. Angstvoll schaute Anni von einem zum anderen in ihrer kleinen Familie. Anni rieb sich die Augen, sie schien zu halluzinieren. War dort an der Tür nicht Thomas? Der Mensch, dem sie sich seit der kurzen schicksalhaften gemeinsamen Zeit so nahe fühlte? Er winkte ihr zu. Ein Lächeln im Gesicht. Anni wollte ihn ansprechen. Doch er legte den Finger auf den Mund und zeigte auf ein Häufchen Mensch, das zu schlafen schien. Das Lächeln wich einem traurigen

Ausdruck und er schüttelte den Kopf. Der jungen Frau zerriss es das Herz, als sie sah, auf wen Thomas zeigte: Anni unterdrückte einen Schrei. Presste die Hand gegen den Mund und biss hinein. Nein, sie wollte es nicht wahrhaben. Mit einer wilden, hektischen Handbewegung wollte sie alle verscheuchen. Den Tod, wie auch Thomas, der als Todesbote handelte. „Was ist?“ Markus war aufgewacht und robbte zu ihr hinüber. „Anni, sag schon, was ist?“ Doch Anni war leichenblass und blickte nur auf das Häuflein vor ihnen. „Der Tod“, sagte sie schwach. Panisch sah sie, wie sich der Abgrund vor ihr auftat und sie verschlingen wollte. Sie stemmte sich dagegen. Aber der Tod hatte entschieden und sie musste hilflos mit ansehen, wie er seinem Opfer Stück für Stück das Leben aushauchte. „Gütiger Gott“, stammelte sie kaum vernehmbar und ging zu dem Kind.

Es war der kleine Joe. Der Tod hatte ihn ausgewählt. Schon vor vielen Tagen, als er in einen rostigen Nagel hineingetreten war und sich das hässliche Ding mit der Spitze zwischen dem großen Zeh und seinem kleineren Nachbarn durch die dünne Haut bohrte.

Anni rüttelte an ihm. Doch das kleine Kind wimmerte in Fiebertrance. „Joe“, flüsterte sie: „Mein Kleiner, hörst du mich?“ Doch sie erhielt keine Reaktion. Grimmig stand der Tod neben ihnen und wirkte ungehalten. Er wollte sein Werk vollenden. Diese junge Frau störte ihn dabei. Tränen schossen Anni ins Gesicht, während sie dem im Fieberwahn vor sich hin Stammelnden die Haare aus der schweißnassen Stirn wischte. „Bitte, bitte, bitte – bleib bei uns. Joachim!“ Sie schrie es beinahe schon heraus und rüttelte an ihm. Markus gesellte sich zu ihr und schaute regungslos auf den kleinen Bruder, wie er ihn in den letzten Tagen liebevoll genannt hatte. „Wird er überleben?“, wollte er wissen. Doch die Antwort kannte er. Der Tod hatte bereits den Fährpreis über den Rubikon bezahlt. Es gab kein Zurück mehr. „Warum hat er nichts gesagt?“ Wut und Verzweiflung machten sich in Anni breit. Getrieben von der Ohnmacht, nichts tun zu können. „Verdammt“, brüllte Markus heraus und weckte damit Tanja, die verängstigt ihre Puppe in die Arme nahm und zu weinen begann. „Joe, hörst du uns?“ Doch der Kleine war schon sehr weit weg von ihnen. Anni sah, wie er die Hand des Todes nahm und bereits mit ihm den Pfad entlangschritt, der ihn in eine Welt jenseits ihrer Vorstellungskraft brachte. Er wirkte so friedlich. So zufrieden. „Verdammt“, wiederholte Markus sein Fluchen. „Warum hat er die ganzen Tage nichts gesagt? Er meinte doch immer, ihm geht es gut.“ Er rüttelte verzweifelt an dem kleinen Körper. Doch Anni schüttelte den Kopf und legte ihre Hand auf die seine. „Wir müssen uns eher fragen, warum haben wir nichts mitbekommen? Wir hätten irgendein Zeichen sehen müssen. Der arme Junge hat tapfer alles ertragen.“ Anni schluchzte. Doch Thomas, der noch immer wartend in der Tür stand, sprach mit sanfter Stimme: „Ihr hättet ihn nicht retten können. Nicht hier und in dieser schlimmen Zeit. Ich kümmere mich um ihn.“

Der Weg des kleinen Joe aus unserer Welt hinüber ins Jenseits dauerte den ganzen Tag. Anni, Tanja und Markus wichen nicht von der Seite ihres kleinen Freundes und Mitglieds ihrer jungen Familie. Sie kümmerten sich nicht um die lebensbedrohlichen Situationen direkt vor ihrer Tür. Sollte doch ihretwegen die ganze Welt untergehen! Es gab nichts Wichtigeres, als hier zu sein, um dem kleinen Joe beizustehen. Einmal, kurz bevor er ganz die Augen schloss, kam der kleine Junge noch einmal zurück in ihre Welt. Öffnete die Augen und sah seine Gefährtinnen und Gefährten. Blickte in ihre Gesichter, lächelte kurz und sprach ein „Danke“. Danach verschwand jedes Leben aus dem kleinen Körper. Der kleine Joe war gegangen. Hoffentlich dorthin, wo er nun seine Eltern treffen konnte. „Ihm geht es gut“, sprach Tanja mit einer Stimme, die Anni aufhorchen ließ. Ihr war, als ob die Kleine Neid auf Joe empfand. „Tanja!“, konterte sie mir klarer Stimme: „Ja, es geht ihm gut. Aber auch uns wird es gut gehen! Bald.“ Sie verschluckte sich beinahe an den Tränen, die ihr in Strömen die Wangen herunterrannen. Das unsägliche Gefühl von Verlust wollte sie mitreißen, in diesen Abgrund, der sich noch immer vor ihr auftat und vor dem sie sich fürchtete.

Die Tür wurde aufgestoßen. Ein Mann stand im Raum. Graue Uniform, vom Eindruck her steinalt.

Schnell waren Anni und Markus aufgesprungen und hatten zu ihren Waffen gegriffen, während Tanja einen schrillen Schrei ausstieß. „Keine Bewegung", keifte Markus. Er legte sein altes Gewehr an. Bereit zu schießen. Doch der alte Mann stand nur versteinert da und blickte die ungewöhnliche Gruppe an. „Verschwinden Sie", drohte Anni. Sie entsicherte die Waffe. Doch der Soldat hörte nicht auf sie. Er blickte weiter von einem zum anderen und blieb an Joe hängen. „Was ist mit ihm?", wollte er wissen. „Tot! Aber das sind Sie auch gleich. Hände hoch", entgegnete ihm Markus. „Oh, das tut mir leid." Der Soldat hob die Hände und blickte zum ersten Mal Anni und Markus richtig an. „Ich mache keinen Ärger. Versprochen." Er legte seine Hand auf Joes Stirn, fühlte den Puls und horchte, ob es noch einen Atem gab. Doch nichts dergleichen war zu registrieren. „Ich helfe euch beim Begräbnis, einverstanden?" Ohne darüber nachzudenken, nickte Anni. Ihr Gefühl sagte ihr, dass sie vertrauen konnte. Aber Markus blieb misstrauisch. Stoisch hielt er die Waffe auf den Mann gerichtet, während Anni die ihre bereits wieder sicherte.

„Senk die Waffe, Markus." Anni sprach in ernstem Ton mit ihm. Doch der Gefährte blieb hartnäckig. „Ein Erwachsener! Ein Soldat! Ein Mann! Es könnte nicht schlimmer kommen." Er machte einen Schritt auf den Soldaten zu und wollte ihn daran hindern, Joe noch einmal zu berühren. Doch dann brach alles urplötzlich aus ihm heraus. Aus seinem tiefsten Innern quoll einer Eruption gleich die Trauer in dem Jungen nach oben. Vermischte sich mit tiefgründiger Erschöpfung und Verzweiflung. Markus brach an Ort und Stelle zusammen, weinte, schluchzte und zuckte am ganzen Körper. „Joe, nein. Bitte, Joe!" Er wimmerte. Anni setzte sich zu ihm auf den Boden und drückte den hilflosen Jungen fest an sich. Aber auch sie konnte sich nicht gegen ihre

Emotionen wehren und ließ ihren Tränen freien Lauf. Der Fremde setzte sich zu Tanja und bot ihr seinen Arm an, den sie dankbar annahm und sich darin vergrub. So versanken sie in ihrer Trauer und verfielen in einen matten, tiefen Schlaf.

„Wie heißt du eigentlich?", wollte Anni von dem Neuankömmling wissen. Der Abend hatte bereits eingesetzt, kündigte eine wolkenlose Nacht an.

Der Mann setzte sich schwerfällig auf und antwortete in einem sächsischen Akzent: „Torsten. Und wer seid ihr?" Er blickte die drei an. „Markus, Tanja und ich bin Anni. Wie hast du zu uns gefunden?" Unsicher blickte sie zur Tür, voller Sorge, es könnten noch andere kommen.

Der greisenhaft wirkende Mann zuckte mit den Schultern: „Ich bin den Wechselpfaden der Tiere gefolgt und da fand ich diese Waldarbeiterhütte."

Markus gesellte sich zu ihnen. „Waren noch andere mit dir unterwegs?" Auch ihn packte die Unsicherheit und er griff nach seinem Gewehr. Waren sie zu nachlässig geworden? Hätten sie ihr Quartier sorgfältiger wählen sollen?

„Nein, ich bin allein. Es sind alle tot."

„Was bedeutet alle?", wollte Anni wissen.

„Freunde, Kameraden, die ganze Truppe." Traurigkeit befiel sein Gesicht, wollte es einer Krake gleich umfassen und den Menschen dahinter verbergen.

„Wir gehörten zu einer Strafeinheit. Unser Befehl war es, in einem Himmelfahrtskommando von den Russen überrollt zu werden, um in deren Rücken Sabotageakte auszuführen. Doch wir starben wie die Läuse. Keine Chance bei der Übermacht. Aber so wollten es unsere Kommandeure auch haben."

Seine Stimme klang resigniert und kraftlos.

„Was habt ihr denn getan?", wollte Tanja wissen. Dabei drückte sie dem traurigen Mann ihre Puppe in die Hand.

„Im Prinzip nicht viel. Wir haben unseren Vorgesetzten gesagt, dass es aus ist und wir einfach mit dem dummen

Krieg aufhören sollten. Das ist Hochverrat, Wehrkraftzersetzung – oder was auch immer.“

Aufmerksam beobachtete Anni den Mann, wie er gedankenverloren die Puppe in Händen hielt und ihr den Kopf streichelte.

„An sich war es eine Gnade, dass sie uns nicht sofort erschossen haben, sondern auf diesen krankhaften Einsatz schickten.“

„Hast du Hunger?“ Anni stand bei diesen Worten auf und ging zu ihrem Versteck, wo sie hartes Brot, alte Salami und etwas Käse hervorholte. Dankbar nahm der Soldat das an.

Sie sprachen noch länger, bis die Nacht um sich gegriffen hatte. „Was jetzt?“, wollte Markus wissen. Er arbeitete sich an einem steinharten Brotranken ab.

„Ich schlage vor, wir suchen in einem der nächsten Orte einen Friedhof und beerdigen euren Freund in gesitteter Weise. Er hat es verdient. Vielleicht finden wir auch einen Pastor.“ Den Kindern blieb der Mund offen. Beinahe hätten sie sich verschluckt. „Friedhof, Pastor? Am helllichten Tag?“ Anni konnte es beinahe nicht fassen. Sie waren zu Schattenkindern geworden, die niemand sah. Denn sie waren unsichtbar. Doch Torsten beharrte darauf und konnte die Kinder überzeugen, am nächsten Tag auf Suche zu gehen.

Sie wurden nach einigen Stunden fündig. Den kleinen Joe trug der Soldat in seinen Armen. Eingewickelt in eine alte, von Läusen zerfressene Decke.

Das kleine Dorf mochte ehemals vielleicht 200 oder 300 Bewohner gehabt haben. Doch nun war es menschenleer.

Torsten legte den Leichnam im Schatten der Dorfkirche ab und machte sich auf die Suche nach dem Pastor. Den fand er schließlich auch, jedoch furchtbar zugerichtet und vermutlich schon vor Tagen ermordet. Ja, der Tod eilte ihnen inzwischen voraus.

Torsten war sich plötzlich nicht mehr sicher, ob das eine gute Idee gewesen war, und glaubte, in jedem Raum, hinter jeder Mauer einen Feind zu entdecken. Schnell war er wieder bei den Kindern, schnappte einen Spaten und legte stumm los, um eine Grube auszuheben. Sicherlich nicht so tief, wie die der anderen Gräber, aber ausreichend. Stumm standen sie um das frische Grab und blickten auf den in der Decke gut verschnürten lieben Freund und Schicksalsbruder. Nicht nur Tanja schluchzte. Sie blickte zu Anni hoch, die ihre Gedanken zu erraten schien. Denn sie nickte ihr zu und half dem Mädchen, die Puppe ins Grab hineinzulegen. „Lieber Joe, damit du nicht so alleine bist, im Himmel", murmelte sie und erhob sich wieder. Energisch strich sie die Tränen mit dem Ärmel ihres Pullis aus dem Gesicht und sprach: „Wir müssen gehen." Nicht nur Torsten war erstaunt. Diese Kinder waren besonders. Sie trauerten sehr um den jungen Gefährten. Wussten aber, dass es weitergehen musste. Den Tod zu sehen, daran hatten sie sich inzwischen gewöhnt. Was für eine schreckliche Welt.

Kurz überlegte Torsten, ob er beim Pastor nach entsprechender Kleidung schauen sollte. Doch er verwarf dies schnell, als sie Stimmen vernahmen. Stimmen in russischer Sprache. Sie lachten und johlten. Offenbar besoffen. Schnell drückte sich die Gruppe in die Dunkelheit der Grabkapelle und wartete, bis die marodierende Gruppe der russischen Soldaten vorbeigezogen war.

12.

Die SMS ist kurz und knapp: „Wir schaffen es leider nicht früher nach Hause. Die Maschine hat einen Triebwerkschaden. Bitte kümmere dich bis Donnerstag um die Kinder."

Ich schaue noch einmal auf mein Handy. Beinahe hätte ich die Nachricht übersehen, da ich kaum ins SMS-Postfach gucke. Will meine Frau mir gerade erklären, dass ich nicht nach Kirchheim fahren kann? Mir ist ungut zumute. Der Anruf im Krankenhaus am Morgen hat ergeben, dass Laura erhöhte Temperatur und starke Schmerzen im Bauch hat. Ich spüre die höllische Angst in mir, die mich ständig im Genick packt und schüttelt: „Na, hast du Angst, dass deine Pfuscherei in ihrem Bauch zur Katastrophe auswächst?" Ich versuche, das Monster abzuschütteln. Doch es gelingt nicht. Das Biest setzt sogar noch einen darauf: „Mannomann! Das Herumhantieren an ihrer Aorta hätte jedem Klempner einen Herzinfarkt beschert. Was hat dich denn letzten Freitag geritten, so einen Scheiß zu machen?" In Gedanken will ich erwidern, dass es keine Alternative gab. Doch das war lächerlich. Sollte ich mich einer Einbildung gegenüber rechtfertigen?

Die Fähre hat bereits die Hälfte der Überfahrt gemeistert. Das Wasser ist spiegelglatt und wir gleiten mühelos hindurch. „Paps, gleich passieren wir wieder die Grenze unserer Parallelwelt und kommen in der doofen Realität an, richtig?" Noel schaut mich wie ein Wissenschaftler an, der mit seinem Kollegen über den Eintritt des Forschungsschiffes in ein Wurmloch diskutiert. Erst verstehe ich nicht, was er meint. Doch dann dämmert es mir. „Ah ja, die Parallelwelt. Richtig. Aber ja doch." Ich zeige in Richtung des Landstrichs, der sich vor uns zeigt: „Siehst du dort das Flimmern? Das ist schon die erste Schicht. Gleich sind wir zurück."

Genervt antworte ich meiner Frau zurück. Natürlich SMS, denn alles andere kennt ihr alter Handyknochen nicht:

„No way. Ich muss zurück. Morgen muss ich im Krankenhaus sein. Notfälle."

Prompt kommt die Antwort: „Das hier ist auch ein Notfall – ein familiärer. Bedeutet dir deine Familie gar nichts? Denk an deine Kinder." Die Wut kocht in mir hoch. Was ist das nur für ein Egobolzen. Ich nehme mir fest vor, bei der Airline zu überprüfen, ob das Flugzeug wirklich einen Schaden hat. Meine Vermutung ist eine andere.

„Ich will nicht zurück." Lea setzt sich neben uns, gefolgt von Sarah. Sie sind gerade von einer Expedition „Jungens" zurück. Zwei aus ihrem Surfkurs sind ebenfalls mit auf dem Boot.

Ich lege die Arme um meine Kinder. Wir alle schauen gedankenverloren aufs Wasser. „War schon schön", kommentiere ich. „War superschön", bestätigen die Zwillinge. Und Noel zeigt uns zum Beweis seine Schätze, die er mitgenommen hat. Ich bin selig. Und wieder wünsche ich mir, dass dieser Moment niemals enden möge. Doch das gehässige Biest in meinem Nacken mutiert zur Panik. Was ist, wenn unten im Krankenhaus alles weiter aus dem Ruder läuft? Was ist, wenn Lauras Zustand sich verschlimmert und sie uns womöglich verstirbt? Ein Schauder läuft durch mich hindurch. Sie ist für mich ein Teil meiner Familie, so wie diese wunderbaren Kinder neben mir. Genauso wie auch Anni. Die mir mit jeder Zeile in ihrem Buch und mit jeder WhatsApp, die wir täglich austauschen, bestückt mit Bildern von ihr, Laura und Mike, mehr und mehr ans Herz wächst. Ich atme tief den Duft der Nordsee ein. Lausche dem Schrei-Konzert der Möwen. Das alles lockt mich, um mich für eine Welt zu entscheiden. Für meine Kinder hier und für meine neue Familie dort. Doch ich will beides!

„Am liebsten will ich euch entführen und mitnehmen", rufe ich einem inneren Impuls folgend aus. Nur gut, dass meine Frau das nicht hört. Das wäre wunderbares Futter für den Scheidungsanwalt und den Sorgerechtsfall.

Meine Kinder sagen nichts. An ihrem glänzenden Blick erkenne ich aber, dass sie durchaus wohlwollend über eine solche Option nachdenken.

„Haltet euch gut fest. Gleich kommt die Wechselzone von einer Welt in die andere. Duckt euch." Und wir alle ducken uns. Tauchen von einer Welt in die andere und würden es bevorzugen, in einer Zwischenwelt anzukommen, in der wir an allen Orten zugleich sein können. „Paps, dann könnten wir immer und zu jeder Zeit bei dir vorbeischauen und du bei uns." Noel bekommt leuchtende Augen. „Oh ja", sagen die Zwillinge, „das wäre dann so, als ob wir im Zimmer nebenan sind und einfach nur zur Tür hereinkommen müssten." Die Idee gefällt mir und ich nicke eifrig. „Das wäre wunderbar", kommt es mir über die Lippen, beladen voller Sehnsucht und Trennungsangst. Ich denke nach und rufe: „Dann lasst uns einfach im Übergangsbereich stecken bleiben."

Doch das Schiff legt an und liefert uns in unsere alte Welt ab, die wir stöhnend und seufzend betreten. Bald würde uns die Routine des Alltags wiederhaben.

Doch nein! Einen Tag Schonfrist wird es noch geben. „Was wäre, wenn ich noch einen Tag länger bei euch bleibe?" – „Häh?" Die Kinder reagieren irritiert. Doch sie ahnen schon etwas: „Kommt Mama heute nicht nach Hause?" Ich schüttle den Kopf und erspare mir die Erklärung. „Mal wieder", schimpft Lea, um gleich zu sagen: „Selbst schuld. Dann stellen wir das Haus so lange auf den Kopf." – „Au ja, wir beamen es einfach in unsere Parallelwelt und dann geht der Punk ab." Sarah findet den Einfall super.

Der restliche Weg von Norddeich nach Emden stecken die Kinder in Planungen, was mit dem gewonnenen Tag geschehen soll. Ich bin mal Chauffeur zum Pferdehof, mal Kapitän auf einem gemieteten Boot oder einfach nur derjenige, der die unerlaubten Dinge mitmacht, die sie sich ausmalen. Natürlich ist auch Kino mit auf dem Programm. Mir schwant aber, dass ich Schwierigkeiten bekommen werde. Mühsam versuche ich, während der Fahrt Nachrichten an Micha und Arno zu schicken. Auch meiner Chefin schicke ich eine Textnachricht, für die ich mich extra auf einen schattigen Parkplatz gestellt habe. Die Antworten kommen schneller zurück als gewünscht: „Geht auf keinen Fall! Hier brennt der Baum." – „Wir müssen nochmals mit Laura in den OP!" – „Das ist unerlaubtes Fernbleiben vom Arbeitsplatz." Und so weiter. Mir wird ganz mulmig dabei. Petra spare ich komplett aus, bei meinem Nachrichtenverkehr. Ich versuche, es Micha und Arno zu erklären. Dann endlich kommt die erlösende Nachricht: „Wir bekommen das schon hin. Wichtig ist, dass du am Donnerstag da und fit bist!"

Erleichtert lege ich das Smartphone zur Seite und steige in die Planungen für den gewonnenen Tag ein.

„Paps, hast du eigentlich ein Bild von Anni?" Laura beugt sich zu mir nach vorne. Ich nicke und gebe ihr mein Smartphone. „In der Galerie sind zwei Bilder. Mike hat sie mit meinem Handy von Anni und Laura gemacht – und von sich natürlich!"

„Wer ist Mike?", fragt Noel, Konkurrenz witternd. „Wer ist Laura?", wollen Lea und Sarah wissen, Misstrauen in der Stimme. Irritiert blicke ich in den Spiegel, um meine Kinder besser sehen zu können. „Laura und Mike? Zwei tolle Menschen, so wie ihr auch! Sie sind Patienten, die ich sehr mag." – „Mehr als uns?", bohrt Noel nach. Energisch schüttle ich den Kopf. „Wie könnte das denn gehen? Mehr als euch kann man einen Menschen nicht lieben." Ich bekomme feuchte Augen. „Doch die beiden sind ebenfalls Menschen, die mir am Herzen liegen. Genauso wie Anni." – Laura schiebt noch immer den Finger übers Display. „Ich kann kein Bild von einem Mädchen finden. Wo ist Anni?", will sie wissen. Ich nehme ihr das Handy aus der Hand und scrolle zu den zwei erwähnten Bildern. „Hier, die kleine Dame auf der rechten Seite." – Noel schüttelt den Kopf. „Das kann nicht Anni sein. Das ist eine alte Frau." Ich erkenne meinen Fehler und will gerade antworten, als Lea mir zuvorkommt. „Sie ist das Mädchen aus der Geschichte? Das tapfere Mädchen ist diese Frau?" Ich nicke. In den Köpfen von allen dreien hört man es rattern. Endlich kommt Noel zum Ergebnis: „Dann ist das eine wirklich mutige Frau." Ich nicke.

„Ich möchte heute Abend noch ganz lang von der Geschichte erfahren. Papi, versprochen?" Laura lehnt sich wieder auf ihrem Rücksitz zurück. „Au ja. Und wir machen es genauso wie in unserer Parallelwelt. Wir bauen uns eine Liegewiese im Wohnzimmer auf."

Doch daraus wird leider nichts. Unsere Nachbarin händigt den Schlüssel aus. Gibt mir aber zu verstehen, dass ich die Order habe, im Pavillon im Garten zu schlafen und nur Bad und Toilette nutzen darf. „Intimsphäre, verstehen Sie?" Ich möchte ihr die Intimsphäre am liebsten sonst wohin packen. Der Kinder zuliebe nicke ich aber. Im Gartenpavillon lässt es sich sicherlich auch erzählen. Und was die Kinder im Haus anstellen, ohne Aufsicht, dafür kann ich dann auch nichts. Das sage ich der Dame auch so, die sich mit hochgezogenem Kinn auf dem Absatz umdreht und geht. Vermutlich werden wir beide in diesem Leben keine Freunde mehr werden. Ich grinse und fühle mich einigermaßen gut. Wenigstens für einen Abend und einen halben Tag werden wir wieder unser Universum an diesem garstigen Ort aufbauen können. Wir sind fernab von Zeit und Raum dieser garstigen Welt, deren schlechte Schwingungen an unserer Blase abprallen würden, wie die dunkle See an einer gut geschützten Unterwasserwelt.

Als ob der Himmel mit diesem Vergleich sein Signal hat kommen sehen, um alle Schleusen zu öffnen, setzt in dieser zweiten September-Hälfte ein heftiger Sturzregen ein, der den Garten und Emden unter Wasser setzen will. Schnell ziehen sich die Kinder und ich ins Gartenhäuschen zurück, zünden Kerzen an, öffnen Chipstüten, bauen auf dem Boden unser Lager für den Abend. „Wollen wir vorher noch ein Spiel spielen?" Ich zeige die Uno-Karten. Doch die Kinder haben kein Interesse. „Nein, wir wollen Annis Geschichte hören."

Ich nicke und lege die Karten weg. Das Buch liegt schon auf dem Fenstersims bereit. „Dann lasst mal schauen, was die Kinder auf ihrer gefährlichen Reise noch so erleben mussten."

Ich lehne mich gegen die Holzwand und warte, bis alle ihre Position eingenommen haben. Sieht nicht unbedingt alles bequem aus, stelle ich fest, beginne aber mit dem neuen Kapitel:

13.

Im Mai 1945 erreichten Anni, Markus und Tanja, gemeinsam mit Torsten, tatsächlich Berlin. Anni konnte nicht mehr sagen, wie das wirklich geschehen war. Doch sie wanderten an diesem bewölkten Maitag durch die Trümmerwüste der Stadt. Wie Zahnstummel eines Riesen ragten die Häuserreste in den Himmel. Es tröpfelte unentwegt auf sie nieder, als ob die Welt ihre Trauer nicht mehr verbergen konnte. Überall entdeckten sie Menschen, die mit ihren versteinerten und verdreckten Gesichtern wie Tonskulpturen aussahen. So starr saßen sie auch vor ihren Häusern. Ausdruckslos, innerlich leer. Frauen, die soeben von den siegreichen Soldaten vergewaltigt und wie ein Stück Müll weggeworfen worden waren, schleppten sich in Kellerverliese, um sich zu sagen, dass sie selbst Schuld hatten. Sie hätten ihre Verstecke nicht bei Tageslicht verlassen dürfen. Verdrehte Welt. Anni erinnerte sich wieder an den Ratschlag der Menschen vor vielen Wochen. Sie hörte ihn auch in Berlin wieder. „Geh zu den Amerikanern. Dort geht es dir besser.“ Doch wo waren die Amerikaner? Der Name Charlottenburg fiel immer wieder.

Die Kinder wirkten etwas unbeholfen in der Trümmerwüste dieser großen Stadt. Wie konnte man sich hier unsichtbar machen? In den Wäldern wussten sie es. Doch hier in diesen Trümmerwüsten des blanken Entsetzens? Sie torkelten mehr durch die Straßen, als dass sie klar und zielstrebig ein Ziel anvisierten. Schnelle Beute nicht nur für die Besatzungssoldaten. Aber auch aus deutschen Reihen drohte die Gefahr, überfallen zu werden. Torsten schnappte sich schnell die drei und zog sie in eine Seitengasse hinein. Ernst schaute er sie an. „Ihr müsst euch zusammenreißen“, raunte er ihnen zu. „Ihr seid nicht mehr in den Wäldern. Das ist hier eine Großstadt. Babylon in seiner schlimmsten Ausprägung. Ihr müsst euch wie ein Chamäleon anpassen, sonst seid ihr in wenigen Stunden tot oder verschleppt.“

Er rückte seine russische Soldatenuniform zurecht. Gestohlen von einem toten Soldaten, der sie aufgespürt hatte und verhaften wollte. Doch Markus und Anni waren schneller, streckten ihn nieder und Torsten hatte den letzten Rest Leben aus dessen Körper gepresst. Alles ging unglaublich schnell und erschreckend emotionslos vonstatten. Torsten erkannte in dieser Gewalttat eine lebenswichtige Chance für sie alle. Ohne zu zögern, entkleidete er den Soldaten bis auf die Unterwäsche und war von da an der russische Soldat, der die Aufgabe hatte, die entlaufenen Kinder wieder in ein spezielles Lager zu bringen. Für die Flüchtigen war das mehr als einmal die pure Rettung gewesen. Sein beinahe akzentfreies Russisch hatte Torsten in den vergangenen fünf Jahren in Russland gelernt. „Ich habe eine Frau kennengelernt", erklärte er den Kindern. „Sie war Russin und wir liebten uns innig, aber vor allem heimlich. Niemand durfte es wissen. In dieser Zeit lernte ich ihre Sprache." Wie die Liebe ausging, verschwieg Torsten seinen neuen Freunden standhaft. Nichts konnte ihm die Geschichte entlocken. Doch Anni sah an seinen Augen, dass sie keinen glücklichen Ausgang genommen hatte. „Was sollen wir tun?", wollte Anni von ihm wissen. In der Hauptstraße vernahmen sie Schreie und dann Schüsse. Jemand brüllte, andere weinten und wimmerten. „Russen", flüsterte Torsten und riss die Kinder weiter in die enge Gasse hinein. „Wir müssen einen Unterschlupf finden."

Er blickte sich suchend in der Gegend um. „Schau, da." Anni zeigte in Richtung eines Hinterhofs, in den einzelne Menschen hineinhuschten. Schnell nahm sie die beiden Kinder bei der Hand und eilte den Schatten hinterher. Die Motoren der russischen Lastwagen kamen näher. Sie waren wohl wieder auf Menschenjagd. Im Schutz der aufkommenden Dämmerung schlichen sich die vier, eng an die Steinhaufen und Mauerreste gedrängt, zum Eingang des Hinterhofs. Ein altes, zerschossenes Schild deutete mit einem Pfeil und Hinweis „Luftschutzbunker" in diese Richtung. Tanja wimmerte. Auch Markus schien unsicher. Diese vielen Menschen, der Lärm und die Steinwüste machten ihnen Angst.

Auch Anni. Sie sehnten sich nach der Ruhe und dem Schutz der Wälder. Es war ein Segen für sie, dass Torsten bei ihnen war und einmal mehr die Führung der kleinen Gruppe übernahm. Gerade noch rechtzeitig sahen sie, wie die flüchtenden Schatten die Treppen hinuntereilten und hinter einer stählernen Tür verschwanden. Der Schlag, wie sie ins Schloss fiel und verriegelt wurde, hallte nur kurz über den Hof und dann verfiel die Szenerie in gespenstische Starre. Alles schien sich in ein eintöniges Grau-Braun zu hüllen, versteckte selbst die Tür in der Dämmerung. Nach dem Motorengeräusch zu urteilen, das sich allmählich entfernte, drehten die Russen ab. Schüsse hallten jedoch noch immer durch die Nacht. Erschöpft klopfte Torsten gegen die Tür. Doch niemand öffnete. Er klopfte lauter, hämmerte fast. Nichts regte sich. Gespenstische Ruhe legte sich über die Stadt. Das Lauern der Jäger und das Wimmern der schutzlosen Opfer in den Häusern fanden in dieser unguten Ruhe eine grausige Gemeinsamkeit, die dem Sensenmann wieder einige Seelen in die Arme treiben sollte.

Auch wenn der Krieg bereits seit mehr als einer Woche seine Vernichtungsmaschinerie eingestellt haben sollte, wie man hier und dort mitbekam, so war der Blutrausch der siegreichen Soldaten noch lange nicht gestillt. Sie flutete Stadt und Land und trug diesen dorthin zurück, wo ihn die Deutschen vor beinahe sechs Jahren aus der Dose der Pandora herausgelassen hatten. Die Blutgier war zu einem Monster geraten, das mit Millionen blutrünstiger Augenpaare die Welt umspannte und seinen irrsinnigen Bluthunger nicht zügeln konnte. Ein Verbündeter des Todes, eine Krake mit millionenfachen Tentakeln. Anni spürte, wie sich diese Arme auch in ihre Richtung bewegten. Der Blutrausch umwehte sie, ließ das Blut in ihren Adern gefrieren. Sie fröstelte. Ihr Blick traf den von Torsten. Beide nickten sie und suchten nach einer Ersatzunterkunft für die Nacht. Gerade, als sie sich erheben wollten, um zum gegenüberliegenden Haus zu gehen, wo offenbar ein Loch im Schutthügel einen Holzverschlag freigab, öffnete sich die Tür und eine Gruppe von

Männern und Frauen tauchte auf. Schneller, als sich Anni und ihre Freunde umschauen konnten, waren sie umzingelt und lange Messer auf sie gerichtet. Sie konnten nicht einmal mehr einen Laut von sich geben, da lagen Markus, Torsten und Anni auf dem Boden. Niedergestreckt durch Schläge. Einzig Tanja verschonten die vollkommen verwahrlosten Kreaturen. Füße traten nach Torsten, dessen russische Soldatenuniform die Wut aller magisch anzog. „Freund", hörte Anni aus dem Mund von Tanja. „Wir sind Freunde. Bitte helft uns." Die zarte und dünne Stimme des Kindes ließ die Gruppe innehalten. „Bitte", flüsterte sie. Kurz entstand eine Stille, die Anni nutzte, sich vorsichtig aufzurichten. Stolz blickte sie Tanja an, die es geschafft hatte, die zuvor geübten Worte zur rechten Zeit von sich zu geben.

„Bitte, können wir bei euch für eine Nacht unterkommen?" Sie versuchte, herauszubekommen, wer die Gruppe anleitete. Doch das gelang nicht. Die Augenpaare blickten sie düster an: „Was macht der Russe hier?" Sie zeigten auf Torsten, der noch immer vor Schmerzen gekrümmt auf dem Boden lag. Beide Hände lagen schützend über dem Bauch. „Er ist kein Russe. Torsten ist sein Name", versuchte Anni zu erklären. „Wir haben ihm unser Leben zu verdanken, als wir hinter die Linien geraten sind." Nur sehr langsam entspannte sich die Situation. Die Schüsse, Rufe und Motorengeräusche von der Straße kamen wieder näher. Unsichere Blicke gingen in Richtung Hofausgang. „Bitte helft uns", sprach Tanja mechanisch weiter, beide Arme offen und hilflos in die Luft gestreckt. Endlich ließ sich ein jüngerer Mann darauf ein und nickte. „Nehmt sie mit hinein, bevor die Russen uns hier finden." Murren entstand, das erst zu einem Ende kam, als der junge Mann ein energisches „Ich habe gesagt, wir nehmen sie mit rein!" von sich gab.

„Verbindet ihnen die Augen", forderte eine Frau, was auch dann geschah. Danach folgte ein Stolpern durch ein kleines Labyrinth, unterbrochen vom Schlagen zweier weiterer schwerer Türen, bis sie von einem unbändigen Mief getroffen wurden, beinahe, als wären sie gegen eine Mauer

gerannt. Schweiß, Urin, Kot und vielfältige andere Ausdünstungen nahmen Anni beinahe den Atem. Sie fürchtete gar, das Bewusstsein zu verlieren. Menschen stöhnten, ein Kind schrie, irgendwo wurde angeregt diskutiert, einzeln auch verhalten gelacht. Und zwischendrin – Anni konnte es riechen und spüren – hatte auch er Platz genommen. Der Tod. Wut packte Anni. Sie war nahe daran, ihn zu suchen und an seiner Kutte aus dem Bunker zu zerren. Wen würde er sich holen wollen? Einen Säugling, einen erschöpften alten Menschen, jemand Krankes oder eine junge Seele, die ohne Medikamente ihre letzten Tage zählte?

„Setzt euch hinten hin. Da ist noch Platz." Ein Mann – so grau und ausgemergelt wie alle anderen auch – zeigte in Richtung einer leeren Stelle, vor einer Reihe von Eimern, die wohl als Klos dienten. Es war die einzige freie Stelle und ein Protest schien aussichtslos. Obwohl sie die Stofffetzen über den Augen entfernt hatten, taten sie sich schwer, in dem düsteren, lang gezogenen Betongewölbe etwas zu sehen. An zwei, drei Stellen drang etwas schummriges Licht in den Raum. Anni konnte nicht erkennen, was die Quelle dessen war. Vermutlich eine Notbeleuchtung, die von irgendwo her noch etwas Energie erhielt.

Sie schlurften, stolperten und zwängten sich an den ihnen zugewiesenen Platz. Nicht nur Anni wäre gerne wieder aus dieser Enge entwichen. Hinaus an die frische Luft. Doch für diese eine Nacht würde das nicht mehr möglich sein. Die Schotten waren dicht. Niemand würde sie hinauslassen.

Torsten wurde angefeindet. Jemand fiel ihn von hinten an und wollte ihn töten. „Scheiß Bolschewiken! Ich zerstückle dich!" Es war eine kräftige Frau, Mitte vierzig, die das brüllte. Markus und Anni retteten ihn gerade noch rechtzeitig, indem sie die Rucksäcke gegen die Frau schleuderten und ihren Messerstich abwehrten. Ein Tumult entstand, den der Anführer in der Unterwelt mithilfe von fünf kampferprobten Männern schnell im Keim erstickte.

Eng aneinandergekauert belegten Markus, Tanja, Anni und Torsten ihren Platz und beschützten einander. Alle konnten das Zittern des anderen spüren. „Wir müssen hier schnell wieder verschwinden und du brauchst andere Kleider, Torsten.“ Dieser stimmte nickend zu. Sie wussten nicht, wie spät es war, doch nach kurzer Zeit waren sie schon tief und fest eingeschlafen. Die Erschöpfung war stärker. Aber Anni blieb mit einem Teil ihres Bewusstseins wach. Sie wollte nicht erdulden, dass sich der Tod in dieser Nacht erdreistete, sich bei ihnen niederzulassen. Sie würde ihn mit aller Kraft bekämpfen und ihm die Leviten lesen.

Unruhe im Bunker ließ sie am vermeintlich nächsten Morgen wach werden. „Was ist?“, wollte Torsten von einer Frau wissen, die mit ihrem Kind neben ihnen saß und gerade versuchte, dem kleinen Jungen, der im Alter von Joe sein mochte, ein Stück Brot in den Mund zu stecken. Doch dieser wollte nicht. Mit großen Augen und versteinertem Gesicht blickte er durch die Düsternis hinüber zum Ausgang, wo einige Männer standen. „Es scheinen sich einige Russen an der Bunkertür zu schaffen zu machen. Sie haben schon eine Handgranate gezündet, sagen die Männer.“ Erschrocken blickten sich die vier Freunde an. Sie wären hier in der Falle und würden einem Gemetzel zum Opfer fallen, wenn den Russen ihr Plan gelänge. Doch die Frau beruhigte sie. „Das ist nicht das erste Mal. Die Kerle verlieren schnell die Lust, wenn sie merken, dass das alles nicht so einfach zu öffnen ist. Dann suchen sie sich einfachere Opfer, oben in den Wohnungen …“ Sie beendete den Satz nicht. Doch man sah ihrem Gesicht an, dass sie noch nicht lange hier untergekommen war und als leichte Beute für die Soldaten gelebt hatte. Anni sah den Blick, den Torsten der Frau zuwarf, verbunden mit einem zaghaften Lächeln. Sie spürte einen leichten Stich in ihrer Brust. Eifersucht? Nein, das konnte nicht sein. Torsten und sie, wie auch Tanja und Markus, waren eine eingeschworene Schicksalsgemeinschaft, deren Beziehungen tiefer gingen als alles andere.

Sie hatten so viel zusammen durchgestanden, konnten sich immer aufeinander verlassen. Da war kein Platz für Emotionen.

Sie verbrachten den ganzen Tag im Bunker. Litten gemeinsam an der schlechten Luft, der ständigen Dunkelheit und Enge. Anni suchte den Tod und entdeckte ihn am Lager bei einer alten Frau, dem kleinen Jungen und der Frau neben ihnen. Schnell raffte sie sich auf und ging zu dem Jungen. „Was hat er?“, wollte sie wissen. Erstaunt blickte die Frau sie an. „Woher weißt du das?“ Sie streichelte den Kopf des Kindes, das noch immer kein Wort gesprochen hatte und nur starr vor sich hinschaute. Die Frau flüsterte Anni entgegen, in der Hoffnung, dass er es nicht hören konnte: „Er hat so viel Schlimmes erlebt. Wie sein Vater mit ihm in den Trümmern vergraben wurde und nur er gerettet werden konnte. Wie die Russen mich … Ach, vergiss es.“ Sie wischte mit der Hand durch die Luft, um die Gespenster vertreiben zu wollen. Dann aber fuhr sie fort: „Seither habe ich das Gefühl, dass er nicht mehr richtig ins Leben zurückkommen will.“ Sie schluchzte. „Ich erreiche ihn einfach nicht mehr.“ Anni betrachtete lange den Jungen, nicht bereit, wegzugehen, um dem schamlos grinsenden Tod das Feld zu überlassen. Tanja rutschte zu ihnen herüber und fasste die Hände des Jungen an. „Hier nimm“, sagte sie in sanfter Stimme und drückte ihm eine handgeschnitzte Figur in die Hand. Sie war umwickelt mit Fäden und Stoff. „Das ist mein Freund Joe. Er ist etwas ganz Besonderes.“ Erstaunt blickte der Junge das Mädchen mit dieser engelhaften Stimme an und runzelte angestrengt die Stirn, als ob er verstehen wollte, was sie ihm gerade gesagt hatte. Sein Blick ging zu der Puppe. Er schien sich zu fragen, wie dieses erstaunliche Ding plötzlich in seine Hand geraten war. Tanja sprach sanft und dennoch in einer kindlichen Form der Unbeschwertheit weiter mit ihm. Stellte ihm Joe vor und erzählte ihm ihre gemeinsame Geschichte mit Joe – unserem Joe. Auch, wie er nun in dieser Puppe weiterlebte. „Auch dein Papa ist mit dabei.“ Sie nickte ernst und voller Überzeugung.

Der kleine Junge war nun vollends irritiert und gerade diese Unstimmigkeit ließ ihn ins Grübeln geraten. Holte ihn kurz aus seiner Welt zurück, um mit einem abgehackten „Aber" im Hier und Jetzt anzukommen. Dann folgte ein weiteres Wort „Joe" und er lächelte. „Hase", sagte er nur. „Das ist der Name seines Kaninchens, das er so geliebt hat", erklärte die Frau. Anni nickte. Doch Tanja ging nicht darauf ein, sondern zauberte eine zweite Figur hervor. „Das ist Margarete, meine beste Freundin – nach Anni." Sie hielt die Figur direkt vor jene in seiner Hand und sprach mit leicht verstellter Stimme ein „Hallo". Er lächelte. Ja, er lächelte tatsächlich. Die Mutter schluchzte und begann zu weinen. Torsten gesellte sich zu ihr und legte tröstend die Hand auf ihre Schulter. Anni vernahm ein Knurren und sah, wie sich der Tod nur ungern entfernte. Immer wieder kam er zurück, wollte sich zwischen sie und den Jungen setzen. Doch das Lächeln im Gesicht des Kleinen, die Gemeinschaft dieser erweiterten Gruppe, die sich plötzlich wie der traute Hort einer Familie anfühlte, nahm ihm gerade jede Chance auf Beute. Anni streckte ihm die Zunge heraus und klopfte Markus erfreut auf den Rücken, dass dieser zu husten begann. „Jonas – hallo", sagte der kleine Junge und ließ die Figur in Richtung Margarete wandern. Sie begannen miteinander zu tanzen, durch die Luft zu fliegen und gemeinsam in ein Licht einzutauchen, das Leben verhieß, genauso wie Zuversicht. Viele Menschen um sie herum beobachteten die Szene, schienen wie Anni die bunten Schmetterlinge zu sehen, die den tristen Raum erfüllten, verbunden mit einer Welle von Hoffnung, die jedem Tod und jeder Vernichtung keine Chance ließ.

Die Tür öffnete sich endlich. Frische Luft erfüllte langsam den Bunker. Die Menschen atmeten auf und Einzelne erhoben sich. „Die Luft ist rein, sie sind weg", erklärte die Frau das Geschehen. Noch immer vollkommen benommen vom Anblick der Kinder, die nach wie vor mit ihren Puppen spielten und mit diesen den Bunker erkundeten.

Torsten erhob sich zögerlich. Es schien ihm schwerzufallen, doch er hatte die feste Absicht, zu gehen. Der Kinder wegen. Sie mussten in den Westen.

Doch daraus wurde nichts. Am Eingang wurden sie angehalten.

Die schlauen Berliner Anführer erkannten, dass dieser Soldat in russischer Uniform von großem Wert sein konnte. Sie kassierten ihn ein, um ihn für umfangreiche heimliche Beschaffungen, Geschäfte und Bestechungen mit den Russen zu benutzen. Das sagten sie ihm auch mehr oder weniger deutlich.

Torsten wehrte sich. Doch sie überzeugten ihn auf ihre Art. „Wir geben den Kindern Schutz, soweit es geht, und sorgen für sie, falls was passieren sollte. Kollege, wir brauchen Leute, bleib wenigstens ein paar Tage bei uns."

Er überlegte kurz, bedingte sich aber ein Gegengeschäft aus. Nämlich, die Kinder in Sicherheit und Anni darüber hinaus noch nach Spandau zu den Amerikanern zu bringen. „Ja, da möchten wir auch alle hin", spottete ein Mann aus einem der hinteren Bereiche des Bunkers. Der Freund und Begleiter blickte in die Gesichter seiner Freunde. Dann schweifte er ab und blieb an den schattenhaften Umrissen der Frau hängen, deren Sohn gerade bei Tanja stand und ihn neugierig beobachtete. „Also gut. Ich helfe für ein paar Tage. Aber dann müssen wir los." Anni ging mit Markus und den Kleinen wieder zurück an ihren Platz. Sie nahm sich fest vor, einen Sicht- und Duftschutz für die sogenannten Toiletten zu basteln. Vielleicht half ihr die Frau ja. Sie hieß Veronika, wie sich beim Vorstellen herausstellte.

Die Streifzüge für Torsten begannen bereits am Nachmittag. Er lernte die Gegend kennen, erfuhr, wie die Truppe in der Regel vorging, um mit den Russen in Schwarzmarktgeschäfte eintauchen zu können, ohne gleich erschossen zu werden. Er war ein wichtiger Bestandteil dabei. Die Ware, die getauscht werden sollte, war zu normalen Zeiten sicherlich ein Vermögen wert, unter anderem der Schmuck, den sie ausgegraben hatten. Aber auch einige praktische Dinge wie Unterwäsche, Schuhcreme oder Rasierzeug und vieles mehr. Die Menschen konnten in diesen Tagen so gut wie alles brauchen. Auch zum Tauschen.

Torstens Russisch war beinahe perfekt, aber keine Garantie fürs Überleben. Eine ihn begleitende Frau schimpfte und zeterte, als sie ein paar Tage später unverrichteter Dinge wieder zurückkamen. „Er bringt uns noch um mit seinem dilettantischen Russisch." Sie war außer sich: „Wir mussten wie die Hasen im Zickzack über die Trümmer fliehen. Und die Kugeln zischten uns um die Ohren." Fluchend blickte sie Torsten an, der sich stumm in die Ecke setzte. Aschfahl im Gesicht. Anni und die Kinder setzten sich zu ihm, als wollten sie ihren treuen Gefährten schützen. „Sei still!", zischte Anni die Alte an. „Dank seiner Hilfe haben wir die letzten Tage wenigstens zu essen gehabt." Zu Torsten gewandt, wollte sie wissen, was vorgefallen war. Er schüttelte den Kopf und antwortete leise: „Nicht wirklich viel. Ich habe mit meiner Geschichte begonnen und hatte den Soldaten schon so weit, uns zu seinem Küchenchef zu bringen, da hat die Alte den Mund nicht halten können und auf Deutsch losgequasselt." Die Frau und die anderen im Raum hörten ebenfalls zu. Geifernd unterbrach sie Torsten und brüllte in den Raum hinein: „Weil du Trottel zu langsam warst und weil du nicht kapiert hast, dass der Soldat uns in eine Falle locken wollte." Torsten antwortete nicht darauf, sondern schüttelte nur den Kopf, als er weitersprach: „Ich musste ganz schnell eine Erklärung suchen, warum die Frau mit mir Deutsch sprach. Das kam nicht sehr glaubwürdig herüber, vermute ich." Danach schwieg er und erwiderte dankbar die tröstenden Streicheleinheiten der Kinder, indem er die Arme um sie legte. Er spürte, dass sie noch lange nicht zur Gemeinschaft hier unten gehörten. Genauso wie die Frau neben ihm, die ihn anlächelte und sanft die Augen kurz zumachte, als Botschaft der Sympathie. Sie war ein Fremdkörper hier, wie er auch. Und nur solange er für die Menschen hier von Nutzen war, waren sie auch geduldet. Er schwor sich, die Kinder so schnell wie möglich in Sicherheit zu bringen.

Nach circa zwei Wochen war der Tag gekommen. Torsten rüttelte vorsichtig an der schlafenden Anni. Als sie die Augen öffnete und etwas sagen wollte, hielt er ihr schnell einen Finger an den Mund. Sie verstand und richtete sich leise auf. „Wir sind so weit", flüsterte er ihr ins Ohr.

Sie nickte.

„Es ist kurz nach Mitternacht. Wir müssen in einer Stunde im Tiergarten sein. Dort wartet jemand auf uns." Anni war mit einem Augenblick hellwach. „Du meinst, wir gehen zu den Amis?" Er blickte sie an. Die Trauer stand in seinem Gesicht geschrieben. „Du wirst gehen, Anni. Er nimmt nicht mehr mit." Der Glanz in Annis Gesicht erlosch mit einem Schlag. Schneller, als man einen Lichtschalter umdrehen konnte. „Dann gehe ich nicht!", sprach sie bestimmt. „Ohne euch gehe ich nirgends hin." Doch Torsten war gewappnet und beruhigte sie: „Es wird einer nach dem anderen gehen. Du bist die Erste. Wir kommen so schnell wie möglich nach. Das verspreche ich." Doch der ehemalige Soldat wusste nur zu gut, dass das niemals der Fall sein würde. „Versprochen?" Anni fasste seine Hand und drückte sie fest. Er nickte und sprach: „Versprochen." Dabei formulierte er für sich das Versprechen so um, dass er sich um die anderen zwei kümmern würde. Mit seinem Leben würde er sie beschützen. Auch Anni wusste, was das bedeutete. Sie blickte zur schlafenden Veronika und hoffte, mit einem schweren Schmerz in ihrer Brust, dass sie mit Torsten für Markus und Tanja die Geborgenheit schaffen konnten, die sie dringend benötigten. Das Schicksal hatte mit diesen beiden Kindern sein böses Spiel getrieben. Jetzt hatten sie ein Recht, auf die Sonnenseite des Lebens zu gelangen. Vielleicht mit Torsten und Veronika.

„Auf, wir müssen gehen. Es ist Zeit." Er nickte ihr aufmunternd zu. „Ich verspreche, Anni, dass ich mich um sie kümmere und später alles tue, um dich wiederzufinden."

Auf leisen Sohlen schlichen sie sich aus dem alten Bunkerloch heraus, hoffend, dass niemand mitbekommen würde, was sie taten. In dieser Nacht schlief so gut wie keiner. Nicht nur jene Wachen an der Tür, die von Torsten bestochen waren. Der Instinkt dieser Menschen ließ sie sofort bei jedem Geräusch aufschrecken. Selbst Markus und Tanja lagen mit offenen Augen auf ihrem Lager, der Blick von einem Strom an Tränen getrübt. Sie wussten, dass sie gerade ihre Anni verlieren würden. Doch Torsten hatte sie schon vor Tagen eingeweiht und ihnen zu verstehen gegeben, dass Anni diesen Weg zu gehen hatte. Torsten spürte ihren starken Willen, ihre Eltern zu finden. Doch erkannte er noch mehr, dass in ihr eine Saat zu keimen begonnen hatte, die sich einem Embryo gleich entwickelte. Die Saat der Rache. Noch erkannte Anni dies nicht selbst. Aber ihre Rachsucht und der starke Wille nach Vergeltung würden der Lebensantrieb für die nächsten Jahrzehnte bei ihr werden.

Es war jene Nacht im Mai 1945, in der der Mond sich hinter einem breiten Wolkenschleier versteckte, um die Fliehenden nicht in verräterisches Licht zu tauchen, das den feindseligen Gewehrmündungen beste Ziele bot. Gewehrmündungen, die bereits begannen, sich gegen die einstigen Verbündeten zu richten. Es waren die Nächte, in denen der Kalte Krieg, das Gegeneinander von Russland und den sogenannten Westmächten, sich daran machte, den Zweiten Weltkrieg zu beerben und die Welt in eine jahrzehntelange waffenstarrende Weltordnung zu verfrachten. Vermutlich die Rettung für Anni und ihren Helfer. Denn die einstigen Verbündeten waren bereits mehr damit beschäftigt, sich gegenseitig zu beschatten, als sich um halbverhungerte Kreaturen zu kümmern, bei denen nicht mehr klar war, ob sie schon diesseits oder jenseits der Todesschwelle wandelten, es aber vor lauter Hunger und Leiden bislang nicht realisiert hatten.

Noch lange verharrte Torsten in dieser Nacht in seinem Versteck im Tiergarten, auf jeden Schuss in der Ferne horchend. Zitternd vor Sorge, ob diese ihm vertraute Person wohlbehalten im amerikanischen Sektor ankam. „Mach's gut, Anni", flüsterte er. „Behalt dein gesundes Gemüt. Lass dich nicht von Hass und Zorn zerfressen.“ Danach machte er sich auf, zurück zu Veronika und den Kindern.

* * *

Ich höre auf zu lesen. Gehe davon aus, dass meine Kinder ohnehin eingeschlafen sind. Ich sehe hellwache Augen, als ich von Annis Buch aufblicke. Keines der Kinder spricht. Sie blicken mich nur an. Der Regen prasselt aufs Dach des Gartenhauses. Ich richte mich langsam auf. Mein Arm ist eingeschlafen. Schmerzvoll reibe ich ihn und trinke einen Schluck. Sarah durchbricht das Schweigen: „Vati, das ist doch keine echte Geschichte, oder? Irgendeine Fantasy-Kiste oder so was. Oder?“ Sie ist sich unsicher, was sie davon halten soll. Doch ich schüttle den Kopf und erwidere: „Nein, leider nicht, das ist wirklich passiert.“ Und ich erzähle ihnen die traurige Geschichte von den Nationalsozialisten, dem Krieg, dem Leid so vieler Menschen in dieser Zeit.

In meinem Bemühen, es so kindgerecht wie möglich zu beschreiben, bemerke ich gar nicht, dass jemand in der Tür steht. Wohl schon seit geraumer Zeit. Meine Frau.

„Was machst du denn hier?“, will ich erstaunt wissen.

Doch sie winkt ab. „Der Idiot ist es nicht wert.“ Ich kom biniere und verstehe schnell. Ich nehme auch wahr, wie die Zwillinge die Augen verdrehen. „Schon wieder“, soll das heißen.

Es donnert ein Unwetter sondergleichen auf mich nieder. Sie stürmt auf die Zwillinge zu, inspizierte die Knie, Beine, Arme, deren Rücken und macht das Gleiche bei Noel. „Sag mal, hast du sie nicht mehr alle?“ Wütend blickt sie mich an. Ich erhebe mich und gehe in Abwehrhaltung. „Was?!“, entgegne ich energisch. „Na das hier!“ Sie zeigt auf die Beulen, blauen Flecken und Schürfwunden. „Das ist reiner Kindesmissbrauch.“ Sie schüttelt den Kopf, spielt die scheinbar Schockierte. „Aber Mum, das kommt doch vom Surfen …“ Doch sie hält die Hand in die Luft, als ob sie jedes einzelne Wort der Zwillinge in der Luft abwehren muss. „Das sieht doch jeder vernünftige Mensch, woher das kommt." Sie lässt mich nicht aus den Augen. „Sag mal, kommst du dir nicht schäbig vor, die Kinder auch noch zu instrumentalisieren?" Jetzt platzt mir der Kragen und ich gehe einen Schritt auf sie zu. Sie weicht erschrocken zurück. „Wenn du jetzt meinst, eine Geschichte daraus konstruieren zu wollen, um Vorteile beim Sorgerecht zu ergattern, dann pass auf! Da wirst du dich gewaltig in den Finger schneiden." Ich mache eine Pause und muss tief durchatmen. Sie möchte die Pause nutzen, um etwas zu sagen. Doch ich raune ein drohendes „Stopp!". Mit tiefer Stimme, einem Sommergewitter gleich. Zum ersten Mal in meinem Leben sehe ich meine Ex-Frau kurz zusammenzucken. „Mach keinen Fehler", rate ich ihr. „Es gibt genügend Zeugen, die belegen können, wie ausgelassen die Kinder in den letzten Tagen waren und wie sehr sie die Zeit genossen haben. Da kommt es zu Beulen, blauen Flecken und Schürfwunden. Sag bloß, du erinnerst dich nicht mehr an deine eigene Kindheit." Beinahe hätte ich nachgesetzt: „Ach ja, bei dir gab es ja außer Trostlosigkeit gar nichts." Doch ich beiße mir auf die Zunge und blicke sie eindringlich an. „Mach keinen Fehler", zische ich ihr noch zu, bevor sie sich auf dem Absatz umdreht und in die Wohnung stampft.

„Au weh", stöhnt Noel.

Ich lächle und setze mich zu ihm. „Oh weh", erwidere ich und nehme ihn in die Arme. „Es tut mir wirklich sehr leid, dass ihr immer mit hineingerissen werdet." Ich schaue zu meinen Zwillingen, die erstaunlicherweise den Kopf schütteln: „Dad, das bist nicht du. Das ist sie und das sind ihre komischen Typen." Tränen schießen mir in die Augen, rinnen an meinen Wangen herunter. Ich schaffe es nicht, irgendetwas zu sagen. Lea ergänzt Sarahs Worte: „Anfangs hat sie immer gesagt, du bist schuld an allem. Aber wir haben schnell kapiert, dass sie dummes Zeug redet." Meine Tränen kullern weiter, wollen nicht aufhören. Es bricht einfach aus mir heraus. Ich muss raus, mich im Regen abkühlen. Ich finde nur langsam zu mir, um dann zu ihnen zurückzukehren. Sie sitzen regungslos da wie vor wenigen Minuten.

„Ich vermisse euch so sehr, ihr Lieben. Ihr bedeutet mir so viel“, schießt es aus mir heraus.

Lange sitzen wir noch im Pavillon zusammen und lauschen dem Regen und den Geräuschen der beginnenden Nacht. Meine Frau muss jetzt im Haus wie ein Tiger auf und ab gehen. Rotieren. Beinahe durchdrehen. Ich bin mir ziemlich sicher. Rasend vor Wut mag sie sein, weil die Kinder bei mir sind. Weil sie die Geschichte vom schlechten Vater nicht aufrechterhalten kann.

Ich will mich aber nicht um meine Frau kümmern, sondern um die Kinder. Ich möchte mit ihnen die letzten Stunden verbringen. Spreche lange mit ihnen, höre zu, was in Sturzbächen aus ihnen herausbricht. Kinderseelen, die durch Dummheiten und Streitereien der Eltern verletzt wurden. Ich frage mich, was der Unterschied zu den Qualen der Kinder aus Annis Geschichte ist, verglichen zu dem, was die Kinder derzeit in unserer Familie erleben. Mit Sicherheit leiden sie genauso.

Und immer sind es Erwachsene, die ihren Kindern all das antun.

* * *

Mit einem steifen Nacken wache ich auf. Ich bin nach dieser Nacht vollkommen gerädert. Der Boden war zu hart, die Gedanken wollten keine Ruhe erlauben. Sie rasten wie zwei Fußball-Teams auf dem Spielfeld wild hin und her, immer irgendeinem Gedankenblitz hinterherhechelnd, wie einem Lederball. Der Kopf dröhnt mir. Er ist voll von den Geschichten und Erzählungen meiner Kinder. Mehr als ich ertragen kann. Ich habe das Gefühl, dass mir mein Schädel platzt. Es ist unerträglich.

Der Hass auf meine Frau wird neutralisiert durch mein schlechtes Gewissen, das in mir nagt.

Mühsam schleppe ich mich zur Tür hinaus. Voll gepackt mit Koffer, Tasche und Rucksack. Eigentlich müsste ich ins

Badezimmer, mich waschen, aufs Klo. Aber nein! Ich muss weg von hier. Ich muss die Kinder aus dem Konflikt zwischen meiner Frau und mir heraushalten. Ich muss die Spannung auflösen. Auch wenn es mir mein Herz bricht. Aber ich will mit meiner Frau nicht in einen Wettstreit treten um die Gunst meiner Kinder.

Ich halte kurz in meiner Bewegung inne und starre auf das Haus vor mir. Was, wenn meine Frau psychische Probleme hat? Was, wenn sie sich nicht um die Kinder kümmern kann? Im Gegenteil: Was ist, wenn die Kinder in Gefahr geraten, und ich mache nichts? Habe ich als Vater nicht die Pflicht, für die Gesundheit meiner Kinder zu sorgen und für sie da zu sein? Ich zögere, weiterzugehen. Der Vorhang bewegt sich. Ein Männergesicht taucht auf. Er ist also hinterhergereist und wieder da.

Ich habe keine Lust auf Streit und gehe weiter. Doch der Gedanke lässt mich nicht los: Was, wenn die Gesundheit meiner Kinder in Gefahr ist?

Ich suche nach meinem Schlüssel und finde ihn nicht. Suche alle Taschen in der Hose, in der Jacke und im Rucksack ab. Fehlanzeige.

Ich ziehe am Türgriff meines Autos und es öffnet sich. Erleichtert will ich die Taschen und den Rucksack auf den Rücksitz packen, erstarre aber inmitten meiner Bewegungen: Drei kleine Wesen liegen auf der Rückbank, eingewickelt in Decken. Sie schlafen tief und fest.

Sanft lehne ich die hintere Tür an und setze mich auf den Vordersitz. Der Schlüssel steckt.

„Dreh ihn um, leg den Gang ein und drück das Gas durch!“, sagt die Stimme in mir. Ich will gehorchen. Stocke aber erneut. Darf ich das? Verliere ich dadurch Chancen im Sorgerechtsstreit? „Drück das verdammte Gas durch. Wer weiß, was die psychisch Kranke mit den Kindern anstellt“, zischelt die Stimme in mir. Stichelt und stachelt mich an. „Denk an deine Verantwortung.“ Ich sitze eine gefühlte Ewigkeit da. Ich sehe, wie der Tag erwacht, der Straße erstes Leben schenkt und mich in das Zentrum der Aufmerksamkeit der ersten Menschen rückt, die zur Arbeit gehen. Ein einsamer Mann, früh am Morgen im Auto. Hinter ihm drei schlafende Kinder. Eine geniale Geschichte für eine Meldung bei der Polizei.

Ich gebe mir einen Ruck und drehe mich zu den Kindern um. „Lea, Sarah, Noel. Wacht auf. Hört ihr?“ Ich streichle sie sanft. „Kinder. Aufwachen.“ Ich werde etwas eindringlicher. Endlich, ein erster Fuß bewegt sich. Kleine Köpfe tauchen unter den Decken hervor. Noel beschwert sich, weil eine der Schwestern einen Fuß in seinem Gesicht geparkt hat.

„Was macht ihr da?“, will ich von ihnen wissen. Weitere Passanten kommen am Auto vorbei, das ein Esslinger Autokennzeichen trägt und somit kundtut, dass ein Fremder in der Straße parkt, dazu Kinder im Auto. Wie lange würde es dauern, bis die Polizei kommt?

„Wir wollen mit dir kommen, Paps“, spricht Noel und die Mädchen nicken. Ich blicke sie apathisch an. Der innere Streit in mir tobt. Nichts würde ich lieber tun, als die Kinder mitnehmen und ihnen ein Zuhause in ihrer alten Heimat bieten. Doch die Vernunft ringt die Stimme in mir nieder, um gleich wieder erleben zu müssen, wie sich diese befreit und von Neuem ruft: „Mach's endlich. Fahr los.“

Eine alte Frau bleibt vor dem Auto stehen und blickt durchs Fenster zu uns herein. „Kinder, alles gut bei euch?“, will sie wissen. Sarah und Lea nicken: „Alles bestens, Frau Neubauer. Das ist unser Vater“, rufen sie ihr zu. Doch diese Aussage wird komplett pulverisiert durch einen zornigen Schrei, der sich meiner Frau entringt und so ähnlich wie „Entfüüüüühruuuung“ anhört. Der Hund von Frau Neubauer macht einen entsetzten Satz in die Luft und dann zur Seite, bevor er in ein nervtötendes Bellen verfällt. Einer Furie gleich rast meine Frau im Nachthemd auf uns zu. Ihr Lover hinter ihr her, vergeblich versuchend, einen Morgenmantel anzulegen. „Haltet den Täter“, stimmt er in das Gekläffe ein.

Ich habe kurz den Impuls, mich zu ducken, schnelle stattdessen die Hand nach vorne und drücke gerade noch rechtzeitig alle Knöpfe, bevor jemand die Tür aufreißen kann.

Hände trommeln aufs Autodach. Auch Frau Neubauer und ein weiterer Nachbar machen mit. Ich klettere nach hinten und lege schützend die Arme um meine Kinder, die in Panik verfallen. Mein Rufen, sie mögen da draußen mit dem Lärm aufhören, geht unter. Wir müssen warten, bis die Polizei eintrifft und die Radaumacher auf Abstand bringt. Nur zögerlich gehen wir auf die Aufforderung der Polizisten ein, die Tür zu öffnen. Meine Kinder und ich sind vollkommen verstört. Eine kleine Menschenansammlung hat sich eingefunden und begafft uns wie im Zirkus. Ich bitte einen Polizisten, uns ein wenig aus der Szene herauszufahren, der Kinder wegen. Er ist verwundert, nickt aber dann, als er meine Absicht dahinter versteht. Nach kurzem Abwägen, ob von mir Gefahr ausgeht, nickt er erneut. Ich öffne ihm die Tür mit dem Hinweis „Der Schlüssel steckt".

Meine Frau will zu uns herüberlaufen. Doch die anderen Polizisten halten sie auf. Wir fahren ein wenig aus der Siedlung heraus, während die Kollegen die Personen vor Ort vernehmen. „Jetzt erzählen Sie mal", fordert mich der Polizist auf, der etwas jünger sein muss als ich. Und wir beginnen zu erzählen.

Stunden später und mit einem gebrochenen Herzen fahre ich gen Süden. Meine Kinder in diesem Tohuwabohu zurückzulassen, ist nicht einfach. Doch ich folgte dem Rat der Polizei, nachdem sie alle Aussagen aufgenommen hatte. Offenbar konnte meine Frau die Theorie der Entführung nicht aufrechterhalten. Zum Glück. Und doch, ein Gschmäckle bleibt am Ende trotz allem an einem haften und die Konsequenzen dessen muss ich wohl noch ausbaden, so meine Furcht.

Meine Kinder konnte ich nur mühsam überzeugen, dass es besser wäre, jetzt allein zurückzufahren. Ich verband es mit dem Versprechen, sie sehr bald wieder abzuholen, um sie ins Paralleluniversum entführen zu können. Sie verstanden. Jetzt muss erst einmal wieder Gras über die Sache wachsen.

Die Tage haben uns auch sehr zusammengeschweißt. Ein größeres Geschenk kann ich derzeit nicht bekommen.

14.

Misstrauisch beäugt mich das Krankenhaus, als ich am nächsten Morgen mit hängenden Schultern durch die unteren Gänge schlurfe. Der Unruhestifter ist wieder da, mag es denken. Der Störenfried, der aber auch eine schöne Abwechslung ins Krankenhausdasein gebracht hat. Ich bin gedanklich noch nicht ganz bei mir. Emden hat mich emotional mehr gepackt, als mir lieb ist. Ich verarbeite noch immer die Bilder. Laufe ohne einen Gruß an Petra vorbei, die unschlüssig stehen bleibt und mir nachschaut. Ich sehe sie und nehme sie doch nicht wahr. Erst Mike ist es, der sich mir in den Weg stellt und mich in die Gegenwart zurückholt: „Nun ist die Woche fast schon vorbei und der Herr Doktor hat endlich den Weg zurück gefunden." Ich schlage erfreut in seine Hand ein und ein Smiley taucht in meinem Bauch auf. „Mike, wie schön, dich zu sehen. Wie geht es dir?" – Er dreht sich um und geht mit mir den Gang hinunter. Petra steht noch immer irritiert hinter uns und blickt uns nach. Hatte sie erwartet, dass ich nicht ins Haus zurückkehre? „Gut geht es mir. Danke. Die Dinge laufen." Ich muss lachen. Seine Geschäftigkeit und sein munteres Wesen stecken mich an. „Was sind das denn für Dinge?", will ich von ihm wissen. Er steckt die Hände in die Jogginghose und lässt den offenen Morgenmantel hinter sich her wehen. Ganz so, wie wir Ärzte es gerne tun. „Na, die Betreuung von Laura. Das ist ein Fulltime-Job." Es rumst in mir und ich komme nun endgültig im Haus an, was dieses mit einem mürrischen Brummen quittiert, das durch die Gänge dröhnt. „Laura!", sinniere ich. „Wie geht es ihr denn?" Mike berichtet mir in kurzen Zügen. „Sie haben sie nochmals in den OP gefahren. Ich meine, vorgestern. Nein: Montag! Oder doch Dienstag? Egal: Laura hat Fieber bekommen. Hohes Fieber. Dann hat sie ziemlich geschwitzt und die Schmerzen kamen zurück." Mir wird siedend heiß. „Und weiter?" Ich ziehe Mike in eine Nische mit ein paar gepolsterten Stühlen und wir setzen uns.

Er wird ernst, während er weiterspricht: „Frau Anni und ich haben uns beinahe in die Hosen gemacht vor Angst um sie. Laura war gut drei Stunden weg. Doch jetzt liegt sie im Zimmer und schläft viel. Heute Morgen hat sie zum ersten Mal wieder gelächelt." Vor Erleichterung sacke ich im Stuhl zurück und beachte die Leute nicht, die um die Ecke schauen. Sie sollen sich doch ihre eigenen Gedanken dazu machen, dass ein kleiner Patient einem Arzt einen Vortrag hält. Das bleierne Gewicht des schlechten Gewissens, sie in diesen wichtigen Tagen allein gelassen zu haben, legt sich schwer auf mein Gemüt. „Aber, meine Kinder …" „Ja, und? Hier geht es um Leben und Tod." Der innere Kampf tobt mal wieder. Die Stimmen brüllen sich beinahe an, während meine Schultern noch tiefer hängen.

Ich mühe mich hoch und bitte Mike, mit mir zu Laura zu gehen. Den dringend anstehenden Bußgang zu meiner Chefin, die Visite und auch das Briefing mit meinen Mitarbeitern verdränge ich. Die Last dessen legt sich zusätzlich auf meine Schultern und drückt mich in den Linoleum-Boden. Ich spüre, wie die schmutzig-braune Monsterwelle der inneren Last auf mich zurast und mich unter ihren Massen begraben möchte. Wir erhöhen den Takt unserer Schritte, versuchen, ihr zu entkommen, und suchen Schutz in Lauras Zimmer. Ich atme erleichtert durch, als sich die Tür hinter uns schließt. Der Duft frischer Blumen erreicht meine Nase. Erstaunt betrachte ich den schönen Strauß und die junge Frau in ihrem Bett, die gerade aufgewacht war. „Bastian", ruft sie mit schwacher Stimme und freut sich aufrichtig. „Familie", schießt es mir in den Kopf und ich drücke fest ihre Hand, während Mike uns aufmerksam vom Fenstersims aus beobachtet. Ich spüre, wie ich an diesem Morgen nah am Wasser gebaut bin. Tränen drängen sich nach vorne und ich versuche schnell, sie wieder abzuwischen. „Wie geht es dir?", will ich von Laura wissen und lächle sie an. Glücklich, die junge Freundin einigermaßen stabil anzufinden. Sie versucht sich ein wenig aufzurichten und antwortet: „Wieder gut. Die OP am Dienstag hat mich stark angestrengt. Aber jetzt ist es gut."

Noch immer hält sie meine Hand und schaut mich an: „Schön, dass du wieder da bist. Wir haben dich vermisst." – „Ich euch auch", kommt es spontan aus mir raus. Und am liebsten hätte ich gesagt: „Ihr und meine Kinder: Ihr seid meine Familie." Doch die Tür öffnet sich und entreißt uns der Vertrautheit.

Meine Chefin tritt ein. Dahinter Petra, dann ein Mann, den ich nicht kenne. Vermutlich Verwaltung. Schließlich Arno und Micha.

„Ah, der Herr Doktor beehrt uns endlich mal wieder." Meine Chefin sieht nicht lustig aus. Ihre zusammengekniffenen Augen, die tiefe Furche dazwischen und die herunterhängenden Mundwinkel signalisieren mir, stumm zu bleiben.

Ich lege Lauras Hand sanft aufs Bett und drehe mich der Gruppe vollends zu. Bereit, den tagelang geparkten Problemen mutig entgegenzutreten. „In mein Zimmer." Der Befehl kam knapp und zackig. Micha und Arno nicken mir zu, damit signalisierend, dass sie hinter mir stehen. Das tun sie auch, während ich allein hinter meiner Chefin und Petra herdackle. Anni, die gerade den Gang in Richtung Lauras Zimmer geht, winke ich nur stumm zu und gehe weiter.

Ich ahne schon jetzt, was auf mich zukommen wird. Das Krankenhaus hat das Banner „Suspendierung" sicherlich schon drucken lassen, um es in Kürze an seine Außenwand zu heften. Und tatsächlich. Es geschieht tatsächlich. Sie nennt es Freistellung, bis alle Untersuchungen abgeschlossen sind. Eine ganze Liste an möglichen Vergehen wird aufgezählt. Erstaunt schaue ich Petra an, während ich das lese. Es scheint ihr unangenehm – zumindest diese Regung gibt es bei ihr noch –, während die Chefin alles aufzählt, was ohnehin auf dem Zettel vor mir steht. Petra muss diese Dinge gemeldet haben. Besser gesagt, erfunden oder zumindest aufgebauscht. Micha und Arno wollen aufmüpfig reagieren. Doch ich winke ab. Das würde nur Petra in die Karten spielen, die den Widerstand braucht, um nachlegen zu können. Ich stehe stattdessen auf und winke mit der Hand ab, während ich mit Überdruss in der Stimme meine Chefin unterbreche: „Machen Sie doch, was Sie wollen. Es wird sich schon noch zeigen, was die Wahrheit ist und wer Ihnen da falsche Dinge geflüstert hat." Damit verlasse ich den Raum.

Arno und Micha folgen mir. „Bastian, pass auf. Es fegt gerade ein Orkan durchs Krankenhaus. Sie wollen den Kollegen entlassen und bestrafen, dessen Patientin kürzlich gestorben ist. Es gibt Streit und Aufstand unter den Kolleginnen und Kollegen. Wir überlegen uns sogar, ob wir streiken wollen …" Arno wird unterbrochen von Micha, der seine Aussagen fortführt: „Jetzt ist es aber so, dass die Chefin die Order hat, endlich Willen zu zeigen und ihren Laden in den Griff zu bekommen. Du bist dabei das Opfer, an dem sie ihr Exempel statuieren wollen. Wir haben deshalb auf Streik verzichtet, um nicht noch mehr Öl ins Feuer zu kippen." Ich sitze im Ärztezimmer, lege die Füße auf den Tisch und nippe an meinem Kaffee, den ich aus dem Automaten gezogen habe. „Was ist denn los mit dir? Kümmert dich das gar nicht?" Micha fürchtet, ich bin übergeschnappt. Dabei beobachte ich nur das Eichhörnchen, das gerade fröhlich über die Wiese hüpft. „Wisst ihr, das Einzige, was mich sorgt, ist Laura." Ich wende meinen Blick vom roten Fellknäuel auf dem Rasen ab und schaue meine Kollegen an. „Ihr seid echte Freunde. Vielen Dank euch. Aber wir müssen jetzt schauen, dass ich allen Druck auf mich ziehe, damit ihr arbeiten könnt. Versprochen?" Sie nicken nur zögerlich, weil sie nicht ganz verstehen können. „Versprochen?", wiederhole ich meine Frage. „Versprochen", kommt es jetzt mit mehr Bestimmtheit.

Danach stehe ich auf, dringe in Petras Büro ein, öffne ein paar verborgene Fächer, nehme einzelne Dokumente an mich und mache mich bereit für den Kampf. Wenn sie das will, dann bekommt sie ihn auch – den Kampf.

* * *

Ich strecke die Zehen, soweit es geht, von mir weg. Versuche, den großen Zeh und den daneben auseinanderzuspreizen.

Vorsichtig versuche ich, das Holzstöckchen zu greifen und hochzuheben. „Autsch“, schießt es jäh aus meinem Mund. Der Krampf hat meine Zehen erfasst, zieht über den gesamten Spann hinweg und quält sich bis zur Ferse. Ich könnte jaulen vor Schmerz und ziehe mit der Hand die Zehen zu mir hin. Nur langsam löst sich der Muskel und mit ihm der Krampf. Ich entspanne mich etwas und lehne mich vorsichtig zurück. Mein Blick sucht die Sonne hinter den Tannenbäumen. Ich blinzle, sodass alles zu flimmern beginnt. Doch das wird auch schnell langweilig. Träge tippe ich Micha eine Antwort ins Handy: „Jetzt muss ich mir überlegen, was ich die Tage über mache. Gar nicht so einfach.“ Es kommt mir in den Sinn, Papierflieger zu basteln und einen Weitwurf-Wettbewerb mit mir zu veranstalten. Aber das hatte ich schon gestern. Mein Starfighter alter Generation hat gewonnen.

Eine neue Nachricht kommt über den Messenger herein. Ich lächle und setze mich in meinem Gartenstuhl zurecht. „Wann können wir wieder ins andere Universum wechseln?“ Mittlerweile unser Code für „gemeinsam eine coole Zeit zu erleben“. „Bald“, tippe ich ein. „Sobald ich mit meinen nächsten freien Tagen nach den ganzen Schichten an der Reihe bin.“ Ich verschweige, dass ich vorerst beurlaubt bin. „Mum hat gesagt, dass du kaltgestellt bist. Dann hast du doch Zeit, oder?“ Ich fluche auf meine Frau. Sie nimmt mir meinen letzten Rest Würde. Die blöde Kuh!

„Hey, könnt ihr euch das vorstellen? Ich habe ein Eichhörnchen im Garten. Seit wenigen Tagen erst. Und Igel.“ Meine Augen leuchten, während ich das meinen Kindern schreibe. Das können sie natürlich nicht sehen. „Lenk nicht ab. Lass uns bitte bald wieder abhauen in die andere Welt. Hier ist ein Irrenhaus.“ Mir schnürt es das Herz zusammen. Ist meine Ex nun auf dem Weg zum Wahnsinn? Bildet sie mit dem Typen ein krankes Psycho-Paar? Ich nehme mir fest vor, dazu meine Anwältin zu befragen. Wann muss ich Hilfe leisten? Wann muss ich meine Kinder vor diesen beiden beschützen? Noel kommentiert meine Nachricht zu den

Tieren mit einem seiner klassischen „Uih, echt?“. Die Mädchen lächeln mich nachsichtig an, so sieht es zumindest auf dem Foto aus, das sie mir schicken.

Dann klingelt das Handy, kündigt einen Video-Call an. Alle drei Kinder schauen mich von der Dachkammer ihres Hauses aus an. Sie wollen wissen, wie es Anni geht. Dann fragen sie auch nach Mike und Laura. „Gut! Ja, gut. Wirklich. Mike, der kleine Spitzbub, könnte eigentlich schon längst zu Hause sein. Aber er führt die Kollegen an der Nase herum. Er will nicht mehr von Lauras Seite weichen, der Liebe seines Lebens.“ Mein Lachen ist dieses Mal real und kommt von meinem Innersten heraus. Mike habe ich tief in mein Herz geschlossen, genauso wie Laura. „Aber die ist doch steinalt. Was will er denn mit einer so alten Freundin?“ Sarah und Lea schauen sich einander an und rümpfen die Nase. „Ist Laura gesund?“, fragt Noel, der sich gerade einen Riesenschokoriegel in den Mund steckt. „Und eure Mutter? Schimpft die nicht, wenn ihr so ungesundes Zeug esst?“ Die Frage ist eher rhetorisch von mir denn ernst gemeint. „Die ist bis heute Abend weg. Irgendwo in Hamburg oder so.“ Mir bleibt die Spucke weg. „Sie lässt euch alleine?“ Die Kinder zucken mit den Schultern. „Sind wir gewohnt.“

Wut steigt in mir hoch. Verliert sie jetzt jede Form von Verantwortung? „Was ist denn nun mit Laura?“ Noel bleibt hartnäckig. „Ihr geht es gut. Ihr geht es jeden Tag besser.“ Ich verschweige nicht, dass meine Flickschusterei an ihrer Arterie aktuell die größte Gefahr für sie ist. „Niemand weiß, ob so was hält oder wie man das wegmachen kann, um es professionell zu behandeln, ohne dass die Patientin dabei verblutet.“ Die Kinder blicken mich ernst an. Sie verstehen sehr gut, was ich damit sagen will. Kein Vorwurf trifft mich. Aber ihre Sorge ist echt. „Bestellst du Laura und Mike Grüße von uns?“ Ich nicke. „Genau dasselbe haben sie mir auch gesagt: Ich soll euch ganz herzlich grüßen.“ Sie lächeln und freuen sich. Ich spüre, dass diese Welten gar nicht wirklich voneinander getrennt sind, wie ich immer dachte. Sie lassen sich miteinander verbinden. Ein leichtes Glücksgefühl erfasst mich. Die innere Zerrissenheit, die ich bisher hatte, löst sich ein wenig. Alles darf sein. Alles kann sich finden.

Eine Nachricht ploppt auf dem Display auf. Sie ist von Petra. Dort steht etwas von einem Friedensangebot. Ich drücke es schnell weg. Konzentriere mich auf meine Kinder. Doch die wollen weiter und rufen nur noch ein „Bye, bye, Paps. Bis bald“. Schon sind sie weg. Ich winke noch in den schwarzen Bildschirm hinein und fühle mich eigentlich recht gut – auf meiner Terrasse, mit zwei Quadratmeter Rasenfläche, Hecke und hohen Bäumen. Ich muss es irgendwie schaffen, meine Kinder zu mir nach Kirchheim zu holen und sie mit Laura, Anni und Mike zusammenzubringen.

Petras Nachricht lösche ich. Keine Lust darauf.

Meiner Frau aber schreibe ich eine gehässige Nachricht. Ich spüre die Wut in mir aufkeimen. Wut über diese Unverschämtheit, die Kinder einfach alleine zurückzulassen. „Das wirst du büßen!“, schreibe ich ihr – und auch Petra.

Lauras Heilung und Pflege beschäftigen mich sehr. Aus der Ferne berate ich mich mit Micha und Arno und kümmere mich um ihre Genesung. Ins Krankenhaus selbst will ich nicht gehen. Es fühlt sich unangenehm an. Schon am Eingang habe ich das Gefühl, das Haus grinst mich saudoof an. Immer wenn sich die doppelflügelige Schiebetür öffnet und schließt, scheint es sein Maul aufzureißen. Zwei große Fenster der Kinderspielzimmer im zweiten Stock, die mit buntem Bastelpapier verziert sind, wirken dabei wie hinterhältige Augen dieses Monsters.

Endlich weiß ich, welche Aufgabe ich mir heute gebe: ein neues Handy für Laura. Ihr altes hat den Geist aufgegeben und sie kann nicht mehr mit uns kommunizieren.

Ich schwinge mich aus meinem Gartenstuhl, stelle dem Eichhörnchen die Schale mit den restlichen Nüssen hin, versorge noch schnell Familie Igel, für die ich dringend Laub besorgen muss, und mache mich auf in die Stadt.

* * *

Zwei Stunden später sitze ich in meinem Café und studiere eifrig die Anleitung des neuen Smartphones. Was für ein Wunderding, das ich mir habe aufschwatzen lassen. Es ist sogar faltbar. Ich glaube, ich möchte auch so eines haben. Schon cool. Ich danke der Bedienung für den Kaffee und halte das Handy in die Höhe, Kamera aktiviert. Unglaublich scharfe Bilder tauchen auf. Ich mache eine kleine Serie für Laura. Zum Glück lungert ihre alte Clique nicht mehr herum. Die will ich nicht auf dem Bild haben. Dabei müsste ich nur schräg hinter mich schauen. In die dunkle Gasse hinein …

Aber halt. Da. Die Frau kenne ich doch. Ich zoome mit den Fingern in das Bild hinein. Das ist doch – Anni. Gar nicht mehr so grau und unscheinbar. Helle, farbige Kleidung. Eine schöne Handtasche. Sie will gesehen werden! Wieder!

Ich erhebe mich und rufe ihren Namen. Sie reagiert erst nicht. Doch dann werde ich lauter und winke. „Anni!" Ich freue mich richtig, sie zu sehen.

Endlich, sie sieht mich, lächelt und gibt mir Zeichen, dass sie noch fünf Minuten braucht.

Sie kommt zu mir und setzt sich. Eine große Tasche in der Hand. „Für Laura – und für Mike." Sie lächelt. Ich zeige mein Handy: „Für Laura." Jetzt müssen wir beide herzhaft lachen. „Die halten uns auf Trab, die beiden, was?" Ich bestelle ihr einen Kaffee und Prosecco. „Zum Glück", erwidert Anni. „Das hält fit. Und außerdem brauche ich doch meine Modeberaterin." Sie zeigt an sich herunter. „Laura hat die Farben für mich ausgesucht." Ich nicke. „Sie scheint Geschmack zu haben. Du siehst wirklich schick darin aus." Anni freut sich über das Lob. „Danke." Ich erinnere mich, wie ich vor wenigen Wochen einsam und allein hier saß. Und jetzt gibt es in meinem Leben Anni, Laura, Mike und wieder meine Kinder. Dank des Paralleluniversums, das wir uns geschaffen haben, sind sie irgendwie immer rasch bei mir. Ich meine gar, sie auf dem Marktplatz sehen zu können. Inmitten des bunten Wimmelbildes. Tief sauge ich die milde Luft in mich ein und frage mich, warum riecht diese eigentlich im Spätsommer so verräterisch nach beginnendem Frühling? So trügerisch.

Ich schaue auf die Uhr. Bereits nach zwölf. Da darf man auch mal einen kleinen Campari trinken. „Mit Eis und Orangensaft?“ Ich nicke auf die Frage der Bedienung und wende mich wieder Anni zu. „Wollen wir uns heute sinnlos hier und jetzt betrinken?“ Sie weiß, dass ich das nicht im Ernst meine, hebt aber ihr Glas. „Der Anfang ist gemacht.“ Dann wird sie ernst. „Ich habe gehört, du bist ausgebootet worden?“

Mein Blick verdüstert sich. Es ist, als ob dunkle Wolken durch die Gassen ziehen und den Marktplatz vor mir verdunkeln. „Ja!“, antworte ich mit scharfem Ton.

Anni schüttelt den Kopf. „Gegen alle Vernunft!“

Ich kann dem nichts hinzusetzen.

„Ich habe gehört, sie müssen Operationen verschieben und Einzelfälle an andere Häuser abgeben.“ Ich schaue verwundert zu ihr hin. „Aber warum das denn?“ Micha und Arno hatten mir gar nichts erzählt.

Anni stellt ihr Glas auf den Tisch und bestellt zwei Stücke Schwarzwälder Kirschtorte für uns. Ungeduldig warte ich auf ihre Antwort. „Nun, du fehlst natürlich. Und dein Kollege, Arno heißt er, richtig? Ja, der liegt krank zu Hause. Starke Magenkrämpfe. Sein Lebensgefährte hat einen Verdacht, dass ihm jemand was in den Kaffee getan hat.“ – „Petra?!“, entfährt es mir. Anni zuckt mit den Schultern. „Das konnte mir mein Superreporter nicht berichten.“ Ich lasse das erst einmal sacken. Anni gibt mir Zeit dazu. „Und deiner Kollegin Petra traut man wohl nicht die komplizierten Fälle zu.“ Meine Stirn legt sich in Falten. Wie starrsinnig muss meine Chefin sein? Oder wie stark wird sie von anderer Stelle gegängelt, ein Opfer zu präsentieren? „Ich denke, es ist nur eine Frage der Zeit, bis sie dich wieder zurückholen.“ Anni scheint, zuversichtlich zu sein. Doch das sehe ich nicht so. „Nein, Anni.“ Ich schüttle den Kopf. „Das werden sie wohl nicht so schnell. Petra hat gute Arbeit geleistet. Es werden alle meine alten Krankenakten durchstöbert. Man will wissen, ob ich früher schon fahrlässig gehandelt und meine Patienten wegen meiner unkonventionellen Methoden in Gefahr gebracht habe." Ich nehme einen kräftigen Schluck vom Campari und stöhne intensiv, bevor ich sage, was die ganzen Tage in mir gärte, wie ein ungesundes, gallertiges Gebräu: „Anni, ich glaube, meine Karriere endet hier. Sie beabsichtigen, mich zu opfern, um das Krankenhaus zu retten. Das Monster hat mich auserkoren. Dieses Biest!" Anni versteht, was ich meine. Ich umklammere mit meinen Händen fest die Stuhllehne, bis es schmerzt. Meine Emotionen überwältigen mich in ungeahnter Weise und es bricht aus mir heraus, ohne, dass ich es verhindern kann: „Mein Rachefeldzug gegen Petra: Ich plane, eine Falle vorzubereiten. Ich will sie mit ihren eigenen Schwachstellen locken und zu Fall bringen." „Und dann?" Anni blickt mich eindringlich an. „Was bringt es dir dann?" Ich bin irritiert. Denn für Rache braucht es nur den einen Grund: die Genugtuung. Doch sie schüttelt den Kopf. „Glaub mir, es ist nur ein bitterer Nachgeschmack, der der Süße der Rache folgt. Danach wird dir das wie ein großer Kloß im Magen stecken bleiben. Ein Leben lang." Ich wende meinen Blick ab und verfolge das Geschehen auf dem Marktplatz, ohne es wirklich wahrzunehmen. „Sie hat es verdient! Jemand muss sie aufhalten." Ich lasse nicht locker. Ich will nicht Annis Worte hören. „Bastian." Anni versucht mich mit sanfter und bedächtiger Stimme zu beruhigen. Es wirkt nur ein wenig.

„Hass und Rachsucht verdunkeln nur deine Seele. Glaub mir. Es wird dich ein Leben lang stigmatisieren." Ich lausche den Worten, lasse sie einwirken. Etwas in mir stimmt ihr zu. Es ist nicht meine Art – grundsätzlich. Doch da ist diese Wut, diese Ohnmacht in mir …

Ich erinnere mich an ihre Geschichte. An damals. „War das bei dir auch so?", will ich wissen. Doch Anni weicht aus. Ich hake nach. „Anni, hast du damals auch Rache genommen an diesen Menschen, die dir und deiner Familie Böses angetan haben?"

Doch sie bleibt beharrlich. Ich spüre, dass sie noch nicht so weit ist, und schweige.

Der Tag ist schon weit vorangeschritten. Auch wenn die Sonne diesem späten Septembertag viel Wärme geschenkt hat, so wird es im Schatten der Häuser deutlich kühl. Ich beginne zu frösteln.

„Hunger?" Anni beugt sich zu mir rüber, um wieder meine Aufmerksamkeit zu erhalten. Ich blicke verdutzt auf die Uhr und muss feststellen, dass die Stunden nur so verronnen sind. „Ja sehr", gestehe ich ein. Seit dem Frühstück mit dem Eichhörnchen hat mein Magen nichts Vernünftiges mehr gesehen, mit Ausnahme des Kuchens, des kleinen Gebäcks, der Gummibärchen … egal. Ja, ich habe Hunger.

„Dann nichts wie zu mir. Ich habe feines Schweinefilet geliefert bekommen, mit Pommes und Salat. Klingt das gut?" Ich spüre, wie mir der Speichel im Mund zusammenläuft, und nicke schnell.

Wir zahlen, packen die Taschen auf mein Rad und schieben es in Richtung ihres Seniorenquartiers. Anni schreitet rüstig voran. „Was ist mit deinem Rücken", will ich wissen. Sie hebt den Daumen in die Luft. „Top", ruft sie, während ich hinter ihr an der Ampel über die Straße hechle. „Dein Tipp mit dem Verbiegen auf der Alb hat Wunder gewirkt. Nach zwei Behandlungen ging es schon bergauf." Glücklich beobachte ich sie, wie sie gleichmäßigen Schrittes über die Straße läuft. Lediglich den rechten Fuß zieht sie etwas hinter sich her. Eine Verletzung aus ihrer Zeit in Südamerika, wie ich später erfahren werde.

„Übrigens, du kannst mir nachher doch sicherlich helfen, mich in diesem Portal anzumelden, oder?"

Ich versuche, mit meinem Rad und den Taschen daran, aufzuholen, um neben ihr her gehen zu können.

„Welches Portal?" Ich kann dir gedanklich nicht ganz folgen.

„Na das, auf dem man sich trifft." Anni nickt mit großer Bestimmtheit.

„Du meinst ein Datingportal?“ Ich bleibe kurz stehen und blicke ihr nach. Die rüstige Dame stoppt ebenfalls und wendet sich mir zu. „Was ist?“, will sie wissen. „Soll ich denn nicht auch jemanden finden dürfen?“ Ich stottere, während ich versuche, mich aus dem Schlamassel herauszuziehen. „Ja, schon. Sicher. Alle dürfen das. Nur …“ Ich stottere weiter und versuche, mir krampfhaft zu überlegen, wer denn überhaupt so eine Anzeige lesen würde können. Anni schien meine Gedanken zu erraten und schimpft: „Junger Mann! Glaube mal ja nicht, dass nicht viele – ja sogar sehr viele – alte Menschen mit dem Ding da umgehen können und sich in den sozialen Medien tummeln. Meinst du denn, wir sind von gestern?“ Empört schreitet sie wieder voran. „Wahrscheinlich kannst du mir gar nicht helfen, weil du davon keine Ahnung hast“, brummelt sie. Meinen Protest scheint sie nicht zu hören. Natürlich kenne ich mich aus. Ich habe doch selbst gestern mit dem Gedanken gespielt, ein Profil auf einer der Plattformen einzurichten. Auch habe ich geschaut, was Tindern bedeutet. Also rufe ich: „Anni, ich bin vom Fach. Ich helfe dir.“

Zufrieden steigt sie die Treppen zu ihrer Wohnung hoch und lässt mich die Taschen tragen.

„Setz dich dorthin. Ich koche.“

Doch ich weigere mich und gehe mit in die Küche, wo wir gemeinsam das Essen zubereiten und über Dating-Portale reden. „Er muss witzig sein und Charme haben. Ich möchte lachen können. Viel lachen.“ Anni wedelt bestimmend mit dem Messer durch die Luft. „Und ich möchte mich fallen lassen dürfen“, berichte ich von mir.

Wir trinken Wein, lassen es uns gut gehen und kichern viel.

Das Essen ist ein Festschmaus.

„Wenn jetzt doch nur Laura und Mike hier sein könnten“, kommt es uns beiden in den Sinn und wir lachen, nachdem wir es beinahe gleichzeitig ausgesprochen haben.

„Bei Laura dürfte es nicht mehr lange dauern“, berichtet Anni. Aufmerksam höre ich zu. Thomas scheint mir vor lauter Stress nicht alles berichten zu können. „Sie wollen sie übermorgen entlassen.“ – „Wohin?“, will ich wissen.

Anni zuckt die Schultern. „Vermutlich in ihre bisherige Wohngemeinschaft.“ Ich kann nicht sagen, warum sich mir die Nackenhaare stellen bei dem Gedanken.

Einige Zeit später werde ich das erfahren.

Anni kredenzt einen edlen Gin, verfeinert mit ein paar geheimen Zutaten. Ich fühle mich schon sehr betrunken und mutig.

Über mein Glas hinweg lenke ich die Fährte wieder auf die junge Anni. Jene Frau, die damals in Berlin um ihre Existenz und ihre Zukunft kämpfte.

Ich eröffne mutig das Gespräch: „Anni, wie seid ihr damals nach Spandau zu den Alliierten gelangt?“ Ich begebe mich in eine Abwehrhaltung, weil sie meine Bitte ablehnen könnte. Doch das ist nicht nötig. Anni tupft sich mit der Serviette den Mund ab und nimmt nochmals einen Schluck. „Du willst meine Geschichte in Berlin hören?“ Ich nicke. „Nicht nur das. Alles.“ Sie lächelt nachsichtig und meint: „Eins ums andere. Hoffentlich kann Laura bei den nächsten Kapiteln wieder mit dabei sein. Und Mike, wenn er möchte.“

Ich nippe an meinem Gin und hoffe, sie fährt fort. Aber Anni verlangt einen Deal: „Dann machen wir das mit der Kontaktanzeige auf dem Dating-Portal morgen. Versprochen?“ Wieder nicke ich, beinahe wie ein Wackeldackel. Der Alkohol …

15

Eine wilde Rose drängt mit aller Kraft darauf, sich zu entfalten, aufzublühen, ihre wahre Schönheit zu zeigen – und das Leben zu erfahren. Egal, ob auf fruchtbarem Boden oder inmitten eines Trümmerfeldes. Es ist ihre innerste Bestimmung und sie folgt dieser.

So auch Anni.

Da konnte kein Krieg, kein Tod und Leiden etwas dagegen machen.

Annis Natur drängte darauf, ihr aufblühendes Leben einzufordern.

Und sie fand ihren Widerpart in der Ehefrau des Kommandanten, die mit Anni endlich die Tochter gefunden hatte, die ihr immer abgegangen war. Und sie beide füllten ihre Rollen vollkommen aus. Anni diejenige der spät pubertierenden, revolutionierenden Heranwachsenden. Und die Ziehmutter die des strengen Gegenparts, der die junge Frau noch führen will.

Aber sie beide liebten sich innig und fest. Anni half das, ihre Vergangenheit zu verdrängen und die süßen wie auch verbotenen Früchte der großen Stadt Berlin in vollen Zügen zu genießen.

Sie lag an diesem Nachmittag im Frühherbst auf dem Bett und blickte versonnen in den Himmel. Wieder einmal wanderten ihre Augen ungläubig im Zimmer herum. So, als ob sie fürchtete, von einer Sekunde auf die andere aus einem süßen Traum herausgerissen und zurück in die Welt der Trümmer und Gewalt geschleudert zu werden. Doch nein, es war tatsächlich Realität. Sie war hier in Dahlem, hatte ein eigenes Zimmer – in einer wunderschönen Villa. Dazu einen Kleiderschrank, der sich mehr und mehr füllte. Es ging ihr gut! Unten war die Stimme ihrer Ziehmutter zu vernehmen. Schon witzig, wie sich Annis Name in der Sprache der Amerikaner anhörte. Sie musste lächeln. Blieb aber liegen. Das gehörte zum Ritual der beiden Frauen. Sie hatten sich schnell auf ihre Rollen eingelassen: die zickige Göre und die strenge Ziehmutter, die am Ende eh alles durchgehen ließ. Behaglich rekelte sich Anni im Bett und fuhr sich mit der Hand über ihren Körper, der die noch kürzlich hervorstechenden Beckenknochen wieder überdeckte. Dafür sorgte die Küche ihrer neuen Familie mit viel Bedacht.

Dabei waren nur wenige Monate vergangen, seit sie in jener dunklen Nacht von ihrem Schleuser über die Schmugglerpfade des Stadtdschungels nach Spandau geführt worden war. Anni musste sich mit Schiebermütze und einem schäbigen Männermantel einkleiden, bevor sie mit dem wortkargen Kerl fortging. „Wenn du fällst, lasse ich dich liegen. Wenn sie uns erwischen, rettet jeder sein Leben selbst. Ich werde dich nicht retten oder verteidigen.“ Das waren seine einzigen, aber umso eindringlicheren Worte. Danach huschten sie durch die letzten Waldflecken des Tiergartens, stolperten über die Ruinen hinweg. Umrundeten geschickt die Wachposten der unterschiedlichen Nationen, die Berlin besetzt hielten, und erreichten beim Morgengrauen endlich die von den Amerikanern kontrollierte Zone der Stadt. Das zumindest behauptete der Mann, bevor er Anni aus der Nische herauszerrte und auf den lichten Hof stieß, vor eine Gruppe von Soldaten, die beieinander stand und sich eifrig unterhielt.

Erschrocken packten sie bei dem plötzlichen Geräusch und den Bewegungen ihre Waffen und legten an: „Stopp“, brüllte einer der Männer und richtete die Waffe auf sie. Anni stockte der Atem. Bis zum Hals schlug ihr Herz. Nach Hilfe suchend, blickte sie zu ihrem Schleuser. Doch der hatte die kleine Unruhe ausgenutzt, um wieder im Dunkeln der Nacht verschwinden zu können. Anni erhielt Prügel von zweien der Soldaten. Sie hörte die amerikanische Sprache und freute sich darüber, trotz der Schläge, die sie trafen. Sie wollte diesen ausweichen, doch die Peiniger schienen zu erahnen, in welche Richtung sie sich bewegen wollte, und trafen die verkleidete Frau mit ihren Schlägen voll in die Rippen, in den Bauch, auf den Kopf. Anni blutete, schmeckte den metallenen Geschmack von Blut auf der Zunge und begann zu weinen. Sie zerrten an ihr und rissen ihrem Opfer Mütze und Mantel vom Leib. Erst allmählich realisierte einer der Soldaten, dass eine Frau vor ihnen lag. Er versuchte, seine Kameraden aufzuhalten, was ihm nur allmählich gelang. Genervt maulten sie ihn an und wollten weitermachen. Doch einer aus der Gruppe packte ihr Kinn und betrachtete sie intensiv. Ein anderer riss Anni den Pulli hoch und blickte auf ihre Brüste. „Holy Moly", vernahm sie noch, bevor sie kurz wegdämmerte und nur aus dem halb wachen Zustand wahrnahm, wie man sie hochhob und in einen Wagen legte. Jemand brüllte laut Befehle. Später gab es eine Meldung und nach einer gefühlten Ewigkeit weiteren holprigen Fahrens landete Anni auf einem Rollbett, umgeben von Krankenschwestern, die an ihr rumhantierten.

Als sie wieder aufwachte, war es helllichter Tag. Alles um sie herum strahlte ihr weiß entgegen. Die Sonne versteckte sich hinter einem baumwollenen Vorhang, der das Fenster bedeckte. Schmerzvoll richtete sich Anni auf, um sofort wieder ins Bett zurückzufallen. „Sie ist wach", hörte sie eine ferne Stimme flüstern. Anni blickt in diese Richtung und sprach mit schwacher Stimme: „Bin ich im Himmel?" Wieder wollte sie sich aufrichten, wurde aber von zwei Händen an den Schultern daran gehindert. „Sie hat eine Gehirnerschütterung", hörte sie jemanden in Englisch sagen. „Neben den ganzen Prellungen und Blessuren. Musste sie denn so geschlagen werden?" Anni vernahm den Vorwurf in der Stimme jenes Mannes, dem sie all ihr späteres Glück verdanken durfte. Es war Dr. Forster, der sie vor den langen und nervtötenden Verhören der Militärpolizei so gut wie möglich abschottete und sie mit den Bakers bekannt machte, seinen großen Freunden, wie er erzählte. Dabei waren die Bakers nicht irgendwelche Amerikaner. Nein. Herr Baker war der kommandierende Mensch, oder wie auch immer man das nannte. Ihm hatten alle zu gehorchen, das hatte

Anni schon herausbekommen. Und zu seiner Familie durfte sie auch nach gut zehn Tagen Aufenthalt im Militärlazarett wechseln.

Schnell hatte Anni verstanden, dass sie dabei für diesen Mr. Baker nur Mittel zum Zweck war. Quasi eine lebendige Puppe für seine Frau, die keine Kinder hatte und die sich im besetzten Berlin furchtbar langweilte, kaum dass ihr Mann sie vom schönen Amerika in diese Trümmerwüste geholt hatte. Als eine der ersten Frauen aus den USA überhaupt, die nach diesem Krieg ihrem Soldaten-Ehemann folgte und nicht dem Militär angehörte. Sicher, ein kleines Baby wäre netter gewesen als ein pubertierender Hungerhaken, dessen Englisch grauenhaft war. Doch hier gab es nicht viele Angebote in ihrem Umfeld und deshalb schien Kommandeur Baker das Auftauchen der jungen Frau eine Fügung des Schicksals zu sein.

„Anni!", die Stimme von Ms. Baker wurde intensiver. Anni konnte an der Stimmlage erkennen, wann es taktisch klug war, zu reagieren. Beispielsweise jetzt.

„Ich komme", brüllte sie hinunter und stürzte ihren Worten unmittelbar hinterher.

„Darling, bitte zieh etwas Feines an. Heute Abend kommen Gäste zum Dinner." Ms. Baker lächelte das Mädchen aufmunternd an. Doch diese verdrehte genervt die Augen. „Nicht schon wieder! Wer ist es denn heute?" Doch das brauchte sie nicht zu fragen. Wichtige Menschen. Soldaten, Zivilisten, Politiker … egal. Sie rauchten eh alle die gleichen Zigarren und verpesteten das Haus. Vor allem redeten sie über die gleichen langweiligen Themen. Der sich anbahnende Streit mit den Russen, der herannahende Winter, die Versorgung der Menschen in der Stadt und so weiter. Anni schaltete da immer ab. Auch an diesem Abend.

Doch in jener Nacht sollte es anders kommen: Denn einer der Gäste fragte Anni intensiv aus. Wie der Name ihrer Eltern gewesen wäre, ob sie wüsste, warum man die Eltern verschleppt hatte und so weiter.

Ihr wurde es mehr und mehr unangenehm.

Anni zögerte, wollte nichts sagen und blickte den Rauchkringeln nach, die der Zigarrenrauch aus den Mündern der Männer erzeugte. „Du kannst ihm gerne alles sagen, Anni. Dieser Mann möchte dir helfen. Wir haben ihm von deiner Geschichte erzählt."

Anni spürte, wie sich vor ihr ein Zeitloch auftat. Ein Tunnel, der größer und größer wurde. Gegen ihren Willen wurde sie hineingezogen. Nahm die Menschen und den Raum um sie herum nur noch schemenhaft wahr. Die Gesichter ihrer Eltern, Kolberg, die Großmutter – alles tauchte wieder vor ihr auf, riss etwas von ihren verdeckten Wunden herunter, wie ein Pflaster von einer nicht verheilten Wunde. Es schmerzte. Anni presste die Faust gegen die Brust, wollte aufkeimende Erinnerungen nicht zulassen. Wollte nicht erlauben, dass sie in ihre jetzige Welt traten.

„Bist du früher auch immer an der Strandpromenade entlanggelaufen hinüber zu der großen Düne?" Anni schreckte auf und blickte den Mann an, der nun mit ihr in Deutsch sprach. „Wie? Sie sprechen meine Sprache?", entfuhr es ihr: „Sie tragen doch eine amerikanische Uniform …" Der Mann nickte. „Ja, das stimmt. Aber ich war auch schon einmal in Kolberg. Auf der Durchreise." Er zog kräftig an der Zigarre und blies den Rauch in den Himmel. „Dort habe ich in einem kleinen Hotel direkt am Hafen gewohnt und von dort habe ich ein Boot genommen, das mich in die Freiheit brachte." – „Aber das ist nicht korrekt!" Anni begehrte auf. „Am Hafen gab es noch nie ein Hotel! Die Pension meiner Eltern liegt in einem kleinen Stadtteil von Kolberg, der direkt hinter der Düne beginnt!" Der Mann lächelte und nickte. „Ach ja, richtig! Ich habe es wohl vergessen. Aber an die nette Familie erinnere ich mich. An die ältere Dame und ein Ehepaar." „Omi", schoss es spontan aus Annis Mund. Der Mann nickt erneut. „Ein Kind habe ich dort nie gesehen. Auch, als ich das Haus verließ, um zum Hafen zu gehen …" Anni unterbrach ihn. „Das ist auch falsch! Keiner dieser Gäste ging einfach so am helllichten Tag zum Hafen. Sie hätten nicht überlebt!" Anni verschluckte sich vor

Aufregung und hustete. Mit rot angelaufenem Gesicht fuhr sie fort: „Alle diese Gäste wurden über einen selbst gegrabenen Tunnel in den Nächten zum Ufer gebracht, wo kleine Beiboote darauf warteten, sie abzuholen. Das ging sehr lange so, bis in jener schrecklichen Nacht …" Sie unterbrach sich und begann zu schluchzen. Beruhigend legte Ms. Baker ihre Hand auf die ihrige. „Sie haben uns geschnappt. Meine Eltern … sie … geschlagen, beschimpft …" Anni konnte nicht mehr und verfiel in ein intensives Schluchzen. Ihr ganzer Körper zitterte. „Ich kann die Identität bestätigen. Die Tochter von Familie Palow. Ihre Schilderungen stimmen. Die Familie gehörte zu unseren Verbündeten." Er nickte Anni anerkennend zu.

Tränen benetzten ihre Augen. Sie hatte schon so viele Wochen nicht mehr an ihre Eltern gedacht. Sie waren mit den Trümmern der Stadt aus ihrer Erinnerung verschwunden. Versunken im exzessiven Konsum der Genüsse Berlins – im amerikanischen Sektor.

„Was ist denn mit meinen Eltern. Wissen Sie da was?" Er schüttelte den Kopf. „Leider nicht. Aber ich verspreche, dass ich nach ihnen suchen werde." Dankbar blickte Anni ihn an. Wer war dieser Mann? Sie wollte fragen, spürte aber, wie die Vergangenheit ihr die Kehle zuschnürte. Sie brauchte Luft und bat darum, auf ihr Zimmer gehen zu dürfen.

Die Vergangenheit hatte sie eingeholt. Wollte sich bei ihr einnisten. Doch Anni nahm sich fest vor, diese nicht in ihr neues Leben zu lassen. Da war auch noch die Wut auf ihre Eltern, die nach Annis Empfinden erst die Katastrophe von damals verursacht hatten, indem sie sich so eigensinnig verhielten. Ihre Umtriebe zerstörten am Ende die Familie! Wilde Träume begleiteten Anni durch die Nacht. Plötzlich war alles wieder so lebendig. Die Nacht am Strand von Kolberg, die Fratze des bösen Mannes, der das Unglück heraufbeschworen hatte und der seine Eltern folterte. Das blanke Grauen schmiegte sich im Schlaf von hinten an sie und ließ ihren Atem erkalten. Anni zitterte vor eisiger Kälte. Der Bombenangriff, die Flucht, die vielen Momente, in denen sie nur mit letzter Kraft dem Tod entronnen waren – Anni schrie auf, wälzte sich fiebrig im Bett umher. Schrie weiter, bis ihre Ziehmutter ins Zimmer stürmte und die Weinende in ihre Arme nahm. „Mörder, Nazis", stotterte sie kurzatmig hervor. Sie wollte sich dem liebevollen Griff von Ms. Baker entziehen und die Menschen töten, die ihnen so viel Leid angetan hatten. „Mörder, ich töte euch", hauchte sie mit letzter Kraft hervor, bevor sie erschöpft in einen tiefen, aber wenig erholsamen Schlaf verfiel. Denn das dunkle Loch, das sich vor ihr auftat, ließ sie tiefer und tiefer hineinstürzen. In die Tiefen ihres Hasses und ihrer Rachsucht.

* * *

Am nächsten Morgen verkündete Ms. Baker, dass es für den heutigen Tag unterrichtsfrei gäbe. Anni nahm das gerne an. War sie doch die einzige Schülerin in dieser Privatschule namens Ms. Baker.

„Anni, Darling. Möchtest du mir die ganze Geschichte erzählen?" Ms. Baker nahm die junge Frau bei der Hand und führte sie in den Garten. Anni wollte zuerst nicht. Doch Ms. Baker blickte sie aufmunternd an und streichelte zärtlich ihre Hand: „Hier hört dich niemand. Wir sind unter uns. Erzähl mir, wie war das Leben in deiner Heimatstadt?" Die Erwähnung von Kolberg war der Schlüssel für Anni, der sie öffnete. Es strudelte aus ihr heraus. Sie erzählte von dem Leben in der Stadt, der Vielfalt, der Kultur, den internationalen Gästen und der Pension ihrer Eltern. Auch erwähnte sie ihren schlafenden Drachen, jene Düne, die aus heutiger Sicht eines erwachsenen Mädchens wahrscheinlich nicht mehr als ein kleiner Sandhaufen war.

„Viele Menschen kamen zu uns in die Pension. Ich liebte diese verschiedenen Kulturen und unterschiedlichen Typen von Menschen", erzählte Anni. Sie begann zu lächeln, als sie sich zum ersten Mal wieder an Samuel erinnerte. „Aber sie haben uns immer wieder urplötzlich verlassen. Lange wusste ich nicht, warum und wohin. Auch Samuel war solch

ein Fall und ich war super sauer deshalb." Anni schniefte kurz und rieb sich die Augen. „Erst in jenen verhängnisvollen Tagen, als dieser Nazi meinen Eltern auf die Schliche kam und wir selbst flüchten mussten, erfuhr ich die Wahrheit. Meine Eltern waren Fluchthelfer!" Ms. Baker sah, wie sich die Stirn ihrer Pflegetochter in Falten legte. Eine tiefe Furche tauchte zwischen ihren Augen auf. Mit düsterem Blick fuhr Anni fort: „So vielen Menschen haben meine Eltern geholfen. Sie leben nun alle in Übersee. Aber als meine Eltern Hilfe benötigten, war niemand da." Sie weinte nun hemmungslos. „Niemand", wimmerte sie: „Niemand war da, um zu helfen. Die Nazi-Schweine haben meine Eltern geschlagen, Menschen erschossen und viele gefoltert. Auch meine Eltern." Anni ballte die Hand zur Faust: „Diese Schweine. Das werden sie büßen." Ruhe stellte sich ein. Ms. Baker blickte mit blassem Gesicht das Mädchen an, das so viel Schlimmes erlebt hatte, obwohl sie eine Deutsche war. Und Deutsche waren grundsätzlich alle böse. So die Doktrin. Ms. Baker lernte Neues dazu..

„Anni, möchtest du mir erzählen, wie es weiterging?"

Irritiert blickte die junge Frau auf und wischte sich die Tränen aus den Augen. Sie gab sich einen Ruck und berichtete von Swinemünde, den schlimmen Bombenangriffen und den lebensgefährlichen Monaten auf der Flucht. „Unseren kleinen Bruder haben wir auf der Reise verloren. Dabei war er so tapfer", berichtete Anni. Sie musste kämpfen, um nicht wieder von den Gespenstern der Vergangenheit mitgerissen zu werden. Die Bilder des Jungen mit seinen großen, unschuldigen Augen tauchten vor ihr auf. Er wirkte so lebendig, so nah. Erschrocken schüttelte sich Anni. Sie spürte, wie sich Todeskälte in ihr breit machen wollte.

Ms. Baker nickte. Sie verstand nun, warum Anni so ablehnend gegenüber anderen Deutschen war. Sie legte dem Mädchen die Hand auf die Schulter und flüsterte: „Was du erleben musstest, nein, was so viele Menschen in diesem Krieg erleben mussten, kann niemand in meiner Heimat nachvollziehen. So viele Unschuldige … auf allen Seiten." Sie stockte kurz, fuhr aber resigniert fort: „Und das alles nur, weil diese bösen Männer ihre kranken Machtfantasien ausleben mussten." Sie stöhnte auf, als sie sich erhob. Anni hörte noch, wie sie wütend hinzufügte: „Und sie tun es immer noch." Die junge Frau horchte auf. „Was meinst du damit, Mum?" Es war das erste Mal, dass sie Ms. Baker mit Mum ansprach. Ein Leuchten tauchte in deren Augen auf und es ließ sich nicht mehr verscheuchen. „Wird es mit den Russen noch schlimmer werden?" Anni setzte sich aufrecht hin. Schon wieder Krieg? Die Gedanken schossen wild durch ihren Kopf. Bitte nicht schon wieder. „Ja, so ist es." Beide blickten sie sich an. Die Last einer ungewissen Zukunft legte sich bleiern auf sie. Die Zeiten wollten nicht besser werden.

Es war Ms. Baker, die die triste Stimmung durchbrach: „To the hell, with all men! Wir gönnen uns jetzt ein Gläschen Sekt." Schon zog sie Anni mit aus dem Zimmer. „Aber ich bin doch noch zu jung …", versuchte Anni zu protestieren.

„Ach was, vergiss es, Anni. Das nimmt dir niemand ab. Ich kenne die Geschichten von euren Partys." Sie lächelte amüsiert über das puterrote Gesicht ihrer Ziehtochter, während der Sektkorken knallte und prickelnder Sekt zwei Tassen füllte. „Muss nicht jeder mitbekommen, dass wir uns einen gönnen." Dabei zwinkerte sie verschwörerisch und reichte der jungen Frau die Tasse. „Prost." Anni nahm gerne das Angebot und erwiderte den Trinkgruß. „Du hast das immer gehört?" Sie nippte an der Tasse und versuchte, ihre Schamesröte zu verbergen. Doch Ms. Baker winkte nur ab. „Unwichtig. Ich war schließlich auch einmal jung."

Recht hatte sie. Anni hing viel mit den anderen Kindern amerikanischer Soldatenfamilien ab. Die Feiern in den Ruinen konnten nicht geheim bleiben. Immer beschützt von einigen Soldaten, ohne dass die jungen Menschen davon wussten. Dahlem entwickelte sich in diesen Tagen mehr und mehr zu einer amerikanischen Kolonie. Von Monat zu Monat zogen die amerikanischen Familien ihren Männern nach und mit ihnen zahlreiche Jugendliche – Mädchen wie Jungs. Die amerikanische Verwaltung machte sich bereits Gedanken, in Dahlem komplette Siedlungen zu bauen, um die Familien unterzubringen. Bis das später vom Volksmund „Klein-Amerika" genannte Gebiet begonnen wurde, mussten es noch die alten Kasernen oder beschlagnahmten Wohnungen der Deutschen tun. Anni hatte sich mit ihren Freundinnen ausgedacht, einmal im Monat ein Willkommens-Treffen für diese Kinder zu organisieren, die bestimmt komplett geschockt sein mussten, fortan eine Trümmerwüste als ihre Heimat zu betrachten. Viel lieber wären sie wahrscheinlich auf den Mond verbannt worden als ins zerstörte, geteilte Berlin Nazideutschlands, das gerade zum Pulverfass wurde. Aber die schon anwesenden Kids sorgten dafür, dass daraus ein Abenteuer wurde.

Noch spannender aber war, was die Neuen aus Übersee mit sich brachten! Eine neue, unverbrauchte und erfrischende Lebenswelt. Vor allem aber den Big Band Sound und den aufkommenden Rock'n'Roll. Sie alle fanden schnell zusammen, liebten den neu erschienen Jazz und fanden an der Lebenslust inmitten der Trümmer großen Gefallen. Mit den amerikanischen Mädchen durfte Anni erstmalig in die Clubs in ihrem Sektor. Sie saugte diese Energie in vollen Zügen ein und lebte auf.

Und die Deutschen? Anni zuckte bei solchen Fragen immer die Schultern. Diese Menschen hatten ihr die Eltern genommen und viele Freunde. Sollten sie doch leiden und im Winter frieren. Egal! Sie hatten es nicht anders verdient.

Der Sekt stieg ihr in den Kopf. Doch es tat gut. Anni ließ es geschehen. „Woran denkst du gerade?", wollte Ms. Baker wissen und schenkte kräftig nach. Erschreckt tauchte Anni aus ihren Gedanken auf. Sie verschluckte sich und hustete kurz. „Dass ich so glücklich sein darf, bei euch zu sein", wich sie aus, aber dennoch die Wahrheit sagend. „Ich weiß gar nicht, wie ich das eines Tages wiedergutmachen kann." Ms. Baker stieß ihre Tasse gegen den von Anni und schüttelte den Kopf: „Du musst nichts gutmachen. Wir sind dankbar, dass es dich gibt, und jetzt ist alles vorbei. Du bist in einer guten und sicheren Welt.“ Anni wurde mutiger und nahm einen tiefen Schluck. „Ja, es tut mir sehr gut, hier zu sein, bei euch und bei den anderen guten Menschen.“ Ms. Baker legte den Arm um sie und drückte die junge Frau. Mutter und Tochter. Beide kosteten diesen Moment intensiv aus.

Anni wusste aber: Diese heile Welt war auch eine Scheinwelt. Etwas lauerte und würde eines Tages wie ein schwarzer Panther über sie herfallen. Mit eingezogenem Kopf wartete sie beinahe täglich auf diesen Moment, der durch die schreckliche Nachricht eingeleitet würde, die sie wieder in die Realität zurückschleuderte. Jene Botschaft, die jene Gewissheit verschaffen wollte, mochte Anni nicht hören. Diese Nachricht kam einen Tag nach ihrem siebzehnten Geburtstag. Der Panther hatte lange gebraucht, sich einen Moment auszusuchen, in dem sein Opfer hilflos dastand.

Es war eine lange Nacht gewesen und ihre amerikanischen Eltern hatten alles darangesetzt, Anni ein brausendes Fest mit viel Musik, Freunden, Tanz und auch leichtem Alkohol zu bieten. So viele Menschen waren gekommen. Bekannte und weniger Bekannte. Selbst zahlreiche Menschen, die Anni ihr Lebtag nicht gesehen hatte, behandelten sie dennoch wie beste Freunde. Wenn der oberste Befehlshaber des amerikanischen Sektors zur Feier lud, dann kam man gerne. Anni fühlte sich an diesem Abend wie eine Prinzessin. Schwebte noch lange durch die Lüfte, als sie schon zu Bett gegangen war. Der Duft des Abends mit seinen feinen Gewürzen in den Kuchen und Torten würde sie ein Leben lang begleiten. Die Musik, die Tänze, die Fröhlichkeit … alle schienen sie zu lieben. Niemand sah in ihr die Deutschen, deren Landsmänner und Landsfrauen die Welt mit unsagbar viel Leid überzogen hatten. Im Gegenteil: Anni war eine der ihren, mit einem schon beinahe perfekten Englisch, integriert in die Gemeinschaft der Gleichaltrigen. Mit einem Lächeln im Gesicht entschlummerte sie ins Reich der Träume und feierte darin noch die ganze Nacht weiter.

Sie nahm das Raubtier nicht wahr, das dabei war, sie von hinten zu überfallen: eingeleitet mit diesem „Anni, wir müssen reden“, das hat sie am nächsten Morgen beim Frühstück stutzig werden lassen. Sie hatte bis eben noch immer in den Erinnerungen an den gestrigen Abend geschwelgt. Sofort waren alle Antennen ausgerichtet und ihre Sinne hellwach. „Worum geht es?“, wollte sie zögerlich wissen. Mit zittriger Hand legte das Mädchen ihr Brötchen auf den Teller und blickte Mr. und Ms. Baker mit geduckter Haltung an. Sie drückte die Hand fest gegen die Brust, in der das Herz urplötzlich wilde Tänze vollführte und explodieren wollte. Ihre Pupillen weiteten sich zu einem tiefen Schwarz. „Jetzt ist es so weit“, sprach die innere Stimme in ihr, ohne überhaupt einen Anhaltspunkt zu haben, an dem sie das festmachen konnte. Doch Anni wusste es. „Wir haben Neuigkeiten“, sagte Ms. Baker und blickte verunsichert zu ihrem Mann. „Von meinen Eltern?“ Sie kämpfte mit dem Atem, der immer schneller und flacher wurde. „Sagt schon. Was ist es?“ Doch wollte sie wirklich wissen, was ihr gleich mitgeteilt würde? Die Bakers schienen selbst mit sich zu ringen, was sie preisgeben sollten und in welcher Weise.

Anni kam ihnen zuvor. Energisch stand sie auf. Ein Feuer blitzte in ihren Augen auf. Sie ballte die Hände zu Fäusten und stützte sich mit diesen auf dem Tisch ab: „Sagt es mir. Sagt mir bitte alles. Es ist Zeit!“ Sie stolperte zum Fenstersims und hielt sich an diesem fest, in der Hoffnung, dass sie dadurch vor dem Ertrinken bewahrt werden würde, wenn gleich die Wellen über ihr brachen. „Ja“, kam es von Mr. Baker. Mehr schaffte er gerade nicht, hervorzubringen. Doch Anni wurde dadurch gestärkter. Der alte Kampfeswille jener jungen Frau trat wieder hervor, der ihnen allen das Überleben ermöglicht hatte, als sie auf der Flucht waren.

Tief in ihr drin spürte die tapfere Frau wieder diesen schweren Ballast, der seit Jahren auf ihrer Seele lastete. Sie stampfte fest auf den Boden auf. Jetzt war es wirklich an der Zeit, dieses niederziehende Gefühl loszuwerden. „Gehen wir in mein Arbeitszimmer“, beschloss Mr. Baker und trat voraus. Die Frauen folgten ihm. Niemand wollte sich setzen. Anni lehnte vom Kopf bis zu den Zehen angespannt am Besprechungstisch. Ms. Baker stand an einem hohen Sessel, während ihr Ehemann Schutz hinter dem Schreibtisch suchte. „Anni. Wir haben vor wenigen Tagen die Unterlagen erhalten, in denen alle Nachforschungen zum Verbleib deiner Eltern zusammengetragen worden sind." Er hielt inne und blickte hilflos auf die Dokumente. „Ich weiß nicht, wie ich es dir sagen soll. Es ist, also, sie sind …" Anni sprang nach vorne und nahm den Stapel der Unterlagen in die Hand und fixierte das oberste Blatt. „Ist gut, du musst es mir nicht sagen. Ich lese es selbst." Sie blickte zu ihm auf und nickte kurz. Danach setzte sie sich in den Sessel, um in die Unterlagen einzutauchen. Die Dunkelheit umfing sie am frühen Morgen und ließ die Zeit der dunklen Mächte des Nationalsozialismus wieder aus der Flasche der Pandora hervorquellen. Der gesamte Raum erfüllte sich mit dieser düsteren Vergangenheit, die Äonen von Kilometern hinter ihr gelegen zu haben schien. Anni schluchzte tief und inbrünstig, während sie las. Sie hatte es schon immer geahnt. Aber nun schwarz auf weiß zu lesen, welch qualvolle Folter ihre Eltern ertragen mussten, war wie ein Faustschlag in den Magen. Man hatte ihre geschundenen Eltern an jenem Morgen auf direktem Weg ins Konzentrationslager gefahren. Anni kannte den Namen des Ortes nicht. Dort wurden sie über viele Wochen einer schrecklichen Folter und Verhören unterzogen. Die Nazis wollten wissen, wer Teil des Netzwerkes war. Suchten nach Namen und Verbindungen. Doch Annis Eltern konnten nichts sagen. Denn sie wussten nichts. Das System funktionierte in Form von autonomen Zellen. Niemand kannte die andere. Man leitete die Flüchtenden und Informationen nur von der einen Zelle zur anderen weiter, ohne dass es direkte Kontakte oder Namen gab. Doch das reichte den Nazis nicht. Sie folterten weiter, bis nichts Menschliches von Annis Eltern übrig geblieben war: geschunden, gedemütigt, missbraucht, ausgemergelt. Am Ende ermordeten die Häscher leblose Hüllen und warfen diese auf den Müll. Menschliche

Überreste von Individuen, die einst eine Persönlichkeit besaßen, ein Lachen, Freunde und eine Familie. Menschen, denen man jede Würde und Identität geraubt hatte.

Anni konnte nicht sagen, ob sie eine Stunde oder eine Ewigkeit dagesessen hatte. Sie hatte nicht bemerkt, dass ihre amerikanischen Eltern den Raum verlassen hatten. Die Dunkelheit der Naziwelt wollte nur schwerlich der Dämmerung des Tages weichen. Doch Anni kämpfte sich hoch. Heraus aus der Tiefe des Schocks, den diese Berichte erzeugt hatten. Sie blickte auf die Dokumentationen des Grauens.

Der Schock ließ sie nicht einmal trauern und weinen. Anni saß nur so da und starrte in die heraufziehende Nacht.

Niemand störte sie. Alle verstanden, dass sie die Ruhe für sich benötigte. Die dunkle Vergangenheit, die der Raum jener von den Amerikanern beschlagnahmten Villa ausdünstete, fuhr ihre Pranken aus. Wollte nach ihr greifen. Mit Sicherheit wurde genau in diesem Raum mit seinen massiven Möbeln Jahre zuvor vielfältiges Leid beschlossen und Hass in Befehle umgewandelt. Blutrünstige, von Gier und Macht durchtränkte Energie drang hervor und waberte um ihre Beine, stieg hoch und drohte ihre Kehle abzuschnüren. Das Böse stirbt nie. Es sucht sich Gelegenheiten, um von einem Wirt auf den anderen überzuspringen.

In Anni wurde etwas in Schwingung versetzt. Sie spürte, wie es geschah, und konnte nur hilflos zuschauen, wie das giftige Geschwür in ihr hervorbrach und zu wachsen begann. Jenes Geschwür namens Rache, das sie besiegt zu haben glaubte.

* * *

„So, für heute ist genug erzählt. Jetzt löst du dein Versprechen ein.“ Erschrocken blicke ich Anni an. Mein Glas mit Gin ist bereits leer.

„Aber Anni, das geht nicht! Du wolltest das doch morgen …“ Ich protestiere. Sie aber schüttelt den Kopf: „Nein,

nein. Jetzt bist du dran." Ich fühle mich gerade, als ob ich aus den Höhen meiner Fantasie und den Bildern, die ich zur Geschichte hatte, tief auf den Boden der Realität gefallen bin. „Anni, bitte." Ich winsle beinahe.

Sie aber lächelt und bleibt streng. „Nein!"

Ich spüre, ich muss einen Joker ziehen: „Ich verspreche, auch beim ersten Date mit dabei zu sein – als unsichtbarer Beobachter und Bodyguard." Das scheint ihr zu gefallen. Sie legt den Kopf schräg und nickt unmerklich. Als ob sie nachdenkt und das Angebot bisher nicht ausreicht. Ich setze flehend nach: „Bitte, Anni, ich bin gerade zu sehr noch in den Emotionen von damals. Mein Gott! Wie schlimm das für dich gewesen sein muss. Warst du nicht wütend?"

„Wütend?" Sie runzelt die Stirn. „Ich war sauwütend. Ohnmächtig und wütend!" Ich hätte ihr die Vehemenz und Energie in ihrer Stimme gar nicht zugetraut. „Was hast du denn damit gemacht?"

Sie zögert nur kurz, schaut mich grimmig an und schimpft. „Schlawiner!"

Sie beginnt, weiterzulesen.

Erleichtert konzentriere ich mich wieder auf ihre Stimme:

* * *

Anni verarbeitete ihre Wut und Ohnmacht dadurch, dass sie sich noch mehr in die Welt des Feierns stürzte. Die heranwachsende Frau war der Inbegriff der Schönheit ihrer Zeit. Die Melancholie, die ihre Augen umspielen wollte, machte sie nur noch interessanter für die verrückten Jungs aus Übersee. Die Deutschen betrachtete sie mehr denn je als Volk der Mörder und Täter. Mit ihnen wollte sie keinen Kontakt. Dafür konsumierte sie die freie Welt der Amerikaner in vollen Zügen, deren Teil sie dank Familie Baker sein durfte. Die Traurigkeit kam nur in den wenigen Momenten, in denen sie eine Auszeit nahm und sich Ruhe gönnte. Es brachen die Depression und die Tränen aus. Das dauerte nicht lange an und es ging schon wieder kopfüber in den

Trubel der Partys. Ms. Baker ließ es geschehen. Sie ahnte, was in ihrer Tochter vor sich ging.

„Guten Abend, James, wie geht es heute?" Ms. Baker blickte den adretten jungen Mann mit einem anerkennenden Lächeln an. „Sehr gut, Ms. Baker. Ich hoffe, Ihnen auch?" Sie nickte und führte ihn in den Salon. „Ein wundervoller Tag heute, nicht?" Zustimmend betrachtete sie mit Freude den stattlichen jungen Mann, dessen Familie erst vor wenigen Wochen nach Berlin gezogen war. „Na, wo geht es denn heute hin?", wollte sie vom Begleiter ihrer Tochter wissen. Er verneigte sich kurz und sprach in elegantem Ton: „Wenn Sie erlauben, dann möchten wir sehr gerne ins Kino gehen." – „Ah, was kommt denn?" Seine Augen strahlten: „Es kommt endlich der Film ‚Red River' mit Howard Hawks, mit John Wayne und Montgomery Clift zu uns nach Berlin. Den müssen Sie unbedingt gesehen haben." Bevor Ms. Baker noch antworten konnte, kam Anni die Treppe heruntergestürzt. Die Schönheit in Person. „James, da bist du ja." Sie stürzte sich auf ihn und umschlang ihren Angebeteten. „Hat es geklappt?" Fragend blickte sie zu ihm auf. „Zwei Karten. Beste Reihe." Er schwenkte die Karten in seiner Hand. Triumphierend, perfekt seine Rolle spielend. „Na, dann mal schnell los, ihr zwei Turteltäubchen, damit ihr nichts verpasst." Anni drückte ihrer Mum einen Kuss auf die Stirn und zog ihren Freund hinter sich her. Auf der Straße vor dem Haus angekommen, blickte Anni James auffordernd an. „Hat tatsächlich alles funktioniert?" Er nickte. „Das Auto steht um die Ecke. Die anderen warten schon." Voller Aufregung tippelte Anni von einem Bein auf das andere. „Dann lass uns losfahren. Ich kann es kaum erwarten." Mit einem beinahe unmerklichen Blick des Bedauerns steckte James die Karten in die Jackentasche und folgte ihr. Der Film wäre auch schön gewesen, aber er war nur zur Tarnung ausgewählt. „Hi, Leute!" Anni strahlte, als sie die vier Gesichter ihrer besten Freundinnen und Freunde erblickte. „Ist noch Platz?" Und schon drängte sie sich hinten rein. James setzte sich ans Steuer. „Bereit?" –

„Bereit!" Das Fahrzeug bewegte sich in Richtung Osten. Vorbei an sich mehr und mehr formierenden Trümmerwelten, aus denen vereinzelt bereits wieder erste Gebäude emporwachsen wollten. „Wie habt ihr den Club aufgetan?", wollte Anni wissen. Von schräg vorne kam die Antwort: „Ein Soldat hat es mir vor ein paar Tagen gesteckt. Sie gehen dort auch regelmäßig hin." Anni sog tief die Luft ein, während das Fahrzeug durch die holprigen Straßen Berlins fuhr, in Richtung Tauentzienstraße und Nürnberger Straße, um das neu entflammende Nachtleben dort zu entdecken. Wie gerne hätte sie jetzt neben ihrem Angebeteten, James, gesessen und hätte seine Hand gehalten. Doch die freche Kate musste ihr den Platz streitig machen und ihren Geliebten anschmachten. Anni hätte ihr am liebsten etwas Spitzes in die Rippen gerammt. Allerdings wusste sie, dass sie ihrer Freundin zu hundert Prozent vertrauen konnte. Alle hier im Auto bildeten eine verschworene Gang, die schon viele Nächte in den verruchten Winkeln Berlins zugebracht hatte. Immer auf der Suche nach dem Nervenkitzel, der Unterhaltung und dem Neuen.

„Ich habe gehört, es soll ein großer Musiker in der Stadt sein." – „Wer?" Wild redeten sie durcheinander, verfielen in Spekulationen: „Louis Armstrong, Ella Fitzgerald, Duke Ellington, Count Basie, Lionel Hampton, Dizzy Gillespie? Wer ist es?" Ehrfürchtig lauschten sie dem Klang der großen Namen, die tatsächlich eines Tages vorbeischauen würden. Währenddessen parkte James das Fahrzeug direkt vor dem Ulenspiegel, einem Künstlerkabarett. „So, Leute, heute wird hier gefeiert und Musik gespielt. Verzieht jetzt nicht die Schnuten. Es gibt kein Kabarett heute. Dafür aber Muuuusiiiiik." James sprang bei diesen Worten aus dem geliehenen Fahrzeug und bot den jungen Frauen wohlwollend seinen Arm an, während sie sich aus dem Auto zwängten. „Meine Dame?" Er lächelte Anni an, hob sie mit seinen starken Armen aus dem Auto heraus und stellte sie auf dem Bürgersteig ab. „Hört ihr auch schon das Trompetensolo? Das muss Armstrong sein. Ganz sicher." Sie stritten sich und

fachsimpelten, während die junge Gruppe auf den Eingang zusteuerte.

Keiner der jungen Menschen beachtete die grauen Häuflein, die auf dem Boden kauerten und mit dem Rücken an der Wand lehnten. Einige versuchten, ein wenig von der Musik und weiten Welt zu erhaschen. Andere bettelten die eintretenden Gäste um Almosen an. Bedauernswerte, jämmerliche Kreaturen, die die frohe Stimmung und hoffnungsvolle Erwartung auf den kommenden Sause-Abend verderben wollten. Berlin litt Hunger, Elend und Tod. Doch die lebensfrohe Gruppe sollte das nicht stören. Anni und ihre Freunde stiegen die Stufen zur Haupttür hoch. Immer noch im Disput um die Musiker verstrickt, die wohl auf sie warten mochten. Nur kurz huschte Annis Blick über die bedürftigen Gestalten hinweg. Mehr als ein kurzes Zucken und Innehalten war bei ihr aber nicht zu vernehmen.

Soldaten beäugten die Gruppe misstrauisch, wollten sie aufhalten. Doch dann erkannten sie Anni, salutierten und ließen die Partygäste durch. Die Ziehtochter ihres obersten Kommandeurs kannte in Berlin jeder, der mit dem Nachtleben eben dieser Stadt zu tun hatte.

„Guten Abend, Ms. Baker", hallte es kurz durch den Korridor und schon flog die große Eingangstür zu. Ließ den grauen Alltag Berlins zurück und entführte die Feierwütigen einem Raumschiff gleich in einen anderen Kosmos. In eine Welt gedämpften Lichts und voller prickelnder Spannung. Erzeugt durch eine Musik, die unbekannt und frisch war. Gerade eben erst mit den Musikern aus einer anderen Welt herübergezaubert. Anni nahm die rauchgeschwängerte Luft beinahe den Atem. Doch sie ließ es sich nicht nehmen, selbst eine Zigarette anzunehmen, kaum dass sie ihren Mantel an der Garderobe abgegeben hatte. „Komm mit, meine Liebe." James zog sie mit sich. „Es geht gleich los." Doch Anni stockte und blieb stehen. Etwas hatte sich in ihr Blickfeld geschoben und brachte ihr Unterbewusstsein in Schwingung. James' Hand entglitt der ihren. Sie drehte

sich um und starrte den Mann an der Garderobe an. „Was ist?“, wollte James wissen. Die Röte der Aufregung war auf seinen Wangen sichtbar. Unschlüssig blieb er stehen. „Wir müssen schnell sein, um die besten Plätze zu bekommen.“ Anni aber winkte kurz ab und antwortete: „Geh schon mal vor. Ich komme gleich.“ Dann ging sie zur Garderobe zurück und blickte den Mann eindringlich an. Die Augen, der Gesichtsausdruck. Ja, sie kannte ihn. „Bist du es?“ Anni legte den Kopf schräg und studierte ihr Gegenüber. Dieses aber bediente eine ältere Dame und gab ihr eine Garderobenmarke. „Ich wünsche Ihnen einen wundervollen Abend, meine Dame“, hörte sie ihn sprechen. Dann war es ihr klar. „Torsten“, sagte sie nur. Ihr Mund blieb weit offen. Der Angesprochene aber blickte sie irritiert an und bediente einen weiteren Gast. „Erkennst du mich denn nicht mehr?“ Doch der Mann reagierte nicht. „Torsten“, wiederholte sie. „Ich weiß nicht, was Sie meinen“, versuchte er in gebrochenem Englisch. Da erst wurde Anni klar, dass sie ununterbrochen Englisch gesprochen hatte. „Ich bin es, Anni“, wiederholte sie nun endlich auf Deutsch und merkte, wie schwer ihr die Worte fielen. Endlich waren die letzten Gäste im Saal verschwunden und die Tür dessen verschlossen. Ein Moderator kündigte den nächsten Gast an. Applaus schwoll an und drang zu ihnen. Er konnte nun endlich seine volle Aufmerksamkeit der jungen, gut gekleideten Amerikanerin widmen. Ihr Deutsch war beinahe akzentfrei. Er musterte sie mit höflich-distanzierter Miene. „Wie geht es dir? Wie geht es den Kleinen?“ Sie sah, wie er seine Stirn runzelte und intensiv nachdachte. Dann endlich schoss es aus ihm heraus, gerade, als sie dabei war, mit ihrer rechten Hand die Haare aus dem Gesicht zu streichen. „Anni!?!“ Er rief es laut heraus. „Du?“ Er begann zu zittern und legte die Kleiderbügel auf den Tisch, die er noch in der Hand hielt. Tränen schossen ihr in die Augen. „Ja“, flüsterte sie und griff nach seinen Händen. „Oh Gott. Du lebst.“ Er schluchzte, drückte fest ihre Hände, traute sich aber dennoch nicht hinter seinem Tresen hervor. Es war sie, die flugs über den Tisch hinwegrutschte und vor ihm stand. „Wie groß du geworden bist." Er streichelte ihren Kopf. Anni nahm ihn in die Arme und drückte ihren Weggefährten fest. Sie blickte über seine Schulter hinweg zum Konzertsaal. Doch James kam nicht zurück. Er war sicher vom Zauber der Band gefangen und weit weg.

Torsten schluchzte. „Sie haben gesagt, du bist tot. Man hat den Schleuser wenige Tage nach eurer Flucht tot im Tiergarten gefunden. Ausgeraubt." Er schob sie sachte von sich und hielt sie bei den Schultern. „Man hat auch eine Frau bei ihm gefunden. Wir dachten, das bist du. Jetzt lebst du." Seine Stimme ging im Schluchzen unter.

Der Abend verlief vollkommen anders als von Anni erwartet. Sie hörten zwar die Musik und den tosenden Applaus nach jedem Stück. Doch das war unwichtig. Torsten und Anni hatten sich so viel zu erzählen, gefühlt musste es über Jahrzehnte sein. Doch auch drei Nachkriegsjahre waren voller Ereignisse und voller Tragik. „Uns geht es so weit gut", erzählte Torsten. Sie hatten es sich auf dem Tresen der Garderobe gemütlich gemacht und ließen die Beine baumeln. Von irgendwoher hatte Torsten eine Flasche Wein hervorgezaubert und jetzt tranken sie gemeinsam aus einem Glas. „Tanja und Markus geht es gut. Wir leben zusammen mit einer Frau aus dem Bunker in einer kleinen Wohnung in der Friedrichstraße." Anni lächelte, als sie fragte: „Ist es die Mutter mit ihrem Sohn?" Er nickte. „Ja, wir verstehen uns gut. Und der Junge ist mit Markus und Tanja ein Herz und eine Seele." Anni vermutete, dass Torsten selbiges mit der Frau war. „Grau bist du geworden", sagte sie lächelnd und strich ihm durchs Haar. „Und du eine echte amerikanische Lady. Hübsch vor allem. Die Jungs fliegen sicherlich auf dich." Anni grinste schelmisch und blickte auf die Tür, hinter der sicherlich James sein mochte. Der Abend wurde lang. So lang, wie die Bands spielten. Und die beiden schafften es dennoch nicht, alle Geschichten aus den vergangenen Jahren in befriedigender Weise zu besprechen. Als die Türen zum letzten Mal an diesem Abend aufschwangen, war es bereits weit nach Mitternacht und die Freunde versprachen sich, bald bei einem guten Kaffee weiterzusprechen. „Honey, wo warst du?“, wollte James wissen. Die Augen glänzten, schienen noch immer im Swing der Musik zu verweilen. Keinerlei Vorwurf darin, wie Anni erleichtert feststellte. „Ich durfte mich mit einem guten alten Freund unterhalten“, sprach sie nur und nahm dankbar den Mantel aus Torstens Hand entgegen. „Wir sehen uns bald“, rief sie ihm zu und verschwand mit James, um in ihre Welt zurückzukehren. Doch etwas begleitete sie: das Wissen, dass sie eine Geschichte besaß und diese auch Verantwortung bedeutete. Torsten, Markus und Tanja. Wie konnte sie drei so unglaublich wichtige Menschen einfach aus den Augen verlieren? Verdrängen, ja, gar negieren? Anni war es nicht möglich, die Kuschelversuche ihres Freundes auf der Heimfahrt zu erwidern. Sie steckt zu tief in ihren Gedanken. Ein „Sorry“ musste genügen und ein inniger Kuss auf die zarten Lippen ihres Geliebten beim Abschied.

1947 verabschiedete sich, um einem Jahr 1948 Platz zu machen, einem Jahr, das langsam Besserung versprach, aber mit einem bitterkalten Winter nochmals unzählige Tote mit sich riss. Gevatter Tod wollte das geschundene Deutschland nicht verlassen. Der Frieden in der Welt wollte nicht einkehren. Amerika und die Sowjetunion teilten die Welt unter sich auf und ließen die Fronten mitten durch Deutschland und Berlin verlaufen. Unheil lag in der Luft.

Anni näherte sich ihrem achtzehnten Geburtstag und spürte, wie die politischen Entwicklungen mehr und mehr in ihr Bewusstsein drangen. Sie konnte sich vor der Weltpolitik nicht verschließen. Das leichte, beschwingte Leben des Swing wich einer Schwere, die dem Tanzen seinen Reiz und seine Lockerheit nahm. Das Zusammentreffen mit Torsten hatte Anni vollends aus ihrer Blase gerissen, die mit betäubenden Stoffen angefüllt war. James war der Erste aus ihrer Welt, der sich von ihr trennte und langsam die anderen mit sich riss. Nur wenige enge Freundinnen blieben Anni verbunden. „Trauere nicht um sie. Sie waren nur wie bunte Seifenblasen, die verpuffen. Was aber bleibt, sind Menschen, die so denken und fühlen wie du.“ Mit solchen Worten bemühte sich Ms. Baker, ihre Ziehtochter ein wenig zu trösten, wenn Anni wieder traurig zwischen den Kulturen steckte und nicht wusste, wohin. Seit dem Besuch in jenem Club, als sie Torsten traf, besann sich Anni wieder ihrer Wurzeln. Es war nicht einfach gewesen, zum ersten Mal in der Friedrichstraße die Stufen des alten Mietshauses hochzusteigen und im vierten Stock an die Tür zu klopfen. Es war nicht die Traurigkeit, die das alte, notdürftig von Kriegsschäden befreite Gebäude auf ihr Gemüt legte. Viel eher war es das schlechte Gewissen, mit diesem Besuch gewartet zu haben. Lange stand Anni vor der Tür und mühte sich, ihre Hand zu heben, um zu klopfen. Doch sie schaffte es nicht. Sie hörte Stimmen, erkannte jene von Tanja, fühlte ihr Herz bis zum Hals schlagen. So gerne wäre sie hineingestürmt. Doch die Angst vor möglichen emotionalen Ausbrüchen war größer. Was, wenn die Kinder sie beschimpften, ablehnten oder sie nicht mehr als die ihrige annahmen? Ein Kloß steckte ihr im Hals und gerade, als Anni sich umdrehen wollte, um an die frische Luft zu laufen, legte sich eine Hand sanft auf ihre Schulter. Erschreckt zuckte sie zusammen und wollte mit dem Ellbogen nach hinten schlagen. Da sprach die Person mit ruhiger Stimme: „Komm, wir gehen zusammen hinein. Sie warten schon auf dich.“ Torsten lächelte sie aufmunternd an, nahm wieder seine Einkaufstasche vom Boden hoch und führte den Gast mit sanftem Druck durch die inzwischen von ihm geöffnete Tür. Dankend nickte Anni ihm zu und schritt etwas mutiger voran. Torstens Hand gab ihr Sicherheit, trotz der düsteren Atmosphäre, die sie im Hausgang umfing. Feuchter Moder drang in ihre Nase. „Gehen wir in die Küche“, sprach Torsten munter weiter und ging voraus. Die Dielen knarrten, als ihre Füße ihm folgen wollten. Alles schien alt und baufällig. Schäbig. Aber der stolze Blick ihres Vertrauten verriet ihr, dass diese Familie in Berlin ein Privileg besaß. Ein Dach überm Kopf und eine geheizte Küche!

Vorsichtig schielte sie hinein. An einem weißen Holztisch, von dem der Lack abgesplittert war, saßen vier Personen und blickten sie neugierig an. Der Raum strahlte tatsächlich Behaglichkeit aus. Selbst eine mehrfach reparierte Gardine hing am Fenster. Unsicher blickte Anni zu Torsten, der ihr ermutigend zunickte. Tränen liefen ohne Vorwarnung ihre Wangen hinunter, als sie in den Gesichtern von Tanja und Markus jene kleinen Kinder entdeckte, mit denen sie vor wenigen Jahren durch die Hölle gegangen war. Sie waren so, so groß geworden, wie sie fand. Und gesund sahen sie aus. „Hallo", stotterte sie unbeholfen. Doch niemand reagierte. Die Blicke glitten an ihrer schicken Kleidung entlang. Entdeckten die Handtasche in ihrer Hand. Den modischen Hut auf ihrem Kopf. Neueste amerikanische Mode, die keiner der Anwesenden im Raum bisher in real gesehen hatte. Mit Ausnahme von Torsten. „Erkennt ihr mich nicht mehr?" Die Aufregung wich einer Verzweiflung. „Ich bins, Anni." Sie versuchte einen letzten Anlauf. Und gerade, als sie sich umdrehen und aus der Wohnung stürzen wollte, schnellte Tanja von ihrem Stuhl hoch und rannte durch die Küche. „ANNIIIEE!", brüllte sie und klammerte sich an die Besucherin. „Wo warst du?" Mit diesen Worten vergrub sie ihr Gesicht im wohlriechenden Mantel ihrer ehemals so vertrauten Beschützerin und wollte sie nicht mehr loslassen. Endlich stand auch Markus auf und kam zögerlich auf sie zu. Er war groß geworden. Mein Gott. So groß wie sie selbst, wenn nicht sogar etwas größer. Wie ein Erwachsener legte er die Hand auf ihre Schulter und sprach: „Du bist also zurück." Er versuchte sie zu umarmen, ohne Tanja dabei zu erdrücken. „Ich habe es immer gewusst!" Anni erinnerte sich, dass Torsten erwähnte, dass man sie für tot gehalten hatte.

Sie schluchzte: „Ja, ich bin wieder da." Die Minuten vergingen und alle spürten im Raum, wie diese unsichtbaren Bande, die zwischen ihnen seit ihrer gemeinsamen Leidenszeit entstanden waren, wieder in Schwingung geriet und in einen Gleichklang verfiel. Weder Torsten noch seine

Lebensgefährtin wollten in diese wundersame Verwandlung eingreifen. „Freunde fürs Leben?", flüsterte Anni, noch immer in Tränen aufgelöst. Das Bilderkino in ihrem Kopf explodierte förmlich in diesen wenigen Minuten. Sie schossen kreuz und quer durch sie hindurch und ließen alle Momente, die Guten wie die Schlechten, in ihr aufleben. „Freunde fürs Leben", wiederholten Tanja und Markus. Es war Torsten, der die Dreisamkeit vorsichtig durchbrach. „Ich bin mit dabei. Versprochen! Freunde fürs Leben. Aber jetzt habe ich Hunger. Wollen wir essen, bevor ich zur Arbeit muss?" Alle nickten und Anni begrüßte nun auch die Frau und ihren Sohn. Es fiel ihr schwer, sich an ihr Gesicht aus jener Zeit im Bunker zu erinnern. „Ich habe Nachtisch für uns mitgebracht", sprach Anni und wischte sich die Tränen aus den Augen, um endlich wieder erleichtert zu lächeln. Sie griff in ihre Tasche und holte mehrere Tafeln Schokolade und Kaffee hervor. Für Torsten gab es einige Packungen Zigaretten. Er liebte es, zu rauchen, wie sie im Club gesehen hatte.

Nur schwer konnten sich die Kinder beherrschen, während der Gulaschsuppe nicht sofort auch die Schokolade zu plündern. Der Kaffee selbst wurde beinahe zelebriert, einem Ritual gleich aufgebrüht und genossen.

Man redete viel. Genoss die Trägheit, die einen nach solch einem leckeren Essen und Nachtisch überkam. Anni wollte wissen, wie es den Freunden ergangen war, wie sie aus dem Bunker heraus und zu dieser Wohnung kamen.

Doch zuvor verlangten die Freunde zu erfahren, wie es ihr ergangen war. Warum sie nicht tot war, wie alle glaubten.

Die Geschichten wurden im Frage-Antwort-Spiel hin und her geschossen.

„Ich fühle mich schlecht, euch so im Stich gelassen zu haben." Annis Gesichtsausdruck verriet, dass sie es ernst mit dem meinte, was sie sagte. „Doch ich wollte nichts mehr mit den Menschen zu tun haben, die meine Eltern und viele Freunde ermordet haben. Es brach mir das Herz, als man

mir mitteilte, was aus meinen Eltern geworden ist." Anni hielt mitten im Reden inne. Die Stimme versagte. Sie konnte nicht mehr weitersprechen. Dunkle, gallenartige Wut machte sich in ihr breit. Sie spürte unvermittelt wieder den Hass in sich aufsteigen. Doch der Blick in den Augen ihrer Freunde in diesem Raum sagte ihr, dass sie zu unterscheiden hatte. „Es tut mir so leid." Sagte sie nach einer Weile stumm.

Der Winterwind blies ums Haus, ließ Mauerwerke, Fenster und das Dach gefährlich knarzen. Äste eines letzten, bislang nicht gefällten Baumes schlugen gegen das Fenster. „Du musst dich für nichts entschuldigen, Anni. Wir sind selbst groß und können uns helfen." Tanja ergriff ihre Hände und drückte sie fest. „Du hast damals so viel für uns getan. Du warst so tapfer. Bis heute bist du mein Vorbild und wirst es bleiben." Dankbar schloss Anni die Augen und nickte.

Fortan besuchte sie die Familie mindestens einmal die Woche. Brachte Kleinigkeiten mit und half, den Haushalt ein wenig aufzustocken. Markus und Tanja, wie auch der kleine Junge, den sie als ihren Bruder bezeichneten, versprachen im Gegenzug, zur Schule zu gehen und an ihre Zukunft zu denken. Für Anni war es wie ein Frühling ihres Lebens. Gefühle blühten wieder auf. Verhalfen ihr zu einem gewissen Grad der Versöhnung mit dem Volk der Täter.

In dieser Zeit sprach Anni viel mit Ms. und Mr. Baker über Politik und die Zukunft. Lange Nächte saßen sie zusammen und diskutierten. „Du wirst eines Tages Politikerin." Da war sich Ms. Baker sicher. Ihr Mädchen, wie sie Anni gerne nannte, schien erwachsen und reif zu werden. Ihr sollte die Zukunft gehören, die sich auf den Trümmern der vergangenen Jahrzehnte der ersten Hälfte des 20. Jahrhunderts emporreckte und zu sprießen begann. Doch die Menschen sorgten sich. Und diese Sorge wurde zur Realität: In der Nacht zum 24. Juni 1948 sperrten sowjetische Truppen alle Zufahrtswege nach West-Berlin. Die Gas- und Stromversorgung der Westsektoren wurde vonseiten des

Sowjetsektors drastisch eingeschränkt. Aus gezielten Behinderungen wurde schließlich eine totale Abriegelung des Westteils der Stadt. Die Reaktion auf die kurz zuvor eingeführte Währungsreform in den Westzonen war erwartet worden, aber nicht in dieser Härte.

Anni befand sich an jenem Abend in der Friedrichstraße. Es galt, gebührend den Geburtstag von Torsten zu feiern. Eigentlich wollten sie dies mit einem Sommerabend-Picknick am Spreeufer feiern. Doch die dichten Wolken und der leichte Regen vereitelten dies. „Dann machen wir das Picknick eben bei uns im Wohnzimmer", schlug Tanja vor und schon wurden die Decken ausgebreitet und die Picknickkörbe darauf platziert. Alle hatten viel Spaß, als die Nachricht mitten in die Party knallte. Ein Nachbar hetzte herein und berichtete davon: „Es ist alles abgeriegelt. Die amerikanisch besetzte Zone ist nicht mehr erreichbar." Panisch starrte Anni den Mann an. „Für wie lange?", wollte sie von ihm wissen. Doch der zuckte mit den Schultern. „Wer weiß das schon. Eine Nacht? Für immer? Keine Ahnung." Das reichte Anni und sie schnellte hoch. „Ich muss los." Eilig gab sie Torsten einen Kuss auf die Wange, nahm ihre „Geschwisterchen" in die Arme und machte sich auf den Weg zum Ausgang. „Nein, Anni! Das ist zu gefährlich." Torsten wollte sie zurückhalten. Doch ihm war klar. Er konnte und durfte es nicht. Wenn sie blieb, konnte es sein, dass die Blockade sie für immer von ihrer Familie und ihrer Neuen Welt trennte. Anni nickte ihm wortlos zu und sprach leise. „Pass bitte gut auf sie auf, falls wir uns nicht mehr wiedersehen." Dann war sie im Gang verschwunden und huschte durch die Nacht. Zum Glück hatte sie ihre dunkle Jeans an und nicht eines ihrer weißen Kleider.

Es war wie damals, als der Schleuser sie in den Westteil der Stadt bringen sollte. Wie ein Geist huschte Anni von einem Schatten zum anderen. In der Ferne waren Sirenen zu hören. Motorengeräusche schwerer Fahrzeuge drangen zu ihr. Anni wurde von panischen Schweißausbrüchen geschüttelt. Sie erlebte ein Déjà-vu. Unwillkürlich blickte sie nach oben, voller Angst, es könnten wieder die Tiefflieger über ihr auftauchen und Tod und Verderben bringen. Himmel, hörte das denn nie mehr auf? Ihre Nerven lagen blank. An den Ruinen des Reichstages zielte Anni in Richtung Brandenburger Tor, um dann ins Dunkel der letzten noch vorhandenen Bäume des Tiergartens einzutauchen. Sträucher hatten sich in den vergangenen Jahren ausgebreitet, nachdem die Menschen alles zu Brennholz verwandelt hatten, was über viele Jahrzehnte zu einem stolzen Park heranwachsen durfte.

Kommandos wurden gebrüllt. In russischer Sprache, und das nicht weit von ihr. Wenn sie heute Nacht in die Hände der Sowjetunion fallen würde, wäre das eine hoch komplizierte Situation für ihre Zieheltern. Anni wusste das. Wie ein Wiesel flitzte sie zwischen den Einheiten hindurch, die die Blockade umzusetzen hatten. Die Dunkelheit jener Nacht machte es Anni schwer, die Orientierung zu behalten. Hilflos irrte sie hin und her. Stand vor morastigen Tümpeln, versuchte sie zu umrunden, um vor neuen Hindernissen zu stehen. Doch die Stimmen der Russen verloren sich. Anni war guter Dinge, wirklich im Westsektor angekommen zu sein. Nicht weit vor sich sah sie schweres Gefährt. Auf dem Lastwagen prangten die Hoheitszeichen der US-Armee. Erleichterung machte sich in Anni breit und sie schritt mutig und befreit auf die Straße. Direkt auf die Soldaten zu. Sie beobachtete, wie einzelne Männer Gerätschaften von den Ladeflächen hievten und auf der Straße platzierten. Anni war beinahe bei ihnen, glücklich, in der Freiheit angekommen zu sein. In ihrer Freiheit. Freudig winkte sie den Männern zu und rief ihnen in Englisch ein paar Worte zu. Doch niemand reagierte. Sie machte weitere Schritte auf die Gruppe zu. War beinahe bei ihnen. Dann gefror alles an ihr von einer Sekunde auf die andere. Anni konnte sich keinen Reim darauf machen, was ihr Unterbewusstsein gerade mit ihr trieb. Doch hier lauerte etwas Ungutes. Sie spürte das. Die junge Frau legte den Kopf schräg und beobachtete besonders zwei der Männer aus der Gruppe. Runzelte die Stirn, um krampfhaft nachzudenken. Dann aber entrann sich ihr ein Urschrei aus den tiefsten Gründen ihres Daseins. Anni stürmte nach vorne, schnappte sich im Lauf einen schweren Ast und schlug auf die Männer ein. „Ihr Bastarde! Ihr habt überlebt? Wunderbar. Ich liefere euch an den Galgen. Sterben müsst ihr. Sterben." Sie schlug zu, wie eine Furie. Doch nur wenige Schläge trafen ernsthaft. Schnell war sie überwältigt und lag von einigen Faustschlägen niedergestreckt auf dem Boden. „Mörder. Hinterhältiges Krebsgeschwür", brüllte sie durch die Nacht. Plötzlich rückte die Blockade Berlins in den Hintergrund. Anni zog die Aufmerksamkeit zahlreicher Soldaten um sie herum auf sich. Alle scharten sich um die wild gewordene Frau und versuchten, zu verstehen, was hier gerade geschah: „Ihr habt Nazis zu Gehilfen. Mörder, Vergewaltiger. Das sind sie. Fasst sie. Sie müssen dem Henker übergeben werden." Anni wünschte sich gerade nichts Sehnlicher herbei als Gevatter Tot, der dem hier ein schnelles Ende bereiten mochte. „Was ist hier los?", verlangte einer der Soldaten Auskunft. „Keine Ahnung, sie ist verrückt geworden. Vermutlich aus der Nervenanstalt entsprungen." Die Männer zuckten mit den Schultern. Jene zwei Angesprochenen zogen sich jedoch ein wenig zurück. Ihnen schwante etwas. Sie waren also bei den Amis untergekommen und spielten die frommen Lämmer.

Anni wechselte ins Englische und erklärte zum Erstaunen aller in akzentfreiem Ton, um wen es sich bei den beiden handelte. Doch als sie auf sie zeigen wollte, waren sie weg. Verschlungen von der Nacht. Anni fluchte!

„Ihr müsst sie suchen. Fasst sie. Das sind die schlimmsten aller Nazis." Doch niemand folgte ihrem Aufruf. Es gab Wichtigeres zu tun, als in der Vergangenheit zu wühlen.

Aber Anni hatte die Bilder vor Augen, als wäre es gerade geschehen. Thomas. Ihr Begleiter. Ihr Freund jener Tage! Wie er am Schuppen stand und zahlreiche Gewehrläufe auf ihn gerichtet wurden. Wie er von Kugeln durchsiebt und sie dann an die Stelle gezerrt wurde. Ihre Peiniger lebten! Sie hatten die Welten durchbrochen und ihre geheiligte Welt der Amerikaner infiltriert. Verseucht!

* * *

Am nächsten Morgen herrschten Krach, Streit und Diskussionen im Hause Baker: Sollte man die Vergangenheit ruhen lassen? Es gab genug Probleme. Hunger, Not, die Eskalation mit den Russen. „Anni, wir wissen selbst nicht einmal, wie es uns geht! Wir sind eingeschlossen und isoliert.“ Mr. Baker versuchte, ihr die Lage zu erklären. „Wir müssen mit dem Schlimmsten rechnen!“ Er deutete an, dass eine Invasion der Russen durchaus möglich war. Wer wusste das schon, wie weit Genosse Stalin gehen würde?

Doch Mord verjährt nicht und Anni konnte nicht akzeptieren, dass Schänder, Verräter und Mörder ungeschoren davonkamen. Die Bilder vom Tag der Hinrichtung verfolgten sie wieder seit dem Tag der Begegnung. Anni wurde zur Detektivin, recherchierte über ihr amerikanisches Netzwerk den Aufenthaltsort der Männer. Schaffte es, trotz der Blockade Kontakt zu Tanja und Markus aufzunehmen. Und ihre Aussagen halfen, dass die Männer verhaftet wurden. Anni jubelte. Hoffte auf Gerechtigkeit. Doch leider nicht lange. Es war Mr. Baker, der sie schon nach wenigen Tagen auf die Seite nahm: „Anni, es gibt Schwierigkeiten.“ Seine Ziehtochter sah sofort von ihrer Zeitung auf und betrachtete ihn misstrauisch. „Geht's um die Kerle?“ Er nickte. „Ja.“ Dann schwieg er kurz, um sich einen Drink einzuschenken. „Wir haben die Papiere der Männer geprüft. Sie scheinen echt zu sein. Ihre Daten geben an, dass sie während des Krieges in Frankreich stationiert waren.“ Anni stockte der Atem. „Was?!“, stieß sie hervor. Ihr schwante Schlimmes. „Die Pässe sind gefälscht!“ Er nickte. „Kann schon sein. Aber wir haben keinen Hinweis auf Fälschungen. Die Männer berichten auch sehr glaubhaft von ihrer Zeit in Frankreich.“ Anni sprang auf, ließ die Arme hängen. „Wir müssen Kameraden aus ihrer Einheit finden, die sie identifizieren sollen. Dann kommt die Lüge heraus.“ Mr. Baker schüttelte bedauernd den Kopf.

„Das wäre eine Lösung. Doch laut Unterlagen ist ihre Einheit bei der Ardennenoffensive vernichtet worden. Offenbar gibt es nahezu keine Überlebende." Was für ein Zufall, schoss es Anni zynisch durch den Kopf. Mr. Baker stand auf und strich sich sein kräftiges, inzwischen schon stark grau gewordenes Haar zur Seite. „Ich weiß, was du denkst. Es ist gut möglich. Aber...", er legte den Arm behutsam auf ihre Schulter und sprach weiter: „Es ist durchaus möglich, dass du dich irrst. Es waren schlimme Zeiten und ihr wart jung." – „Aber der eine Kerl hat uns verraten und der andere gab den Befehl zum Erschießen!" – „Anni." Mr. Baker blickte ihr in die Augen und schüttelte bedauernd den Kopf.

Die junge Frau wandte sich frustriert ab. Sie wusste, was das zu bedeuten hatte. „Wann kommen sie frei?", wollte sie nur noch wissen. „Sie sind schon entlassen worden. Heute Vormittag." Stumm verließ Anni den Raum und stürmte in raschen Schritten die Treppen hinunter. Raus aus dem Haus, rein in den Park. Sie musste ihren Frust in den Boden stampfen.

* * *

Die Menschen sehnen sich danach, dass am Ende die Gerechtigkeit siegt. Ja, sie glauben sogar fest daran. Doch Anni musste zum wiederholten Mal erkennen, dass dieser Wunsch nicht der Realität entsprach. Die Welt war brutal, machtgierig und vollkommen ungerecht.

Sie schwor, eines Tages ihre Gerechtigkeit selbst einzufordern. Dafür lebte sie fortan. All ihr Denken und Handeln wurde davon bestimmt. Niemand würde sie davon abhalten können. Auch nicht ihre Zieheltern, die alles daransetzten, die junge Frau von ihrem Hass und ihrer Wut wegzubringen, um ihr ein unbeschwertes Leben zu ermöglichen.

Dank der Hilfe von Torsten fand sie Kontakt zu Kreisen, die genau wie sie nach Rache suchten. Menschen, die selbst unendliches Leid durch die Nazis erfahren mussten oder die wichtige Personen verloren hatten. Diese Kreise lebten im Verborgenen. Trafen sich an konspirativen Orten und blieben anonym. Sie stellten Nachforschungen an, sammelten Daten, Namen und versuchten, die Spur der Ratten zu verfolgen, auch wenn diese durch Namensänderungen und zahlreiche Täuschungen dazu beitrugen, im Nichts zu verschwinden. Der Hilfe alter Kräfte im In- und Ausland konnten sie sich sicher sein. Diese konspirative Gruppe wuchs nur langsam. Nicht jeder wurde in diesen Kreis gelassen. Anni jedoch besaß beste Referenzen.

Das Hinterzimmer hinter dem Garderobenplatz, an dem Torsten noch immer arbeiten konnte, trotz der Blockade, diente ihnen als Versammlungsort. Ein aus den USA angereister Jude leitete die Gruppe an. Seine Scharfsinnigkeit und geschulte Kombinationsfähigkeit brachten der Gruppe den Erfolg. Und nicht selten verschwand ein vollkommen ausgepowerter Clubgast nach langer Musiknacht urplötzlich und von den anderen Gästen unbemerkt in einer schwarzen Limousine und wurde niemals wieder gesehen. Wo die entlarvten Nazis hin verfrachtet wurden, fragte Anni nicht. Sie machte lediglich einen weiteren Strich in ihrem Büchlein, um die Trophäen zu sammeln. Der Name des Gesuchten wurde fein säuberlich durchgestrichen und danach feierte die Gruppe ihren Erfolg.

Mr. Baker blickte mit Sorge darauf, was seine Tochter da betrieb. Natürlich hatten ihm seine Informanden darüber berichtet und er sprach mit Anni darüber, aus Sorge, dass sie Schaden nahm. Doch er wusste genauso gut, dass er ihren Zorn nicht bändigen konnte und infolgedessen ihr Tun nicht unterbinden. „Pass auf dich auf. Du bist für uns ein so wichtiger Mensch", sagte er nicht ohne einen gewissen Stolz. Offenbar war der Mut der Eltern auf die Tochter übergesprungen. Hätte Deutschland nur in früheren Zeiten so viele mutige Menschen gehabt, bevor die Dämonen die Macht im Land errangen. Bedauernd schüttelte er den Kopf.

Doch das Schicksal fand keinen Gefallen an dieser aufkeimenden Gerechtigkeit. Anni musste büßen. In diesen Tagen war es auf der Seite der ehemaligen Soldaten, deren Weg Anni unglücklicherweise gekreuzt hatte. Sie suchten ihre Art von Gerechtigkeit. Denn diese Nutte hatte sie den Amerikanern verraten und nur knapp kamen sie um eine Verurteilung herum.

Gott hatte dafür gesorgt, dass sie, die aufrechten Deutschen, die Verteidiger des Vaterlandes, den Krieg überstanden hatten, nicht in Kriegsgefangenschaft gerieten und schließlich zu Helfern der amerikanischen Besatzer wurden. Denn in ihren Augen hatten sie nur das gemacht, was man von ihnen verlangt hatte. Als Soldaten führten sie in jener Zeit nur Befehle aus. Unter dem Schutz ihres Gottes. So hatte man ihnen das schon seit Kindheit beigebracht. Und Gott hatte sie aus den Fängen des drohenden Kriegsgerichtes herausgerissen. Da waren sie sich sicher. Denn der Allmächtige hatte wohl noch Großes mit ihnen vor.

„Hätten wir sie nur schon damals im Osten umgebracht. So hätten wir ein Problem weniger.“ – „Ja, sie muss weg.“ Die Flasche Wodka ging von Hand zu Hand. Ein Dritter hatte sich zu ihnen gesellt. Ein Berliner Kerl, ein Räuber, Dieb und Denunziant, den die Nazis in der Reichshauptstadt als Spitzel und Räuber für ihre schmutzigen Geschäfte benötigt hatten. Ein Vorteil, denn so musste er nicht an die Front und konnte ohne Probleme die Ankunft der Siegermächte und seiner neuen Herren vorbereiten. Gerne nahmen auch diese seine Dienste in Anspruch. Erst die Amerikaner, jetzt die Russen. Genauso wie die zwei feinen Kerle hier, die er vor wenigen Wochen kennengelernt hatte. „Besucht sie noch immer die anderen Verräter in der Friedrichstraße?“, wollte er von ihnen wissen. „Ja, sie treffen sich immer wieder. Jetzt, wo die Blockade zu Ende ist, treffen sie sich wieder öfter.“ – „Allerdings nicht mehr in der Friedrichstraße. Sie sind umgezogen. Etwas stadtauswärts in ein frisch gebautes Haus.“ Einer rülpste sauer auf. Wodka und zu viel Eisbein mit Sauerkraut taten ihm nicht gut. „Haben wir die Adresse?“

Nicken im Raum. „Ja, alles, was wir benötigen. Aber besser ist noch, was sie am Abend macht." Erstaunt blickte der Mann seine neuen Freunde an. „Was denn?" – „Die Hure geht noch immer in diesen Club in die Tauentzienstraße. Alleine!" – „Na, das macht man doch so, wenn man auf diese Weise Geld verdient." – „Verruchtes Ding. Gotteslästerlich." Der Wodka begann die Zungen schwer werden zu lassen. Leichtes Lallen begleitete das Gespräch. „Sie geht auch immer alleine nach Hause. Eine gute Gelegenheit." Wieder ein Nicken im Raum. „Ja, eine gute Gelegenheit." – „Schnappen wir sie uns."

Die Sache war klar. Der Jagdinstinkt erwachte in ihnen. Sie spürten ein Prickeln, welches abhandengekommen zu sein schien. Endlich wieder eine Aufgabe, ja, sogar eine Mission.

***

„Wir müssen uns demnächst einen neuen Stützpunkt suchen, Freunde." Anni blickte ihren amerikanischen Anführer der Gruppe erstaunt an. „Aber warum, das ist doch hier ideal. Wir sitzen direkt an der Quelle. Meist müssen wir nur noch warten, dass sie uns in die Falle gehen." Ja, das stimmte. Der Club war wie ein Honigtopf, der ihre Opfer magisch anzog. „Sie haben noch zu viele Freunde in mächtigen Positionen und die Besatzungsmächte haben sie zu schnell entnazifiziert." Er schüttelte missmutig den Kopf. „Vielen passt das nicht, dass wir so in der Gülle herumrühren. Auch den Besatzern nicht." Anni musste unwillkürlich an ihren Ziehvater denken. Nutzte auch er Nazis als Gehilfen, um die neuen Gegner im Osten in Zaum zu halten?

„Lasst uns heute zum letzten Mal hier arbeiten. Danach geht es nach Charlottenburg. Ich habe einen perfekten Ersatz gefunden." Für Anni eine gute Nachricht. Das bedeutete einen kürzeren Heimweg, was auch mehr Sicherheit versprach, in einem Berlin, welches noch immer ums Überleben kämpfte.

„Einverstanden.“ Alle nickten.

Anni verabschiedete sich von ihrer Jagdgruppe, wie sie sich nannten, und schritt zufrieden auf die Straße hinaus. Jeder Nazi, der gefasst und aus dem Verkehr gezogen wurde, bereitete ihr eine große Freude. Schüttete Endorphine aus. Und eigentlich müsste der Tod ihr bester Freund sein, so ihre Vermutung.

Der Frühsommer schenkte ihr eine milde Mainacht und sie genoss es, den Weg zum Chauffeur, dessen Wagen zwei Kreuzungen entfernt parkte, zu Fuß zu gehen. Diese Ruhe, die Berlin in dieser Nacht ausstrahlte, beglückte sie etwas. Das Kriegsende jährte sich nun zum vierten Mal. Anni schüttelte den Kopf. Nur vier Jahre! Und doch fühlte es sich für sie um Welten entfernt an. So surreal, dieser Wahnsinn von damals. Und wenn Mr. Baker recht haben sollte, dann würde in Kürze die Bundesrepublik Deutschland gegründet. Das hässliche sogenannte Dritte Reich würde endgültig im Schlund der Geschichte verschwinden. Und mit ihm die alten Naziverbrecher.

Was für ein Gedanke! Die junge Frau hüpfte beinahe vor Freude durch die Gassen.

Da geschah es. Blitzschnell und kaum, dass sie ihre erste Zigarette angezündet hatte. Der Erste trat seitlich auf sie zu. Plötzlich stand ein Zweiter vor ihr und als Anni sich instinktiv umdrehte, um die Flucht zu ergreifen, versperrte ein Dritter den Weg. Die Nacht war dunkel und sie erkannte zunächst nur die grauen Gestalten, die langsam, aber gnadenlos auf sie zuschritten. Anni zückte ihr Messer, das sie immer bei sich hatte, klappte es auf und hielt es fest in der rechten Hand. Lautlos bewegten sie sich auf der Kreuzung hin und her. Sie versuchte, sich nach rechts zu verdrücken, um den Schutz des Hauses zu erreichen. Doch einer der Männer huschte schnell hinterher und verstellte ihr den Weg. Im fahlen Lichtschein einer Laterne über dem Hauseingang erkannte Anni das Gesicht. „Es ist also so weit“, stieß sie mit fester Stimme heraus. Sie hatte bereits darauf gewartet.

Auf die Rache dieser Idioten. Die junge Frau war selbst über sich erstaunt. Noch hatte sie nicht übermäßig Angst und zitterte auch nicht. Sie setzte zu einem schnellen Sprint an. Flutschte zwischen zwei Männern durch und schaffte es zurück auf die Straße, die zu ihrem Chauffeur führte. Die Männer fluchten und setzten nach. Die Schritte klatschten auf den Pflastersteinen wie Schläge von Lederriemen. Hallten durch die Nacht und echoten an den Häuserzeilen entlang. Anni konnte das Auto schon sehen und rief den Namen jenes Mannes, der am Steuer saß. Sie erhielt keine Reaktion und als sie näherkam, erkannte sie zu ihrem Schrecken, dass dieser blutüberströmt zur Fahrertür heraushing. Vor Entsetzen stieß Anni einen Schrei aus, verlor kurz die Kontrolle und stand wertvolle Sekunden bewegungslos da. Die Männer hatten sie schnell eingeholt und griffen nach ihr. Ein Gerangel entstand. Anni fuchtelte wild mit dem Messer umher. Spürte, wie es durch Fleisch fuhr und hörte wütendes Fluchen. „Die Hure hat mich verletzt. Warte, das wirst du büßen." Schläge trafen sie. Schleuderten Anni zu Boden. Doch sie versuchte, sich schnell wieder aufzuraffen, um zu kämpfen. Ein Fußtritt traf sie am Kinn und ließ sie taumeln. „Hör auf, du Idiot. Wir können mit ihr nichts mehr anfangen, wenn sie demoliert ist." Die Männer stritten sich. Immer wieder traf ein Fuß ihren Körper. Doch am Ende ließen sie von der Frau ab und zogen ihr einen stinkenden Sack über den Kopf. „Schmeiß den Kerl aus dem Wagen und lass uns mit ihm verschwinden", rief der Rädelsführer. Jener, der schon damals die anderen im Griff hatte. Anni hörte einen stumpfen Aufschlag. Wurde dann selbst unsanft auf den Rücksitz geschleudert und musste kämpfen, um bei der folgenden wilden Fahrt durch die Stadt nicht ständig den Kopf an der hinteren Beifahrertür anzuschlagen. Sie hörte denjenigen noch immer fluchen, dem sie wohl mit dem Messer übel zugesetzt hatte. „Sie wird mir das büßen. Das sage ich euch." Er hörte nicht auf. Bis einer sagte: „Nun gut, dann darfst du sie zureiten. Einverstanden?" Ruhe kehrte ein. Verzweifelt versuchte Anni, ihre Gedanken zu sortieren.

Sie musste einen Weg finden, sich selbst zu befreien. Doch das war zwecklos. Sie war gefangen und gut gefesselt. „Wichser", brüllte sie voller Wut. Lachen war die Antwort.

* * *

Anni fand sich in einem alten, stinkenden Zimmer wieder. Irgendwo in Berlin. Grölende Männerstimmen waren zu vernehmen. Frauen kreischten vereinzelt kurz auf. Sie konnte nicht unterscheiden, ob aus Angst oder Lust. Noch immer hatte sie den Sack über den Kopf gezogen und lag auf einem Bett, das voller Wanzen sein musste.

Immer wieder war sie vor Erschöpfung kurz eingeschlafen, um dann in einen trägen Dämmerzustand zu verfallen. Die Zeit verschwamm. Sie wusste nicht, ob es schon Tag war oder vielleicht auch wieder Nacht. Man musste ihr etwas in das Gewebe ihres Sacks geträufelt haben. Eine Droge oder ein Betäubungsmittel. Anni fühlte sich kraftlos, es vernebelte ihren Willen, zu kämpfen, sich zu widersetzen. Alles war so belanglos. Auch, als die drei Gestalten wieder auftauchten und ihr den Sack vom Kopf zogen und ihr ins Ohr flüsterten: „Jetzt gehörst du uns." Sie blickte den einen der Kerle an und beobachtete, wie er eine Spritze aufzog und die Flüssigkeit in ihre Adern spritzte. Anni mühte sich, die Augen gerade zu halten. Doch die Pupillen hüpften umher wie Murmeln in einer Glasschale. Jemand zerrte an ihrer Kleidung. Ein Teil nach dem anderen fiel auf den Boden. Sie bemühte sich noch, sich ein wenig dagegen zu wehren. Doch die Spinne oben an der Decke mit ihrem großen Kreuz zog alle ihre Aufmerksamkeit an. Messerscharf sah sie das Tier, wie es über sein starkes Netz huschte, um eine Fliege, die sich darin verfangen hatte, mit ihrem kräftigen Beißwerkzeug zu peinigen. Anni hörte es knacken. Dann pumpte sie ihre zersetzende Flüssigkeit in das Opfer.

Währenddessen fielen die Männer über sie her. Einer um den anderen. Anni fühlte nichts. Musste immer wieder mal den Kopf seitlich an ihnen vorbeischieben, um die Spinne beobachten zu können. Sie hörte ihr eigenes Stöhnen. Ob aus Schmerz oder Lust, das konnte sie nicht bewerten. Es geschah genau das, was auch mit der Fliege passierte und mit der Spinne. Sie war ins Netz gegangen. Doch ihr Tod würde schneller kommen als bei Anni. Die Männer hatten etwas mit ihr vor.

Als Anni wieder zu sich kam, fühlte sich ihr Kopf an, als ob er explodieren wollte. Ihr Körper schmerzte fürchterlich. Sie brannte innerlich, äußerlich, der Schmerz zwischen den Beinen war beinahe nicht mehr auszuhalten. Sie blickte auf ihre Schenkel und entdeckte Blut auf der Haut und dem Bettlaken.

Alle Bilder der vergangenen Stunden kamen wieder in ihr hoch. Sie konnte diese jetzt einordnen und verstehen. Man hatte sie auf die brutalste Art und Weise geschändet.

Anni warf sich wieder ins Bett zurück und blickte starr gegen die Decke. Die Spinnweben und der Dreck waren in der Dunkelheit, die den Raum nun ausfüllte, abgetaucht. Der Schock ließ die Schmerzen kurzzeitig verschwinden, öffnete ein tiefes Loch in ihr. Anni verlor jeglichen Halt. Willenlos lag sie auf dem Bett. Nichts in ihr brüllte sie an, endlich wieder ihren Verstand zu gebrauchen und ihre letzte Willenskraft zusammenzukratzen, um zu fliehen. Verdammt noch mal, um diesen Kerlen zu entkommen. Nichts. Gar nichts.

Die Tür öffnete sich. Im Dämmerlicht erkannte die junge Frau eine kleine gekrümmte Gestalt, die ins Zimmer trat. Eine rußende Kerze in der Hand spendete etwas Licht.

In ruhigen, monotonen Worten sprach sie mit Anni. Doch die verstand sie nicht. Es musste ein russischer Dialekt sein, aus den hintersten Regionen des Landes. Doch das störte die Frau nicht, dass Anni sie nicht verstand. Stellte eine Schale ab, voll mit Wasser, und entnahm dieser einen Schwamm. Langsam und vorsichtig begann sie, Anni zu waschen. Mit einer Emulsion, die half, die Schmerzen zu lindern.

Wie fühlt man sich, wenn man aus dem Drogenrausch erwacht? Wenn man einen Körper voller Schmerzen spürt? Wenn der Kopf erkennt, dass sich mehrere Männer an ihr vergangen haben? Anni konnte nur einen Brei in sich spüren. Und eine wohlbekannte Wut. Sie kam wie Lava gleich, dunkel und schwerflüssig in ihr hoch und legte sich bleischwer auf ihr Gemüt.

Doch diese Wut weckte die Lebensgeister in ihr, ließ ihre Muskeln anspannen und ihren Körper die Mauer des Schmerzes durchbrechen. Energisch sprang Anni auf. Schubste die alte Frau weg und rannte Richtung Tür. Sie achtete nicht auf die fremde, aber warnende Stimme hinter ihr und riss den Holzverschlag auf. Sie taumelte mehr die Treppen hinunter, als dass sie gehen konnte. Sterne tanzten ihr vor den Augen, versperrten ihr beinahe die Sicht. Anni litt Höllenqualen, doch sie ließ nicht ab, einen Schritt vor den anderen zu tun. Sie musste sich ihren Weg durch einen Raum voller stinkender, qualmender und saufender Männer bahnen, bei denen vereinzelt Frauen auf dem Schoß saßen. Stille war eingekehrt, als sie vollkommen nackt in Richtung Tür stolperte. „Na, wen haben wir denn da? Möchtest du schon heute anfangen?" Die Stimme kam aus Richtung des Schanktisches. Anni ging weiter. Ein Schritt nach dem anderen. Innerlich angespannt. Sie machte sich bereit, Augen auszukratzen, Eier zu Matsch zu treten, sobald einer auf sie zukommen würde. „Nein, Dimitri, noch nicht. Ein wenig gehört sie noch uns. Dann ist sie dein Geschenk – gut zugeritten." Ein Teil der Männer lachte, der Großteil starrte sie aber nur an. Anni registrierte die russischen Uniformen. „Sieht gut aus, das Mädel. Ein echtes Edelstück. Schlagt sie nicht ins Gesicht, ich brauche sie noch unbeschädigt", sprach die Stimme vom Tresen. „Wird gemacht. Aber das mit dem unbeschädigt … na ja, du weißt schon. Sagen wir mal so, der Motor wird schon gut eingelaufen sein." Jemand packte sie am Arm, kaum dass Anni die Hand auf die Türklinke legen konnte. „Schätzchen, gehen wir wieder nach oben. Du verkühlst dich noch." Hasserfüllt blickte sie in die

Augen des Mannes, den sie als den Anführer der Gruppe erkannte. Die freie Hand schoss hoch und krallte sich in dessen Wange. Die Augen verfehlte sie nur knapp. Doch Anni krallte sich ins Fleisch, so fest sie konnte, und riss die Hand nach unten. Ein Schmerzensschrei ertönte, der aber im Gejohle der Männer unterging. Das war ganz nach dem Geschmack der Meute. Eine schwere Hand klatschte in ihr Gesicht, ließ den Kopf herumschleudern und gegen die Holztür knallen. Sie taumelte, duckte sich, um dem nächsten Schlag ausweichen zu können. „Nicht ins Gesicht schlagen, habe ich gesagt", befahl die Stimme hinterm Schanktisch. Anni spähte hinüber und entdeckte zu ihrem Erstaunen eine fette Frau mit Glatzkopf, die sie aufmerksam beobachtete, wie man eine Stute betrachtete. Aller Mut sank ihr, bei der Erkenntnis, dass diese Frau brutaler sein würde als die Männer, sollte sie ihr nicht gehorchen. Anni machte sich keine Illusionen. Sie war innerhalb einer Nacht zur Sklavin geworden.

Weit nach Mitternacht kamen sie wieder. Alle drei. Während sich der Erste über Anni hermachte, die mit festgebundenen Armen bäuchlings auf dem Bett lag, genossen die anderen Männer das Essen, das auf einem Tisch stand und eigentlich ihr gehörte. Doch eher würde sie sterben, als deren Fraß anzunehmen.

Anni weinte stumm vor sich hin. Drückte die Augen fest zu, um sich in eine andere Welt zu flüchten.

Die alte Frau hatte ihr, kurz bevor die Männer kamen, eine Art von Gleitcreme auf die Schenkel und zwischen die Beine geschmiert. Anni wollte ihr beinahe dankbar sein. Das Martyrium bereitete zumindest nicht so starke Schmerzen. Bilder ihres Dünendrachens tauchten wieder auf. Freund ihrer Kindheit. Er war ihr Beschützer und Vertrauter. Wenn er doch nur kommen konnte und sie retten. Hier aus diesem schrecklichen Bordell. Wellen der Panik und Verzweiflung kamen in ihr hoch. Was, wenn sie den Rest ihres Lebens hier verbringen müsste? Kein Mensch würde sie je finden können. Die geilen Kerle würden sie zu Tode bringen und wenn es so weit war, würde die Puffmutter sie auf die Straße setzen oder ihr als Akt der Gnade eine Aufgabe im Haus geben, um wenigstens etwas zu essen zu haben.

Anni nahm dankbar zur Kenntnis, dass die Kerle schon zu besoffen gewesen waren, um zu lange bei ihr zu sein. Einer kämpfte ohnehin mit seiner Erektion, was ihm den Spott seiner Kumpels einbrachte. „Scheiß Hure“, fluchte er und gab Anni einen unsanften Schlag auf den Hintern. „Gehen wir einen saufen.“ Damit verschwand er. Die alte Frau tauchte stattdessen auf, machte Anni los und streichelte sie sanft. Dabei sang sie russische Lieder, die Anni ein wenig beruhigten und sie in den Schlaf wiegten.

Die Tage der Erniedrigung und Demütigungen nahmen ihren Lauf. Immer verrücktere Dinge verlangten die Männer von ihr. Sie erkannte, je schneller sie die Kerle zu deren Befriedigung brachte, desto schneller waren sie auch wieder weg. Die alte Frau gab ihr mit entsprechenden Gesten immerzu Tipps. „Sie wird langsam“, kommentierte einer der Männer nach solch einem Abend. Danach gingen sie herunter zum Saufen. Anni aber erkannte, dass sie die Männer dadurch auch steuern konnte. Nein, sie war nicht die Fliege im Netz, der die Spinne das Leben aussaugen würde. Sie würde sich daraus befreien. Indem sie die Spinne täuschte.

Während des Tages sann sie darüber nach, wie sie das für sich nutzen konnte. Doch noch fehlte ihr der zündende Gedanke. Die alte Frau kam zu ihr. Alina war ihr Name, wie Anni inzwischen erfuhr. Wie sie hierherkam und wie ihre Beziehung zur Puffmutter und den Menschen hier war, konnte Anni nicht erfahren. Alina reichte ihr immer in den Stunden nach dem Martyrium mit ihren Peinigern einen übel riechenden Schwamm, den sie für einige Zeit in sich hineinstecken sollte. Anni vermutete eine Art von Verhütung. Es zählte nicht, dass ihre Schleimhäute dadurch angegriffen wurden und was sonst noch. Es war wichtig, dass sie nicht schwanger wurde.

* * *

Anni blickte an jenem Abend in den beinahe blinden Spiegel, der als Fragment an der Wand hing. Sie erschrak beinahe, als sie die um Jahre älter gewordene Frau darin entdeckte. Mit tiefdunklen, breiten Augenrändern. Doch ihr Aussehen war ihr egal. Sie musste heraus hier. Das war wichtig. Nur wie? Sie konnte gestern heimlich ein Messer vom Teller stehlen und niemand hatte es bemerkt. Einen der Typen konnte sie damit abstechen, wenn er auf ihr lag. Sie hatte freie Bewegung, seit man sie nicht mehr fesselte. Nur, was mit den anderen machen? Auch wenn der eine oder andere fehlte, konnte sie unmöglich zwei Männer überwältigen. Bald würden sie kommen. Sie blickte sich im Raum um, betrachtete intensiv Alina. Ob sie ihre Verbündete werden könnte? Was aber könnte die alte Frau anrichten? Anni stellte sich darauf ein, dass sie noch ein paar Tage benötigte, um einen vernünftigen Plan zu haben. „Wascht euch, ihr stinkt wie die streunenden Hunde", blaffte sie die Männer an, als sie zur Tür hereinkamen. Sie waren zu dritt. Einer stürmte nach vorne und wollte sie züchtigen. Doch der Anführer hielt ihn zurück. „Lass sie! Mir gefällt es, wenn Frauen dominant werden. Unsere Kleine hier wird so langsam zur Herrin. Das lieben die Männer." Er lachte erwartungsvoll auf. Es reizte ihn, wenn die Frau ihn beim Liebesspiel beherrschte. Anni spürte einen kleinen Triumph. Das könnte ein Weg sein …

Das Unweigerliche aber würde jetzt wieder kommen. Anni machte sich bereit, den Missbrauch wieder zu ertragen. Sie kämpfte damit, dass nicht jeder Stoß ihre innere Widerstandskraft zertrümmerte und ihr Gehirn zermatschte. Nach wie vor schloss sie die Augen und träumte sich ihre Heimat herbei, die Dünen und die Ostsee. „Drache, wo bist du?", flüsterte sie kaum merklich. „Wann rettest du mich?" Sie konnte die frische Luft der Ostsee riechen, hörte die Möwen, während sie sich auf den Rücken des geliebten Drachen legte und lächelte. „Siehst du? Ihr gefällt es, wenn ich es ihr besorge. Ich kann Frauen einfach glücklich machen." Einer der Männer johlte vor Freude und stieß noch heftiger zu.

Da aber zerbarst mit einem lauten Knall ein Fenster. Glas fiel zu Boden. Ein erstauntes Aufschreien vernahm Anni bis hin zu ihrer Düne. Poltern und Brüllen machten sich im Raum breit. Sie hörte harte Schläge, Knochen schienen zu bersten und als Anni die Augen öffnete, lag niemand mehr auf ihr. Der Raum war voller Menschen. Anni zog sich hoch, kauerte gegen die Wand und zog die Bettdecke bis zum Hals. Sie war noch zu sehr benommen von ihrer Traumreise. Einer ihrer Peiniger lag bereits reglos auf dem Boden. Messer im Rücken und noch immer die Hosen heruntergelassen. Die anderen zwei wurden gerade zu Boden geworfen und gefesselt. Alles geschah innerhalb weniger Sekunden. Dann kam eine der schwarz gestalteten Personen zu ihr, zog die Stoffmaske vom Gesicht und blickte sie erfreut an. „Anni, wir haben dich gefunden." Die Frau streichelte sanft ihren Arm und umschlang sie vorsichtig. Anni hingegen konnte kein Wort hervorbringen, das alles ging ihr zu schnell.

Erst, als ihre Freundinnen und Freunde von der „Jagdgruppe" ihr die Kleidung reichten, die sie mitgebracht hatten, und sie vorsichtig durch das Fenster auf die Veranda hievten, realisierte sie, dass ihr Martyrium ein Ende gefunden hatte. Ein Feuerzeug blitzte auf. Ein Stofffetzen fing Feuer. Anni sah, wie er in eine gefüllte Flasche hineinreichte. „Schnell jetzt, verschwinden wir", rief ihr israelischer Freund. Dann flog auch schon die Flasche ins Zimmer, zerbarst und erzeugte eine Explosion, die den Raum mit einer Feuerwalze erfüllte. „Alina", rief Anni. „Sie ist noch da drin. Doch man hielt sie zurück. „Ist in Sicherheit. Komm jetzt, bevor die Behörden und die Russen kommen." Damit verschwanden sie in der Nacht.

„Wie habt ihr mich gefunden?", wollte Anni am nächsten Tag wissen. Sie hatte unendlich lange geschlafen und saß nun mit ihren Freunden im Wohnzimmer eines Hauses in

Charlottenburg. Ihre Haut war feuerrot vom Schrubben und von der Seife, die sie während einer stundenlangen Badeorgie verbraucht hatte. Sie fühlte sich so schmutzig. Doch das Gefühl ließ nicht nach.

Jemand reichte ihr einen Kaffee. Eine der Frauen in der Runde saß neben ihr und streichelte unentwegt ihre Hand.

„Der Chauffeur konnte uns die wichtigen Informationen geben." Anni horchte auf. „Er hat überlebt?" Sie nickten. „Ja, die Kerle hatten ihn schwer verletzt, aber nicht lebensgefährlich." Das war schon eine erste gute Nachricht. Denn er war ihr zu einem Freund geworden. „Dann haben wir einige Tage gebraucht, um die Spur der Schweine zu verfolgen. Sie waren bei den Russen untergekommen, nachdem die Amerikaner sie entlassen hatten." Anni wusste, dass sie dafür verantwortlich gewesen war. „Die Russen nahmen die Schweine gerne auf, denn sie hatten wohl zahlreiche Informationen für sie." Spione also. „Und dann war es nur noch eine Frage von einzelnen Bestechungen und Recherchen."

Einer der Männer setzte seine Tasse ab und erhob sich, um zum Fenster zu gehen. Aufmerksam beobachtete er die Umgebung. Drohte ihnen Gefahr? Anni schärfte sofort ihre Sinne. „Es tut uns so leid, was du erleben musstest, Anni. Wir hätten es ahnen müssen", sprach er voller Reue. Dann fuhr er fort: „Auch, dass wir dich so spät gefunden haben." Die Gruppe nickte. „Aber ihr habt mich gefunden und ich lebe." Anni versuchte ein Lächeln. „Wie geht es dir innerlich?", wollte die Frau neben ihr wissen. „Gut", stieß Anni hervor. Sie nickte eifrig. „Gut, gut." Ihr Lächeln wirkt etwas verzerrt und sowohl sie als auch die anderen wussten, dass das nicht stimmte. Wie lange solche Wunden brauchen würden, um zu heilen? Würde die Seele jemals wieder darüber hinwegkommen?

„Ich danke euch von Herzen, dass ihr so viel Risiken auf euch genommen habt." Anni spürte die Tränen, die ihr die Wangen herunterliefen. Ein gutes Zeichen, wie nicht nur sie fand. Sie würde diese inneren Verletzungen „herausspülen". Das nahm sie sich fest vor.

„Wissen meine Eltern Bescheid?“ Einer im Raum nickte. „Ja, wir haben sie umgehend informiert. Sie wollten sofort herkommen. Doch wir baten sie, dir die Zeit zu lassen, die du brauchst.“ Anni spürte große Sehnsucht. Versuchte, zu vermeiden, sich vorzustellen, welche Qualen ihre Eltern hatten erleiden müssen. Doch hatte sie Angst, ihnen gegenüberzutreten. Aus einem Gefühl der Scham. Sie seufzte und blickte zum Fenster hinaus. Die volle Pracht des Frühlings begrüßte sie. Ein kleiner Vogel saß auf dem Fenstersims. Im kleinen Garten blühten die neu gesetzten Sträucher und Blumen auf. LEBEN! Ich will LEBEN. Schoss es Anni durch den Kopf. Sie stand auf und ging zu ihrem Kollegen ans Fenster. „Hier, das haben sie uns mitgegeben, deine Eltern.“ Er reichte ihr einen Brief. Nur wenige Worte waren darauf geschrieben, doch Anni fühlte eine unendliche Erleichterung und bat darum, sie am Nachmittag nach Hause zu bringen.

***

Anni erlebte anstrengende Tage, obwohl sie sich gerade nichts mehr ersehnte als Ruhe und Stunden für sich. Die Militärpolizei tauchte beinahe täglich auf. Befragte Anni immer wieder von Neuem. Trotz der Proteste von Ms. Baker musste Anni Rede und Antwort stehen. Sie konnte nicht die ganze Wahrheit erzählen. Vor allem durfte sie nichts von ihrer Gruppe preisgeben. Das würde alle gefährden. Das machte die Polizisten stutzig, genauso wie das Fehlen der Leichen. Man hatte wohl von einem Brand im Ostsektor der Stadt gehört, der mehrere Häuser beschädigte. Aber niemand konnte Auskunft geben, was mit den Überläufern und Spionen geschehen war. „Wir müssen sicher sein, dass diese Kerle wirklich tot sind. Oder wir müssen sie schnappen. Spione gehören an den Galgen“, so die Aussage der Männer. Doch Anni schwor, dass die Männer tot sein müssten. Gestorben durch ihre eigene Dummheit, als sie im Suff eine Petroleum-Lampe umstießen und das Feuer den Weg durch die Tür versperrte. „Wie kamen Sie dann raus, Ms. Baker?“, wollte einer der Männer erneut wissen." Anni stöhnte genervt auf. „Die alte Frau hat mir geholfen. Sie kannte eine Geheimtür, durch die wir entkommen konnten." Die Männer runzelten die Stirn. Sicherlich dachten sie sich, dass man doch hätte hinterherlaufen können. Doch sie ließen es dabei und verschwanden. Ihnen folgte eine Psychologin, die mit Anni Gespräche führen wollte. Doch vergeblich kratzte diese an der stählernen Ummantelung, die Annis Seele umgab. Nein, da würde sie niemanden mehr hineinlassen. Täglich diese Gespräche, bis Anni entnervt darum bat, eine Auszeit zu bekommen.

Am schlimmsten aber waren die Untersuchungen im Krankenhaus. Wildfremde Menschen baten sie, ihre Beine auseinanderzunehmen, und fingerten an ihr herum. Am liebsten hätte Anni den Männern und Frauen, die von unten in sie hineinschauten, das Skalpell in den Rücken gerammt, das auf einem silbernen Tablett lag. Die Beileidsbezeugungen und Anteilsnahmen milderten ihre aufkeimende Wut nicht ab. Nein, sie ging kein zweites Mal dorthin. Die Sorge, dass sie schwanger werden könnte, war dort größer als ihr Wohlbefinden.

Anfangs kamen noch ein paar der wenigen Freundinnen und Freunde vorbei. Mehr aus Anstand und Drängen der Eltern und sie blieben schnell aus. Es war, als ob Anni etwas Ansteckendes haben könnte, das auf die anderen übersprang. Doch es war noch etwas anderes, was ihnen Angst machte. Es war diese eisige Kälte, die aus Annis Augen sprach. Es war, als ob der Tod bei ihr Einzug gehalten hatte und sie dankbar als seine willfährige Gehilfin nutzen konnte.

Das tat Anni fortan mit noch mehr Härte und Brutalität: Sie jagte die alten Nazischergen mit einer Unerschrockenheit, die selbst ihren Gefährtinnen und Gefährten in der Jagdgruppe die Nackenhaare in die Höhe stehen ließ. Unbarmherzig entriss sie die Männer und Frauen ihren Familien, die sich in der Nachkriegszeit gefunden hatten und die in der neu gegründeten BRD, aber auch in der sowjetisch besetzten Zone, wie man sie nannte, ihr neues Glück suchten. Es gab kein Mitleid. Kein Jammern und keine Tränen der Frauen und Kinder, die hilflos zusehen mussten, konnten Anni davon abhalten. Die anderen ließen Anni immer mehr diese unglückliche Arbeit machen und deckten den Rückzug ab.

Ich muss kurz unterbrechen und an die frische Luft. Ist das die Anni, die ich kenne? Ist diese gutmütige und so sanfte Frau von heute jene Anni, wie sie beschrieben wird? Ich verstehe, warum Anni uns die Geschichte nicht selbst erzählen will, sondern auf das Buch verwiesen hat. Aber was ich nirgends lesen kann und was Anni vehement verweigert, ist die Antwort auf die Frage, was mit diesen Menschen geschehen ist. „Sie wurden der Gerechtigkeit zugeführt. Das muss genügen." Mehr sagt sie nicht. Ich nehme einen tiefen Schluck aus meinem Glas. Der Gin brennt im Gaumen. Mein Blick auf die Uhr verrät, dass es schon weit nach Mitternacht ist. Anni schläft im Sessel.

Doch ich gehe zurück ins Zimmer und setze mich, nehme das Buch in die Hand und tauche erneut ein:

„Anni, wir haben uns entschieden, in die USA zu ziehen."

Die Angesprochene schrak aus ihrem Sessel hoch. Ein ganzer Stapel an Büchern fiel zu Boden. „Was wollt ihr?" Sie verstand nicht so richtig. „Umziehen. Wir verlassen Deutschland und gehen zurück. Nach Hause." – „Euer Zuhause. Verstehe." Anni schluckte schwer. Ihre Zieheltern, nein, ihre Eltern wollten die frisch gegründete BRD verlassen. Was würde mit ihr geschehen? Als ob Ms. Baker ihre Gedanken lesen konnte, sprach sie auch schon aus, was Anni betraf: „Du kommst natürlich mit uns mit." Anni setzte sich auf die Lehne ihres Sessels und rieb sich angestrengt die Schläfen. „Ich soll mit?" Sie verstand nicht recht. Hier war doch ihre Heimat. Hier war ihr Zuhause. Das Haus, die Stadt. Ihre Aufgabe, Nazis zu jagen.

„Ich, also, ja … schön. Ich meine, ich würde gerne. Doch ich kann nicht.“

Mr. Baker erschien in der Tür und verfolgte das Gespräch aus der Ferne. „Ich verstehe deine Arbeit mit den Nazijägern.“ Er kam etwas näher. „Ja“, sprach Anni knapp. In ihrem Kopf rasten die Gedanken hin und her. Amerika! Das Land ihrer Träume. Das Leben dort, die Freiheit, die Weite. Die Chancen und Möglichkeiten. Ein neues Land, ein ganz neues Leben. Dann die Verbindung zu ihrer Aufgabe, die sie bis in den Fanatismus betrieb. Ms. Baker ergriff das Wort: „Wir haben in Connecticut einen Platz an einer der renommiertesten Universitäten für dich ergattern können.“ Wie lange sie das wohl schon geplant hatten, fragte sich Anni. „Und meine Abschlüsse? Benötige ich keine?“ Sie ging zur Treppe und blickte in den Garten und in Richtung der Stadt. Berlin. Würde sie es vermissen? „Es gibt derzeit eine Sonderregelung für im Ausland lebende Amerikaner und Soldatenkinder. Dein Privatunterricht wird angerechnet. Es ist nur eine kleine Sache zu klären.“ Anni drehte sich ihnen zu. „Und das wäre?“ Mr. Baker räusperte sich: „Nun, weißt du Anni, nachdem wir jetzt schon bald fünf besondere Jahre miteinander erleben durften, bist du uns sehr ans Herz gewachsen. Du bist für uns nicht nur wie eine Tochter, nein, du bist für uns eine Tochter.“ Er hielt kurz inne, um sich zu schnäuzen. Anni ging auf ihn zu und hielt ihn am Arm. „Und ihr seid meine Eltern. Nichts weniger. Ich liebe euch innig und von ganzem Herzen.“ Tränen schossen Ms. Baker in die Augen. Beide Hände drückte sie gegen ihre Brust. „Ach, Anni“, schluchzte sie. Anni ging nun auch zu ihr und hielt sie fest in ihren Armen. In ihrem Rücken fuhr ihr amerikanischer Vater fort: „Damit du in die Sonderregelung hineinkommst, müssten wir dich adoptieren – was schon unser sehnlichster Wunsch war.“ Anni ließ die zitternde Frau los und sah ihn an. „Ihr beabsichtigt mich zu adoptieren?“ Freude, Verwunderung, geschockt sein – alles sprudelte in einem aus ihr heraus. Anni Baker! Ihr gefiel das. Aber … schnell zog sie eine Zigarettenschachtel aus der Tasche und zündete sich eine an. Sie machte einen hastigen Zug nach dem anderen. Verriet sie damit ihre leiblichen Eltern? Trat sie das Martyrium dieser und ihr Erbe mit Füßen, wenn sie eine andere wurde? Anni Baker. Es gefiel ihr. Doch das schlechte Gewissen nagte an der jungen Frau. „Gefällt dir der Gedanke nicht?" Ms. Baker wurde durch Annis Zögern verunsichert. „Doch, doch", sprach Anni. „Doch, ich will unbedingt. Es ist nur. Ich weiß nicht, wie ich es sagen soll …" Sie kam sich schlecht vor, von ihren natürlichen Eltern zu sprechen in diesem Moment. Mr. Baker erkannte ihren Zwiespalt und führte das entscheidende Argument an, das den Ausschlag gab: „Anni. Hier in Berlin sind nur noch die kleinen Fische. Handlanger, die selbst viele Menschen ermordeten. Aber die Massenmörder und die großen Verbrecher, die findest du nicht mehr hier. Glaub mir." Er machte eine bewusste Pause, bis er sicher war, dass Anni ihm auf dieser Fährte folgte. „Wenn du wirklich diejenigen finden möchtest, die dieses Werk des Teufels generalstabsmäßig ausführten, dann wirst du auf der anderen Seite des Teichs fündig. Ich helfe dir." Sofort blitzten in Anni die Bilder jenes Ungeheuers auf, das ihre Eltern auf dem Gewissen hatte. Und mit ihnen bestimmt viele Tausende anderer Menschen. Sie drückte den Rücken durch und schob energisch das Kinn nach vorne. „Ja! Ja, ich will. Ich bin dabei." Mit diesen Worten küsste sie beide amerikanische Eltern innig auf die Wange und drückte fest ihre Hände.

Sie spürte selbst, wie wenig sie wirklich in Berlin zurücklassen würde. Torsten, Tanja und Markus sowie den Rest der Patchworkfamilie würde sie sehnlichst vermissen. Anni wusste auch, dass ihre Arbeit gefährlich war und sich viele an ihr rächen wollten. Es war besser, wenn sie sich von den Freunden für die nächsten Jahre fernhielt.

16.

„Alter, du hast ganz schön an mir herumgeschnippelt." Laura blickt mich beinahe vorwurfsvoll an, während sie behutsam den Weg zum Haupteingang schreitet. „Tut es noch weh?", will ich von ihr wissen. Ich sehe es aber schon an ihrem Blick. Schweißperlen zieren ihre Stirn. „Es war kein Pappenstiel. Wir sind froh, dass du schon so gut unterwegs bist." Laura nickt. Dabei blickt sie mir in die Augen. „Danke, Bastian, du hast mir wohl das Leben gerettet, wie die anderen Ärzte sagen. Nur die Zicke. Sie hat selbst vor uns schlecht von dir geredet." Ich zucke nur kurz zusammen, verscheuche aber sofort den Gedanken. Jetzt geht es erst einmal um Laura, ihre Heimkehr und ihre vollständige Genesung.

Wir gehen gemeinsam die Treppen hoch. Ihre Tasche ist nicht schwer. Anni folgt uns mit etwas Abstand. Ich frage mich, warum Lauras Eltern oder einer der Freunde nicht im Krankenhaus waren. Was für eine Gleichgültigkeit wird hier gegenüber einem Menschen zur Schau getragen, der Anni und mir ans Herz gewachsen ist. Und Mike. Er stolziert gerade, einem Storch gleich, in unsere Richtung. Leicht schwankend. Man sieht ihm an, dass er schon sehr lange nicht mehr außerhalb der Mauern des Krankenhauses war. Ich bin mir sicher, das allmächtige Wesen dieses Hauses wollte den kleinen Kerl nur ungern aus seinen Fängen lassen. Er war ein wichtiger Verbündeter. Doch jetzt strahlt er über sein schneeweißes Gesicht. Seine Freundin bei ihrer Ankunft im Haus zu begleiten, das ist ein wichtiges Anliegen für den jungen Galant. Nun, Freundin im Sinne von „gehen wir miteinander" ist Laura natürlich nicht. Doch das ist ihm schnuppe. Denn eines Tages würde er diese Frau heiraten. Auch wenn sie es bislang nicht weiß.

„Mein Zimmer ist gleich da hinten", ruft Laura über ihre Schulter hinweg, während sie die kleine Prozession anführt. Neugierige Blicke verfolgen uns. Ich selbst suche hingegen

Verantwortliche, Betreuer oder was auch immer. Doch weit und breit keine Person. Auch Anni sieht sich um und zuckt mit den Schultern. „Egal“, meint sie nur. Wir folgen.

Aufmerksam beobachte ich Laura, wie sie den Gang hinuntergeht. Aufrecht, trotz der noch immer nicht voll ausgeheilten Wunden. Ihre roten Haare tanzen energisch von einer Seite zur anderen. Ich blicke zu Anni und höre mich sagen: „Ist das die Göre, die schnippisch und ‚keine Ahnung‘-artig ist?“ Die zur Freundin gewordene ältere Dame nickt. „Ja, das ist sie. Kaum mehr wiederzuerkennen. Eine stolze Frau, oder?“ Ich stimme zu. „So wie du damals.“ Anni reagiert darauf nicht. Sie winkt stattdessen Mike zu sich. „Junger Freund, willst du nicht die Frau deines Herzens in ihr Zimmer begleiten?“ Sie zeigt auf Anni. „Aber sicher“, kommt es entschieden aus seinem Mund und schon macht er sich auf den Weg zu ihr, die aber mitten im Gehen innehält. Anni und ich sehen, wie sie die Stirn runzelt und auf ein Schild blickt, das neben der Tür angebracht ist. „Was ist?“, will Mike wissen, der nun bei ihr ist. Laura reagiert nicht und überprüft noch einmal das Schild. Erst jetzt sagt sie kaum hörbar: „Mein Name steht nicht mehr darauf. Bei meinem Zimmer.“ Sie drückt auf die Klinke und öffnet die Tür, ohne einzutreten. Zwei fremde Mädchen schauen von ihren Handys auf. „Was willst du?“, blaffen sie die beiden beinahe gleichzeitig an: „Es zieht.“ Doch Laura bekommt kein Wort heraus. Mike übernimmt die Regie und baut sich vor den Mädchen auf. „Das ist Lauras Zimmer, was habt ihr hier zu suchen?“ Doch seine Worte zeigen nur wenig Wirkung. Lediglich ein „Uns doch egal. Wenn ihr Probleme habt, dann geht zur Heimleitung. Wir wohnen hier.“ Damit ist die Konversation beendet. Laura muss mit ihrer Enttäuschung kämpfen. Vorsichtig versuche ich, sie von der Tür wegzuholen, und rede auf sie ein: „Das ist sicher ein Missverständnis. Suchen wir die Leitung des Hauses.“ Damit ziehe ich das Mädchen vorsichtig mit in den Gang. Irritiert blickt sie dabei die Wände an, so, als ob das alles plötzlich sehr fremd für sie ist.

„Wo finden wir die Leitung?“, will ich von ihr erneut wissen. „Keine Ahnung“, meint sie nur, zeigt aber ans andere Ende des Ganges.

Wir pilgern dorthin. Klopfen an und müssen erfahren, dass man die gute Laura umgelegt hat. Ihre Zimmergenossin und Freundin ist zu einem anderen Mädchen gezogen. Sie würde nicht mehr zurückkommen. Laura würde aber „ein tolles Zimmer besitzen. Viel besser als das Alte. Versprochen.“ Mir selbst drängt sich der Verdacht auf, dass in diesem Haus niemand mehr mit ihrer Rückkehr gerechnet hat. „Wo ist denn nun das Zimmer?“, frage ich unwirsch. Mir wird das zu bunt. „Dieses Mädchen kommt direkt aus dem Krankenhaus und benötigt jetzt ein ruhiges Zimmer. Zeigen Sie es uns.“

Gut eine Stunde später verlassen wir die Einrichtung mit keinem guten Gefühl im Bauch. Sie haben Laura in einem alten Trakt untergebracht, in einem Zimmer, das wohl vor einiger Zeit ausrangiert worden ist.

„Wenigstens ist sie alleine. Dann hat sie ihre Ruhe.“ Mike spricht aus, was wir denken. Hoffentlich kommt sie mit der alten Clique nicht mehr in Kontakt, so unser Gedanke. Sie darf nicht rückfällig werden in diesen Sumpf. Doch wie wollen wir das vermeiden? Sorgenvoll blicken wir in Richtung Altstadt. „Wollen wir noch ein Eis essen gehen?“ Alle nicken. „Ich schreibe meinen Eltern, dass ich später komme.“ Mike zückt das Handy. Ich streiche ihm glücklich über den Kopf, der schon wieder die ersten Härchen emporsprießen lässt.

* * *

Es braucht nicht lange, bis Lauras Tür aufgerissen wird. „Du bist wieder da. Hey, Bitch, willkommen bei deiner Familie.“ Laura hebt den Kopf und blickt ihre Freundin aus der Clique an. „Hi“, sagt sie nur und sinkt wieder aufs Bett zurück. „Super“, ruft die Freundin und springt zu ihr aufs

Bett, sodass Laura erschrocken aufstöhnt und schützend die Hände auf ihren Bauch legt. „Vorsicht“, zischt sie. Weiteres Rascheln ist an der Tür zu hören. Drei Jungs huschen herein. Einer von ihnen küsst sie auf den Mund und begrüßt sie jovial: „Hi, meine Süße, willkommen zu Hause. Deine Family ist bereit, dich wieder aufzunehmen.“ Er blickt gönnerhaft. Doch Laura wendet den Blick von ihm ab. Die zwei anderen gelangen in ihr Blickfeld. Ein Neuer ist unter ihnen. „Wer ist das?“, will sie wissen. „Nic, ein Neuzugang“, erklärt ihre Freundin Daggi. „Was ist mit Thomas?“ Sie blickt wieder zu dem Jungen, der sie geküsst hatte. Eigentlich ihr Freund, Stephan. Alle nennen ihn Steve. Der legt beide Hände übereinander: „Im Knast. Letzte Woche haben sie ihn hopsgenommen.“ – „Der kommt aber bald wieder raus“, ergänzte der dritte Junge in der Runde. „Um die Reihen zu füllen, haben wir Nic aufgenommen. Ein flinker Kerl ist das. Er hat uns schon gute Dienste erwiesen.“ Laura war schnell klar, über was für eine Art von Diensten gesprochen wurde. Ladendiebstahl und Dinge in der Fußgängerzone. Unter anderem den Straßenmusikanten und Bettlern das Geld klauen. Eine sehr beliebte und erträgliche Sache. Vor allem risikofrei. Handtaschen oder Einkäufe von den Rädern zu stehlen, war schon etwas komplizierter und gefährlicher. „Warum bin ich nicht mehr in meinem Zimmer?“ Laura setzt sich jetzt auf und blickt vorwurfsvoll auf ihre ehemalige Zimmergenossin. „Ach, weißt du“, stottert diese. „Ich habe einfach mal eine Abwechslung gebraucht – und du bist nicht da gewesen. Da …“ Steve unterbricht sie und antwortet in abfälligem Ton: „Sie hat sich mit ihrer großen Flamme zusammengetan. Nina. Vom zweiten Stock. Jetzt können sie es ungehemmt Tag und Nacht miteinander treiben.“ Er macht dabei unmissverständliche Bewegungen. „Fuck you“, blafft das Mädchen ihn an. Der Neue, Nico, zieht eine Flasche aus seinem Hoody hervor. „Lasst uns deine Rückkehr und meinen Einstand feiern. Dieses feine Getränk ist mir zufällig unter meinen Pulli gehüpft.“ Laura erkennt einen Baileys und rümpft die Nase. „Nicht mein Ding“, sagt sie und wendet sich ab. „Hey, Babe, was ist?“ Steve packt sie am Kinn und zieht ihren Kopf zu sich hin. „Freust du dich nicht, wieder bei uns zu sein?“

Laura hält seinem Blick stand und entgegnet: „Ihr wart nicht einmal bei mir im Krankenhaus. Weißt du, wie lange ich dort lag?“ Ihr Vorwurf erfüllt den Raum und lässt alle in ihren Bewegungen innehalten. Die Blicke richten sich auf Steve, ihren Anführer. Der aber steht auf, nimmt Nic die Flasche aus der Hand, öffnet sie mit einer Drehung und nimmt einen kräftigen Schluck. „Ah, tut der gut.“ Danach reicht er Laura die Flasche, ohne dabei einen Zweifel daran zu lassen, dass sie keine andere Wahl hat, als zu trinken. Zögernd macht sie dies auch. „Wir waren beschäftigt. Sehr sogar.“ Er blickt die anderen an und nimmt ihr Nicken entgegen. „Zudem wollten wir dir viel Ruhe lassen, damit du schnell wieder gesund wirst.“ Wieder ein Nicken. „Und außerdem war ich doch da. Zumindest am Anfang, dann waren wir alle sehr …“ – „… beschäftigt. Siehst du, Süße, wir haben uns um dich gesorgt.“ Laura nimmt stumm einen zweiten Schluck und spült damit ihren Ärger herunter. Die Gruppe verteilt sich im Zimmer, setzt sich auf den kleinen Schreibtisch, auf den Fenstersims, auf den einzigen Stuhl im Raum. „Möchtest du hören, was so passiert ist?“ Laura nickt und macht es sich im Bett bequem. Ein altes Gefühl von Gemeinschaft macht sich mit dem Alkohol in ihr breit.

* * *

Ich kämpfe mit der Technik und fluche. Ich bin schon ein paar Minuten über der Zeit. Mein Date mit meinen Kids wartet.

Unruhe steckt in mir. Schwer zu orten und doch ahne ich den Ursprung dieser: Was, wenn meine Kinder eines Tages auf dieselbe Spur gelangen wie Laura?

Mike hat es uns erzählt, als wir uns gestern nach einer Woche wieder auf dem Marktplatz bei einem Eis getroffen haben. Seine Mutter kam kurz mit dazu, glücklich und erleichtert zugleich, zu sehen, dass der alleinstehende Mann und die alte Frau keine schrägen Vögel waren, bei denen man Sorge um das Kind haben musste. Zugegeben – wir sind ein ungewöhnlicher Haufen. Aber irgendetwas verbindet uns über alle Generationen hinweg. „Laura zieht wieder mit den anderen durch die Stadt." Mike war nicht glücklich gewesen, als er das erzählte. Mit dem langen Eislöffel zeigte er in Richtung Postplatz. „Ich habe sie schon ein paarmal dort unten gesehen." Anni nickte, ohne erstaunt zu wirken. „Ich habe sie auch gesehen. Drüben beim Tabakladen, bei der alten Dame. Zwei rannten aus dem Laden. Laura stand unbeteiligt abseits und folgte ihnen dann." Sie stand Schmiere? Ich konnte kaum glauben, was ich hörte. „Habt ihr sie denn angesprochen?" Beide schüttelten die Köpfe. Wir schwiegen danach recht lange, um uns von Mike erzählen zu lassen, wie es ihm zu Hause und in der Schule so geht. Nach so langer Zeit im Krankenhaus. „Nicht wirklich toll. Ich bin irgendwie ... keine Ahnung ... fremd eben." Er schien deshalb nicht traurig zu sein. Ernst und realistisch eben. „Die Psychologin im Krankenhaus hat mich darauf vorbereitet. Das ist schon okay." Mein Krankenhaus. Meine Gedanken gingen in dem Moment wieder dahin. „Es ist schon komisch. Man kann mit niemandem so reden wie mit euch – und mit Laura." Jetzt wirkte er wirklich traurig ...

„Hallo? Papa? Bist du endlich da?"

Ich werde aus meinen Gedanken gerissen und starre in den Bildschirm. „Jaja. Ha, es funktioniert." Ich brülle es beinahe vor Erleichterung heraus. Das Eichhörnchen vor der Terrassentür macht einen Satz und verschwindet.

„Wo warst du denn die letzten Tage?" In der Frage meiner Zwillinge steckt ein kleiner Vorwurf.

„In Gedanken immer bei euch", versuche ich mit einem Lächeln abzulenken.

Ja, wo war ich denn die letzten Tage? In Annis Welt. Abgetaucht in ihrer Geschichte. Ich kratze mich gedankenverloren an der Stirn. Beim Anwalt war ich. Wegen meiner Stelle im Krankenhaus. Ich habe mir auf Anraten von meinen

Kollegen Unterstützung geholt. Ja, und dann war ich noch Detektiv. Ich habe Petra heimlich verfolgt. Sie in den Social Media beschattet. Viele Dinge herausgefunden. Unter anderem, dass sie feurige Anhängerin der AFG ist. „Welche Alternative für Germany soll das denn sein?", habe ich mich immer wieder beim Lesen ihrer Beiträge gefragt. Wie kann eine aufgeklärte Frau, die täglich im Krankenhaus sieht, dass ohne unsere internationalen Kolleginnen im Gesundheitswesen nichts mehr funktionieren würde, solchen Gedanken anhängen!

Ein wirklich interessanter Hinweis aber ist ihre offensichtliche Verbindung mit einem Krankenhaus-Ausstatter. Viele Operationssäle sind mit deren Material ausgestattet. Aber nicht nur diese. Auch bei der anstehenden Renovierung unseres Hauses soll ein großer Auftrag in diesem Bereich vergeben werden. Interessiert verfolge ich, dass sie für diese Firma Vorträge hält. Auch findet sie sich bei dem Hersteller als Testimonial wieder, das lächelnd nur Positives von diesem zu berichten hat – auf der Homepage und in digitalen Prospekten. Das ist wirklich interessant.

„Erde an Papa. Sind wir wieder in einem Paralleluniversum?" Ich zucke kurz zusammen und fasse mich. „Aber ja doch. Ich habe dort auf euch gewartet. Wo seid ihr?" Ich winke.

Dann endlich steigen wir in unsere lieb gewordene Video-Sitzung ein, mit kleinen Ritualen, Frage- und Antwortspielen und der gemeinsamen Fantasiegeschichte. Dann ist es für mich so, als ob meine Kinder bei mir wären.

„Papa, Lea und Sarah haben Ärger bekommen." Noel plappert es unbekümmert heraus. Sofort bin ich hellwach. „Was ist passiert? Mit eurer Mutter oder dem Mann, der bei ihr ist?"

Eines der Mädchen boxt ihn in die Seite, dass er vor Schmerzen aufschreit. Doch der Kleine lässt sich nicht beirren. „Nein. Ja, doch. Danach haben sie Ärger bekommen. Sie haben …" Wieder ein schmerzvoller Boxer in seine Seite.

„... geraucht haben sie. Jawohl. Mit den komischen Jungs von der Schule nebenan." Ich versuche, das zu verarbeiten und zu verstehen. Meine Mädchen sind bald vierzehn Jahre alt. Ich habe damals auch schon heimlich gepafft. Doch etwas anderes lässt mich aufschrecken. „Welche Jungs?", will ich wissen. „Sarah, Lea!" Ich werde strenger im Ton, als mir lieb ist. Sie raunen ihrem Bruder etwas zu, was ich nicht verstehen kann. Dann bringt Sarah mit zusammengepressten Lippen heraus: „Das ist eine Clique. Jungs und Mädels, die wir kennengelernt haben." – „Sie sind cool", ergänzt Lea.

Ich runzle die Stirn und kneife die Lippen zusammen. Was jetzt sagen? Streng sein? Schimpfen oder verständnisvoll sein.

Es kommt von selbst aus mir heraus: „In eurem Alter habe ich es offen gestanden auch versucht. Aber keinen Gefallen daran gehabt." – „Mama hat ihnen Hausarrest gegeben und der Mann hat ihnen Prügel angedroht. Sie sind übers Dach abgehauen, wenn Mama und der Mann mal länger nicht zu Hause waren." Ich muss schlucken. Es wird immer drastischer. Meine Frau lässt die Kinder nach wie vor längere Zeit allein? „Ist sie denn jetzt auch nicht zu Hause?" Sie nicken. Ich schaue auf die Uhr. Bald neun Uhr abends. Das wird meine Frau mir erklären müssen!

„Mädels, ihr solltet euch eure Mutter nicht zur Gegnerin machen. Versucht, mit ihr auszukommen, versprochen?"

Erleichtert nicken sie. Das erwartete Donnerwetter ist nicht gekommen. „Kinders, ich mache euch einen Vorschlag." Sie blicken erstaunt auf.

„Ihr holt euch etwas Leckeres zu trinken, zieht eure Schlafsachen an, wenn ihr wollt, und dann erzähle ich euch eine Geschichte." Ihre Augen leuchten. Und als sie zurück sind, proste ich ihnen mit meiner Teetasse zu und beginne. Ich erzähle ihnen die ganze Geschichte von Laura, ihrem Leben und der Clique. Berichte ihnen von der großen Sorge, die ich habe, weil sie wohl nicht mehr aus der Abhängigkeit herauskommt. Diskutiere mit meinen Kindern Wege und Möglichkeiten. „Soll ich ihr helfen? Was meint ihr?

Vor allem, wie kann ich helfen?“ Ich meine die Frage ernst und meine Kinder erkennen das. Vor allem aber setzen sie sich mit Lauras Schicksal auseinander und – ich freue mich sehr darüber – reflektieren ihre eigene Situation wohl ein wenig. „Wollte Laura der Clique gefallen? Hat sie alles Mögliche getan, um von den anderen angenommen zu werden? Damit sie in die Clique aufgenommen wird?“ Ich nicke. „Vermutlich.“ Dabei verkneife ich mir, zu sagen: „Rauchen ist zum Beispiel so eine Sache, mit der man zeigen will, wie erwachsen man ist.“

„Du kannst ihr nicht helfen, Paps. Das muss sie selbst erkennen.“ Ich höre aufmerksam zu. „Wenn sie in sich drin stark ist, dann wird sie ihren Weg finden“, fahren meine Mädels fort. Ich verkneife es mir ebenso, zu fragen, ob sie stark sind. Ich weiß es einfach. Ich vertraue meinen Kindern.

„Danke“, sage ich. „Danke auch dir, mein Großer, dass du das Thema angesprochen hast.“ Noel richtet sich noch einmal stolz auf, obwohl er schon über seine Müdigkeitsgrenze hinweg ist.

„So, ihr Lieben. Jetzt geht's aber ins Bett. Nächstes Mal erzähle ich euch, wie es bei Laura weitergegangen ist.“

„Und du erzählst uns eine neue Geschichte von Anni. Versprochen?“ Die Zwillinge strahlen pure Neugier aus. Sie wollen wissen, wie es der jungen Anni, die sie bewundern, ergangen war. Wie bei einer großen Schwester.

***

Nach zwei Wochen steht Laura vor der Tür.

In Tränen aufgelöst, zerzausten Haaren und einem blutunterlaufenen Wangenknochen.

Ich bin gerade bei Anni und helfe ihr, die Tinder-Rückmeldungen zu sortieren und zu prüfen, welcher Herr infrage käme.

Laura braucht keine Worte, um uns klarzumachen, was vorgefallen ist. „Deine Clique? Komm herein!“ Und schon zieht Anni die Weinende in ihre kleine Wohnung. Ich packe die Tasche, die im Gang auf dem Boden steht, und stelle sie aufs Sofa. Ganz schön schwer! Dann hole ich etwas zu trinken und lasse mir in der Küche etwas Zeit, damit die Frauen sich austauschen können. „Mike, bist du da? Kannst du kommen?“ Ich tippe die Nachricht in unsere Threema-Gruppe und stecke das Handy weg. Laura hat sich also gegen ihre Gruppe gestellt. So zumindest meine Vermutung. Ob der Anführer zugeschlagen hat? Jener Steve?

Ich zerquetsche den Putzschwamm in meinen Händen. Den Kerl hatte ich schon aus der Distanz heraus nicht gemocht.

Meine Gedanken schweifen ab zu meinen Zwillingen. Wie die beiden wohl mit ihrer Situation umgehen? Werden sie sich von solchen Leuten fernhalten? Mein Handy piept. Mike antwortet. „In einer Stunde kann ich kommen. Zu Anni? Geht es um Laura?“ Ich tippe ein „Perfekt. Zweimal JA“ und gehe wieder ins Wohnzimmer.

Laura hat sich ein wenig beruhigt und blickt uns mit traurigen Augen an. „Es tut mir so leid, dass ich die letzten zwei Wochen so bescheuert war. Es ist einfach so passiert, das alles.“ Sie schnäuzt sich die Nase. „Dabei wollte ich nicht mehr in diese verfickte alte Welt!“ Ich stelle ihr das Wasser hin und setze mich an den Tisch.

Anni streichelt der jungen Freundin sanft den Rücken. „Du musst dich nicht entschuldigen“, sagt sie. „Dinge geschehen nun mal. Aber es ist nie zu spät, einen falsch eingeschlagenen Weg wieder zu verlassen. Jetzt bist du hier.“

Ich lausche beeindruckt den Worten und hoffe, sie finden ihre Wirkung. Doch Laura schüttelt den Kopf. „Nein. Ich bin abgehauen, aus dem Heim und vor der Clique. Ich habe mich geweigert, weiter ihre krummen Dinge mitzumachen.“ Sie hadert mit sich, ob sie alles erzählen soll. Doch dann gibt sie sich einen Ruck und spricht weiter: „Doch seit Steve vom Gymnasium geflogen ist, ist er nur noch ein brutaler, gereizter und bösartiger Kerl. Es geht ihm nicht um Diebstahl, weil er die Sachen braucht. Es geht ihm um Rache. Und da scheut er auch nicht zurück, ehemalige Lehrer zu verprügeln oder in der Schule Feuer zu legen." Ich erinnere mich, davon gelesen zu haben. Glücklicherweise war die Feuerwehr schnell zur Stelle. „Warum bist du geflüchtet?", will ich konkret wissen. „Weil sie mich erpressen. Sie haben etwas gegen mich in der Hand und beabsichtigen, mich zu verpfeifen, wenn ich nicht für sie krumme Sachen mache." Ich vermeide, nachzufragen, welche krummen Sachen sie meint. Laura ergänzt: „Etwas aus meinem früheren Leben. Etwas, was ich gemacht habe. Saudumme Geschichte."

Es klingelt. Anni kommt mit Mike zurück, der Laura überglücklich umarmt, was diese schamhaft, aber doch mit einer gewissen Freude zulässt, wie ich erfreut feststelle.

Mike scheint von Woche zu Woche zu wachsen. Er wirkt auf mich reifer, gefestigter.

„Was nun?", frage ich etwas hilflos.

„Für Laura eine Bleibe suchen", kommentiert Mike mit Bestimmtheit. „Es ist ausgeschlossen, dass du zurück kannst?" Sie reagiert mit Unverständnis auf meine Frage. „Wie denn? Soll ich mich gleich meinen Peinigern ausliefern?" – „Aber die Heimleitung …", will ich einwerfen. Doch Laura blockt vehement ab: „Ach die. Vergiss die. Denen ist es doch am wichtigsten, einfach ihre Ruhe zu haben. Die kümmern sich einen Dreck um uns."

Bei Anni tauchen die schlimmen Bilder jener Tage in Berlin wieder auf. Sie haut mit der Faust auf den Tisch. „Auf keinen Fall geht Laura zurück. Nicht über meine Leiche!" Sie blickt in der Runde umher und bleibt bei mir hängen: „Laura kommt zu dir." Mir bleibt die Spucke weg. In meinem kleinen Appartement? Aber wo soll sie denn schlafen, was denken die Nachbarn? Ich bin verunsichert. „Gib dir einen Ruck, Bastian! Laura kommt ein paar Tage zu dir, dann finden wir etwas für sie." Ich nicke nur zögerlich, füge mich aber. Laura sieht meine Unsicherheit und meint: „Bastian, ich will dir nicht auf den Wecker gehen. Lass gut sein." – „Doch, doch. Alles wunderbar", lüge ich. „Ich überlege nur gerade, wie wir das einrichten." In Wirklichkeit ist klar, dass sie mein Schlafzimmer bekommt und ich mir im Wohnzimmer ein Bettlager baue. „Wir schaffen das schon."

Wir bestellen Pizza. Mike ruft zu Hause an und die Mutter erlaubt ihm, länger zu bleiben. Sie holt ihn später ab. Das gefällt mir. „Kommt dein Vater auch mit?", will ich wissen. Er und Laura verdrehen die Augen. „So gut kann der gute Herr zuhören. Nein. Denn Mikes Eltern sind geschieden", klärt mich Laura auf. Ich hebe beide Hände: „Bitte nicht schießen. Ich werde nie mehr danach fragen. Versprochen." Anni zwinkert mir zu.

„Sei froh, dass wir gerade deine App auf dem Tablet zugemacht haben", denke ich in ihre Richtung. Sie wird rot, als ob sie meine Gedanken erahnen kann.

Laura erzählt mehr von ihren Erlebnissen der letzten zwei Wochen. Rumhängen, Schule schwänzen, obwohl sie es eigentlich unbedingt wollte – in die Schule gehen. Mitgezogen werden im Sog der Clique, ohne es zu wollen. Aber kein innerer Widerstand, der sie zurückhält. Dann kommt sie zum Wesentlichen: „Der Neue, Nic, wollte mich letzte Nacht im Suff zwingen, mit ihm zu schlafen. Es gab eine Rangelei. Auch mit Steve, der das mitbekommen hat. Er hat mir danach irrsinnige Vorwürfe gemacht. Ich soll nicht immer anderen Männern schöne Augen machen." Er hat sie also geschlagen, kombiniere ich. Idiot.

Wir mampfen nachdenklich vor uns hin. Ich strahle. Freue mich, dass wir wieder vollzählig sind. „Das gefällt dir, was?" Laura nimmt mich auf den Arm. Doch ich nicke.

„Wie lange kennen wir uns eigentlich?", will ich wissen. „Zwei Jahre, zehn Jahre?" – „Nicht ganz zwei Monate", bringt Mike hinter seinen Pizzabissen hervor. Endlich wendet er seinen faszinierten Blick von Laura ab und beginnt zu berichten: „Ich war vorgestern wieder einen langen Tag im Krankenhaus. Nachuntersuchung und Routine-Untersuchung." Erwartungsvoll macht er eine kunstvolle Pause.

„Ja, und?", will Anni von ihm wissen. „Was ist die Botschaft?" Mike isst in Seelenruhe fertig. Er weiß, dass ich mächtig angespannt bin. „Deine alte Flamme und die oberste Chefin, die kungeln ganz schön viel miteinander." Beinahe erbost protestiere ich: „Sie ist nicht meine Flamme." – „Wie auch immer. Sie hat die Chefin ziemlich im Griff. Ist wohl so eine Art Beraterin für den Umbau des alten Hauses und für den Neubau geworden." Ich werde hellhörig. „Und weiter?", will ich wissen. „Sie bringt wohl die ganzen Angebote herein, für die sie die Ausschreibungen gemacht hat." Ich pfeife durch die Zähne. Mir schwant da was. „Dein Zimmer ist übrigens jetzt vergeben." – „An wen?", will ich wissen. Doch ich kenne bereits die Antwort, noch bevor er „Na, an sie!" sagen kann. Man rechnet also nicht mehr mit meiner Rückkehr. „Mir doch egal", behaupte ich. Alle lachen und finden mich wohl gerade urkomisch. „Bei den Operationen läuft es aber nicht so gut für sie. Da hat sie wohl einiges an Pfusch angerichtet, was gerade noch so gerettet und vertuscht werden konnte." „Woher du das immer alles weißt!" Laura schaut ihn beinahe bewundernd an. „Verbindungen eben", kontert er mit einem verschwörerischen Augenzwinkern.

Ich spüre, dass ich genug erfahren habe. Darauf lässt sich ein Plan entwickeln.

Es klingelt. Mikes Mutter tritt ein und begrüßt Anni herzlich. Mir bleibt Zeit, ihr offenes und freundliches Gesicht zu betrachten. Tennis oder Golf, diskutiere ich innerlich mit mir. Es muss Tennis sein, denke ich. Mit dieser wunderschönen Figur. Sie lächelt mir zu und setzt sich neben mich. Welchen Beruf sie wohl haben mag? Ich spiele in Gedanken alle möglichen Klischees durch. Doch keines passt. Mike entblößt mich und bringt meine Schamesröte zum Kochen, indem er freiheraus sagt: „Ich wusste doch, dass dir meine Mum gefällt." Er grinst über alle Ohren. Ich will protestieren, bekomme aber kein Wort heraus. Meine Wangen brennen vor Schamesröte. „Ist er nicht süß, unser Bastian?" Laura erfreut sich an meinen unbeholfenen Gesten. Ich sollte mich darüber freuen, dass sie so frei von der Seele sagen, was sie denken, und dass sie Anni und mich als Gleichwertige in ihrem Sozialgefüge betrachten. Eigentlich ein Lob. Doch jetzt, vor dieser für uns noch unbekannten Frau? Mike setzt noch einen drauf, indem er frech fortfährt. „Wisst ihr was? Jetzt habt ihr noch ein wenig Zeit, euch kennenzulernen. Dann machen wir eine Doppelhochzeit." Er blickt Laura an, die ihm mit der Hand liebevoll gegen die Stirn klopft. „No way, mein Bester. Ich heirate niemals." Doch sie lächelt dabei und Mike nimmt das als Ermutigung, um weiter am Ball zu bleiben. Seine Mutter betrachtet unsere Konversation mit einer gewissen Form von Amüsiert-sein. Offenbar ist ihr solch ein Generationenclub bislang nicht untergekommen.

Es klingelt an der Tür. Erstaunt blicke ich auf und frage mich, wer am frühen Abend noch zu Anni möchte. Ein Tinderdate? Doch weit gefehlt. Micha und Arno, meine liebenswerten Arztkollegen, stehen in der Tür und grüßen in die Runde. „Was macht ihr denn hier?" Ich bin mehr als irritiert. Dabei merke ich gar nicht, dass ich offenbar der Einzige in dieser Runde bin, der sich wundert. Vielleicht noch Laura. Das kann sein.

Einer meiner Freunde hält einen Korb mit Wein, Käse und Kräcker in der Hand. Der andere eine altmodische Aktentasche.

„Setzt euch. Bitte." Anni winkt ihnen zu und bringt zwei Klappstühle aus der Küche.

Ich lehne mich im Stuhl zurück und blicke von einem zum anderen. „Was wird das hier werden?", will ich wissen. Meine Augen blicken in die von Mikes Mutter und auch sie ist vollkommen entspannt. Vielleicht ein wenig erwartungsvoll. „Mike?" Ich fixiere ihn eindringlich. Doch er lässt sich in gewohnter Weise nicht aus dem Konzept bringen. Stellt sich an die Stirnseite des Tisches und referiert: „Lieber Bastian. Heute Abend startet die Mission ‚Rückeroberung des Krankenhauses'. Wir sind dabei, Fakten und Daten zu sammeln. Jetzt müssen wir mal eine Strategie festlegen. Und …" Er macht eine kurze Pause und zeigt auf seine Mutter: „Diese junge Dame sieht nicht nur verdammt gut aus, lieber Bastian, nein, sie hat auch echt was auf dem Kasten. Sie ist nämlich Staatsanwältin – und noch zu haben. Besser gesagt, wieder. Aber das zählt jetzt nicht. Sie wird nämlich unsere juristische Beraterin in diesem Kriminalfall." Ich drehe mich zu seiner Mutter hin und frage sie verdutzt: „Wie alt ist dieser Kerl?" Ich kann nicht fassen, dass dieser Knirps solche Dinge von sich gibt. Sie zuckt mit den Schultern und antwortet: „Es kommt darauf an, welches Alter wir meinen. Also, wenn es ein seelisches Alter gibt, dann ist dieser junge Mann sicherlich uralt." Sie lächelt endlich ein bezauberndes Lächeln. „Auf jeden Fall ist er ziemlich altklug." Mike gefällt die Bewertung seiner Person. Schnell blickt er zu Laura: „Siehst du? Ich bin nicht zu jung für dich." Ihr bleibt nur, den Kopf zu schütteln und ein „Spinner" zu murmeln.

Ein Korken wird gezogen. Guter Wein strömt in bauchige Gläser. Selbst Mike bekommt mit Erlaubnis seiner Mutter eine kleine Kostprobe. Verdünnt mit etwas Wasser. „Schön, euch zu sehen." Ich nicke meinen Kollegen und Freunden zu. Der Abend wird für mich zu einem magischen Moment. Er wird zu einem Schmelztiegel meiner vielen Welten. Gerührt nehme ich einen weiteren Schluck aus dem Glas, um nichts reden zu müssen. Ich hätte ohnehin nichts herausgebracht. Freundschaft und Gemeinschaft können so wertvoll sein. Ein Geschenk! Und das so unverhofft. Anni unterbricht meine Gedanken und die Plaudereien der anderen. „Also, bevor ich stationär in dieses Krankenhaus komme, muss es wieder ein sauberer Laden sein." Wir protestieren. Wie kann Anni nur denken, dass sie bald ein stationärer Patient werden würde? Doch sie winkt ab. „Darum geht es nicht. Es geht darum, dass selbst der große Krankenhaus-Guide erkannt hat, dass hier zwei unfähige Gestalten das Ruder an sich gerissen haben und in einen gefährlichen Abgrund segeln." – „Das hast du jetzt aber schön gesprochen", kommentiert Mike. „Mike!", versucht ihn seine Mutter zu bändigen. „Was?", fragt er irritiert zurück. „So darf man mit Freundinnen und Freunden reden!" Er verschränkt entschieden die Arme. Arno holt seine Tasche hoch und stellt sie auf seinen Schenkeln ab und nimmt die Unterlagen heraus. „Ich habe heimlich Kopien von den Bauvorhaben und den anvisierten Ausschreibungen ziehen können." Er legt einen großen Stapel auf den Tisch. „Da gehen einige Millionen Euro über den Ladentisch. Das kann ich euch sagen." Weitere Dokumente landen zwischen Gläsern, Kräckern und Pizzaresten. „Hier sind einige interessante Mails und Handnotizen, die zwischen den Damen hin und her gehen." Micha hebt die Hand: „Nicht nur zwischen diesen beiden. Die zwei Controller, die uns seit einer Ewigkeit im Nacken sitzen, sind ebenfalls involviert." Ich lausche stumm. Eigentlich beabsichtige ich, nicht zu viele Personen in meinen Rachefeldzug hineinzureißen. Doch die Informationen, die die Herren gerade liefern, sind Gold wert. Arno übernimmt wieder das Gespräch: „Micha und ich sind ihnen letzte Woche ein wenig gefolgt. In ein Tagungshotel in Mannheim." Wir bekommen große Ohren. „Sie haben sich dort mit einer Gruppe von Leuten in edlem Zwirn getroffen." Jetzt kommen Räubergeschichten, denke ich mir und reibe die Augen. Vermutlich waren das die Vertreter des Hersteller, für den Petra als Werbeträgerin aktiv ist. „Dann wollen sie die Ausschreibungen manipulieren?" Ich erzähle, was ich in Erfahrung gebracht habe. Doch Mike schüttelt den Kopf. „Knapp daneben, Bastian. Das ist nur ein kleiner Baustein von allem." Ich warte geduldig, dass er die Erklärung dazu liefert. Stattdessen kommt ein überschwängliches Frohlocken: „Oh, Mann! Für die Geschichte bekomme ich den Pulitzer-Preis."

Jetzt werde ich doch ungeduldig. „Nun spricht doch mal einer!" Mikes Mutter übernimmt: „Soweit wir wissen, soll über die Ausschreibung und die verteuerte Vergabe von Aufträgen das Krankenhaus in Schräglage geraten. Die Rettung soll sein, dass ein Konzern, der gerade bundesweit Krankenhäuser aufkauft, als Helfer in der Not ein Angebot macht, um den Betrieb aufrechterhalten zu können." Ich denke kurz nach. „Also ein Übernahmeangebot zu einem Spottpreis", schlussfolgere ich. „So isses", bestätigt Arno. „Und Petra? Was für eine Rolle spielt sie?" Ich stelle mir das Bild der

Frau vor, die ich in meiner Jugend innig geliebt habe. Mikes Mutter hebt beide Hände in die Luft, um zu erläutern, dass das noch nicht ganz geklärt ist. „Ihre Rolle ist ziemlich interessant. Zum einen spielt sie über Social Media die vollkommen offene und transparente Person, die immer und jederzeit die Karten auf den Tisch legt. Dahinter verbirgt sich aber – so unsere Vermutungen – eine knallharte Frau, die als Maulwurf in die Übernahme-Kliniken geschmuggelt wird, um das System auszuhebeln." Ich verstehe mit diesen Sätzen, was das für mich bedeutet. Sie hat mich schlichtweg nur benutzt. Betroffen schaue ich zu Anni, die mir gegenübersitzt. Sie verdeutlicht mit ihrer Mimik, dass ich da wohl drüber hinwegzukommen habe.

„Na, dann nehmt sie doch hops", sage ich mit Entschiedenheit und verstehe nicht, wieso es dazu noch nicht kam. „Weil einige Punkte noch immer mehr Vermutung als Beweis sind. Und weil wir Klarheit brauchen", gibt Arno zu bedenken. Doch ich sehe, dass im Gesicht von Mikes Mutter, die sich endlich mit Esther und dem Angebot zum Du vorgestellt hat, noch ein anderer Grund das verhindert hat.

Sie sagt es frei heraus, nicht ohne vorher unsere Verschwiegenheit zu verlangen: „Hinter den Käufern steckt sehr viel Kapital. Nicht immer sauberes Geld. Auch verfügen sie über ein exzellentes Netzwerk. Der Spieß würde schneller umgedreht und gegen uns gewendet werden, als dass wir bis zwei zählen können. Auch weil diese Informationen nicht ganz legal zu uns gekommen sind." Eine Mafia also. Mir wird schwindelig. Welche Kreise mag das ziehen? Wer ist involviert und wer nicht? Der Rotwein macht es mir schwer, konkret nachzudenken. Mein Blick und der von Laura müssen in etwa derselbe sein. Wir beide sind am wenigsten einbezogen in das alles, wie mir scheint. Esther kommt endlich zum Punkt: „Wir können in diesem Fall nur die kleinen Fische fangen und euer Krankenhaus vor dem Ruin bewahren. Dafür müssen wir andere Themen finden, die ihnen zum Verhängnis werden können." – „Finden wir", sagen Arno, Micha und ich beinahe unisono. Esther nickt. „Deshalb sitzen wir ja heute zusammen. Aber wir müssen die Drahtzieher und Mächtigen im Glauben lassen, dass ihnen niemand auf den Fersen ist. Wir brauchen noch etwas Zeit, bevor wir sie am Haken haben." Mir behagt das gar nicht. „Eigentlich will ich doch nur meine persönliche Rache ausüben." „Die bekommst du doch", sagt Laura, als wir später in der Nacht den Würstlesberg hochsteigen. „Du musst es nur mit einer guten Sache verbinden. Das ist alles." Den Rest unseres Weges nach Hause schweigen wir. Und als Laura sich längst in meinem Schlafzimmer breitgemacht hat und tief schläft, liege ich im Wohnzimmer auf dem Ausziehsofa und blicke zur Terrassentür hinaus. Werde ich das Spiel so mitspielen können?

17.

„Mum? Mum, komm."

Ms. Baker drehte sich erstaunt um und schaute auf die Straße. Sie traute ihren Augen nicht, was sie dort sah. „Na, wie gefällt es dir?" Annis Augen leuchteten vor Begeisterung. „Was ist das?", wollte Ms. Baker wissen. „Na, ein Auto. Besser gesagt, ein Cabrio." Ms. Baker winkte ab. „Na, das sehe ich auch. Aber wie kommst du zu diesem Wagen?" Sie lief den kleinen Weg zur Straße herunter und begutachtete Annis Fahrzeug, während diese ausstieg und die Fahrertür aufschwang. „Gekauft von meinem eigenen Geld." Ungläubig schaute Ms. Baker ihre Tochter an. „Von welchem Geld denn?" Sie konnte es noch immer nicht verstehen. Sicher, Anni hatte ein Stipendium bekommen und ein kleines Taschengeld für ihr Studium erhielt sie auch. Aber … „Ich arbeite bekanntermaßen seit einem Jahr als studentische Mitarbeiterin beim Institut meines Profs. Und abends kellnere ich." – „Du kellnerst?" Ms. Baker schaute sie ungläubig an. Anni legte den Arm um ihre Mutter und sagte in bester Laune: „Komm, lass uns im Auto weiterreden. Es ist so ein schöner Samstagmorgen und ich möchte mit dir einen Ausflug machen." Einladend zeigte sie auf den Beifahrersitz. Als Ms. Baker noch immer zögerte, drängte sie: „Komm schon. Dad ist bei der Tagung in San Francisco und deine Rosen können heute warten." Langsam schmolz der Widerstand dahin und Ms. Baker zog sich die Gartenhandschuhe von den Händen und eilte ins Haus: „Ich mache mich kurz frisch." Anni sah das Lächeln im Gesicht ihrer Mutter. Sie wusste, dass ihr solche Ausflüge gefielen.

„Wohin fahren wir?", wollte sie auch gleich wissen, als sie in dem schicken Fahrzeug Platz genommen hatte. Sonnenbrille, Seidenschal und ein schicker Hut passten hervorragend zum Style des Fahrzeuges. „Verrate ich nicht. Sagen wir, es wird eine tolle Reise an einen schönen See."

Anni genoss den milden Fahrtwind an diesem Spätsommertag. Connecticut schickte sich gerade an, sein Aussehen dem kommenden Indian Summer anzupassen. Überall leuchteten die Wälder in den schönsten Farben von Grün über Gelb und Braun.

Anni hatte sich niemals vorstellen können, sich dermaßen in den Nordosten der USA zu verlieben, wie sie es inzwischen tat.

Als sie vor zwei Jahren die gerade frisch gegründete Bundesrepublik Deutschland verlassen hatten, tobte ein wilder Sturm der Emotionen in Anni. Ihre Seele litt noch immer unter den Misshandlungen und Vergewaltigungen ihrer Peiniger in Berlin. Das Grau in Deutschland lag nach wie vor über den Ruinen und Gemütern der Menschen in diesem Land. Einzig die Verbundenheit mit ihrer Gruppe der Nazi-Jäger wollte sie in diesem geschundenen Land halten, das mehr und mehr in den Kalten Krieg zwischen den Weltmächten geriet. Ansonsten freute sie sich auf die Weite jenes Landes, das einen Glanz in die Augen der Menschen zauberte, kaum dass nur sein Name genannt wurde. Die USA. Das Land der Freiheit und unbegrenzten Möglichkeiten. Wie sehr Anni sich danach sehnte. Sie hatte sich die wunderbarsten Bilder ausgemalt. Von Florida, San Francisco, New York und den weiten Prärien.

Doch dann ausgerechnet Connecticut? Amerika war in ihrer Vorstellung so unermesslich groß und dann wurde es ausgerechnet einer der kleinsten Bundesstaaten der USA? Anni war mächtig irritiert. Und als ihr Flugzeug nicht in New York, sondern in Boston landete, wo sie ein Chauffeur des Vaters nach Hartford, der Hauptstadt des kleinen Bundesstaates, brachte, wurde die Befürchtung zur Gewissheit.

Connecticut war klein, europäisch und irgendwie sehr konservativ, wie sie anfänglich fand.

Was Anni aber von Anfang an sofort begeisterte, waren das Rauschen des Meeres und der weite Blick über den Ozean, den sie von ihrem neuen Zuhause aus erleben durfte. Die Erinnerungen an Kolberg kehrten zurück, ihrer alten und geliebten Heimat. Wer weiß, vielleicht würde die Flaschenpost, die sie einst dort ins Wasser geworfen hatte, eines Tages hier am Strand von Connecticut ankommen. Viele Stunden verbrachte sie in den folgenden Wochen und Monaten am Strand. Spazierte auf und ab. Entdeckte kleine Anmutungen von Dünen und erwählte eine davon zu ihrem neuen Drachen, der schlief. Es gefiel Anni, sich Geschichten auszudenken, in denen die beiden schlafenden Drachen Geschwister waren und über viele Tausende von Kilometern miteinander reden konnten. Auf ganz spezielle Weise. Natürlich kam sich die junge Frau dabei kindisch vor. Na und? Diese Gedanken und Verbindungen mit ihrer Kindheit taten ihrer Seele gut, genauso wie es die neue Umgebung tat.

Mr. Baker wurde als Dozent an der Militärakademie nach Westpoint berufen. Als Spezialist für Verwaltungsangelegenheiten militärisch besetzter Gebiete. Das bedeutete, dass die Frauen unter der Woche oft alleine waren, sich aber die Zeit damit vertrieben, das von Ms. Baker geerbte Elternhaus zu restaurieren und nach dem Geschmack der Zeit einzurichten.

Anni fragte sich immer wieder, wie sie das alles nur verdient hatte. Diese seelenguten Menschen, die sie als Tochter adoptiert hatten und aus ihr eine Anni Baker machten.

Mit Thomas, Tanja und Markus sowie dem Rest der Patchwork-Familie hielt Anni regelmäßigen Kontakt. Die Briefe dauerten zwar Wochen, bis sie den Weg von einem Ort zum anderen schafften. Doch sie halfen, dass man sich weiterhin verbunden blieb. Anni gab das Versprechen, die Familie, deren Teil sie ebenfalls war, eines Tages zu sich in die USA zu holen. Es gab genügend Arbeitsplätze inmitten des Wirtschaftsbooms der USA der Nachkriegszeit. Gerade Connecticut mit seinen Industriezweigen wie Maschinenbau, der Textilindustrie und den großen U-Boot-Werften bot Torsten sicherlich beste Möglichkeiten. Vor allem, da sie wusste, dass er schon immer von einem technischen Beruf träumte.

Die Fahrt führte sie durch die sanften Hügellandschaften von Connecticut. Vorbei an unzähligen Seen, Flüssen und durch grüne Wälder. „Anni, kann es sein, dass wir gerade an Watertown vorbeigefahren sind?" Ms. Baker blickte aufgeregt um sich, wohl versuchend, sich zu orientieren. „Ja, korrekt. Du kennst dich hier aus?" Anni blickte erstaunt zu ihr hinüber. „Aber sicher. Ich bin hier in eine Privatschule gegangen. Taft heißt sie. Ich habe mich dort immer so gefühltwie in einem alten englischen Schloss." Und tatsächlich: Als sie an der Kreuzung der Main Road nach links abbogen, tauchte ein solches, in rotem Backstein gebautes Gebäude auf. Ms. Baker schrie vor Entzücken auf. Anni konnte nicht anders, als rechts heranzufahren und einen kurzen Stopp einzulegen. „Hier habe ich deinen Vater kennengelernt. Und hier wurden wir zu einem Ehepaar." Ms. Baker schwelgte in Erinnerungen. „Vom Land in die weite Welt hinaus. Was für eine Lebensgeschichte", kommentierte Anni voller Anerkennung. Die Bakers hatten einige wichtige Jahre Berlins maßgeblich mitgestaltet. Und gestartet war ihre Lebenskarriere in diesem Städtchen auf dem Lande.

Beschwingt bogen sie am Ortsende in die Platt Road ein, um am großen Friedhof in Richtung Bantam Lake zu fahren. „Was für ein schönes Geschenk", flüsterte Ms. Baker. „Und hier auf dem Friedhof haben wir uns zum ersten Mal …" – „… geküsst." Anni musste lachen. Von dieser amerikanischen Gewohnheit, auf den weitläufigen Friedhöfen, in den Autos zum ersten Mal zu flirten, Liebe zu machen und was auch sonst noch, hatte sie schon erfahren dürfen. Für sie war das nicht infrage gekommen. Noch durfte kein männliches Wesen zu nahe an sie herankommen.

Am Bantam-Lake machten sie Rast. Bei einem schönen Restaurant direkt an der Straße. Ms. Baker hatte Tränen in den Augen, als sie mit offenem Mund dasaß und auf das weiße Gebäude blickte. „Wie wusstest du …?" Sie konnte nicht zu Ende sprechen. Zu überwältig war sie. Anni verschlug es ebenfalls die Sprache, so aufgeregt war sie selbst beim

Erleben der Emotionen ihrer Mutter. „Die Music-Box", flüsterte sie nur. Sie stiegen aus und gingen auf das Haus zu. „Alles noch wie früher." Ms. Baker trat ein, wo sie eine freundliche Bedienung zu einem schattigen Platz auf der Veranda zur Seeseite begleitete. Vereinzelte Motorboote glitten über den See. Ansonsten lag das Gewässer friedlich vor ihnen. Leicht plätscherten die Wellen gegen die Stelzen der Veranda. Große Greifvögel schwebten über dem Wasser. „Adler?", wollte Anni wissen. „Gut möglich", antwortete Ms. Baker. „Es gibt hier Adler, Bären und was sonst noch." Sie genossen einige Minuten in Ruhe ihren Eiskaffee und eine Früchtetorte. Allein dieser Anblick von Luxus auf dem Teller ließ Anni immer wieder bewusst werden, dass das alles nicht selbstverständlich war. Früchte, Süßigkeiten. Einfach mal so nebenbei. Unglaublich. Vor wenigen Jahren war sie froh gewesen, ein Stück trockenen Brotes ergattern zu können. „Hier drin gab es die schönsten Tanznächte. Dein Vater und ich kamen nach der Schulzeit noch viele Jahre hierher. Übernachtet haben wir dort oben am Hang in unserem Auto. Das war nicht bequem, kann ich dir sagen." – „Aber sicher schön, oder?" Ms. Baker nickte. Sie beobachteten Teenager, die sich mit Roller-Skates im Tanzsaal zur Musik bewegten und mächtig viel Spaß hatten. Ms. Baker schaute ihnen aufmerksam zu. „Das gab es bei uns damals noch nicht so. Das sieht nach mächtig viel Spaß aus." Sie lachte. Anni hatte schon Sorge, ihre Mutter, würde es selbst ausprobieren wollen.

Doch diese schüttelte sich urplötzlich, so als wollte sie die alte Zeit abschütteln. „Schwelgen wir nicht zu sehr in Erinnerung. Das Jetzt ist auch schön." Anni liebte diesen Satz, den ihre Mutter mehrmals täglich äußerte. Er war einer ihrer Motivationssprüche, wie sie die Amerikaner liebten. Aber er wirkte und Anni war überzeugt, dass Ms. Baker ihn auch exakt so lebte. Libellen flatterten vom See her auf sie zu und setzten sich auf das hölzerne Geländer. „Dragonfly", so nannten die Amerikaner diese schönen Tiere. „Drachenflügler", erlaubte sich Anni den Begriff etwas frei zu übersetzen. Das gefiel ihr. So war sie immerzu mit ihrem Drachen verbunden.

Ms. Baker holte ihre Tochter aus ihren Gedankenreisen zurück. „Anni, erzähl doch mal, wie es im Studium läuft."

Hatte ihr jemand schon etwa die Neuigkeit zugeflüstert? Anni blickte ihre Mutter prüfend an, konnte aber nichts in deren Blick erkennen.

„Gut, sehr gut sogar." Sie legte die Kuchengabel zur Seite und berichtete: „Mein Professor für Psychologie hat mir, wie gesagt, einen Platz in seinem Institut angeboten. Dort arbeite ich schon länger, wie du weißt." Ihre Mutter nickte, während sie die Reste des Kuchens auf die Gabel packte. „Findet es denn niemand eigenartig, dass du gleich drei Fächer studierst, und dann so unterschiedliche?" Sie konnte es nicht ganz nachvollziehen, wie Psychologie, Geschichte und Journalistik zusammenpassen konnten. Anni kannte diese Fragen, sie kamen in den letzten zwei Jahren doch schon öfter auf. Dann erklärte sie geschickt: „Ich nehme die Dimensionen der menschlichen Psyche und packe sie in zeitliche Abläufe. Das verarbeite ich journalistisch. So einfach ist das." Sie vermied, den Begriff Psyche durch Abgründe zu ersetzen, was sie sonst gerne tat. Zu schnell hätte ihre Mutter Lunte gerochen. Noch immer achteten ihre Eltern mit Argusaugen darauf, dass Anni mit ihrer Vergangenheit abschloss. Aber das konnte sie nicht.

„Ich verstehe das nicht ganz. Aber du machst das bestimmt richtig. Solange dein College das zulässt."

Oh ja, das tat es. Anni war auf dem Connecticut College in New London aufgenommen worden. Auch dank der Kontakte und Vermittlung ihrer Adoptiv-Eltern. Ein privates College, auf dem auch viele ehemalige Geflüchtete aus Mitteleuropa aufgenommen worden waren. Allesamt Studentinnen. Für Anni ein perfekter Schonraum, in dem sie sich entfalten konnte.

Die private Hochschule besaß europäischen Spirit und lebte auch den Wunsch nach einer Art von Studium Generale.

Für Anni ideal, um ihre vielen Fragen beantworten und Bedürfnisse befriedigen zu können.

In einem Forschungsprojekt am Institut ihres Professors durfte sie schon als junge Studentin mit den europäischen Flüchtlingen Interviews führen und deren Traumata wissenschaftlich aufarbeiten. Ihr Professor war angetan von ihren Ergebnissen. Ein wissenschaftlicher Beitrag in einem Fachmagazin war in Vorbereitung. Unter seinem Namen zwar, doch Anni reichte das – zunächst. Es gab ohnehin gute Nachrichten. Die wollte sie eigentlich ihrer Mutter gerade berichten.

Doch da gab es ein großes „Hallo" hinter ihr. „Anni, was machst du denn hier? Habe ich das schicke Auto doch erkannt." Sie drehte sich um und entdeckte ihre Studienkollegin Pam. Diese strahlte übers ganze Gesicht und umarmte sie. „Bist du meiner Empfehlung gefolgt und hast endlich den schönsten See der Welt besucht?" Anni stellte ihre Studienfreundin der Mutter vor und lud sie ein, sich zu setzen. Doch die lehnte dankend ab. „Ich muss rüber zu meinen Eltern. Heute wird gegrillt." Sie hielt kurz inne und fuhr fort. „Warum kommt ihr nachher nicht einfach vorbei? Ihr seid herzlich eingeladen." Anni blickte zögernd zu ihrer Mutter, doch die nickte nur kurz und gab ein „Warum nicht? Danke, wir freuen uns" von sich. Endlich konnte sie etwas mehr vom Leben ihrer Tochter in der Studienstadt erfahren. Das gefiel ihr.

„Also gut, wir sind gerne mit dabei. Rüber auf die Insel?" Die Freundin nickte: „Korrekt. Es ist das Haus direkt am anderen Ende von Deer Island. Ihr könnt es nicht verfehlen. Schön rot-weiß gestrichen." Sie lächelte und fuhr davon. „Na, dann geht unsere kleine Zeitreise weiter", kommentierte Anni lächelnd. „Unbedingt", bestätigte ihre Mutter. „Aber auf dieser geheimnisvollen Insel waren wir noch nie. Sie war immer wie ein verbotenes Paradies. Gehen wir. Ich will sie jetzt entdecken."

Es wurde ein langer Abend. Die Verwandtschaft wie auch Freunde kamen zum Grillen vorbei. Man redete lange und viel. Auch über den Krieg, über Deutschland und über Annis Leben. Natürlich auch über die Weltpolitik. Es gab zahlreiche Kriegserfahrungen, sowohl bei den Longos, den Labonnes oder den Stanleys. Die Wut auf Deutschland war nicht nur zu spüren, sondern präsent. Jüdische Verwandte einer Nachbarsfamilie wurden in Deutschland ermordet. Anni fühlte sich unwohl in ihrer Haut. Warum sollte sie für eine Nation den Kopf hinhalten, die ihr selbst das Wichtigste genommen hatte? Hilflos wandte sie ihren Blick ab. Die Schönheit und einzigartige Romantik auf Deer Island, umgeben vom im Abendlicht rötlich schimmernden Bantam Lake, waren ihr abhandengekommen. Dann schoss es aus ihr heraus. Klar und zielgerichtet: „Ich bin keine Deutsche. Ich bin Amerikanerin!" Die Stimmen verstummten abrupt. Alle Augen richteten sich auf sie. Waren sie entrüstet, wie es Anni schien? Gleichsam, als ob eine Angeklagte mitten in der Anklageverkündigung das Wort ergreifen würde. „Wie?", entfuhr es Peter Longo. „Aber Pam hat doch …" Er witterte einen Vertuschungsversuch. Und endlich war es Ms. Baker, die den Mut gefunden hatte, Anni beizuspringen. Sie stellte sich hinter Anni und legte beide Arme auf ihre Schulter. „Anni ist unsere adoptierte Tochter. Wir haben sie in Berlin bei uns aufgenommen, nachdem die Nazis ihre Familie auf grausame Weise gefoltert und ermordet hatten. Ein Freund wurde erschossen, Kinder in ihrem Umfeld starben. Die Soldaten taten ihr vielfach großes Leid an." Sie hielt kurz inne, um die Stille wirken zu lassen. Dann endete sie: „Sie ist wahrlich kein Nazi. Und sie ist ein sehr bedauernswürdiges Opfer. Leider voller Wut und Rache. Vor allem aber ist sie – ich betone es nochmals – unsere innig geliebte Tochter und US-Amerikanerin." Sie gab Anni ein Zeichen, aufzustehen, damit sie gehen konnten. Doch die Familie Labonne wäre nicht eben jener über alle Stadtgrenzen hinaus für ihre Gastfreundschaft bekannter Clan, würden sie jetzt nicht einschreiten. Und das taten sie auch. Bob Senior ergriff jeweils eine Hand der Frauen und schüttelte sie herzlich: „Wir waren ruppig und unhöflich. Entschuldigen Sie bitte vielmals. Wir haben schneller geurteilt als hinterfragt. Das tut mir persönlich sehr leid und allen Gästen hier ebenfalls." Auffordernd blickte er in die Runde. Doch die Gäste waren noch zu perplex, um ihm so schnell folgen zu können. „Diese schlimmen Zeiten haben so viel Leid auf der gesamten Welt verursacht. Das steckt noch in uns allen. Bitte erlaubt mir, unsere Entschuldigung nochmals auszusprechen, und ich hoffe, ihr nehmt sie an, indem ihr noch etwas mit uns trinkt und feiert. Denn jetzt wird gefeiert und nicht mehr politisiert." Ms. Baker schaute zu Anni. Diese fing wieder den besorgten Blick von Pam auf, die mehr als unglücklich wirkte. Zögerlich nickte sie und alle begannen zu klatschen. Eine Gitarre wurde herbeigebracht und der Abend begann unterhaltsam und ausgelassen zu werden.

Als Anni ein paar Stunden später mit einem Bier hinunter zum Steg ging, um dem Rauschen des Wassers zu lauschen, setzte sich Pam zu ihr: „Hast du es denn deiner Mum schon gesagt?" Anni war noch zu sehr in Gedanken, sodass sie nicht direkt verstand. „Na, das mit dem Graduate-Stipendium", ergänzte Pam. Anni schüttelte den Kopf. „Nein, noch nicht. Wollte ich heute Abend machen. Und du?" Auch Pam schüttelte jetzt mit dem Kopf. Stand aber auf und zog ihre Freundin mit hoch. „Dann tun wir es jetzt." Anni wollte sich widersetzen, kam aber gegen die Kraft ihrer Freundin nicht an.

„Anni und ich haben euch etwas zu verkünden", rief sie schon einige Meter, bevor sie die Gruppe erreicht hatte. Der Gitarrenspieler unterbrach sein Spiel. „Was denn?", wollte Bob Senior wissen. Ohne Umschweife kam Pam zum Punkt: „Na, dass ich ein Stipendium für ein weiterführendes Graduate-Studium erhalten habe. Und jetzt du, Anni." Diese blickte ihre Mutter etwas verlegen an und setzte ebenfalls zum Reden an: „Ich habe auch ein Stipendium, gleich wie Pam! Ab kommendem Frühjahr. Gleich nach unserem Bachelor."

Sie sah den überraschten Blick ihrer Mutter und ging schnell auf diese zu. „Sorry, ich wollte es dir heute Abend in Ruhe erzählen." Sie lächelte, als sie in den Augen ihrer Mutter den Stolz und die Freude sah. „Anni. Du bist ja der Hammer! Glückwunsch." Sie drückte ihre Tochter fest an sich, während der Applaus in der Runde nicht abebben wollte.

* * *

Eine glänzende Zukunft wartete auf Anni, wenn nicht die schwere Last der Vergangenheit bleischwer auf den Flügeln ihres beschwingten Lebens gelastet hätte. Sie zog die junge Frau immer wieder aus weiten Höhen hinunter in die Tiefen der depressiven Schwere. Es war eine Art von Himmelhoch jauchzend, zu Tode betrübt, die sie in ein Wechselbad der Gefühle brachte.

Weder die Schönheit des Meeres noch das wohlbehütete Leben in Hartford und auch nicht die Liebe ihrer Eltern konnten Anni von einer Sache heilen: Es waren die Albträume, die sie oft in den Nächten einholten. Immer und immer wieder schickte ihr das Unterbewusstsein Bilder hoch in ihre Traumwelt, die sie jedes Mal von Neuem die Vergewaltigungen und schlimmen Tage in Ostberlin erleben ließen. Erstaunliche Details entdeckte sie dabei und fragte sich, warum der Gestank eines Mannes so wichtig sein konnte. Oder was die alte Frau in dem Moment in der hinteren Ecke für ein mitleidendes Gesicht gemacht hatte, während einer nach dem anderen ihr unendliche Schmerzen zufügte.

Und diese Bilder vermischten sich mehr und mehr mit den brutalen Erlebnissen auf ihrer Flucht, dem Bombenhagel auf Swinemünde und mit den Bildern der toten Kinder auf dem Flüchtlingsschiff, die von den Matrosen eines Nachts heimlich über Bord geworfen wurden, kaum dass die leidenden Mütter vor Erschöpfung weggedöst waren. Durch alle Albträume hindurch aber geisterte ein großer Dämon.

Eine hässliche Fratze, die sie gehässig anlachte. Seine Urlaute gingen Anni selbst im Traum durch Mark und Bein.

Und eines Nachts, da verstand sie, wer dies war: jener Kommandant, der ihre Eltern foltern und ermorden ließ. Jenes Monster, das für Anni für alles Teuflische stand, das jene Naziregierung ausgemacht hatte. Die Träume waren dabei so real, spielten in der Gegenwart, jedoch an einem Ort, den Anni nicht erkennen konnte. Seine hässliche schwarze Uniform mit dem Totenkopf-Zeichen trug er in diesen Träumen zwar noch immer, doch verfloss sie währenddessen zunehmend und wich der Kleidung ihrer jetzigen Zeit. Aber die grau-grünen Pupillen ließen selbst heute noch in diesen lebendigen Träumen alles Blut in ihr gefrieren. Sein Blick drang dabei wie ein gleißender Strahl in sie. Heiß und kalt zugleich. Dieses Schwein! Er musste noch leben. Anni war sich dessen absolut sicher, als sie des Morgens schweißgebadet aufwachte. Da war ein unsichtbares Band zwischen ihnen gesponnen worden und nie mehr aufgelöst. Geflochten aus Hass, Leiden, Gewalt und dem Gelöbnis, Rache zu üben. Anni war überzeugt, dass sie dieses Band zerreißen musste. Und um das zu schaffen, kannte sie nur einen einzigen Weg. Er musste sterben!

18.

„Guten Tag, mein Name ist Dr. Bastian Wohlfahrth. Ich bin leitender Arzt im hiesigen Krankenhaus und auch der behandelnde Mediziner von Frau Laura Jordan.“ Ich wische mir den Schweiß von der Stirn. Es liegt mir nicht, zu lügen. Die Schulleitung auf der anderen Seite der Verbindung erwidert nur ein sachlich-höfliches „Guten Tag, was kann ich für Sie tun?“.

„Ich wollte Sie nur informieren, dass wir Frau Jordan zu einer weiterführenden Untersuchung in ein Universitätsklinikum ins Ausland gebracht haben.“ Ich stocke. Mensch, muss ich denn so übertreiben? Erschrecktes Schlucken vernehme ich auf der anderen Seite: „Herrje, ist es denn so schlimm? Das arme Mädchen.“ Ich wische mit der Hand durch die Luft, während ich antworte: „Nein, nein. Keine Sorge. Reine Routine. Und außerdem soll ihr Fall vor einem Fachkongress vorgestellt werden.“ Verdammt, ich renne immer mehr in meine eigenen Verstrickungen hinein. Doch ich kann nicht mehr zurück. „Ihr Fall kann helfen, so viele junge Frauen in Europa vor ähnlichen Krankheiten zu bewahren. Ich hoffe, es ist in Ordnung, wenn sie für zehn Tage vom Unterricht fernbleibt.“ Kurze Pause am anderen Ende. „Ja, sicher, grundsätzlich schon. Aber warum rufen nicht die Eltern – halt – ich meine die Heimleitung - an?“ Ich wittere meine Chance: „Gerade deshalb, weil niemand weiß, wer dafür verantwortlich ist. Deshalb habe ich das angeboten. Schließlich war die junge Dame viele Wochen bei uns im Krankenhaus und wir waren quasi ihr Zuhause.“ – „Ja, das stimmt wahrhaftig. Na dann. Ich trage das ein und wünsche Laura alles Gute.“ Ich bedanke mich und lege schnell auf. „Uff“, stoße ich hervor, während ich auf die Terrasse steige.

Laura blickt mich neugierig von ihrem Sonnenstuhl heraus an. Das Eichhörnchen sitzt nicht weit von ihr und macht sich an den geschenkten Nüssen zu schaffen. „Und?“, will sie wissen. „Geschafft. Aber das ist gar nicht einfach!“

Sie hält den Daumen hoch. „Das machst du gut. Ich nickte und gehe wieder herein. Laura hat mein kleines Zuhause zum Urlaubsresort gemacht.

Na ja, wenigstens geht es ihr gut.

Laura dreht sich zu mir um und ruft hinterher: „Warum macht ihr das alles für mich?" Ich erkenne, dass sie die Frage ernst meint. Ich wundere mich dennoch. Warum eigentlich? Das habe ich mich nie gefragt. „Weil du uns wichtig bist. Weil du uns ans Herz gewachsen bist", erwidere ich ehrlich und offen.

Laura denkt lange darüber nach. „Das kenne ich so nicht. Das hat noch nie jemand für mich getan." Ich bringe zwei Tonic-Water mit Zitrone und Eis, gebe ihr ein Glas davon und setze mich neben sie. „Deine Eltern, Großeltern, die Heimleitung?" Sie winkt ab und schüttelt den Kopf. „No way", kommt es lediglich aus ihrem Mund. „Ich glaube, ich bin nach dem Krankenhaus auch ein wenig vor euch geflüchtet. Irgendwie war mir das zu eng."

Ich lausche ihr aufmerksam, betrachte dabei die große Narbe, die ihren Bauch ziert. Hätte ich das damals besser machen können? Ich bin mir nicht sicher. Aber Laura scheint sich der Verunstaltung nicht zu schämen.

„Ich habe über euch nachgedacht. Ich habe gemerkt, dass ich euch vermisse. Irgendwie seid ihr meine Familie geworden. Ist das schlimm?" Sie schaut mich unsicher an. „Natürlich nicht", antworte ich beinahe entrüstet. „Das seid ihr für mich auch. Ich habe durch euch eine Gemeinschaft gefunden. Fühle mich aufgehoben", gestehe ich ohne Umschweife. Der erstaunte Blick von Laura zeigt mir, dass sie das noch gar nicht so gesehen hat. Dann sagt sie: „Anni. Sie ist so tapfer, so besonders. Und so stark. Die junge Anni wie die heutige."

Ich nicke und beobachte Laura aufmerksam, wie sie die Augen zusammenkneift, die Stirn in Falten gelegt. Irgendetwas in ihr rumort und arbeitet. Sie verrät mir ihre Gedanken: „Diese alten Leute. Sie sind für mich immer nur armselige Kreaturen gewesen. Ich habe mir niemals Gedanken über sie gemacht. Sie waren einfach da. Als ob sie schon immer alt waren." Sie hält kurz inne und kratzt sich an der Nase. Ich kenne das inzwischen bei Laura. Das geschieht, wenn es ihr etwas unangenehm ist. Dann verrät sie es auch schon: „Wir haben uns immer beömmelt, wenn sie so unbeholfen und tollpatschig über den Pflasterstein schlurfen. Rollatoren-Gangster, so haben wir sie genannt, waren dabei am besten. Die haben wir immer besonders angefeuert – und verspottet." Ich muss nicht mehr viel dazu sagen. Laura ist es sichtlich unangenehm. Doch was will ich auch Richter sein? „Für mich waren sie genauso nur Teil meines Alltagsbildes. Statisten, die grau und identitätslos sind." – „Dabei ist Anni zum Beispiel so ein unglaublicher und vielschichtiger Mensch." Ich nicke. Ich fühle mich schlecht und schuldig, während ich an den Tag denke, an dem ich Anni zum ersten Mal getroffen habe. Also, Korrektur: zum ersten Mal bewusst wahrgenommen habe.

Beide sitzen wir lange stumm nebeneinander und beobachten die Vögel in den Büschen und Bäumen.

„Wir müssen etwas tun", unterbricht Laura die Stille. Während sie fröstelnd aufsteht, um im Bad meinen Bademantel zu holen und sich darin einzupacken, spricht sie weiter: „Wir müssen ihre Geschichte erzählen." Ich versuche, nachzuvollziehen, was sie damit meint. Schaffe es aber nicht ganz. „Du meinst, Menschen das erzählen? Wie denn?" Das Buch gibt es doch schon. Zugegeben, offenbar kauft das niemand. Laura blickt mich aufmunternd an: „Komm Basti, du kannst das doch besser. Hol mal den Dr. House der Medizin ins normale Leben hinein und sei kreativ." Diese Göre weiß, wie sie mich kriegen kann!

An diesem Nachmittag wird die Idee zur Ausstellung geboren.

19.

Das Stipendium für den weiterführenden Abschluss bedeutete für Anni ein Verlassen ihrer Komfort-Zone, die sie mit dem reinen Frauen-College für mehr als zwei Jahre genießen durfte. Nun galt es, sich in der Männerwelt der Universität zurechtzufinden und durchzukämpfen. Doch ihre treue Freundin Pam war stets an ihrer Seite, wenn es darauf ankam.

„Was machen wir heute Abend?“, wollte Pam an jenem Sommertag im Jahr 1952 wissen. Sie genossen die Sonne auf dem Campus im Schatten eines Baumes. Anni blickte von ihrem Buch auf und schaute sie an, als hätte man sie aus einer weit entfernten Galaxie zurückgeholt. „Was?“, wollte sie wissen. „Na, was machen wir heute Abend?“ Anni zuckte mit den Schultern. „Keine Ahnung.“ Sie kaute auf ihrer Lippe herum. Natürlich wusste sie, was Pam vorhatte: endlich mal raus und mit den Jungs Party machen. Runter an den Strand, rein in tolle Musik-Cafés oder mit deren Autos die Flaniermeilen entlangrasen. Bisher konnte sich Anni erfolgreich dagegen wehren. Doch ihr gingen die Argumente aus. „Komm schon, Anni. Lass uns endlich mal das Leben entdecken. Oder, nein, falsch.“ Sie korrigierte sich aus taktischen Gründen: „Lass uns das Leben erforschen, wie es unsere studentische Pflicht ist.“ Anni musste laut lachen. Diesen Spruch hatte ihre Freundin bisher nicht ins Feld geführt. „Du bist doof“, schimpfte sie in gespielter Weise. Sie hielt kurz inne und blickte irritiert zu einer Gruppe von Mitstudenten, die nicht weit von ihnen im Gras saßen und sich angeregt unterhielten. Irgendetwas war da, was ihre Aufmerksamkeit auf sich zog. Sie inspizierte die Männer und Frauen dort, entdeckte aber nichts Besonderes. Schon wollte sie sich wieder ihrer Freundin zuwenden, die noch immer mit aller Macht versuchte, endlich ihre Komplizin herumzukriegen. „Anni. Wir dürfen nicht als keusche Nonnen sterben. Wir müssen das Leben vollumfänglich entdecken.“

Anni hätte ihr sagen können, was man im Leben alles erleben und entdecken kann. Schlimme Dinge beispielsweise, die Männer Frauen antaten. Wieder wurde ihr bewusst, wie wenig Menschen in Pams Generation von den Gräueln des Lebens wirklich wussten. Die Erzählungen und theoretischen Ausführungen in den Seminaren konnten das nicht vermitteln. Da kann das behütete Leben einer Nonne …

Schon wieder!

Anni runzelte die Stirn. Was war das nur, was sie dort drüben so irritierte.

Es musste eine internationale Gruppe sein, wie sie am Aussehen der Männer und Frauen vermutete. Man erkannte die Europäer nach wie vor relativ gut. Kinder von Flüchtlingsfamilien, die der Krieg in die USA getrieben hatte. Menschen jüdischen Glaubens, politische Flüchtlinge, Deserteure …

Picknick-Körbe standen in der Mitte des Kreises, den die Gruppe gebildet hatte. Nichts Ungewöhnliches. Aber es waren die Gesten dieses einen jungen Mannes mit der Brille und dem braunen Haar, die in Anni Erinnerungen weckten. Dann der Apfelschnitz mit dem Schokostückchen hineingesteckt, bevor es in den Mund genommen wurde.

Ohne auf die verdattert dreinblickende Pam zu achten, stand Anni auf und lief wie unter Hypnose zu der Gruppe hin. Etwas in ihr hatte einen Schalter umgelegt. Erst beachtete man sie nicht. Aber als sie noch immer ohne irgendein Wort zu sagen und mit ernstem Gesicht vor dem Studenten stehen blieb, sich zu ihm hinunterbeugte und sein Gesicht studierte, wie man eine Landkarte intensiv nach markanten Wegpunkten betrachtete, verstummten die Gespräche und alle blickten nur noch auf die fremde Frau. Der junge Mann erspähte sie ebenfalls und hielt mit seinem Ritual inne. „Alles gut?“, wollte er von ihr wissen. Doch sie beugte sich noch tiefer zu ihm herunter und betrachtete seine Augen. „Ist die Irre?“, sprach jemand hinter ihr. „Pass auf, dass sie dir die Augen nicht auskratzt, Nik.“ Die Warnungen waren mit Spott untersetzt. Doch Anni achtete nicht darauf.

„Samu…“, wollte sie gerade sagen, als dem Mann ein Schrei des Erschreckens aus dem Mund entfuhr. Er wich zurück, als ob er einem Gespenst begegnet wäre. Seine Augen starrten auf Annis Hals. Nachdem sie sich zu ihm heruntergebeugt hatte, sah man eine Kette mit einem Gegenstand. Passanten wurden auf sie aufmerksam. Doch die beiden Menschen befanden sich in einem Strudel, der sie aus dieser Welt in Connecticut herauszog und durch Raum und Zeit zu jener Nacht zurückbrachte, als sie, auf dem Rücken des schlafenden Drachens, vorsichtig ihre Hände hielten und er zum Abschied sein Amulett um ihren Hals hängte.

„Immer noch Trauben-Nuss-Schokolade?“, fragte sie.

Er nickte. Die Aufregung stieg in ihm hoch und ließ ihn zittern.

„Du bist es wirklich“, flüsterte er.

Seine sanfte Stimme, die sie schon damals in ihren Bann gezogen hatte, erfüllte ihren Körper mit einer wohligen Wärme. Diese hatte sie bereits einmal gespürt, als er sie zum Abschied küsste.

Und endlich, nach einer gefühlten Ewigkeit, lagen sie sich in den Armen, hielten sich fest und wiegten sich hin und her. Es musste kein Wort gesprochen werden. Sie holten die Jahre der Trennung in diesen Minuten nach. Schluchzen begleitete diese Zärtlichkeiten, vermischt mit Murmeln und schnell gesprochenen Sätzen, die alle Fragen in sich trugen, die sie sich zu stellen hatten. Tränen flossen in Strömen. Immer wieder fielen die Worte Anni, Samuel. Eine wütende Frau verließ die Gruppe. Wollte die beiden verfluchen. Doch das scherte niemanden. Alle waren fasziniert von dem, was gerade vor sich ging. Eine leise Ahnung beschlich die jungen Menschen um sie herum.

Zwei Seelen hatten sich nach den Wirren des Nazi-Wahnsinns wiedergefunden. Nach so vielen Jahren.

* * *

„Groß bist du geworden." Er lächelte sie neckisch an.

„Und du bist nicht mehr der schlaksige Teenie", hielt Anni dagegen.

Pam musste erneut einen Abend auf ihre beste Freundin Anni verzichten und allein mit den Jungs durch die Gassen ziehen.

„Wer war das Mädchen heute Nachmittag? Deine Freundin?" Anni schaute Nikolas, so sein heutiger Name, mit einem Anflug von Eifersucht an. Doch er lachte: „Keine Sorge. Ich habe noch keine einzige Frau gedatet. Im Gegenteil, sie glaubten schon, ich wäre schwul. Sie ist eine wirklich liebe Freundin, die sich Hoffnung gemacht hat. Aber irgendwie konnte ich nicht. Etwas hat mich zurückgehalten." Er legte die warme Decke um ihre Schultern und zog sie vorne zusammen, sodass beide gegen die kühle Nachtbrise geschützt waren, die vom Meer her wehte. „Erinnerst du dich, was ich in jener Nacht zu dir gesagt hatte?" Anni nickte. „Jedes einzelne Wort. Auch wenn es in Schwäbisch war." Sie musste unwillkürlich grinsen. Damals klang das Schwäbisch für sie beinahe wie eine ausländische Sprache. „Na, na", konterte er. „Das kann ich auch heute noch." Damit verfiel er aus dem Englischen in seinen süddeutschen, lieblichen Akzent.

Sie erzählten sich schon seit vielen Stunden, was sie in den vergangenen Jahren erlebt hatten. Zuerst auf dem Campus, dann im Restaurant und nun am Strand. Erzählten sich die Geschichten der Eltern. Anni musste erfahren, dass auch die Eltern von Nikolas nicht überlebt hatten. Der Vater starb auf hoher See infolge eines Wundbrandes durch einen Streifschuss bei der Flucht. Die Mutter war am Ende zu erschöpft, als sie in den USA ankamen. Sie hatte keine Kraft mehr zum Neuanfang.

„Und deine Eltern?"

Anni hatte die Frage befürchtet. „Tot", sagte sie nur. „Gefoltert und ermordet." Betroffen schwieg Nikolas. „Man hat sie im Konzentrationslager aller ihrer Würde und Menschlichkeit beraubt. Danach wie ein Stück totes Vieh auf einen

Haufen geworfen." Anni wunderte sich selbst, wie knallhart und kalt es aus ihr herauskam. „Und wir sind mit schuld an ihrem Tod." Nikolas klang geschockt. Doch Anni schüttelte den Kopf, während sie zu ihm sagte: „Das dachte ich am Anfang auch. Und ehrlich gesagt, habe ich euch dafür gehasst. Alle Menschen habe ich gehasst, denen meine Eltern geholfen haben. Doch ich habe verstanden, dass es meine Eltern selbst so gewollt haben. Sie konnten nicht anders, als das zu tun, was sie taten."

Nikolas hatte einen guten Wein aufgetrieben. Er schenkte Anni und sich ein und hielt ihr sein Glas entgegen. „Auf unser Wiedersehen. Ich habe es immer gewusst." Gläser klirrten. „Ich offengestanden nicht. Wo hätte ich dich denn suchen können?" Anni schaute schuldbewusst zu ihm hinüber.

Doch Nikolas streichelte ihr die Wangen und erwiderte: „Das kann dir niemand verdenken."

Nach einer Weile zischte Anni hervor: „Ich hasse ihn. Ich hasse sie alle!" Sie musste nicht mehr erklären. Nikolas verstand sofort. Er nickte mehrmals, bevor er sprach: „So do I." Und das, was in dieser Stimme lag, ließ Anni aufhorchen.

„Was hast du vor?", wollte sie wissen. Sie erkannte, wie sein Kinn energisch nach vorne geschoben war. Er ballte die Fäuste: „Zur Strecke bringen. Einen nach dem anderen."

Anni setzte sich auf und wandte sich ihm zu. „Ich bin dabei. In Berlin habe ich damit angefangen." Nikolas nickte. „Ich hatte mal etwas davon gehört. Ein gewisser Herr Wiesenthal hat hier bei uns auch ein Netzwerk aufgebaut, da viele Exil-Deutsche in Connecticut leben. Er wollte unser Wissen anzapfen. Und eines eurer Mitglieder war mit uns im Verbund." Anni erinnerte sich an ihren Anführer. „Aber wie konntest du wissen, dass ich …?" „Gar nicht. Ich habe nur von dieser Gruppe und ihren guten Erfolgen gehört und von einer jungen Deutschen, die mit vollem Eifer dabei ist. Ein paar Beschreibungen habe ich gehört, ein wenig vermutet und gehofft, aber nichts gewusst."

Anni gab es auf, sich zu wundern. Offenbar gab es keinen Zufall. Dafür aber eine Bestimmung?

„Dann bist du auch schon länger dabei, Nazis zu jagen?", wollte Anni von ihm wissen. Doch Nikolas schüttelte den Kopf. „Nicht so wie ihr. Ich trage lediglich Informationen zusammen und gebe sie weiter. Am Institut erhalte ich viel Unterstützung durch meinen Professor."

Monate später war sich Anni einer Sache im Klaren: Dass sie sich wieder getroffen hatten, war in Wirklichkeit kein Zufall. Denn beide waren auf Rache aus. Rache gegenüber denselben Menschen. Ihr gemeinsames Schicksal verwob sich mit diesem starken Begehren zu einem starken Band, das sie unweigerlich wieder zueinandergeführt hatte. So zumindest ihre Überzeugung. Es gab ihnen Antrieb und Kraft, voranzuschreiten. Doch war da noch mehr: Liebe. Zuneigung. Nähe.

Dank Nikolas schaffte es Anni endlich wieder, sich zu öffnen. Beinahe jede freie Minute verbrachte sie mit der Liebe ihrer Kindheit: im Institut, auf dem Campus oder abends am Strand. Pam wurde beinahe eifersüchtig, freute sich aber in erster Linie für ihre Freundin und Zimmergenossin. Sie schafften es sogar, über ihre fanatischen Recherchen hinaus auch andere Themen zu finden, über die sie sich unterhielten. Oder aber sie spazierten stundenlang am Strand entlang, suchten einen schlafenden Drachen und ergingen sich in schönen Fantasiegeschichten. Aber am Ende kamen sie immer wieder zurück – auf die Suche nach der Nadel im Heuhaufen. Wie konnte man unter den Zigtausenden von Namen und Verbrechern genau jenen herausfiltern, der auf ihrer Liste ganz oben stand.

„Lass uns alle aus ihren Löchern jagen und zur Strecke bringen", argumentierte Nikolas in solchen Fällen immer. „Sie alle sind schuldig. Einen um den anderen müssen wir packen. Dann wird schon mal der Richtige unter ihnen sein." Anni konnte dem etwas abgewinnen. Jeder Nazi, der hopsgenommen wurde, schenkte ihnen Befriedigung.

Besonders jene, die es geschafft hatten, mit neuen Identitäten in Nord- oder Südamerika ein gut bürgerliches Leben zu führen. Wohlgelitten in der Kirchengemeinde. Fürsorgende Familienväter. Biedere Mitglieder ihrer Gesellschaft mit einem Job und geregelten Arbeitszeiten. Nein! Sie kannten kein Erbarmen mit ihnen oder ihren Familien! Mit den Angehörigen von Nikolas oder Anni hatte damals auch niemand Mitleid.

Zudem zweifelte Anni daran, dass sie mit dieser Methode wirklich zum Erfolg kamen. „Wir können nicht den Ozean auslöffeln, mein Bester", pflegte sie zu sagen. „Wir müssen zielgerichtet nach ihnen fahnden. Glaub mir, da werden eh genügend andere Verbrecher mitgerissen. Denn diese Viecher trauen sich nicht allein in die Welt hinaus."

Familie Baker war überglücklich, dass Nikolas zu Weihnachten zum ersten Mal bei ihnen zu Gast war. Ein charmanter, gebildeter junger Mann mit besten Manieren. Und er hatte einen positiven Effekt auf Anni. „Nikolas, seit beinahe acht Jahren dürfen wir mit Anni schon zusammenleben. Aber ich glaube, so glücklich wie in den letzten drei Monaten haben wir sie noch nie gesehen. Wie machen Sie das?" Glückselig legte Ms. Baker mit diesen Worten ihre Hand auf die seine. Der Gelobte blickte unsicher von einer Person zur anderen im Raum und blieb bei Anni hängen: „Ich kann Ihnen diese Frage nicht beantworten, Ms. Baker. Nur so viel: Seit ich Anni wiedergetroffen habe, fühle ich mich erst wieder – wie soll ich sagen – als Mensch. Sie gibt mir Kraft und Zuversicht." Niemand erkannte an diesem Abend die Doppeldeutigkeit seiner Aussage. Denn der Beschluss, der sogenannten Rattenlinie zu folgen, war gefällt. Gefährlicher konnte ein Vorhaben nicht sein. Sie müssten dabei ins Zentrum des Rattenlochs vordringen. Aber es gab kein Zurück mehr. Im Sommer 1953 wollten sie in den Semesterferien schon die ersten Schritte wagen. „Warum haben Sie Ihren Decknamen behalten, den man Ihnen auf der Flucht gegeben hat?", wollte Mr. Baker wissen, der nach vielen

Monaten langer Reisen endlich mal wieder in Connecticut sein konnte. Nikolas räusperte sich. Wäre jetzt die Gelegenheit gekommen, die Eltern von Anni in den Plan einzuweihen? Das unmerkliche Schütteln von Annis Kopf hielt ihn aber zurück und er entgegnete lediglich: „Um besser im Milieu zur forschen und nicht mit Namen als Jude erkannt zu werden." Annis Vater horchte auf und runzelte die Stirn. „Ihr seid also noch immer an der Sache dran?" Sein Blick wanderte zu Anni. Diese versuchte, so beiläufig wie möglich zu wirken, und wischte mit einer Hand durch die Luft, als ob sie seine Frage wie mit einem Tennisschläger aus dem Raum katapultieren wollte. „Nicht wirklich. Wir sind im Geschichts-Seminar an dem Thema Nationalsozialismus. Da kommt man nicht drumherum, damit konfrontiert zu werden. Na,...", sie hob ihr Glas und prostete Nikolas und ihren Eltern zu, bevor sie weitersprach: „Dann nimmt man die Informationen mit, die man so erhalten kann." – „Zum Beispiel?", wollte Mr. Baker wissen. Man sah ihm an, dass er nicht glücklich über diese Wende war. Nikolas wirkte verunsichert und wollte nicht mehr weiterreden. Dankenswerterweise ergriff Ms. Baker das Wort: „Lasst uns nicht darüber reden! Es ist Weihnachten. Anni, kommst du mit in die Küche, um den Abwasch zu machen? Und dann gibt es einen ganz besonderen Nachtisch." Ihre Tochter nickte und wollte gerade aufstehen, als Mr. Baker sie zurückhielt. „Nein, lasst mal. Das machen wir Jungs jetzt. Geht ihr ruhig mal mit 'nem Drink auf die Veranda. Es ist eine wunderschöne, kristallklare Nacht." Zügig stand er auf und packte das Geschirr. Nikolas tat es ihm gleich. Den Frauen blieb keine Gelegenheit zu protestieren und so zogen sie sich mit einem bauchigen Glas Brandy und einem dicken Wintermantel auf die Veranda zurück.

Mr. Baker eröffnete sofort das Gespräch: „Es ist nicht gut, wenn Anni wieder in diesen Strudel hineingerissen wird. Sie wäre in Berlin deswegen beinahe ums Leben gekommen." Erschrocken hielt Nikolas in seinen Bewegungen inne. „Was meinen Sie damit?", wollte er mit flachem Atem wissen. Mr. Baker tauchte die Teller ins heiße Spülwasser und zögerte. Sollte er weiterreden? „Hat Anni Ihnen nichts gesagt, was ihr in Berlin widerfahren ist?“ Nikolas wurde ungeduldig. „Nein!“, sagte er nur knapp. Seine Lippen wurden schmal. „Sie ist ein Hitzkopf, wenn ich das mal so sagen darf. Anni ist besessen von der Jagd auf die Nazis.“ Er schüttelte den Kopf bei dem gerade von ihm Gesagten. Wenn Anni wüsste, dass seine eigene Regierung unzählige dieser Nazis in Lohn und Brot übernommen hatte. Nicht nur diesen Werner von Braun und seine Raketenforscher. Nein, auch Militärs, Gestapo-Leute, Beamte. Einfach alle, die den USA halfen, Vorteile gegenüber dem neuen Feind, den Russen, zu erlangen. Anni würde im Viereck springen und versuchen, einen nach dem anderen zur Strecke zu bringen. Damit würde sie zur Gegnerin seines Staates werden. Keine gute Geschichte. Mr. Baker lenkte das Gespräch in eine andere Richtung: „Habt ihr euch auf die Spur der Rattenlinien begeben?“ – „Woher wissen Sie …?“ Nikolas war bestürzt. Er hatte Anni versprochen, den Mund zu halten. Doch Mr. Baker winkte mit seinen vom Spülschaum weißen Händen ab: „Weil ich 2 und 2 zusammenzählen kann.“ Schweigend spülten sie in den nächsten Minuten ab. Mr. Baker hatte einen guten Rotwein in zwei Gläser gegossen, der zwischen den Tellern, Töpfen, Pfannen und dem Geschirr immer wieder genussvoll zum Mund geführt wurde. „Gutes Tröpfchen“, lobte Mr. Baker. „Haben wir in Europa gelernt. Ich meine, das Weintrinken.“ Dann drehte er sich energisch und abrupt zu Nikolas um: „Es ist unser größter Wunsch, noch viele Weihnachtsfeiern mit Anni und dir zu erleben. Sie ist unser einziges Kind und unser Ein und Alles. Bitte, hilf uns, dass sie uns nicht verloren geht.“ War da eine Träne, die er in seines Gegenübers Gesicht erkannte? Nikolas dreht schnell den Kopf zur Seite, damit er Mr. Baker nicht in eine peinliche Situation brachte. Ihm war, als ob ihm jemand den nassen Spüllappen direkt aus dem Waschbecken heraus ins Gesicht geschlagen und ihn damit aus einer Art von Trance herausgezerrt hätte. Plötzlich kam ihm alles so absurd vor. Zwei kleine Studenten wollten die große Welt der Nazis zertrümmern und das Machtsystem zerstören, über das sie noch immer verfügten. Sie müssten doch schneller niedergemeuchelt sein, als dass sie überhaupt nur einen ersten Schritt auf einer der Rattenlinien gegangen wären. Erschossen beim Gang durch eine einsame Gasse, erstochen beim Einsteigen in eine U-Bahn oder zu Tode gefoltert in einem einsamen Kellerverlies. Schlaff ließ er die Hände sinken und flüsterte ein „Entschuldigung. Wir haben uns da verrannt." – „Versprichst du mir, auf sie aufzupassen?", beharrte Mr. Baker. „Ja, das tue ich." Nikolas fasste sich an den Kopf, der dröhnte. Annis Vater hatte recht. Sie sollten diesen Irrsinn vergessen. „Denk an die vielen mächtigen Staaten und Organisationen, die nicht wollen, dass ihr Staub aufwirbelt. Vergesst die Vergangenheit. Zu eurem eigenen Wohl." – „Prost", sprach Nikolas zur Bestätigung und hielt ihm den Wein hin. Ein symbolischer Akt, der ihm aber nicht wirklich gelingen wollte.

„Hier nimm mal." Mr. Baker reichte ihm die Schüsseln, die er aus dem nagelneuen Kühlschrank geholt hatte. „Die neueste Kreation meiner Liebsten. Eine italienische Nachspeise." Nikolas konnte den Duft des Likörs riechen, der das Biskuit durchtränkte. „Das wird eine leckere Sache." Mit diesen Worten folgte er ins Wohnzimmer, wo die Damen bereits auf sie warteten.

* * *

Das Jahr 1953 sollte kein Jahr werden, das Anni in ihrem Gedächtnis behalten wollte. Begrüßen durfte sie es gemeinsam mit ihrem geliebten Lebensgefährten mitten in den Bergen Vermonts. Innig und voller Zärtlichkeiten hatte es begonnen, dieses neue Jahr. Erstmalig nach der Berliner Zeit war Anni bereit, sich auf einen Mann einzulassen und sich ihm gegenüber zu öffnen. Doch Nikolas war zärtlich und einfühlsam. Er kannte inzwischen ihre fürchterliche Geschichte, die sie in Berlin erleben musste. Nach dem

Weihnachtsabend kam Anni nicht umhin, ihm alles zu erzählen. Die Berge um sie herum erstrahlten im Mondlicht der klaren Nacht. Milliarden von Glitzersternen funkelten im puderzarten Winterkleid. Gefrorener Schnee rieselte von den Tannen. „Bist du glücklich?“, wollte Nikolas von ihr wissen, während sie in seinen Armen lag und zum Fenster hinausträumte. „Oh ja“, flüsterte sie. „Ich bin der glücklichste Mensch auf Erden und freue mich auf ein wunderbares neues Jahr mit dir.“ Doch Anni hatte in diesem Moment der Glückseligkeit vergessen, dass sie einst Gevatter Tod eingeladen hatte, mit ihr durchs Leben zu reisen. Lange genug hatte er geschwiegen. aber er verlangte seinen Tribut. Und zwar auch für die vergangenen Jahre.

Es war der Februar, der ihr die schlimme Nachricht aus Berlin brachte: Ihr Freund Torsten lag mit Krebs im Sterben. Anni blickte fassungslos auf den Brief in ihrer Hand. Ihm folgte ein Telegramm, das erst am selben Tag des Eintreffens des Briefes verschickt worden war. Torsten war tot und Anni wurde gebeten, nach Deutschland zu reisen. Es gab zu viel zu klären und Torsten hatte sie in seinem Testament erwähnt. „Was wird aus Tanja, Markus und dem anderen Jungen?“, fragte sich Anni in ihrer Trauer. Schnell packte sie ihre Koffer, um nach Berlin zu fliegen. Nik stand in der Tür, ebenfalls fertig zum Reisen. „Ich komme mit.“ Er duldete keine Widerrede.

* * *

Für beide war es ein eigenartiges Gefühl, als die DC 6 an diesem stürmischen Tag in Berlin-Tempelhof landete. Sowohl für Nikolas als auch Anni bedeutete es die Rückkehr in ein fremdes Land. Die Bundesrepublik Deutschland umfasste die drei Besatzungszonen der westlichen Alliierten, während Berlin einen Sonderstatus besaß. Beide klebten sie an den Fenstern des modernen Flugzeugs, um einen Blick auf die neu aufblühende Stadt zu ergattern. Überall Gerüste, Baustellen und Neubauten.

Ihre Fahrt führte die beiden durch die Kurfürstenstraße, die bereits voller Autos war und zu Westberlins Flaniermeile generierte. Anni verschlug es beinahe die Sprache, während sie das alles betrachtete. In so wenigen Jahren wurde so viel geschaffen? Sie konnte es nicht glauben. Selbst im abgeholzten Tiergarten entdeckte sie mehrere Tausend neu gepflanzte Bäume. Es ging voran mit Berlin. „Bist du so müde wie ich?“ Anni gähnte kräftig. Der Flug über gut siebzehn Stunden mit Zwischenstopp hatte Kraft gekostet. Nikolas sperrte ebenfalls wie zur Bestätigung seinen Mund weit auf. „Ja, es war eine lange Reise. Und der Tag ist bald zu Ende. Wollen wir aufs Zimmer gehen und uns ausruhen?“ Dem war nichts entgegenzusetzen. Die Beerdigung war erst in zwei Tagen und morgen wäre genügend Gelegenheit, die Familie zu besuchen sowie Torsten die letzte Ehre zu erweisen. Ehrlich gesagt, hatte Anni etwas Angst davor. Dem Tod wieder in die Augen sehen zu müssen, und zwar in der Realität, das könnte Dämme brechen lassen.

Dank der Beziehungen ihrer Eltern konnten sie in der frisch gebauten Siedlung in Dahlem eine Gästewohnung beziehen. Erste Stimmen nannten sie bereits Klein-Amerika. Eine in sich geschlossene Anlage für die Amerikaner in Berlin.

„Was für eine Bedeutung hatte Torsten für dich?“, wollte Nikolas wissen, als sie sich müde aufs Bett warfen. Anni hatte schon die Augen geschlossen, als sie antwortete: „Er war ein Beschützer für uns. Ein Begleiter, der geholfen hat, dass wir in den letzten Kriegstagen überleben konnten. Torsten hat auch alles organisiert, damit ich zu den Amerikanern gelangen konnte. Ihm konnte ich blind vertrauen, auch, als wir später Nazis jagten …“ Dann war es Stille. Anni war eingeschlafen. Die große Hilfe von Torsten bei ihrer Befreiung aus den Fängen der Mistkerle kannte Nikolas aber bereits.

Das Wiedersehen mit Tanja und Markus sowie dem Stiefbruder war bewegend. Anni konnte es nicht fassen, wie groß sie geworden waren. „Ich blöde Kuh habe mir immer vorgestellt, dass ihr noch kleine Kinder seid. Dabei seid ihr schon echte Erwachsene." Sie umarmten sich innig und lang, während sich Nikolas zur Stiefmutter an den Küchentisch setzte und dankbar eine Tasse Kaffee entgegennahm. „Mein Beileid", sprach er mit starkem amerikanischem Akzent. Sie dankte ihm und wischte sich die Tränen aus den Augen. „Er war ein guter Mensch", schluchzte sie. „Er war wie ein Vater für alle drei Kinder. Ich kann es noch immer nicht glauben."

Der Nachmittag füllte sich mit zahllosen Erzählungen und Gesprächen. Anni freute sich über die Zukunftspläne ihrer quasi-Geschwister, die ihr so viel bedeuteten. „Kommt ihr dann zu mir in die USA, um weiter zu studieren?", wollte Anni wissen. Alle nickten eifrig. „Natürlich. Wir besuchen dich und dann werden wir ganz groß herauskommen." Das gefiel Anni. Doch zuvor galt es, viele Dinge für die Beerdigung am folgenden Tag zu klären. Anni und Nikolas gingen der Witwe so gut zur Hand, wie es nur ging.

„Torsten bat mich, dir diese Unterlagen zu geben." Die Witwe hob einen kleinen Packen hoch. Neugierig betrachtete Anni den Stapel an Briefen, Akten und einem kleinen Karton. „Weißt du, was das alles ist?", wollte sie von ihr wissen. Doch sie schüttelte nur den Kopf. „Ich musste es für ihn aus einem Versteck vom Dachboden holen. Das kannte ich alles vorher nicht. Nur der Brief kam von ihm hinzu. Er ist für dich." Anni umarmte sie zum Abschied und versprach, am nächsten Tag frühzeitig zur Beerdigung wieder zurück zu sein.

Anni legte im Appartement alle Unterlagen auf die Seite und ging mit Nikolas durch den nasskalten Abend. Sie benötigte etwas Abstand vom Tag.

Später aber konnte sie nicht anders. Sie musste die Dokumente und Briefe anschauen. Das meiste waren Namen, ordentlich aufgelistet und versehen mit Kommentaren. „Anton Bauer, 1944-1945, Sektionsleiter. Bezeichnung

‚Knochenbrecher'. Buenos Aires." Es brauchte etwas Zeit, bis Anni es verstand. Das waren Listen der Aufseher, Wachen und Peiniger eines Konzentrationslagers über einen bestimmten Zeitraum hinweg. „Das Lager vermutlich, in dem deine Eltern waren", mutmaßte Nikolas. Totenstille herrschte um sie herum, während sie in der Liste einen Namen nach dem anderen durchgingen. „Verschollen", „in Gefangenschaft", „erschossen", „geflüchtet nach …" stand hinter vielen der 124 Namen. Alle durchnummeriert. Immer wieder tauchte Südamerika auf.

Doch es gab auch Listen von Menschen, die in den USA gelandet waren. Eine weitere Liste führte Menschen auf, die in die Sowjetunion deportiert wurden.

„Warum in die Sowjetunion? Oder die USA?" Anni runzelte die Stirn. Nikolas stieß einen missmutigen Laut hervor und knurrte: „Weil das alles Menschen sind, die den Siegern nützlich sein können. Forscher, Mediziner, Geheimnisträger." Anni legte alles beiseite, müde und frustriert, während sie weitersprach: „Hast du gesehen, wie viele Frauennamen in der KZ-Liste sind? Mütter, die später zu Hause ihren Kindern Essen machten, die ihren Kindern ein Vorbild sein sollten!" Sie schüttelte den Kopf.

Er gab ihr den Brief von Torsten. „Willst du ihn alleine lesen?"

„Nein, bitte bleib hier. Ich möchte, dass du mitliest."

Zaghaft öffnete sie das Schreiben. Schuldgefühle überkamen sie. Warum hatte sie ihren Freund nicht zu Lebzeiten einmal angerufen? Warum war sie nicht wenigstens einmal im Jahr nach Berlin gekommen? Zwei getrennt voneinander gefaltete Papiere kamen zum Vorschein.

Anni öffnete jenes, auf dem auf der Rückseite „Anni" zu lesen war. Sie drehte das Papier mit zittrigen Händen um und öffnete es: „Liebe Anni, ich hoffe sehr, es geht dir gut. So gerne hätte ich dich noch einmal im Leben gesehen. Hätte mit dir durch die wiederauferstehende Stadt wandern wollen. Entlang der Strecken, auf denen wir vor noch nicht allzu langer Zeit im Schatten der Häuser wie Räuber durch die Ruinen geschlichen sind. Auf der Suche nach Essen und etwas Brauchbarem. Die Gefahr lauerte hinter jeder Mauer, in jedem Bodenloch. Sie war lange unser Begleiter. Wie schön, nun zu sehen, wie die Kinder sich entwickeln dürfen. Frei von Hunger und Angst." Anni hatte Mühe, die Schrift zu entziffern. Die Krankheit musste Torsten schon sehr gezeichnet haben, als er die Zeilen schrieb. „Wir haben eine wichtige Zeit unseres Lebens miteinander verbringen dürfen. Dafür möchte ich dir danken." Anni stutzte. Warum dankte er ihr? Torsten hatte ihnen am Ende das Leben gerettet. „Dank dir fand ich immer wieder Mut. Du hast so viel Kraft ausgestrahlt, warst so tapfer und dein Wille hat uns nach vorne getrieben. Ich war nur der Begleiter, der aufpasste. Vor allem aber hast du mir gezeigt, wie man für seine Werte einstehen kann. Unser Bemühen, die alten Nazis daran zu hindern, dass sie abtauchen können, hat mir Kraft gegeben. Sie zur Strecke zu bringen und sie ihrer gerechten Bestrafung zuzuführen, hat mir Genugtuung gegeben. Bis heute."

Torsten war also all die Jahre der Sache verbunden geblieben, während sie versucht hatte, mehr schlecht als recht ein neues Leben zu beginnen ... Anni rutschte unruhig auf dem Bett umher.

Sie lasen weiter: „Ich dachte immer, wir mit unserer Gruppe können nicht sehr viel ausrichten mit unserer Suche nach den Verbrechern. Doch als wir mit Simon Wiesenthal zusammenkamen, erkannte ich, wie wichtig die Arbeit ist und wie viel Wirkung wir in der Gemeinschaft erzeugen können. Er ist gerade in Südamerika unterwegs. Wie man sagt, soll er Eichmann im Nacken sitzen. So gerne wäre ich mit ihm gereist und hätte ihm geholfen. Doch das werden jetzt andere machen.

Anni: Bei meiner Arbeit habe ich bei einem Kerl eine Liste entdeckt. Er gehörte zu einem Netzwerk von Nazis, die dabei waren, sich wieder international zu formieren. Wir haben sie eine lange Zeit beobachtet, bevor wir gemeinsam mit dem amerikanischen Militärgeheimdienst zuschlugen.

Eigentlich haben wir gehofft, Namen anderer Verschwörer zu erhalten, um die Brut komplett auszuheben. Doch stattdessen enthielt die Liste unsere Namen, sowie die von Wiesenthal, seinen Unterstützern, aber auch von Amerikanern.“ Nikolas und Anni brauchten einen Moment, um zu verstehen, was das bedeutete. „Ja, sie haben uns genauso ausspioniert. Unsere Gegner wissen sehr gut Bescheid. Anni – so leid es mir tut, aber der Name deines amerikanischen Vaters ist ebenfalls auf der Liste zu finden.“ Anni stockte der Atem. Ihre Hand schoss an die Brust, da ihr schien, dass das Herz kurz aussetzen wollte. „Mein Vater?“ Sie blickte mit weit geöffneten Augen Nikolas an. Der schwieg nachdenklich. Schnell versuchte Anni noch mehr Informationen aus dem Brief zu erhalten. „Wie sie zu den Namen kamen und warum gerade der von deinem Vater draufsteht, kann ich nicht sagen. Ich vermute, er hat sich intensiver in die Nazi-Suche eingemischt, als wir wussten. Sonst wäre das in Berlin nicht zur Kenntnis genommen worden. Wichtiger aber ist: Wir haben noch Unterlagen amerikanischer Behörden einsehen können, in denen entsprechende Kommentare zu finden waren. Ihre Botschaft: ‚Wir müssen verhindern, dass das alles ans Tageslicht kommt. Die Operation der Integration betreffender hilfreicher Deutscher muss geheim bleiben.‘ Dann nahmen uns die Amis die Unterlagen weg. Anni, bitte nehmt diese Informationen ernst. Dein Vater muss aufhören, so offensichtlich zu bohren. Er ist in ernster Gefahr.

Mir war wichtig, dir das mitzuteilen, solange ich noch in der Lage bin. Bitte vernichte den Brief danach. Ich vermute, sie beobachten euch.

Ich wünsche dir alles Liebe für die Zukunft. Und bitte trauert nicht um mich. Ich werde als zufriedener Mensch gehen und würde mich freuen, wenn ihr einen auf mich trinkt …“

Anni brach in Tränen aus und vergrub ihren Kopf in den Armen von Nikolas. Der Verlust des Freundes schmerzte gerade sehr.

„Hast du schon in das kleine Kästchen geschaut?“, wollte Nikolas wissen, um sie ein wenig abzulenken. Anni schüttelte den Kopf. „Willst du es nicht schnell tun?“ Seine Liebste tat, was er ihr empfahl, und griff nach dem Kästchen aus hartem Karton. Ein Aufschrei erfüllte kurz den Raum. Anni zog ein Goldkettchen heraus, mit einem Medaillon als Anhänger. „Mach es auf“, forderte sie Nikolas mit sanfter Stimme auf. Doch Annis Hände zitterten. Sie erkannte es wieder: „Mutter“, flüsterte sie und schaffte es endlich, den Klappmechanismus zu drücken, um das Bild betrachten zu können, das sich darin befand. Es zeigte zwei glücklich lachende Menschen und ein kleines Mädchen. Anni mit ihren Eltern. Innig drückte Anni den Schmuck an sich, als ob sie mit ihm nochmals eine Verbindung zu ihren Eltern aufbauen könnte. Wie kam Thomas nur an diesen Schmuck? Die einzige Erklärung musste sein, dass er für Anni Nachforschungen betrieben hatte. Vermutlich horteten die Nazis diesen Schmuck – wie alle anderen Wertgegenstände ihrer Opfer.

Die Beerdigung war grau. Mehr Menschen waren gekommen, als Anni erwartet hätte.

Er war beliebt.

Auch einzelne aus ihrer damaligen Gruppe erkannte Anni. Jedoch gönnte man sich nicht mehr als ein unmerkliches Lächeln. Man musste wieder vorsichtig sein in der neuen Zeit. Gerade im geteilten Berlin, dem Schmelztiegel aller globalen Machtgierigen. Staaten wie Verbrechernetzwerke gleichermaßen.

Warum sollte ihr Vater auf einer Liste stehen?

Was hatte er mit den alten Nazis zu tun?

Die Frage beschäftigte Anni die ganze Nacht.

Nach dem Kaffee verabschiedete sie sich schnell. Die Sorge um ihren Vater war groß. Der Tod blickte sie mit seinen leeren Augenhöhlen gierig an. Er wollte Opfer. Noch mehr Opfer! Und Torsten hatte ihr mit seiner Botschaft einen Auftrag gegeben: ihre Familie zu schützen.

Er würde ihr schnelles Verschwinden gutheißen.

Dann die Nachricht …
Sie wartete auf Anni und Nikolas, als sie zu ihrer Bleibe in Dahlem zurückkamen. Drei Militärangehörige hatten sie abgefangen. Wollten ihnen einige Fragen stellen. Zu Torsten, zu ihrer Arbeit in Amerika und zu ihrem Aufenthalt in Berlin. Doch dann platzte der Bote mit dem Telegramm inmitten dieses „Verhörs“ und ließ die Welt von einer Sekunde auf die andere einbrechen.

20.

„Ihr wollt was?“

„Eine Ausstellung organisieren.“

„Wozu? Warum? Was?“

Anni wittert irgendetwas. Ich sehe das an ihren Nasenflügeln, die sich gefährlich aufblähen.

Doch Laura lässt sich nicht irritieren. „Na, über dich und dein Leben.“

„Geil, coole Kiste. Bin dabei“, kommentiert Mike. Ihm gefällt das.

Anni schüttelt den Kopf. „Kommt gar nicht infrage. Ich mache mich doch nicht lächerlich.“

Ich hebe beschwichtigend die Hände. „Hör dir doch erst einmal Lauras Ideen an.“

„Es muss eine richtig coole holografische Show werden“, fällt uns Mike ins Wort. „Keine doofen Bilder an der Wand. Das muss richtig cool mit 3D-Brille gehen. Oder so eine Show werden wie Monets Garden oder so.“ Ich schmunzle über seine Einfälle.

Laura setzt sich direkt vor Anni und schaut sie eindringlich an: „Anni, wenn wir den Menschen nicht erzählen, was für ein besonderes Leben hinter jedem älteren Menschen steckt, dann ändert sich nie etwas.“ Anni protestiert: „Na, jetzt bin ich schon alt!“ – „Ja, bist du doch. Steinalt.“ Mike schmunzelt schelmisch, setzt aber schnell nach: „Aber nicht im Kopf. Und überaus gewieft bist du auch.“ – „Wird nicht besser“, werfe ich ein. Lauras Schlag auf seinen Hinterkopf ist die Strafe.

„Ich möchte gerne parallel zur Ausstellung eine Kampagne machen. Es geht um Lebensbilder.“ Sie ergreift Annis Hände und drückt sie fest: „Das, was wir in den ungefähr letzten drei Monaten miteinander erlebt haben, ist doch wirklich besonders. Das möchte ich gerne mit der Ausstellung den Menschen darstellen. Lasst uns schöne Bilder zeigen.“ Anni betrachtet sie mit einem Blick, der eine Mischung aus

Rührung, Freude, aber auch Traurigkeit zeigt. Dann spricht sie: „So etwas macht man am Ende eines Lebens oder als Nachruf, wenn jemand tot ist. Endet die Ausstellung mit einem letzten Bild?“ – „Hä“, stößt Mike hervor. „Was meint sie denn jetzt schon wieder damit? Was ist ein letztes Bild?“ Anstatt ihm zu antworten, wende ich mich an Anni: „Nein, meine Beste. Das wird noch einige Zeit dauern! Wir wollen erst einmal Bilder von Lebendigen bringen. Einverstanden?“ Auffordernd blicke ich sie an. Nach einem kurzen Zögern schlägt sie in meine Hand ein und nickt. „Einverstanden. Auch wenn dann meine Verehrer auf TikTok rasant zunehmen.“

Laura klatscht die Hände zusammen. „Wunderbar“, ruft sie voller Freude. „Dann lasst uns starten. Ich habe schon für Februar die städtische Galerie angemietet. Der Bürgermeister ist ganz begeistert.“ Jetzt sind wir es, denen der Mund offen stehen bleibt. „Der Oberbürgermeister?“, will ich wissen. „Du hast mit ihm schon geredet?“, setzt Anni nach. „Nice, der Bürgermeister.“ Mike nickt anerkennend.

„Ich habe die Zeit im Krankenhaus genutzt, um den Lebensweg von Anni mit Bildern zu illustrieren. Schaut mal. Hier meine Skizzen und erste Ausbeute.“ Sie zeigt uns einen Skizzenblock. Ich bin erstaunt. Hier hat ein echter Künstler Hand angelegt. „Woher kommt dieses Talent?“, will ich wissen und betrachte die Skizzen, die Szenen aus Annis Buch darstellen mochten. Laura freut sich über das Lob und schenkt mir ein Lächeln. Dann fährt sie fort: „Und hier sind die Bilder, die ich von Anni ergattert habe. Ist mehr im Web, als ich anfangs dachte.“ Ich pfeife anerkennend durch die Zähne. Laura hat sich wohl intensiv mit dem Leben der Dame auseinandergesetzt. Sie räuspert sich und druckst ein wenig herum, bevor sie weiterspricht: „Also, zwei Alben habe ich beim letzten Mal, hmmm, wie soll ich sagen? … Die habe ich… ausgeliehen.“ Entschuldigend blickt sie Anni an. Doch das kümmert sie nicht, sie starrt auf die Bilder und Illustrationen. „Laura, ich kann das gar nicht fassen. Das hast du alles allein gemacht?“

Ein Hauch von Röte huscht über Lauras Gesicht. „Ja“, sagt sie erleichtert.

„Und was ist jetzt mit den holografischen Bildern? Wir lassen Anni dreidimensional lebendig werden. Als junges Mädchen auf der Flucht. Als Racheengel in Berlin und …“ – „Mike, komm mal runter. Wer soll das alles bezahlen?“ Ich versuche, ihn wieder in die Realität zurückzuholen. Doch Laura hält mich am Arm und beschwichtigt. „Wir sammeln Spenden und Sponsorengelder ein. Die Idee ist gar nicht so schlecht. Vielleicht schaffen wir es ja. Der Gewerbeverein ist auf jeden Fall bereit. Und der Bürgermeister hat auch was in den Topf geworfen.“

Wir verneigen uns vor unserer neu-geborenen Event-Kunst-Managerin und beginnen mit der Planung.

Die nächsten Tage sind voll mit intensiver Arbeit. Wir gewinnen zahlreiche Geschäfte, in denen wir Plakate aufhängen dürfen, wenn wir so weit sind. In Annis Wohnanlage und in der Stadt sprechen wir Menschen an, erzählen ihnen von unserem Projekt, erhalten harsche Abfuhren, aber auch herzliche Einladungen, ein Interview zu Hause bei ihnen durchzuführen. Lebensbilder fügen sich zusammen. Zahlreiche Menschen bekommen ein Gesicht, eine Geschichte.

Die Menschen um uns herum wundern sich gewaltig beim Anblick unseres ungewöhnlichen Teams: ein Junge auf dem Weg ins Teenie-Alter, eine junge Frau, ein Mann in den Vierzugern und eine Grand Dame im stolzen Alter von über neunzig Jahren.

Sie sind überrascht vom Umgang dieser Clique untereinander und miteinander. Alle scheinen gleichwertig zu sein. Jede und jeder respektiert den anderen und die Meinung derer oder dessen.

Wir werden in bestimmten Kreisen zum Stadtgespräch.

Und bei meiner Frau landet das auch. Ihr Anwalt wandelt alle Gerüchte sofort in ein Anwaltsschreiben um, damit meine Eignung als Erziehungsberechtigter in Misskredit gezogen wird.

„Laura, meinst du, aus deiner Clique könnte auch jemand mitmachen?“ Die Idee kam mir gerade, während ich beim Frühstück die umfangreiche To-do-Liste für unser Projekt anschaue. Sie reicht mir einen Toast und setzt sich an den Tisch: „Ich habe es versucht. Eine Freundin ist sofort mit dabei. Ein Junge aus dem ferneren Umfeld von der Clique stößt später dazu. Die anderen traue ich mich nicht zu fragen.“ Ich verstehe. Aber immerhin. „Was geht bei dir heute so ab?“, will sie von mir wissen. Ich hebe gewichtig meine linke Hand und beginne aufzuzählen: „Du wirst es nicht glauben, aber heute gehe ich zum ersten Mal wieder ins Krankenhaus. Im Personalbüro ist wohl Dokumentenkram zu unterschreiben. Ich bin gespannt, was sie so planen.“ Sie schaut mich intensiv an, will sehen, wie es mir damit geht. „In die Höhle des Löwen also?“ Ich murre ein wenig und packe den Toast in den Mund. Doch Laura hat mich bereits durchschaut: „Kann es sein, dass du das nur als Vorwand nimmst? Die Papiere könnten sie dir doch schicken.“ Ich versuche, mein Gefühl des Ertapptseins zu verbergen. Aber nur mit mäßigem Erfolg. „Raus mit der Sprache. Was hast du vor?“ Ich schweige und überlege, ob ich irgendein Thema zur Ablenkung habe. Aber sie hat mich am Haken. Und wie ein Fisch an eben solchem winde ich mich auch gerade. „Na ja. Ich will nach dem Rechten schauen.“ – „Du willst Beweise sammeln. Richtig? Für den Betrug!“ Betreten blicke ich zur Seite. „Bastian. Ich denke, das bekommt dir nicht gut. Du bist nicht gemacht für Intrigen und solche Streitereien. Pass auf dich auf. Sie werden dich schneller durch die Mangel drehen, als es dir lieb ist!“ Ich merke zu meinem Leidwesen, dass ihre Worte etwas in mir bewegen. Sie hat recht. Ich will das irgendwie nicht. Aber mein Stolz … meine Wut … mein Verletztsein … „Laura, ich muss. Ich kann nicht anders. Wenn ich das nicht mache, werde ich nicht mehr aufrecht meinem Spiegelbild begegnen können, wo auch immer es mich anschaut.“ Sie schweigt kurz und meint nur: „Dann pass wenigstens auf dich auf. Und zieh deine Kollegen nicht zu sehr mit hinein.“ Das konnte ich versprechen. „Und du?“, will ich von ihr wissen, während sie ihre Regenjacke anzieht. „Ich? Ich schaue mir gleich ein Zimmer an.“ Mir bleibt der Toast im Hals stecken. Ich huste. „Und wo?“, kommt es heißer aus mir heraus. „Bei Anni. Sie hat mir ein kleines Appartement in ihrer Wohnanlage besorgt. Etwas illegal, aber irgendwie dann doch wieder legal.“ Ich spüre plötzlich die Einsamkeit in mir aufkeimen. Man kann sich daran gewöhnen, einen Menschen um sich herum zu haben. Ich heuchle dennoch: „Oh, wie schön. Freue mich für dich. Aber was heißt illegal?“ – „Es ist die alte Hausmeisterwohnung im obersten Dachgeschoss. Sie steht schon ewig leer, weil der Hausmeister ein nettes Diensthaus nebendran bekommen hat. Seither ist die Wohnung leer und ich darf sie mit seinem Segen bewohnen. In einer Woche könnte ich einziehen. Darf ich noch so lange bei dir bleiben?“ Ich nicke und freue mich über die Fristverlängerung für meine aktuelle WG.

Nachdem Laura das Haus verlassen hat, setze ich mich an den Schreibtisch und ziehe die Unterlagen heraus, die mir meine Kollegen aus dem Krankenhaus geschmuggelt haben. Einige Fotos sind dabei, die von einem Privatdetektiv gemacht worden sind. Ich frage mich, wie viel kriminelle Energie steckt in solch einem Menschen wie Petra? Und wie weit ist sie bereit zu gehen?

* * *

Wie es mich nur angrinst, dieses Miststück. Schon beim Betreten des Hauses durch seine doppelflügelige Tür spüre ich, wie es mich an stiert und prüft, was ich zu seiner Sensationsgier beitragen kann. Bringe ich einen Skandal ins Haus, was habe ich vor? Und schon erkenne ich, dass ich nicht einfach so hereinspazieren kann und inkognito bleibe. Natürlich schickt das Krankenhaus die News in alle Kanäle und es wird sofort an allen Ecken getratscht. Vom Empfang übers Café hoch in die Chefetagen. „Was suchst du hier?“, die Eiseskälte in ihrer Stimme lässt mir sofort das Blut in den Adern gefrieren. „Na, gute Freunde besuchen“, erwidere ich. „Die hast du weder hier noch in der Welt da draußen." Petra stellt sich mir in den Weg. Ich versuche, an ihr vorbeizukommen. „Wage es nicht, dich mir in den Weg zu stellen", zischt sie. „Na, im Moment tust du das", entgegne ich und versuche, mich an ihr vorbeizudrängeln. Mit eisernem Griff packt sie mich am Arm. „Stopp", blafft sie mich an. „Du gehst keinen Schritt weiter. Dreh dich um und verlass dieses Haus." Ich höre das gehässige Lachen dieses Hauses. Das ist ganz nach seinem Geschmack. Besucher und Patienten bleiben auf dem Gang stehen und blicken mich an. „Du tust mir weh", sage ich lauter als notwendig, sodass die Menschen erkennen, wer hier wem was antut. „Ich will nur eine gute Bekannte besuchen." Ich bemühe mich, mich von ihr loszueisen. Doch ihr Griff bleibt hart. „Nochmals: Versuche nicht, gegen mich anzukämpfen", zischt sie. Ich funkle sie wütend an. „Hat der Wolf endlich seinen Schafspelz abgelegt?"

Pflegerinnen und Pfleger erscheinen auf dem Gang. Gefolgt von Ärzten, die neugierig schauen. Ich lächle diese an. Dann richtet sich mein Blick auf Petra. „Wenn du nicht willst, dass ich hier und auf dem Gang über deine Verbindungen zu Medi-Tech & Future spreche, dann lass mich endlich los." Irritiert schaut sie mich an. Die Augen scheinen mich vaporisieren zu wollen. Doch ich bleibe standhaft. „Lass uns doch über die Modernisierung sprechen und das Vergabeverfahren." Ich spüre ein leichtes Zittern in ihrem Griff und nutze die Gelegenheit, um mich loszureißen. „Na, kommt Angst auf? Fragst du dich, was ich weiß?" Ich spiele den Triumphator. Dabei ärgere ich mich maßlos über mich selbst, da ich gerade dabei war, meinen Trumpf zu vergeuden. Doch im Moment wirkt der Angriff. Wütend brüllt sie mir entgegen: „Wenn du mir Probleme bereitest, dann bringe ich dich in Verruf. Glaub mir. Es ist besser, dich nicht mit mir anzulegen." Ich lache hysterisch auf und grüße erste bekannte Gesichter unter den Kolleginnen und Kollegen. „Nimm diese Warnung ernst! Was meinst du, wie es einem Mediziner geht, dem pädophile Neigungen nachgewiesen werden und der junge Patientinnen missbraucht hat?" Mir verschlägt es den Atem. „Aber das stimmt doch nicht." Ich bin schockiert. Doch sie lächelt brutal. „Das ist scheißegal. Etwas bleibt immer hängen. Und du bist verbrannt für alle Zeiten. Überleg es dir. Wir sind vorbereitet." Wir? Wen meint sie damit? Ich wende mich von ihr ab und flüstere: „Du bist verrückt. Vollkommen abgedreht." Zum Glück begegnen mir in diesem Moment Micha und Arno, die mich am Ärmel packen und mit sich ziehen. „Wir gehen in mein Büro", raunt Micha mir zu und gibt Signal, bis dahin zu schweigen. Die bohrenden Blicke von Petra verfolgen uns. Wie viel weiß sie von unserem Komplott?

Arno und Micha bereiten mir keine große Freude während des folgenden Gesprächs: „Sie arbeiten dermaßen intelligent und gehen so vorsichtig um, dass wir bisher keinerlei Beweise sammeln konnten. Nach außen hin verläuft die Sanierung samt den Ausschreibungen korrekt." Ich fluche innerlich. Würden sie mit ihren Schweinereien wirklich durchkommen? „Sie werden seitens der Stadt und von vielen Stadträten gelobt. Die Unterstützergruppe ist breit. Dieses Monster als Krankenhaus ist der Stolz der Kommune." Habe ich etwas anderes erwartet? Resigniert trinken wir unseren Kaffee aus und verabreden uns demnächst zum Klettern.

21.

Einsam und verlassen stieg sie die Treppen zu ihrem Elternhaus in Hartford hoch. Die Kälte des wolkenverhangenen Märztages verdüsterte ihren seelischen Zustand noch mehr. Graupelschauer prasselten auf sie nieder. Ihr war, als wollte die ganze Welt sie verhöhnen, peinigen, gar steinigen. Der Schlüssel wollte erst nicht ins Schloss passen. Weigerte sich, ihr die Türen zu einem Haus zu öffnen, das ihr jetzt gehören sollte. Anni musste gegen das Schloss und damit gegen das Haus ankämpfen, um Einlass zu erhalten. Bis zuletzt hoffte sie, dass ihr beim Betreten des Hauses Ms. Baker mit ihrem freudigen Lächeln entgegeneilen würde. Doch kein Laut war zu hören. Anni schlich wie ein Räuber durch jeden einzelnen Raum des Hauses. Alles war zwar so, als ob die Eltern gleich wieder zurückkommen würden. Nur mal schnell einen Ausflug gemacht. Doch die Erkenntnis der Realität schmetterte Anni auf der Stelle nieder. Erschöpft sackte sie auf der Treppe zusammen. Nicht einmal mehr fähig, zu weinen.

Die Trauerfeier auf der Militärbasis, die allen Opfern des Flugzeugabsturzes in der Wüste Nevadas galt, konnte ihr nur bedingt helfen, Abschied zu nehmen. Nichts war von den Opfern zurückgeblieben. Der Feuerball, den das Flugzeug verursacht hatte, ließ alle menschlichen Überreste im Inferno in Rauch aufgehen. Und wieder hatte Anni kein Grab, an dem sie trauern konnte. Wie schon acht Jahre zuvor lösten sich ihre amerikanischen Eltern einfach in Nichts auf. Die Trauernde war mit keiner Faser ihres Körpers in der Lage, sich zu bewegen. Starr blickte sie vor sich hin.

Schritte waren im Eingang zu vernehmen. Leise kam Nikolas näher und setzte sich neben sie. „Ich habe uns ein Hotelzimmer gebucht, dann müssen wir nicht hier übernachten“, flüsterte er. Doch Anni blieb wie versteinert. Gefangen in einem Körper, der sie lähmte und zu fesseln schien. Sie kämpfte mit aller Macht gegen den schier übermächtigen

Sog, der sie in einen dunklen, tiefen Abgrund ziehen wollte. Die fratzenhafte Erscheinung des Todes tanzte vor ihren Augen. Lachte sie aus. Anni verfluchte ihn. Sie schrie. Schrie alles aus sich heraus, was sich in den letzten zwei Wochen in ihr aufgestaut hatte und was sie bisher nicht herauslassen, durfte. Denn Soldatenkinder waren ja tapfer, wie man ihr mitgeteilt hatte. „Verdammt, ich bin verdammt", keuchte sie am Ende ihres Schreikrampfes und dachte dabei an ihre Eltern – die leiblichen und diejenigen, die sie gerade verloren hatte. „Ja, ich bin verdammt. Das Leben bestraft mich für alle Sünden, die ich begangen habe", stieß sie mit heiserer Stimme hervor. Nikolas, der immerzu schweigend neben ihr gesessen hatte, nahm sie in die Arme und wiegte seine Liebste wie ein kleines Kind. „Den Schmerz wird dir niemand nehmen können, Anni. Ich will es auch nicht versuchen. Aber ich werde immer für dich da sein. Du und ich, wir sind füreinander da." Er drückte sie und gab ihr Halt in diesem Moment. Er war das Seil, das sich um ihren Körper legte und sie davor bewahrte abzustürzen. Der ihr erlaubte, sich fallen lassen zu dürfen. Dafür würde sie ihm ein Leben lang dankbar sein.

* * *

„Das Haus wird verkauft." Anni streifte Tage später ein letztes Mal durch die Räume. Ließ sich von der bedrohlichen Ausstrahlung des steinernen Stadthauses aus der Gründerzeit nicht abschrecken. Sein Modergeruch stieß sie plötzlich ab. Jetzt, wo ihre Eltern nicht mehr hier lebten, gab es kein Bindeglied zu diesem Bau. „Du kannst mir keine Angst einjagen. Bald bin ich dich los und kann dich vergessen", raunte Anni ihm zu. Mutig schritt sie von einem Raum zum anderen, um im Arbeitszimmer des Vaters hängenzubleiben. Nikolas gesellte sich zu ihr und hielt ihre Hand fest. „Die Maklerin hätte gerne mit uns über Einzelheiten des Verkaufs gesprochen. Kommst du?" Er strich ihr eine Strähne aus dem Gesicht und wartete geduldig auf Annis Antwort.

Doch die hatte den Kopf schräg gelegt und stierte die aus schwerem, dunklem Holz gefertigten Wandregale an, welche an verschiedenen Stellen mit Schränkchen durchsetzt waren. „Kannst du mit ihr schon erste Punkte vorbesprechen?", bat sie ihn. „Ich möchte hier noch ein wenig stöbern und schauen, was wir vielleicht doch mitnehmen." Dann schob sie eine Leiter, die an einer Querstange befestigt war, zu einer langen Reihe alter Bücher mit aufwendig gestalteten Lederbänden. „Aber ich kann doch nichts zum Preis, den Möbeln und all den Sachen sagen", protestierte Nikolas. Doch Anni war schon gefangen von den Büchern und kleinen Schätzen in den Regalen. „Du machst das schon. Ich vertraue dir. Wichtig ist nur, dass sie für das alles die richtige Stiftung aussucht." Unsicher wandte sich Nikolas von ihr ab und wollte schon aus dem Raum gehen, bevor er kurz innehielt und sich nochmals ihr zuwandte. „Was suchst du denn da?" Sie zuckte mit den Schultern. „Weiß nicht." Doch Nikolas ließ nicht locker und kam nochmals ins Zimmer. „Anni, du suchst doch hoffentlich keine Beweise. Bitte!" Er verschränkte die Arme. „Anni, komm schon." – „Was denn?!", fuhr sie ihn genervt an und stieg die Leiter herunter. Sie funkelte ihren Freund an. Doch der blieb ruhig und sprach in sanftem Ton weiter: „Wir haben das doch schon mit der Militärpolizei durchdiskutiert. Es gibt keine Anzeichen für einen Anschlag. Das Flugzeug ist in Turbulenzen geraten. Vermutlich in Not geraten und dann …" Er sprach nicht weiter. „Und dann???", sprach Anni seine Worte aus. „Und dann ist es nur wegen der Turbulenzen in einem solchen Feuer-Inferno vernichtet worden?" Er hob hilflos die Schultern. „Ich weiß nicht." Sie blickten sich lange schweigend an, bis Anni seine Arme ergriff und festhielt. „Entschuldige, Nik. Ich möchte nicht mit dir streiten. Es ist nur, dass der Brief von Torsten und die Liste … also, verstehst du? Ich suche einen Zusammenhang." Er verstand. Sicher. „Und doch war es gut, dass wir niemandem etwas davon erzählt haben." Ja, das stimmte. Sie trauten gerade niemandem. Selbst die Passanten auf der Straßenseite gegenüber waren irgendwie verdächtig. „Ich gehe mal runter zur Maklerin", sprach Nikolas und küsste sie auf die Stirn.

Anni selbst sank mit einem tiefen Seufzer auf den breiten Ledersessel am Schreibtisch ihres Vaters. Wo mochte er Dinge verstecken, wenn er geheime Sachen hatte? Sie blickte im Zimmer umher, versuchte, mit den Augen eines Detektivs etwas Auffälliges zu entdecken. Hin und wieder stand sie auf, bewegte Bücher, öffnete Schränke und Schubladen, fand aber nichts. Was war die Verbindung zwischen den Unterlagen von Torsten und ihrem Vater? Frustriert schob sie einen Stapel voller Akten zur Seite und setzte sich auf den Schreibtisch. Eine Akte nach der anderen fand nun den Weg in ihre Hände, wurde durchgeblättert und wieder weggelegt. Dann endlich: Sie fand ein Schreiben. Offenbar von einer vorgesetzten Dienststelle ihres Vaters. „Mr. Baker, wir haben davon Kenntnis erlangt, dass Sie Recherchen betreiben, die Ihre Befugnis überschreiten …" Anni klappte die Kinnlade nach unten und las weiter: „… Wir ordnen an, dass Sie diese Tätigkeiten umgehend unterlassen. Im Sinne der nationalen Sicherheit sind alle Unterlagen an uns zu übergeben." Annis Herz klopfte. Hastig blätterte sie in der Akte weiter und förderte weitere Papiere zutage. Namen, Listen. Fast identisch zu den Listen, die sie von Torsten erhalten hatte. Doch diese hier waren deutlich umfangreicher. Zu so gut wie jedem Namen waren weitere Anmerkungen und Notizen hinzugefügt. Einige Passagen jedoch waren geschwärzt und mit einem Stempel versehen, auf dem stand: „Höchste Sicherheitsstufe." Handschriftliche Notizen erklärten dabei: „In eine neue Identität überführt."

Hatte ihr Vater denn für sie – Anni – recherchiert? Warum forschte er sonst an den Nazi-Fällen? Warum hatte er sich in Gefahr begeben, vermutlich sogar seine Karriere riskiert? Anni fand noch vereinzelte Drohschreiben, die an ihren Vater direkt adressiert waren. Es klang nicht danach, dass Einzelpersonen diese Drohungen aussprachen. Nein, Anni fühlte förmlich die Macht, die aus diesen Briefen sprach. Die Macht des Staates und einem ihr noch unbekannten Netzwerk. Anni erschauderte. Schnell verpackte sie alles in ihren Rucksack und stürmte nach unten zu ihrem Freund.

* * *

„Was machen wir mit unserem Abschluss?", wollte Nikolas wissen. Sie hatten nur noch wenige Monate, um ihn fertig zu bekommen. Doch Anni schüttelte den Kopf. „Mach du ruhig, wenn du möchtest. Ich reise schon mal vor und du kommst hinterher." Doch für Nikolas war klar, dass er seine Freundin nicht allein lassen wollte.

Die Natur hatte endgültig die Kälte des Winters abgeschüttelt und sich der kalten Regentage entledigt. Menschen strömten wieder ins Freie, saßen in den Parks und genossen das aufsprießende Leben.

Nur Anni und Nikolas nicht. In ihren Mänteln verpackt saßen sie im Schatten eines alten Gebäudes und blickten zu den Kommilitonen herüber. Pam entdeckte sie, winkte freudig, blieb ihnen aber fern. Wie alle ehemaligen Freundinnen und Freunde, die sie hatten. Anni und Nikolas waren Sonderlinge geworden.

Nach dem Tod ihrer Eltern verlor Anni jegliche Bindung zu ihrer neuen Heimat, genauso wie alle Sozialkontakte. Der Sog, den das Jagdfieber und die Hoffnung auf Rache in ihr auslösten, war stärker als alles andere Begehren in ihrem Leben.

„Wann fliegen wir?", wollte Nikolas wissen.

Anni holte zwei Tickets aus ihrer Tasche und wedelte mit ihnen vor seinen Augen umher. „Gleich morgen am Nachmittag geht's los. Und in drei Tagen sind wir in Berlin. Beim Startpunkt." Nikolas musste grinsen. „Du hast die ganze Zeit gewusst, dass ich mitkomme?" – „Aber natürlich!" Er neigte sich zu ihr hinüber und küsste sie.

„Bewegen wir uns auf der Rattenlinie, um die Nazis zur Strecke zu bringen, die deine Eltern ermordeten, genauso

wie meine Verwandtschaft." Er nickte energisch. Seine Hände ballten sich zu Fäusten. Dann erhob er sich und zog seine Lebensgefährtin und Verbündete mit sich: „Dann komm. Ich möchte noch einmal einen echten amerikanischen Burger genießen."

***

„Hör mal zu, Anni: Tausende Nazis verkrochen sich nach Kriegsende in die entlegensten Winkel der Welt. Oft half die katholische Kirche bei der Flucht. Manchmal nutzten sogar US-Agenten die ‚Rattenlinie', um Kriegsverbrecher in Sicherheit zu bringen." Er musste aufpassen, um bei dem Motorenlärm nicht zu brüllen, während er Anni den Text vorlas. Auf der anderen Seite wussten sie nicht, wer vor oder hinter ihnen saß. Anni hörte ihm interessiert zu. „Da wird von einem Typen berichtet, der Kopps hieß. Hör mal: ‚Wer vor Behörden versteckt werden muss, ist nirgends sicherer als in Italien', schrieb dieser Typ im Herbst 1947. Besonders begeistert war er von den Südtirolern: ‚Niemand stellt überflüssige Fragen, ein jeder gibt sachliche Auskunft.' Wenn man sich vor der Polizei hüten muss. Oder wie man am besten auf Fluchthelfer für Nazis trifft."

Auf diese Weise entkamen Tausende Nationalsozialisten vom Massenmörder bis zum Mitläufer. Alle verschwanden sie in Ländern wie Argentinien, Bolivien oder Syrien. Sie konnten auf ein professionelles Netzwerk an Fluchthelfern in Österreich und Italien zurückgreifen. Der Name Rattenlinie kam übrigens von der CIA und beschrieb damit die beliebteste Fluchtroute: über die österreichischen Alpen nach Südtirol, dann in die Hafenstadt Genua – und von dort nach Südamerika.

Starke Turbulenzen hatten das Flugzeug ergriffen und schüttelte die Passagiere kräftig durch. Noch einige Stunden bis zum Zwischenstopp in Island. Anni kämpfte mit Übelkeit. Doch sie bemühte sich, Nikolas zuzuhören. „Hier steht es ebenfalls, Anni: Unter den Flüchtigen waren so prominente Kriegsverbrecher wie der Holocaust-Organisator Adolf Eichmann, der KZ-Arzt Josef Mengele sowie der Kommandant der Vernichtungslager Treblinka und Sobibor, Franz Stangl. Torsten hat es auch in seinem Brief schon erwähnt." Anni stimmte ihm zu. „Ja, das ist die Vermutung. Die Rolle der katholischen Kirche ist ziemlich beschämend. Sie haben tatkräftig geholfen, die Nazis aus Europa herauszubringen. Und schau mal hier. Selbst das Rote Kreuz leistete beste Dienste für die Nazis. Der Naziflieger Hans-Ulrich Rudel hat sich mit einem Pass des Roten Kreuzes nach Südamerika abgesetzt. So eine Sauerei." Sie machten sich Notizen. Glichen die Berichte mit Namen aus ihren Listen ab. „Kaum zu fassen! Hier steht was von einem gewissen Hudal. Der hat in einem Brief den argentinischen Präsidenten und Hitler-Bewunderer Juan Perón um 5.000 Visa für deutsche Soldaten angebettelt." Nikolas bestätigte das und erklärte: „Ich glaube, er war auch erfolgreich. Denn Perón hoffte auf deutsche Techniker für seine Luftwaffe." Wut packte Anni. Sie konnte gerade nicht feststellen, was sie mehr durchschüttelte. Diese Wut oder die Turbulenzen. „Millionen ermordeter Menschen sind weniger wichtig als Wirtschaftskacke und weltpolitische Machtspiele? Ich fasse es nicht." Nikolas zeigte auf einen Bericht der New York Times: „Hier hast du die Erklärung: Es ist schlichtweg die Angst vor der Ausbreitung des Kommunismus. Da kann man Nazis gut gebrauchen. In Südamerika genauso wie in Washington oder in Moskau."

Viele Stunden später tauchten die beiden in einer kleinen Pension in Westberlin unter. Sie nahmen zu niemandem Kontakt auf. Auch nicht zu den amerikanischen Militärangehörigen, die sie noch vor wenigen Monaten in Dahlem beherbergt hatten. „Haben wir nun unsere Namen?", wollte Anni wissen. Doch Nikolas schüttelte den Kopf. „Noch nicht. Es ist, als ob dieses Monster ein echter Houdini ist. Ein Magier der Täuschung. Nirgends lässt sich sein Name finden. Wie kommen wir da weiter?" Eine Idee konnte ihre ehemalige Jagdgruppe hier in Berlin sein. Die Frage war nur, wie man an deren Adresse kam. „Wir könnten ihnen die Namen und Listen geben. Vielleicht kriegen sie einige davon und führen sie ihrer Strafe zu. Dann können wir uns auf unseren Hauptgegner konzentrieren." Nikolas stimmte zu. „Ein Weg", kommentierte er knapp. „Wir müssen an die Unterlagen der SS kommen. Da ist bestimmt vermerkt, wer mit diesem Befehlshaber – hieß er Oberst Fullriede? – nach Kolberg kam. Irgendjemand muss doch etwas zu diesem Monster wissen." Wer mochte die Archivunterlagen haben? Die Amis oder die Russen? Wie kam man denn daran? Würde der Herr Wiesenthal helfen können? „Nik, ich vermute, wir suchen ein Chamäleon. Der hat sein Aussehen bestimmt schon mehrfach verändert."

Sie spürten, wie das Adrenalin sich in ihnen ausbreitete. Diese Jagd verursachte ein Prickeln in ihnen und erregte beide.

Sie nahmen sich in die Arme, küssten und liebkosten sich. Die Leidenschaft vermischte sich mit der Erregung. Tanzte einen gefährlichen Tango der Lust. Es folgte ein Liebesspiel voller Härte, das half, den Druck abzulassen.

22.

Laura schaut Anni erstaunt an, nachdem diese ihre Geschichte beendet hat: „Du hast jemanden auf dem Gewissen? Was heißt das?“ Ich blicke ebenfalls verwirrt zu Anni und konkretisiere die Frage: „Hast du jemand umgebracht, Anni?“ Doch sie gibt uns keine Antwort. Ich beobachte aber ein Zucken in ihrem Gesicht. Verbunden mit einem kaum merklichen, grimmigen Lächeln, das eine gewisse Zufriedenheit, sogar Genugtuung vermuten lässt.

Mike ist knatschig, sagt aber nichts. Laura knallt die Faust auf den Tisch. „Verdammt noch mal, Anni, warum bist du denn immer so pseudo-geheimnisvoll?“ Ich muss gestehen, ich kann dem nicht einmal etwas entgegnen. „Pseudo, was?“, will Anni wissen. Sie lehnt sich zurück und verschränkt die Arme. „Ganz einfach, gute Frau.“ Laura beugt sich nach vorne, ihr entgegen: „Wenn wir unser Projekt wirklich zu Ende führen wollen, brauchen wir Offenheit und Ehrlichkeit. Was verbirgst du vor uns?“

Die Angesprochene presst die Lippen fest aufeinander, sodass nur noch ein kleiner Strich zu sehen ist.

Leute marschieren am einzigen Café der Ministadt auf der Schwäbischen Alb vorbei und beobachten uns.

Die Luft knistert, ein Gewitter hat sich in den letzten Stunden aufgebaut. Die Spannung sucht jetzt Entladung.

„Langsam habe ich keinen Bock mehr.“ Laura macht eine wegwerfende Handbewegung. „Warum denn das schon wieder?“ Ich kann die Überreaktion nicht nachvollziehen. „Wird’s dir zu viel?“ Mir rutscht die Frage heraus, ohne viel darüber nachzudenken. Ein Stinkefinger reckt sich mir entgegen. „Jetzt aber!“, entrüstet sich Anni. „Hast du kein Benehmen mehr?“ – „Aber sie hat recht“, schaltet sich Mike ein. „Seit Tagen kämpfen wir uns durch die Ausstellung, kommen aber nicht weiter. Alles ist so … oberflächlich.“ – „Ja, das ist es“, schimpft Laura weiter. „Alles so unkonkret, so unverbindlich. Das dürfen wir nicht bringen, jenes nicht zeigen und so weiter. Wie wollen wir so etwas Erfolgreiches auf die Beine stellen?" Die düsteren Wolken am Himmel scheinen sich in Lauras Gesicht zu spiegeln. Dunkel ist ihr Blick, todernst die Gesichtszüge. Wer würde zuerst in ein Donnerwetter verfallen?

Um eine ruhige Stimme bemüht, folge ich meinem inneren Gefühl: „Laura, was ist wirklich los? Erzähl."

Aufmunternd blicke ich sie an. Erste Tropfen fallen vom Himmel, ploppen auf die herbstlich mit Laub bedeckten Pflastersteine. „Ich war gestern in der Versammlung dieses Gewerbevereins oder wie das heißt." – „Und?", wollen wir alle gleichzeitig wissen. „Na, sie zweifeln plötzlich, dass die Geschichte wirklich genug hergibt. Und, und dass es die Menschen überhaupt interessieren könnte. Das bezweifeln sie auch." Stille kehrt ein am Tisch. Wir lauschen dem Rauschen des Regens. Noch sind wir sicher unter dem ausladenden Glasdach. Beobachten den Wirt, der beginnt, die Schiebetüren zuzuschieben. „Heißt das, alles war umsonst?", will Mike wissen. Seine Schiebermütze rutscht bei seinen energischen Kopfbewegungen hin und her. „Kann passieren", kommentiert Laura knapp. „Lösung?", will ich ebenso knapp wissen. „Dass Anni konkreter wird und offen mit uns ist. Ich habe nicht das Gefühl, dass sie uns vertraut." Die Schnute, die Anni bei den Worten zieht, würde jedem Kleinkind zur Ehre gereichen. Sie ist wirklich beleidigt. „Ich habe nicht mit der Sache angefangen." Sie holt ihr Handy aus der Tasche und tippt zur Ablenkung darauf herum. „Das stimmt. Aber du hast dem zugestimmt." Laura pocht mit der Faust auf den Tisch. Nicht zu fest und nicht zu laut, aber dennoch als klares Statement zu verstehen. Dann schiebt sie nach: „Außerdem ist es etwas Gutes. Wir wollen anderen Menschen etwas damit zeigen." Annis Kopf schießt nach oben und sie fixiert Laura mit ihren Blicken: „Wem zeigen? Ich denke, du willst dir etwas zeigen! Und niemand anderem sonst. Ich brauche das alles nicht."

Wütend steht Laura auf und schleudert Anni wütende Blicke entgegen. „Dann ist ja gut. Dann haben wir das geklärt.

Ich fahre mit dem Bus zurück." Mit diesen Worten dreht sie sich um und stapft davon. Mike zögert kurz, folgt ihr und ruft uns zu. „Ich begleite sie, damit sie wieder heim findet. Macht euch keine Sorgen." Verdattert sitze ich da und folge hilflos dieser Szene, die mit Ansage zum donnernden Gewitter wurde. Mein Hirn hat nichts Besseres zu tun, als mich zu fragen, ob von der Alb überhaupt Busse hinunter ins Neckartal fahren. „Wie redet die denn mit mir?", höre ich Anni sagen. Irritiert blicke ich sie an, sammle meinen Mut und kommentiere leicht zögernd: „Na ja, ich glaube, du hast auch ganz gut ausgeteilt." Wieder sehe ich diesen Schmollmund in ihrem Gesicht, während sie den Kopf wegdreht. Beinahe muss ich Schmunzeln. „Komm, Anni, das wird schon wieder. Wichtig ist, dass du wirklich Vertrauen zu uns hast. Wir sind deine Freunde und die Ausstellung soll etwas Tolles werden. Nimm den beiden nicht die große Lust und Freude an dem Projekt. Sieh doch, wie sowohl Laura als auch Mike darin aufblühen. Das tut ihnen gut."

Ich bitte um die Rechnung, zahle und reiche der Grande Dame neben mir meinen Arm. So stolzieren wir durch das Städtchen und sie erzählt mir von Nikolas und seiner Heimat.

Vom Tisch habe ich zuvor noch Lauras Notizblock geschnappt, den sie vergessen hat. Darauf steht: „Unser Motto der Ausstellung: Lebensbilder – Alte Junge und junge Alte." Jetzt muss ich doch noch grinsen. Wer von uns vieren war vor wenigen Minuten wie alt gewesen? Mental gesehen. Verkehrte Welt, wenn man es so betrachtet. „Was ist?", will Anni wissen. Doch ich schüttle den Kopf und antworte: „Ich habe nur gerade an Mikes witzige Frisur gedacht. Die Haare kommen langsam zurück." Sie nimmt meine Ausflüchte an und antwortet: „Ich freue mich für ihn. Langsam kommt die Normalität für ihn zurück." Ich nicke und hoffe, dass es keinen Rückfall mit dem Krebs gibt.

23.

Zielperson 54-02-1315 bewegte sich wie jeden Morgen über den Platz der kleinen Vorstadt von Buenos Aires. Zielstrebig schritt er in Richtung der Cantina. Anni hatte ihn schon an seinem Gang erkannt, ohne das Gesicht zu sehen. Linkisch zog er das rechte Bein hinter sich her. Den Oberkörper leicht nach vorne gebeugt. Doch das durfte nicht darüber hinwegtäuschen, dass der Kerl gut in Form war. Gefährlich.

54-02-1315 war für sie ein Durchbruch. Er konnte den Weg zu 54-02-1001 bedeuten. Dem Monster!

Viele Tausende Kilometer mussten sie entlang der Rattenlinie reisen. Zweigten an einigen Stellen falsch ab. Landeten in Panama, Chile oder anderen Regionen Südamerikas. Dabei ertappten sie zahlreiche andere untergetauchte Nazis, deren Namen auf den Listen waren. Ihnen gaben sie Nummern. Die 54 stand für das Jahr, in dem sie die Kreaturen zur Strecke brachten. 02 stand für Südamerika, bevor dann die Seriennummer kam. Denn mit Namen wollten sie keinen Einzelnen von diesem Abschaum benennen. Sie sollten lernen, wie man seine eigene Identität verlor und mehr und mehr zur Sache wurde.

Argentinien war in diesen Tagen ein wohlhabendes Land mit einer aufstrebenden Industrie, das Hunger leidende Länder wie Spanien mit großen Mengen an Getreide und Fleisch versorgte.

Für die Menschen, die aus dem zerstörten Europa mit seinem Elend und Chaos zuwanderten, waren die Zustände in Argentinien seit 1945 geradezu paradiesisch. Es passte in dieser Zeit gut, dass General Juan Domingo Perón, der 1946 zum Präsidenten gewählt wurde, eine offensive Einwanderungspolitik betrieb. Er wollte viele Europäer nach Argentinien holen – und Deutsche waren ihm dabei besonders lieb und mehrere Zehntausend deutschsprachige Immigranten folgten seinem Ruf nach Argentinien.

Es hatte viel Kraft und Bespitzelungen gekostet, bis Anni, Nikolas und ihr Begleiter kapierten, wie das alles auf der anderen Seite des Atlantiks mit den Nazis organisiert war. Schmerzvoll war vor allem, zu verstehen, dass die Regierung als Schutzmacht für die geflohenen Deutschen fungierte. Den ersten Gefangenen hatten sie noch zur Polizei gebracht. Doch statt der Naziverbrecher wollte man sie einsperren. Und schon mit dem ersten Fahndungserfolg wären sie damit am Ende ihrer Reise angelangt. Aufgebrachte Einwohner, die froh waren, diese Eindringlinge loszuhaben, waren es dann, die die kleine Polizeiwache stürmten und ihnen halfen, in letzter Minute zu entkommen.

Die Geheimorganisation Odessa war ein Mythos. Das wussten sie inzwischen auch. Aber es gab diese Nazi-Netzwerke und gerade die SS war geschickt darin, diese übers Land zu verteilen. Sie dienten sich regionalen Politikern, Wirtschaftsbossen oder Mafiagruppen als Schutztruppe, Geldeintreiber oder brutale Schläger an. Auch Zielperson 54-02-1315 gehörte dazu. Er hoffte noch immer, dass die Zeit für das Vierte Reich kommen würde. Bis dahin wollten sie im Training bleiben, wie er es gegenüber seiner kleinen Gruppe von Verbrechern nannte.

Alt sahen sie aus und versoffen. Narben und sichtbare Zeichen von Kriegsverletzungen überzogen Gesicht und Körper. Dem einen fehlte zudem eine Hand, einem anderen hatten sie wohl das Bein abgenommen. Dennoch waren sie Zielperson 54-02-1315 zu Diensten, als Spitzel, zum Schmiere stehen oder als Heckenschützen. Die Menschen der kleinen Vorstadt hassten und fürchteten sie zugleich.

54-02-1315 verschwand im Restaurant. Fünf „Schatten“ folgten ihm mit etwas Abstand. Seine Leibgarde. „Er nimmt wieder sein flüssiges Frühstück ein“, kommentierte Nikolas, während er versuchte, seinen dunklen, dichten Bart ein wenig zu stutzen. „Dann soll er sich mal beeilen.“ Anni hatte bereits ihre Hosen angezogen und die Waffen unter dem weitläufigen Hemd versteckt.

Heute war sein Tag. „Wir erlösen dich heute“, flüsterte eine dritte Person im Raum. Ein neuer Begleiter, den sie in Spanien kennengelernt hatten. Mit einer vergleichbaren Geschichte wie die der beiden. Strafend blickte Anni ihn an. „Wir brauchen ihn. Vergiss das nicht!“ Er nickte. „Ja, natürlich. Tut mir leid.“ Es war schwer für ihn, seine Impulse zu unterdrücken. Matthieu steckte sein langes Messer unentwegt in die lederne Scheide, zog es heraus, schob es wieder hinein. Die Massaker der Nazis in seiner Heimatstadt schienen ihm wie eine Projektion unentwegt vor den Augen zu tanzen. Niemals hörte er auf, davon zu erzählen. Matthieu war eine Gefahr für sie. Er fiel schnell auf, während Anni und Nikolas in den Bars und Kneipen ohne Probleme in die Gruppen der Deutschen eintauchen konnten. Sie fielen nicht auf, hatten eine schlüssige Geschichte, mit der sie immer gute Freunde trafen: „Unsere Eltern gehörten zu den Jägern, die den Judenhelfern nachsetzten und an den Galgen brachten.“ – „Frauen waren auch beteiligt?“, fragten dann die Zuhörer voller Neugier. „Aber ja doch. Sag bloß, du kennst die Spezialeinheiten innerhalb der SS nicht, die ganz gezielt Frauen einsetzte?“ Diese Blöße wollte sich dann doch niemand geben. Gerne nickte man.

Grundsätzlich aber blieben die Nazi-Jäger im Schatten der Häuser verborgen, um so wenig wie möglich aufzufallen. Selbst mit der Gruppe um Wiesenthal hatten sie so gut wie keinen Kontakt.

„Seht ihr den da? Dort drüben?“ Matthieu zeigte in eine abgeschiedene Gasse hinein. Man hätte ihn beinahe nicht erkannt, den in einen braunen Poncho gehüllten Mann. Er verschmolz beinahe in Gänze mit dem Braun der Häuser und der staubigen Gasse. Zudem wirkte er unscheinbar. Nicht sichtbar. Aber beim genauen Betrachten war dieser

Blick zu entdecken, der wach und aufmerksam die Szene mit Nr. 54-02-1315 verfolgte. „Da ist noch jemand an unserem Freund interessiert." Anni und Nikolas verharrten mehrere Minuten, um zu verstehen, was er meinte. „CIA oder Wiesenthals Leute, was meint ihr?" Niemand konnte darauf antworten. Beides war gut möglich. „Oder ein Rivale, dem der Deutsche ein Dorn im Auge ist", kommentierte Matthieu. „Was sollen wir mit der Erkenntnis anfangen?", wollte Nikolas wissen. „Na, schnell zuschlagen, sonst isser weg, der Kerl." Matthieu verstand die Frage nicht. Er wollte jetzt zuschlagen. „Hast du Angst, dass dir dein Weihnachtsgeschenk flöten geht?" Anni lachte halb im Scherz, wollte ihn aber damit zur Mäßigung ermahnen. Matthieu grunzte. „Bei den Temperaturen, wer denkt da schon an Weihnachten?" Anni klopfte ihm auf die Schulter. „Schon gut. Wieder einmal klasse, dass du ihn entdeckt hast. Er könnte auch auf uns angesetzt sein." Wie recht sie damit hatte. Oft genug wären Nikolas und sie schon ins offene Messer gelaufen, wäre nicht Matthieu gewesen, der mit seinem sechsten Sinn, den er offenbar besaß, rechtzeitig warnte und sie zurückhielt. Das war auch der Grund, warum er mit im kleinen Team war und die zwei deutschen Superspürnasen so perfekt ergänzte. „Ich schlage vor, wir schlagen heute Nacht zu, wenn er wieder in den Puff geht. Meine Informantin meint, er wollte ein neues Haus ausprobieren. Das wissen die anderen hoffentlich noch nicht." Alle stimmten zu.

Zeit, um Pläne zu schmieden. Und um eine Rast einzulegen.

Matthieu war einfühlsam genug, um zu verstehen, wann er seinen Freunden Zeit und Raum geben sollte, für sich zu sein. „Ich muss dann mal kurz ..." – mit diesen Worten verließ er dezent den Raum. Anni lächelte ihrem Liebsten zu: „Er ist irgendwie schon sehr süß, oder?" Nikolas blickte noch immer aus dem Fenster, den Blick nach wie vor auf den Mann in der Seitengasse gerichtet. „Wollen wir?" Anni schmiegte sich von hinten an ihn heran. Streichelte ihn zart.

„Hast du eigentlich schon einmal an Heiraten gedacht?" Nun hatte sie die volle Aufmerksamkeit ihres Liebsten. „Was? Heiraten?" Er wandte sich ihr zu und umschlang ihre Hüften. „Aber das muss doch der Mann zur Frau sagen." Sanft zog er sie an sich und küsste sie auf die Stirn. „Wenn das alles vorbei ist, werde ich dir am Strand von Kolberg einen Antrag machen. Schatz, das verspreche ich dir." Sie war so schön, wie sie vor ihm stand. So unschuldig in ihrem Blick. Und wieder schoss dieses ungute Gefühl aus den Tiefen seines Gewissens hervor, das ihm vorwerfen wollte, dass dies alles nicht richtig wäre. Dieses unschuldige Wesen, das vor ihm stand. Es müsste seine Pflicht sein, sie aus den Tiefen ihrer seelischen Abgründe herauszuholen. Zu bewahren vor dem endgültigen Absturz in eine Hölle, aus der sie nicht mehr herauskam. Doch hier waren zwei Fanatiker und Blinde auf einem Pfad, von dem sie nicht abkehren konnten. Er versuchte es erneut: „Anni, ich …" Doch sie hielt ihm den Finger vor den Mund. „Schschscht … alles gut. Wir finden bald ein Ende. Ich spüre es." Mit diesen Worten zog sie ihn zum Bett. Für wenige innige Momente verschwand die Welt mit all ihren grausamen Elementen aus ihrer Wahrnehmung. Innig liebten sie sich und lagen noch lange danach aufeinander. Spürten die Wärme des anderen. Momente, in denen sich Anni wünschte, die Zeit würde stillstehen. Die Erde würde sich nicht mehr drehen. Auf ewig.

Diese Illusion hielt aber nicht lange. Schon am Nachmittag tauchte Matthieu in der Tür auf und brachte sie in die Nähe des Freudenhauses, in dem am Abend Nr. 54-02-1315 auftauchen sollte. Ein alter Schuppen diente als Unterschlupf. Fortan hieß es, stundenlang zu warten und zu lauern. Wie ein Raubtier, das auf die richtige Gelegenheit wartete, seine Beute zu reißen. Anni spürte noch immer den Körper von Nikolas auf sich und in sich. Doch das wich allmählich dem Adrenalin, das von Minute zur Minute in ihr anstieg, sie erfüllte und jede Faser ihres Körpers auf die Jagd einstimmte.

Die Nacht kam. Zuerst tauchten die Späher auf. Sondierten das Terrain. Dann folgte ihr Herr. Sein leicht nachziehendes Bein schleifte durch die noch junge Dunkelheit. Vertraut wirkte es auf die Späher in ihrer Scheune.

Er verschwand hinter einer Tür, die sich auftat. Kurz erschollen Lachen und Lärmen. Dann war es wieder ruhig.

Sie schlichen sich heran. Kletterten wie die Affen die Wände hoch, versteckten sich auf einer Holzveranda und warteten ab, aus welchem Zimmer in Kürze die vertrauten Geräusche erklingen würden.

„Dort, in dem Zimmer dort hinten ist er." Matthieu zeigte auf ein Fenster, das jenseits ihrer Veranda zu finden war. Sowohl Anni als auch Nikolas blickten ihn erstaunt an. Sie mussten nicht mehr nachfragen, woher er das wusste. Fakt war, dass es stimmte. Matthieu hatte den sechsten Sinn.

Anni wäre am liebsten aufgesprungen und hätte das Schwein überwältigt.

Doch die anderen hielten sie zurück. Es war zu früh. Die Gehilfen mussten erst in der Kneipe verschwunden sein. Rascheln im Raum. Eine Frauenstimme war zu hören. Unverkennbar begann der Liebesakt. Schmerzvolles Stöhnen. Dann ein Klatschen, ein Schlagen. Schreie. „Er misshandelt sie." Anni hatte Schwierigkeiten, sich zu beherrschen. Mit jedem Schlag, den sie hörte, wurde sie in die Nachkriegszeit in Berlin zurückversetzt. Lag selbst im Bett. Gefesselt, geschlagen, vergewaltigt. Die Sicherungen brannten ihr durch. Sie sprang auf, hechtete wie ein Affe über die Balustrade, ergriff den Fensterrahmen, durchschlug mit einem Schlagring das Fenster und stürmte hinein. Ihr animalisches Brüllen verhieß nichts Gutes.

Nikolas und Matthieu stürmten panisch über die Balkontür und den Gang hinterher. „Sichere die Tür", rief Nikolas ihm zu. Danach stürmte er ins Zimmer. Unten im Schankraum waren erste Stimmen zu hören. Im Zimmer bot sich Nikolas ein Bild des Grauens. Anni kniete wie eine Furie auf ihrem Opfer. Stach mit einem Stichel zu.

Doch Nr. 54-02-1315 wehrte sich mit allen Kräften. Schaffte es, die Angriffe zum Stocken zu bringen. Ergriff Annis Arme und drehte den Stichel um. Gefährlich wanderte dieser in Richtung Annis Hals. Die Prostituierte kauerte am Boden und wimmerte vor Angst. Nikolas stürmte nach vorne, stolperte über Stiefel, wäre beinahe gestürzt. Fing sich gerade noch am Bettpfosten und zog seinen Dolch. Er sah schon den spitzen Gegenstand sich in Annis Hals bohren, als sein Messer in letzter Sekunde den Arm des Täters traf und ihm Muskeln und Sehnen zerschnitt. Ein markerschütternder Schrei erfüllte den Raum. Doch Anni kam frei, konnte sich in eine sichere Position bringen und wollte weiter auf ihr Opfer eindreschen. Matthieu erschien im Zimmer. Panik in den Augen. „Das ist massiv in die Hose gegangen. Sie stehen schon unten an der Treppe. Schnell. Wir müssen weg."

Er verrammelte die Tür von innen und schob die Kommode davor. „Raus mit uns durchs Fenster." Er rannte schon vor. Anni setzte den spitzen Stößel am Auge von Nr. 54-02-1315 an. „Sag mir, wo wir deinen allerliebsten Herrn finden. Wo ist er?" Sie hörte das Wimmern des Mannes unter ihr. Sein Flehen. Doch sie ließ nicht locker. „Wo! Sag es mir!" Sie brüllte ihn an. „Du Arschloch. Red schon." – „Anni", brüllten Nikolas und Matthieu. An der Tür polterten Fäuste. „Sag es mir!" Anni ließ nicht locker. Wie eine Furie schoss sie hin und her. Ritzte dem Mann die Wange auf und hob die Hand in die Höhe, um endgültig zuzustoßen. „In Bolivien. Er ist in Bolivien!" Wimmerte das Opfer. „Weiter!", zischte Anni. „In der Hauptstadt. In einem Gebäude in der Nähe der Deutschen Botschaft. Verdammt." Er jammerte vor Schmerzen. „Deckname?" Anni ließ nicht locker. Malträtierte ihn so lange, bis sie alles erfuhr. „Raus hier", brüllte sie die Männer an. Und sprang selbst mit einem Satz aus dem Fenster, segelte auf den Boden und verschwand mit ihren Gefährten in der Dunkelheit der Nacht.

„Verdammt, das war knapp“, keuchte Matthieu, als sie weit genug weg waren. Vorwurfsvoll schaute er zu Anni herüber, die mit starrem Blick vor sich hin stierte.

Doch sie hatten hinreichend Informationen. Das Monster bzw. Nummer 54-02-1001 war in seiner „Wolfsschanze“ zu finden, wie sie jetzt wussten. Nikolas sah in direkter Nähe den unscheinbaren Mann stehen. Beinahe unmerklich nickte er ihm zu. Sie hatten angefangen, was dieser zum Ende bringen würde. Aus welcher Motivation heraus auch immer.

* * *

Die Spannung im Team ist noch zu spüren. Das Herbstgewitter auf der Alb konnte neulich nicht alle Gemüter vollends abkühlen.

Doch das Interview fordert alle Konzentration ein.

„Freue mich, dass wir uns bei dieser Gelegenheit endlich mal kennenlernen, Herr Meier.“ Anni bringt gerade den frisch aufgebrühten Kaffee herein. Laura und Mike hantieren an der Fotokamera und dem Licht herum. Eine Videokamera auf dem Stativ soll das Gespräch aufzeichnen. Eine Rundumkamera soll später die speziellen Effekte erzeugen. So der Wunsch von Mike. „Jaja. Das stimmt wohl. Gesehen habe ich Sie schon öfter, meine Dame. Hoffe, dass wir bei Gelegenheit mal spazieren gehen können?“ Anni scheint diese Frage zu gefallen. Sie lächelt ihn gerührt an. „Aber ja doch. Sehr gerne.“

Laura räuspert sich. Sie möchte beginnen. Doch die Regie führt der gute alte Herr. Dieser will noch sein Umfeld kennenlernen. „Sie, werter Herr, sind?“ Damit meint er mich. Ich bin ein wenig überrumpelt, da ich mich im Hintergrund halten will. „Ich, ja, also ich bin Bastian Wohlfarth. Ich bin leitender Arzt am hiesigen Krankenhaus.“ Beinahe will ich sagen „war leitender Arzt“. Doch das kann ich mir gerade noch verkneifen.

„Ach ja? Meine Enkelin ist neuerdings auch dort. Sie ist Oberschwester. Kennen Sie die?“ Ich frage nach ihrem

Namen, um in meinem schlechten Personengedächtnis nachforschen zu können. Der Mann nickt. „Natürlich. Petra heißt sie.“ – Ich überlege. „Petra Meier?“ Mir fällt keine Mitarbeiterin mit diesem Namen ein. „Nein, leider nicht. Tut mir leid.“ Entschuldigend hebe ich die Arme in die Luft. Laura scharrt mit den Hufen. Mike ist erstaunlich aufmerksam und beobachtet uns interessiert. Er scheint etwas zu ahnen. „Aber nein. Sie hat einen anderen Namen. Petra Finke heißt sie.“ Alle halten wir in unseren Bewegungen inne. „Finke?“, stottere ich. „Aber ja. Sie kam wieder aus dem Norden zurück und schafft jetzt hier.“

„Die Ärztin“, entgegnet Mike. Sein Blick zeigt, dass er so etwas erwartet hatte. Ich blinzle unruhig mit den Augen und drehe meinen Kopf zu Mike und wieder zurück zu Herrn Meier. „Petra Finke ist Ihre Enkelin?“ Ich studiere sein Gesicht, um irgendeine Ähnlichkeit zu entdecken. Doch da ist nichts. „Aber ja doch. Wir haben zwar keinen Kontakt mehr. Aber sie ist jetzt da. Als Oberschwester.“

Laura schaltet sich ein: „Herr Meier. Ihre Enkelin ist Ärztin am Krankenhaus. Ja, wir kennen sie.“ Irritiert blickt der alte Herr sie an. „Ärztin?“ Er runzelt die Stirn. „Aber seit wann denn das? Habe ich was nicht mitbekommen?“ Er zittert ein wenig mit der Hand. Etwas bewegt ihn. Anni legt die Hand auf die seine und fragt mit sanfter Stimme: „Können Sie Ihre Enkelin beschreiben?“ – „Gunther, bitte. Ich bin Gunther.“ Anni freut sich auf das schöne Angebot. Ich denke an Tinder und beobachte erleichtert, dass das wohl in Kürze überflüssig werden wird – für Anni. Dann beschreibt Gunther Meier seine Enkeltochter. Die drei anderen im Raum entspannen sich. Laura klärt auf: „Nein, das kann sie nicht sein. Sie sieht ganz anders aus.“ Ich aber weiß es besser. Er hat eine Petra beschrieben, wie er und ich sie aus früheren Jahren her kennen. Heute hat sie eine ganz andere Frisur und Haarfarbe. Schmuck und Stile haben sich komplett geändert. Überhaupt ihre ganze Erscheinung. Ich schweige zu meiner Erkenntnis und frage stattdessen: „Haben Sie denn gar keinen Kontakt mehr zu Ihrer

Enkelin?" Sein Gesichtsausdruck zeigt plötzlich offene, ungeschminkte Traurigkeit. „Nein, schon seit vielen Jahren nicht mehr." Er gibt sich einen Ruck und setzt sich aufrecht hin, um Kraft zu sammeln: „Ich mache es kurz: Sie macht denselben Fehler wie ich damals – Nazianhänger zu sein." Mir verschlägt es den Atem. Ist er am Ende doch dement? Doch der klare Blick und alles an ihm sprechen dagegen. „Als junger Mensch, der die wichtigste Zeit seines Lebens mit der Hitlerjugend verbracht hat, war ich durch und durch mit Naziparolen durchsetzt. Ihre Ideologie war meine Religion, die mir quasi mit der Muttermilch eingeflößt wurde. Ich habe lange gebraucht, bis ich nach dem Niedergang dieser Welt zu Bewusstsein kam und verstand, was für ein großer Scheiß das war." Peinlich berührt zuckt ein kurzes Lächeln über sein Gesicht. Dann fährt er fort: „Wie meine Enkelin zu diesem braunen Gesocks kam, kann ich nicht genau sagen. Das muss aber irgendwann dort oben in der Fremde gewesen sein." Vermutlich meint er ihre Zeit in Köln, geht es mir durch den Kopf. In den Gesichtern der anderen sehe ich Zweifel an seinen Aussagen. Vermutlich geht Laura die Frage durch den Kopf, ob sie das Interview überhaupt verwenden können. Doch sie sehen auch meinen Blick und das, was man aus meinem Gesicht lesen kann: Ich glaube dem Mann. „Und Sie sind sicher, dass Ihre Enkelin Krankenschwester ist?" Er nickt. „Ja, absolut. Das war zumindest der letzte Wissensstand, bevor ich jeden Kontakt zu ihr abgebrochen habe. Ich will mit der braunen Suppe nichts mehr zu tun haben."

Ich nicke. „Vielen Dank für Ihre Offenheit. Wollen wir mit dem Gespräch beginnen?" Er lächelt in die Kamera: „Gerne."

Vom Interview selbst bekomme ich nichts mehr mit. Meine Gedanken rasen. Hin und her. Immer wieder kommen Zweifel auf. Unter anderem, warum ich den Großvater als Kind und Jugendlicher nie wahrgenommen habe. Ich war doch mit Petra recht eng. Aber wer kennt schon die Großeltern von Freundinnen und Freunden? Gerade, wenn diese eventuell weiter weg wohnen. Ich lausche dem Akzent des Mannes. Allgäuer-Schwäbisch scheine ich zu hören.

Ich zücke das Handy und schicke Micha und Arno eine Nachricht: „Langsam kommt der Stein ins Rollen. Ich bin da was auf der Spur. Wir kriegen sie."

Doch Petra hat Macht und Beziehungen. Ich ahne das in diesem Moment nicht.

* * *

Und wieder musste Anni wie damals in Berlin in einer Nacht- und-Nebel-Aktion von einer Seite einer schwer bewachten Grenze zur anderen schleichen. Der Diktator Argentiniens war sauer auf sein Nachbarland Uruguay, weil diese politischen Flüchtlinge in ihr Land aufnahmen. Schnell waren die Beziehungen abgebrochen und die Grenzen streng bewacht.

Sie mussten in einem kleinen Holzkahn am Oberlauf des Rio de la Plata das trennende Wasser queren. Schon der Weg dorthin war für Anni mit größter Mühe versehen. Sie hatte keine Kondition mehr. Fühlte sich schlapp. Als sie dann spät in der Nacht endlich das Ufer Uruguays erreichten, konnte sie beinahe nicht mehr. Krämpfe im Unterleib quälten sie. Sorgenvoll beugte sich Nikolas zu seiner Gefährtin herunter und streichelte ihren Kopf. Er hatte ehrlich gesagt Angst, dass Anni von dem gefürchteten Sumpffieber erwischt worden war. Schließlich mussten sie in den verborgenen Flusslabyrinthen des Deltas einige Zeit abtauchen, nachdem ihre Aktion mit dem kleinen Nazi-Ficker kräftig in die Hose gegangen war. Jener unbekannte Kollege hatte wohl reinen Tisch gemacht, indem er gleich das ganze Haus in Brand steckte. 54-02-1315 mittendrin.

„Geht's dir gut, Anni?" Nikolas spürte die Angst des Verlustes in sich aufsteigen. Sie würgte ihn, sodass er beinahe nicht mehr sprechen konnte. Angst, die Verbündete des Todes. Auch Anni blickte sich nach ihm um, ihrem zweiten Gefährten, dem Tod. Doch der versteckte sich. In der

Ferne hörten sie Rufe von Grenzpatrouillen. Darauf achtete aber niemand. Während Matthieu das Boot auf den Fluss hinausschob und zusah, wie es in der Dunkelheit der Nacht verschwand, versuchte Anni ihren Freund, Verbündeten und Geliebten zu beruhigen. „Alles gut", flüsterte sie. „Es war einfach nur etwas viel in der letzten Zeit. Wird schon." Doch Nikolas wollte sich damit nicht zufriedengeben. „Hast du Fieber?" Er hielt seine flache Hand an ihre Stirn. Matthieu schien genervt zu sein. „Nikolas. Ganz ehrlich. Bist du so naiv oder spielst du nur?" Er kickte mit dem Fuß einen Stein weg. „Was soll das? Was redest du da?" Nikolas war nicht zu Spielereien aufgelegt. Wütend blickte er den Verbündeten an. Dessen Antwort verschlug ihm aber den Atem: „Ganz einfach: Sie ist schwanger! Verstehst du? Ihr bekommt ein Kind – und die ganze Geschichte ist hiermit vorbei!"

Nikolas blickte ungläubig von ihm zu Anni. Sie blieb stumm. Er erkannte aber ihre Tränen. „Anni, stimmt das?", wollte er wissen. Sie nickte kaum merklich. „Tut mir leid", flüsterte sie. „Aber …", Nikolas kam nicht mehr weiter. Die genervte Stimme von Matthieu durchschnitt die Nacht: „Na, was glaubst du denn! Meinst du wirklich, dass das ohne Folgen bleibt, wenn man sich ständig gegenseitig bespringt?" Der Neid war nicht zu überhören. Dabei war Nikolas der Überzeugung gewesen, sein Begleiter wäre homosexuell. Kraftlos sackte er neben seiner Freundin zu Boden und versuchte, das in seinem Kopf zu sortieren. Schwanger! Was war mit der Mission, die sie zu erfüllen hatten? Konnte er mit Matthieu allein die Aufgabe erfüllen und 54-02-1001 zur Strecke bringen? Sollten sie ein Jahr aussetzen und warten, bis das Kind auf der Welt war? Die Gedanken fuhren in seinem Kopf Karussell, sodass ihm schwindelig wurde.

Die Antwort gab Anni mit ihren Taten. Sie sammelte alle Kraft und erhob sich einigermaßen kontrolliert. „Wir gehen weiter! Die Mission ist bislang nicht beendet!" Mit diesen Worten schritt sie energisch voran. Die Männer hatten keine andere Wahl, als ihr zu folgen. Matthieus düsterer Blick verunsicherte Nikolas. Nicht zu übersehen waren die Vorwürfe, die daraus hervortraten. Nikolas hätte sie für ihre Naivität ohrfeigen können. Da war aber auch etwas anderes, was er in sich fühlte. Nämlich Freude. Mit jedem Schritt, den er mit den beiden durch die Nacht tat, wurde ihm mehr und mehr bewusst, dass sie bald Eltern wurden. Ein prickelndes Gefühl machte sich in ihm breit, welches er mehr und mehr genoss. Anni Mutter, er Vater. Sie würden ein Kind haben. Doch schon schossen wieder die Sorgen durch das glückselige Bild in seiner Fantasie. Anni könnte sterben, wenn sie in gewalttätige Auseinandersetzungen geraten würden. Sie musste einsatzfähig sein. Kampfbereit und jederzeit bereit zur Flucht. Aber mit einem Kind in ihrem Bauch?

„Anni, woran orientierst du dich?“ Zweifel sprach aus Matthieus Stimme. Für ihn war alles dunkel und grau.

„Vertrau ihr. Sie hat einen Orientierungssinn wie kein anderer Mensch.“ Nikolas erinnerte sich an die Geschichten, die Anni ihm von ihrer Flucht und von Berlin erzählt hatte. Sie hatte auf harte Weise lernen müssen, sich zurechtzufinden.

Und tatsächlich: Ihr Orientierungssinn führte sie in dieser bemerkenswerten Nacht zu ihrem ersten Zufluchtsort in Uruguay. Eine Hütte, die ihnen ein Schmuggler für viel Geld überlassen hatte. „Er hat mir einen Plan gezeichnet und die markanten Stellen genau beschrieben.“ Mit diesen Worten zeigte sie stolz auf die Hütte und machte sich bereits auf die Suche nach dem Schlüssel, um das schwere Schloss zu öffnen. „Ah, hier. Wie beschrieben.“ Sie zog einen rostigen, antiken Metallgegenstand aus einer Box heraus, die sie in einem hohlen Baum entdeckte.

* * *

Die letzten Tage taten der kleinen Gruppe nicht gut.

Sie hatte sich isoliert und aus jeglichem Kontakt mit der Bevölkerung zurückgezogen. Zu wenig wussten sie von dem Land und seinen Strukturen. Ihnen war nur bekannt, dass viele Menschen aus Argentinien nach Uruguay geflüchtet waren. Vor der Diktatur. Waren auch ehemalige Nazis mit dabei? Wie war die Struktur dieser Wölfe im Schafspelz in Uruguay? Vermutlich nicht so dicht und flächendeckend organisiert wie im großen Nachbarland. Doch die drei Verschwörer konnten nicht vorsichtig genug sein.

„Die Wolfsschanze, was könnte sie sein?" Sie hatten sich die Frage immer wieder gestellt. Doch keine Antwort wollte passen. Die Männer hatten einen Pirschgang in die nächstgelegenen Städte gemacht. Kamen nach Tagen aber ohne nutzbringende Informationen zurück. „Es ist, als ob unsere Zielperson ein Phantom ist." Schon begannen sie, sich zu fragen, ob 54-02-1001 überhaupt in dem Land war. Hatte man sie getäuscht? Antriebslos hingen sie ihren Gedanken nach. Einförmig vergingen die Tage. Anni hatte mit ihrer Schwangerschaft einige körperliche Umstellungen zu erleiden, vor allem machten ihr die Gefühlsschwankungen zu schaffen. Oft genug beobachtet Nikolas seine Lebensgefährtin, wie diese zornig die Axt schwang und Massen an Feuerholz spaltete, als wolle sie gegen jedes Aufkeimen eines Muttergefühls ankämpfen. Matthieu saß oft stundenlang schweigend im Schatten eines nahen Baumes und stierte mit gerunzelter Stirn zu Anni hinüber. „Ich sage dir eines: Mach sie nicht verantwortlich. Wenn, dann hau mir eine rein", sagte Nikolas eines Tages zu ihm. Es hatte sich eine Kluft zwischen ihnen gebildet. Dennoch hatten sie sich alle darauf geeinigt, den letzten Auftrag gemeinsam zu Ende zu bringen. „Er hat meine Familie auf dem Gewissen. Deshalb muss ich ihn kriegen", outete sich Matthieu an diesem Nachmittag. Nikolas nickte und brauchte sich nicht zu verstellen, als er ihm antwortete: „Mich hast du auf deiner Seite. Ich bin dabei." Es war auch sein festes Ziel. Nur, ob Anni mit dabei sein konnte? Wie sehr sie es für sich wünschte, war ihm vollkommen klar.

Sie mussten endlich handeln.

Zu allem Überfluss war das Bargeld knapp und sie waren gezwungen, in Kürze einen neuen Transfer aus den USA zu beantragen. Dazu mussten sie in die Hauptstadt und zumindest Anni ihre Identität bekannt geben. Sobald das geschehen würde, konnte es passieren, dass erste Spitzel ihre Fährte aufnahmen. Man konnte nicht vorsichtig genug sein.

Gerade Nikolas steigerte sich seit dem Bekanntwerden von Annis Schwangerschaft in eine Form von Paranoia. Überall sah er die Schergen der Nazis um sie herum. Hinter jedem Baum witterte er einen Meuchelmörder und so ging er täglich mehrfach ums Haus herum auf Streife.

Und tatsächlich: An einem düsteren Morgen, der mit tief hängenden grauen Wolken daherkam, pirschte Nikolas wieder durch die Gegend. Er hatte sich vorgenommen, zunächst eine möglichst große Distanz zwischen sich und der Hütte zu bringen. Danach ging er wie auf einer Spirale immer im Kreis herumlaufend langsam auf die Hütte zu. Seine Augen waren messerscharf und sein Verstand hellwach, als er etwas im schräg stehenden Lichtstrahl der aufsteigenden Sonne blitzen sah. Rasch duckte er sich und beobachtete die Gegend. Bis auf die Gestalt, die er neben dem blitzenden Gewehr ausmachte, war aber niemand da. Lautlos schlich sich Nikolas an den Eindringling heran. Beobachtete ihn. Kam näher. Duckte sich wie ein Puma und stürzte sich auf sein Opfer, das durch den Überraschungseffekt vollkommen hilflos war. Aufgestaute Energie entlud sich in ihm, ließ den Kämpfer einen Schlag nach dem anderen auf das hilflose Opfer eindreschen. Er packte das wimmernde Bündel und riss es hoch. Der Blick auf die Waffe machte Nikolas wieder zornig. Hätte der auf Anni schießen können oder wollen? Wieder schlug er zu, bis in ihm eine Stimme seine Hände verharren ließ. Information! Sie brauchten Informationen und deshalb sollte der Kerl am Leben bleiben. Vorerst. Mit einem sichernden Blick in alle Richtungen packte Nikolas den kleinen Mann am Kragen und schleifte ihn wie einen nassen Sack hinter sich her. Er, starr vor Schreck, ließ es geschehen und mühte sich, Luft zu bekommen.

Vor der Hütte warf Nikolas seine Beute vor der Tür ab und drohte ihm auf Spanisch: „Beweg dich nicht einen Zentimeter. Sonst knalle ich dich ab." Doch der Angesprochene hörte nicht auf ihn, sondern bewegte sich, wollte aufstehen. Ein Faustschlag ließ ihn gegen die Holzwand der Hütte schleudern, der Aufprall schreckte alle Insassen hoch. „Was ist denn los, in Gottes Namen?", quoll es aus Matthieus Mund heraus, als er aus der Hütte stürzte. „Wir haben Besuch", verkündete Nikolas. Triumphierend lächelte er zu Anni, die Matthieu gefolgt war. „Sie haben uns gefunden!" Mit diesen Worten versetzte er seinem Gefangenen einen Tritt.

„Au, was soll das?" Das Deutsch, mit dem der Kerl die Worte eher stöhnte als sagte, irritierte nur kurz. Nikolas packte ihn mit einer Hand am Kinn und zerrte ihn in sein Gesichtsfeld. „Sind wir ein kleiner, geflüchteter Nazi, was?" Doch Anni erkannte schnell, dass der Zitternde maximal ihr Alter haben konnte. „Freund, lass ihn", sprach sie besänftigend auf ihren Lebensgefährten ein, genau darauf achtend, seinen Namen nicht zu nennen. „Es ist der Sohn eines Nazis. Stimmt's?" Der Angesprochene nickte. Nik hatte ihn übel zugerichtet. Ein Donnern war in nächster Nähe zu vernehmen. Regen prasselte auf die Erde. Sein Trommeln auf dem blechernen Holzdach klang wie das Einschlagen der Kugeln aus einem Maschinengewehr. „Sie werden mich suchen, wenn ich nicht rechtzeitig zurück bin", stotterte der junge Mann. Nik blickte besorgt in Richtung des sie umgebenden Waldes. Es konnten mehrere Spione draußen herumlungern. Er packte sein Opfer grob an den Haaren und zerrte ihn hoch. „Komm, du Ausgeburt eines Nazischweins. Aufstehen." Dann zerrte er ihn in einen kleinen Geräteschuppen neben der Hütte. „Kollege, halte Wache", rief er Matthieu zu und schlug die Türen hinter sich zu. Besorgt blickte Anni ihm nach. Sie traute ihrem Gefährten alles zu. „Lass ihn bitte am Leben", rief sie durch die Tür hindurch, hörte aber schon die ersten Schläge und Schreie. „Er hat sich verändert", murmelte Matthieu, während er in den Wald hineinspähte. „Wie wir alle. Wir sind anders geworden."

Anni setzte sich müde auf einer Bank hin und sinnierte seinen Worten nach. „Sind wir wie sie geworden? Brutal und rücksichtslos?“ Der Gedanke war mehr Erkenntnis als eine Frage. Schnell erhob sie sich und ging energisch auf den Schuppen los. Heftig polterte sie dagegen. „Nik. Mach auf“, brüllte sie und zerrte an der Tür. Wilder und wilder. Bis endlich ein Riegel umgelegt wurde und die knarzende Tür aufschwang. Ein müde wirkender Nik tauchte auf. Blut im Gesicht und am ganzen Körper. Entsetzt schrie Anni auf. Mit weit aufgerissenen Augen starrte sie ihn an. „Wir haben eine Spur“, kam es tonlos aus Nik heraus, während er in Richtung Bach lief. Aus dem Innenraum des Schuppens drang ein Stöhnen nach draußen. Erleichtert rannte Anni hinein und half dem Misshandelten, sich aufrecht hinzusetzen. „Du lebst“, sagte sie erleichtert und blickte auf die rostige Eisenstange, die abseits auf dem Boden lag. Nik musste kräftig zugeschlagen haben. Ein Arm hing in unnatürlicher Weise nach unten. Ohne Rücksicht auf irgendwelche Anonymität rief sie: „Matthieu, hilf mir, ihn zu verbinden. Sein Arm ist gebrochen.“

***

„Wir sind geworden wie sie.“

Das Herdfeuer knisterte. Ein alter Topf stand auf der Platte, das restliche Fleisch und Suppenbrühe beherbergend.

„Wir müssen weg. Sie werden bald kommen.“ Nik ging nicht auf Annis vorhergehende Aussage ein.

„Nik! Komm zur Besinnung. Was passiert mit dir?“ Anni schleuderte ein Küchenmesser auf den Boden. Wütend schlug sie mit der Faust auf die Anrichte. „Wir sind Tiere. Wir sind nicht anders als die! Ja, so ist es. Wir sind so geworden wie sie.“

Schweigen erfüllte den Raum.

„Trotzdem müssen wir weg! Jetzt ist keine Zeit für Gefühlsduseleien.“ Auch wenn er recht hatte, änderte es nichts

an der Tatsache, dass sie jede Form von Normen und Moral verloren hatten. Anni zeigte in Richtung Schuppen und setzte zur Widerrede an: „Er ist kein Nazi, der uns oder unseren Familien etwas getan hat. Wir haben kein Recht, ihn umzubringen!" Zu ihrem Erstaunen schüttelte nicht nur Nik den Kopf. Auch Matthieu stimmte nicht mit ihr überein. „In meiner Religion wird die Strafe bis in die dritte Generation verfolgt. Auge um Auge, Zahn um Zahn." Entsetzt blickte Anni den Vater ihres heranwachsenden Kindes an. „Du berufst dich auf deinen Glauben?" Sie konnte es nicht fassen. „Du, der seit Jahren keine Synagoge mehr gesehen hat und den ich noch nie habe beten sehen?" – „Schweig!" Nik brüllte sie an. Zum ersten Mal, seit sie sich überhaupt kannten. „Was maßt du dich an, meine Religiosität und mich zu kritisieren?" Er wandte sich ab und zog den Korken aus der Schnapsflasche. Ein erster tiefer Schluck verschwand in seiner Kehle. Dann setzte er zum zweiten an. Doch ein Schlag mit der Hand von Matthieu ließ die Flasche gegen die Wand knallen und dort zerschmettern. Wütend sprang Nik hoch und schlug seinem Gegenüber ins Gesicht. Alle Wut der letzten Tage staute sich in der engen Hütte. Der Regen prasselte unentwegt aufs Dach. Trommelte, stachelte die Kampfhähne an. Ein Faustschlag schoss nach vorne, traf mit einem hässlichen Knacken auf Niks Nase. Der wurde durch die Wucht des Schlages nach hinten geschleudert. Wütend schnappte er sich einen Stuhl und versetzte seinem Kontrahenten einen Schlag auf die Schulter. Matthieu taumelte, brüllte vor Schmerz und schnappte das am Boden liegende Messer. Bedrohlich richtete er es gegen Nik. Der Raum brannte förmlich vor überbordender Aggression, die blind alles zerstören wollte, was ihr in den Weg kam. Mittendrin Anni, die nicht in der Lage war, beschwichtigend auf die Situation einzuwirken. Wollte sie den Tod einer der Männer in Kauf nehmen? Durch die Wände hindurch tauchte die Fratze des Todes auf und grinste sie hämisch an. Sein Mund formte irgendwelche Worte: „Du bringst mir Glück, Anni. Nur weiter so." Er lachte schauderhaft auf. Der Lärm im Raum schwoll an. Männer, die um ihr Leben kämpften, erfüllten die Luft mit beißendem Schweißgeruch. Matthieu versuchte einen Messerhieb nach dem anderen. Nik wich geschickt aus und nutzte den Stuhl als Schutzschild. Lange konnte das nicht mehr gut gehen. Die Wände schienen zu erzittern, von dem Aufprall eines Körpers, der dagegen geschleudert wurde. Dann hielt es Anni nicht mehr länger aus. Sie schnappte sich den glühenden Schürhaken, der in der Glut steckte und versetzte den Männern einige Hiebe auf Arme und Hände, sodass diese schmerzvoll aufschrien. Stuhl und Messer fielen zu Boden. Anni setzte weiter nach und trieb die Männer ins Freie. Die Brandwunden mussten schrecklich schmerzen, doch das Adrenalin dämpfte noch die Empfindungen. Anni drückte den Schürhaken von hinten in den Rücken der beiden Streithähne, als ob sie ihnen ein Brandzeichen beifügen wollte. Der Schrei ließ die Nacht erzittern, der aus beider Münder ertönte und sie zum Bach laufen ließ, wo sie sich mit etwas Abstand voneinander ins Wasser warfen. Anni stand am Ufer, drohend den Schürhaken schwingend. „Kommt nicht auf den Gedanken, weiter zu streiten", schimpfte sie dabei.

Doch keiner der Männer dachte auch nur im Entferntesten daran. Die Schmerzen nahmen alle ihre Aufmerksamkeit in Beschlag.

Niemand beachtete, wie die Glut, die mit dem Herausziehen des Schürhakens aus dem Ofen fiel, das Haus in Brand setzte. Gierig fraßen sich die ersten kleinen Flammen in den Boden hinein, an hölzernen Möbeln hoch und erfreuten sich am Petroleum der Lampen. Schnell war der gesamte Raum mit dem rötlich-blauen Licht der Feuerzungen erfüllt. Nik war der Erste, der das sah. Sein Brüllen war mehr ein ersticktes Gurgeln. Doch Anni ahnte die Gefahr und drehte sich in dem Moment um, als die Flammen bereits ihre Zunge zur Tür und den Fenstern herausstreckten. „Unsere Sachen", schrie Matthieu und rannte los. Nik folgte ihm.

Anni hingegen lief zum Schuppen, um den Gefangenen zu retten. Doch als sie die Tür aufriss, war dieser leer.

Nervös blickte sie herüber zum Haus, wo die beiden Männer, die sich gerade das Leben nehmen wollten, dabei waren, hektisch einzelne Habseligkeiten aus den Fenstern zu werfen. Viel war es nicht, was sie retten konnten. Aber wenigstens einzelne wichtige Dokumente und Rucksäcke. Dann fiel das Dach in sich zusammen und begrub alles unter sich. Funken stoben in den Nachthimmel. Der Regen, der inzwischen nachgelassen hatte, vermochte es nicht, mit seinen Tropfen sinnvoll zu löschen.

Stumm und niedergeschlagen marschierten sie eine gute halbe Stunde durch den Wald, bis sie an eine Lichtung gelangten, die im wolkenverhangenen Abend eher zu erahnen als zu sehen war. Niemand sprach ein Wort. Alle legten sie sich unter einem Baum ins feuchte Gras.

Als Anni am nächsten Morgen erwachte, waren sie nur noch zu zweit. Matthieu war verschwunden.

„Das hast du nun davon", zischte Nik sie an. Sie schleuderte wutentbrannt eine Handvoll Erde gegen ihren Begleiter und schrie ihn mit sich überschlagender Stimme an: „Ich? Nein! Du bist es, der die Gruppe auseinandertreibt. Du bist derjenige, der abdreht. Dein Wahnsinn reißt uns mit in seinen Strudel." Erschrocken über ihre eigenen Worte wandte sie sich ab. Doch jetzt war es raus und sie fühlte sich andererseits verdammt befreit. Zur Hölle mit ihm und der vermeintlichen Verpflichtung, mit dem Vater ihres Kindes zusammenbleiben zu müssen. Anni schnappte sich ihr Bündel mit dem Wenigen, was ihr noch geblieben war, und marschierte los. Immer an der Küste entlang in Richtung der nächsten Stadt. Carmelo, wenn sie es richtig in Erinnerung hatte. Nach Montevideo waren es gut 200 Kilometer. Zu viel, um das als Schwangere zu Fuß zu meistern. Aber vielleicht gab es in der nächsten Stadt ein Fährschiff, was dorthin fuhr.

Nicht ein einziges Mal hatte sie sich umgedreht. Es war ihr scheißegal, ob Nik ihr folgte oder irgendwer sonst. Die Wut trieb sie voran und brachte die junge Frau am späten

Nachmittag tatsächlich nach Carmelo. Sie begab sich direkt zum Fluss, der die Stadt durchzog, und hielt Ausschau nach einem Linienschiff oder sonst einem Dampfer. Doch bis auf ein paar kleine Fischerboote war der Kai leer. „Verdammt", zischte sie und entdeckte ein etwas größeres Boot, wenigstens mit Kajüte. Es schien das Postschiff zu sein. „Senior. Guten Tag. Fahren Sie nach Montevideo?" Sie winkte einem Mann zu, der Säcke auf dem Boot verstaute. Aufmerksam musterte er sie. Anni fühlte sich komplett nackt bei seinem stechenden Blick. Anerkennend schnalzte er mit der Zunge. „Hallo, junge Frau. Wer möchte das denn wissen?" – „Eine Reisende, die ihre Familie sucht." Anni trat ein paar Schritte näher, auch wenn es ihr Unbehagen bereitete. „Nehmen Sie mich mit? Ich muss dringend in die Hauptstadt." Der Mann nahm wieder seine Arbeit auf und schien zu überlegen. „Haben Sie denn Geld?" Anni nickte, erleichtert, einen Schritt weiter gekommen zu sein. „Ja, was kostet es denn?" Er zögerte kurz und sprach: „Eigentlich darf ich niemanden mitnehmen. Hmmm. Nein, ich glaube, ich kann nicht." Anni spürte ihren Blutdruck ansteigen. „Bitte, ich muss in die Hauptstadt. Nennen Sie mir einen Preis. Ich zahle ihn." Sie zeigte auf ihr Bündel, das ihr um die Schulter hing. Der Spätsommer erzeugte eine unerträgliche Schwüle, die Anni zu schaffen machte. Sehnsuchtsvoll blickte sie sich nach einer Taverne um, um etwas zu trinken. „Was ist? Nehmen Sie mich mit?" – Er hielt inne und blickte sie erneut an. Wieder dieser lüsterne Blick. „In Ordnung. Kommen Sie in der Dämmerung wieder, dann schmuggle ich Sie an Bord. Wir legen dann Morgen in der Früh ab." Erleichtert wischte sich Anni den Schweiß von der Stirn. „Danke. Vielen herzlichen Dank. Ich werde da sein." Mit diesen Worten dreht sie sich um und ging.

Sie hätte nicht wiederkommen sollen und ihrem Instinkt folgen. Es war in dem Moment zu spät, als sie das Boot des Mannes betreten hatte und er sie ohne ein Wort kurzerhand herumriss und in die Kajüte zerrte. Grob warf er sie die vier

Stufen hinunter und zog die Kabinentür hinter sich zu. „So, mein Schätzchen. Jetzt möchte ich meinen Fährlohn haben." Mit diesen Worten öffnete er seinen Hosenladen und kam auf sie zu. Anni stockte der Atem. Nicht schon wieder, schoss es ihr durch den Kopf. Der Mann stank unerträglich. Ihr wurde übel. Doch sie konnte sich nicht wehren. Etwas in ihr lähmte sie. All die schlimmen Erinnerungen der Vergangenheit tauchten wieder vor ihr auf. „Wenn du mir Freude bereitest, bekommst du einen exklusiven Transfer, das verspreche ich dir." Er sabberte vor Gier. Anni begann zu würgen. „Du zahlst jeden Preis, hast du vorhin gesagt. Das ist mein Preis." Mit diesen Worten presste er ihren Kopf zwischen seine Beine. Anni schrie. Endlich kam sie wieder zu sich und begann sich zu wehren. Doch der Kerl war massig und schwer. Mit seinem fetten Gewicht drückte er sie in der engen Kabine gegen die Postsäcke und setzte sie außer Gefecht. Anni flehte nochmals „Bitte, tun Sie das nicht. Ich zahle Geld. Gutes Geld. Bitte, ich bin …" – „Das Geld kommt später dran. Jetzt haben wir zusammen Spaß, meine Süße." Er bedrängte sie. Schmiegte und rieb sich an ihr. Sie spürte, wie er erregt wurde. Seine Pranken griffen grob ihre Brüste, quetschten sie. Fassten zwischen ihre Beine und rubbelten, dass Anni vor Schmerz aufschrie. Ihr wurde schwarz vor Augen. Wieder würde es geschehen. Wieder würde ein Mann ihr Schlimmes antun. Schon begann ihr Geist wegzudriften. Wollte sie mitnehmen, um das hier nicht erleben zu müssen. Schon hatte er ihre Hosen bis zu den Knien hinuntergezogen. Ihre Unterhose wurde zur Seite gerissen. Gleich würde er in sie … doch ein dumpfer Schlag ließ ihren Peiniger innehalten und kurze Zeit später wie einen nassen Sack auf ihr niedersinken. Anni röchelte, versuchte mit aller Kraft, Luft zu bekommen. Dann aber schob Nik den fetten Sack zur Seite, zerrte an ihm, bis er ihn Stufe um Stufe nach oben geschleppt hatte und zur Kajüte hinaus. Dann hörte sie ein lautes Platschen im Wasser und Stille. Nik kam zurück. „Ist er tot?", wollte Anni wissen. Doch der Angesprochene zuckte nur mit den Schultern.

„Weiß nicht", kam ihm von den Lippen. Mehr aber nicht. „Wir müssen schnell weg, bevor er entdeckt wird." Mit diesen Worten verschwand ihr Retter aufs Deck, um die Leinen loszumachen und den Motor anzuwerfen. Anni lag noch immer regungslos auf den Postsäcken, nicht fähig, sich zu bewegen. Der Gestank des Dieselmotors drang zu ihr in die Kabine. Sie musste husten. Dann nahm das Boot Fahrt auf und verschwand in der Nacht.

„Wie hast du mich gefunden?" Anni stellte sich neben ihn und blickte in die dunkle Nacht. Sie wusste nicht„ wie Nik hier die Orientierung halten konnte.

„Bin dir gefolgt. Wollte dich nicht allein lassen." Nik war noch immer sehr wortkarg. Er würdigte sie keines Blickes.

* * *

Die Silhouette der Hauptstadt Montevideo tauchte am frühen Morgen vor ihnen auf.

Beide hatten sie beinahe kein Auge zugemacht und rieben sich müde die Augen. „Wir müssen aufpassen, nicht den Patrouille-Booten in die Quere zu kommen." Nick reckte seinen Kopf und suchte den Horizont ab. Anni nickte. „Ich schlage vor, wir suchen am Ufer einen Platz, wo wir das Boot im Schilf verstecken können." Sie zeigte auf eine Flussmündung schräg hinter ihnen. Es war der Rio Santa Lucia, wie sie später erfuhren. Nikolas nickte, drehte das Ruder nach Backbord und steuerte auf die Flussmündung zu. Heimlich schielte Anni zu ihrem Nachbarn hinüber. Seine Gesichtszüge schienen ihr wieder weicher. Es war, als ob die frische Brise der Nacht die Haut geglättet und ihnen die Schwermut der vergangenen, mühseligen Tage aus den Köpfen geblasen hatte. Anni wusste nicht, ob es ihrem Gefährten gleich ging. Aber für sie fühlte es sich an, als ob sie aus einem fiebrigen Schlaf erwacht war. Was war das nur gewesen, was sie hatte so anders werden lassen. Waren es die Einsamkeit und Isolation? War es die totale Erschöpfung der Gruppe, die sich mental eingeschlichen hatte, ohne dass sie es wussten? Anni schüttelte sich. Sie wusste es nicht. Ihr persönlicher Verdacht war, dass es an Matthieu lag. Er war für sie wie ein fauler Apfel, der die Stimmung vergiftete. Etwas war an ihm, das Anni schon immer als morbide empfand. Auch in ihm schlummerte eine dunkle Kammer, die ein düsteres Geheimnis in sich barg. Anni war so froh, ihn loszuhaben. Zärtlich strich sie Nikolas über die Wange und lächelte zaghaft. Irgendwie hatte sie das Gefühl, ihren Geliebten wieder zurückzubekommen.

Doch als sie eine Insel passiert hatten und sich dem Ufer näherten, kamen ihr wieder Zweifel auf, ob ihr Freund zur Normalität zurückgekehrt war. Während er mit einer Hand das Ruder hielt, drückte er mit der anderen den Gashebel voll durch und raste mit Höchstgeschwindigkeit auf das Ufer zu. Anni schrie auf. „Was machst du Wahnsinniger? Du bringst uns um.“ Doch Nikolas' Gesichtsausdruck zeigte einen klaren Willen. Er hatte einen klaren Plan. „Festhalten!“, brüllte er, korrigierte das Schiff ein wenig und raste mit hohem Tempo auf den flachen Strand, schoss darüber hinweg und landete mit einem hässlichen Geräusch inmitten von Schilf und niedrigen Bäumen. Die Äste schlugen wütend gegen den Rumpf, als ob sie den eindringlich abwimmeln wollten. Danach umfingen sie dieses, als ob sie es nicht mehr loslassen wollten. Schmerzvoll rieb sich Anni die Schläfe. „Das hat weh getan. Mann!“ – „Dafür sind wir gut geschützt.“ Nikolas schaltete den Motor ab und stieg aufs Bootsdeck. Erst als er sich versichert hatte, dass niemand ihre Ankunft bemerkt hatte und das Boot nahezu unsichtbar war, kehrte er zurück. „Lass uns etwas Schlaf nachholen. Dann sehen wir weiter.“ Das war ganz nach Annis Bedürfnis. Zu viel war in den letzten Stunden geschehen. Die versuchte Vergewaltigung ließ ihren Körper in Wellenbewegungen erzittern und das Herz flattern. Nik nahm sie zärtlich in seine Arme und hauchte ihr ein „Ich liebe dich. Entschuldige bitte für alles“ zu.

Ein sanfter Kuss fand seinen Weg auf ihre Stirn. Erleichtert schmiegte sie sich an seine Schulter und schloss die Augen. „Ich dich auch", wisperte sie. Auf die Postsäcke niedersinkend, küssten sie sich innig und schliefen nach wenigen Sekunden ein.

Es fühlte sich so sicher und gut an. Anni schlief viele traumlose Stunden. Es war, als ob eine tonnenschwere Last von ihr fiel.

Doch es war etwas Besonderes, das sie wieder aufwachen ließ. Starr blickte sie gegen die Decke der Kajüte. Die Hände auf den Bauch gelegt. „Was ist?" Nik erhob sich vom Tisch und kam zu ihr herüber. „Es hat sich bewegt", frohlockte Anni. Sie spürte etwas. „Was denn?" Nikolas verstand nicht, was sie meinte. „Das Kind. Es hat sich bewegt." Anni strahlte vor Glück. „Hier, fühl mal. Gib mir deine Hand." Unsicher näherte er sich seiner Gefährtin und starrte auf ihren Bauch. „Da ist kein Alien drin, glaub mir", kommentierte Anni seinen Gesichtsausdruck. Dann griff sie seine Hand und legte sie auf ihren Bauch. Andächtig konzentrierte sich Nik darauf. Und tatsächlich: Da bewegte sich etwas. Die Hormone spielten mit beiden verrückt, verzauberten sie. Hier passierte gerade ein Wunder.

Die Situation brachte sie dazu, darüber nachzudenken, ob sie nicht doch aufhören sollen. Es ging um das Kind und um die Sicherheit der Mutter. Einmal mehr erinnerten sie sich der Worte von Mr. und Ms. Baker: „Die Vergangenheit sollte man ruhen lassen. Man sollte sich der Zukunft zuwenden."

Sie erkannten durch das werdende Leben wie in einem Spiegel, wie düster es sich in der Welt von Rache und Hass lebte. Beinahe wären sie darin zugrunde gegangen.

Das war der Moment, in dem Anni und Nikolas beschlossen, aufzuhören. Sie setzten sich aufs Oberdeck und besprachen die Zukunft. Die untergehende Sonne tauchte den Strand und das Ufer in goldenen Glanz. Es fühlte sich friedvoll und richtig an.

„Morgen beginnen wir damit, die Vergangenheit hinter uns zu lassen.“ Sie hielten sich eng umschlungen und verfolgten wortlos den Untergang der Sonne.

Am nächsten Morgen wollten sie in der Hauptstadt einen Geldtransfer aktivieren und sobald das Geld da wäre, würden sie sich einen Transfer nach Nordeuropa buchen. Das Kind sollte an einem sicheren Ort zur Welt kommen. Einem Ort, der Zukunft bedeutete.

Doch der Bruchteil einer Sekunde machte ihnen am folgenden Tag einen Strich durch die Rechnung. Ein Fahrzeug kreuzte ihren Weg, in dem Moment, als sie die Bank verließen. Die Kir-chenglocken läuteten gerade zur Mittagszeit. Die Palmen wiegten sich im lauen Spätsommerwind, der vom Meer her wehte. Anni hielt den Arm von Nikolas fest und schmiegte sich an ihn. Es tat gut, die Vergangenheit ruhen zu lassen.

Anni nahm als Erste die Limousine wahr, als sie an ihnen vorbeifuhr. Die Scheiben waren geschwärzt. Es war ein Mercedes-Stern, der vorne auf der Haube thronte. Er zog die Aufmerksamkeit beider Passanten auf sich. Wie lange hatten sie solch ein Fahrzeug nicht mehr gesehen. Aufmerksam betrachteten sie das Fahrzeug. Anni fragte sich gerade, warum diese Fahrzeuge immer schwarz sein mussten, da fiel ihr Blick auf eine Person, die auf dem Rücksitz des Fahrzeuges saß. Das Fenster war nur ein wenig geöffnet und doch konnte sie die Person erkennen. Er blickte aus dem noch gesunden Auge zu ihnen heraus. Das andere war zugeschwollen und blutunterlaufen. Blutverkrustete Narben zogen sich durch sein Gesicht. Anni wollte seinen Namen rufen. Doch Nik reagierte schnell und hielt ihr den Mund zu. Bevor sie reagieren konnte, hatte er sie in eine Seitengasse gezogen. „Hast du ihn auch gesehen?“, wollte sie von ihm wissen, als er die Hand wieder wegnahm. Ja, das hatte Nikolas. Und auch den Mann hatte er wahrgenommen. Jener mit dem Hitlerbärtchen, der das Auto steuerte. „Die Nazis haben ihn.“ Unschlüssig standen sie herum. Wut kam in Nik hoch. „Dieser Depp. Wie kommt es, dass er sich direkt in die Fänge dieser Monster hineinstürzt?“

„Der Gefangene!“, schoss es Anni durch den Kopf. Jener junge Kerl, den sie gefangen genommen hatten und der hatte entkommen können. Nikolas schien dieselben Gedanken zu haben. „Ich Idiot. Ich habe ihn gehen lassen.“ Er schlug sich an die Stirn: „Weil ich ein schlechtes Gewissen hatte.“ „Was machen wir denn nun?“ Anni wollte in Richtung Hauptstraße gehen, um nachzuschauen, ob sie noch dort waren. Doch Nikolas zog sie in die andere Richtung. „Wir müssen erst die Lage sichern. Sie waren bestimmt nicht allein unterwegs.“ Eilig begaben sie sich auf die Rückseite des Häuserblocks, umrundeten diesen, um ca. 50 Meter weiter in Fahrtrichtung des besagten Autos auf die Straße zu gelangen. Tatsächlich, es folgten mindestens drei Geländefahrzeuge der Limousine. Im Handumdrehen schaltete sich in ihren Köpfen ein Schalter um und alle Sinne waren geweckt. Sinne von Jägern auf der Jagd. Auf der Suche nach ihrer Beute. „Er ist in großer Gefahr“, flüsterte Anni. Sie fragte sich, ob die Verbrecher Wind davon bekommen hatten, dass ihnen jemand nachjagte. „War das die verkackte Geschichte in Buenos Aires?“, wollte sie von Nikolas wissen. Sein Nicken war ihr Antwort genug. „Wir haben scheiße gearbeitet.“ Die Kolonne war bereits hinter der Kirche verschwunden. Der aufgewirbelte Staub der Straße senkte sich langsam auf die Menschen, die stumm der Kolonne nachschauten. „Sie haben Angst“, analysierte Anni die Situation. Diese Nazis waren also bekannt und mussten in der Gegend ihre Räuberhöhle haben. „Wir dürfen das nicht versauen!“ Niks Gesichtszüge gefroren ein. Stahlhart wirkten sie auf Anni, deren Augen zu engen Schlitzen geformt waren. Noch immer in die Richtung blickend, in der die Fahrzeuge verschwunden waren. Es klang beinahe wie eine Drohung, als sie ihm antwortete: „Das schwöre ich.“

24.

„Sie haben WAS?“ Ich kann meine Wut nicht verbergen. „Du hast schon richtig gehört.“ Laura schleudert einen Packen Papier in den Mülleimer. „Der Gewerbeverein entzieht dem Projekt seine Patenschaft.“ Mike bückt sich und holt die Papiere wieder heraus: „Auf die können wir verzichten. Weitergemacht!“ Er legt die Papiere auf den Tisch und blickt uns auffordernd an. „Die Deppen brauchen wir nicht.“ Doch Laura ist anderer Meinung. „Die haben uns die ganze Kohle gebracht. Ohne die ist nichts los.“

Anni setzt sich zu ihnen. „Gibt es einen bestimmten Grund?“ Sie wirkt etwas verunsichert. „Liegt es an mir?“, will sie wissen. Doch Laura schüttelt vehement den Kopf und blickt mich an. „Nein. Anni. Nein.“ Aufgewühlt stopft sie sich Kuchen in den Mund. „Sie meinen, wir würden damit zu viel Staub aufwirbeln. Zu viele Gesichter, zu viele alte Geschichten. Man hat das Gefühl, dass die Vergangenheit nicht in die Gegenwart gehört. Oder irgendein Quatsch. Habe es nicht verstanden.“ Mir ist aber schnell klar, was dahinterstecken kann. Diese Hexe!

Ich blicke mich in Annis Wohnung um. Überall Stapel von Geschichten und Bildern. Jeder Stapel birgt ein besonderes Leben. Geschichten von Menschen aus nah und fern. Dramatische Geschichten, normale Geschichten. Erzählungen, die uns bei den Interviews zu Tränen rührten, berichtet von Menschen, die noch einmal aufblühten, weil sie diese vielleicht ein letztes Mal erzählen konnten. Weil es Menschen gab, die ihnen zuhörten und sich dafür interessierten. Ich spürte die Erwartungen dieser Menschen, ihre Freude, dass wir ihnen diese besondere Bühne geben wollen. Mit uns hinterlassen sie mit ihrer Geschichte Spuren. Ich wische unwirsch mit der Hand durch die Luft. Das sollen wir nun einfach aufgeben? „Nein!“, bellt es aus mir heraus. „Wir geben nicht auf.“ Mike strahlt mich an. „Sehr gut, der Herr“, lobt er mich. Er geht zu einem der Stapel und hält die Bilder in die Höhe:

„Sarah M. Holocaust-Überlebende. achtundneunzig Jahre. Lebt seit über fünfunddreißig Jahren hier in unserer Stadt. Nach ihrer Befreiung aus dem Konzentrationslager emigrierte sie nach Israel und baute den neuen Staat auf. Enttäuscht verlässt sie wieder ihre neue Heimat, um in das Land ihrer Peiniger und der Mörder ihrer Familie zurückzukehren. Dort findet sie ihr Lebensglück. Was für eine grausame Laune des Schicksals." Er legt die Bilder wieder behutsam auf die Seite. Dann geht er zu einem anderen Stapel: „Gestatten, Josef Moosgruber. Sein Leben lang ein Knecht auf einem kleinen Bauernhof im Allgäu. Der Krieg, die Nazizeit und alle aufregenden Phasen der vergangenen Jahrzehnte rauschen an ihm vorbei, ohne dass er etwas mitbekommt. Keine Power-Flower-Zeit, nichts. Die Mitglieder der roten Armee-Fraktion finden in seinem kleinen Weiler Zuflucht, nachdem sie ihre Terroranschläge begangen hatten. Der Verfassungsschutz taucht auf, beschattet die Terroristen, nimmt sie in einer spektakulären Aktion fest, während derer Josef beinahe in die Schusslinie geraten wäre. Er wird kurzfristig zur Geisel der Terroristen. Gerät durch diesen Riss in seinem beschützten Paradies aus dem Lot. Fliegt durch diesen Riss hindurch in ein neues Leben, das ihn seinen Beruf kündigen lässt und in die große weite Welt hinaustreibt. Josef marschiert nach Stuttgart, erlebt die wilde Welt der großen Stadt und ferne Länder. Jetzt schreibt er über seine Abenteuer und wird kurz vor Lebensende ein gefragter Buchautor." Aufmerksam verfolgen wir unseren jungen Freund, wie er von einem Stapel zum anderen marschiert und jede Geschichte hochhält. Ich bin selbst erstaunt, was wir alles in den vergangenen Wochen an besonderen Geschichten zusammengetragen haben. Mike möchte weitererzählen, doch Laura hebt bittend die Hand. „Alles gut, Mike. Wir haben verstanden." Sie steht auf und geht zu ihm hin. Zärtlich küsst sie ihn auf die Wange. „Du bist echt ein Schatz." Ich kann nur zustimmen. Mike ist besonders.

Anni blättert gedankenverloren in den Unterlagen jenes Herrn Meier herum, der behauptete, dass seine Enkeltochter jene Petra wäre, die mit mir im Krankenhaus zusammenarbeitet. „Hier ist der faule Apfel im Korb versteckt“, sagt sie nur und hält die Mitschriften in die Luft. „Sie haben Angst vor diesem Stapel.“ Niemand widerspricht. Es ist uns allen klar. Da hat jemand Angst vor zu viel privaten Themen, die an die Öffentlichkeit gelangen. „Aber wie hat man von dieser Geschichte erfahren?“, will ich wissen.

Laura hebt resigniert die Hände: „Durch mich. Ich habe alle Geschichten in meiner Euphorie der Kulturdezernentin im Rathaus geschickt. Sie muss die undichte Stelle sein.“

„Es kann aber auch an mir liegen.“ Arno hebt den Kopf von dem Bildschirm. „Kürzlich, während meines Bereitschaftsdienstes, hat sich jemand an meinem Computer zu schaffen gemacht, als ich einen Notfall hatte.“ Er wirkt wie ein kleiner Junge im Beichtstuhl. „Als ich zurückkam, muss ich den Täter überrascht haben. Denn es lagen noch ein paar Blätter im Drucker.“ – „Oder die Täterin“, ergänze ich. „Es fühlt sich sauschlecht an, dass mein Konflikt das Projekt gefährdet.“

Ich gehe in die Küche, um Wein nachzuschenken.

Anni folgt mir. „Auch einen?“ Ich halte ihr die Flasche entgegen. Sie nickt und stellt ihr Glas vor mir auf die Anrichte.

Stumm trinken wir einen Schluck und lauschen in der dämmrigen Stimmung der Küche den Stimmen im Wohnzimmer. Sie fangen wieder an, über Layouts und Posterformate zu sprechen. „Das braune Ungeziefer will sich wieder ausbreiten“, spricht Anni unvermittelt. Die Schärfe in ihrer Stimme lässt mich zusammenzucken. Fragend blicke ich sie an. „Basti, ich weiß, das ist nicht deins: Aber du musst mit harter Hand gegen sie vorgehen. Bring sie zur Strecke.“ Die Kälte ihrer Stimme lässt mich erschaudern. „Das muss im Keim erstickt werden. NIE MEHR WIEDER“, zischt sie. „Kämpfe!“

Ich bleibe noch einige Momente in der Küche und blicke zum Fenster hinaus. Der Herbst greift um sich. Die Bäume tragen bunte Pracht, verlieren ihre Blätter, mit jedem Windstoß, der durch die Schneise der Umgehungsstraße fegt.

Ich bin ratlos. Etwas hilflos. Was kann ich gegen diese Hexe im Krankenhaus tun? Mit einem Schlag wird mir meine ganze Situation wieder bewusst. Frustriert nehme ich einen weiteren tiefen Schluck. Ich habe keine Möglichkeit, dieses Projekt finanziell zu unterstützen. Jeder Cent geht in die Unterhaltszahlungen, den Sorgerechtsstreit und Scheidungskrieg mit meiner Frau. Meine wirtschaftliche Zukunft steht auf der Kippe. Täglich erwarte ich ein Disziplinar-Verfahren und die Kündigung und dann kommt noch ... Ach was! Verdammt. Ich muss mir ein Beispiel an den vielen tollen Lebensgeschichten all jener Menschen nehmen, die wir gut zwei dutzendfach da draußen gestapelt haben. Ich packe den weinerlichen Jungen in mir bei den Schultern und schüttle ihn kräftig. Nur langsam kommt er aus seiner Hysterie heraus. Doch ich komme langsam zu mir. „Nichts ist verloren", flüstere ich mir ermutigend zu. Ich stelle mein Glas auf die Anrichte und gehe ins Wohnzimmer zurück, um mit einer Kampfesrede anzusetzen.

Doch Anni kommt mir zuvor: „Ich werde das übernehmen." Sie sagt das in die Runde, blickt aber mich eindringlich an.

„Wie denn?", will Laura wissen. Sie weiß, dass Anni jeden Monat ganz genau mit ihrem Geld rechnen muss. „Du hilfst mir doch schon jeden Monat bei der Miete und gibst mir Taschengeld." Erstaunt blicke ich die beiden an. „Ja, und?" Anni versucht das mit Gesten zu verscheuchen. „Von den Tantiemen für deine Bücher?", will ich wissen.

„Ach was, das sind Brotkrumen, mehr nicht ... Ich habe da noch ein wenig an Reserven." Mehr verrät sie nicht. Vom Erbe ihrer Eltern kann nicht mehr viel übrig sein, weiß ich. Denn damit hatte sie in Israel und Palästina eine Stiftung für Waisenkinder eingerichtet. Doch ich werde den Gedanken nicht los, dass sie das doppeldeutig gemeint hat. „Ich mache das“, betont sie noch einmal und lässt mich nicht aus den Augen. Was hat diese Frau vor, mit ihren mehr als dreiundneunzig Lenzen? Ich spüre in mir, dass das nicht einfach dahergesprochen ist.

„Anni, du bist wirklich ein seelenguter Mensch. Zu gut für die Welt.“ Mike ist sichtlich berührt, während er das sagt.

Laura stimmt dem zu. In Annis Gesicht aber zuckt es unmerklich um die Mundwinkel. Nachdenklich legt sie Stirn in Falten. Sie scheint das zu hinterfragen.

„Ich habe heute die ersten Plakatentwürfe aus der Druckerei geholt. Wollt ihr sie sehen?“ Micha nutzt die Gelegenheit und holt die ersten A-0-Plakate aus einer großen Schutzhülle. „Wahnsinn“, flüstere ich. Die Collagen, die meine Kollegen angefertigt haben, sind überwältigend. „Ein Leben in einem Bild“, interpretiert Laura treffend. Alle klatschen. „Und dazu kommen die Animationen, die Mike gemacht hat. Können wir sie mal sehen?“ Dieser nickt eifrig und öffnet sein Adobe 360 Fusion-Programm. „Mir war wichtig, die jeweiligen Epochen einzufangen.“ Wilde Bildabfolgen, in fantastischen Welten inszeniert, rasen vor unseren Augen hin und her. „Atemberaubend“, kommentiere ich erneut. Etwas Besseres scheint mir an diesem Abend nicht einzufallen. Doch das hier ist einmalig. So hat wahrscheinlich noch kein Mensch eine Zeitreise durch die Jahrzehnte gemacht. „Das wird über Beamer an die Wände projiziert. Teilweise legen wir das über die Bilder, die an den Wänden hängen. Mal schauen, wie.“ Mike freut sich über unsere Begeisterung und zeigt die anderen Animationen, die bereits fertig sind. „Gibt es für jede ausgestellte Lebensgeschichte einen solchen Science-Fiction?“, will Micha wissen. Er scheint im Kopf hochzurechnen, wie viele Stunden an Arbeit das kosten muss. „Ja, so der Plan,“ erläutert Mike. Ich traue mich nicht, zu fragen, ob er im Moment überhaupt in die Schule geht.

„Grandios.“

Wir klatschen begeistert.

25.

Anni kam gerade von einem erneuten Besuch bei der Bank of America zurück, als Nikolas ins Zimmer eilte. Erschrocken schob sie den Geldpacken unter die Bettdecke. Es war der dritte Umschlag voller Geld von der dritten Bank. Um Aufmerksamkeit zu vermeiden, hatten sie diese Strategie gewählt.

Dass bestimmte Kreise, die ihre Fühler überall reinstreckten, bereits mitbekommen haben mussten, dass jemand auffällige Geldbeträge aus den USA transferierte, davon konnten sie dennoch ausgehen.

„Erschreck mich nicht so!“, beschimpfte sie ihn.

Nik ließ sich auf den Stuhl fallen und wässerte sich die trockene Kehle mit einem Schluck Wasser. „Tschuldige“, kam es ihm auf Schwäbisch aus dem Mund. „Seit wann sprichst du denn deine Heimatsprache?“ Anni konnte sich nicht erinnern, ihn in letzter Zeit schwäbeln gehört zu haben. „Denkst du an deine Heimat?“ Anni zog ihre Schuhe aus und legte sich aufs Bett. Seufzend rieb sie ihre Füße und Waden. Sie schwollen in letzter Zeit immer öfter an. Ein Kätzchen legte sich auf ihren Bauch und schmiegte sich an die deutlich erkennbaren Rundungen. Sie hatten es vor ein paar Tagen adoptiert, als sie ins Hotel eincheckten.

Nikolas betrachtete sie nachdenklich und antwortete spartanisch mit einem „Ja“.

„Willst du nach Deutschland und nicht in die USA?“ Anni kraulte der Katze gedankenverloren das Fell, während sie mit der anderen Hand ihren Bauch streichelte. Nikolas nickte zögerlich. „Ich denke in letzter Zeit viel an die Schwäbische Alb. Auch wenn ich nur einen kleinen Teil meines Lebens dort verbracht habe. Schon komisch, oder?“ Sein Blick glitt zum Fenster hinaus, als ob er in Gedanken über den Atlantik reisen wollte, hinüber ins ferne Schwabenland. Für Anni war das keine Besonderheit. „Nein, das ist nicht komisch. Es war genau eine der wichtigsten Prägezeiten

deines Lebens. Das passiert schon mal." Sie schenkte ihm ein Lächeln, um ihrem Gefährten zu zeigen, wie sehr sie ihn verstand. „Hast du etwas herausbekommen?", wollte sie von ihm wissen. Nikolas ging zunächst nicht auf die Frage ein, sondern packte ein Stück trockenes Brot aus ihrer Brotbox und schenkte sich ein Glas Wein ein.

„Wir müssen unsere Taktik ändern, Anni. In deinem Zustand möchte ich dich nicht in Gefahr bringen." Als Anni aufbegehren wollte, hielt er abwehrend die Hände in die Luft. „Nein, Anni. Keine Widerrede. Ich lasse das nicht zu." Er stand auf und ging in Richtung Fenster, um auf den Platz vor ihnen zu spähen. Alles war ruhig. Nichts Verdächtiges. „Entweder wir machen das nach meinen Regeln oder die Reise auf der Rattenlinie findet hier und jetzt ein Ende!" Er wurde ein wenig lauter und energischer.

Anni richtete sich im Bett auf und lehnte sich nach vorne, ihm entgegen. „Nik: Wo sind die Nazis? Wo haben sie sich verschanzt? Warum haben sie Matthieu? Halten sie ihn noch gefangen? Warum?"

Nikolas unterbrach ihre Fragewelle: „Weil sie erfahren wollen, wer sie alle verfolgt. Vor allem, wer wir sind. Sie sind alarmiert." Er nahm einen tiefen Schluck vom Wein: „Ich hätte den Kerl doch um die Ecke bringen sollen!" Sie vermutete, er meinte den jungen Nazi-Sohn. „Nein, Nik. Das wäre falsch gewesen. Jetzt rede schon. Wo sind sie?" Nieselregen hatte eingesetzt. Sanft perlte er auf den Pflasterstein, schenkte der Stadt ein wenig Erfrischung.

„Sie sind alkoholabhängige, versoffene und raufsüchtige Kerle. Total heruntergekommen. In den Kneipen grölen sie Nazilieder und terrorisieren ihre Umwelt. Die Menschen haben Angst vor ihnen, erzählen aber auch gerne, was sie wissen. Man hasst die Deutschen hier." Weil sie mit Waffen schmuggelten und die Rotlichtszene kontrollierten. Ob Drogen mit dabei waren, wusste Anni nicht. Aber eins war klar. „Die Typen sind kriminelle Handlanger irgendwelcher Deutsch-Lateinamerikanischer Clans. Mehr nicht."

„Wo, Nikolas? Wo sind sie?“ Anni wurde ungeduldig. „Nik. Wo???“

Endlich reagierte er und gab seinen Widerstand auf: „Am Hafen! Sie haben eine der Lagerhallen zu ihrer Wolfsschanze ausgebaut. Eine Festung!“

Endlich begann Nikolas, alles zu erzählen: „Ich habe in den Kneipen mit einigen Hafenarbeitern sprechen können. Zwei von ihnen sind nun unsere Informanten. Ich habe sie engagiert.“ Anni ahnte, dass dies zulasten ihrer Geldbeträge ging, die unter der Bettdecke lagerten.

„Matthieu ist dort gefangen. Sie verhören ihn.“ Nikolas stockte kurz und fuhr fort: „Der General, er ist auch dort. Das Monster!“ 54-02-1001! Anni spürte, wie ihr Herz zu rasen begann. Endlich. Er! Zehn Jahre hatte sie auf ihn warten müssen. Jetzt würde sie ihm gegenüberstehen. Nicht mehr als kleines Mädchen, das gemeinsam mit ihren Eltern Opfer war, sondern als Jägerin! Jetzt wäre sie die Herrin des Geschehens. Sie würde bestimmen, nach welchen Regeln Rache geübt werden würde.

Doch Nikolas machte ihr einen Strich durch die Rechnung: „Anni, ich werde das erledigen!“

„NEIN!“, brüllte Anni. Ihre Stimme überschlug sich.

Die Katze sprang erschreckt vom Bett und suchte das Weite.

„Ich will ihn haben. Das Schwein. Jetzt ist Zeit zum Abrechnen.“

Nik baute sich vor ihr auf: „Ich lasse nicht zu, dass unser Kind deiner und meiner Rachsucht zum Opfer fällt.“ Er packte sie an den Armen und hielt sie fest. Anni wehrte sich, konnte sich ihm aber nicht entwinden. Sie rangen miteinander. Kämpften, bis sie erschöpft nebeneinander auf dem Bett zum Liegen kamen.

Es war Nikolas, der keuchend die Stille durchbrach: „Anni. Ich werde Matthieu befreien und das Schwein zu dir bringen. Versprochen. Aber bitte … bitte lass uns kein Risiko eingehen. Bitte.“ Sie willigte nur widerwillig ein. Doch wusste sie, dass es keine Alternative gab. Aufgeben wollte sie aber dennoch nicht ganz und konterte: „Dann will ich aber mit am Plan arbeiten und Schmiere stehen."

* * *

Anni saß in ihrem Versteck. Einem ausrangierten Ladekran, mit ausladendem Holzverschlag, in dem man es gut einen Tag aushalten konnte. Von dort aus konnte sie beobachten, was unten in der Straße passierte. Noch vor Tagesanbruch war sie von Nikolas zu ihrem Versteck gebracht worden, in dem sie schon seit Tagen ihr Zielobjekt ausspionierten. „Du hast etwas zu essen, einen Toiletteneimer und etwas zu trinken oben. Rühr dich nicht", schärfte er ihr noch ein. Doch das war überflüssig. Anni war Profi genug. „Waffe?", fragte sie knapp. „Eine Walter PK. Volles Magazin. Ist im Versteck." Sie verstand. Er hielt sie aber am Arm fest: „Anni, ich weiß, wir haben schon einige dieser Aufträge erledigt. Doch der hier ist anders. Versprich mir, nicht unüberlegt zu handeln. Versprochen?" Seine Sorge war, dass sie losschoss, sobald das Monster auftauchte. Widerwillig gab sie ihm ein „Okay" zur Antwort. Seither lauerte sie bereits viele Stunden dort oben. Der Lärm des Hafens schwoll mit aufgehender Sonne an. Schiffe legten an und ab. Ihr tief brummender Signalton erfüllte das Rund des Hafens. Geschäftig be- und entluden Menschen in einiger Entfernung Waren aus aller Welt. Anni befand sich etwas abseits davon auf einem alten Hafenareal, bereit, in naher Zukunft dem Erdboden gleich gemacht zu werden, damit neue Bauten hochwachsen konnten.

Im Gebäude gegenüber waren während des Morgens gut zehn Personen aufgetaucht. Sie erschienen immer in kleinen Gruppen und verschwanden schnell hinter einer stählernen Tür, die im Gebäude gegenüber eingelassen war. Etwas abseits bemühten sich circa sechs Personen, Säcke auf Pickups zu laden und abzutransportieren. Anni beobachtete alles sehr genau. Zu Mittag kehrte zumindest hier Ruhe ein. Die Deutschen hielten sich pünktlich an ihre Vesperpause, die sie im Inneren des Gebäudes verbrachten.

Anni gönnte sich ebenfalls etwas zu essen und trinken. Schnell sprang sie noch auf den Toiletteneimer, um gewappnet zu sein für das, was nun in Kürze geschehen sollte.

Eingeläutet wurde das Ritual dadurch, dass vier der Männer zwei Holzkisten voller Rum aus dem kleineren Lagerhäuschen holten und in den bunkerähnlichen Hauptbau schleppten. Anni und Nikolas waren sich sicher, dass dies diese Wolfsschanze sein musste, von der alle sprachen. Gemeinsames Besäufnis war nun angesagt. Nikolas wollte eine Stunde abwarten, bis der Alkohol wirkte. Ob der oberste Befehlshaber dieses Haufens von Säufern und Gaunern im Haus war, konnte Anni nicht erkennen. Er zeigte sich nur äußerst selten. Sie vermuteten aber, dass er dort drüben wohnte. Sich verschanzte. Anni meinte, ihn zweimal gesehen zu haben. Kurz. Als er am Abend gut gekleidet mit einer Limousine in die Stadt fuhr. „Woher er nur das Geld hat?“, wollte Anni wissen. Doch Nikolas gab schnell zur Antwort: „Nazigeld, Mafiageld, Drogen, Raub – da kommt einiges zusammen.“

Anni holte die Pistole aus dem Versteck und versicherte sich, dass sie geladen und entsichert war. Voller innerer Spannung und doch mit ruhiger Hand legte sie die Waffe vor sich auf die Ablage. „Nik, wo bist du?“, flüsterte sie. Schweiß rann ihr die Achseln herunter. Was, wenn ihr Freund scheitern würde? Wenn er getötet würde bei dieser wahnsinnigen Aktion? Sie müsste sich mit dem Kind allein durchs Leben schlagen und sich ewig Vorwürfe machen, warum sie nicht bei ihm mitten im Kampf war. Sollte sie doch nach unten gehen und das Haus erstürmen?

Doch die strengen Worte von Nikolas ließen sie in der Bewegung innehalten. „Wir brauchen dich da oben als unser Auge und als letzten Rettungsanker, wenn alles schiefläuft“, hatte er ihr eingeschärft. Disziplin – darauf fußten ihre bisherigen Erfolge. Sie rief sich das immer wieder in Erinnerung und blieb auf ihrem Posten, auch wenn es schwerfiel.

Dann kam der Showdown: Es war wie in einem der Hollywood-Filme, den sie im Kino gesehen hatten. Die vier Geländewagen schossen auf das gut gesicherte Gebäude zu.

In jedem Auto zählte Anni 6 Personen. Bewaffnet mit Panzerfäusten und Maschinengewehren. Gleich würde das Inferno losdonnern.

Nikolas war ungeduldig geworden. Er wollte nicht mehr lange warten und ausgeklügelte Pläne erarbeiten.

Brachial eindringen, beseitigen, was ihnen in den Weg kam. Zielperson festsetzen, Matthieu befreien. Raus. So simpel war der Plan.

Der Lärm des Hafens sollte ihnen genügend Zeit geben, bis die Polizei eintreffen würde.

Ein gleißender Blitz blendete die Frau, die gerade versuchte, ihr Fernrohr scharfzustellen. Ihm folgte eine infernale Explosion, deren Druckwelle ihren Wachtposten gefährlich zum Wanken brachte. Ein zweiter Blitz und eine zweite Detonation folgten. Dann ein dritter, vierter. Selbst in sicherer Distanz dröhnte es Anni in den Ohren.

Dort, wo die schwere Tür war, klaffte nun ein großes Loch. Weitere Granaten wurden ins Innere abgefeuert. Anni fürchtete schon, dass ihre Zielperson bereits beim ersten Angriff zu Tode käme. Schüsse, Schreie, Kämpfe. Alles ging so schnell. Und doch auch so langsam. Jede Mikrosekunde wurde von Annis Verstand gescannt und abgespeichert. Das Adrenalin ließ alles auf ihrer Hirnrinde einbrennen.

Es wollte jemand flüchten. Das Monster?

Sie wusste es nicht, hob bereits ihre Pistole, um ihm den Fangschuss zu geben. Doch einer der angeheuerten Söldner kam ihr zuvor.

Tote und Verletzte wurden nach draußen getragen. Auch Kämpfer von Nikolas wurden erwischt. Ängstlich prüfte sie jede einzelne Person, die auf einen der Wagen gelegt wurde. Nikolas war bisher nicht dabei.

Dann war der Spuk vorbei. Es wurde ruhig. Dichter Rauch drang aus dem Haus. Bange Minuten des Wartens raubten Anni beinahe den Verstand. Warum hatten sie keine Funkgeräte? Sie fluchte.

Dann endlich. Nikolas erschien mit drei anderen Männern. In ihrer Mitte führten sie jemanden ab, dem ein Sack über den Kopf gestülpt wurde.

War er das? Ja! Sie war sich sicher. Noch immer war er drahtig und wirkte stark.

Die junge Frau harrte noch ein paar Sekunden aus und während sie hörte, wie einige Fahrzeuge mit quietschenden Reifen davoneilten, kletterte sie die steile Leiter vom Kran herunter.

Etwas abseits des Geschehens wartete ein Fahrzeug auf sie. Aufgeregt winkten ihr zwei Männer zu, einzusteigen.

Die Polizei, die mit mehreren Fahrzeugen nur wenige Momente später eintraf, fand einen verlassenen Tatort vor. Man konnte den Verdacht nicht unterdrücken, dass sie gerne ein wenig abgewartet hatten. Ein Problem für sie weniger in dieser unruhigen Zeit.

* * *

„Sieh da, sieh da. Ein echter deutscher Herrenmensch."

Anni bemühte sich nicht, ihre Sonnenbrille in dem Kellerraum abzulegen. Mit ihrem dunklen, langen Ledermantel wirkte sie wie ein Racheengel aus der Dunkelwelt.

Der Angesprochene hob nur wenig seinen Kopf. Er versuchte nicht, seine Verachtung zu verbergen. Ungerührt spuckte er auf den Boden. „Fick dich!", hörte ihn Anni sagen.

Das gefiel ihr sogar.

Sie lachte und winkte den Männern zu. „Gebt ihm die Klamotten." Aus dem Schatten traten zwei in Kampfuniform gekleidete Personen hervor, gestreifte Kleidungsstücke in der Hand haltend. „Zieh das an!", befahl einer der Männer dem Gefangenen. Doch der reagierte nicht.

Auch darüber freute sich Anni. Denn jetzt konnte sie ihn erniedrigen, wie ihr beliebte. „Zieht ihn aus. Ihm gebührt artgerechte Kleidung, diesem Herrenmenschen."

Schnell packten mehrere Hände zu, überwältigten den Gefangenen und zerrten an seiner Kleidung. Sein tierisches Gebrüll überhörten sie. „Das werdet ihr mit eurem Leben bezahlen. Ihr wisst nicht, mit wem ihr es zu tun habt", brüllte 54-02-1001. Doch niemand beachtete ihn. „Ich werde euch häuten lassen. Bei lebendigem Leibe." Er versuchte, die Männer mit Schlägen und Fußtritten abzuwehren. Doch diese schlugen mit blanker Faust zu. Zertrümmerten seine Nase, dass das Blut nur so herausschoss. Das schockierte ihn und ließ ihn urplötzlich verstummen.

Anni stand auf und trat vor ihn. Aufmerksam beobachtete sie, wie ihrem Gefangenen der Kittel übergezogen und die Häftlingskappe aufgesetzt wurde. „Steht dir gut", kommentierte sie trocken. Aus den Augenwinkeln beobachtete sie Nikolas, der mit etwas Abstand alles verfolgte. Jederzeit bereit, einzuschreiten.

Anni packte 54-02-1001 abrupt am Kinn und riss seinen Kopf hoch. Sie zischte ihn bedrohlich an: „Menschen bei lebendigem Leib zu häuten, sie zu foltern und ihnen jede Würde nehmen. Ja, das liegt dir, was? Kriegst du einen Orgasmus davon? Komm, erzähl schon." Sie rammte ihm ihr Knie zwischen die Beine, dass er laut schreiend zusammensackte. Die Hände waren ihm wieder auf den Rücken gebunden, sodass er sich nicht abfangen konnte. Der nächste Tritt mit den Knien traf ihn mitten im Gesicht. Er biss sich auf die Zähne.

„Du Hure. Was willst du?" Seine Stimme klang noch immer herrisch. Offenbar trieb ihn das Gefühl voran, in Kürze gerettet zu werden.

Anni lachte hysterisch auf. „Was ich will?", schrie sie ihn mit schriller Stimme an. „Was ich will? Das fragst du Bastard noch?" Sie schlug mit voller Wucht mit ihrer Rechten in sein Gesicht. Der Kolben ihrer Pistole traf ihn an der Schläfe und ließ den Mann beinahe ohnmächtig umkippen. Sein Kopf schlug hart auf dem Boden auf.

„Anni!", flüsterte Nikolas vorsichtig. Doch Anni hörte vor lauter Blutrausch in ihren Ohren nichts mehr.

Sie trat nach dem Kopf des Opfers. „Steh auf", brüllte sie dabei. Immer und immer wieder. „Erkennst du mich gar nicht mehr?" Sie ließ ihm kurz eine Verschnaufpause, während derer er sich auf seinen Knien etwas aufrichtete. Mühsam versuchte er, sie durch seine geschwollenen Augen hindurch zu fokussieren. Sie sah, dass er sich bemühte, sich zu erinnern. Doch es wollte ihm nicht einfallen.

Wieder schlug Anni zu. „Das ist für meine Eltern." Noch ein weiterer Tritt. Doch er blieb aufrecht. Starrte sie an. „Kolberg. Sagt dir das nichts?" Er blieb stumm. „Du hast uns in der Nacht am Strand überfallen und meine Eltern gefangen genommen." Plötzlich lachte er los. Laut und voller Hohn. „Was, das bist du? Die kleine verdorbene Göre, die ihre eigenen Eltern ans Messer geliefert hat?" Er lachte, trotz der Schläge, die ihn trafen. Aber Anni hielt kurz inne. „Ich soll sie geliefert haben?" Sie schrie in an. „Du Sohn einer Hure hast mich missbraucht. Du bist der wiedergeborene Satan!" Sie packte seine Haare und riss seinen Kopf nach hinten. Die Walter in ihrer Hand zielte auf seinen Unterkiefer, bereit, die Kugel durch den Rachen hindurch ins Gehirn zu treiben. Schnell entfernten sich die Männer um sie herum. Die Sauerei wollten sie nicht abbekommen.

Doch das Lachen wollte nicht verklingen. „Eine Judenfreundin will mich zur Strecke bringen?" Er überschlug sich beinahe in seinen Tiraden. „Wegen so einer kleinen Sache? Das ist weit weg in meiner Erinnerung. Da hat es noch viel bedeutendere Momente gegeben, die mich glücklich gemacht haben. Das war doch alles nur süße Vorspeise. Der Hauptgang danach war vorzüglich. Deine Eltern waren ein Muckenschiss in meiner Karriere." Er war sich seiner Lage wohl nicht bewusst, wie einige im Raum vermuteten. Noch bevor Anni ihrer Raserei freien Lauf geben konnte, stürmte Nik nach vorne und schlug mit einer Eisenstange auf sein Knie ein. Zertrümmerte es mit einem hässlichen Geräusch. Schmerzvolle Schreie ertönten. Langsam erkannte der Kerl, dass ihn niemand retten würde. Er war allein.

Anni drückte die Pistole nun fest an seine Schläfe und zischte: „Hiermit spreche ich dich für schuldig. Schuldig am Tode meiner Eltern und vieler unschuldiger Menschen. Ich verurteile dich zum Tode."

Sie sah sich dem Tod gegenüber, der im Raum auftauchte und Anni beinahe liebevoll anschaute. Sie war über so viele Jahre eine wichtige Lieferantin für ihn gewesen. Angefangen mit der eigenen Familie …

Jetzt würde sie ihm wieder ein besonderes Exemplar liefern.

Wieder war es das zweite Gesicht des Menschen, das sich auch gerade bei Anni zeigte. Der reißende, blutgierige Wolf. Sie wurde von der Bestie in sich dominiert. Sie wollte richten und rächen. Denn vor ihr kniete kein Mensch, sondern ein Tier, eine Bestie.

„Lass mich das machen!" Irritiert blickte Anni auf. Sie musste sich anstrengen, um überhaupt etwas um sich herum zu erkennen. Es war Matthieu: „Ich mach das. Bitte!" Er humpelte nach vorne. Ein langes Messer in der Hand. „Ich werde ihm das zurückgeben, was er meinem gesamten Dorf angetan hat."

Die Szene wirkte beinahe grotesk. Einer Szene im Theater gleich. Im Zentrum das Opfer, das geschlachtet werden sollte. Um dieses herum zwei Menschen, die sich darum stritten, wer den Mord verüben durfte. Dazu die Zuschauer in Form der verdingten Soldaten, die nun einen Kreis um die Akteure bildeten. Ihre Neugierde war unverkennbar. Sie wollten sich nichts entgehen lassen.

Doch mit dem Öffnen der Stahltür im hinteren Bereich des weitläufigen Raumes änderte sich alles. Kämpfer stürmten herein, sicherten in Sekundenschnelle die Situation und entwffneten innerhalb eines Wimpernschlages sowohl Anni als auch Matthieu.

Anni, fest im Glauben, die Nazis hätten eine Rettungstruppe entsandt, wollte sich zuvor noch wehren. Es hätte nicht viel gefehlt und sie hätte mit ihrer zweiten Waffe, die sie immer bei sich trug, geschossen. Doch der Blick auf ein aufgesticktes Wappen bei einem der Eindringlinge ließ sie irritiert innehalten. Woher kannte sie dieses? Schnell hob die Kämpferin die Hände und ließ sich auch diese Waffe entwenden. Nikolas stieß einen Brüller aus, der tiefgründige Erleichterung verhieß. „Mein Gott, Anni." Er eilte zu ihr und nahm sie schützend in den Arm. „Du bist schlimmer als der Erzengel höchstpersönlich." Ein Blick in ihre Augen zeigte ihm, dass sie noch immer im Blutrausch war. „Anni. Hörst du mich?" Er tätschelte ihre Wangen. „Komm zu dir." Langsam führte er sie vom Zentrum des Geschehens weg. Doch sie wehrte sich. Schrie auf, als er sie nicht zurück zum Täter gehen ließ. „Tod. Er verdient den Tod." Ihre Augen flackerten. Wie die Waffe wieder in ihre Hände gelangen konnte, war für Nikolas schwer nachvollziehbar. Sie musste diese dem betreffenden Soldaten entwendet haben, als sie durch die Rangelei mit Nikolas gegen diesen stieß. Ein Schuss löste sich. Zielperson 54-02-1001 schrie auf und rieb sich seinen Oberschenkel. „Sie ist wahnsinnig. Rettet mich vor ihr. Diese kranke Seele braucht Hilfe." Er wandte sich an seine vermeintlichen Retter. Doch da machte niemand Anstalten, ihn zu beschützen. Während Anni die Waffe neu ausrichtete, versuchte er sich hinter den anderen zu verstecken. Flehend blickte Nikolas die Männer Wiesenthals an. Es war ausgemacht, dass sie den Job erledigten! Nicht seine Geliebte. Sie sollte ihre Seele nicht noch mehr im Abgrund der Verdammnis versinken lassen. Der Tod tanzte schattenhaft an den Wänden des Raumes. „Tu es, tu es. Bitte! Mach ihm ein Ende", rief er ihr zu. Sein Anstacheln reizte sie. Anni sammelte alle Kraft, die ihr noch verblieben war, und bereitete sich auf den finalen Schuss vor. Da endlich schlug eine Handkante gegen ihre Schläfe und setzte sie schachmatt. Dunkle Nacht umfing Anni. Entführte sie weg von diesem Ort und der Gegenwart.

26.

Meine Kinder dürfen tatsächlich zu Besuch nach Kirchheim kommen. Wie habe ich das verdient? Was ist mit meiner Frau los? Den Grund kann ich mir denken. Sie möchte mit ihrem Neuen wieder auf Reisen gehen und findet niemanden, der auf die Kinder aufpasst. Die Freunde und Nachbarn fühlen sich wohl ausgenutzt und wollen nicht mehr.

Egal! Ich drücke auf „Nachricht archivieren“, schicke sie mir zusätzlich noch als Mail, um sicherzugehen, dass ich den Beweis auf ewig bei mir habe. Zufrieden tanze ich durch die Wohnung. Meine Frau hat das tatsächlich geschrieben! Ich prüfe nochmals den Absender und Text. Tatsächlich. Es kommt von ihr.

„Wann?“

Ich prüfe das Datum. Könnte passen.

Tausend Dinge schießen mir durch den Kopf. Wo schlafen sie? Alle drei in meinem Zimmer? Ich im Wohnzimmer?

Soll ich eine Ferienwohnung anmieten?

Nein! Das wäre ja nicht meins.

Wir würden ein Räuberlager bauen. Jawohl. Ob das noch altersgemäß für die Zwillinge wäre?

Mir rinnt der Schweiß herunter. Ich will alles perfekt machen, wenn sie kommen.

Oh Gott.

Meine Kiddies kommen.

Was wollen wir alles machen, wenn sie da sind?

Würden sie ihre alte Heimat wiedererkennen? Woran würden sie sich erinnern?

Sicher wollen sie alte Freunde treffen.

Aber auch Anni, Laura und Mike. Das haben sie gesagt. Sie kennen die drei durch meine Erzählungen. Haben mitgefiebert, als Laura und Mike im Krankenhaus waren.

„Was ist mit den letzten Anwaltsschreiben los? Sind die hinfällig? Kann ich die vergessen?“ Ich will die Nachricht abschicken. Zögere kurz – und lösche sie. Nicht gut. Das versaut die gute Stimmung.

Ich werfe mich wieder auf mein Sofa und strahle, wie man verstrahlter nicht sein kann.

Womit habe ich das nur verdient?

Noch vor wenigen Wochen fühlte ich mich sozial isoliert, als einsamer Streuner, der mächtig Prügel hatte einstecken müssen. Als einer, der sich in seine Hütte zurückgezogen hat.

Keine Freunde schien ich zu haben. Petra schlich in mein Leben hinein. Missbrauchte mein Vertrauen.

Doch nun? Arno, Micha, Anni, Laura, Mike, meine Kinder. Was ist das nur für ein Geschenk!

Wie man Menschen nur so lieb haben kann.

Ohne Zeit zu vergeuden, mache ich mich an die Reiseplanung nach Kirchheim. Meine Schwester plant einen Besuch im Stuttgarter Raum und würde sicher den Umweg von Oldenburg über Emden machen. Ich muss sie gleich anrufen.

Ich könnte so glücklich sein. Wenn nicht der Racheengel wäre, der noch immer auf meinem Rücken herumreitet und mir die Seele verdüstert. Immer wieder klinke ich mich aus und berate mich mit Micha und Arno. Unser Ziel ist es, Petra das Handwerk zu legen. Sie darf nicht den Laden übernehmen und die Atmosphäre vergiften. Vor allem aber darf sie nicht ihre Pfuschereien ungestraft betreiben.

Wir wollen sie stellen. Wollen, dass Petras Machtgier nicht dazu führt, dass sie über Leichen geht. Weiß denn die Chefin nicht, dass die ehrgeizige Frau an ihren Posten möchte?

Glück ist für mich nichts anderes, als Gelegenheiten und Chancen zu nutzen. Das Interview mit dem älteren Herrn, der sich als Großvater von Petra ausgibt, kann so eine Gelegenheit sein. Wir müssen dem unbedingt nachgehen.

Ich schüttle mich wie ein nasser Hund. Ich will die Gedanken loswerden. Zumindest jetzt, wo diese gute Nachricht bei mir angekommen ist.

Und ganz nebenbei: Wir müssen eine Ausstellung vorbereiten! Es sind nur noch wenige Tage. Dann ist es so weit. Gegen alle Widerstände haben wir es geschafft. Zumindest bis hierher.

Ich bin höchst zufrieden, dass wir einen guten Ersatz für die Innenstadt gefunden haben. Nein, es ist kein Ersatz. Es ist ein viel besserer Ort, dieses Bauernhaus hoch oben über Bissingen. Angeschmiegt an den Hang, der zur hohen Teck führt. Wir hatten uns darüber gestritten, ob da überhaupt Menschen hinkommen. Doch ich bin der Überzeugung, dass die, die es interessiert, kommen werden. Anni hingegen ist es nur recht. Sie hat Angst vor so viel Wirbel.

Mein Telefon blinkt. Das Erinnerungsfenster zeigt sich, will mir sagen, dass in wenigen Stunden das Pressegespräch startet. Der SWR hat sich angekündigt!

Dafür müssen wir uns noch hübsch machen.

Es klopft an der Terrassentür. Erschrocken drehe ich mich um und blicke den dunklen Schatten an, der sich gegen das sich senkende Sonnenlicht abzeichnet. „Mike?“ Ich blinzle mit den Augen, um die Figur richtig erkennen zu können. „Mach doch endlich auf“, schimpft er. Ich öffne die Tür. „Was machst du da? Wie kommst du in meinen Garten?“ – „Ha, der Witz ist gut. Garten. Witzig.“ Er blickt sich in dem Mini-Winkel um, der von der dichten Hecke umschlossen wird. „Ein Mike findet immer ein Schlupfloch, glaub mir. Krieg ich etwas zu trinken?“ Er wirft sich auf meine Couch und macht es sich gemütlich. „Schuhe ausziehen“, schimpfe ich. „Hast du Red Bull?“ Und tatsächlich, ich bin ausgestattet. Wegen Laura und ihm habe Vorrat angeschafft. „Mike, meine Kinder kommen!“ Überglücklich überreiche ich ihm die Dose und setze mich in einen der Sessel. „Glückwunsch!“ Er hebt den Daumen, öffnet die Dose und prostet mir zu. „Es geschehen noch Wunder. Ich bin echt gespannt auf deine Kids.“ Ich spüre, dass er es ernst meint, und nicke ihm dankbar zu. „Wann kommen sie?“, will er wissen.

„In den nächsten Tagen. Ich muss nochmals genau schauen. Aber es kann mit der Ausstellungseröffnung funktionieren." – „Cool." Mike blickt herüber zur Kommode, wo Bilder meiner Kinder stehen. „Bin gespannt auf sie. Wenn ich nicht schon Laura versprochen wäre, könnte man glatt eine deiner hübschen Zwillinge heiraten." Er hält kurz inne und spielt den Überraschten. „Kann man gar nicht glauben, dass so hübsche Kids von dir sind …" – Empört schmeiße ich ein Kissen zu ihm herüber. „Jetzt nicht frech werden!", schimpfe ich gekonnt. Innerlich aber freue ich mich diebisch, wie vertraut wir miteinander sind.

Mike zeigt mit dem Finger nach draußen, wo mein Eichhörnchen auf dem Tisch sitzt und Nüsse einsammelt. „Klappt es mit dem Füttern?", will er wissen. Das kann man nicht wirklich sagen. Das Vieh ist noch zu scheu. Aber „ich arbeite daran".

Dann endlich erinnere ich mich, was ich schon die ganze Zeit fragen will: „Was treibt dich her?", will ich wissen. „Das Projekt?" Mikes Gesicht verdunkelt sich. „Nein", sagt er nur knapp. „Anni ist bei der Polizei." Erschreckt richte ich mich auf. „Was ist passiert? Geht es ihr gut?" Mike nimmt einen Schluck und genießt meine Aufmerksamkeit. „Sprich schon, du Folterknecht", beschimpfe ich ihn.

„Es ist wegen Laura. Da war etwas los."

In meinem Kopfkino beginnt es zu rasen. Gibt es Probleme mit den Eltern? Mit der Seniorenresidenz?

Mike legt einen Ellbogen auf die Rückenlehne des Sofas und genießt seinen Moment. Ein News Broker par excellence. Aber ich spüre, ganz unbeteiligt lässt ihn das nicht. Seine Stimme zittert leicht, während er nun endlich erzählt: „Es gab einen Zwischenfall in der Stadt. Einer der Jungs aus der Clique hat echt Scheiße gebaut. Er hat Laura auf dem Markt getroffen, wo sie mit Anni und mir im Café war." Beinahe schon etwas eifersüchtig registriere ich, dass sie sich ohne mich in unserem Café getroffen haben. „Mann. Der war echt sauer, als er dahergeschossen kam. Wegen der alten Dame hat er Laura vorgeworfen, die Clique, ihre gemeinsame

Familie, die er so nie hatte, verraten zu haben. Sie wäre wegen ihr kaputtgegangen. Hat er gesagt."

Ich versuche, mir in Gedanken vorzustellen, was von dieser Situation zum Aufenthalt bei der Polizei geführt hat. Doch es will mir nicht wirklich gelingen.

„Sag, was ist dann passiert." Ich rutsche unruhig hin und her.

„Na, der Idiot ist wütend davongerast, als wir ihn nicht ernst genommen haben. Dann hat er eine alte Frau vom Fahrrad gestoßen. Sie war ihm im Weg." Erschreckt nehme ich die Hand vor den Mund. „Und?", will ich wissen. „Ihr scheint es gut-zugehen. Aber der Krankenwagen musste kommen und sie haben sie mitgenommen. Vermutlich Prellungen und Verstauchungen."

Jetzt verstehe ich. Anni und Laura mussten auf die Polizei, um auszusagen. „Aber warum bist du nicht bei der Polizei?" Ich runzle die Stirn.

„Weil ich nichts angestellt habe, Basti. Im Gegensatz zu Laura. Mannomann, die hat gewütet." Ich blicke voller Sorge zum Fenster hinaus, als ob ich bis zu Laura ins Revier schauen kann. „Sie hat den Kerl vermöbelt nach Strich und Faden. Der liegt wahrscheinlich gerade auf dem Operationstisch." „Meinem alten Operationstisch", schießt es mir unnötigerweise in den Kopf.

Mir fehlen die Worte. Ich brauche Zeit, um das Gehörte zu sortieren. Doch Mike unterbricht mich dabei: „Sie wollen, dass du aufs Revier kommst."

„Ich? Wieso das denn?"

„Keine Ahnung."

„Und warum sind wir dann noch hier?"

„Weil ich eine kleine Pause gebraucht habe."

Der Schlawiner. Will Laura wohl ein wenig braten lassen.

„Sie sind laut dieses Dokumentes der Erziehungsberechtigte. Sie müssen das ernst nehmen!" Tadelnd schaut mich der Polizist an. Mir nimmt es die Sprache. Was ist das für ein Dokument? Ich versuche, einen Blick davon zu erheischen.

Da sind Unterschriften zu sehen. Auf einem Formular, das ich nicht kenne. Doch eine der Unterschriften kommt mir bekannt vor. Eine Imitation meiner Handschrift. Das ist ein Betrug. Doch ich nicke nur reumütig und stottere ein „Tut mir leid“. Aus den Augenwinkeln heraus beobachte ich Laura, die offensichtlich angespannt zu sein scheint. „Es geht hier um keine Bagatelle, Herr …“ – „… Wohlfarth. Dr. Wohlfarth“, ergänze ich schnell. Der Doktor zeigt tatsächlich ein wenig Wirkung. „Ja, Herr Doktor. Also …“ Er räuspert sich, bevor er fortfährt: „Die junge Frau hat jemanden mächtig zugerichtet. Am helllichten Tag auf dem Marktplatz.“ Noch bevor ich überhaupt irgendeine Idee habe, was man darauf antworten kann, meldet sich Anni mit voller Empörung in der Stimme zu Wort: „Nein, Herr Wachtmeister. Da liegen Sie falsch! Das war reinste Notwehr.“ Sie kommt nach vorne und stellt sich direkt an den Tresen. Vorwurf klingt in ihrer Stimme: „Das haben Sie doch vorhin selbst gesagt. Der Kerl hat die arme Frau vom Rad gestoßen und dann wollte er auf mich und andere Passanten losgehen.“ Sie zeigte auf Laura schräg hinter sich. „Wenn diese mutige Frau nicht gekommen wäre, ich weiß nicht! Da wäre viel Schlimmeres passiert.“ Sie schüttelt, nach Fassung ringend, den Kopf. Ich muss ein Schmunzeln unterdrücken. Halte die Hand vors Gesicht und täusche einen Hustenanfall vor. Mike stellt sich neben die Seniorin. „Genau, Herr Polizist. Genau so.“ – Vorsichtig hebt der Polizist die Hand, will Widerspruch einlegen. „Aber so heftig? Der Kerl liegt im Krankenhaus …“ – „Jaja. Das ist schon schlimm“, bestätigt Anni. „Aber was kann denn diese Heldin dafür, dass sie versehentlich über das Fahrrad der Dame stolpert und mitsamt dem Rad auf den Täter fällt? Das war ein kleines Unglück bei der Rettungsaktion. Stimmt tatsächlich.“ Mike nickt eifrig. Mit einem Seufzer schließt der Polizist den Ordner und den Fall mit einem: „In Ordnung. Ich werde das vermerken. Aber, junge Dame. Selbstjustiz sollten wir zukünftig nicht mehr anwenden. Versprochen?“ Reumütig nickt Laura. Diese Schauspielerin. Dankbar gebe ich dem Polizisten die Hand. „Darf ich diese Gesellschaft mitnehmen?“ Er nickt. Mike zieht einen Flyer aus der Tasche: „Bitte schön, Herr Polizist. Sie sind herzlich eingeladen. Zu unserer Vernissage.“ Er gibt ihm das Papier. „Dann sehen Sie, was für tolle Menschen das hier sind.“

Mir fällt siedend heiß der Termin ein: „Oh Gott. Das Interview. Der SWR ist bestimmt schon da.“

Der Polizist scheint beeindruckt. „Danke. Ich schaue mal. Das ist bei mir ums Eck.“

„Was war das denn?“, will ich von Laura und Anni wissen, als wir die Polizeistation hinter uns gelassen haben.

Laura hebt die Hände: „Ich habe getan, was getan werden musste.“ Ich schüttle den Kopf. „Und was ist das mit dem Formular?“ Keine Antwort. Betreten schauen alle drei geradeaus. Liegt hier ein Komplott vor?

Ich lasse es dabei bewenden.

„Du musst deine Emotionen besser im Griff behalten“, mault Anni.

Doch Laura funkelt sie nur an: „Das sagt die Richtige! Wie war das nochmals in Uruguay? Und überall davor?“ Getroffen blickt Anni zur Seite. „So ist das eben, wenn man zur öffentlichen Person wird“, lästert Mike. Ich gebe ihm einen Klaps auf den Hinterkopf und raune ein „Ruhe!“.

Noch fünf Kilometer bis zu den Rauberhöfen. Die Moderatorin und das Fernsehteam müssen sicherlich schon da sein. Ich versuche vergeblich, jemanden zu erreichen.

Die Fahrt durch Bissingen hindurch, die landwirtschaftliche Betonstraße hoch, umgeben von Wiesen, Feldern und den hohen Hängen der Alb, mit der Burg Teck hoch oben, steigert meine Stimmung. „Gute Idee, auf dem wunderbaren Bauernhof die Ausstellung zu machen. In den Pavillons, im Stall, den Wirtschaftsräumen und den Tiny-Houses. Jedes Haus, jeder Raum verbirgt eine Geschichte eines besonderen Menschen.“ Der Redakteurin gefällt die Idee. Sie wandert durch die Zimmer, in denen bereits erste Installationen und Präsentationen zu sehen sind. Ich bin selbst mächtig beeindruckt.

Das sieht perfekt aus. „Du bist genial, Mike“, flüstere ich ihm zu. Doch der winkt ab. „Das war die Werbeagentur aus Weilheim, die alles kostenfrei gemacht hat.“ Anni ist die Hauptperson des Interviews. Das Gespräch mit der Redakteurin macht mächtig Laune, zuzuhören. Auch Laura kommt zu Wort. Ich schieße die Fotos vom Set. Licht, Ton, Kamera, Interview-Szene. Alles wird verewigt. Für unsere Social-Media-Kampagne.

„Ich könnte ewig zuhören“, spricht die Redakteurin begeistert. Die Kameras sind bereits abgebaut und das Team mit dem kleinen Transporter abgereist. Doch Sonja, so der Name der Journalistin, bleibt sitzen. Die Wirtsfrau des Hofes bringt Punsch vorbei. Wir verlieren uns in den weiteren Erzählungen.

„Wie ging es nach diesem Ereignis in Uruguay weiter?“, will sie von Anni wissen. „Hast du wirklich den Mann umbringen wollen?“, setzt Mike nach.

27

Das Magische des Ortes umfängt sie. Am Fuße der Burg Teck, mit ihrer mehr als tausendjährigen Geschichte. Es scheint, als ob der Geist der weisen Frau namens Sybille von der Teck durch das Tal weht.

Wir hören die Tiere der Nacht. Ein Hirsch röhrt in weiter Ferne. Ein anderer antwortet.

Die Pferde im Stall werden unruhig. Man hört das Schaben ihrer Körper an den Wänden. Getrampel. Dann ein Jaulen. Ein Hund? Ein Wolf? Die Unruhe will auf uns Menschen überspringen, die wir in dem Bauernzimmer sitzen, dessen hölzernen Wände Behaglichkeit und Wärme ausstrahlen. Wir lauschen in einer kurzen Gesprächspause dem dramatischen Konzert in der Dunkelheit. Mike ist bereits tief und fest eingeschlafen. Seinen Kopf auf Lauras Schoß gebettet. Sanft streichelt sie ihn, kämpft selbst gegen das Gähnen an. Doch die Stimmung zieht sie in ihren Bann, lässt sie wach bleiben, um jedes einzelne Wort aufsaugen zu können, was gesagt wird.

Kräftiger Glühweinduft erfüllt den Raum. Die Redakteurin reckt sich, genießt sichtlich die Stimmung. Aufmerksam studiert sie die kleine Seniorin, deren wache Augen die ihren treffen: „Anni, wie kommt man nach solch einem Erlebnis wieder zum normalen Leben zurück?“, will sie wissen.

Die Angesprochene hält dem Blick stand und entgegnet: „Du meinst die Zeit nach Uruguay?“

Die Journalistin nickt. „Ja, kann man das einfach so abschütteln? Ich meine, es war doch ein Leben einer Outlaw. Mit Gewalt, Selbstjustiz und jenseits der gesellschaftlichen Normen.“

Anni räuspert sich und drückt den Rücken durch. „Na ja. Wenn ich ehrlich bin, bin ich nicht wirklich heruntergekommen. Nach der blutigen Aktion in Montevideo war ich noch voll auf Speed. Das Adrenalin kochte nur so in meinen

Adern.“ Sie nimmt einen Schluck und blickt in sich hinein, als ob sie die Bilder gerade vor sich ablaufen lässt. „Wie eine Wahnsinnige benahm ich mich. Ich wollte gegen die israelischen Soldaten kämpfen, um wieder an meine Beute zu kommen. Aber vergeblich.“ – „Aber du warst doch bewusstlos, dachte ich.“ Laura versucht, so leise wie möglich zu sprechen, um Mike nicht zu wecken. Ich überlege mir, mein Handy auf Aufnahme zu stellen. Ich traue mich aber nicht. Anni neben mir lächelt spitzbübisch: „Das war nur kurzfristig, Laura. Sie wollten mich nicht zu sehr verletzen. Die Herren aus Israel. Dafür habe ich aber ziemlich wild gewütet. Erst Nikolas hat mich ruhig stellen können.“

„Und was ist mit dem Nazi geworden?“ Ich habe nun doch heimlich den Aufnahmeknopf gedrückt. Die Frage interessiert mich brennend: Wie kann ein Mensch mit seinen zwei Gesichtern umgehen? Wie die böse Seite bändigen? Annis ruhige Stimme erfüllte den Raum: „Sie haben ihn in eine Überseekiste verpackt und nach Israel gebracht. Einer Verurteilung hat er sich durch einen tödlichen Krebs entzogen. Muss im Gefängnis sehr gelitten haben. Aber Reue gab es bei ihm bis zum Schluss nicht, wie ich hörte.“

„Und dann?“ „Danach wollte ich bei Wiesenthals Leuten anheuern. Der Wunsch nach Rache wurde für mich zur Gier. Er wurde zu einem Monster, das mich besessen machte.“ Mir fällt auf, dass Anni immer mehr von „ich“ spricht. „Und Nikolas?“, kommt es mir aus dem Mund, schneller als mir lieb ist. Ihre Lippen werden zu einem Strich. Anni will nicht wirklich darauf antworten. Doch tapfer spricht sie weiter: „Wir haben uns zerstritten. Extrem.“

„Oh“, entfährt es Sonja, der Journalistin. „Ja, er kam mit meiner Besessenheit nicht mehr klar. Nikolas fand keinen Zugang mehr zu mir. Denn meine Wut schäumte weiterhin ungebremst auf. Quoll aus mir heraus. Meine Umgebung wurde dadurch zu einer toxischen Lebenswelt, in der er es nicht mehr aushielt.“ Nikolas und sie haben sich getrennt? Mir schießen tausend Gedanken durch den Kopf, traue mich aber nicht, sie in ihrer Erzählung zu unterbrechen. „Dass mir das Durchsetzen meines Willens nicht gelang, machte mich noch wütender. Eine Schwangere wollte niemand haben, musste ich erfahren. Auch nicht die Leute von Wiesenthals Jagdtruppe. Ich hasste mein noch ungeborenes Kind dafür. Und unsere Beziehung schien daran zu zerbrechen."

Es herrscht Ruhe im Raum. Herbstwind schießt um das alte Bauernhaus, rüttelt an den Fensterläden. Jagt die mystische Frau, Sybille von der Teck, mit durch die Herbstnacht? Fast meint man, ein Flüstern im Wind zu hören.

Annis Stimme durchdringt wieder die Stille. Leise und nachdenklich: „Doch dann kam dieser Moment! Jener, der mit großen Krämpfen begann. Mir alle Sinne raubte. Ich schrie vor Schmerzen, verlor beinahe den Verstand. Es war, als ob meine Kleine mit ihrem Ankommen auf dieser Welt Genugtuung einforderte. Für all die dunklen Momente, die ich ihr während der Schwangerschaft beschert hatte.

Und dann war sie da!"

Schnäuzen reißt mich aus meiner Traumreise, auf die uns Anni mitnimmt. Ich erschrecke beinahe. Ich sehe Tränen in den Augen meiner Sitznachbarin. Doch sie bleibt tapfer, spricht sofort weiter: „Und dann war da dieser eine Moment. Jener, in dem mir die Schwester das kleine Wesen in die Arme legte. Erschöpft betrachtete ich es. Sie schrie nicht mehr. Lag ruhig da – und öffnete für einen kurzen Moment die Augen, um ihren Blick einem Laserstrahl gleich in mich hineinzubohren. Es traf mich wie ein Donner, gefolgt von einem Blitz, der alle Nervenbahnen meines Körpers mit Hochspannung durchströmte. Ich war vollkommen unvorbereitet und wurde regelrecht umprogrammiert." – „Du warst allein im Kreißsaal?" Lauras Stimme verrät, dass sie das nicht fassen kann. Schon will ich vorsichtig erklären, dass das in diesen Jahrzehnten so war. Männer waren nicht im Kreißsaal mit dabei. Das muss ich aber nicht. Anni antwortet zügig: „Ja, ich war allein. In Connecticut. Nikolas in Deutschland. In Berlin, bei unseren Freunden. Sie waren inzwischen in den Westen gezogen. Erst durch sie erfuhr er von der Geburt." – „What?" Laura ist beinahe sprachlos. „Er hat dich allein gelassen?“ – „Wir waren zu dem Zeitpunkt getrennt, Laura. Es ist bei mir dann doch Connecticut geworden. Ich habe mich durchgesetzt. Meine Tochter sollte eine US-Amerikanerin werden. Denn so fühlte ich mich selbst in erster Linie. Nikolas suchte in Deutschland sein Glück, um wieder Abstand zu bekommen und um in ein normales Leben zurückzufinden.“

Die Bauers- und Wirtsfrau kommt aus der Küche und setzt sich zu uns. Niemand von uns denkt noch an das Morgen, die Schule, die Arbeit oder sonstige Verpflichtungen. „Darf ich mithören?“, will die Frau wissen. Wir nicken. Heimlich prüfe ich, ob meine Aufnahme am Smartphone noch läuft.

„Als er Wochen später auftauchte, geschah mit ihm dasselbe.

Die Kleine war ein Engel. Sie verzauberte uns. Veränderte unser Leben.

Sie war Hoffnung, Zukunft, reinste Unschuld.

Gezeugt in Zeiten von Hass und Rache.

Solch ein Widerspruch! So ein krasser Kontrast.“ Annis Stimme wird wieder lauter und fester. „Sie riss uns die Härte, die das vergangene Leben auf unsere Haut getackert hatte, wie Masken vom Gesicht.

Den Tod sah ich nur noch aus weiter Ferne in diesen Tagen. Er wirkte kraftlos, wie ein Verlierer. Ein gutes Gefühl. Ich beachtete nicht in unserem Glück, dass der gruselige Geselle nicht gänzlich verschwand. Er schien noch zu lauern, auf seine Gelegenheit.“ Und sie sollte noch kommen, wie ich bereits aus ihrem Buch weiß.

„Wir wandten unsere Gesichter der Sonne entgegen. Legten die Vergangenheit ab wie ein bleiern schweres, verkrustetes Gewand. Alt, modrig. Wir begrüßten die Zukunft Hand in Hand und mit einem Lächeln im Gesicht.“

Sie waren also wieder zusammen. Erleichtert lehnen wir uns auf unseren Holzbänken zurück.

„Wir konnten endlich einmal anfangen, ein normales Leben zu führen. Zumindest so normal, wie wir es für uns vorstellen konnten." Sie lacht. „Na ja, wenn man die Hummeln im Hintern hat, dann kann man natürlich nicht erwarten, dass man viele Jahre an einem Ort sesshaft wird. Auch wenn man sich in einer Sache irrt."

„Inwiefern?", will Laura wissen. Sie ist zu unserer Frageführerin geworden. Die Antwort: „Dass man glaubte, nun hat man einen inneren Frieden gefunden. Doch das stimmte nicht. Die Rache hatte sich wie ein Geschwür in uns hineingefressen. Hat Verätzungen auf unseren Seelen hinterlassen. Vor allem nachts kehrten die Bilder zurück. Ließen uns schlecht träumen und des Morgens mit einem faden Geschmack auf der Zunge aufwachen. Die Rache, das war ein bittersüßer Moment in den Minuten der Erfüllung. Eine innere Last bleibt. Die Last dessen, was man getan hat und ein Leben lang mit sich trägt. Wir fingen an, vor diesen Bildern zu fliehen. Indem wir – kaum dass unsere wunderbare Tochter fünf Jahre alt geworden war – unsere Koffer packten und in die Welt hinauseilten."

Sie schafften es nicht, sich wieder heimisch zu fühlen, geschweige denn, enge soziale Kontakte mit ihrer Umwelt zu pflegen. Doch das Leben in dieser Welt erleichterte vieles.

Nikolas machte sein Versprechen wahr und stellte Anni einen Heiratsantrag. Sie feierten die Hochzeit auf der Insel Marthas Vinejard.

„Wo habt ihr gewohnt? Was habt ihr beruflich gemacht? Warst du mit deinem Mann glücklich?" Mikes Stimme überrascht uns alle. Er ist wohl wieder wach und hat schon länger zugehört.

Laura wuschelt ihm durch die Haare: „Neugieriger Kerl."

Behutsam lege ich Anni die Hand auf den Arm: „Wie geht's dir? Bist du müde?" Ich erinnere mich an den aufregenden Nachmittag auf dem Marktplatz und im Polizeirevier. „Kein Stück. Danke, mir geht's gut." Sie freut sich über meine Fürsorge: „Ja, Mike, ich habe ihn geliebt. Sehr sogar. Und unsere kleine Tochter gab uns wieder einen Kompass in die Hand, um für das Leben eine Orientierung zu bekommen.

Gewohnt haben wir in der Welt. Sie war unser Zuhause. Wir reisten von Nord nach Süd, von Ost nach West. Wenn es uns zu langweilig wurde, reisten wir weiter.

Aber. Leider muss man feststellen, dass man niemals Ruhe findet und einen der Tod niemals mehr verlässt, wenn du ihn einmal als Gefährten in dein Leben gelassen hast. Wir mussten das sehr schmerzvoll erfahren."

* * *

Das Leben hatte Anni, Nikolas und ihre Tochter wieder zurück nach Europa gespült.

Letztlich war es eine schlimme Tropenkrankheit, die ihre Tochter, Elli, in Indonesien nur mit Mühe überlebte, die sie nach Europa zurückbrachte.

Anni und Nik saßen in einer der langen Nächte, in denen sie Wache am Bett ihrer Tochter hielten, für einen kurzen Moment auf der Veranda.

„Wir müssen dieses Abenteuer beenden, Anni. Um unserer Tochter willen", sprach Nik das aus, was auch sie dachte. Anni reichte ihm eine Tasse duftenden Tee und setzte sich neben ihn. Dabei nickte sie nur zur Antwort. Schon seit einiger Zeit stand diese Notwendigkeit im Raum, schaute sie stumm an, wann immer mit schlimmen Viren infizierte Mückenschwärme ihre Wohnung belagerten. Diese Notwendigkeit begleitete sie im hinteren Bereich ihres Gartens, der direkt an den tropischen Wald angrenzte und sie ihre Tochter mehr als einmal vor fremden Schlangen und gefährlichen Waranen in Sicherheit bringen mussten. „Es ist unsere elterliche Pflicht", setzte Nikolas nach. Doch er wusste, dass auch seine Frau diese Gedanken in sich trug. Nur bisher wollte niemand das offen aussprechen, aus Angst, dass der andere dies als Manifestation einer Niederlage ihres bisherigen Lebenskonzeptes betrachten würde.

„Wollen wir wieder zurück in die USA?" Anni sehnte sich nach Connecticut, ihr Haus, das geordnete Leben dort.

Doch Nikolas schwieg auf diese Frage hin und nahm bedächtig einen Schluck. In der Wohnung ertönte ein Wimmern und Stöhnen. „Sie hat wieder Fieberträume", flüsterte er.

„Nicht Connecticut? Willst du nach Deutschland?" Sein Gesicht hellte sich auf, gefolgt von einem erleichterten „Ja, Anni. Das wäre schön." Sie schluckte schwer. Was hielt ihn nur an Deutschland fest? Was an Süddeutschland? Er hatte die wenigste Zeit in seinem Leben auf der Schwäbischen Alb verbracht. Und doch wollte er zurück zu den Wurzeln seiner Familie. Es war, als ob ihn etwas Unsichtbares dort hinzog.

Anni gab sich einen Ruck: „Warum nicht? Gerne. Und wenn es uns dort nicht mehr gefällt, gehen wir zurück nach Connecticut." Am liebsten hätte sie gesagt „nach Hause". Doch das verkniff sich Anni.

Sie blickte über die Schulter in Richtung Schlafzimmer ihrer 6-jährigen Tochter. Das Stöhnen hatte aufgehört. Mit ein wenig Glück würde ihre Tochter in wenigen Tagen über dem Berg sein. Man konnte es nur Fügung des Schicksals nennen, dass gerade ein deutscher Arzt und Missionar in ihrer Gegend war und helfen konnte. Also, warum nicht Deutschland? Anni freundete sich mit dem Gedanken mehr und mehr an. Elli könnte dann direkt dort eingeschult werden und würde ein wenig von der deutschen Kultur mitbekommen. Man erzählte sich hier auch, dass Nazideutschland zu einem blühenden, demokratischen Staat geworden wäre, mit hohen sozialen Standards. Das fehlte den Amerikanern noch …

„Also gut. Deutschland. Wir gehen, sobald die Kleine wieder auf den Beinen ist." Sie klatschten sich gegenseitig mit den Händen ab und küssten sich innig. Ein inneres Kribbeln machte sich in Anni und Nikolas breit. Etwas Neues schien sich anzubahnen. Ein neues Abenteuer, ein neues Leben in Sesshaftigkeit.

Und tatsächlich. Monate später machte das Schiff in Hamburg fest. Elli betrachtete mit weit aufgerissenen Augen die große Stadt, mit den hohen Gebäuden, vielen Menschen und all dem wuseligen Durcheinander. Anni und Nikolas war es gar nicht bewusst gewesen, dass ihre Tochter zwar zahlreiche Wüsten, Küsten und Tropenregionen der Welt kannte, aber noch niemals in Europa gewesen war, geschweige denn eine große Stadt erlebt hatte. Anni versuchte, dieses Land mit den Augen ihrer Tochter zu sehen. Sie sah Menschen, die lachend am Landungssteg entlangflanierten. Bunt gekleidet und nicht in brauner Uniform. Polizisten in blauer Dienstkleidung wirkten freundlich. Halfen den Menschen. Kinder spielten in den wenigen Grünflächen. Sie schienen glücklich. Elli wäre am liebsten zu ihnen hinübergelaufen und hätte mitgespielt.

Anni wollte ihr das ermöglichen, sobald alle Einreiseformalitäten erledigt wären.

„Ich bin schon sehr auf den Nachtzug gespannt", sinnierte Nikolas, während er seinen Arm um Anni spann. „Willkommen im neuen Deutschland, mein Schatz." Er küsste sie und sie ließ es gerne geschehen, auch wenn sie ihr Misstrauen bislang nicht ganz ablegen konnte. Die Augen suchten die Trümmerlandschaften, fanden aber nur neue Bauten. Keine Soldaten, keine Luftsirenen, keine Bedrohungen. Deutschland wirkte so frisch und neu, als ob es gerade mit dem neuen Neckermann-Katalog auf Bestellung geliefert und einfach über die alten verkohlten und mit Blut getränkten Krater und Schützengräben gelegt worden war.

„Fahren denn schon Züge bis nach Süddeutschland?" Sie konnte sich das nicht vorstellen. – „Aber sicher. Modernste Diesellokomotiven mit Hochgeschwindigkeit. Wir werden schlafen und wenn wir wach werden, sind wir in Stuttgart." Man hörte die Erregung in Nikolas' Stimme. Anni freute sich für ihn und ging erwartungsvoll von Bord.

Elli schlief tief und fest, während der Zug durch die Lüneburger Heide eilte. Stolz erklang vereinzelt sein Pfeifen, wenn er Übergänge passierte oder der Welt einfach nur sagen wollte, dass es ihn gab. Den Inbegriff des deutschen Wirtschaftswunders, der Fortschritt und Zukunft versprach.

„Was werden wir tun, wenn wir da sind?" Anni zerbrach sich schon seit Tagen den Kopf, wie es wäre, zu arbeiten. Das gut angelegte Erbe ihrer amerikanischen Eltern gewährte ihnen zwar ein komfortables Leben und zusammen mit einer Zahlung, die sie unerwarteterweise von der Bundesrepublik erhalten hatten, dürfte das auch einige Zeit reichen. Doch darum ging es nicht. Anni und Nikolas wollten so sein wie eine normale Familie. Mit Kind, Heim und Arbeit. Selbst die Frau durfte im neuen Deutschland einer Arbeit nachgehen, im Osten wie im Westen. Nikolas schien nur kurz nachzudenken und ohne den Blick von den wunderbar saftig-grünen Landschaften abzuwenden, erwiderte er: „Ich will als Lehrer arbeiten. Für Englisch und Geschichte. Vielleicht auch für Sport." Anni lachte amüsiert auf. „Sport, du? Na, das will ich dann sehen." Doch er wehrte sich und zwickte sie in die Seite, wo sich kleine Speckröllchen zeigten. „Also, ich denke schon, dass mir von der Zeit in Südamerika einiges an Kondition geblieben ist, im Gegensatz zu dir, meine Beste." Anni spielte die Empörte, schlug auf seine Hand und brummte ein „Jetzt aber".

* * *

Es schien alles so wunderbar weiterzugehen. Nach ihrer Ankunft fuhren sie mit der kleinen Tälesbahn bis Kirchheim Teck, wo sie ein entfernter Verwandter von Nikolas mit dem Traktor abholte. Anni konnte nur staunen, wie so viele Menschen, samt Gepäck auf dem Gefährt, den Albaufstieg schafften und nach gut zwei Stunden Fahrt auf knapp 800 Höhenmeter landeten. Der Ausblick von der Albkante war atemberaubend. Die Fahrt bis zur kleinen Siedlung eine Reise in die Einsamkeit. „Und das im dicht besiedelten Deutschland", schoss es Anni durch den Kopf. Elli hatte sich fest an sie geschmiegt. Ihr starrer Blick verriet, dass sie alles intensiv in sich aufsog und auf eine innere Fotoplatte bannte. So wie sie das immer tat, wenn die kleine Familie in einem neuen Land mit neuer Kultur angekommen war. „Wir haben dein Elternhaus für euch hergerichtet“, erklärte der Cousin vierten Grades gerade Nikolas, der mit vorne saß und versuchte, gegen den Fahrtwind anzuhören. „Es waren wirklich gute Mieter drin gewesen, die pfleglich mit allem umgegangen sind. Der Mann ist leider verstorben. Die Frau ist nun im Altersheim.“ Nikolas drückte ihm dankbar den Arm. „Ich kann euch nicht dankbar genug sein für eure Hilfe. Danke, Thomas.“ Der Angesprochene aber winkte ab. „Nicht für das. Du hast in den Jahren nach dem Krieg so viel für uns getan. Ohne deine Hilfe hätten wir nur schwer überleben können.“ Anni horchte auf. Hatte Nikolas Hilfspakete und Gelder an seine Verwandten geschickt, ohne dass sie davon gewusst hatte?

Die Männer nickten sich kurz zu und schwiegen fortan.

Ein schmuckes Stadthäuschen in Laichingen sollte ihr Zuhause sein. Anni freute sich schon darauf. Begierig sog sie die würzige Landluft ein.

* * *

„Wir zogen unser Kind in einer glücklichen und sicheren Umgebung groß. Dank der Verwandtschaft von Nikolas fanden wir schnell Anschluss an das soziale Leben dieses kleinen Refugiums mit großer Geschichte auf der Schwäbischen Alb.

Elli wuchs schnell zu einem hübschen Mädchen heran. Und tatsächlich, wir waren glücklich und zufrieden. Nikolas fand seinen gewünschten Beruf als Lehrer und ich – ob ihr es glaubt oder nicht – setzte mein Studium fort. Ich vermute mal, es war das erste Fernstudium in Deutschland. Aber mein Professor in Connecticut hatte ein Einsehen mit meinem Flehen und ließ zu, dass ich aus der Ferne bei ihm eingeschrieben war. Zweimal im Jahr reisten wir zu Prüfungen und Kolloquien nach Neu-England.“

Sonjas Blick wandert durch die offene Tür hindurch in den Nebenraum. Sie zeigt mit ausgestreckter Hand dorthin, zögert kurz, als ob sie es ahnen würde, und fragt dann trotzdem: „Anni, dort sind aber Bilder, die dich und deinen Mann zeigen. Zu zweit, in Afrika. Das Datum ist irgendwann 1969?“ Über Annis Gesicht huscht ein dunkler Schatten. „Ja“, sagt sie nur knapp. Draußen ist das Heulen wieder zu hören. Der Wind zerrt an dem Haus, jagt in Böen in jede Ritze hinein, pfeift und trägt Laute mit sich. Ist es Lachen? Ja, ich meine, gehässiges Lachen zu hören. Der Tod? Ersterer schien Anni wirklich so gut wie nie verlassen zu haben. Ich drücke meinen Rücken gegen die Wand. Es war zu erwarten gewesen, dass diese unglückliche Geschichte erzählt werden muss. Auch wenn wir sie in der Ausstellung ausgelassen haben. Anni tut mir leid, ich blicke sie aus den Augenwinkeln heraus an. Ihre Wangen glühen vom heißen Punsch. Wird sie die Kraft haben, darüber zu sprechen?

Ja, sie hat sie, diese Energie. Ihre Stimme ist dünn und doch gefasst, während sie antwortet: „Das ist richtig. Wir waren allein. Wegen mir …“

Sie schnäuzt kräftig und blickt stumm vor sich hin. Dann nach einer Weile fährt sie fort: „Es war eine schöne Zeit auf der Alb. Mir fehlte zwar das Meer, aber das schenkte mir Nikolas jedes Jahr auf andere Weise. Deutschland war im Reisefieber und wir immer mittendrin dabei. Finale Ligure, das war das Ziel unserer Sehnsucht. Eine wunderschöne Gegend. Doch in jenem unglücklichen Jahr reiste er wieder mit uns mit – der Tod.“ Anni schluchzt. Zum ersten Mal, seit ich sie kenne, rinnen ihr Tränen die Wangen herunter. „Die Brandung war zu hoch. Das Boot kenterte, in welchem Elli mit anderen Kindern und einem Fischer aufs Meer hinausfuhr. Warum sie als Einzige keine Schwimmweste trug, konnte niemand sagen. Gerade einmal zwölf Jahre alt durfte sie werden, mein kleiner Engel.“

Wieder dieser dunkle Strudel. Wieder dieses Loch, in das sie gemeinsam mit Nikolas hineinzustürzen drohte.

„Ich glaubte immer mehr, dass das Leben mich für meine Sünden bestrafen wollte. Für all die schlimmen Dinge, die ich in meinem Leben getan habe. Auch wenn ich nicht gläubig bin … die hässliche Fratze des Todes: Ihr versuchte ich all die Jahre zu entkommen. Und dabei war er immer nah, nahm mir meine Liebsten."

Wir schweigen betroffen. Sonja flüstert ein schwaches „Das tut mir leid, entschuldige", welches beinahe nicht gegen den Sturm ankommt. Anni ist jedoch auch dermaßen in sich versunken, dass ohnehin fraglich ist, ob sie es auch bei Stille vernommen hätte. „Sie haben Elli nie gefunden. Das Meer hat sie einfach verschluckt. Genauso, wie uns an diesem Tag eine dunkle Nacht in sich hineingezogen hatte und über viele Monate hat Tantalusqualen erleiden lassen. Das Leben bestand nur noch aus einem Dumpf und Düster. Wir befanden uns mit unserer Psyche an der Pforte zur Hölle und sahen keinen Weg, jemals wieder da herauszukommen. Anders gesagt: Wir hatten gar keine Kraft, da wieder herauszukommen. Wollten es nicht. Sahen keinen Sinn mehr darin, weiterzuleben und Pläne zu schmieden."

Ich kann mich dem Bann ihrer Erzählung nicht entziehen. Fast ist es mir so, dass ich mit in diesem dunklen, alles Leben erstickenden Strudel hineingezogen werde. Mir fällt es schwer zu atmen. Mein Herz rast. Wie konnte man sich dennoch aus dieser Situation befreien? Was war es, was Anni und Nikolas wieder hat ans Licht des Lebens treten lassen?

Was würde mich selbst aus solch einem Loch herausholen können, wenn Sarah, Lea oder Noel etwas Schlimmes zustoßen sollte? Ich finde keine Antwort. Annis Stimme reißt mich aus meinen Gedanken. Sie wirkt wieder gefasst, stärker: „Ausgerechnet eine andere schlimme Nachricht sollte uns brutal zurückreißen. Tanja, jene Frau, mit der ich als Kind während der Kriegszeit durch das Kriegsgebiet nach Berlin geirrt war, rief eines Tages an. Markus, das dritte Kind in unserer damaligen Fluchtgruppe, war verschollen. In Afrika. Sein Flieger soll abgestürzt sein. Tanja flehte uns an, ihr zu helfen, denn sie konnte nicht aus Berlin weg und die Behörden in Zentralafrika würden nichts tun.

Es dauerte einige Tage, bis das alles in unsere abgestumpfte Welt hindurchdrang. Tanja benötigte mehrere telefonische Anläufe, bis wir endlich Reaktionen zeigten, und einige Zeit mehr, bis wir realisierten, dass jemand uns Nahestehendes in Gefahr war und wir Leben retten könnten. Wenige Tage später machten wir uns auf den Weg, um mit zahlreichen Zwischenstopps endlich in Zentralafrika anzukommen. Uns wurde erst dort klar, dass wir dabei waren, die Nadel im Heuhaufen zu suchen. Die Absturzstelle seines Fliegers lag wohl im Rebellengebiet. Mehr aber konnten die Behörden nicht sagen. In uns aber stieg das Adrenalin hoch. Wir erklommen wieder Höhen, wie wir sie seit unserer Nazi-Jagd nicht mehr gekannt hatten. Alte Instinkte erwachten und ließen uns bereits in den ersten Tagen einen Raubüberfall abwehren und weitere Schrecksekunden mit unserem Jeep in den unwegsamen Gebieten des Landes erleben. Verdammt noch mal“, Anni haut mit der Faust auf den Tisch: „Es fühlte sich verdammt gut an. Dieses Wiedererleben. Diese Konfrontation mit der Gefahr, der Brutalität der wilden Natur und den rebellierenden Menschen. Wir konnten angestaute Wut und Aggression herausbrüllen und raus lassen. All diese zerstörerischen Gifte, die sich in uns ausgebreitet hatten. Jetzt drangen sie nach außen und retteten uns beiden auch das Leben. Denn mit Wahnsinnigen wollte sich niemand anlegen.“

Markus fanden sie tatsächlich nach gut zehn Tagen im Dschungel. Einheimische hatten ihn und zwei seiner Ingenieurskollegen schwer verletzt an der Unfallstelle gefunden und zu sich ins Dorf geholt, noch bevor die Rebellen sie exekutieren konnten. Er war nicht transportfähig und so verbrachten die drei mehrere Wochen bei den Dorfbewohnern inmitten des Urwaldes von Zentralafrika. Die Schamanen wirkten schiere Wunder mit ihren Salben, Tränken und mit dem Behandeln von offenen Knochenbrüchen. Sprinten würde Markus sicher nicht mehr können, aber dafür noch ganz manierlich am Stock gehen. „Was soll's", hatte er philosophiert. „Die Mineralöl-Firma wird uns sicherlich eine gute Entschädigung zahlen." Als er mit seinen Freunden diesen Auftrag des französischen Konzerns angenommen hatte, wurden gerade diese Gefahren und andere Unglücke finanziell gut abgesichert. „Dann werde ich euch auch dafür entschädigen, dass ihr Verrückten mein Leben gerettet habt." Anni wollte entgegnen, dass gerade sein Unglück ihr Leben gerettet hatte. Doch sie vermied es. Wäre zu kompliziert gewesen. Am Flughafen des Landes verabschiedeten sie sich. Es war ein Abschied für immer. Anni und Nikolas wollten nicht mehr zurück nach Deutschland. Hier wollten sie die Schatten der Vergangenheit hinter sich lassen und versuchen, zu vergessen. Erst viele Jahre später erfuhren sie, dass Markus nur wenige Monate nach seiner Rückkehr nach Deutschland an einer schweren Tropenkrankheit erkrankt und gestorben war. Der Schnitter zog Schneisen mit seiner Sense …

„Wie geht es dir damit?", wollte Nikolas eines Abends im Hotel wissen. Es waren inzwischen einige Monate vergangen, in denen sie ziellos durch die Regionen Zentralafrikas gereist waren. Überall konnten sie die Wirren erleben, die durch die Loslösung von den ehemaligen Kolonialmächten entstanden waren. Aber auch den Aufbruch und Enthusiasmus vieler Menschen in Afrika. Nikolas hielt eine alte Broschüre in der Hand, schon ein paar Jahre alt, die aber durch irgendeinen Zufall in ihre Hände geraten war. „Nüchterne Abenteurer gesucht." Mit diesem Slogan warb der Bundespräsident Walter Scheel 1963 für Einsätze in sogenannten Entbehrungsländern. Inzwischen war der Deutsche Entwicklungsdienst über Tansania hinausgewachsen und arbeitete auch in weiteren afrikanischen Ländern, zum Beispiel in Ghana. Anni und Nikolas zögerten nicht lange und nahmen direkt Kontakt mit den

Ansprechpartnern vor Ort auf. „Gut", sprach Anni und lächelte tatsächlich eines ihrer seltenen Lächeln. Sie freute sich tatsächlich auf die vor ihnen stehende Aufgabe. „Auch wenn ich noch immer über die drei Monate Ausbildung schmunzeln muss." Er nickte. „Inklusive dieses witzigen Überlebenstrainings." Da hatten sie ganz andere Situationen erleben dürfen – in Südamerika, in Deutschland und auch hier in Afrika. „Schön, dass wir mit den Kanadiern in Accra und Kumasi die Ausbildungsstätten etablieren dürfen. Das ist etwas Handfestes und Gutes."

Anni und Nikolas machten sich dabei keine Illusionen. Sie wussten, dass sie keine Berge versetzen konnten und politisches Instrument vieler Parteien sein würden. Das war ihnen egal. Sie hatten es auf die Zusammenarbeit mit den Menschen vor Ort abgesehen, und hier vordergründig mit Kindern und Jugendlichen.

„Wir halfen jungen Menschen. Bauten Schulen auf. Unterrichteten. Gerieten zwischen die Fronten. Wurden von rivalisierenden Gruppen entführt. Kamen beinahe zu Tode, überlebten aber wie durch ein Wunder immer wieder. Die Flucht war unsere beständige Freundin. Sie stritt sich mit dem Tod um den vorderen Rang. Doch das brachte uns zum Leben. Wir brauchten das. Lebten im Urwald, gerieten in eine Gruppe von Gorillas, wurden dort aber akzeptiert … ach, ich könnte so vieles noch erzählen."

Wir sind glücklich, Anni an diesem Abend wieder lächeln zu sehen. Sie ist über die traurige Erzählung hinweggekommen und schwelgt in Erinnerung an Afrika und dem Leben dort. Mike steht auf und holt Bilder aus dem Nachbarraum. Die auf großen Kartons aufgezogenen Porträts stammen aus späteren Jahren. „Anni, da sieht man schon die grauen Haare." Er lächelt und streicht sich dabei über seinen eigenen heranwachsenden Flaum auf dem Kopf. Ich verkneife mir den üblichen „frecher Kerl"-Ausspruch und kämpfe gegen den Schlaf an. So gemein! Was Anni uns erzählt, ist so spannend, aber die Müdigkeit möchte mich übermannen.

„Ja, mein Lieber. Da bin ich auch schon fünfzig auf den Bildern. Kaum zu glauben, was? Aber ich wurde bereits Mitte dreißig mit ersten weißen Strähnen beglückt. Das machte mir nichts aus." Sie zeigt auf die Bilder. „Das sind Nikolas und ich auf einem der ersten Parteitage der Grünen. Die Frau da, das ist Petra Kelly und der Mann ist Otto Schily." Mike runzelt die Stirn. „Bist du dir da sicher? In den 80er-Jahren? Das ist doch über vierzig Jahre her." Er rechnet. „Sie sagen doch, ihr habt unsere Welt zerstört und nur unsere Generation, also wir Jungen, kümmern uns jetzt um die Rettung." Ich muss urplötzlich auflachen, ohne es zu wollen. „Sorry", flüstere ich, kichere aber weiter. „Was ist da so komisch?", will Laura wissen. Kämpferisch reckt sie ihr Kinn nach vorne. „Weil, weil ihr das wirklich glaubt? Ihr denkt, noch nie haben sich Menschen um den Umweltschutz gekümmert? Auf welchem Planeten lebt ihr denn? Lesen lohnt sich." Annis Blick bringt mich wieder zur Räson. Ich hebe entschuldigend die Hände und lehne mich zurück. In Sonjas Hirn scheint es zu rattern. Ich glaube beinahe, es zu hören. Sie erkennt wohl eine wahnsinnige Story.

„Ja, Mike. Schon in den Jahrzehnten davor begann in Deutschland ein starkes Umweltbewusstsein. Wir selbst waren die ersten Mitglieder bei den Grünen, aber auch bei Naturschutzverbänden. In den 80ern kehrten wir endgültig aus Afrika zurück. Sicherlich hatten wir viel erreicht, wurden sogar zu Leitungspersonen in unseren Regionen. Doch am Ende musste man akzeptieren, dass das alles nur eine Art von Spielball im Gewirr der Großen und Mächtigen war. Da wollten wir nicht mehr mitspielen. Stattdessen bauten wir erste nachhaltige Häuser, mussten erkennen, dass wir damit noch um Jahrzehnte zu früh waren, und mussten uns wieder einmal neu erfinden. In Deutschland. Connecticut rückte immer mehr aus meinem Bewusstsein, auch wenn ich dort bis heute meine Stiftung für benachteiligte und traumatisierte Kinder betreibe. Mehr als ein paar Besuche pro Jahr sind es am Ende nicht mehr gewesen." Anni lächelt, als sie fortfährt. „Wir tanzten durch die Jahrzehnte. Genossen das Leben, feierten die Feste, wie sie fielen, und ließen es uns einfach gut gehen." – „Wovon habt ihr denn gelebt?", will Laura wissen. „Na, von meinen Erbschaften, den Entschädigungen, dem in Afrika verdienten Geld und unserer Arbeit. Wir wurden nämlich zu Lebenskünstlern. Berieten Familien, Schulen, halfen, Berufsorientierungsprogramme zu entwickeln, und verkauften unsere Skulpturen …" – „Skulpturen?" Diese Frage rutscht uns allen gleichzeitig aus dem Mund. „Aber ja." Anni tut so, als ob sie erstaunt wäre. „Wisst ihr das denn nicht?" Und nein, wir wissen es tatsächlich nicht. Es existieren keine Bilder. Nirgends berichtet sie davon. „Na gut, dann verrate ich euch ein Geheimnis. Sagen euch die Helmsdorfer Figuren etwas?" Nur Sonja nickt. „Ja, darüber habe ich schon mal berichtet. Die geheimnisvollen Skulpturen, mit internationalem, vor allem afrikanischem Einschlag und anonymem Künstler. Ein Mythos. Ein Geheimnis bis heute. Ihr wart das?" Anni grinst nur wissend in sich hinein. Sonja murmelt ein „Aber das kann doch nicht sein. So viele Forscher haben dazu …" Mike winkt nur ab. „Frau Journalistin. Was wunderst du dich denn bei dieser Frau? Ich glaube, auch wenn wir noch mehrere solche Abende und noch viele dieser Ausstellungen haben, so werden wir diese rätselhafte Frau nicht vollständig kennen. Sie ist ein Phänomen. So undurchdringlich wie der tiefste Ozean. Lassen wir uns nicht täuschen von dieser kleinen, zierlichen Frau, die so hilflos wirkt." Mahnend hebt er nun den Finger.

Liebevolle Blicke von Laura treffen ihn.

„Ich hätte gerne, dass wir das für uns behalten. Geht das?" Anni blickt Sonja an, die nur zögerlich nickt. Vor ihren Augen fließen die Felle weg. „Ich verspreche dir, dass nach meinem Tod alle Unterlagen hierzu für dich bestimmt sind. Einverstanden?" – „Ich hoffe, ich werde selbst steinalt sein", entgegnet Sonja aufrichtig.

„Ja, die 80er. Was für verrückte Jahre! Denke ich nur an den NATO-Doppelbeschluss, die Pershings, unsere unglaublichen Friedensdemos. Das Pulsieren in Deutschland.

Nikolas und ich waren immer mittendrin. Wir konnten nicht still sitzen oder am Bodensee in einem Wohnwagen die Traumlandschaft genießen. Nein, wir waren geflasht von der Umbruchphase nach dem Fall der Mauer: Die ehemalige DDR, Polen, Russland, alles stand uns offen. Die Welt war so frisch, so frei, so weit. Ein Jahrzehnt, das so viel Verheißung in sich trug, folgte. Wir schnappten uns Tanja und bereisten die Orte unserer Kindheit. Ich will euch nicht erzählen, was es für mich bedeutete, meinen geliebten Drachen am Strand von Kolberg zu treffen." – „Habt ihr euch auch wieder geküsst? Wie damals kurz vor der Flucht?" Laura schmolz bei dem romantischen Gedanken dahin. „Aber ja. Das haben wir. Sechzig Jahre später und es fühlte sich so jugendlich an, wie damals. Wunderbar." Ich rechne in Gedanken hoch, wie viele Jahre ich noch habe, bis ich Sechzig bin und ins Rentenalter komme. Dabei fühle ich mich schon jetzt irgendwie alt. Im Gegensatz zu Anni und Nikolas. Unglaublich!

„Der Umbruch: die Wende, die Wiedervereinigung. Das Ende der Sowjetunion. Wir wollten noch einmal in die Welt hinaus. Nach Russland, in die Ukraine. Arbeiteten dort. Alles war so besonders, so aufregend. Die Welt schien sich bewegt zu haben. Die Menschen schienen gelernt zu haben. Immer öfter wurde der Spruch von der einen Welt geprägt. Die Menschen verstanden offenbar – endlich. Die ISS erlebte ihre Hochphase. Ein starkes Symbol, wie die Menschheit gemeinsam Großes leisten kann. Warum haben wir das nur verschenkt?"

Niemand von uns kann diese Frage beantworten. Der Neandertaler in uns drängt immerzu an die Oberfläche. Das mag der Grund sein. Ich stocke in meinen Gedanken. Der Neandertaler selbst, der für das hirnlose, machtgeile Verhalten der Menschen mit seinem Namen herhalten muss, war vermutlich gar nicht so dumpfbackig. So hirnlos kann keine Spezies sein wie mancher Machthaber der Welt! Ich nehme mir vor, die Geschichte der Neandertaler zu recherchieren.

„Musste dein Mann die schlimmen Jahre nach dem Anschlag auf das World-Trade-Center noch miterleben?"

Wir alle zucken gehörig zusammen, während Sonja die Frage stellt. Es ist ein Tabuthema. Niemand von uns hat jemals dazu fragen dürfen. Außer man riskierte, dass Anni danach für den Rest des Abends schwieg.

Und tatsächlich: Anni erhebt sich, schnappt die Jacke und bittet mich: „Fährst du mich nach Hause?" Ich nicke. „Schon spät", bestätige ich. Sonja ist eingeschüchtert und will wissen, was sie falsch gemacht hat. Doch ich winke nur ab und frage, ob sie Laura und Mike mitnehmen kann. Die sind bereits dabei, der Bauersfrau beim Abräumen des Tisches zu helfen. „Sicher, mache ich. Und danke für den Abend", ruft die Journalistin uns noch hinterher. „Ich komme in jedem Fall zur Vernissage." Ich lächle ihr zu und öffne Anni die Tür.

29.

Voller Freude stehe ich am Bahnhof und nehme meine Kinder in Empfang. Die S1 aus Stuttgart ist tatsächlich pünktlich.

„Na, Schwesterchen, hast du die Übergabe gut überstanden?“ Sie nickt vielsagend und gibt mir einen Kuss auf die Wange. „Und meine kleinen Monster, waren sie anständig?“ Ich wuschle meinen Kindern durch die Haare. Zur Antwort kickt mir Sarah gegen das Schienbein. „Vorsicht, Dad. Jetzt entscheidet sich, wie die kommenden Tage verlaufen werden …“ Vera hebt den Daumen. „Die besten Kids der Welt. Nur teuer sind sie. Also, mein Geldbeutel ist zumindest jetzt leer.“ – „War ja auch 'ne lange Fahrt“, kommentiert Noel und will von mir auf den Arm genommen werden. Ich nicke und umarme meine Mädchen mit dem noch freien Arm, bevor ich antworte: „Ist eben eine wertvolle Fracht. Wird alles bis auf den letzten Heller vergütet. Sobald ich wieder reich bin.“ Ich kann es noch immer nicht glauben: Meine Kinder sind hier! In Kirchheim, in meinen Armen. Seit wie vielen Monaten habe ich schon davon geträumt. „Danke, Vera. Vielen, vielen Dank.“ Sie sieht mir an, wie sehr mich alles berührt. „Kein Thema. Ich wollte schon immer dieses berühmte Kirchheim kennenlernen, das so oft in den Verkehrsnachrichten zu hören ist.“ Wir packen die Taschen und Koffer und gehen zu meinem Auto. „Habt ihr Hunger?“ Will ich wissen. Schneller als mein Mund sich schließt, kommt ein „Jaaaa“. Veras Hinweis, dass der Essens-Stopp in Stuttgart noch gar nicht so lange her ist, gilt nicht. Ich weiß, was zu tun ist. Ohne lange zu überlegen, lenke ich mein Auto zu dem Restaurant, welches die Kinder so geliebt hatten, als sie noch in der Stadt wohnten. Ob sie sich daran erinnern? Welche Frage! „Ich fühle mich wie an Weihnachten“, flüstere ich meiner Schwester zu. Diese grinst und meint: „Du schaust auch so verstrahlt aus der Wäsche wie seinerzeit das Christkind.“ Sie drückt meinen Arm. Freut sich für mich. „Wir werden übermorgen eine geniale Ausstellungseröffnung haben. Die Wetterprognosen sind hervorragend“, versuche ich mich abzulenken, um meine Emotionen etwas abzukühlen. Meine Schwester nickt. „Ich habe etwas in der Stuttgarter Zeitung dazu gelesen. Ihr schlagt Wellen.“ Ich ziehe die Augenbrauen hoch. „In der Printausgabe?“ – „Nein, online. Vielleicht auch Print.“ Ich bin beeindruckt. Dann haben wir wirklich schon viel erreicht. „Der SWR hat gestern schon einen Bericht gebracht. Heute soll ein weiterer in der Landesschau kommen.“ Ich spüre, wie mir leicht bang wird. „Lampenfieber?“ Meine Schwester grinst. „Darf ich eigentlich nicht haben. Es geht ja um die älteren Menschen – aber, JA. Sehr sogar“, antworte ich. Sie hebt den Daumen, als ob sie signalisieren will, „Wird schon“.

Wir verschwinden in der Tiefgarage, um gleich darauf über den Marktplatz zu marschieren. Hinüber zum Italiener. Die Begeisterungsrufe meiner Kinder bestätigen mir, dass die Wahl gut ist.

Während wir die Speisekarte studieren, sehe ich aus dem Augenwinkel heraus eine Gruppe, die meine Aufmerksamkeit erregt. Ich erkenne Laura. Inmitten von fünf anderen jungen Erwachsenen. Sie diskutieren miteinander. Scheinen zu streiten. Ich will gerade aufstehen und zu ihnen hinübergehen, als sie in einer Seitengasse verschwinden. Ich werde stutzig. Misstrauisch will ich ihnen folgen. Doch meine Kinder und meine Schwester fordern alle meine Aufmerksamkeit. Mein ungutes Gefühl lässt mich aber nicht mehr los. Was hat Laura mit diesen Gestalten zu schaffen? Zu allem Überfluss meine ich, eine Frauenfigur zu erkennen, die gerade aus dem Amtsgericht stampft. Ist das nicht Petra? Scheint so. Ein dicker Packen Papier steckt zwischen ihrem Bauch und dem Arm. Energisch diskutiert sie mit ein paar Männern. Die scharfe Falte, die sich zwischen ihren Augen zeigt, verheißt nichts Gutes. Ihre Augen funkeln wie die einer Katze, die von Mordlust besessen ist. Ich boxe gegen die Laterne, die sich mir in den Weg gestellt hat. Da braut sich was zusammen.

„Kinder, wollt ihr endlich die geheimnisumwobene Frau kennenlernen, von der wir immer sprechen?“ Ich werfe einen unsicheren Blick auf meine Schwester, hoffend, sie versteht. „Na klar. Super. Jetzt?“ Noel strahlt vor Freude. Ich nicke. „Ja, ich würde eure Tante zu ihrem Appartement bringen, das bei Anni in der Wohnanlage ist, und dann könntet ihr mit ihr bei Anni bleiben. Bis, also, ja, ich muss noch ganz schnell etwas Dringendes für die Ausstellung organisieren.“ Ganz falsch war das nicht. Wir brauchen noch Schwarzlichtlampen, die bei der Paket-Abholstelle warten. Man hat mir den Job aufgetragen.

Es kann plötzlich nicht mehr schnell genug gehen, um zum Auto zu kommen. Die berühmte Anni. Gleich dürfen meine Kinder sie kennenlernen. Schnell schreibe ich ihr eine Nachricht, damit sie nicht zu sehr überfallen wird.

Und, wen wundert es. Die Kids sind begeistert von dieser besonderen Frau. Von ihrer Frische und Fröhlichkeit. Fühlen sich sofort wohl mit ihr.

Mike ist auch zu Besuch und wird sofort in die Geschwistergemeinschaft aufgenommen. „Ich wusste gar nicht, dass du hier bist, Kollege.“ Ich klatsche seine erhobene Hand ab. Er nickt und legt sein Notebook auf die Seite. „Klar doch. Wir brauchen noch ein paar Bilder von Anni fürs Morphing.“ Ich verzichte darauf, nachzufragen. Kapiere ich eh nicht. Aber die Bilder sehen cool aus, die ich auf dem Bildschirm sehe. „Mit dem Speziallicht wird das genial inszeniert.“ Er schaut mich prüfend an und ich reagiere artig wie ein kleiner Junge: „Bin schon auf dem Weg.“ Mit den Worten küsse ich meine Kinder, winke Anni zu und eile die Treppen hinunter.

Was war das vorhin in der Stadt? Bis ich zurück bin und in den Gassen nachschaue, ist niemand mehr zu sehen. Ich versuche, Laura auf ihrem Handy zu erreichen. Keine Reaktion.

Eilig wähle ich die Nummer von Arno. Es dauert nicht lange, bis er drangeht. „Meinst du, sie steckt in Schwierigkeiten?“, will ich von ihm wissen, als ich alles erzählt habe. „Keine Ahnung. Klingt nicht gut, was du sagst. Aber –“ Er macht eine kurze Pause. „Wir haben eine Schwierigkeit:

Ein Amtsbote hat gerade eine Verfügung vorbeigebracht." Mir stockt der Atem. „Worum geht's?", will ich wissen. „Um die Ausstellung, Basti. Petra hat ihre Geschütze ausgefahren. Ist ein dicker Packen. Ich konnte es noch nicht ganz lesen." „Ich komme vorbei", rufe ich und lege auf. Wenige Minuten später stehe ich im Wohnzimmer meines Kollegen. „Schicke Bleibe, mein Lieber. Respekt." Ich nehme mir die Zeit, um die edel restaurierte Altstadtwohnung zu bewundern. Micha kommt gerade aus dem Badezimmer und gesellt sich zu uns.

„Sie will die ganze Ausstellung verhindern. Mit der Begründung, wir würden die alten Menschen vorführen. Sie wären sich der Tragweite des Ganzen nicht bewusst: die Öffentlichkeit, der Trubel, der Verlust der Privatsphäre. Und hier", er zeigt auf eine Liste, „das sind alle Namen, die wir interviewt haben. Alle unsere Ausstellungs-Figuren." Ich frage mich, wie sie an diese gekommen sind. Stille umgibt uns im Zimmer. Nur aus der Ferne hören wir die Geräusche der Stadt, rauschend, einlullend. Wir graben uns durch die Masse an Unterlagen. Es klingelt. Micha macht auf und bringt eine Frau, Mitte vierzig, ins Zimmer. „Frau Haberstroh, unsere Anwältin." Ich bin erleichtert, fühle mich sofort besser. „Wir haben sie gleich angerufen. Es ist keine Zeit zu verlieren. Danke, Regina, dass du kommen konntest." Sie nickt, umarmt die beiden Kollegen und gibt mir die Hand. Ich nicke ihr zu. „Was haben wir denn da?" Mit geübten Bewegungen sortiert sie die Stapel und stellt trocken fest: „Drei Anträge, unter anderem Verfügungen. Von dieser Frau, vom Gewerbeverein und von der Stadt." Ermattet setze ich mich aufs Sofa und verfolge hilflos die Szenerie. Vor meinen Augen sehe ich die schönen Poster, Installationen und Animationen samt Computern die Lauter hinuntertreiben. Micha setzt sich neben mich, legt seinen Arm um meine Schultern und tröstet mich: „Wird schon. Glaub mir. Sie kann zaubern."

Ich versuche, zu vertrauen. Doch: die Ausstellung! Zwei Tage vor der Vernissage droht alles zu scheitern. Monatelange Arbeit. Solch eine wichtige Arbeit! Und alle freuen sich darauf. „Damit hat sie sich selbst geoutet", kommentiert

Arno die schlechten Botschaften und ballt die Fäuste. „Damit haben wir sie endgültig. Das ist ein Schuldeingeständnis."

Ich bin mit meinen Gedanken nicht richtig dabei. Ich sorge mich um Laura.

***

Das Krankenhaus als Kulisse für einen dramatischen Akt. Man hätte es sich denken können, dass dieses ungeheuerliche Wesen darauf besteht, dass der Showdown in ihren Gemäuern stattzufinden hat. Wie eine Krake scheint sie ihre Fänge in alle Richtungen zu schieben, um die Spielfiguren in ihren Bann zu ziehen. Was für ein gefühlloses, gehässiges Monstrum.

Lauras Faust bohrt sich mit einem fiesen Krachen in den Kiefer ihres Gegenübers. Voller Schmerz jault er auf. Will sich voller Jähzorn auf sie schmeißen. Doch der Boss hält ihn ab. „Lass das, du Idiot", zischt er ihn an. Seine Worte hallen durch die Tiefgarage, während er weiterspricht: „Das kannst du ihr später heimzahlen, wenn das vorüber ist." Er blickt sie durchdringend an, während er fortfährt: „Oder du besorgst es umso mehr der Alten, wenn die Verräterin hier versagt." Ein Stich bohrt sich in Lauras Brust. Sofort versteinert sich wieder ihr Gesicht. „Ich warne euch. Wenn ihr der Frau auch nur ein Haar krümmt, dann ..." – „dann was?" Er packt Laura an den Haaren und reißt sie zu sich herüber. „Was ist dann? Willst du mit deinen neuen Freunden einen Bandenkrieg mit uns beginnen?" Er lacht auf und tanzt wie ein Irrer um sie herum. Die Schatten, die seine Konturen dabei im Schein der Taschenlampe an der Wand werfen, wirken bizarr. „Rumpelstilzchen auf Speed", schießt es Laura durch den Kopf. Der Kerl ist unberechenbar, wenn er unter Drogen steht. Sie hat es vergangene Nacht selbst erleben müssen. Noch immer schmerzt ihr der Unterleib. Seine Schläge und die brutale Vergewaltigung scheinen alles wieder in ihr drin aufgerissen zu haben. „Wenn ihr ein Leben zerstören wollt, dann tut es mit meinem. Aber nicht mit den anderen. Haltet sie raus." Sie sagt die Worte tonlos und in der Kälte der nasskalten Tiefgarage. Aber auch mit der Schärfe einer Killerin, die weiß, wie es zu gehen hat. Der Kerl beendet seine wilden Tänze und bleibt vor ihr stehen. „So gefällst du mir wieder. Ganz die Alte." Er packt ihr Kinn und zieht es nah an sein Gesicht. Sein stinkender Atem raubt ihr beinahe den Verstand. „Du warst doch früher nicht so zimperlich. Warum jetzt?" Er betrachtet eindringlich ihr Gesicht, so als wollte er darin die Antworten lesen. Dann wendet er sich resigniert ab und zeigt in Richtung Tür, die zum Krankenhaus hochführt. „Egal. Mach einfach deinen Job und begleiche deine Rechnungen, dann ist alles gut." Reflexartig will Laura auf diese Aussage reagieren. Doch sie besinnt sich eines Besseren. Das war in den vergangenen Tagen eine Dauerschleife. „Welche Schuld? Ich habe keine Schulden." – „Na, uns, deiner ehemaligen Familie gegenüber." – „Ich habe keine Familie!" – „Siehst du, jetzt verleugnest du uns. Durch dich haben wir einen großen Schaden erlitten." – „Ich habe nichts Falsches getan! Ich habe keinen Schaden angerichtet." – Ein Klatschen in ihrem Gesicht. Dann: „Sieh's endlich ein! Scheiß drauf. Du zahlst jetzt. Besorg uns das Zeug und du bist ausgelöst. Frei! Danach bist du fucking-frei."

Er packt sie und schleift sie zum Treppenhaus. Ein Handy piepst. „Sie sind vor der Wohnung der Alten. Kinder sind bei ihr." Anni stockt der Atem. Scheiße. Die Kinder von Bastian. Ihr Widerstand bricht. Es gibt kein Zurück!

Es muss weit nach Mitternacht sein, während sie die Treppen hochschleichen. Niemand zu sehen. Unnötigerweise kommentiert der Idiot die weiteren Nachrichten von Annis Bewachern: „Kinder. Klasse. Das macht die Sache noch interessanter. Und dann die Alte! Was für eine Dramatik, wenn sie inmitten ihrer Ausstellung tot zusammenbricht. Coole Inszenierung, Laura, oder? Hab ich mir ausgedacht." Sie will nicht wissen, wie er das bewerkstelligen will, erfährt es aber trotzdem. „Die Überdosis an Tropfen kann schon brutal wirken …" Sie rammt ihm ihre Faust voller Wut in den Bauch.

Er stöhnt aber nur lustvoll auf. Was für ein Perverser.

Ihm ist scheißegal, dass er Leben zerstört.

Ziel ist, Medikamente zu stehlen. Diese gibt es in der Giftkammer. Laura hat oft genug während ihres langen Aufenthaltes gesehen, wo etwas gelagert wird und wo die Stations-Schwestern die Zugangskarten versteckt haben.

Auch Basti hatte ein kleines Geheimversteck an Medikamenten. Für schnelle Behandlungen, wie er ihr immer gesagt hatte. Unkompliziert zu verabreichen, weil ohne bürokratischen Aufwand. Der Zweck heiligt die Mittel. Dieses Depot muss noch da sein. Und irgendein Idiot oder eine Idiotin hat den Deppen hier das gesteckt.

„Die Giftkammer zuerst. Dann zu deinem Freund", befiehlt der Anführer.

Fünf Schatten schleichen durch die düsteren Gänge des Krankenhauses. Durch die Abteilungen, die wegen des Umbaus bereits geräumt sind.

„Ihr bleibt hier", zischt Laura, keinen Widerstand duldend. Danach schleicht sie, beinahe kriechend, über den Boden zu einem weit entfernten Zimmer. Nur kurz lauscht sie hinein und schlüpft durch die Tür. Schnell ist ein roter Alarmknopf gedrückt. Noch bevor die Schwestern herbeieilen, hat sie sich in einem Seitengang versteckt, um abzuwarten, bis die Nachtschicht im Zimmer verschwunden ist. Erschreckte Patienten schimpfen, beklagen sich. Diskussionen entstehen. Laura nutzt den kleinen Tumult, um zielstrebig die Zutrittskarte aus dem Stationszimmer zu klauen und in Richtung Medikamentenraum zu rennen. Die Gangmitglieder folgen.

„Was, ihr Idioten habt keine Rucksäcke mitgenommen?" Anni kann es nicht fassen und schüttelt ungläubig den Kopf. Währenddessen füllen sich die Kerle wild und wahllos die Taschen und ihre Kapuzen mit Medikamenten. Überall stopfen sie es hinein. „Hoffentlich verrecken sie daran", hofft Laura. Am besten noch heute Nacht. Irgendwer entdeckt einen Müllbeutel. Kanülen werden mit vollen Händen hineingeworfen. Einzelne Flaschen zerbrechen. Es stinkt.

Doch das stört die Gier der Verbrecher nicht. „Los jetzt. Auf ins Arztzimmer von deinem neuen Stecher." Der Anführer stößt sie schmerzvoll in Richtung Gang. Sie lauschen hinaus. Alles ruhig. Laura kann es bei dem Lärm, den sie verursacht haben, nicht glauben.

Mit jedem schleichenden Schritt sieht Laura ihre neu gewonnene Welt in der Versenkung verschwinden. Hat nicht Anni immer wieder erzählt, dass sie überzeugt war, dass man für seine Sünden noch im Leben büßen musste? Ja, das muss sie gerade jetzt. Sie muss dafür bezahlen, was sie in der Vergangenheit getan hat. Sie gibt sich keiner Illusion hin, hier ohne Schaden herauszukommen. Die Polizei würde sie festnehmen, einsperren und ihrer gerechten Strafe zuführen. Knast. Die Bilder mit Bastian, Mike und Anni muten ihr wie eine Einbildung an. Fantasiebilder aus einem Wunschtraum, den es nie gegeben hat. Was denken sie gerade? Würden sie Laura suchen? Ihr fällt ein, was sie noch alles hätte tun müssen. Die ganzen Pressekontakte, das restliche Material besorgen, mit Anni den Ablauf durchgehen … Nur noch wenige Meter bis zu Bastians Büro. Die Gier und Freude über die Beute lassen die Idioten um sie herum wild kichern. Am liebsten würden sie den ersten Medikamenten-Cocktail schon jetzt einwerfen. Der Boss weiß das aber zu verhindern. In seinem Hirn scheint noch ein Funken Verstand zu sein. Lauras Finger tippen auf einem Zahlenfeld herum, das an der Tür befestigt ist. Ein Summen ertönt und die Tür öffnet sich. Es reichte ein einziges Mal, wie sie Basti über die Schulter geschaut hatte, um sich den Code für seine Tür zu merken.

Sie horchen ins Zimmer hinein. Alles still und dunkel. Selbst das Tratsch-verliebte Krankenhaus scheint den Atem anzuhalten. Da war was! Laura spürt es, während sie ins Zimmer schreitet. Doch ihr ist es egal. Sie hat aufgegeben und hofft, so schnell wie möglich Erlösung von dieser Tortur zu bekommen.

„Wo ist die geheime Box?" Der Boss zerrt sie am Arm zum Schrank hinüber. „Hier?" Laura wirkt wie in Trance.

Das ist Bastis Raum. Ihn bestehlen sie gerade. Einen Freund und wichtigen Vertrauten. Sie stockt, hat Hemmungen, diesen Schritt zu begehen. Doch der Schlag mit der Faust in ihr Gesicht lässt ihren Kopf herumschleudern und laut gegen den metallenen Griff der Wand knallen. Sie spürt, wie die Haut unterhalb des linken Auges aufplatzt. Etwas Warmes rinnt ihr die Wange herunter. Doch Laura hat keine Zeit, sich darum zu kümmern. Ein zweiter Schlag trifft sie. Jetzt von dem Kerl, dem sie selbst in der Tiefgarage eine geknallt hat. Hart schlägt er ihr von hinten in die Nieren. „Na, du Nutte, sprich oder du bist geliefert." Er fasst ihr von hinten in den Schritt. Laura schlägt mit ihrem Ellbogen nach hinten, trifft ihn an der Brust, was seinen Zorn noch mehr anstachelt. Er schlägt weiter zu, bis der Boss ihn wegstößt und mault: „Lass das, du Idiot. Mach es später, wie besprochen. Laura, komm zur Besinnung. Sag es uns und wir können abziehen." Er versucht es auf die versöhnliche Weise. Doch Laura besinnt sich und kontert: „Wenn ihr eure Bluthunde von Annis Haus abzieht und mir das garantiert, dass sie weg sind. Dann sage ich es euch." Sie verschränkt ihre Arme. Sieht das Zucken seiner rechten Hand, lässt sich aber nicht einschüchtern. „Du hast die Wahl." Sie fasst ihren letzten Mut zusammen und starrt ihn mit eiskaltem Blick an. Eine brenzlige Stille entsteht. Die Szene scheint wie eingefroren zu sein. Das Licht des Mondes dringt durch die Wolken und stiehlt sich mit seinen Strahlen in den Raum. „Fick dich, Alte!" Der Boss spuckt auf den Boden und nickt einem seiner Kumpels zu: „Gib ihnen Bescheid. Sie sollen abziehen." – „Ich will ein Livebild sehen, wenn sie am Bahnhof sind." Laura lässt nicht locker. Doch sie weiß selbst, dass sie nicht so lange warten können. „Ein Bild von unterwegs muss reichen." Sie akzeptiert.

Minuten später durchdringt ein Summen die erdrückende Stille. Ungeduldig tippt der Boss auf dem Display herum und zeigt ein Bild vom Marktplatz. „Reicht das?" Laura nickt.

Sie bewegt sich langsam auf den hintersten Schrank zu und öffnet die Tür. Unten befindet sich ein Stahlschrank von ordentlicher Größe. Laura kennt auch hiervon die Nummern. Zahlen sind ihre Welt. Sie kann sich diese in allen Varianten und Kombinationen merken. Doch diese hier ist einfach. Es ist der Tag und Monat des Geburtstages von Bastian. Nur noch kurz zögert sie, dann gibt sich die junge Frau einen Ruck und öffnet die Tür des Stahlschrankes. Ihr ist, als ob sie damit die letzte Verbindung zu Bastian und ihren geliebten Freunden verliert. Es fühlt sich beinahe wie ein körperlicher Schmerz an.

Ein kräftiger Stoß schleudert sie auf die Seite, wo sie kraftlos liegen bleibt. Mit müden Augen beobachtet sie, wie die Kerle eilig mit den Händen alles aus dem Schrank wischen. Dieses Mal muss der Papierkorb als Behälter herhalten. „Geile Sache", geifert der Boss. Der Speichel läuft ihm die Mundwinkel herunter. „Fertig, raus hier", setzt er nach. Laura will sich erheben und ebenfalls gehen, doch sein Fußtritt schleudert sie wieder herum und knallt sie gegen die Wand. „Nicht nur 'ne Hure bist du, auch saudumm." Er lacht hysterisch auf. „Meinst du wirklich, wir halten unser Versprechen? 'Ne kleine Abreibung muss die Alte schon kriegen. Als Lektion für dich!" Laura versucht aufzuschreien, kriegt aber vor Schmerzen kein Wort heraus. „Ruft nachher die Bullen, wenn wir weg sind. Sie sollen sie hier auf frischer Tat schnappen", ruft er einem der Kerle zu. Laura schließt erschöpft die Augen. Sie will flüchten. Wie gerne wäre sie jetzt dort an diesem Ort an der Ostsee, bei dem Drachen, der Anni immer so geholfen hat. Doch das hier ist der Abgrund. Die Rolltreppe abwärts, die sie in die tiefsten Verliese ihrer Psyche zurückbefördern wird, wo sie herkommt.

„Wir sollen die Polizei anrufen?", hört sie eine verdutzte Stimme. „Ja, du Idiot."

Dann beginnt das Gerangel. Stimmen werden laut. Befehle. Schläge, Schmerzensrufe, dann gleißendes Licht.

Jemand ruft ihren Namen. Aus der Ferne. Sie reagiert nicht. „Laura!" Die Stimme ist sorgenvoll, sanft. Sie kennt die Stimme. Kommt wieder langsam zu sich, öffnet die Augen und blickt Arno ins Gesicht. Er lächelt. „Gott sei Dank, es geht dir gut." Sanft streichelt er ihre Hand. Micha taucht in der Tür auf und winkt: „Wir haben sie alle! Gut verschnürt und schön verpackt." Er zeigt auf die Fensterbank. „Glaube, wir haben alles drin, im Kasten." Arno nickt. Ein Polizist erscheint in der Tür, blickt zu Laura und dann zu Arno. Doch der schüttelt den Kopf. „Sie ist keine Täterin, sondern Opfer. Ihr habt es ja selbst mitbekommen." Der Beamte nickt, schaut kurz über die Schulter, wo die Gefangenen gerade abtransportiert werden, und meint nur: „Wenn es ihr besser geht, sollten wir ihre Aussage zu Protokoll nehmen." – „Nach der Ausstellung?", will Micha wissen. „Ja, passt. Die Kerle packen wir in jedem Fall schon mal weg. Ist gut für die Welt."

„Wie habt ihr das mitbekommen?", will Laura wissen, während sie sich mit Arnos Hilfe aufrichtet. Erst jetzt realisiert sie, was gerade alles um sie herum passiert. „Na, ein wenig Detektivarbeit, Personenüberwachung und Insiderwissen", erklärt Micha. Dann legt er den Finger auf den Mund: „Später mehr." Laura vermutet, es wurde jemand aus der Clique bestochen. „Meine ehemalige Freundin?", will Laura wissen. Micha nickt.

„Danke, danke", flüstert Laura, sinkt auf den Stuhl und bricht in Tränen aus. Das Schluchzen erschüttert ihren Körper. Sie weint hemmungslos. „Danke, danke", wiederholt sie immer und immer wieder.

Ärzte erscheinen im Raum und nehmen sie mit.

* * *

Ich bin mächtig erstaunt, während ich durch Bissingen fahre und im Stau stecke. „Wo wollen die alle hin?", frage ich mich laut und meine Kinder antworten mit Kopfschütteln. „Na, zur Ausstellung, du Dösbaddel." Ich hebe mahnend den Finger. „Na, na, nur nicht frech werden", kommt es mir aus dem Mund. Die Schlange kommt nur mühsam voran. An der Kirche des Dorfes hält uns ein Polizist an. „Tut mir leid, mein Herr. Sie kommen nicht mehr weiter. Am besten folgen Sie den Beschilderungen und nehmen dann den Pendelbus." Irritiert blicke ich ihn an. „Wollen die alle zur Ausstellung?" Er nickt. Aber ich verstehe das nicht ganz. So viel Platz gibt es doch beim Bauernhof im Leben nicht. „Wir sind die Veranstalter", brüllen meine Kinder geistesgegenwärtig nach vorne. „Wie?" Der Polizist versucht, gegen den Lärm anzukommen. „Ja, das stimmt. Wir sind die Veranstalter. Ich bin Bastian Wohlfahrt. Einer der Initiatoren." Es knackt im Funkgerät. Worte werden ausgetauscht und mit einem Winken werde ich durchgelassen. Mir wird ganz heiß. Wie mit so vielen Menschen umgehen? Doch meine Sorge ist unbegründet. Micha und Arno haben eine Eventagentur organisiert. Kurzfristig vor wenigen Tagen, nachdem sich abgezeichnet hat, dass Sonjas Fernsehbeitrag wie eine Bombe eingeschlagen hat. Wir schleichen die Betonstraße hoch zum letzten Hof in diesem Tal unterhalb der Burg Teck. Meine Kinder staunen. Hier waren wir noch nie zusammen herausgefahren. Unser Bauernhof gleicht einem Freizeitpark. Zahlreiche Menschen stehen an Imbiss- und Getränkeständen. Andere bestaunen die Pferde auf den Koppeln. Junge Reiterinnen und Reiter zeigen Kunststücke. Ein Bauer holt gerade eine Gruppe von Menschen ab, um mit ihnen eine Hoftour zu starten. Überall sind Bierbänke verteilt, an denen zahlreiche Menschen stehen. Vor den Scheunen, kleinen Ferienhäusern und auch vor dem Bauernhof haben sich Schlangen gebildet. Die Stimmung ist aber erwartungsvoll ruhig. Mit offenem Mund stehe ich da und bestaune die wunderliche Verwandlung dieses idyllischen Anwesens. Sonja winkt mir zu, verschwindet dann mit einem Kamerateam im Haus. „Paps, das ist ja mega hier." Sarah strahlt, schnappt ihre Schwester und verschwindet in Richtung Pferdekoppel. Noel greift meine Hand und beobachtet respektvoll die vielen Menschen. „Hammer, oder?" Ich drücke seine Hand und führe ihn in Richtung Haus. „Hi, Basti. Cool, oder?" Arno kommt zu uns. „Eher beängstigend, würde ich sagen", stottere ich. „Mach dir keine Sorgen. Die Eventagentur ist ein Geschenk des Himmels. Sie steuern gerade die Menschenströme.

Der Shuttle-Bus ist ihre Idee." Ich winke durch die Tür hindurch zu Anni, die von Menschen umstellt ist. Auch die anderen Seniorinnen und Senioren entdecke ich, welche wir interviewt haben. Bis auf einen. Er ist leider inzwischen verstorben. Wen ich aber erblicke, das ist jener Herr Meier. Der vermeintliche Großvater von Petra. Sein Blick ist intensiv auf Anni gerichtet. Entdecke ich darin etwas Liebevolles? Eine Art von Verbundenheit? „Sind sie etwa …" – „… ein Paar? Ja!" Arno lacht und klopft mir auf die Schulter. „Es geht auch ohne Tinder – und in jedem Alter. Mein Freund, somit gibt es auch noch Hoffnung für dich." Ich boxe ihn in die Schulter. Ich kann aber meine Freude für Anni nicht verstecken. Mike taucht auf. Die Wangen hochrot vor Aufregung. „Basti! Komm. Du musst die Führung mitmachen." Er begrüßt kurz Noel und bugsiert mich mit einer kurzen Entschuldigung „Sorry, ist der Boss" an den Wartenden vorbei und platziert uns vor einem Tisch, auf dem Kopfhörer und kleine Sender platziert sind. „Nehmt einen Kopfhörer und schaltet das Gerät ein." Artig folgen wir seiner Order und watscheln hinter ihm her in den ersten Raum. Stimmen empfangen uns. „Hallo, ich bin der Louis", hören wir einen Jungen in süddeutschem Akzent sagen. „Schon als kleines Kind musste ich von meinen Eltern weg, um bei den Bauern als Kinderknecht zu arbeiten." Dann begleiten wir den Louis durch sein Leben. Er berichtet uns an jedem Bild von sich, von Freud und Leid. Setzt dieses in den Kontext der deutschen und der Weltpolitik. Wir entdecken einen Menschen in diesem Raum, der zwar nie ein Bundesverdienstkreuz erhielt, aber in seiner eigenen kleinen Welt Großes geleistet hat. Viel erleiden musste, aber auch unglaublich viel erlebte. Louis selbst steht als greiser Mann stolz und glücklich inmitten des Raumes und kann es nicht fassen, wie die vielen Menschen sich für ihn und sein Leben interessieren. Eine junge Journalistin steht bei ihm, stellt ihm Fragen und macht Fotos. Stolz reckt Louis den Kopf und blickt in die Kamera. Aus den Augenwinkeln heraus sehe ich, dass meine Zwillinge mit Laura den Raum betreten.

Ich kann meine Erleichterung nur mit Mühe für mich behalten. Laura zu sehen, ist für mich eines der größten Geschenke, die ich mir gerade vorstellen kann. Sie ist ein Teil unserer Familie. Ich winke ihnen kurz zu und folge meinem Sohn. Im nächsten Raum dürfen wir tatsächlich erfahren, dass die unscheinbare Person ein Verdienstkreuz erhalten hat. Und zwar eines der Vereinigten Staaten. Die Geschichte, warum sie dieses erhalten hat, erstaunt uns und zieht alle Zuhörer in ihren Bann. „Unglaublich", stammle ich und freue mich, dass mein Sohn mit voller Aufmerksamkeit den Geschichten lauscht, die Hologramm Bilder bestaunt und auch versucht, die Projektionen mit den Fingern zu berühren. Ich muss beschämt zugeben, dass ich mich nicht um die künstlerische Umsetzung der Lebensbilder all der besonderen Menschen gekümmert habe, die wir interviewt hatten. Das war die Aufgabe von Micha, Arno und Mike. Mich überwältigt das gerade. Die Gefühle und Emotionen jener Menschen und ihrer Geschichten berühren zutiefst. Sie erreichen mit der Art der interaktiven Präsentationen mein Herz. Nur mit Mühe kann ich meine Rührung unterdrücken. Einen Raum nach dem anderen durchwandern wir. Erreichen die ehemaligen Stallungen, die Scheune und wandern hinunter zu den Ferienhäusern. Ein Raum, ein Haus, eine Lebensgeschichte. Junge Heldinnen und Helden, alte Menschen. Wie passt das zusammen? Die Ausstellung gibt vielfältige Antworten.

Wir kommen zurück zum letzten Raum, direkt neben dem Startpunkt. Es ist Annis Raum. Ihn haben wir besonders ausgeschmückt. Denn Anni ist der Grund und der Höhepunkt der Ausstellung. Ihr Leben ist eine Perlenkette voller besonderer Momente, schweren Schicksalsschlägen und doch voller Lebenskraft und Mut, immer wieder neu zu beginnen. Das ist Anni. Sie ist Jugend, Mittelalter und Alter in einem. Ein scheinbar zeitloses Wesen, das einem Zeitreisenden gleicht, gleichsam alles zugleich verkörpert. Ihr Leben und das all der anderen Menschen sind wie Gefäße, angefüllt mit dem Reichtum an Geschichten und Erlebnissen.

Andächtig folge ich den Menschen in den Raum, nehme den Kopfhörer ab, um ihren Erzählungen zu lauschen. Anni. Meine Anni! Mein Gott, wie sehr ich sie gerade bewundere. Sie sprüht eine ungeahnte Lebenskraft aus, während sie erzählt, Fragen beantwortet oder mit Gästen diskutiert. Von der schwächlichen Frau, die sich auf ihr Lebensende vorbereitet hat, hin zu einer verjüngt und agil wirkenden Persönlichkeit. Man muss ihr nur Aufmerksamkeit, Achtung und eine Aufgabe geben! Anni! Ich sauge die Situation auf. Herr Meier steht neben ihr, hält ihre Hand. Seine Bilder und Geschichten stehen leider verschlossen im Abstellraum nebenan. Leider. Die Verfügung von Petras Anwälten konnten wir noch immer nicht gänzlich durch unseren Einspruch beim Amtsgericht aushebeln. Aber entmündigen kann man die interviewten Menschen auch nicht einfach. „Wer sind wir denn? Alte entmündigte Mumien?“ Die Gruppe war empört und marschierte gemeinsam zum Amtsgericht. Ihre eidesstattlichen Erklärungen führten dazu, dass wir die Ausstellung gegen alle Widerstände in diesem Umfang zeigen dürfen, wie er sich jetzt über die gesamte Anlage verteilt. In der Stadtverwaltung drehen sie sich gerade sicherlich im Kreis. Auch dank der Widerstandskraft unserer Bauersfrau, die die Behördenvertreter einfach aus dem Haus warf, kaum dass sie mit dem letzten Versuch vorstellig wurden, alles zu stoppen. Meine Vermutung ist: Da hat sich jemand vor den Karren spannen lassen und kommt aus der Sache nicht mehr heraus. Selbst schuld!

Zufällig verfolge ich, wie Mike einzelne Gäste in das Kämmerchen neben der Küche lotst. Während die Tür aufgeht, sehe ich, dass alle Bilder aufgehängt sind oder entsprechend im Raum platziert. Offenbar funktioniert auch der Audioguide dort. Ich schüttle den Kopf, während er mich anschaut und unschuldig die Schultern hochzieht, als wollte er sagen: „Was? Ist doch nicht schlimm …“ So ein Schlawiner. Seine Mutter ist auch da und hilft beim Service. Schüchtern lächle ich ihr zu und werde knallrot. „Basti, kommst du? Wir brauchen dich hinten bei den kleinen Ferienhäuschen.“

Ich erkenne die Stimme von Arno, der glücklich verschwitzt den Hang hochstürmt. „Wir müssen die Besucher ein wenig steuern, damit nicht zu viele Warteschlangen entstehen." Ich nicke und folge ihm. „Irgendwelche Störer und Krawallmacher?", frage ich. Doch er schüttelt den Kopf. „Bisher alles friedlich. Sie haben wohl aufgegeben." Ich nicke vielen bekannten und noch mehr unbekannten Gesichtern zu, halte mal hier, mal dort ein Schwätzchen, um dann Position zu beziehen.

* * *

„Oh, mein Gott, wie viele Hunderttausende Gäste waren das denn?" Erschöpft setze ich mich mit einer Flasche Bier an den Tisch. Meine Kinder genießen ihren Holunderblütensaft. Wir stoßen alle gegenseitig an: „Auf den Erfolg." Noch immer sind wir überwältigt von diesem. Die Mitarbeiter der Eventagentur erscheinen im Raum. „Wir sind fertig. Alles abgebaut. Keine Schäden auf den Wiesen und auf dem Hof." Wir wollen sie einladen, mit uns einen Schluck zu trinken. Doch sie winken ab: „Wir müssen noch die Wegweiser prüfen und die Parkplätze reinigen. Danach freuen wir uns auf den Feierabend. Morgen geht's ja gleich weiter." Wir verstehen und danken ihnen. „Profis sind einfach wichtig", kommentiere ich und gebe der Truppe ein sattes Trinkgeld. Die Kosten würden wir aus den Spenden finanzieren können, die wir heute eingenommen haben. „Was für ein Tag", wiederhole ich schon zum x-ten Mal. Mike schäkert mit meinen Zwillingen: „Wenn ich nicht schon Laura versprochen wäre, würde ich euch beiden gleichzeitig den Hof machen, meine Damen." Sie kichern. Laura blickt ernst rüber, schmunzelt dann aber auch. „Spinner", kommentiert sie seine Aussagen und reibt sich müde die Augen.

„Wer hätte das gedacht?", fragt Arno und legt den Arm um Micha.

„Niemand", erwidere ich und neige mein Haupt vor Anni. „Du bist der Star des Tages, Anni. Glückwunsch!" Doch sie wehrt vehement ab. „Ich bin nur ein kleines Rädchen in diesem gesamten Apparat. Ihr seid einfach unglaublich, meine Lieben.“ Auch Herr Meier blickt zufrieden in die Runde. „Die Bilder von Ihnen in einem abgeschotteten Raum auszustellen, war kein schlechter Gedanke.“ – „Die beste Marketing-Idee des Jahres“, kontert Mike. „Die Leute haben sich beinahe darum geschlagen, in die geheime Kammer zu kommen.“ Er hatte recht. Der geheimnisvolle, verbotene Raum hat sich bei den Besuchern herumgesprochen.

Sonja schleppt sich mit müden Schritten herein und setzt sich zu uns. „Oh weh, alle meine Knochen tun mir weh“, jammert sie. „Alle Bilder im Kasten?“, will Micha wissen. Sie nickt. „Mehr als das. Wahnsinnig ausdrucksstarke Szenen und viele Emotionen. Warum ist das erst jetzt passiert?“ Ich vermute, sie meint die Konzeption der Ausstellung. Alle zucken wir mit den Schultern. „Keine Ahnung“, sage ich. „Weil es uns ‚gebraucht‘ hat“, antwortet Mike.

Die Journalistin holt ein Getränk und setzt sich zu uns. „Beinahe wie neulich abends“, kommentiert sie. Es stimmt. Nur, dass jetzt meine Kinder dabei sind – und Herr Meier. Sonja blickt ihn an und zögert erst. Dann fragt sie Anni: „Bist du nun bereit für die letzte Geschichte, Anni?“ Diese blickt ebenfalls zu Herrn Meier, drückt seine Hand und antwortet mit einem energievollen „Ja“.

* * *

„Meine Geschichte handelt davon, damit leben zu müssen, die Liebe des Lebens zu verlieren.“ Anni hält kurz inne und atmet tief durch. Sie schweigt, nimmt einen Schluck vom feinen Schlehenlikör, den die Bauersfrau kredenzt. Niemand wagt, sie zu unterbrechen. Es ist, als ob Anni gerade die Zeitreise in ihrem Kopfkino durchwandert. Mit einem tiefen Seufzer fährt sie fort:

„Die ersten Jahre im neuen Jahrtausend erlebten wir mit großer Frustration. Nikolas litt besonders darunter: Die Welt bewegte sich rückwärts. Der Anschlag auf das

World-Trade-Center, Afghanistan, Irak, die Welt wurde gewaltvoller, hysterischer und fanatischer, was die Überwachung der Menschen betraf."

Ich traue mich nicht, sie zu unterbrechen. Aber es geistert mir durch den Kopf, dass wir in den 90ern so viel Brutalität und Krieg hatten wie immer: die Schlachtereien im ehemaligen Jugoslawien, Rumänien, Kuwait, Irak ... und die vielen anderen Konflikte in Afrika – wie Ruanda. Die Welt kam nie zur Ruhe. Wird es auch nie …

„Wir zogen uns zurück. Mit siebzig Jahren darf man das auch mal gerne. Endlich fanden wir Zeit, um die Welt in unserer Wohngegend kennenzulernen: Kirchheim, die Stadt, das Gemeinleben, die Schwäbische Alb. Auch den Bodensee. Wir gestalteten und prägten unsere Umwelt. Wurden Teil der Gesellschaft. Was soll ich sagen. Man muss wohl erst alt werden, um zu erleben, was es bedeutet, endlich eine echte Heimat zu finden. Es hat halt alles etwas Gutes. Auch das Altwerden. Ich sog das Leben zu Hause mit vollen Zügen auf. ‚Zuhause', was für ein besonderer Begriff. Ich lernte ihn zu verinnerlichen. Und es tat einfach nur gut."

Ich vernehme ein Stöhnen, blicke besorgt zu Anni. Doch die scheint gesund und munter. Irritiert blicke ich in die Runde. Woher kam das? Meine Kinder schauen hochkonzentriert zu Anni. Sie kleben an deren Lippen.

„Doch das ging nicht ewig so. Nikolas wurde nach wenigen Jahren krank. Schwer krank. Baute immer mehr ab. Das Gehen fiel ihm schwer. Vor circa fünf Jahren zogen wir in eine schöne Wohnanlage. Altersgerecht, barrierefrei. Mit mobiler Betreuung. Doch Nikolas konnte das nur drei Jahre erleben – dann starb er." Ich lege behutsam meine Hand auf ihren Arm. Doch sie schaut mich mit verklärtem Blick an. „Schon gut, Basti. Schon gut." Sie drückt ihrerseits die Hand von Herrn Meier neben ihr. „Ich könnte euch jetzt erzählen, wie es ist, den Mann zu verlieren. Einen Menschen, der seit vielen Jahrzehnten ein so enger Begleiter war. Ehrlich gesagt, man kann es nicht erzählen. Es ist, als ob ein Teil aus dir herausgerissen wird. Du fühlst dich schlichtweg, als ob eine Hälfte von dir fehlt …“ Sie drückt ihre Faust fest gegen den Mund. Schluckt kräftig. Dann fährt sie fort: „Stattdessen möchte ich euch erzählen, dass man sich selbst nicht in ein eigenes Kloster begeben darf. Sondern, das hätte mein Mann auch gewollt – das Leben weiterzusuchen … Tsss. Klingt so einfach. Ist aber scheiß-kompliziert. Vor allem, wenn man selbst schon im fortgeschrittenen Alter ist.“ – „Aber trotzdem bist du ganz schön flott als alte Dame.“ Mike scheint es ehrlich zu meinen. Er hebt den Daumen. Wir können ein Lachen nicht unterdrücken. Sie wuschelt ihm durch die Haare.

„Jaja. Plötzlich geht es darum, sich mit dem Alter auseinanderzusetzen, das ‚urplötzlich‘ auftaucht. Ich kenne das.“ Herr Meier nickt intensiv.

Unweigerlich gehen unsere Blicke zu Annis Bilder an der Wand. Sie als junge Frau: dunkle, braune Augen. Große Augen. Wunderbar füllige Lippen. Aus ihrem Strahlen spricht das pure Lebensglück. Wenn man genau hinschaut, dann kann man es auch noch heute entdecken.

„Jeder Tag, jedes Jahrzehnt war für mich besonders und intensiv. Selbst heute noch erlebe ich wunderbare, intensive Tage, die besonders sind. Nein, ich hänge nicht der Vergangenheit nach. Ich erinnere mich nur gerne an sie.“

Sie war eine schlanke Frau, wie die Bilder zeigen. Schöne Körperformen, die sie gerne mit schönen Kleidern betonte.

Ich hätte mich wahrscheinlich intensiv in sie verliebt, wäre sie mir begegnet.

„Das Schwierige ist, dass ich mich innerlich fast so jung fühle wie immer. Das betrifft mein inneres Denken, meine Wahrnehmung und alles. Dass das nicht mit meinem Äußeren in Übereinklang steht, ist mir klar.“ Wir hängen an ihren Lippen. Lauras Blick ist ungewöhnlich ernst, während sie lauscht. Beschäftigt sie das denn alles so, was Anni erzählt?

„Den Übergang von der Jugend ins Alter habe ich nicht wirklich mitbekommen, genauer gesagt, realisiert. Plötzlich war der Körper ‚alt‘. Dennoch haben Nikolas und ich alle Jahrzehnte hinweg unser Leben mehr als genossen. Unsere beste Zeit war so ab vierzig. Man hat vieles erlebt, vieles hinter sich gebracht. Muss es nicht mehr erleben. Kann entspannter das Leben genießen. So ging es Jahr um Jahr und alles wurde immer besser. Bis mit Ende Sechzig, Anfang Siebzig der Körper nicht mehr überall mitmachen wollte. Da war man irgendwie auch einfach nur erstaunt.

Und jetzt? Jetzt denkt man auch über das Leben als solches nach. Und was danach kommen mag. Wenn es Zeit ist, zu gehen, dann weiß ich, dass es okay ist."

„Es ist das mentale Alter und nicht das physische, das zählen sollte. Ist es so?" Erstaunt blicke ich meine Sarah an und bin stolz auf sie, nachdem ich endlich verstanden habe, was sie damit meint.

Wieder ein Stöhnen. Ich blicke hinüber, wo das Geräusch herkommt. Laura! „Alles gut mit dir?", will ich wissen.

Doch bevor sie antworten kann, wird die Tür aufgerissen.

Einer Kriegerin gleich steht Petra in der Tür. Wartet nicht lange und dringt ein. Hinter ihr zwei Kerle in Lederklamotten. Ich schnelle von der Bank hoch und stelle mich ihr entgegen. „Was soll das?", will ich wissen. Doch sie schiebt mich beiseite. „Petra!" Herr Meier stemmt die Hände auf den Tisch, um aufzustehen. Doch ich signalisiere ihm, sitzenzubleiben. „Wo sind die Bilder vom Alten?" Die Worte schießen wie Wurfmesser aus ihrem Mund, wollen die Luft zerschneiden. „Sucht in den Räumen nach. Sie haben gegen die Auflagen verstoßen." Die Typen eilen in die anderen Zimmer, reißen ein Bild nach dem anderen von der Wand. Stürzen Vitrinen um. Beamer werden zertrümmert. Voller Wut packe ich Petra bei den Haaren und reiße sie zurück. Mir wird schwarz vor Augen. Ich will ihr wehtun. Packe sie und schleudere die Verrückte gegen die Wand. „Du Wahnsinnige!", brülle ich. Sie taumelt. Richtet sich aber wieder auf und stellt sich mir entgegen. Meine flache Hand klatscht auf ihre Wange. „Für alles, was du uns, mir, angetan hast", schießt es mir durch den Kopf. „Paps!" Ängstliche Kinderstimmen hinter mir lassen mich innehalten. Ich wende mich von ihr ab, was sie ausnutzt. Sie schmettert ihre Faust in mein Gesicht.

Ich taumle. Die Kerle eilen ihrer Chefin zur Hilfe. Packen mich und rammen mir ihre Fäuste in den Bauch. Sorgenvoll blickt Anni um sich, um nach dem Tod zu schauen. Die urplötzlich auftretende Gewalt erschreckt alle.

„Du Wurm willst dich mir entgegenstellen?“ Petra beugt sich über mich, der ich vor Schmerz gekrümmt am Boden liege. Laura nimmt meinen Kleinen in die Arme, während die Zwillinge bei Anni Schutz suchen. Ich blicke zu der Irren hoch, sehe ihre Augen, vom Wahnsinn entrückt. „Das habe ich schon“, stöhne ich hervor, was mir einen weiteren Schlag mit den Springerstiefeln der Kerle einbringt. Ich brülle vor Schmerz. „Petra!“ Herr Meier steht von der Bank auf und will mir zu Hilfe eilen. Doch sie streckt die Hand aus, wehrt ihn ab, wie der Magier einen bösen Geist. „Stopp, du scheintoter Greis!“ Ihre Augen blitzen. Ihr Gesicht ist zu einer Fratze verzerrt. „Du hast das alles ins Rollen gebracht. Du seniler Idiot.“ Sie lacht hysterisch auf. „Beinahe hättest du mich ruiniert. Doch damit ist Schluss!“ Sie gibt ihm einen kräftigen Stoß, dass er nach hinten wegkippt. Die Kinder schreien auf. Nur kurz verharrt Petra in ihren Bewegungen. Sie blickt die Kinder an, zögert. Ich nutze die Irritation und schnelle hoch. Ich gebe einem der Schläger mit meinem Schädel einen kräftigen Kinnhaken. Sein Kiefer schleudert nach oben, die Zähne bohren sich in die Zunge, die aus dem Maul hängt wie bei einem Hund. Dem anderen kicke ich in die Weichteile. Doch er fasst sich schnell und schleudert mich wie einen Wattebausch durch den Raum. Handlungsunfähig bleibe ich in der Ecke liegen. Mike filmt unentwegt das Geschehen. „Das geht gerade live“, brüllt er, vermutlich, um Petra bewusst zu machen, dass sie eine Dummheit begeht. Aber die denkt gar nicht daran, einzuhalten. Sondern packt sich Arno und Micha. „Ihr kleinen fucking Bitches. Habt ihr den Medien die Fake-Unterlagen zugespielt?“ Sie ohrfeigt Arno. Er lässt es geschehen, lächelt sogar und spricht tiefenentspannt: „Sag mal, Alte, wie blöd bist du eigentlich? Muss man es dir mit dem Holzhammer in den Schädel klopfen? Du bist geliefert!" – „Aber voll", bestätigt Mike. Arno weicht geschickt einem Fausthieb der Schläger aus und spricht weiter: „Es wäre besser gewesen, du wärst heimlich und schnell verschwunden. Betrügerisch bis in die Haarwurzeln. Die falsche Ärztin, die gekaufte Lobbyistin, die bestochene Managerin des Krankenhausumbaus! Soll ich weitermachen?" – „Mann, was für geile Schlagzeilen", kommentiert Mike. Petra blickt wie von Sinnen von einem zum anderen. Ihre hysterischen Ausbrüche wirken krank und irre. Doch sie will nicht aufgeben. „Macht sie fertig", befiehlt sie. Die Schläger rücken vor. Doch zu Arno gesellt sich Micha, stellt sich ihnen entgegen. „Petra, gib auf. Wir haben heute Nachmittag wichtige Beweise an die Staatsanwaltschaft übergeben. Mach es nicht noch schlimmer!" Sie will aber nicht hören. Winkt den Typen zu, ihr Werk zu beenden. Die Rechnung hat sie aber nicht mit den Jungs gemacht. Einem Schlag nach dem anderen weichen sie aus und kickboxen die Kerle durch die Ausstellungsräume. Ich rapple mich auf, will sie unterstützen, bekomme aber meinen finalen Kinnhaken, der mich endgültig außer Gefecht setzt.

Bewusstlos sacke ich zusammen. Höre nur noch aus der Ferne die Rufe verängstigter Stimmen.

* * *

Als ich wieder zu mir komme, beugt sich ein Sanitäter über mich. Polizisten stehen im Raum. Sprechen mit Anni, Herrn Meier und Mike. „Wo sind meine Kinder?" Erschrocken richte ich mich auf. Ich werde aber sanft zurückgeschoben. „Bleiben Sie liegen. Sie sind bei der Bauersfrau. Es geht ihnen gut." Der Sanitäter tastet mein Kinn ab. „Was gebrochen?", will ich wissen. Er schüttelt den Kopf. „Keine Sorge. Sie sind stabil gebaut." Anni scheint zu zittern, wie ich an ihren Händen sehe. „Laura?" Ich kann sie nicht finden. „Auf dem Weg ins Krankenhaus." – Meine Augen weiten sich. „Haben sie ihr etwas angetan?" Sonja taucht auf und kniet zu mir runter. „Na, du Held. Hätte ich dir nicht zugetraut."

– „Laura?“, will ich wissen. „Sie ist zusammengebrochen. Laura hatte große Schmerzen im Bauch und Krämpfe.“ Ich horche auf. Das war das Stöhnen! Laura hat einen Rückfall. Keine guten Nachrichten. Der Sanitäter hat seine Untersuchungen beendet und lässt mich wieder aufstehen.

Die Polizisten bitten mich, kurz mit ihnen zu sprechen. Was ich tue. „Was passiert nun mit den Personen?“, will ich wissen. „Wir haben sie über Nacht erst einmal zu Gast in unserem Hotel. Danach gibt es eine weitere Strafanzeige. Da kommt einiges zusammen bei der Dame.“ Er nickt Mike zu. „Dürfen wir das Filmmaterial vorher sichten, bevor du es ausstrahlst?“ Er nickt und gibt den Beamten sein Handy. „Natürlich.“ Sonja mischt sich ein: „Für die Spätnachrichten hätte ich es auch gerne. Eine umfassende Reportage wollen wir auch noch machen.“ Zu mir gerichtet sagt sie: „Die haben hier die Ausstellung verwüstet. Und wie ich nun von ihrem Großvater höre, muss da noch ein schlimmer Betrug aufgedeckt werden.“ Sie nickt mir zu. „Heftig, was die Frau im Krankenhaus angestellt hat.“

Ich kann ihr nicht ganz zuhören. Viele Gedanken rasen durch meinen Kopf. Meine Kinder, Anni, Laura …

Sonja scheint meine Not zu erkennen. „Folgender Vorschlag: Ich kümmere mich um Anni und Herrn Meier. Du fährst mit Mike zu deinen Kindern. Er ist ein super Aufpasser. Danach gehst du zu Laura!“ Ich nicke und folge artig ihrer Anweisung.

Ob sie mich ins Krankenhaus lassen?

Mir ist das shitegal! Ich muss zu ihr und wenn ich alle aus dem Weg schubse. Ich bin Arzt! Sie ist meine Patientin – und gute Freundin!

* * *

„Hallo, Herr Wohlfarth, sind Sie wieder zurück? Ach, wie schön.“ Die Krankenschwester winkt mir schon aus der Ferne zu und drückt meine Hand. Ich freue mich sehr über die Begrüßung. Ich muss aber zu ihrer Frage den Kopf schütteln.

„Leider nicht beruflich, Kollegin. Ich bin heute Besucher. Eine ehemalige Patientin ist wieder eingeliefert worden. Die will ich besuchen.“ Sie nickt. „Ja, ich kenne den Fall. Die junge Dame ist bei uns auf der Station. Wir vermissen Sie sehr! Hoffentlich ist dieses ganze Durcheinander bald vorbei.“ Ich drücke dankbar ihre Hand und gehe den Gang hinunter. Lauras Zimmer ist am Ende des Flurs. Arno und Micha haben sich darum gekümmert, dass sie ein Einzelzimmer bekommt.

Ich bin verzweifelt, da ich selbst zunächst nicht die Behandlung durchführen darf. Wegen meiner Freistellung. Meine Wut, die ich bei Petra in mir entdeckt habe, ist versickert. Ich beuge mich der Verweigerung, die mir am Morgen die Chefin entgegengestellt hat.

Meine Kollegen treffe ich im Ärztezimmer. Doch viele sind mir gegenüber reserviert und eher ablehnend. „Sie werfen dir vor, dass du den Schwanz eingezogen hast. Sie sind der Ansicht, du hättest kämpfen müssen.“ Es ist Arno, der mir das sagt. „Im Nachbarzimmer tummeln sich Petras Anhänger. Sie haben schon gehört, dass du ihre Anführerin angegriffen hast. Niemand dort versteht, warum die Polizei sie und nicht dich verhaftet hat.“ Micha gesellt sich zu uns ans Fenster und zeigt auf die Anwesenden: „Die Kolleginnen und Kollegen hatten gehofft, dass du um deine Stelle kämpfst. Sieh doch die schlimmen Zustände hier. Sie hätten dich gebraucht, als Leader, der ihnen zur Seite steht.“ Er nickt in Richtung der wenigen Ärztinnen und Ärzte hinter uns, die noch im Raum sind. Arno nickt. „Sie haben uns oft gefragt, wo du bist und wann du endlich wieder aus deinem Schneckenhaus herauskommst.“ Bestürzt stelle ich den Kaffeebecher ab und will von ihnen wissen, warum sie nie etwas gesagt haben. „Weil wir wussten, wie es dir geht und dass du selbst leidest wie ein Hund.“ Das hört sich sehr mitleidig an, wie ich finde.

Die Luft fühlt sich trocken und stickig an. Mir fällt das Atmen schwer. Schnell eile ich aus dem Raum, herüber in den

Park, schnaufe tief durch. Das Eichhörnchen ist tatsächlich da und blickt mich erwartungsvoll an. Ich aber reagiere nicht.

Selbstzweifel macht sich in mir breit. Habe ich bei Laura versagt? Wird sie eventuell sterben? Warum habe ich nicht um meine Stelle gekämpft? Ich sehe doch die schlimmen Zustände hier. Der Job ist mir egal. Nicht aber Laura. Was, wenn sie stirbt? Ich kann mir das nicht verzeihen, wenn dies geschehen sollte. Verdammt. Seit meinen ersten Jahren als Arzt habe ich nicht mehr wegen einem Patienten geweint. Die mühevoll aufgebaute berufliche Distanz, mein Schutzwall, ist dahin. Mir ist, als würde mich das Krankenhaus trösten wollen. Ich höre dieses Flüstern, spüre die Wärme, die dieses Monster ebenso ausstrahlen kann, wenn es mit demjenigen mitfühlt. Kann auch hin und wieder geschehen.

Leise Schritte hinter mir sind zu vernehmen. Jemand legt mir den Arm auf die Schulter: „Bereit für die Visite? Wir gehen jetzt zu Laura." Es ist Arno.

„Natürlich." Ich schnäuze mich und wische die Tränen ab. „Scheiß Heuschnupfen", sage ich mit einem leichten Zwinkern. „Besonders im Spätherbst", kommentiert Arno und legt freundschaftlich den Arm um meine Schultern. „Wird schon", sagt er und gibt mir einen meiner Arztkittel.

Ich zögere zunächst, ziehe ihn aber dann gerne an.

„Danke", sage ich nur und meine damit deutlich mehr als nur den weißen Kittel.

Beim Betreten des Krankenzimmers fährt mir der Schrecken in die Knochen. Laura liegt kreideweiß vor uns im Bett. Über ihren Pupillen scheint sich ein Schleier gelegt zu haben. Tiefe Furchen ziehen sich unterhalb der Augen entlang. Sie muss starke Schmerztabletten erhalten haben. „Hey, du starke Kämpferin, wie geht es dir denn?" Ich versuche, zu lächeln, was aber nur einem verkrampften Zucken gleichkommt. „Es geht so", flüstert sie und winkt schwach mit ihrer Hand. „Schön, dass ihr da seid. Das tut gut." Ich winke Anni und Mike zu, die abseits auf Stühlen sitzen. „Bist du jetzt wieder Arzt?", will Laura wissen. Ich zögere, überlege ob ich schummle, entscheide mich aber für die Wahrheit. „Nein, leider nicht. Sie sind noch am Überlegen." Laura schnaubt. Sagt aber nichts. „Basti, würdest du bitte?" Arno schiebt mich sanft in Richtung Anni und Mike. „Wir müssen jetzt die letzten Untersuchungen auswerten und dich auf die Operation vorbereiten, Laura." Er holt einige Bilder aus einer Mappe und hängt sie in einen Leuchtkasten an der rechten Wand des Zimmers. „Du hast innere Blutungen. Aber zum Glück nicht viel." Die Schläge durch die Idioten von vorgestern, folgere ich. „Viel schlimmer ist dein Darm. Er ist eine einzige Entzündung. Beinahe ein Glutofen." Angestrengt folge ich seinen Ausführungen. „Er ist dünn wie Pergamentpapier." – „Was meint er mit Pergamentpapier?" Mike wendet sich an mich. Doch ich lege den Finger an meinen Mund. „Gleich", flüstere ich. „Er ist kurz vor einem Durchbruch an einer Stelle. Dann dein Magen. Eine einzige Entzündung. Das strahlt auf den Herzmuskel aus …" Arno versucht so behutsam wie möglich zu sein. Micha erklärt immer wieder einzelne Punkte. Im Ganzen aber hört sich die Aufzählung so an, als ob in Laura ein furchtbarer Kampf ihres Körpers gegen eine unbekannte Macht tobt.

„Wir müssen operieren. Und zwar rasch." Laura nickt. Sie scheint es erwartet zu haben.

„Aber nur ihr und Basti." Arno lächelt. Micha hebt die Hände: „Das würden wir auch furchtbar gerne. Aber er darf nicht." – „Und wohl darf er. Ich will es. Wenn nicht, dann lasse ich mich nicht operieren. Dann hat das Krankenhaus eine Tote mehr und einen weiteren Skandal obendrauf." Laura ist ebenfalls auf den Disput vorbereitet. Es entsteht ein kleines Wortgefecht. Doch Laura bleibt standhaft. „Basti, ihr und niemand sonst! Die anderen lehne ich wegen Befangenheit ab." Ich muss grinsen. Das habe ich so noch nie gehört. Die junge Frau ist gut!

Einige Minuten später sitzen wir in Arnos Zimmer und beraten die OP. „Wir müssen einen Teil des Darms entfernen. Da kommen wir nicht herum." Ich nicke. Es scheint keine

Alternative zu geben. „Geht aber bitte so zurückhaltend wie möglich um. Keinen Millimeter zu viel." Das ist natürlich selbstredend. Doch die Kollegen verzeihen mir diesen Spruch. „Wann wollt ihr beginnen?", will ich wissen. „Sobald es möglich und sie bereit ist." Bereit heißt auch, dass Laura zustimmt, dass ich womöglich nicht dabei bin. Noch beraten sie in der Etage über uns. Einige genervte Gesichter konnte ich vorhin sehen, als sie bei uns im Zimmer standen. Meine Anwesenheit ist ihnen wohl lästig. Genugtuung macht sich in mir breit. Ich will jetzt nicht mehr weichen. Denn Anni würde das auch niemals tun. Ich habe es vorhin an ihrem Blick gesehen. Sie erwartet, dass ich kämpfe! „Geht das denn überhaupt, dass man mich während einer laufenden Untersuchung wieder in den OP lässt?" Ich denke angestrengt darüber nach. Micha räuspert sich. „Es gibt keine Untersuchung, Basti." Ungläubig wende ich mich ihm zu. „Was?"

„Sie haben wohl nie den Vorgang weitergegeben. Er ist im Büro der Chefin stecken geblieben. Ich habe es vor 'ner Stunde erfahren. Petra war sich nicht sicher, ob zu viel Staub aufgewirbelt wird und sie dann ihre Tarnung verliert." Er schüttelt den Kopf. Wie schon so oft in den vergangenen Tagen. Lange wird es nicht mehr dauern, dann ist das alles an der Öffentlichkeit und ihr Krankenhaus stünde nicht nur in der Lokalpresse auf der vordersten Seite. Eine falsche Ärztin, das geht über das Land hinaus. Sie würden berühmt werden …

„Und die Schnüffler, die wir schon seit Monaten im Haus haben?" Sie zucken mit den Schultern. „Vermutlich bestochen." Ich werfe mich gegen die Lehne meines Stuhls. „Alles ein Fake?" Ich kann es nicht fassen.

Beinahe unerträgliche Ruhe entsteht. Wir stieren vor uns hin. Finger klopfen auf der Tischplatte. Kaffeetassen werden geräuschvoll hin und her geschoben.

Dann endlich. Die Tür öffnet sich. Eine mir fremde Person schiebt den Kopf durch den Spalt. „Herr Wohlfahrt?" Ich nicke.

„Pistorius, mein Name. Ich bin als Interimsverwalter für dieses Krankenhaus eingesetzt worden." Er schiebt sich mit seinem fülligen Körper endgültig herein und reicht mir die Hand. Ich stehe auf. „Machen wir es kurz: Sie haben die Erlaubnis zur Operation. Der Verwaltungsrat hat beschlossen, Ihre Beurlaubung aufzuheben, vorbehaltlich einer finalen Untersuchung." Ich lasse vor lauter Freude seine Hand nicht los. Schüttle und schüttle sie. „Danke, danke", sage ich nur. „Na, na, jetzt nicht auch noch umarmen, küssen und so." Er versucht, sich loszumachen. Ich ignoriere das und wende mich an meine Freunde. „Dann lasst uns loslegen. Wir haben etwas zu tun!"

Schnell sind alle Formalitäten erledigt und der Apparat beginnt anzulaufen. Über unsere Gruppen-Whatsapp schicke ich eine Nachricht an die anderen. Auch meine Kinder sind mit dabei. Einige Jubel-Gifs folgen als Antwort.

Während ich den Gang zum OP hinuntereile, spüre ich, dass meine Zweifel noch zwischen Zwerchfell und Herz sitzen und mir beinahe den Atem nehmen. Doch ich lasse nicht locker. Setze energisch einen Schritt vor den anderen. Drücke kraftvoll den Türöffner und schreite durch die erste Schleuse. Ich bin es Laura schuldig!

* * *

Spät am Abend sitze ich mit einem Glas Gin auf meinem Mini-Gartenteil und stiere die Hecke an, die knapp zwei Meter von mir entfernt die Welt da draußen von mir trennt. Ein Igel jagt von links nach rechts und von rechts nach links, als ob er die beengte Welt meines Anwesens zu seiner Welt gemacht hat. Später werde ich ihm noch ein paar Leckerlies hinstellen, exakt gemäß den Anleitungen, die ich im Netz gefunden habe. Meine Kinder haben am Nachmittag für ihn Laub zusammentragen, damit er sich ein Winterquartier basteln kann. Ich lausche in die Wohnung hinein, ob etwas von ihnen zu hören ist. Doch alles ist ruhig. Auf dem Sofa schläft meine Schwester, die sich tagsüber um die Kinder gekümmert hat.

Mein Wutausbruch gegenüber Petra hat Spuren hinterlassen. Meine Kinder hielten längere Zeit Abstand zu mir. Eine wirkliche Erklärung konnte ich ihnen nicht geben. Ich versuchte es mit einer Entschuldigung: „Es tut mir sehr leid, was ich getan habe. Aber ich war so unglaublich wütend auf diese böse Frau. Sie hat so viele schlimme Sachen gemacht." Meine Kinder erahnten meine aufrichtige Reue. Doch die Zwillinge blieben bei ihrer Meinung: „Das gibt aber niemandem das Recht, sich so schlecht zu benehmen." Ich hatte nur genickt und nichts mehr dazu gesagt. So kannte ich mich bisher nicht.

Nebel dringt vom Hang herunter durch die Hecke. Mich fröstelt ein wenig und ich ziehe meine Decke enger um die Schultern. Das war verdammt knapp gewesen mit Laura. Verdammt. Unsere Diagnose lag falsch. Man könnte nicht meinen, dass mit all der Technik und den Durchleuchtungen eine Fehldiagnose heute noch möglich sein könnte. Ich schäme mich zutiefst. Bereits zum zweiten Mal haben wir die junge Frau an den Rand ihres Lebens gebracht. Der einzige Trost ist, dass sie über den Berg zu sein scheint. Diese junge Frau beeindruckt uns einmal mehr mit ihrem enormen Überlebensdrang.

Der Ruf eines Nachtvogels hallt durch die Siedlung nahe am Wald. Der Todesruf der Nachtigall? Er dringt mit der Kälte in meine Knochen, will den Schnitter in meinen Garten tragen. Mir läuft es kalt den Rücken hinunter. Was, wenn der Sensenmann mich heute Nacht holen würde? Wäre ich vorbereitet? Ich runzle die Stirn. Ich denke angestrengt nach. Worum müsste man sich eigentlich kümmern im Hinblick auf den Tod? Um gar nichts und alles den Verwandten überlassen? Ich lebe tagaus, tagein, als gebe es immer und ewig ein Morgen. Wieder der unheimliche Ruf der Nacht. Ich bin versucht, ins Innere meiner kleinen Wohnung zu flüchten, den Rollladen herunterzulassen. Nein. Ich widerstehe dem Fluchtgedanken! „Was muss man da machen?", murmle ich. „Testament. Ja, aber wie macht man so etwas? Wem soll ich was vererben, von dem Wenigen, was übrig bleibt?" Ich zucke mit den Schultern. Die Schulden bei der Bank. An wen gehen die über? Wenn ich wüsste, dass ich mich auf meinen Tod vorbereiten könnte, dann würde ich die Lebensversicherungen auflösen und die Schulden tilgen. Computer, Passworte, Mitgliedschaften in Verbänden und Vereinen: Kündigt man die vor seinem Tod oder wartet man erst auf den Nachruf? Also die Verwandtschaft, meine ich. Wird die dann alles kündigen müssen? Dann Dinge wie die Profile im Social Media. Ich habe mehr als eines … mir raucht der Kopf. Doch es geht weiter: Ich sollte sicherlich auch überlegen, wie ich mir mein Begräbnis vorstelle. Anonym und verbrennen? Jetzt wird es mir doch unwohl zumute. Worüber denke ich denn nur an diesem Herbsttag nach? Gruselig! Mein Igel hat seinen Lauf durch meine Hecke unterbrochen. Wahrscheinlich sitzt er jetzt irgendwo und beobachtet mich. Sieht, wie ich immer blasser werde. Die Tantiemen aus meinen Fachbüchern, wer bekommt die denn? Der Verlag? Ich wische mit der Hand durch die Luft. So wie ich es immer mache, wenn ich keine Lust mehr auf unangenehme Themen habe. „Lasst mich in Ruh!", schimpfe ich einen Tick lauter als gewollt. Geraschel in der Hecke. Der Igel ist aufgeschreckt. Nicht aber der Todesruf der Nachtigall. Er hallt nach wie vor durch die Dunkelheit. Mit bangem Gefühl schleiche ich ins Bett. Wen mag er sich wohl holen in der Nacht, der Tod?

30.

Ich höre Stimmen hinter mir: „Schau mal, ist das nicht unfair? Die Alte müsste anstelle der Kleinen sein. Sie müsste dort liegen. Nicht die junge Frau, die noch ihr ganzes Leben vor sich haben sollte. Die Alte ist schon fast hinüber."

Wut packt mich. Ich drehe mich um und zische die Leute an. „Kein Alter rechtfertigt so ein dummes Gequatsche! Jeder Tag ist ein Geschenk." Ich schaue sie an. „Schaut in den Spiegel. Lange dauert es bei euch auch nicht mehr!" Drehe mich um und werfe die Tür hinter uns zu.

Anni hört die Diskussion und winkt ab: „Schon gut, Bastian. Lass sie. Wir waren damals nicht anders."

„Mit wem streitet ihr schon wieder?" Die Stimme hinter uns hört sich kraftvoll an. „Hi, Laura, nur mit ein paar Idioten, die wir dringend zu unserer Ausstellung lotsen müssen." Ich gehe zu ihr und lege meine Hand auf ihre Stirn. Leicht erhöhte Temperatur. „Wie geht's dir?", will ich wissen. „Wie soll es einem gehen, mit einem künstlichen Darmausgang?", kontert sie meine Frage, winkt dabei aber gleich ab und sagt: „Ehrlich gesagt, recht gut. Ich fühle mich täglich besser. Doch das komische Ding hier fühlt sich ziemlich fremd an." Sie zeigt auf die Decke, unter der vermutlich der Beutel steckt. „Nicht mehr lange, Laura. Noch eine Woche und dann kommt der weg." In Gedanken zähle ich die Tage durch, die seit der Operation vergangen sind. Und staune.

So vieles ist inzwischen passiert. Laura hat die OP gut überstanden und macht Fortschritte. Wir sind endlich auf die richtige Spur gekommen, was die Diagnosen betrifft, und Petra hat eine saftige Strafanzeige am Hals. Da sind einige Sachen zusammengekommen.

Das Wichtigste aber ist, dass ich mit meinen Kindern eine gute Aussprache hatte und wir wieder ein Team sind. Es hat ihnen natürlich gar nicht gepasst, dass meine Schwester die drei vor wenigen Tagen eingesammelt und zurück nach

Emden gebracht hat. Ich zittere noch immer, dass die Nachrichten aus Kirchheim doch meine Frau erreichen könnten. Trotz aller Vorkehrungen, die wir getroffen haben. „Laura geht es gut“, tippe ich gerade in die Whatsapp-Gruppe. „Sie freut sich, euch bald wiederzusehen. Weihnachten?“ – „Unbedingt“, kommt postwendend zurück. „Sag viele Grüße.“ – „Mach ich.“

Die Tür geht auf und ein Blondschopf lugt herein. „Ist hier die Party?“, will er wissen. „Und ob“, bestätigt Anni. Mike ist aber schon im Zimmer und hält seinen Blumenstrauß in die Luft. „Für meine Angebetete“, strahlt er. „Spinner“, kommentiert Laura. Ist aber sichtlich gerührt.

„Junge, du hast schon eine echte Mähne. Alter Hippie.“ Ich klatsche seine Hand ab, die er mir zum Gruß entgegenhält. „Alles gut?“

„Alles gut!“

Er setzt sich neben uns. „Die Ausstellung wird verlängert.“ Er reckt die Faust in die Luft. „Sonjas Reportagen haben eingeschlagen wie eine Bombe. Die Besuchergruppen wollen nicht enden. Und, jetzt kommt es: …“ Er macht wieder einmal eine kunstvolle Pause und lässt uns zappeln. „… Wir ziehen mit der Ausstellung um! Ins Haus der Geschichte!“ – „Haus der Geschichte? In Stuttgart?“ Er nickt und kriegt sich nicht ein. „Das Land hat angefragt. Und Micha meint, dass wir das der Bauersfrau nicht mehr länger antun dürfen.“ Ich bin sprachlos, wie die anderen, rechne aber im Kopf dennoch aus, was die gute Frau über die vielen Eintrittsgelder anteilig verdient hat. „Vor allem aber helfen uns die Spezialisten des Museums, die Ausstellung noch professioneller zu gestalten. Sie wollen auch zahlreiche neue Lebensbilder aufnehmen.“ – „Aber Anni muss im Zentrum bleiben“, verlangt Laura. „Selbstredend.“ Mike hält den Daumen in die Luft.

Anni grinst nur, schweigt und genießt.

„Deshalb!“ Mike wendet sich an Laura: „Musst du sehr schnell gesund werden. Damit wir die Ausstellung weiterentwickeln können.“ Er zwickt sie in den großen Zeh, der unter der Bettdecke hinausschaut. „Sie suchen übrigens Auszubildende.

Habe dich ins Spiel gebracht." Laura hält kurz den Atem an. „Ausbildung? Spinnst du? Ich muss doch erst einmal den Abschluss machen. Was denn für eine Ausbildung?" Er zuckt mit den Schultern. „Keine Ahnung. Ausbildung eben. Das wird schon irgendwie klappen. Danach heiraten wir." Laura versucht, ein Kissen nach ihm zu schmeißen. Ich bin mir aber sicher, wenn er das noch so beharrlich weitermacht, bekommt er es eines Tages hin …

Anni nimmt den Faden auf: „Laura, wenn du bis Sommer deine Schule fertig machst, dürfte das klappen."

Laura will ablenken und zeigt auf ihren Tisch, der neben dem Bett steht. „Die Jungs haben vorhin die letzten Befunde vorbeigebracht. Sieht alles sehr hoffnungsvoll aus."

Ich kann dem nur zustimmen: „Endlich haben wir von deinem alten Hausarzt wichtige Unterlagen bekommen! Das gibt neue Erkenntnisse." Hätten wir die doch schon früher gehabt! Doch der gute Mann war in Rente gegangen und auf die Kanaren gezogen. Micha hatte einige Detektivarbeiten leisten müssen.

„Das Wichtigste ist, du wirst wieder gesund, Laura. Du musst aber dein Leben lang auf dich achten." Mich berührt die Einsicht auf peinliche Weise: Letztlich hatte Petra mit ihrer Diagnose recht gehabt. Die Nicht-Ärztin! Bei Laura hat sich alles nur so kompliziert dargestellt, weil ihr Körper einfach überreagierte. „Nahrungsmittel! Was für eine simple Erkenntnis. Du hast extrem viele Nahrungsmittelunverträglichkeiten. Und das über viele Jahre hinweg. Dein Körper war durch deine ungesunde Lebensweise an seine Grenzen gestoßen und mitten im Prozess des Kollabierens." Schön, wenn man als Dr. House sich auch einmal irrt.

„Gefahr erkannt, Gefahr gebannt", kommentiert Mike.

Ich nicke. „Ist was dran. Beim Auto schauen wir auch, dass wir genau den richtigen Sprit tanken. In uns stopfen wir hinein, was wir nur in die Finger kriegen. Es ist fast so, als ob wir in einen Sportwagen alte Rüben, fauliges Frittierfett und so weiter hereinpacken würden. Das geht nicht gut. Beim Auto und bei uns nicht!"

Für Laura wird eine intensive Zeit der Reha beginnen. Vor allem wird sie in Überlingen einen Platz in einer Klinik bekommen, um ihren Darm zu sanieren und für sie korrekte Diätpläne zu erarbeiten. Ich bin erleichtert und freue mich für sie. Dabei verschweige ich, dass wir noch nicht wissen, wie viel körperlichen Schaden Lauras lebenslange Fehlernährung verursacht hat. Alles wird nicht reversibel sein. Aber ein Körper ist ein Wunderwerk. Er kann sich wieder regenerieren.

31.

„Anstelle dass du mein Leben zerstören willst, kümmere dich um die Kinder.“ Meine Frau ist wütend. Ich halte das Telefon auf Abstand, damit dieser Geifer nicht durch den Hörer in meine Ohren sickert. Jetzt bin ich aber auch gerade irgendwie geschockt. Ich bleibe im Flur stehen, wo das Handy lag, und starre die Wand an. Was will sie von mir? Kommt jetzt gerade ein hinterhältiger Schachzug, den ich noch nicht durchschaue? Sie feuert ihre Tiraden unentwegt durch die Leitung. Ich möchte mir die Nuller- und Einser-Kolonnen gar nicht ausmalen, die das digitale System für die Übertragung benötigt. Aha, ich verstehe jetzt so langsam. Der letzte Sorgerechtstermin ist wohl nicht gut für sie ausgefallen. Auch wenn sie wie eine Verrückte sogenannte Fakten gegen mich gesammelt hat: der Aufenthalt auf Norderney mit den vielen blauen Flecken und pädagogisch unguten Ereignissen, genauso wie der Vorfall damals vor ihrem Haus. Vermutlich auch der Vorfall vorletzte Woche während der Ausstellung. Damit hat sie eine gute Basis geschaffen, wie sie vermutet hatte. Aber irgendwas ist nicht so gelaufen wie gewünscht. Ich wandere im Flur auf und ab. Das Eichhörnchen steht an der Verandatür und versucht, in die Wohnung hereinzuschauen. Ich werde unruhig. Eigentlich wollten wir heute Laura vom Krankenhaus abholen. Doch der Wortschwall will nicht enden.

Als es mir zu bunt wird, unterbreche ich sie barsch und schimpfe zurück: „Ruhig jetzt! Lass mich zusammenfassen: Eigentlich bist du eifersüchtig, weil die Kinder sich bei mir so wohlgefühlt haben. Sie machen dir seit der Rückkehr von Kirchheim nach Emden Probleme. Sie möchten nach Kirchheim. Richtig? Zu ihrem Vater und den anderen. Das ist für sie Gemeinschaft und Familie.“ Ich setze mich, um Luft zu holen. „Du hingegen hast Schwierigkeiten, da dein Neuer die Kinder ohnehin nicht akzeptiert und annimmt. Er fordert den Konflikt immer mehr heraus.“ – „Das ist ungeheuerlich …" – „… Nein, nichts ist ungeheuerlich. Das ist die blanke Wahrheit. Er bringt dich zunehmend in einen Interessenkonflikt. Entweder er oder die Kinder. Korrekt?

Und jetzt bist du frustriert, aber auch am Ende deines Lateins.

Jetzt soll der liebe Bastian seine Pflicht tun. Du sparst natürlich nicht mit Vorwürfen. Das tust du am liebsten. Denn dann kannst du von dir und deiner Unfähigkeit ablenken." – „Ich, aber, also, hör mal …" Sie stottert vor sich hin. Tja, eben nicht mehr der softige Bastian, der alles schluckt.

„Du willst, dass ich die Kinder nehme?" Ich muss noch zweimal nachfragen. „Wie soll das mit dem Sorgerecht gehen?" Ich denke auch an meinen Beruf, den ich wieder ausüben darf. Doch dafür gibt es Wege und Lösungen. „Das ist mir egal. Jetzt komme ich dran. Du hattest deinen Spaß." Vollkommene Richtungsänderung. Sie hat mich dennoch überrumpelt. Ich kann noch so sehr den Coolen spielen. Mein Blick sucht den Gin, doch es ist zu früh am Tag. „Ich werde den Job in den USA annehmen, ob du willst oder nicht." Sie klingt bestimmt. Ich habe keine Lust mit ihr zu diskutieren. Alles rattert in meinem Kopf: umziehen, größeres Haus – mit Garten, Marktplatz, spielende Kinder, ein buntes Wimmelbild. Ich beginne zu lächeln. Bei allem Stress, den ich habe.

Ob Laura Lust hat, gegen Bezahlung, Kost und Logis für die Kinder da zu sein, wenn ich arbeiten bin? Ich muss sie fragen. Dem Redeschwall meiner Frau höre ich schon gar nicht mehr zu. Meine Gedanken sind schon in der Zukunft, bei meinen Kindern. Wir werden uns ein kleines Universum bauen.

32.

Laura ist überm Berg. Es geht voran.

Anni und ich haben die letzten Tage viele Stunden an ihrem Bett verbracht. Und Mike natürlich. Selbstredend.

Die Koffer sind schon in ihrem Appartement abgestellt und wir sitzen in Annis Wohnzimmer. Der Duft des frisch gebrühten Kaffees erfüllt den Raum. Ich hebe die Tasse und proste Anni zu. Sie lächelt wissend. Mit einer Tasse hat alles angefangen.

„Wie bist du darauf gekommen, dass es die Ernährung ist?“

„Ich habe nur beobachtet. Ihre ganzen Reaktionen, wenn sie gegessen hat. Laura hatte Schweißausbrüche nach dem Essen. Dann die unreine Haut. Oft war sie extrem müde und schlapp, wenn sie Nahrung zu sich genommen hat. Und schließlich die schlimme Überreaktion, als sie zum ersten Mal von uns behandelt wurde. Erinnerst du dich?“

Sie nickt.

„Dann die Befunde des Hausarztes. Wie gesagt, auch Petras Auswertungen gaben die richtigen Hinweise.“

„Wo sie wohl gerade sein mag?“

Wir zucken alle mit den Schultern. Wir wissen es tatsächlich nicht. Die vergangenen Tage waren zu intensiv, als dass wir uns hätten um diese Frau kümmern können.

„Peinlich nur, dass wir nicht schon früher darauf gekommen sind.“

Ich nicke. „Ja, das ist leider so in unserem System. Wir Mediziner schauen auf die organischen Schäden und wollen immer sofort operieren oder mit Medikamenten behandeln …“

„Was macht der Umzug der Ausstellung? Geht’s voran?“ Mike nickt: „Yup. Ich denke, in circa zwei Monaten ist es so weit. Am Wochenende ist bei den Rauberhöfen die Finissage.“ – „Die was?“, ich kenne das Wort nicht. „Na, die Abschlussveranstaltung zur Ausstellung. Wir werden nochmals alle Register ziehen. Sonja wird mit dem SWR vor Ort sein und die Besucher interviewen." Anni breitet eine ganze Mappe an Zeitungsausschnitten vor uns aus. Kopien von Online-Berichten und Briefen. „Die Reaktionen sind überwältigend. Andere Städte fragen nach dem Konzept und würden es gerne übernehmen. Der Bürgermeister und der Gewerbeverein behaupten nun, dass sie ja von Anfang an mit dabei waren." Wir strecken verschiedene Finger in die Luft. „Jaja, der Erfolg hat viele Väter und Mütter", sagt Anni, „aber das ist auch egal. Wichtiger ist, dass so viele Menschen die Ausstellung gesehen haben." – „Und dass sie besondere Menschen und ihre unglaublichen Lebensgeschichten kennenlernen durften", ergänzt Laura. Sie tastet sich gerade vorsichtig an Gluten-, Laktose-, Fructose- und Histamin-freie Kekse ran. „Schmeckt", kommentiert sie etwas zurückhaltend nach dem ersten Bissen.

„Was macht das Krankenhaus?", will Herr Meier wissen. Er sitzt direkt neben Anni und will ihre Hand nicht mehr loslassen. Ich ziehe 'ne nachdenkliche Schnute und nicke leicht: „Es wird. Der Interimschef ist ein feiner Kerl. Er motiviert alle und versucht, mit uns nach vorne zu schauen. Der Umbau nervt. Es ist ein Arbeiten wie auf der Baustelle. Da haben die Damen viel zu schnell zu viele Dinge aktiviert. Teilweise an behördlichen Auflagen vorbei. Das wird noch ein größeres Problem, für das sich die Presse sicher interessieren wird." – „Aber Sie sind wieder rehabilitiert, Herr Doktor?" – „Bastian, bitte", ermuntere ich ihn und halte den Daumen hoch: „Ja, tatsächlich. Um ein paar Einträge in meine Personalakte komme ich nicht ganz herum. Aber das ist schon okay."

„Und die Kinder?" Arno und Micha kommen gerade zur Tür herein. Ich winke ihnen zu. Die Familie wächst. Fehlt nur noch Sonja.

„Wir bereiten alles vor. Zu Weihnachten werden sie in jedem Fall schon die ganzen Ferien über hier sein. Dann starten wir mit Schulbeginn im Januar." Ich bin selbst erstaunt, wie unkompliziert aktuell das mit den Behörden und den Formalitäten läuft. Nur mit der Wohnung ist es noch etwas schwierig. Unsere Heimatstadt ist sehr beliebt. Ich blicke aus dem Fenster hinaus, hinüber zu meinem geliebten Würstlesberg, der gerade von den ersten Schneeflocken gepudert wird. Dort würde ich gerne eine Bleibe finden.

„Wir haben ganz schön viel vor uns, wenn wir das kommende Jahr anschauen." Es ist Mike, der das aufbringt. „Wenn wir am Leben sind, gerne." Arno bringt das eher im Spaß hervor. Dann aber sieht er in die Augen von Laura, die gerade dem Tod von der Schippe gesprungen ist, blickt auf Mikes wiedererstarkte Haarpracht und bleibt bei Anni und Herrn Meier hängen.

Beschämt senkt er den Blick und brabbelt ein „Sorry".

Mike, der neben ihm sitzt, klopft ihm auf die Schulter: „Kein Thema, Alter. Hier ist der Club der Unsterblichen. Mach dir keine Sorgen. Das passt schon."

Dennoch wird die Stimmung ernst.

„Wir wollen über die Feiertage verreisen", eröffnet Anni den Freunden die Neuigkeit. „Was?", entfährt es mir ungewollt. Beinahe hätte ich noch ein „In eurem Alter?" hinzugefügt.

„Wohin denn?", will ich wissen.

Anni blickt zu ihrem Lebensgefährten und lächelt: „Nach Connecticut. Ich möchte meiner neuen Flamme einen wichtigen Teil meines Lebens näherbringen. Connecticut und Familie Baker haben mir so viel Halt und Wärme gegeben. Dort habe ich so viel Prägung für mein Leben erfahren."

„Wow!", kommentiert Laura und prostet ihrer Freundin zu. „Wann geht's genau los?"

„In zehn Tagen."

Ich rechne im Kopf nach. Das ist der 25. Dezember. „Ich blicke sorgenvoll zu ihr rüber und will wissen: „Weihnachten feiern wir aber zusammen?!" Das hatte ich nämlich meinen Kindern versprochen. Mike beginnt Weihnachtslieder zu singen und danach zu tanzen. „Na klar, mein Lieber – und zwar richtig standesgemäß.“ Anni zwinkert mir zu. Laura, Mike, Arno und Micha nicken wissend. „Was?“, will ich wissen. „Was heißt standesgemäß?“ Mike tanzt seinen Weihnachtstanz weiter. Ich blicke sorgenvoll. „Hat der zu viel von was auch immer bekommen?“ Ich schüttle den Kopf. „Nein, der freut sich nur auf Weihnachten. Im Krankenhaus. Wir feiern dort mit den Kindern auf der Kinderstation. Alles ist vorbereitet.“ – „Wow.“ Der Gedanke gefällt mir. Quasi dorthin zurückgehen, wo wir zusammengefunden haben. Ein wenig mulmig ist mir dennoch. Weihnachten feiern, gemeinsam mit dem biestigen Wesen des Krankenhauses. Da kann man nur hoffen, dass es mal nett zu uns ist. Gerade, wenn wir mit den Kindern feiern. „Gebongt?“, will Laura wissen. „Gebongt“, antworte ich und schlage in die mir angebotene Hand ein.

Anni wird ein wenig nachdenklich, bevor sie wieder auf ihre Reise zu sprechen kommt: „Ich möchte in Connecticut auch die Stiftungsangelegenheiten regeln. Unser Lebenswerk muss nach meinem Tod weiterlaufen können. Dazu braucht es noch ein wenig an Arbeit.“ Mir gefallen solche Aussagen zum Tod gar nicht. Doch sie hat recht. Man muss das regeln. Auch hatte sie mich kürzlich gefragt, ob ich mit ins Kuratorium der Stiftung eintreten möchte, was ich bejaht habe.

„Ihr macht das richtig“, kommentiert Micha den Plan der Reise und stupst seinen Lebensgefährten an. „Wäre New York nicht auch etwas für uns?“ Der nickt. „Ja, warum nicht, vorausgesetzt, unser Chef lässt uns.“ Dabei schaut er zu Mike rüber. Doch der hebt den Daumen: „Über Weihnachten bekommt ihr frei. Danach müssen aber wieder an der Ausstellung arbeiten.“ Ein Stich geht mir durchs Herz. Wie zeitlich befristet ist diese besondere Gemeinschaft hier? Melancholie schleicht mir in die Eingeweide hinein und will sich nicht mehr vertreiben lassen.

„Warum schaust du plötzlich so traurig, Basti? Freust du dich nicht auf deine Kinder?“ Unsere Seniorin mustert mein

Gesicht. Verlegen blicke ich zur Seite. „Oh, doch. Ja, sicher. Unbedingt. Es ist nur, als ich … wie soll ich es sagen?" – „Dass du uns lieb hast?" Mike hört mit seinem Tanzen auf und stellt sich vor mich: „Wir mögen dich auch, verehrter Herr." Ich kann das Lachen nicht unterdrücken. Das „frecher Kerl" muss ich nicht sagen. Er weiß es eh schon und weicht geschickt meinem soften Boxhieb aus.

„Was, wenn das Leben nichts anderes ist als ein goldener Käfig, in dem wir uns befinden? Was, wenn wir mit dem Tod endlich den Käfig verlassen und dann weitaus Schöneres erleben dürfen? Kann doch sein, oder?" Herr Meier blickt uns neugierig an. Ich schüttle mich ob dieses ungewöhnlichen Gedankens. Doch Anni lacht: „Ernsthaft. Ich denke, wir klammern uns zu sehr an das, was wir gerade haben. Eben wie der Vogel in seinem goldenen Käfig. Schönes Bild, mein Lieber. Wir müssen offen sein für das, was kommt. Ich auf jeden Fall bin mächtig neugierig."

Laura fasst es in ihren Worten zusammen: „Ihr meint, es könnte sein, dass wir hier auf der Erde nur wie in einer – sagen wir – Strafkolonie sind und vollkommen vergessen haben, dass es eigentlich was absolut Geiles gibt? Krass." Sie hält kurz inne und denkt darüber nach: „Also, wie mein Hausarrest? Wenn mich meine Eltern in einen dunklen Hobbyraum im Keller gesteckt haben, zur Strafe – und", sie schluckt kurz, „mich dann auch vergessen haben?" Ich schaue sie schockiert an: „Wie lange vergessen, Laura?" Die junge Freundin blickt ins Leere. Ihr Blick trübt sich. Dann fährt sie mit mechanischer Stimme fort: „Wenn sie auf Geschäftsreisen gingen, konnten das schon mal vier, fünf Tage sein." – „Was?!" Anni und ich erstarren. „Vier, fünf Tage? Ohne Essen und Trinken?" Laura schüttelt den Kopf. Sie wirkt kraftlos: „Nein, sie haben mir immer eine Kühltasche hineingestellt. Voll mit irgendwelcher konservierten Essens-Scheiße. Trinken konnte ich aus dem Wasserhahn im kleinen Klo, das an den Hobbyraum angedockt war." Wir schweigen betreten. Dann fährt Laura fort: „Was ich aber sagen wollte: Man gewöhnt sich plötzlich daran. Dann wird dieser Raum, dessen Wände ich mit meinen Händen regelmäßig abgetastet habe, zu deiner eigenen Welt. Du gewöhnst dich irgendwie daran. Willst danach nicht mehr wieder raus. Denn du weißt nicht, was dich dort als Nächstes erwartet." Sie hält kurz inne und scheint sich Gedanken zu machen: „Vielleicht ist es ja mit dem Leben auf der Erde und dem, was davor und danach ist, dasselbe?" – „Quatsch", meckert Mike und wischt durch die Luft. „Das ist doch esoterischer Quark, den ihr da redet. Das Leben ist genial und ich will es genießen!"

Anni aber kommt zurück zu dem, was gesagt wurde: „Das macht mich noch neugieriger auf das, was kommt." Sie lächelt etwas schwermütig und fährt fort: „Jetzt, wo du dem Tod ja von der Schippe gesprungen bist, Laura, bin wohl ich die Nächste, die das erfahren darf."

Will Anni gehen? Ich fasse sie am Arm. „Rede keinen Unsinn, Anni!", fordere ich sie auf.

Wir schweigen und hängen unseren Gedanken nach.

„Und wie ist das mit dem Altsein?", will Mike wissen. „Ist das so kacke, wie man denkt?" Anni denkt nur kurz darüber nach: „Irgendwie ja. Klar ist das – ‚kacke'. Und doch: Nein, ich habe nicht das Gefühl, es zu bedauern, dass ich bestimmte Dinge nicht mehr tun kann. Es sind die vielen Bilder in mir, die ich erinnere. Von all meinen Reisen durch die Welt. Denke ich beispielsweise an Südamerika in den 50er-Jahren, dann habe ich sofort den Duft der exotischen Pflanzen in der Nase, sehe uns, wie wir mit den Pferden über die Weite der Hochebenen jagen, erinnere mich an die wilden Nächte in den Bars der Hafenstädte, an die schönen weißen Kleider, die ich zu besonderen Anlässen trug." Sie schmunzelt, bevor sie fortfährt: „Und an die leidenschaftlichen Nächte in der Sommerhitze. Ich reise dann in Gedanken dorthin und bin auch in meinem Kopfkino wirklich dort. Ich erlebe diese magischen Momente, wann immer ich will."

Die Macht der Gedanken und die Gabe eines lebendigen Kopfkinos. Ich kann das gut verstehen.

„Und für Sie, Herr Meier?“ Arno blickt den Senior an, während er fragt. Der aber schüttelt den Kopf: „Nicht ganz so. Für mich fühlt es sich an, dass ich allein auf dem großen Festivalgelände meines Lebens stehe. Die meisten Menschen sind schon gegangen. Nur noch wenige stehen da. Selten verliert sich jemand Neues dorthin. Die Musik spielt nur noch selten. Ja, so fühlt sich das an.“ – Laura denkt über seine Worte nach. „Du meinst, die meisten Menschen aus deinem Leben sind schon gestorben?“ Er nickt: „Ja, so ist es.“

33.

„Ein letztes Bild!"

Der Satz kann so vielsagend sein.

Freudig zum Beispiel, wenn danach der Zusatz folgt: „Dann komme ich sofort zurück. Ich freue mich."

So hatte ich ihre Nachricht auch verstanden. Doch das war trügerisch.

Dabei steckt die Melancholie der vergangenen Tage noch immer in mir.

Weihnachten war wunderbar.

Ich schwelge in Gedanken.

Die Kinder und Kranken des Krankenhauses waren begeistert von unserer Show. Es war eine lange und zauberhafte Nacht. Mit vielen Geschenken, Geschichten, Karaoke und Späßen. Ich durfte den Weihnachtsmann spielen. Was für ein Erlebnis. Meine Kinder waren die perfekten Eventmanager, unter Anleitung von Mike. Was für ein verrückter junger Kerl. Wann in meinem Leben habe ich schon so einen besonderen Menschen getroffen? Jener Mike, der vor wenigen Monaten in eben diesem Krankenhaus am Tropf hing. Die Chemo hatte ihm alle Haare vom Kopf gerissen. Mehr als einmal ist er dem Tod schon von der Schippe gesprungen. Doch niemals hat er aufgegeben. Ein Mensch voller Energie!

Auf dem langen Gang des Krankenhauses haben wir Tische aufgestellt. Teilweise Stühle, teilweise Platz für Rollstühle und Bänke haben wir gelassen. Wer nicht aus dem Zimmer konnte, den haben wir besucht. Wenn das die Krankenhausleitung oder gar die Inspekteure erfahren hätten. Oh weh. Aber ich bin bereit, dafür einzustehen. Das war es wert.

Der Umzug meiner Kinder war nicht einfach. Noch am Tag vor Weihnachten bin ich nach Emden gefahren und habe die Kinder mit Sack und Pack abgeholt.

Natürlich machte meine Frau zum Abschluss nochmals ein Drama daraus.

Doch jetzt liegen wir vollgestopft mit allen möglichen Weihnachtsspezereien erschöpft auf dem Boden meines Appartements und starren zum Fenster hinaus. Leichter Schneefall hat eingesetzt. „Dad, sag mal Papp.“ – „Papp.“ Wir lachen und halten uns die Bäuche fest. „Heute ist Silvester. Was essen wir da?“ – „Kein Essen. Bitte!“, kommt es flehentlich aus gleich drei Mündern. Ich nicke. Es geht mir genauso. „Dann muss das Eichhörnchen all die Süßigkeiten essen, die wir da haben …“ Schnell springt Noel auf und stellt sich schützend vor die große Keksdose. „Das ist ungesund für die Tiere. Mach das nicht, Dad.“

Ich hebe beide Hände in die Luft und ergebe mich. „In Ordnung. Feuerwerk dürfen wir aber auch nicht machen. Sonst erschrecken sich die kleinen Tierchen.“

Mein Handy piepst. Bilder werden hin und her geschickt. Von Laura und Mike. „Was macht ihr gerade?“, wollen sie wissen. Wir schicken ein Bild von uns in die Gruppe. Faul und träge. Wir kichern beim Knipsen unserer Selfies. Aus New York kommen Bilder zweier euphorischer, tief Verliebter vom Times-Square.

Mit Anni stehen wir ebenfalls ständig in Kontakt. Schreiben uns Nachrichten. Annis Weihnachtsgeschenk ist ein Smartphone. Sie bekam eine Turboschulung und ist inzwischen recht geschickt im Umgang mit der neuen Technik. Einzelne Bilder fabrizierte sie auch schon damit.

Wir hingegen schicken ihr Bilder von unseren Expeditionen in die Stadt, auf die Alb. Fragen nach ihrer Meinung zu einzelnen Wohnungen, die wir uns angeschaut haben.

Der Renner ist ein altes Haus am See in Bissingen. Man müsste es renovieren. Aber es ist schick. Hoher Freizeitwert. Ich frage mich nur, wie es ist, wenn die Kids groß geworden sind und in Clubs gehen wollen. Müsste ich dann mein Dasein als Chauffeur fristen?

Mein Handy blinkt. Schon wieder. Eigentlich wollen wir uns fertig machen, um mit Mikes Familie und Laura Silvester zu feiern. Eine Nachricht. Eilig hole ich es heraus und sehe eine glückselige Anni und Herrn Meier. Inmitten einer prachtvollen Winterlandschaft, vor einem halb zugefrorenen See. Ich vermute, es ist der Bantam Lake. Eine alte Dame steht neben ihr. Sie strahlen. Vermutlich die Freundin von damals. Pam, wenn ich mich richtig erinnere. „Ein letztes Bild von mir, bevor es wieder nach Hause geht. So schön, hier zu sein. Hoffe, es geht euch gut? Freue mich auf ein Wiedersehen. LG", steht geschrieben. Ich tippe schnell eine Nachricht und eile meinen Kindern hinterher, die in einer Seitengasse verschwunden sind.

* * *

Nichts ahnend holen wir Laura im neuen Jahr ab, um einen kleinen Ausflug nach Überlingen zu machen. Anschließend wollen wir sie in der Klinik zur Reha abliefern. Der Tag ist noch jung. Gerade eben erst ist es hell geworden. „In Amerika ist noch Nacht. Anni und Herr Meier schlafen sicher noch", erkläre ich den Kindern. „So lange, bis die Sonne auch nach Amerika gewandert ist." Viele Fragen prasseln auf mich ein, die Laura versucht, zu erklären. Wie das mit dem Lauf der Sonne ist. Warum ist überall auf der Erde eine unterschiedliche Uhrzeit? Warum nicht an jedem Ort dieselbe? „Warum, Papa, Laura. Erzählt!" – „Warum ist die Banane krumm?", kontert Laura. Sie hat keine Lust mehr. Mir kommt eine Idee: „Ich mache euch einen Vorschlag: Wir machen jetzt ein Bild und schicken es Anni, mit der Bitte, dass sie uns ein Bild schicken soll, sobald sie wach ist."

Eine coole Idee, wie alle finden.

Doch der Morgen wird Anni nicht mehr begrüßen können.

* * *

Ich bin gerade auf den Parkplatz beim Bootsanleger von Überlingen gefahren. Die Kinder sind aus dem Auto gestürmt und herunter zum Ufer gerannt.

Dann kommt der Anruf. Das Klingeln. Es ist anders. Irgendwie … ich kann es nicht sagen. Es lässt mich aber zögern. Ich lasse den Finger über dem grünen Icon meines Telefons schweben. Ich will das Symbol nicht nach oben schieben. Dann endlich, kurz bevor die Mailbox anspringt, nehme ich ab. „Jaaa?“, frage ich zögerlich.

„Bastian. Hallo. Gunther hier!“ Mir bleibt das Herz stehen. Seine Stimme! Die Frequenz.

„Anni“, keucht er. „Anni, sie …“ Seine Stimme erstickt in seinem Schluchzen. Mir schnürt es sofort den Hals zu. Tonnen an Blei legen sich auf meine Brust. Ich verstehe ihn beinahe nicht. Doch das braucht es auch nicht.

Dort, wo ich stehe, setze ich mich auf den kalten Boden. Das Handy fällt mir aus der Hand. „Anni“, flüstere ich. „Anni.“ Die Schockstarre hält mich fest. In der Ferne sehe ich die Kinder. Sie drehen sich zu mir um. Noel vermutet ein neues Spiel und rennt auf mich zu. Laura und die Zwillinge aber erstarren. Laura fällt ihre Tasche aus der Hand. Knallt auf den Boden.

„WAS?“ Laura rast auf mich zu. Schlägt auf mich ein, weil ich nicht antworte. „WAS? Rede schon!“ Ich schluchze nur. Die Tränen rinnen mir hemmungslos die Wangen herunter. Laura setzt sich zu mir runter. Sackt in sich zusammen. „Ist sie? Anni?“ Ich nicke nur. Ich kann es gar nicht richtig erfassen. Was hat denn Gunther Meier da vorhin gesagt? „Entschlafen. Einfach so. Gegangen.“ Was soll das? Ist der alte Mann irre?

„Anni kann nicht sterben. Nein!“, flüstere ich. „Sie ist unsterblich.“ Ich höre mich wie ein kleines Kind an. Doch das ist mir egal. Geistesgegenwärtig schnappen sich Sarah und Lea Noel und locken ihn in die nächstgelegene Eisdiele.

Der Schock sitzt tief.

Ein großes Loch tut sich vor Laura und mir auf. Eine große Leere nach sich ziehend. „Sie kann doch nicht einfach so von uns gehen", schluchzt Laura mit brüchiger Stimme. „Anni. Nein. Sie kommt bald wieder … sie muss wiederkommen."

Wir liegen uns in den Armen. Scheren uns einen Dreck um die wenigen Touristen, die sich an diesem nebelverhangenen Wintermorgen an den Bodensee verloren haben.

Ich kann es weder erfassen noch verstehen. Sie ist der erste, mir nahestehende Mensch, der gegangen ist.

Wieder klingelt mein Handy. Ich will nicht abheben. Doch Laura boxt mich in die Rippen. Verlangt, dass ich den Anruf annehme. „Hello?" Eine weibliche Stimme spricht. In Englisch. Ich muss mich anstrengen, um sie zu verstehen. Es ist wohl die Dame namens Pam. Auch ihre Stimme klingt weinerlich. „Gunther needs help. Please." Ich nicke. So, als ob sie das sehen würde. „Bastian. Can you hear me? Please, someone has to take care of him." Endlich kommen meine Sinne wieder in Gang. „Yes, yes, of course. I will check." Ich lege auf und blicke zu Laura. „Was nun?", will ich wissen.

„Arno und Micha!" Sie wirkt bestimmt. „Wir müssen sie erreichen. Sie sollen sofort hochfahren."

Ich stehe auf und helfe Laura hoch. Schnell wähle ich die Nummer der Freunde. Wie spät mag es wohl in New York sein? Es dauert, bis eine verschlafene Stimme drangeht. In wenigen Sekunden zerstöre ich mit meinem Anruf ihre romantische Stimmung. Schmettere sie auf einen eiskalten Boden der brutalen Realität und lasse sie mit der Aufgabe zurück, schnell nach Morris in Connecticut zu fahren.

Ich möchte schnellstmöglich hinterherreisen.

Laura? Die Kinder?

„Du kannst uns nicht zurücklassen. Bitte!" Ihr flehender Blick erklärt mir alles.

Ich nicke. Wir sammeln die drei Kinder ein und begeben uns auf eine der einsamsten und traurigsten Autofahrten der Menschheitsgeschichte. Anni! Nicht mehr da?

„Wenn ich gehe, dann lasst mich gehen. Bitte." Annis Worte hallen immer wieder in meinem Kopf nach. Doch wie soll das gehen?

„Anni, bitte. Bitte, verlass uns nicht. Komm zurück." Ich kämpfe mit aller Gewalt gegen die Leere, die mich verschlingen will.

Am nächsten Tag kommt die Nachricht von Arno: „Sie ist über Nacht friedlich entschlafen.

Man fand sie in ihrem Bett.

Das Handy auf ihrer Brust. Man meint fast, ein Lächeln in ihrem Gesicht zu sehen."

Ich blättere etwas nach oben in der Whatsapp. Das letzte Bild taucht auf. Anni. In die Kamera lächelnd. Etwas unscharf, etwas schräg. Doch sie strahlt Zufriedenheit aus. Scheint angekommen. Sie hat noch einmal das erleben dürfen, was sie im Leben vermisst hatte. Gemeinschaft, Freundschaft, Heimat.

„Danke, Anni", flüstere ich.

Lassen wir sie gehen.

In ihren Geschichten wird sie bleiben.

DANKE, ANNI!

Der Autor

Paul Steinbeck

… Jahrgang 1967, Mag. Art., ist Historiker, Kulturgeograf, Kommunikationsexperte und Schriftsteller. Er veröffentlichte bereits mehrere Romane. Paul Steinbeck ist Oberschwabe und lebt in der Region Stuttgart.

„Schreiben ist für mich eine wunderbare Reise in die Welten meiner Heldinnen und Helden. Die LeserInnen sollen die Szenen erleben, fühlen und beinahe schon den Duft der Wiesen und Bergwälder riechen können. Sie sollen mitgerissen werden, hinein in Geschichten, die sie neue Welten erleben lassen und auch zum Nachdenken bringen. Für mich ist es jedes Mal eine echte Freiheit, die ich fern des Alltags erleben darf.“

Paul Steinbeck in den Social Media

Blog: paulsteinbeckschreibt.blog
Instagram: instagram.com/paul.steinbeck/
Facebook: facebook.com/PaulSteinbeckSchreibt
Homepage: paul-steinbeck.de
Buchladen: https://sparkys-edition.shop

Paul Steinbeck:
Julia – Die Suche

Julia, eine Managerin wie aus dem Bilderbuch: toperfolgreich, immer auf dem Weg steil nach oben. Nichts ist zu viel, nichts zu schwierig, immer wild am Rodeoreiten in der Arena der Erfolgreichen. Mann, Kinder, Geliebter, Macht, Geld, Haus, Rasen mit Gartenzaun drumherum, alles vorhanden. Es könnte wunderbar so weitergehen. Wenn nicht alles aus ihr herausgebrochen wäre, an jenem fatalen Tag auf dem Flughafen in Amsterdam. Sie dreht durch, rastet aus. Zerstört damit ihr bisheriges Leben und wagt den Schritt hinaus in eine vollkommen neue Welt, die ihr alles nimmt und vieles gibt.

Umfang: 320 Seiten
ISBN: 978-3-949768-12-5
Preis 15,90 €

Leela Goldmund:

Wenn ich groß bin, bin ich erleuchtet – Oshos vergessene Kinder

Das Schweizer Mädchen Leela ist sieben Jahre alt, als seine Eltern Ende der 1970er Jahre der Sekte des „Sex-Guru“ Bhagwan Shree Rajneesh beitreten, heute bekannt unter dem Namen Osho. Doch was mit freier Liebe, Meditation und bahnbrechenden Denkansätzen beginnt, wird mehr und mehr zu einem totalitären System.

Mit Phantasie, Mut und Neugier umschifft Leela die Schwierigkeiten ihres zunehmend dogmatischen Kommunenlebens. So sehr sie ein normales Zuhause vermisst: Ihre größte Angst ist es, die Kommune verlassen und zurück in die grausam unterentwickelte „Draußen-Welt“ zu müssen. Deshalb will Leela unbedingt eine vorbildliche Sannyasin werden.

Denn Erleuchtung, was auch immer das sein mag, ist nun mal das Wichtigste auf der Welt!

Umfang: 300 Seiten
ISBN: 978-3-949768-23-1
Preis: 15,90